W. MICHAEL GEAR
KATHLEEN O'NEAL GEAR

LA TRIBU DEL FUEGO

ÉXITO INTERNACIONAL
EDICIONES B
GRUPO ZETA

Título original:
People of the Fire

Traducción:
Sonia Tapia

1.ª edición: enero 1993
1.ª reimpresión: marzo 1993

La presente edición es propiedad de Ediciones B, S.A.
Calle Rocafort, 104 - 08015 Barcelona (España)

Printed in Spain
ISBN: 84-406-3298-3
Depósito legal: NA. 516-1993

Impreso por GraphyCems
Ctra. Estella-Lodosa, km 6
31264 Morentin (Navarra)

Cubierta:
Jordi Vallhonesta

Para El Danny
Con todo el amor
del mundo. Helena Henriques.
23-04-93

W. MICHAEL GEAR
KATHLEEN O'NEAL GEAR

LA TRIBU DEL FUEGO

A Gaydell, a Roy
y al resto del Clan Backpocket Ranch Collier,
que nos animaron en nuestro trabajo.

RECONOCIMIENTOS

Esta saga de la prehistoria de nuestro país no habría sido posible sin la colaboración de las siguientes personas: Michael Seidman, que en sus días como editor ejecutivo de Tor Books concibió la idea de crear una serie de novelas sobre la prehistoria de Norteamérica escritas por arqueólogos. Tappan King, que editó este manuscrito, realizó un gran trabajo de corrección y señaló los puntos que debían revisarse. Ray Leicht, arqueólogo del estado de Wyoming en la Oficina de Administración Territorial, que nos facilitó información y nos ofreció apoyo. Marv y Patricia Hatcher, investigadores de Pronghorn Anthropological Associates, que nos ayudaron fotocopiando los montones de informes arqueológicos reunidos en todo el Oeste. El doctor George Frison, de la Universidad de Wyoming, merece nuestra más profunda gratitud por publicar muchas de sus observaciones sobre las técnicas de caza y armamento Paleoindio y por compartir sus ideas personales sobre la Montaña Arcaica. Phyllis Boardman y el Rancho Torrey Lake merecen nuestro agradecimiento por ofrecernos el acceso a petroglifos. Jo Hubbard nos facilitó el camino. Dale Walker nos recomendó la obra de Walter Williams, *The Spirit and the Flesh*, que nos proporcionó una extraordinaria información sobre los berdaches.

Queremos hacer mención especial a Jim Miller y John Albanese por su estudio e interpretación de la geología del Holoceno (ya veis que recordamos todas las lecturas). Katherine Cook y Katherine Perry leyeron el manuscrito y aportaron comentarios de gran ayuda. Burt y Rose Crow, de Ramshorn Inn, tenían siempre una Guinness para nosotros cuando necesitábamos un lugar para pensar y discutir. Irene Keinert y Justin Bridges, de Wind River Knives, fotografiaron riquezas arqueológicas. Finalmente, queremos dar las gracias a nuestros colegas arqueólogos por todos los años de discusiones frente a una cerveza o ante un fuego de campamento. Ya sabéis quiénes sois. Si veis aquí vuestra pequeña idea, eso quiere decir que ya habéis aportado algo.

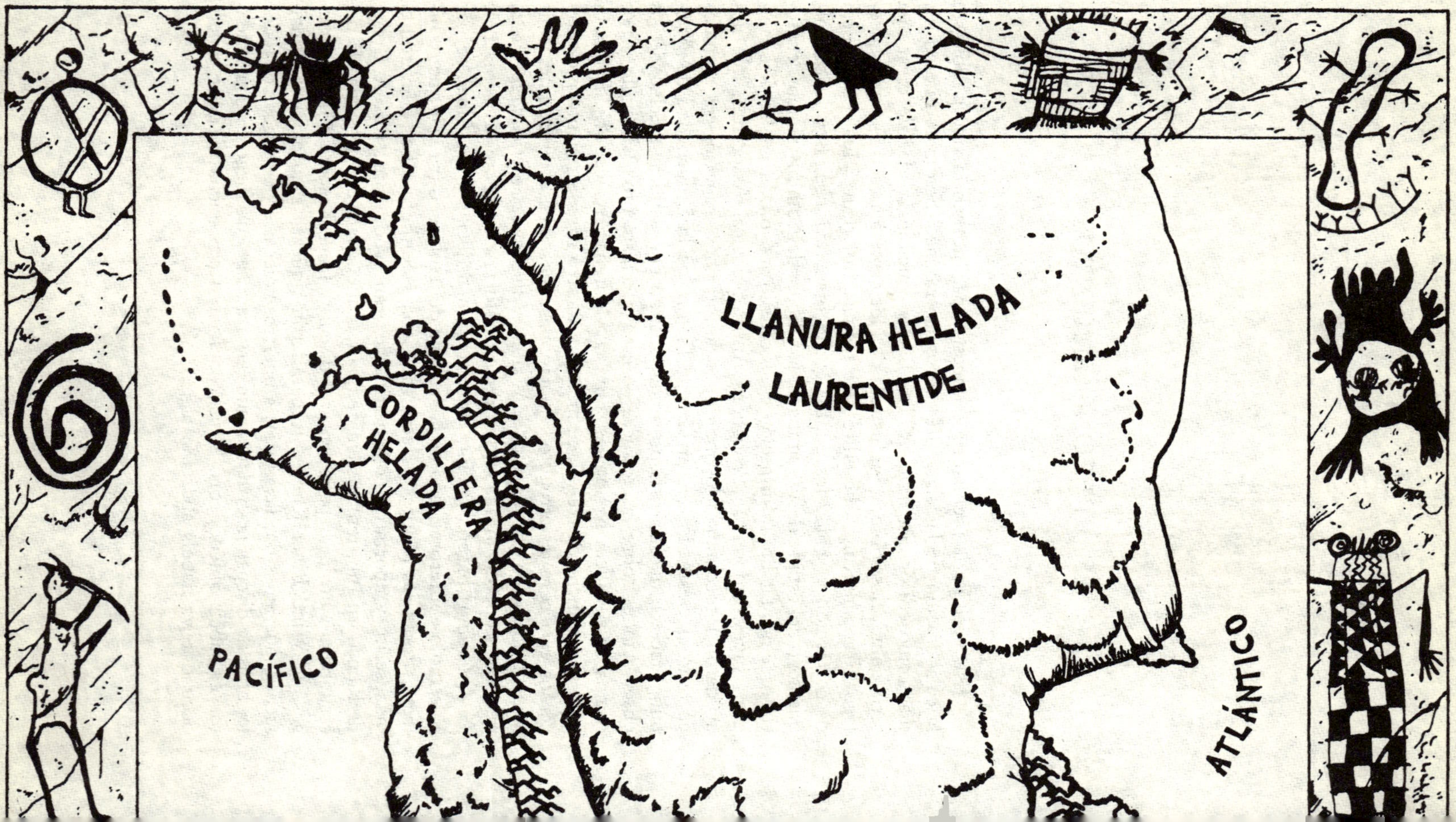
LLANURA HELADA
LAURENTIDE
CORDILLERA
HELADA
PACÍFICO
ATLÁNTICO

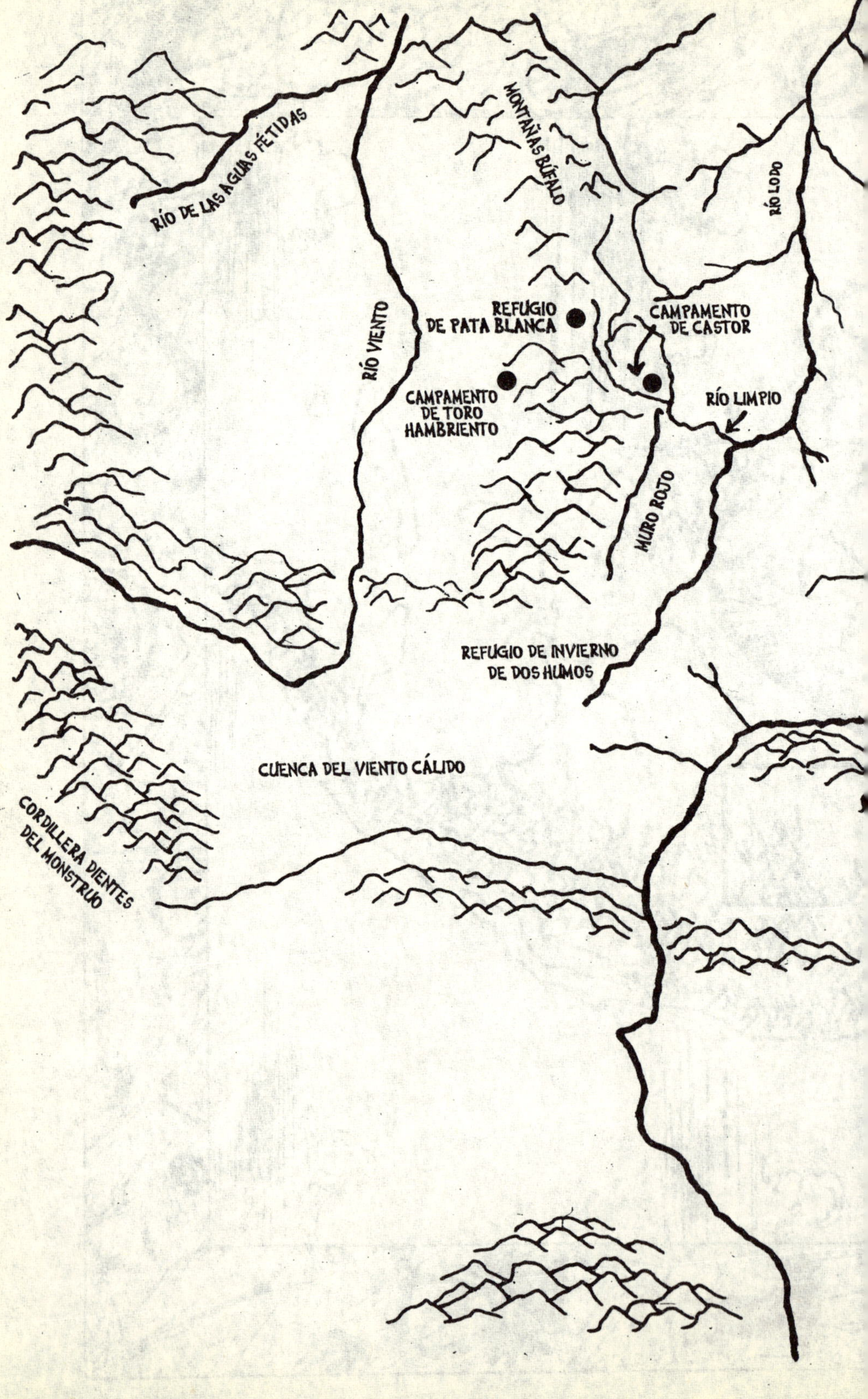
RÍO DE LAS AGUAS FÉTIDAS
MONTAÑAS BÚFALO
RÍO LODO
RÍO VIENTO
REFUGIO DE PATA BLANCA
CAMPAMENTO DE CASTOR
CAMPAMENTO DE TORO HAMBRIENTO
RÍO LIMPIO
MURO ROJO
REFUGIO DE INVIERNO DE DOS HUMOS
CUENCA DEL VIENTO CÁLIDO
CORDILLERA DIENTES DEL MONSTRUO

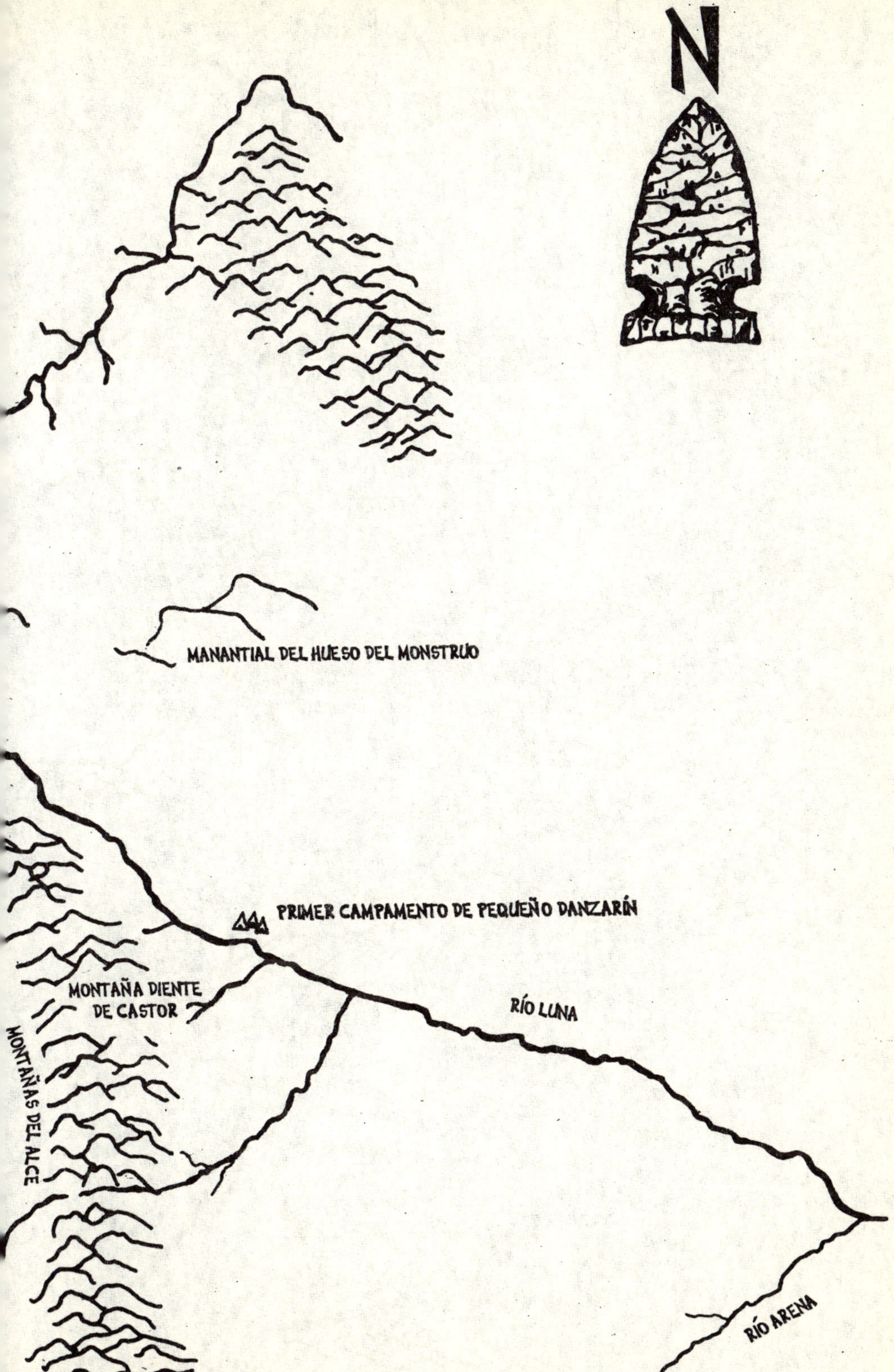
N
MANANTIAL DEL HUESO DEL MONSTRUO
PRIMER CAMPAMENTO DE PEQUEÑO DANZARÍN
MONTAÑA DIENTE
DE CASTOR
RÍO LUNA
MONTAÑAS DEL ALCE
RÍO ARENA

PRÓLOGO

Desde los tiempos de las primeras incursiones humanas al hemisferio occidental, floreció en la mayor parte de Norteamérica una próspera tradición de caza de gamo conocida como Paleoindia. Aquellos hombres depredadores, junto con los cambios climáticos y posibles enfermedades epizoóticas, aceleraron el proceso de extinción de animales como el mamut, el perezoso gigante, el caballo y el camello. En este proceso, los humanos y sus presas se adaptaron al clima que se fue haciendo cada vez más cálido hasta hace apenas ocho mil años. Según los informes geológicos, tuvo lugar un dramático cataclismo climatológico: el altitermal. Varias sequías calcinaron Norteamérica, y el nivel superior de agua subterránea descendió seis metros. Las zonas de vegetación cambiaron, la capa vegetal se desgastó, los canales de deshielo se hundieron profundamente en la tierra. La línea de árboles cada vez ascendía más en las montañas. Los enormes lagos de la Cuenca Verde se desvanecieron para dar paso a planicies de sal y desiertos de Utah y Nevada. Se multiplicaron gigantescos campos de dunas debido a la desestabilización de los materiales, y se extendieron hasta cubrir zonas de Montana, Wyoming y Nebraska, mientras que en el medio oeste americano se asentaron loes creados por el viento. La sequía acabó con la exuberante vegetación de las tierras fértiles, y disminuyeron las manadas de búfalos. En este período el hombre pasaba hambre, los grupos de cazadores se apartaban de las tribus en busca de las esquivas manadas de animales. Pero las semillas de aquellos tiempos difíciles dieron a luz a una nueva cultura norteamericana.

INTRODUCCIÓN

—¡Cielos! No imaginaba que habría tanta tierra.

La pala del hombre rubio chocó con un ruido hueco contra una roca. El hombre se enderezó, con los músculos tensos, y lanzó la paletada de tierra en el cedazo del hombre del pelo gris. El artefacto se sostenía sobre dos patas vacilantes, y consistía en una caja poco profunda con una tela metálica de medio centímetro en el fondo.

El cedazo hacía un sonido rasposo, y los guijarros y las piedras matraqueaban en la malla.

—Sí, sí que hay tierra. Siempre pasa lo mismo con este tipo de refugios de roca. —Hizo una pausa—. En éste no hay más que desportilladuras. Sigue cavando.

El hombre mayor se sacó del bolsillo un pañuelo rojo y se limpió la nariz. Llevaba una vieja y gastada camisa de cuadros y los tejanos le colgaban de las delgadas caderas. Luego encendió un cigarrillo. Miró en torno al refugio con ojo experto, calculando sus dimensiones.

—Seguro que hay más de tres metros de tierra.

El rubio tendría unos treinta años. Estaba bronceado y los músculos le sobresalían en la espalda y los brazos. Se hallaba metido hasta las caderas en el irregular agujero que había cavado en el terreno rocoso al fondo del saliente de caliza. Iba sin camisa y también llevaba unos tejanos sujetos por un cinturón de cuero labrado estilo oeste. Una lata de tabaco de mascar había dejado su marca en el bolsillo trasero.

—Sí que hay tierra. Y mucho carbón de palo.

—¡Fuegos injun, Pete! ¡Fuegos injun! Si miras la parte de arriba verás que está llena de hollín. Por eso se sabe. Y delante crece el centeno silvestre gigante. Los injuns se alimentaban con él y ha crecido aquí, donde tiraron las semillas.

El joven lanzó otra paletada y rascó la pared con la azada para soltar más tierra. Hundió la pala y se desprendió una gran losa del muro de piedra.

—Oye, Burt, ¿seguro que esto no nos creará problemas?

—¡Bah! —El viejo carraspeó y escupió—. Tonterías, yo llevo años buscando puntas de flecha y nunca me ha molestado nadie. —Señaló con un gesto alrededor y luego se puso a escarbar en la tierra. De un manotazo vació la criba—. Aquí arriba no viene mucho al Servicio Forestal. Y estamos apartados de la carretera.

—Ya, ¿y qué pasa si nos cogen? —Pete sacó la pesada losa de piedra del agujero y se detuvo para enjugarse el sudor que la perlaba la frente.

—Pues nos dirán que nos marchemos, y que esto es ilegal. Tienen cosas más importantes de las que preocuparse, como vender árboles para ganar dinero y luchar contra todos los incendios que se producen por aquí. No nos van a meter en la trena. Les daría mala reputación. Y yo voy a la iglesia algún que otro domingo.

Burt cogió otra carga de tierra y la removió en el cedazo. Una sonrisa hendió su rostro alargado.

—¡Eh! ¡Mira! Una cuenta de hueso. ¿Ves cómo las pulían?

Dejó caer el hallazgo en un saco.

—Sí. Si sigues trabajando ahí, pronto encontrarás un muro lleno de puntas de flecha. La mayoría de las que estaban por el suelo ya las han recogido.

El hombre rubio miró pestañeando la losa de piedra que había sacado del agujero. La limpió de tierra y luego miró la pared.

—Mira. Hay algo tallado en la pared. Parece una espiral... pero la he roto por la mitad.

—¿Una espiral? —El hombre del pelo gris se inclinó a mirar—. Nunca había visto ninguna. Generalmente hay bichos y cosas de ésas. Qué mal que la hayas roto; podíamos haberla sacado con un escoplo y sería una bonita piedra para alguna chimenea. A lo mejor la podemos pegar con algo. La próxima vez traeremos escoplos. A ver si podemos sacar la otra mitad. Si vuelve a romperse, bueno, qué demonios, todo esto se desmorona, ¿no?

—¿Y el Servicio Forestal no cuida de esto?

—No. Y aunque lo cuidara, nosotros no estamos haciendo gran cosa. Vamos a ganar doscientos pavos vendiendo puntas de flecha, ¿y qué? En Utah hay tíos que sacan treinta mil por un cuenco anasazi.

—Seguro que los sacan enteros.

—Sí, puede ser. Pero recuerdo que hace un par de años unos tipos encontraron una momia entre las rocas, al sur de aquí, toda tiesa y seca, parecida a las momias egipcias. Los muchachos se emborracharon una noche, le ataron una cuerda al cuello y la colgaron de un poste de teléfonos. Lo único que consiguieron fue una multa de doscientos dólares y la libertad condicional.

—¡Pues a mí me cayó más gorda por meterme en una pelea en un bar!

El viejo asintió, poniendo al descubierto unos dientes marrones.

—Ya ves, muchacho, no puede pasar nada.

Siguieron trabajando un rato más. El joven lanzaba la tierra hacia el viejo y escuchaba el sonido del cedazo.

—Oye, ¿y los geólogos no pondrán el grito en el cielo cuando encuentren todo esto ya excavado?

—Los arqueólogos.

—¿Eh?

—Que son arqueólogos, no geólogos. Claro que pondrán el grito en el cielo. Pero, ¿quién les hace caso? Hay muchos libracos de leyes, pero con toda la mierda que hay últimamente en Washington, ¿quién se va a preocupar por un puñado de indios muertos?

—¡Eeh! ¡Una pieza! —El viejo sacó de la criba una punta de proyectil de cuarzo blanco. La limpió de arena con el pulgar y la alzó a la luz.

—¿De qué tipo? —preguntó Pete cuando finalmente la pudo ver. La miró con brillo en los ojos.

—Parece una de las puntas de los crik. Probablemente tiene más de ocho mil años. Puede valer, no sé, setenta y cinco u ochenta dólares.

—¡Vaya, hombre! —Pete manoseó la flecha sin dejar de sonreír—. Oye, ésta no la quiero vender. ¡Es la primera que he encontrado!

—Sí, deberías conservarla. —Burt movió la cabeza—. ¡Maldito gobierno! Tienen leyes en contra de todo. Hay tantas que ya ni se molestan. Abajo, en la reserva, los injuns se quejan. Pero bueno, los injuns siempre se están quejando. Dicen que estamos profanando a sus antecesores, pero la mayoría de ellos no sabe ni quién es su padre.

—¿Así que éste es un buen lugar?

—Sí, sí que es bueno. Deberíamos excavar aquí algún tiempo. Presiento que podemos sacar bastante dinero. Como cuando entras a un bar y sabes que te vas a tirar a alguna tía.

—Eso se lo contaré a Louise.

—A ver si te vas a encontrar con los huevos en una bandeja...

Pete se echó a reír.

—Claro que a un carroza como tú no creo que se le levante con frecuencia.

Se puso a cavar otra vez. La pala resonaba en las piedras. Burt tuvo que apartar el cedazo del creciente montón de tierra.

—¡Eeh! —Pete retrocedió—. He encontrado un hueso. ¡Casi lo parto en dos con la pala!

Burt se acercó para mirar sobre su hombro.

—¿Será esto una tumba, o es una pata de búfalo?

—Parece demasiado fino para ser un hueso de búfalo, ¿no? —Se apartó para que juzgara el ojo más experto de su mentor.

—Ah, sí, es humano. He visto muchos. Debería salir fácilmente. Es una tibia.

Pete tiró, pero no pasó nada. Alzó la vista.

—Oye, no habrá por aquí fantasmas, ¿verdad?

—¿Pero quién te ha metido en la cabeza esas ideas? Me parece que tú has visto demasiadas películas de miedo. Oye, aparta la tierra de ahí arriba, donde está enterrado el hueso. Eso es.

La hoja de la pala resonó. Pete socavaba el muro con la lengua fuera. Rascó la tierra y sacó el hueso. Dio un respingo al oír el crujido y cayó al suelo sosteniendo su trofeo.

—¡La leche! Mira, la rodilla está totalmente soldada. Seguramente sería un inválido. Qué mala suerte haber partido el hueso del muslo.

—Sí, en aquel tiempo no estaban muy avanzados en medicina. Bueno, imagínate, a lo mejor ésta es la rodilla rota de Jerónimo...

Pete sonrió.

—¡Mierda! Ya casi ha oscurecido. Y esta noche iba a salir con Lorena. Y puede que tenga suerte. Dame la mano, voy a salir de aquí.

—Sí, creo que será mejor que nos vayamos. ¿Te vas a quedar con esa pierna?

—Pues claro. No veas tú la de comentarios que harán cuando dé una fiesta en mi casa. Puede que le haga un surco aquí, donde la he partido, para hacerme una boquilla de cigarrillos. Eso le enseñará un par de cosas al viejo Dink.

—Vale, pero cuando encontremos el cráneo me lo quedo yo. Los cráneos dan dinero. Lleva tú la espiral y yo llevo el equipo y la pierna.

Pete miró el espectacular atardecer rojo sangre.

—Menuda sequía. Parece que el mundo está cambiando. Debe

ser ese maldito efecto invernadero. Yellowstone está calcinado, y ahora Washington y Oregón. Supongo que eso mantendrá al Servicio Forestal apartado de nosotros por un tiempo.

—¡Y una mierda! No existe ningún efecto invernadero. Ya verás. —Burt escupió en la hierba—. El gobierno dice esas cosas para asustar a la gente.

Necesitaron dos viajes para llevar todo el equipo hasta la furgoneta.

Pete abrió una cerveza caliente y se la ofreció a Burt. Luego abrió otra para él y subió al asiento del conductor. La gran V-8 arrancó con un rugido.

El viejo miró atrás.

—¡Qué mal que se rompiera la espiral!

—¿Crees que nos traerá mala suerte? ¿Crees que habrá magia vudú injun o algo así?

—Bah, eso son supersticiones estúpidas. ¿Qué daño nos puede hacer? —Burt hizo una pausa para beber un trago—. Sí, ahí hay un gran refugio. Seguro que nos podemos pasar años excavando hasta limpiarlo del todo. Hay mucho dinero, lo presiento.

LIBRO PRIMERO

EL RASTRO DEL NIÑO

Para el Poder, el tiempo no significa nada. Todo pertenece a la Espiral, tanto el camino del universo como la rotación de la misma tela de estrellas o el camino del Padre Sol a través del cielo.

¿Y de dónde viene el Poder? Igual que las tormentas, viene de la tierra, del cielo y del agua, y del Poder del Padre Sol y del Sabio de las Alturas, el Creador. De todas las fuerzas de Poder que conocemos, la más poderosa sobre la tierra es el Fardo del Lobo. En un tiempo, cuando el Primer Hombre —Soñador del Lobo— trajo a la Tribu del Primer Mundo a éste, se hizo el Fardo del Lobo. Nacido de un sueño, se amamantó de las mentes de la Tribu. Porque la Tribu creía en él, creció en fuerza, caldeado por las muchas manos que lo sostenían con reverencia, fortalecido por el espíritu que un millar de pulmones insuflaron en él; es nuestra alma, nuestro Poder como humanos.

La Tribu lo llevaba dentro de la sagrada piel de lobo. Lo protegía de la lluvia, la nieve y el polvo. Hombres y mujeres nacieron bajo su Poder, o murieron con él en los brazos. A veces empapaba la sangre de los que morían para impedir la desecación o el sacrilegio. Parte de sus almas se unían al Fardo del Lobo, igual que el espíritu de las rocas, los árboles, los animales y la misma Tribu. No hay nada más sagrado en la tierra que el Fardo del Lobo. Es el Poder, el Sueño que da la vida al Pueblo.

Eso es lo que me ha traído hasta ti, el Poder del Fardo del Lobo. No sé por qué ni cómo, pero los Círculos dan vueltas y la tierra está cambiando. Algo intenta desenmarañar la telaraña tejida por el Sabio de las Alturas. Los Círculos... siempre los Círculos, y el tiempo no significa gran cosa para el Poder. ¿Quién sabe cuánto tiempo nos queda?

Esto lo aprendí en un Sueño. Allí, en el Sueño, en la visión, yo hablaba con el Fardo del Lobo y oía la voz del Primer Hombre. Le seguí y llegué aquí hasta ti... hasta el Fardo del Lobo.

Pata Blanca a Pluma Cortada

PRÓLOGO

El dolor retorcía el vientre del anciano, que tenía la sensación de que un afilado cuchillo de cuarzo le arrancaba el alma de la columna vertebral. ¿Cuánto tiempo le quedaría? ¿Cuánto tiempo, antes de que cercenara los tenues hilos de la vida?

Pluma Cortada intentó acomodar su doliente espalda. El calor pareció intensificarse en el refugio hasta hacerse sofocante, haciendo brotar el brillo del sudor en la arrugada piel del anciano. Levantó el fondo de la cubierta del refugio para que saliera la brisa caliente y para que hiciera de quitasol; pero no sirvió de mucho.

Parpadeó, presa del constante e hiriente dolor, y alzó las manos para mirar los nudosos huesos bajo la fina piel arrugada. Era viejo, muy viejo. Su pelo era blanco, y las trenzas estaban cada vez más ralas. Tenía los ojos hundidos y en ellos se acumulaban las sombras que oscurecían su alma.

Parezco un cadáver del invierno en primavera, seco, encogido. Ni siquiera me queda carne para los gusanos.

Los últimos restos de su larga vida estaban listos para inspección: todo menos el sagrado Fardo del Lobo, cuyo lugar en el pequeño trípode de sauce estaba vacío. Detrás de la cortina del refugio los perros ladraban y aullaban. El aire seco llevaba las tenues voces del grupo Mano Roja. Incluso allí arriba, en las montañas, la sequía quemaba la tierra. ¿Cuánto hacía que no llovía? La sequía había llevado a la guerra.

El búfalo empezó a escasear en las vastas planicies del este, de modo que la Tribu de Pequeño Búfalo había llegado allí buscando las manadas que habitaban las altas praderas donde las cumbres rascaban las nubes buscando la lluvia. La Tribu de Pequeño Búfalo quiso hacer suya aquella tierra. Pero las dos Tribus no pudieron coexistir. Los cazadores de las planicies sólo querían carne y desdeñaban las raíces y las piñas de pino que tanto apreciaban los Mano Roja. Los cazadores de las planicies utilizaban un Poder especial para cazar el búfalo, del que obtenían ropas, pieles para los refugios y comida, asando incluso las entrañas. Su lenguaje no tenía sentido, era como el cloquear de un urogallo. Y lo que era peor, despreciaban a la Tribu de Mano Roja por comer plantas.

La Tribu de Mano Roja había expulsado en repetidas ocasiones a la de Pequeño Búfalo a las cuencas de los ríos hacia el sur y hacia el este. Sólo el alce conocía las montañas como los Mano Roja, y en las montañas el que controlaba los caminos controlaba el territorio. Y en la guerra, la Tribu de Mano Roja se había ganado otro nombre: *Anit'ah*. Así se les llamaba en la lengua de la Tribu de Pequeño Búfalo: «Enemigo.»

Pluma Cortada miraba pensativamente las pieles oscurecidas por el humo. Conocía las formas de cada uno de los postes que había tallado con sus propias manos, y cada costura que tan cuidadosamente había cosido Agua Clara. Una mosca zumbaba detrás del refugio, donde él había aliviado sus necesidades. Era el momento de que el campamento se mudara otra vez, de permitir que el Padre Sol limpiara los despojos de los Mano Roja. Todo formaba parte de los Círculos; incluso las moscas y los escarabajos tenían que comer. Círculos como los que tan laboriosamente había tallado él en los paneles de roca, como imitación de la Danza constante del Sabio de las Alturas que les observaba desde la Telaraña.

Sólo que esta vez yo no voy. Éste es el fin. El último campamento para Pluma Cortada. Es un buen lugar, un buen lugar para morir, arriba en la montaña donde el alma queda libre para elevarse hacia las estrellas y encontrarse con el Sabio.

Le aguijoneó el dolor del vientre, robándole las fuerzas y el aliento, intentando arrancarle el alma del cuerpo que seguía languideciendo, cada vez más delgado excepto por el bulto duro que sentía cuando presionaba bajo las costillas del lado derecho. El bulto iba creciendo.

Ya sólo me queda el Sueño final...

Con una débil sonrisa recordó el rostro de Agua Clara, con el brillo de la juventud en sus mejillas llenas. Había sido la auténtica Mujer Espíritu. Ella fue la que le contó lo del Hombre Lobo que le susurraba al oído...

Él la había escuchado. Siempre la escuchaba y le decía a la Tribu lo que tenía que hacer. Y ellos nunca sospecharon que el Poder venía de su hija. Nunca sospecharon que le guiaba el consejo de Agua

Clara. Ella había visto, y ahora ya no estaba. Se había ido, abandonando a su hombre, Sangre de Oso. Se había marchado furtivamente en la noche, acompañada por el viejo berdache, Dos Humos, que observaba las plantas, recogía las hierbas y masticaba los tallos.

Los gritos furiosos del exterior le dieron la advertencia que esperaba. El rumor de los mocasines en la hierba le permitieron tener un último instante para recomponerse antes de que una mano fuerte apartara la cortina.

—¿Dónde está, viejo?

Pluma Cortada sonrió ante los rasgos ardientes de Sangre de Oso. Su yerno tenía el fuerte rostro sonrojado y sus ojos estaban en llamas. Sangre de Oso era musculoso y exaltado, y siempre había creado problemas. En el poco tiempo que estuvo casado con Agua Clara, le había pegado más de una vez. La Tribu había vuelto la cabeza al oír en el refugio los ruidos de la violenta cópula por la noche, avergonzada por los gritos de dolor que ella lanzaba.

Él no pudo hacer nada, no era sino un viejo Hombre Espíritu sin poder. Y Agua Clara no tenía otros parientes que protestaran por el trato que recibía. Y Sangre de Oso no temía las amenazas de un Hombre Espíritu.

—Se ha ido.

Sangre de Oso se inclinó. Sus ojos negros llameaban.

—Eso ya lo sé, viejo idiota. ¿Adónde ha ido?

Pluma Cortada le tendió la calabaza medio llena de agua.

—Ven, siéntate. Eres un huésped en mi refugio. Bebe y...

Sangre de Oso apartó la calabaza de un manotazo, salpicando de agua las ajadas pieles y empapando los fardos sagrados.

—¿Adónde, viejo?

Pluma Cortada se estremeció y alzó la vista pestañeando.

—Sangre de Oso, sabes que no te estás haciendo ningún bien. Gritándome no haces más que rebajar tu posición. Me estoy muriendo, y todos lo saben. La ira te ha robado hasta la astucia.

—Yo...

—Calla y escúchame. Eres el hazmerreír de la Tribu. Tu esposa ha huido con otro hombre. La Tribu...

Una mano ruda le agarró por el cuello. El calor del aliento de Sangre de Oso le quemaba la piel, y unos ojos ardientes buscaban los suyos.

—¿Con qué hombre, Pluma Cortada? Habla inmediatamente o no volverás a hacerlo nunca más.

El reflejo de la muerte le observaba desde los enrojecidos rasgos de Sangre de Oso.

—Suéltame... —dijo Pluma Cortada con voz rota.

Sangre de Oso aflojó ligeramente los dedos.

—¿Con quién?

—Con Dos Humos.

—¡Es un berdache! ¡Un hombre que ama a otros hombres! ¿Por qué iba ella a huir con... con él?

Pluma Cortada intentó tragar saliva pero no pudo. La saliva se le escapó por la comisura de la boca, le resbaló por la mejilla y cayó sobre los férreos dedos de Sangre de Oso.

—¿Por qué, maldita sea?

—¿Todavía no lo entiendes?

Pluma Cortada cerró los ojos, saboreando la sensación de la férrea mano de Sangre de Oso. ¿Podría seguir disfrutando de los recuerdos cuando su fantasma se elevara al Sabio de las Alturas? ¿O se evaporaría su alma como el cuerpo físico, devorada y podrida?

Su garganta quedó libre del todo.

—Dime.

—Ella lo Soñó. Por eso acudió a ti en primer lugar. No soportaba verte, ¿lo sabías? —Alzó la vista sin sorprenderse por la arrogante incredulidad que reflejaban los ojos de Sangre de Oso—. Sí, no te consideraba más que un hosco perro de campamento.

—Pues ella vino por su propia voluntad a este perro de campamento, viejo. Ella vio que yo dirigiría al Pueblo de Mano Roja, vio que yo...

—¡Idiota! Era un Sueño del Espíritu. Yo no conozco ni la mitad. El Poder del Espíritu tiene sus propias razones. Ella Soñó, y el Sueño le dijo que tú debías engendrar un hijo. En cuanto su sangre faltó, huyó con Dos Humos. No, no me amenaces. No sé dónde ha ido, ni por qué, ni qué pinta en todo esto Dos Humos. Pero él es una buena persona. Tal vez ella lo necesite para cuidar al niño, o quizá necesite su ayuda por otra razón. Es un berdache, y en eso hay Poder del Espíritu.

—Pues yo pienso que sabes dónde está. Dímelo, viejo. ¡Dímelo!

—Piensa todo lo que quieras. Es una nueva experiencia para ti, estoy seguro.

El golpe le cogió por sorpresa. La bofetada resonó en el refugio y le hizo torcer la cabeza mientras brillantes destellos danzaban ante sus ancianos ojos.

—Sí —gruñó Pluma Cortada entre el dolor—. Puedes matar a

muchos de la Tribu de Pequeño Búfalo. Incluso puedes matarme a mí. Pero aquí estás acabado. Están ahí fuera escuchando, oyendo tu ira. Podrías ser el líder de los Mano Roja, ¿pero cómo va a seguir la gente a un hombre que no puede impedir que su esposa y su hijo se escapen con un bardache? ¿Cómo van a seguir a un hombre que puede matar a un viejo agonizante? No, Agua Clara y yo hemos acabado contigo.

Sangre de Oso luchó por controlarse. Las comisuras de su boca temblaban. En aquel instante Pluma Cortada conoció el auténtico miedo.

—¿Dónde está el Fardo... el Fardo del Lobo?

—Ella se lo llevó.

—¡Pertenecía a la Tribu!

—Era Poder del Espíritu... algo en el Sueño.

—La encontraré. Encontraré a mi hijo, ¿me oyes? Lo juro por el Fardo del Lobo que robó. ¡Encontraré a mi hijo!

—¿A tu hijo? ¿No se trata del Fardo del Lobo? Yo creo que el niño te tiene sin cuidado. Me estoy muriendo. No tengo nada más que decir.

Los músculos saltaban violentamente bajo las curtidas mejillas de Sangre de Oso, y se oía el rechinar de sus dientes.

—¡Pues muere, viejo!

Sangre de Oso se volvió, dudó un momento y finalmente le descargó una patada en el estómago.

—Eso no te matará, pero así sabrás cómo me siento.

Y se marchó bruscamente.

Pluma Cortada se dobló, lanzando gruñidos. El dolor del vientre ardía. Lo sintió al enderezarse, como una oleada de calor dentro de él. Luego notó un extraño hormigueo y empezó a sentirse abotargado.

Se cayó casi sin darse cuenta. Parecía que unos rostros le miraban de reojo. Las pieles estaban húmedas bajo su mejilla, empapadas, como si alguien hubiera derramado agua encima. La gente se arremolinaba a su alrededor, intentando ayudarle, haciendo preguntas que él apenas oía.

—¿El Fardo del Lobo? —Un grito hendió la niebla de su mente—. ¡No podemos vivir sin el Fardo del Lobo!

Pero Agua Clara se lo había llevado. El Sueño del Espíritu... Agua Clara sabía lo que hacía. Sus pensamientos se desvanecían como el humo en el cielo de la noche. Se desvanecían. Se desvanecían. Negrura.

—Parece que te has vuelto a equivocar, Sangre de Oso. Me has matado sin quererlo. —Y se echó a reír.

La bruma se oscurecía y flotaba en torno a él, como nubes deshilachadas en la cumbre de una montaña. Su alma vagaba y se hundía en un tranquilo calor. Entonces comenzó a elevarse sobre su cuerpo maltrecho.

—*¿Vienes?* —preguntó una suave voz.

—¿Quién? ¿Quién me llama?

—*Me llaman Soñador del Lobo, el Hombre Sol. Un nuevo camino se extiende ahora ante ti. Un nuevo camino...*

Lo que ha de venir, vendrá. Las almas humanas fluyen como las corrientes de un río, a menudo iracundas, batiendo espuma blanca, hirviendo furiosas contra las resistentes rocas que bloquean el camino. Otras veces las almas humanas se mueven pacíficamente, lentas y perezosas, sin rizar apenas la superficie del agua tibia en la que serpean. Entonces, según la época del año, fluyen encajonadas en un hielo branquiazul, bloqueadas en una secreta oscuridad.

Las almas se reúnen en torno al Fardo del Lobo, ignorantes de los rápidos detrás de la última curva.

—Debes tener paciencia —susurra entre las plumas la voz de Soñador del Lobo.

—Lo sé —responde el Fardo del Lobo.

1

El refugio atrapaba el calor de la noche, húmedo y bochornoso a pesar del susurrante viento seco que agitaba las paredes de piel tiznadas de humo. Las pieles estaban muy tensas, firmemente clavadas en el duro suelo para que no pudiera filtrarse ninguno de los maliciosos Poderes del Espíritu para alojarse en el refugio. La Tribu siempre lo hacía así durante un nacimiento. Los recién nacidos no tenían alma, y en aquel cálido refugio podía infiltrarse cualquier tipo de mal. Como precaución añadida se había apilado artemisa alrededor, que da vida, y las hojas machacadas añadían un rico aroma al aire sofocante.

Desde donde el muchacho estaba agachado, afuera en las tinieblas, se veía el interior por un agujero deshilachado.

Dentro ardía un fuego de álamo seco que hacía aún más asfixiante el calor del refugio y daba luz en una noche tan oscura y ventosa. El aire cálido y humeante que salía del interior soplaba en los ojos del muchacho y le llevaba los aromas de la piel curtida, el humo y la artemisa mezclados con olores de sudor, madera y miedo. El delicado olor amargo de las hierbas flotaba en el aire.

Gama Danzarina yacía desnuda sobre pieles empapadas de sudor. Lanzó un grito. Los suaves rasgos de su joven rostro se retorcían con las contracciones con que su vientre intentaba obligar al niño a salir de los seguros confines de la vagina. Entre sus pechos yacía un fardo natal, una figura con forma de Tortuga, el animal mágico que nunca enfermaba. La Tortuga significaba suerte y salud. Desaparecía con la llegada de los vientos del invierno y se hundía en la Madre Tierra para volver cuando el Padre Sol traía al mundo la primavera y la vida. El fetiche que Gama Danzarina llevaba en el pecho estaba hecho con piel de antílope finamente cosida y rellena de artemisa, pequeñas ramas, plumas y otras clases de Poder.

En su vientre había una serie de dibujos para centrar el Poder del Espíritu del nacimiento. El más importante, una brillante raya amarilla, estaba pintada desde el fardo natal que yacía entre sus pechos llenos hasta un punto en el negro vello púbico. Era el Camino de la Luz que conduciría al niño hacia el mundo.

El muchacho miraba, sintiendo el Poder del canto de la mujer del refugio. Aunque le daba miedo lo que iba a descubrir, no podía apartarse de los fascinantes sucesos. Sabía que su madre le castigaría, y sin duda Dos Humos todavía le estaría buscando, preocupado al ver que no estaba durmiendo en sus pieles.

Era una noche de calor, una noche de dolor. Detrás del vientre hinchado de Gama Danzarina se miraban dos mujeres, una joven y otra vieja, con los rostros tensos de preocupación.

El pelo gris de la anciana relumbraba a la luz. Las arrugas se dibujaban en su ajado rostro en un entramado de sombras. Su boca se torcía en una sombría mueca mientras velaba los esfuerzos de la mujer. Se inclinaba con la espalda curvada por la edad, desnuda hasta la cintura y sudorosa. Sus pechos secos colgaban planos sobre los pliegues de su estómago. Varias cicatrices arrugaban la piel de sus hombros, muda evidencia de la cantidad de veces que había ofrecido partes de sí misma al Mundo Espíritu. La gente la llamaba Cerezo Silvestre, por la planta agridulce que crecía en las tierras altas.

El muchacho observaba cómo su madre, Raíz de Artemisa, se agachaba para ayudar sin apartar sus ojos ansiosos del cuerpo febril de Gama Danzarina. Él conocía aquella intensa mirada. La preocupación marcaba los rasgos de toda la Tribu, en cuyos rostros se marcaban profundas líneas, como arroyos en la tierra. Pero la impotente preocupación de su madre le asustaba. Cuando Gama Danzarina volvió a gritar, se le tensaron las entrañas como tendones secos al sol.

Pobre Gama Danzarina. Su esposo, Gran Corredor, se había ido a cazar a las faldas de las Montañas Búfalo y nunca volvió.

Cerezo Silvestre suspiró, sacó artemisa húmeda de un saco finamente cosido y la arrojó a los ojos de las ascuas. El perfume de la vida se alzó en una niebla de vapor.

—Ven, pequeño —entonó suavemente—. Ven a la vida y bendice la tierra, el sol, las plantas y los animales. Ven a unirte a nosotros en el camino hacia la Red de Estrellas que conduce a todas las cosas buenas. Oye nuestra canción, oye nuestro júbilo. Ven, pequeño. Ven a este mundo y haznos sonreír.

Gama Danzarina volvió a gruñir y tensó los músculos de sus

fuertes piernas morenas. Suspiró frenéticamente y exhaló con fuerza, con los ojos cerrados y los dientes apretados en un rictus de esfuerzo. El sudor perlaba su carne temblorosa en irregulares regueros.

Raíz de Artemisa la cogió de la mano.

—Calma. Respira despacio. Ya no queda mucho.

Los espasmos pasaron y Gama Danzarina, relajada, alzó la vista hacia la anciana que seguía cantando.

—No siempre dura tanto tiempo. Cerezo Silvestre, ¿va todo bien? ¿Me estoy muriendo?

La anciana terminó la letanía y alzó los hombros con una sonrisa.

—He traído al mundo a niños más difíciles. Es tu primera vez. Tus músculos tienen que distenderse y todavía no saben cómo. No se ha desgarrado nada. Lo único que sale es agua que te purifica, que despeja el camino. Eso es todo. —La miró y se echó a reír para tranquilizarla—. Igual que Raíz de Artemisa. Nos tuvo en pie a mí y a Corazón de Cuerno casi un día entero.

Raíz de Artemisa sonrió melancólicamente.

—Sí que me acuerdo. Y mi hijo nació fuerte.

Pero cuando Gama Danzarina cerró los ojos y asintió, la expresión de Raíz de Artemisa se endureció. La tensión flotaba en el aire como las brumas del invierno, reflejándose en sus rasgos y en los ojos llameantes de Cerezo Silvestre. Y salió del refugio para posarse sobre los hombros del muchacho como un pesado manto de agua verde.

Cerezo Silvestre siguió cantando para sus adentros al tiempo que arrojaba al fuego otro puñado de hojas de artemisa para llenar el refugio del penetrante y vaporoso olor.

Gama Danzarina gritó angustiosamente mientras su vientre se tensaba.

—¿No deberíamos llamar a Castor? —Los duros ojos de Raíz de Artemisa se posaron en Cerezo Silvestre.

El chico dio un respingo. Siempre reaccionaba de igual modo a la mención de Castor, el Soñador Espíritu del Pueblo. En su cabeza una voz susurró: «No.»

Retrocedió como una sombra en la noche, apartando la artemisa apilada con dedos cuidadosos. Una vez fuera de los arbustos atravesó el campamento corriendo con pies ligeros sin hacer caso de los ladridos de los perros. Ante él se alzaban los refugios sobre el suelo de arcilla, con las pieles levantadas sobre los postes para que pudiera entrar la brisa y refrescar a sus ocupantes que dormían en lechos de hierbas. Aquí y allá el ojo ensangrentado de un fuego agonizante moteado por las negras piedras del hogar proyectaba un resplandor dorado sobre las bolsas de hervir que colgaban de trípodes.

Las negras siluetas de los álamos se alzaban en el cielo nocturno, y la fantasmagórica imagen de las nubes se dibujaba vagamente contra las estrellas. Un búho ululó entre los árboles.

Fardo del Lobo, susurraba la voz en su cabeza.

Antes de llegar al refugio reconoció la silueta de Dos Humos que renqueaba por el campamento. Nadie caminaba como Dos Humos.

—¿Dos Humos? —Se dirigió hacia él.

—Ah, ¿estás ahí? Me tenías preocupadísimo. Tu padre se ha ido a cazar, tu madre está...

—Te necesito. Creo que necesitamos el Fardo del Lobo.

—¿El Fardo del Lobo? —Dos Humos ladeó la cabeza. Su conocida expresión de curiosidad quedaba oculta por las sombras de la noche—. ¿Por qué necesitamos el Fardo del Lobo, Pequeño Danzarín? —preguntó con tono más bajo y reservado, y con su acento Anit'ah.

El muchacho vaciló.

—Yo... bueno, me lo ha dicho una voz.

—¿Una voz? ¿Esa que habla en tu cabeza?

—Sí. Trae el Fardo, por favor. Madre y Cerezo Silvestre están preocupadas. Gama Danzarina tiene miedo de morir. Y Cerezo Silvestre no lo ha dicho, pero yo lo sentí. Sentí eso que no dijo, por la mirada de sus ojos. Pensé que el Fardo del Lobo...

—Has pensado bien. Ven. A ver qué podemos hacer.

Dos Humos giró sobre su pierna sana y se dirigió a su refugio. Las faldas de flecos de su vestido oscilaban con su paso bamboleante.

El berdache siempre había sido un enigma para Pequeño Danzarín. Ningún otro hombre del Pueblo llevaba un vestido. Como respuesta a sus preguntas infantiles, Dos Humos sonreía melancólicamente y respondía que era un berdache, un ser entre los mundos. Una mujer en el cuerpo de un hombre.

El berdache siempre había vivido con la Tribu, según recordaba Pequeño Danzarín, siempre en su refugio. Era un hombre extraño y silencioso que había venido de los Anit'ah y había resistido pacientemente las bromas y las burlas de la Tribu. Reservado y solitario, Dos Humos ayudó a la madre de Pequeño Danzarín en las tareas domésticas, rascando pieles, cocinando, aceptando las faenas propias de una segunda esposa.

El padre de Pequeño Danzarín, Toro Hambriento, el mayor cazador de la Tribu, siempre había sido atento con D… innata desaprobación quedaba atemperada por un int… el muchacho nunca había podido averiguar. El misterio r… berdache como la espiral de humo de un fuego mojado por la llu…

No es que a Pequeño Danzarín le importara. Dos Humos había sido su mejor amigo durante sus ocho veranos, y le escuchaba atentamente cuando le contaba lo de las voces que a menudo oía. Cuando su padre o su madre le regañaban, acudía corriendo a Dos Humos igual que otros niños iban a sus abuelos.

—Así que estabas escondido cerca del refugio del nacimiento...

Pequeño Danzarín se tensó.

—Yo...

—Ya sabes que los hombres no deben acercarse a un refugio de nacimiento. Es un sitio para las mujeres. ¿Y si interfieres en el Poder?

Pequeño Danzarín bajó la vista avergonzado y miró el suelo arcilloso mientras el corazón se le hundía en el pecho.

—Yo no soy un hombre, yo sólo soy un niño. No seré un hombre hasta que haya demostrado serlo y tenga un nombre.

—¿Y no crees que incluso un niño podría interferir en el Poder?

—La voz no me lo dijo. Cuando estoy cerca del Poder, lo sé.

—¿Ah, sí?

—Es una sensación —añadió Pequeño Danzarín después de un silencio—. Como... bueno, como el silencio antes del trueno, sólo que más larga. Es una sensación, nada más. Y algunas veces, la voz.

Se detuvo ante el refugio de su familia y esperó a que entrara Dos Humos. Oyó el rumor mientras el berdache desenvolvía cuidadosamente el Fardo del Lobo del hatillo de cuero en que se guardaba.

Dos Humos salió agachado por la pequeña abertura con el Fardo en los brazos cuidadosamente envuelto en una piel de lobo bellamente curtida. El pelaje relumbraba de color gris bajo la tenue luz de las estrellas.

—Si no me crees, ¿por qué has venido a por el Fardo?

Señaló el bulto peludo que Dos Humos estrechaba contra su corazón. Pero el berdache pasó junto a él sin decir nada y se encaminó al refugio del nacimiento.

—Dime, ¿por qué?

Dos Humos suspiró con vacilación.

—Algún día te lo diré, Pequeño Danzarín.

—Pero quiero saberlo ahora. No veo por qué...

—Has visto a las águilas anidar en las altas cumbres. Has escalado y has visto los polluelos recién salidos del huevo.

—Sí, y el Águila es un pájaro de Poder. Lo sentí. Sé cómo son los polluelos recién nacidos, peludos y...

—¿Echarías a uno de esos polluelos del nido? ¿Esperarías que volara sólo porque es un águila, por el Poder que hay en él?

—Pues... no.

—Entonces no te lances del nido hasta que tus plumas puedan sostenerte.

Perplejo y confuso, Pequeño Danzarín intentó comprender aquello. *¿Significa eso que yo también tengo Poder?* La pregunta le ofuscaba, y bajo su corazón creció un cálido resplandor. Por un brevísimo instante pareció tenderse un trémulo cordón entre él y el Fardo que con tanta fuerza estrechaba Dos Humos contra su corazón. El hilo se rompió tan limpiamente como una rama de artemisa cuando el dolorido grito de Gama Danzarina hendió las paredes del refugio del nacimiento.

—Espera aquí, fuera de la vista si te parece. —Luego añadió en voz más alta—: ¿Raíz de Artemisa? Soy Dos Humos, traigo algo que puede ayudar.

Pero Pequeño Danzarín ya había salido corriendo hacia su agujero. Pasó agachado entre la artemisa y se acuclilló tras la pequeña apertura.

Vio cómo su madre miraba ansiosamente a Cerezo Silvestre.

—Es el berdache —dijo con voz suave—. Sabe mucho. Entre su propia gente...

—Ya lo sé. —Cerezo Silvestre se acarició la barbilla—. Los Anit'ah dicen que los berdaches tienen Poder del Espíritu. Y yo lo creo. —Alzó la voz—. Pasa, Dos Humos. —Luego añadió en voz queda—: Por el Sagrado Poder, nos vendrá bien cualquier ayuda, además de Castor.

Dos Humos entró en el refugio parcamente iluminado con el Fardo presionado contra su corazón.

—Dejadme utilizar el Fardo del Lobo. —Lo extendió reverentemente con una súplica en sus dulces ojos.

—¿El Fardo del Lobo? —Cerezo Silvestre ladeó la cabeza sin dejar de tocarse la barbilla—. Sí, tal vez...

Gama Danzarina alzó la vista y un nuevo temor se reflejó en sus ojos al ver a Dos Humos.

—¡No! Un hombre no. Aquí no...

—Calla —la tranquilizó Raíz de Artemisa—. Él conoce el Poder.

—¡Quiero a Castor! —El miedo en sus ojos se hizo más profundo.

—Soy berdache —replicó Dos Humos—. Ya he hecho esto antes.

—Confía en él —dijo con apremio Cerezo Silvestre.

Gama Danzarina no tuvo tiempo de responder, atormentada por otra contracción. Cerezo Silvestre le hizo al berdache un gesto con la cabeza y se apartó para dejarle espacio.

Dos Humos se acomodó cerca de la gimiente mujer y deshizo la piel de lobo con dedos cuidadosos. Tendió la piel a modo de alfombrilla para impedir que el fardo sagrado tocara la tierra. Cuando comenzó a cantar los melodiosos tonos de los Anit'ah, Pequeño Danzarín se inclinó hacia adelante con el ojo pegado al agujero.

Desde fuera el Fardo del Lobo no parecía gran cosa; era sólo una bolsa de piel bien atada y pintada de rojo intenso en el extremo en pico. La parte de arriba era blanca y estaba veteada con líneas que parecían venas. ¡Un corazón! ¡Eso era, un corazón fetiche!

Dos Humos sacó artemisa de la bolsa que llevaba, la metió en un recipiente de agua colgado de un trípode y la puso al fuego. Detrás de él, Cerezo Silvestre y Raíz de Artemisa intercambiaron nerviosas miradas.

—Tomad, hay que hacer una infusión con esto. —Tendió un puñado de flox limpio—. Tiene que beber un poco, el resto hay que untárselo. Raíz de Artemisa, lávala ahí abajo, por donde vendrá el niño.

Luego levantó el Fardo del Lobo hacia el agujero de tiro cantando en el lenguaje de los Anit'ah, con los ojos cerrados y el rostro sereno.

Pequeño Danzarín, envuelto en la familiar sensación de Poder, sintió un vahído repentino y su alma se alzó con el melodioso canto.

Retrocedió, y apenas advirtió que Dos Humos tocaba con el Fardo la sudorosa frente de Gama Danzarina. La mujer empezó a respirar con más tranquilidad. Después Dos Humos le aplicó el Fardo al corazón, justo encima de la imagen de la tortuga, luego a su vientre hinchado y al montículo del pubis, sobre el punto de la línea amarilla.

Gama Danzarina resolló, esta vez de alivio.

Cuando el té estuvo listo, Raíz de Artemisa llenó una cuchara de cuerno de búfalo y la llevó a los labios de la mujer. Gama Danzarina lo bebió y en su boca se dibujó una sonrisa.

Dos Humos dejó el Fardo del Lobo en su piel y hundió las manos en la bolsa llena de té.

—Así me ha enseñado mi tribu. El té de flox distiende la carne.

Con las manos empapadas empezó a frotarle el vientre hinchado. A una señal suya, Raíz de Artemisa imitó sus movimientos. Gama Danzarina ahogó un grito al sentir otra contracción.

—Ahora calma —le advirtió Dos Humos palpando su cuerpo tembloroso—. La presión debe ser la adecuada. Si aprietas demasiado pueden desgarrarse las entrañas, y la hemorragia no siempre puede detenerse.

—Ya hemos intentado el masaje —dijo Cerezo Silvestre—, y no sirvió de mucho.

Dos Humos asintió mirando el Fardo del Lobo.

—Tal vez esto sí servirá —dijo mientras cogía el fardo y tocaba con él el vientre de Gama Danzarina, en el punto más hinchado.

Ella se puso a gritar, agitada por otra contracción.

—Ya está —dijo Cerezo Silvestre, que gateó hasta ponerse entre las piernas de Gama Danzarina—. Ya hay flujo, y un poco de sangre.

Dos Humos puso el Fardo en su sitio, con los ojos cerrados y sin dejar de entonar su melodioso cántico.

—Viene el niño —añadió Cerezo Silvestre.

Pequeño Danzarín estiró la cabeza para ver bien y no oyó unos suaves pasos. Se sobresaltó cuando Castor alzó la cortina, y se quedó petrificado al ver a Dos Humos y el Fardo del Lobo.

La conmoción le duró sólo un instante; luego la ira le nubló sus ojos negros y mudó el semblante de su rostro.

—¿Pero qué está pasando aquí?

Raíz de Artemisa miró sobre su hombro con el miedo en los ojos.

—Viene el niño.

Dos Humos no cesaba de cantar.

—Un poco más —dijo Cerezo Silvestre, ayudando con las manos.

Pequeño Danzarín sintió que la negrura giraba con el Poder. ¡Castor! Era una sutil vaharada de ira y odio que le golpeó como una brisa sulfurosa en una pradera verde en la que las hierbas y las flores se marchitaran. El Fardo del Lobo era un brillante poder en aquel efluvio.

—¡Ya está! —exclamó Cerezo Silvestre cogiendo algo que Pequeño Danzarín no podía ver.

Gama Danzarina se estremeció mientras su vientre se distendía y Cerezo Silvestre levantaba al niño manchado y mojado. El agudo chillido del recién nacido llenó el refugio.

Dos Humos suspiró profundamente y dejó caer la cabeza. Volvió a llevarse al pecho el Fardo del Lobo y lo acarició reverentemente al tiempo que susurraba una oración de gracias.

—Es una niña —musitó Raíz de Artemisa dirigiendo una mirada furtiva a Castor.

—No me sorprende —bramó Castor agachado bajo el techo del refugio.

Al ver su mirada, Pequeño Danzarín sintió un escalofrío.

—¿Otra niña? ¡Y nacida bajo la influencia de un maligno Poder del Espíritu! —Castor se cruzó de brazos—. Un maravilloso don para la Tribu.

Gama Danzarina movió la boca, demasiado agotada para hacer otra cosa que mirar con ojos espantados al Soñador del Espíritu.

—El Fardo del Lobo no es maligno —dijo suavemente Dos Humos con su marcado acento—. Es...

—Justo lo que cabría esperar de un Anit'ah, y de alguien como tú. ¿Qué eres? ¿Una mujer en el cuerpo de un hombre, como tú dices? No puede ser más que una maldición. ¡Y aun así vienes a contaminar el refugio de nacimiento!

Dos Humos cerró los ojos con expresión dolorida.

—Déjale en paz. —Raíz de Artemisa le miró sentada sobre sus talones—. El Fardo del Lobo liberó al niño.

—Otra niña. Una boca más para alimentar mientras los hombres pasan hambre.

—¡Eso lo dirás tú! —exclamó Raíz de Artemisa, ruborizándose—. No puedes achacar el hambre a las mujeres. ¡Somos la Tribu! ¿Por qué has vuelto tu odio hacia nosotras? ¿Qué te propones, dividir a la Tribu? ¡Pues lo estás consiguiendo! No somos animales.

—¿Ah, no? Y tú crees que el Sabio de las Alturas no ha...

—¡Yo creo que tus Sueños son falsos!

Un silencio sobrecogedor llenó el refugio, y Raíz de Artemisa se dio cuenta de lo que había dicho.

Pequeño Danzarín se sobresaltó y contuvo la respiración. De inmediato cayeron unos ojos sobre él.

—¿Quién es? —preguntó Castor—. ¿Más contaminación?

Fue a coger la cortina, y en ese instante Pequeño Danzarín se levantó de un salto y echó a correr hacia la oscuridad. Se arrastró detrás de un refugio, con el corazón palpitante, y oyó a Dos Alces roncar suavemente. Dio un rodeo sin hacer ruido y volvió a acercarse cuando Castor hubo entrado de nuevo al refugio.

—Era alguien o algo muy rápido. Ahora repite eso de que el Fardo del Lobo no es maligno.

Pequeño Danzarín oyó sus palabras y se tendió boca abajo para arrastrarse hasta un tronco de álamo. La cortina se había quedado alzada, de modo que se veía el interior del refugio.

—No es maligno. Es el alma de... —Dos Humos se detuvo.

—¿De los Anit'ah? —dijo Castor cerniéndose sobre el berdache.

—El Poder sirve a todas las Tribus, Hombre Espíritu. Y tú deberías saberlo mejor que nadie... ¡Espera! ¿Qué haces?

Castor le arrancó de las manos el Fardo del Lobo y retrocedió con él. Salió del refugio seguido por Dos Humos, y con una maldición lanzó el Fardo a la noche. Bajo la tenue luz del fuego, Pequeño Danzarín vio el horror en el rostro conmocionado de Dos Humos, y en ese momento sintió el grito del alma del berdache. Dos Humos tendió inútilmente la mano hacia la noche con un espantoso terror reflejado en el rostro.

En la hierba detrás del campamento sonó un golpe sordo, y Pequeño Danzarín sintió que se le retorcía el alma y que un horrible vahído le invadía las entrañas, y vomitó sin poderlo evitar.

Como a lo lejos, oyó el grito horrorizado de Dos Humos.

Surgieron inseguras las voces de la gente que la maldición de Castor había despertado. Algunos jóvenes salieron corriendo de sus refugios buscando a los Anit'ah en la oscuridad, intentando encontrar la causa del revuelo. Un ruido confuso de voces se alzó en la noche. Hombres y mujeres correteaban cogiendo sus ropas.

Con el terror en las entrañas, Pequeño Danzarín levantó la cabeza y se limpió la boca. Dos Humos estaba a gatas, con una mirada incrédula. La gente se quedó sin aliento al ver la silueta de Castor bajo la luz del fuego del refugio de nacimientos.

—Hay que matar a esa niña. —Castor se volvió hacia el refugio—. ¿Me oyes, Gama Danzarina? Esto ha sido culpa tuya, de todas vosotras. La Tribu ya está bastante contaminada por la estupidez. Está contaminada por las mujeres que vuelven en contra de él la medicina de los hombres. Esta... esta niña está contaminada por la brujería de los Anit'ah y por cualquier espíritu maligno de la noche que haya salido del refugio cuando nació. ¡Yo os condeno a todas! ¡Estáis impuras!

—¡No! —gritó Gama Danzarina—. ¡A mi hija no!

—¡Mátala! ¡Es tu corrupción!

Raíz de Artemisa salió agachada del refugio y se irguió junto a él.

—¿Dónde yace la corrupción? ¡Yo no me siento corrompida si no es por tu presencia!

—¡No! —Cerezo Silvestre la cogió del brazo—. Es un Soñador del Espíritu. Pide perdón.

Pequeño Danzarín vio que su madre se sobresaltaba furiosa.

—Yo... perdóname.

El rostro de Castor reflejaba una extraña expresión de alegría y arrogancia.

—Hay que matar a la niña. —Dio a Dos Humos una patada que lo tiró al suelo, y luego se perdió en la noche.

Entre los presentes se alzó un murmullo.

Pequeño Danzarín se estremeció al ver la escena. Dos Humos levantó la cabeza. La luz del fuego brillaba en las lágrimas que le surcaban el rostro.

Había cesado el viento y el aire era pesado y asfixiante. En el súbito silencio se oyó llorar a la hija de Gama Danzarina.

En el refugio de roca de Pata Blanca, en las Montañas Búfalo, el Sueño se asentó en ella como el rocío de la mañana, ondeando en su mente en forma de congelados entresijos que se tensaran sobre su alma. Más allá, las estrellas trazaban círculos en el cielo, sin hacer caso del silencioso refugio de las montañas. Los coyotes aullaban a coro mientras devoraban un alce muerto. Los búhos volaban silenciosamente sobre la pradera mientras los ratones correteaban entre las sabrosas hierbas buscando semillas.

El mundo nocturno vivía mientras Pata Blanca Soñaba...

Caminaba cansada por una tierra resplandeciente, un paso tras otro, con el antiguo ritual del viaje. Un viento tan caliente como el aire que emana de las ascuas ambarinas le soplaba en el rostro y secaba su fina piel. A su alrededor esperaba inquieta el alma dormida de la tierra, que se secaba y agonizaba.

—Antes no era así. —Hizo una mueca al oír su voz ronca.

Las viejas historias hablan de agua, de tal cantidad de búfalos que un hombre fuerte podía lanzar sus flechas en cualquier dirección y matar alguno. Las viejas historias hablan de hierbas altas hasta la cintura de un hombre. ¿Y ahora? Las fuentes de las que bebió el abuelo de mi abuelo no son más que charcos de barro. Sólo los viejos saben, sólo los guardianes de las leyendas.

Pero las leyendas están cambiando, la gente está cambiando. Incluso los nombres de los lugares están cambiando. Todo está cambiando...

El familiar dolor le palpitaba en la cadera derecha, y en los músculos de sus viejas piernas sentía los mordiscos del cansancio como si fueran grandes hormigas negras en el corazón de un tronco muerto de pino. El dolor de los pies había crecido y se extendía. Ella caminaba por la caliente tierra arcillosa. Le ardían los dedos y tenía las articulaciones entumecidas e hinchadas.

—Soy demasiado vieja para esto —mascullό—. Debería tener un buen refugio e hijos fuertes que me trajeran comida. Debería poder sentarme, charlar y bromear, contarles las viejas historias para que las recordaran, ver a los hombres y mujeres jóvenes hacer tonterías para impresionarse mutuamente. Eso es.

Pero había tenido una visión. Mientras rezaba y ayunaba en las altas cumbres de las Montañas Búfalo, algo le había ocurrido. Había pasado cuatro días sin comida ni agua, helándose bajo el frío aire de la noche y quemándose bajo los rayos del sol de la primavera; se había estremecido y había purgado su alma.

Se sentó desnuda en el altozano buscando la fuente de la llamada que la había conducido toda su vida. Siempre que había intentado retirarse, vivir como un ser humano, la llamada había vuelto imperativa, obligándola a abandonar a cada uno de sus esposos y a los hijos que en ella habían alumbrado. Y siempre había terminado por volver a las alturas para buscar la fuente de Poder.

Y así se había marchado otra vez, hasta que en el cuarto día se formó la imagen de un hombre en las nubes, con los rasgos iluminados por los cegadores rayos del sol. Era un hombre apuesto, alto, cuyo Poder pendía en el silencio, achicando las nubes; una presencia cálida y luminosa.

Observó maravillada cómo él sonreía alzando un brazo hacia el este, hacia las planicies en las que había vivido su pueblo desde los tiempos del Primer Hombre. La imagen se desvaneció tan deprisa como había venido para dar paso a la del Lobo, cuyos ojos relumbraban amarillos como rayos de sol hendiendo las nubes.

Entonces pestañeó, con el corazón agitado en su pecho y miró la esponjosa masa de una formación gigante de cúmulos. Bajó de la cumbre abatida y débil, se puso sus ropas y comió algo antes de emprender el viaje.

—Soñador del Lobo —musitó—. Él me ha traído hasta aquí.

Respiró profundamente, sacudió la cabeza y se detuvo. Chasqueó la lengua seca en la boca y miró con ojos entrecerrados el blanco resplandor del sol.

Estaba sola en aquella ardiente inmensidad, con la espalda doblada por el nudoso saco que llevaba atado a las caderas. Miró en todas direcciones y contuvo la respiración. Los distantes riscos relumbraban como un Sueño del Espíritu. Incluso la cúpula azul del cielo se había oscurecido hasta casi desvanecerse. Sólo el susurro de la brisa ardiente y el rumor de los saltamontes rompían el vacío. Incluso los pájaros callaban durante el calor del día.

El espíritu de la tierra olía a calor, a postración. El olor del polvo le picaba en la nariz.

Los años de sol habían convertido su rostro en una arrugada máscara de color tierra en el que estaban impresos el dolor, el hambre, las penas y los triunfos de su larga vida, formando un mapa de arrugas. Los ojos, sabios y poderosos, ardían tras los pliegues fláccidos de piel tostada. La barbilla hundida traicionaba la pérdida de casi todos los dientes. De sus cortas trenzas escapaban mechones grises.

Pata Blanca carraspeó y escupió sobre la arcilla enblanquecida. Los dedos de la ardiente brisa tiraban de los pocos flecos que quedaban en su vestido manchado de grasa, agitando los jirones y arrugando la fina y gastada piel sobre sus enjutas nalgas. Sobre los hombros llevaba un trozo de intestino de búfalo lleno de agua, que le colgaba hasta las caderas. Cogió el intestino y lo alzó hasta que pudo derramar sobre sus labios un hilillo de agua.

Chasqueó la lengua sin apartar los ojos del escarpado horizonte que ondeaba en dibujos de plata.

—Pero hice mi elección hace años, ¿verdad?

Se echó a reír con el ruido de la artemisa sobre el cuero. Se ajustó el fardo a la espalda y se colocó la correa en la frente. Reemprendió la marcha con paso débil. Bajo sus gastados mocasines crujía la hierba, que ya estaba marrón aunque la primavera apenas había pasado.

A su derecha, un serpeante arroyo cortaba el valle como una herida en el pecho seco de la tierra. Las escamosas paredes verticales estaban fracturadas donde se dividían las capas, y se cubrían de raíces rojas al descubierto. Era una barrera infranqueable. El tajo tenía la altura de dos hombres y caía a un canal oculto bajo las sombras del mediodía. A su izquierda, sobre la seca planicie, se elevaban una serie de tocones marrones y grises, secados por el Padre Sol.

—Maldita suerte —gruñó Pata Blanca deteniéndose.

Ante ella se abría una confluencia, un afluente que se unía al canal principal. Se acercó para mirar la grieta. En tiempos lejanos habría arrojado su hatillo y con una carrera habría saltado sobre el estrecho abismo. Ahora no podía hacer más que mirarlo y recorrer el camino más largo sobre sus piernas viejas y quebradizas.

La tierra emblanquecida reflejaba sobre ella la luz y el calor ardiente del Padre Sol. Cuanto más sudaba, más deprisa evaporaba el viento su sudor.

—¡Ah! —Pestañeó bajo el resplandor y miró fijamente el promontorio que se vislumbraba. Una línea de losas de piedra se alzaba en la cima del risco como una extraña espina dorsal y proyectaba frágiles sombras sobre la pendiente moteada de artemisa—. Ya sé dónde estoy. Ése es el Manantial del Hueso del Monstruo. Llegaré por la tarde. Allí arriba solía haber agua.

Siguió caminando con la espalda doblada bajo la carga.

Más cerca del risco tuvo que rodear otras cuencas que hendían la planicie. Los matorrales se habían convertido en hiebas secas, y algunos eran meras raíces tenazmente aferradas a las lomas de tierra.

—No recuerdo que hubiera estos arbustos por aquí. Tampoco recuerdo que los arroyos fueran tan hondos. El mundo está cambiando. —Sacudió la cabeza y saltó sobre una de las estrechas grietas—. Soy demasiado vieja para andar vagando como una niña en busca de un Sueño. Soy demasiado vieja para esto.

El Sol se inclinaba hacia el oeste y su sombra se alargaba mientras caminaba débilmente, siguiendo el arroyo. Ante ella se alzaban los redondeados perfiles de los riscos contra el cielo cobrizo.

Se detuvo viendo que algo había cambiado. No, lo recordaba por mucho tiempo que hubiera pasado. El efecto fue el mismo que si los Niños Monstruo hubicran cortado las pendientes en su lucha, abriendo largas grietas paralelas que formaban intrincados dibujos entre la artemisa. La falda de la colina se había convertido en tierra de baldío al secarse las plantas que en otro tiempo habían crecido en ella.

Pata Blanca miró con la cabeza ladeada la tierra sobre la que caminaba, estudiando el aspecto del suelo.

—Antes había hierba —recordó mirando las erosionadas pendientes. Los arbustos parecían ahogados, medio enterrados por la tierra que caía de la colina.

Olfateó el aire y se apresuró.

—Pronto oscurecerá. Más vale llegar al Manantial del Hueso del Monstruo, acampar y dormir bien por una vez.

Las sombras se alargaban y acechaban entre los cursos secos de los arroyuelos en torno a ella. Pata Blanca vio que casi toda la artemisa de las colinas había muerto hasta convertirse en esqueletos grises. El oscuro arroyo seguía siendo un desafiante obstáculo junto a ella. Entró en las fauces del cañón paso a paso, intentando recordar qué distancia había hasta el Manantial del Hueso del Monstruo.

Trepó por la pendiente evitando la espesa red de artemisa gigante y los bichos que estarían en las hojas, y dobló una última curva recordando la línea de roca arenosa que caía por la pendiente desde el Manantial. Allí abajo esperaba la artemisa gigante, del color verde azulado de las agujas de abeto bajo la luz cristalina del mediodía.

Exhaló lentamente, bebió un sorbo de agua y siguió caminando con piernas trémulas. Ante ella estaba el Manantial del Hueso del Monstruo, un ancestral lugar de campamento de la Tribu. Allí habían matado la última de las grandes bestias conocidas ahora como monstruos. Según las leyendas, el animal tenía dos colas, una delante y otra detrás. Y ella había visto sus dientes, largos, curvos, más grandes que un hombre.

Allí había vagado ella entre las señales de los fuegos, había visto los huesos rotos, había recogido largas puntas de flecha. Ahora todo había desaparecido. Desvaídas manchas de carbón marcaban los viejos hogares, y el suelo estaba ligeramente oxidado por los fuegos desvanecidos hacía mucho tiempo. Algunos carbones habían resbalado hacia el arroyo. Las piedras rotas y enrojecidas de los fuegos estaban diseminadas como huesos carcomidos por los carroñeros. Incluso los grandes montones de esquirlas de piedra, restos de la manufactura de herramientas, se habían desvanecido.

El refugio estaba escondido de la vista. Al principio Pata Blanca lo confundió con otra roca amarilla, pero al acercarse vio la forma cónica del refugio entre la artemisa. Apenas parecía suficiente para resguardar de la lluvia a dos personas, si es que volvía a llover alguna vez.

Se detuvo y se mordió el labio. ¿Quién? Esa pregunta podía valer la vida de una persona. Incluso la suya. No todo el mundo sabía quién era ella en aquellos días de hambre y sed.

—Nadie vive para siempre —masculló—. Aunque a veces uno se siente como si así fuera.

Siguió caminando, buscando con curiosidad los Huesos del Monstruo, a pesar de su debilidad. Uno de ellos sobresalía del suelo entre la artemisa. La punta, tan grande como el muslo de un hombre, se había astillado y estaba seca como el resto del mundo. Largas esquirlas de hueso yacían esparcidas. Algunas débiles manchas de carbón ennegrecían el suelo, con un ligero tinte rojo de óxido alrededor. Eran viejas hogueras. Viejas, muy viejas.

El mundo estaba cambiando.

—¡Hola! —gritó Pata Blanca con las manos en torno a la boca—. ¿Quién está ahí?

Todo siguió inmóvil. En sus pensamientos aleteó algo maligno, como un murciélago en la noche.

En la quietud se oyó el grito de un niño.

El Sueño volvía a doblarle la espalda. Pata Blanca se sobresaltó, y miró pestañeando el resplandor nocturno de su refugio de roca. El estómago le daba vueltas y se sentía enferma. Luchó contra las náuseas. La noche estaba quieta. ¿Qué había pasado? Se sentía un abuso del Poder. ¿Pero por quién? ¿Dónde?

Tenía la boca seca. Cogió la piel de agua y bebió. Se incorporó y se frotó las piernas, sintiendo los viejos músculos agarrotados. Ocho años habían pasado desde que el Poder la había conducido hacia el niño y el berdache. ¿Qué había pasado ahora?

Miró en torno al refugio y vio las familiares cumbres recortadas en el cielo. Buscó los oscuros dibujos de las nubes mientras la Luna volvía a aparecer en el horizonte.

Se puso tensa al volverle a ver en los rayos de luz de luna que hendían las nubes. El joven de sus Sueños del Espíritu se formó entre los cúmulos. Medio hombre, medio lobo. La imagen giró donde las nubes parecían señalar al sureste, hacia la tierra de su pueblo.

Conmocionado por la profanación de Castor, el Fardo del Lobo vibraba, gimiendo de angustia en las grietas y curvas del tiempo. Gemían y se lamentaban las voces de los miles de personas que lo habían tocado maravilladas y habían dejado en él parte de sus almas.

El Poder vibraba recordando la violación, apartándose del mundo de los hombres para caer en un núcleo ardiente de ser.

—Recuerda, la Espiral, círculos dentro de círculos unidos pero sin tocarse jamás. Aún no ha llegado el momento. Pero llegará... llegará...

Y el Fardo del Lobo esperó.

2

—No tienes por qué hacer esto.

Raíz de Artemisa miró a los ojos a Gama Danzarina, que salía del refugio estrechando a la niña contra su pecho. Gama Danzarina miró subrepticiamente a Castor, que estaba junto a su refugio con los brazos cruzados sobre su ancho pecho. Era un hombre ya maduro, bajo y corpulento. En su rostro de anchas mejillas no podía leerse ningún pensamiento. Tenía la nariz aplastada y una profunda cicatriz, legado de una flecha de los Anit'ah, le cruzaba la frente alta.

—No hay bastante comida —dijo apesadumbrada Gama Danzarina, irguiéndose bajo el oblicuo sol de la mañana.

—No lo hagas. Ya pasará algo.

Le resonó el estómago. No quedaba mucho de la última presa, tan sólo algunas finas tiras de carne seca, lo suficiente para un par de comidas más. Se habían recogido algunas raíces, para hacer un guiso. Las mujeres ya habían salido a buscar conejos o madrigueras de ardillas cercanas al río para poder inundarlas y conseguir algo de comida. Pero aun así, matar a un niño...

Gama Danzarina tensó la boca.

—Mi bebé es una niña. —Volvió a mirar a Castor—. Él lo sabe.

—¡Es decisión tuya! Él no puede obligarte a matar a tu propia...

—Por favor. —La súplica de Gama Danzarina le retorció el corazón—. Sé lo que intentas hacer, pero hasta que vuelva Gran Corredor... Bueno, no quiero tener problemas.

—Yo estaré a tu lado, te daré lo que me quede de carne seca —prometió Raíz de Artemisa, que sabía perfectamente que a Gran Corredor le habían matado los Anit'ah—. Escucha, no podemos matar a las niñas. —Le puso una mano en el hombro—. Confía en mí. ¿Cómo te sentirías si matas a tu hija y Toro Hambriento o algún otro viniera diciendo que han rodeado una manada y que hay bastantes presas para todos?

Gama Danzarina se mordió el labio sin apartar los ojos de Castor, cuya presencia era como un efluvio maligno.

—¿Y luego qué? ¿Cuánto tiempo pasará hasta que volvamos a encontrar caza? No. Es todo muy brumoso, pero recuerdo que él dijo que tenía que hacerlo. Es por el bien de la Tribu. Esta niña todavía no tiene alma, no tiene nombre. No es más que un animal.

Raíz de Artemisa cerró los ojos al oír la voz llena de seguridad de Gama Danzarina.

—Es tu... —*Es lo último que te une a Gran Corredor*, quiso decir, pero no se vio con fuerzas para aumentar el dolor de Gama Danzarina, que miraba ansiosamente a un lado y a otro.

—Ya has hecho bastante. ¡Tú y tu berdache!

Al oír la tensión en su voz, Raíz de Artemisa cedió.

—Sólo queríamos...

—Por favor, déjame pasar. Cuanto antes lo haga, mejor.

Raíz de Artemisa se hizo a un lado y miró inexpresivamente cómo Gama Danzarina ascendía hacia la cima de la colina, solitaria y abatida. Se estremeció al verla alzar a la niña sobre su cabeza y lanzarla contra las piedras planas del río. El viento se llevó el ruido del golpe.

Castor se volvió con el rostro inexpresivo y entró en su refugio. La Tribu miraba con ojos ausentes la figura inclinada en la cima del risco.

—¿En qué nos hemos convertido? —musitó entre dientes Raíz de Artemisa.

—En hambrientos. —Cerezo Silvestre había aparecido misteriosamente a su lado—. ¿Así que lo ha hecho?

—No quería enfrentarse a Castor.

Cerezo Silvestre asintió, y entrecerró los ojos.

—Está matando a su propia gente, y nadie sabe qué otra cosa se puede hacer. Es la falta de lluvia. Nuestro pueblo se está desintegrando más deprisa que nuestros gastados refugios. —Escupió con énfasis—. Ya le oíste anoche. Luego volvió a hablar con ella antes del amanecer. Por sus palabras se hubiera dicho que le estaba echando a ella la culpa de todas las desgracias que ha sufrido la Tribu. Le dijo que si no se hubiera quedado embarazada, tal vez Gran Corredor no habría ido a cazar a las tierras de los Anit'ah. Le preguntó con qué pensaba alimentar a su hija. «¿A quién vas a quitarle la comida de la boca?», le dijo literalmente.

Raíz de Artemisa se mordió los labios. Sus ojos ardientes estaban llenos de lágrimas de ira y frustración.

—Corazón de Cuerno nunca dijo cosas así.

Cerezo Silvestre miró la figura abatida en la cima del risco.

—Recuérdalo, muchacha. La Tribu se muere. Castor ha decretado que las niñas no son necesarias para la supervivencia del grupo. Nos echa la culpa a las mujeres de la sequía y de la falta de gamo. Mira a tu alrededor. ¿Ves algún brillo en los ojos de la Tribu? Nos desvanecemos, como el humo de un fuego agonizante.

Cerezo Silvestre se marchó cojeando y chasqueando los labios hacia su gastado refugio.

Raíz de Artemisa miró por última vez a Gama Danzarina, que estaba agachada en el risco. Incluso desde allí veía cómo sus hombros se levantaban y caían de dolor. Cuando se volvió para marcharse, sus ojos se cruzaron con los de Castor, que estaba sentado en el fondo en sombras de su refugio. Los ojos del Soñador del Espíritu relumbraban.

—Como el humo de un fuego agonizante —repitió ella entre dientes.

Pequeño Danzarín observó a Castor salir del campamento. El hombre caminaba lentamente desde el Río Luna hacia las pendientes cubiertas de artemisa que llevaban a las altas terrazas.

—Va allí arriba a Soñar, a llamar al búfalo —dijo Dos Alces sin dirigirse a nadie en particular. El viejo caminaba frente a su refugio y sus manos arrugadas tallaban una punta de flecha con un trozo de cuarzo. Sonrió alegremente al sol—. Castor es un buen hombre. Anoche expulsó a los fantasmas. Purifica al Pueblo.

¿Fantasmas? Yo era el fantasma, viejo. Menudo Soñador del Espíritu. Pequeño Danzarín apartó la vista y vio a su madre cogiendo piedras del fuego con unos palos. Luego las fue metiendo en la bolsa para hacer un guiso a base de los últimos restos de carne seca. Después ya sólo quedarían las pieles con las que habían hecho los mocasines y las cubiertas de los refugios. Comida de hambruna.

Pequeño Danzarín caminó lentamente hacia el refugio. Al mirar los árboles recordó la emoción de buscar huevos de pájaro. Ahora ya habían despojado todos los nidos hasta dos días de distancia. Aun así, Castor no quería trasladar el campamento a tierras nuevas sino que había prometido llamar al búfalo... y matar niños.

El horror que sentía no se aminoraba. Le devoraba el hueco que tenía dentro, y no sabía qué le dolía más, si el hambre o lo que sintió cuando Castor arrojó a las tinieblas el Fardo del Lobo. Nada volvería a ser lo mismo.

Se acuclilló junto al refugio y miró bajo la cubierta para ver el rostro conmocionado de Dos Humos que mecía el Fardo del Lobo. Tenía el mismo aspecto que una persona con el alma muerta: decaído, apático, horrorizado ante el futuro.

—Coge un cuerno y saca algo de caldo —le dijo su madre interrumpiendo sus pensamientos.

Pequeño Danzarín obedeció, sorprendido al ver cómo se le hacía la boca agua. Miró el refugio, recordando aquel gusto amargo del invierno, cuando casi se mueren de hambre hasta que su padre, Toro Hambriento, condujo a los cazadores hasta una pequeña manada de búfalos. Ya habían llegado rumores de que las hembras tenían pocas crías.

—¿Qué piensas?

Él la miró advirtiendo la honda preocupación en sus ojos.

—Que Castor matará a la Tribu. Deberíamos marcharnos.

Ella llenó otro cuerno de caldo sin decir nada.

—Llévale esto al berdache.

Pequeño Danzarín se llevó el cuerno con cuidado de no derramar nada. Dos Humos ni siquiera levantó la vista. El muchacho le dejó el cuerno junto a él y salió.

—Sabes que no le gustamos a Castor. ¿Que esperabas demostrar anoche? —le preguntó su madre.

Él bajó la vista y jugueteó con sus dedos, con aire ausente.

—Eras tú, ¿verdad?

El chico seguía sin decir nada.

—Para ensuciarte tanto de polvo has tenido que estarte arrastrando. ¿Es que nunca te has parado a pensar el efecto que has podido ejercer sobre el Poder?

—No, pero la voz no...

—No quiero oír nada de voces. Gama Danzarina podía haber muerto anoche. El niño pudo... —Suspiró con el sonido de un alma desgarrada—. Bueno, no importa.

—El Poder estaba bien.

Sentía los ojos de su madre sobre él.

—¿Y tú qué sabes del Poder?

Pequeño Danzarín tenía la boca seca.

—Yo lo sentí. Sentí el Fardo del Lobo. El Poder de Dos Humos funcionó, liberó al bebé. Yo lo sentí.

—¿Y qué más sentiste?

Él tragó saliva, con el corazón acelerado.

—Sentí a Castor. Es malo. Y tiró el Fardo del Lobo...

—¿Y?

—Yo... me mareé.

—No tienes muy buen aspecto. —Le dio otro cuerno de caldo—. No pongas esa cara.

Él alzó la vista al oír el tono apático de su voz, y le asustó la forma en que lo miraba.

Su madre le pasó la mano por el pelo y miró hacia las pendientes por las que escalaba Castor.

—Más vale que te vayas a dormir un poco cuando termines la sopa. Así mitigarás el hambre.

Pequeño Danzarín asintió y se bebió el caldo, sintiendo el vientre tenso.

Un hombre que vive sin su Tribu no vive bien. Éste era el problema que meditaba Sangre de Oso mientras miraba los restos de sus mocasines. Tocó fútilmente el agujero de la suela. La chaqueta de piel de búfalo que llevaba sobre los hombros estaba ajada, y el pelo se había empezado a caer. La había curtido muy mal. No comprendía cómo podía quedarse fijado el pelo cuando se curaba la piel.

Un hombre solo no puede llevar más que lo que pueden cargar su perro y él. Durante los últimos dos años, cada presa había significado un festín. Era un buen cazador y había perfeccionado sus habilidades hasta lograr atravesar la artemisa tan silencioso como la sombra de un búho. A pesar de eso, un hombre solo no podía montar una trampa, no podía rodear a la presa con un grupo de hombres. Así que tenía que arrastrarse con cuidado, sirviéndose de cualquier ventaja que le ofreciera el terreno y el viento. Los años le habían enseñado la utilidad de la emboscada y el sigilo.

Pero a pesar de todo esto, se le marcaban las costillas y tenía el cuerpo macilento. Los gruñidos de su estómago podrían aplacarse con el festín de una presa, pero al cabo de un día lo único que quedaría serían huesos pelados. El hambre le seguía, cerniéndose como un fantasma sobre sus hombros. Aplastó los huesos buscando la médula e hirvió la grasa, que recogió de la superficie del agua antes de bebérsela. Luego escupió las esquirlas.

Estaba sentado en la cima de un risco, mirando la vasta cuenca del Río Lodo. Podía mirar hacia las Montañas Búfalo y recordar los cálidos y acogedores refugios de su tribu. En su corazón latía el vacío.

Había conducido al grupo de guerreros detrás de Agua Clara. Durante toda la infructuosa persecución le estuvieron acechando sus ojos reservados. Por la noche murmuraban entre ellos, desmoralizados por la pérdida del Fardo del Lobo. En la expresión de cada hombre se reflejaban sus pensamientos: el Fardo del Lobo ha abandonado a los Mano Roja. Este hombre que nos dirige es el culpable. Este hombre, Sangre de Oso, mató al Hombre Espíritu, rompió el Poder de la Tribu.

Naturalmente no encontraron a Agua Clara ni a Dos Humos. Sus corazones perdieron el fuego, y uno a uno los hombres de su grupo se perdieron en la noche para volver a sus campamentos, hablando de fracaso y derrota. Al marchar, Agua Clara se llevó con ella el alma de los Mano Roja.

—La encontraré —prometió él—. Algún día encontraré el Fardo del Lobo, y entonces volveré. ¿Me oís? Volveré a los Mano Roja, y traeré el alma que nos robaron Agua Clara y Dos Humos.

Pero hasta entonces no volvería. Le daba escalofríos la idea de enfrentarse a su mirada. No podría resistirlo.

Alzó la vista hacia la infinita bóveda azul del cielo y movió la cabeza. Se levantó y blandió el puño. Luego se volvió hacia el sol cegador.

—Por mi sangre y mi alma, te pido que escuches mi petición. ¡Dame el Fardo del Lobo! Dame una señal, dime la forma de encontrarlo. Ayúdame, Sabio de las Alturas, y yo me humillaré ante ti. Oye mi súplica. Daría la vida por el Fardo del Lobo. ¡Daría todo lo que tengo!

El viento cesó y los animales que correteaban por la artemisa quedaron en silencio. Ni siquiera los gritos de los trigueros rompían la quietud.

—¡Óyeme!

Sacó de la bolsa un afilado cuchillo de cuarzo, se agachó y puso la mano izquierda sobre una piedra. Bajó la vista un instante para poner la afilada hoja sobre la última falange de su dedo meñique.

El cálido borbotón de sangre que manó sobre el cuchillo le atravesó el cuerpo trémulo con un estremecimiento de excitación. Cortó los tendones y los ligamentos con el rostro tan endurecido como la madera hendida por el rayo.

Cogió el dedo arrancado y ensangrentado y lo levantó sin hacer caso del dolor.

—¡Ofrezco parte de mí! ¡Con mi carne me ato a ti! ¡Toma de mí lo que quieras, pero dame el Fardo del Lobo!

Lanzó el dedo al aire con todas sus fuerzas y lo perdió de vista bajo el ardiente resplandor del sol.

Retrocedió con la vista nublada. Los rayos cegadores relumbraban a través de sus lágrimas y partían la luz en un arco iris de colores. Por un momento le pareció ver la imagen de un hombre de luz que le miraba sopesando sus palabras. Pestañeó y con los ojos cerrados siguió viendo la imagen del hombre sol que ardía en sus párpados. Abrió los ojos con las mejillas surcadas de lágrimas y no vio más que la radiante esfera del sol.

Un soplo de brisa refrescó el reguero de sus lágrimas. Un saltamontes zumbó al alzarse en el aire. Un pájaro gorjeó entre la artemisa.

¿Le habría oído el Mundo Espíritu? Después de tantos años de burla, ¿habría pasado algo? Se quedó escuchando y sintió el gotear de la sangre sobre su mocasín. Se miró ciegamente el dedo palpitante.

¿Había pasado algo, o eran imaginaciones suyas?

Por más que buscó, no pudo encontrar su dedo cercenado.

Dolor... dolor... dolor...

Dos Humos no se había sentido tan mal desde aquel día tan lejano. Ocho largos veranos habían pasado desde que Agua Clara y él habían huido de Sangre de Oso y la Tribu de los Mano Roja. Ahora su alma se estremecía como si se quemara en el fuego.

Pequeño Danzarín dormía al otro lado del refugio. Los apagados sonidos que emitían sus labios denunciaban unos sueños atormentados. Sí, lo sabía. Pequeño Danzarín había nacido bajo el Fardo del Lobo y comprendía el horror de lo que había pasado. El Poder de su madre era fuerte en él, casi como una palpitante presencia que constantemente buscaba alivio.

—Y yo le hice una promesa al Fardo del Lobo —susurró Dos Humos.

Acarició el fardo, herido por el daño que había sufrido el sagrado objeto que tenía a su cuidado, asustado por las represalias que sabía que acechaban en el horizonte. Las sentía, poderosas, pesando en el aire como una tormenta cercana.

Era su responsabilidad. Parpadeó débilmente al recordar cómo Gama Danzarina había aplastado a su hija contra el suelo rocoso. Un niño salvado, un niño muerto. ¿Sería eso todo? ¿Pediría algo más el Fardo del Lobo profanado? ¿Tendría que pagar alguna otra horrible retribución por su fallo?

La última vez había tenido que pagar su incompetencia con la pierna, y la vida de Agua Clara.

Volvió a aquel día de verano, ocho años atrás, y revivió el dolor...

Eran sólo un berdache y una Mujer Espíritu, y era absurdo intentar tender una trampa así. Los cazadores expertos habrían comprendido al bisonte. Agua Clara había localizado a la pequeña manada. La idea de Dos Humos era encerrar a los animales entre los márgenes del arroyo en el que bebían.

Conducirlos allí fue fácil, como en las historias que contaban los cazadores. Habían empujado a los animales suavemente, a una distancia de un tiro de flecha, hasta que los muros del valle se alzaron en torno a ellos.

Agua Clara había visto cómo los búfalos se arremolinaban ante la boca del arroyo.

—¡Ahora! —gritó—. ¡Persíguelos! ¡Asústalos!

Y él había cargado contra las bestias, temeroso de los rayos de sol que relumbraban en sus largos cuernos negros. Los animales, de aspecto plácido, casi estúpido, balaron y gimieron, y los que estaban arrinconados contra la pared de tierra cornearon furiosamente a sus vecinos. Las moscas se alzaron de los rizos de pelo para zumbar en el aire.

La hembra que estaba en cabeza se volvió para enfrentarse a él, y Dos Humos se apartó de un salto. Al verle retroceder, la hembra se lanzó a toda velocidad intentado hacer una abertura para escapar.

Abrió los ojos y miró apenadamente a Pequeño Danzarín. Alzó la mano del Fardo del Lobo que tenía en el regazo como si quisiera tocar al muchacho.

Su inexperiencia había matado a la única mujer que había amado en su vida.

Dos Humos recordaba que se quedó tumbado con un dolor que le partía el alma. Había intentado tragar saliva, pero tenía la lengua hinchada y seca. Cerró los ojos con fuerza al sentir el ardiente dolor en la pierna. A pesar de su sed, el sudor le goteaba caliente y salado por el rostro. Intentó moverse entre gemidos, hundiendo sus dedos temblorosos en el cieno del fondo del arroyo. El dolor le asaeteaba la pierna destrozada. El grito arrancó de su garganta como algo vivo y se desplomó en el árido suelo, jadeando con dificultad. Sentía en la nariz el rico olor de la tierra desmoronada que le sostenía la mejilla sudorosa.

El niño. ¡Tengo que coger al niño!

Dos Humos miró los cantos rodados del canal principal, ahora agitados por las patas de los búfalos enfurecidos.

—Es culpa mía —gimió—. ¿Qué sabía yo de la caza del búfalo?

Y sin mí, el niño morirá, solo, hambriento. Tal vez venga primero un coyote a meter el morro en el fardo, con los dientes listos para... No, no lo creo. Volveré. Tengo que hacerlo, soy lo único que tiene.

—...Lo único que tiene.

No pudo soportar la idea de buscar el cuerpo de Agua Clara. Ya era todo bastante horrible. Apoyó los brazos con los dientes apretados y se alzó, vomitando casi con el esfuerzo. La pierna arrastraba detrás de él. Intentó llenar los pulmones de aire para aquietar su corazón. La cabeza le daba vueltas.

—Es culpa mía.

Recreó en su mente los últimos momentos, el último desesperado instante en que los búfalos cargaron contra ellos con plateados regueros de saliva colgándoles del morro. Sintió más que oyó las grandes pezuñas pateando el suelo. El sol relumbraba en sus cuernos tan claramente como aquel día tan lejano. Podía oler el polvo que se levantaba en torno a sus pieles de pelo rizado.

Moriría con el grito de Agua Clara en su mente. Se elevaría hasta el Sabio de las Alturas reviviendo sus esfuerzos por contener la estampida, ondeando sus ropas para asustar a los animales. Vio el peligro demasiado tarde y se volvió para echar a correr.

Las imágenes se ralentizaban, como en un Sueño del Espíritu. Las piernas de Agua Clara parecieron quedarse rígidas; sus reacciones eran torpes porque hacía muy poco que había dado a luz. Luego la cría de búfalo, con los ojos iluminados de miedo, pasó cerca de Agua Clara mugiendo de terror.

La enorme hembra giró de golpe al oír a su cría. Bajó la cabeza y los cuartos traseros, con los músculos sobresaliéndole en los flancos, y atacó. Su largo cuerno alcanzó a Agua Clara en la espalda.

Dos Humos observó impotente cómo la hembra enfurecida agitaba la cabeza. El cuerno rasgó la piel y apareció entre los pechos llenos de leche de Agua Clara. Por un segundo se encontraron sus ojos en una comunicación de terror e incredulidad.

Los búfalos frenéticos lo oscurecieron todo.

Dos Humos recordaba el súbito impacto en su propio cuerpo, alcanzado por detrás cuando se echó a correr. Luego el dolor... y el silencio... y...

Recordaba que tenía la vista nublada cuando volvió en sí. En las profundidades de su mente oía el llanto de un niño, y aquel lastimero gemido le dolió en el alma.

Se alzaba en torno a él una niebla gris que refrescaba el calor del sol en su espalda y palpitaba en él junto con el dolor que agitaba sus nervios como carbones al rojo sobre la piel.

¿Cuánto tiempo llevaba allí, medio inconsciente? En su mente aleteó por un momento una vaga imagen de la noche, del estremecimiento y del dolor.

Después algo cambió. Su cabeza se había movido, y él se dio cuenta a pesar de los rayos de dolor que le atravesaban. Tal vez el Poder no había muerto. Recordó...

Dos Humos gimió intentando encontrarse a sí mismo entre las oleadas de dolor.

—¿Anit'ah? —Reconoció la palabra. Enemigo—. Anit'ah, ¿me oyes?

—Yo... —Le asustó su propia voz rota.

—Bebe, despacio.

Unos dedos cálidos le abrieron los labios y un fino hilillo de agua cayó sobre su lengua. Se chupó desesperadamente el paladar. Luego más agua llegó a su garganta, y bebió libremente.

Intentó darse la vuelta, pero el dolor le ofuscaba la mente.

—No te muevas. Tienes la pierna muy mal. Espera un poco. Bebe un poco más.

Esta vez reconoció la presión contra sus labios: era una bolsa de agua de tripa de búfalo.

—Ahora vamos a ver tu pierna.

Sintió que unos dedos levantaban el bajo de su vestido de berdache. Sintió el fuego cuando los dedos le tocaron y gritó. Le alzaron más el vestido y oyó un jadeo.

—¿Eres un hombre? Con un... ¡Ah, un berdache!

—Tengo que volver al campamento —musitó—. Es culpa mía. Tengo que salvar al niño. Tengo que...

—El niño está bien. Tenemos que hacer algo con esa pierna. Te dolerá.

Dos Humos volvió a gritar cuando unos dedos expertos le tocaron. La negrura le envolvió otra vez, alejándolo del dolor.

Ella le había salvado la pierna. La anciana le había curado allí, en el Manantial del Hueso del Monstruo. Luego se marchó y trajo a varios cazadores que le habían llevado hasta allí. Y ahora él esperaba y sufría, y añoraba las altas Montañas Búfalo en las que se había criado y había encontrado un lugar entre una gente que no le trataba como un animal.

Dos Humos alzó cuidadosamente el Fardo del Lobo y se lo llevó a la mejilla. No sintió el Poder que una vez había poseído. Arrojó unas hierbas a las ascuas del fuego matutino y pasó el Fardo cuatro veces por el humo purificador, sin dejar de cantar su devoción. Con reverente cuidado alisó los lados deshilachados del Fardo del Lobo y lo envolvió en la piel de lobo.

Sentía unos dedos de hielo en la espalda. Se había abusado del Poder. ¿Quién sufriría para restaurar los ciclos? El Poder siempre era impredecible, y ahora que lo habían profanado, podía golpear en cualquier parte. Miró al muchacho ansiosamente.

El Fardo del Lobo tendió unos sutiles tentáculos en torno a Castor, y como la niebla de la mañana exploró la textura de su espíritu. Se enroscó al hombre que dormía como la Telaraña en los cielos, e imperceptiblemente comenzó a cerrarse y a tensarse en torno a la vida de Castor.

Soñador del Lobo susurró desde las estrellas:

—Aún no ha llegado el momento. Todavía sirve a nuestros propósitos.

—Quiere exterminar a los seres humanos en torno a ellos. Dividirá el mundo. Si logra su objetivo, los hombres serán más importantes que la Tierra, el Sol y los animales, más importantes incluso que las mujeres.

—No ha llegado el momento. Nuestros planes sólo han comenzado.

—Tal vez el muchacho no sea bastante fuerte. Puede que sea el Embustero. —El Fardo del Lobo dudó—. Castor es maligno.

—Confía en los círculos.

—Sería muy fácil matarle ahora, dispersar su alma entre las rocas y hacer que vuele como el polvo en el viento.

—Y tú mismo alterarías las Espirales. Confía en la armonía, confía en los designios del Sabio.

El Poder del Fardo del Lobo se apartó de mala gana del alma de Castor.

3

Pata Blanca caminaba lentamente por un sendero abierto por incontables alces y cabras montesas. En algunos puntos algún desprendimiento bloqueaba el camino, obligándola a rodear el obstáculo con sus frágiles piernas para volver después al sendero.

Los animales piensan de forma distinta a los humanos, y las huellas del gamo llevaban de una pradera a otra, o a un refugio entre los árboles, o tal vez a un lugar donde hubiera agua. Los seres humanos caminaban en líneas más rectas.

Pata Blanca pensó en ello y decidió que podía extraerse una lección. ¿Quiénes eran más inteligentes, la Tribu, que recorría largas distancias y deseaba largas líneas rectas sobre las rutas más cortas, o los animales, que viajaban durante el día sufriendo sólo para satisfacer sus necesidades?

Se detuvo donde el camino bajaba por una pendiente cubierta de árboles. Una ardilla le parloteó desde un pino. Ella alzó la vista y vio al animal agachado, con la cola levantada sobre la espalda.

—No me vengas con cuentos —gruñó.

La ardilla saltó un par de ramas más arriba y golpeó con las patas traseras sin dejar de chillar.

Pata Blanca se rascó detrás de la oreja, se reajustó el pesado hatillo y suspiró. Un alce podía recorrer a saltos un camino así, pero una anciana debía tomar una ruta distinta.

Echó a caminar por la cima del risco. El olor de los pinos impregnaba el aire. Hacía cuatro años que no seguía aquella ruta hasta la divisoria que la llevaría a la cuenca, y sólo el Sabio de las Alturas sabía los cambios que se habrían producido. Podía ser un viaje muy largo.

Tanagra observaba desde las sombras a la anciana y se preguntaba quién sería. ¿La bruja Pata Blanca? Un breve aleteo de ansiedad sacudió su alma de ocho años. ¿Qué mal podría derivarse de observar a una bruja?

Se quedó inmóvil, sin atreverse siquiera a apartarse el pelo de la cara. Estaba toda sucia y llena de polvo. Había aprendido mucho a pesar de su corta edad: cuando uno observa a los animales no hay que moverse. El alce, por ejemplo, lo veía todo; su capacidad de ver, oír y oler era casi mágica. Y una vez había tenido que quedarse tan quieta como si estuviera muerta cuando un oso pardo estuvo merodeando cerca de ella. Sólo la brisa la había salvado en aquella ocasión, llevando hasta ella el acre olor del oso.

Tanagra siempre había sabido que era especial. Los juegos de las otras niñas no le divertían. Siempre se había sentido atraída por el bosque, y le gustaba saltar ágilmente sobre los troncos caídos y escalar por rocas en las que una caída habría significado la muerte. Ninguna de las reprimendas de su madre podía mantenerla en casa, sobre todo cuando la llamaban los árboles y los animales.

Arrugó la nariz cuando la anciana desapareció. ¿Quién creería que había visto a una bruja? Desde luego ni Grillo ni Alce Ágil. Tanagra retrocedió de su escondrijo, silenciosa como un lince al acecho, y bajó hacia el campamento corriendo como sólo ella podía hacerlo.

Pequeño Danzarín se acurrucó, esperando que el sueño calmara los calambres de su estómago. Las pesadillas se hundían profundamente en su mente.

Volvieron a su cabeza los recuerdos de lo que había visto. Nunca olvidaría la imagen de Gama Danzarina aplastando contra las piedras a su hija, que rebotó, se agitó y por fin se quedó yerta. Desde su escondite entre la artemisa había visto la expresión torturada de Gama Danzarina. Y sobre todo ello se cernía la sonrisa burlona de Castor. Cambió la imagen, y a Pequeño Danzarín se le retorcieron las entrañas al oír el golpe sordo que hizo el Fardo del Lobo al aterrizar en el suelo.

—¡No! —gritó, recordando el vacío que había absorbido su alma.

—La Tribu está muriendo —dijo una voz—. Como el humo de un fuego agonizante. Nos disolvemos, somos cada vez menos.

Una anciana salió cojeando de entre los árboles, apoyada en un bastón. Llevaba atado a la frente un inmenso hatillo, y la brisa jugaba con su pelo gris. Cuando miró a Pequeño Danzarín, sus ojos oscuros relumbraron de Poder.

Todo volvió a cambiar. El mundo giraba bajo él. Un hombre lanzó algo al cielo, con el rostro convulso como lleno de ira. Una súbita luz le cegó dolorosamente.

Sintió el hambre, como las olas lamiendo los guijarros del Río Luna. Le asaltaron unas punzadas de deseo que le arrastraron a la corriente, girando y gorgoteando.

—¡Basta! ¡Basta! —Lanzó un grito.

Creció el nudo que tenía en el estómago hasta abarcar a toda la Tribu. Las punzadas de hambre eran como tentáculos que tocaban a los hombres que buscaban huellas frescas en los altozanos. Sufría por toda la Tribu, sintiendo el desgaste de sus cuerpos y la energía huyendo de su carne.

—Aliméntanos. Aliméntame —gimió en sueños.

Se intensificó el calambre de su estómago cuando su sangre asimiló el último resto del caldo.

Ya vamos. Recuerda este día... porque nosotros somo tú.

Se sobresaltó por la cercanía de la voz. Le invadió una extraña y confusa sensación. Tenía en la boca el gusto de la artemisa, normalmente amarga pero ahora muy dulce. Gimió de miedo, incapaz de pronunciar palabra alguna. Echó a correr a toda velocidad. La visión del mundo se expandía ante él.

Corría con piernas ágiles. Las manchas blancas de los antílopes relumbraban ante su alarma. Una cabra baló y él se volvió sin pensarlo hacia ella, hacia la seguridad que le ofrecía.

Ya vamos, repetía la voz. *Ya vamos.*

Se estremeció, desgarrado del cuerpo que habitaba. Luchó contra la presión en su hombro y dio una patada. Lanzó un grito y oyó su voz humana en su propio oído.

—¡Despierta, Pequeño Danzarín! Es una pesadilla. ¡Despierta!

Pestañeó para aclararse la vista y se quedó mirando sus pieles apiladas ante su nariz, casi temeroso de lo que iba a ver. Su madre le miraba con el rostro preocupado.

—No es más que un sueño. Sólo un mal sueño —le dijo pasándole la mano por el hombro.

Él aclaró sus pensamientos con el mismo esfuerzo del que camina por la nieve honda y húmeda.

—¿Estás bien?

Pequeño Danzarín movió la cabeza. La brumosa imagen de la cría de antílope nublaba su realidad.

—No, no era un mal sueño. Somos uno.

Raíz de Artemisa ladeó la cabeza.

—Lo sé. Yo también he tenido pesadillas. Después de anoche estás...

—No. —Pequeño Danzarín miró a Dos Humos que dormía estrechando contra su pecho el cuero que albergaba el Fardo del Lobo—. Somos uno. En antílope oyó. Vienen. Vienen... hacia el río...

Ella se lo quedó mirando, con la suave piel de la frente profundamente arrugada.

—De verdad. Lo vi. En el sueño. —Se incorporó, sintiendo lo pavoroso que era aquello—. Yo no puedo... no puedo...

—¿Explicarlo? —Raíz de Artemisa alzó una ceja y miró la entrada del refugio con expresión pensativa. ¿Estaba evitando su mirada?

—Me asusté. Pero no era malo. No como diría Castor. No era maligno. No era malo, lo juro. Era... —Frunció el ceño perplejo, buscando las palabras—. Uno. No era diferente.

—¿Vienen hacia el río? En el sueño, ¿dónde estaba el sol?

Se quedó pensativo.

—Allí. Al oeste.

—¿Y hacia dónde iba el antílope?

Si el sol estaba al oeste, a la derecha, el antílope iba...

—Hacia el sur.

Ella se inclinó y le cogió la barbilla.

—Si el Sueño era real, si era un Sueño del Espíritu, si ha llegado el momento, entonces... —Se mordió los labios mientras se tocaba sus largos y relumbrantes mechones de pelo—. La trampa de antílopes está muy cerca de aquí.

—Castor se pondría de lo más furioso si cazas antílopes.

—No es más que el sueño de un niño —dijo ella entre dientes, casi para sus adentros—. No es un Sueño del Espíritu. ¿Pero qué nos queda, aparte de la esperanza? —Respiró profundamente y asintió. Luego se volvió hacia él con los hombros encorvados de resignación—. Todos tenemos hambre. Que nos maldiga cuando tengamos el estómago lleno.

Lo dijo con ligereza, pero el miedo acechaba en sus ojos como un coyote en la noche.

Sangre de Oso fue el primero en ver al Buhonero. Caminaba con facilidad por el sendero del búfalo al fondo del valle. Llevaba una camisa de brillantes colores y la espalda doblada bajo el peso de una bolsa atada con una ornamentada correa. En una mano tenía un largo bastón que acababa en un aro decorado con vistosas plumas teñidas: los pertrechos propios de un Buhonero. Le seguía una hilera de perros que agitaban la cola, con la cabeza gacha, y que jadeaban tirando de sus cargas.

Sangre de Oso se acercó cautamente al hombre. A pesar de la enorme bolsa que llevaba a hombros y de la hilera de perros cargados, todavía podía ser un enemigo.

—¡Ho yeh! —El hombre lanzó el gritó universal de los viajeros que llegan en son de paz.

—¡Ho yeh! —repitió Sangre de Oso. Pero no apartaba las manos de su atlatl y sentía las suaves puntas de sus flechas, listas para ser lanzadas.

El hombre hizo un signo que significaba «¿Quién es?».

Sangre de Oso levantó la mano con la palma hacia fuera y los dedos abiertos. Luego señaló la mano roja que había pintado en su ajada camisa.

—¡Mano Roja! —gritó el hombre, y sonrió—. Yo soy Tres Cascabeles, de la Tribu de Grulla Blanca, al norte del Gran Río. En tiempos de mi bisabuelo, Mano Roja y Grulla Blanca eran la misma Tribu. Nuestros lenguajes no son muy distintos.

—No. El lenguaje no es muy distinto.

Era un alivio no tener que utilizar el lenguaje de signos, con todos los problemas que conllevaba. Los Buhoneros iban y venían y utilizaban una comunicación de signos, cuando era necesario, para cambiar sus mercancías. Los Buhoneros tenían un Poder especial. Todo el mundo lo sabía y los aceptaba. Robar o matar a un Buhonero no traía nada bueno, pues el Poder que decían tener los Buhoneros se volvía en contra del asesino o del ladrón.

Sin los Buhoneros, no se podrían obtener las piedras azul del lejano sur. Ellos cambiaban por cuentas las olivellas, dentalium y otras conchas del océano del oeste, y traían hermosas herramientas de cuarzo y obsidiana, dientes de alce y delicias como lengua de búfalo o pieles finamente curtidas de las Tribus del Río, al este.

Pero los Buhoneros no sólo llevaban mercancías de un lado a otro, también eran portadores de noticias sobre la tierra y los animales. Llevaban información sobre las guerras y diferentes grupos de gente. Aunque Sangre de Oso nunca había estado en los océanos del oeste y el sur, sabía de ellos por las historias de los Buhoneros. Nunca había conocido a ningún miembro de la Tribu del Trueno, del lejano oeste, pero sabía que se afeitaban los lados de la cabeza y que llevaban una larga coleta que les colgaba a la espalda. Le habían contado que la Tribu del Padre Pez vivía a muchas decenas de días de distancia hacia el sureste, y que se alimentaba prácticamente a base de pescado porque no tenía búfalos. Había aprendido muchas cosas sobre las tribus a través de las historias de los Buhoneros.

Tres Cascabeles dobló la espalda y dejó caer al suelo el pesado hatillo mientras los perros se acercaban a oler al animal de Sangre de Oso. Al primer gruñido, Sangre de Oso apartó de una patada a su perro.

—Ha sido un largo viaje —dijo Tres Cascabeles señalando hacia el sur—. Las cosas no van bien allí. Se han producido muchas incursiones. No hay búfalos. La mayoría de las tribus están acampadas a lo largo de los ríos, que ahora son de lodo. Y al sur del Río Luna hay lugares donde el agua fluye tan sucia que no se ve. He atravesado sitios en los que la arena surca la tierra como la nieve en invierno. Allí no crece nada. No hay nada para comer. Tengo que llevar raciones. Cada vez que voy por allí veo las dunas más grandes. —Hizo una pausa—. ¿Qué noticias hay por aquí?

Sangre de Oso se encogió de hombros.

—Lo mismo. La Tribu quiere lluvia.

Tres Cascabeles le miró de arriba abajo.

—Has salido tú solo.

Sangre de Oso se contuvo y se forzó a suspirar.

—No volveré hasta que encuentre algo.

—Tú eres Sangre de Oso.

—Soy Sangre de Oso. No sabía que mi fama se hubiera extendido.

Tres Cascabeles se echó a reír y se acuclilló.

—Traigo algo especial. Pescado seco del océano del sur. No me queda mucho. ¿Quieres un poco? —Le tendió algo escamoso de color parduzco.

Sangre de Oso lo cogió y le dio un mordisco. No pudo decidir si le gustaba aquel curioso sabor aceitoso. El pescado llevaba demasiado tiempo en el hatillo y le dejó en la boca cierto regusto rancio.

—No es búfalo —dijo el Buhonero—, pero es comida.

Sangre de Oso se agachó.

—No habrás oído hablar de una mujer que viaja hacia el sur, ¿verdad? Entre los Mano Roja se la conocía como Agua Clara. Abandonó mi pueblo hace ocho veranos con un berdache.

Tres Cascabeles asintió.

—Sí. ¿Tanto tiempo llevas buscándola?

Sangre de Oso miró los yermos calcinados. Sólo había algunos matorrales verdes. Se encogió de hombros.

—No, no he oído nada de una mujer de los Mano Roja. Yo he viajado de aquí para allá. Me gusta ir por las montañas hacia el sur, hacia las tierras húmedas. Me voy al sur durante un año. Luego me voy un año al norte para pasar un tiempo con Grulla Blanca y ver a mis parientes. Después del invierno, el sur me llama. En los cuatro viajes que he hecho no he oído hablar de esa mujer. Pero aún queda al este, el oeste y el norte.

—Tiene algo que pertenece a los Mano Roja.

—El Fardo del Lobo.

A Sangre de Oso le dio un brinco el corazón.

—Entonces lo sabes.

—Lo sé. Y sé algo más. Puede que no tengas que buscar muy lejos. La última primavera acampé con un grupo de la Tribu de Pequeño Búfalo, donde el Río Luna y el Río Arena se funden en uno. Oí bromas sobre un berdache que come hierba. Eso fue la última primavera, de modo que no sé hasta qué punto se puede confiar en esas historias. Ya sabes que la información envejece y se rompe con el tiempo, como pasa con los tendones.

Sangre de Oso frunció el ceño.

—Dos Humos solía recolectar hierbas. A veces se las comía, pero casi siempre se las guardaba en su bolsa.

—Podría tratarse de él. El berdache del que se burlaban recogía hierbas. Decían que llevaba un fardo sagrado. Otra cosa que recuerdo es que cojeaba. Un búfalo le aplastó la pierna, o algo por el estilo.

—¿Recuerdas con qué grupo estaba? —El corazón de Sangre de Oso retumbaba como un tambor en la Bendición. Intentó calmarse y se esforzó por no bambolearse sobre sus talones.

—El de Castor. Por lo general están en el Río Luna. Atacan a los Mano Roja muy a menudo, pero supongo que vosotros también lo hacéis.

—No hemos atacado mucho en los últimos años. El espíritu de... bueno, no hemos atacado. —Pero si aquel berdache era Dos Humos, las cosas podían cambiar.

—¿Sabes? Por eso los Mano Roja y Grulla Blanca se separaron hace tanto tiempo. Fue por una pelea por el Fardo del Lobo. No conozco muy bien la historia, pero es muy vieja. Todavía corren leyendas al respecto.

Sangre de Oso se levantó.

—El grupo de Castor. Acampan junto al Río Luna.

Ayudó a Tres Cascabeles con su hatillo.

—Ahora no llevo nada para cambiar, pero puede que algún día lo tenga.

El rostro de Tres Cascabeles se frunció en una enigmática sonrisa.

—Buena suerte, Sangre de Oso. Espero tratar contigo algún día. Me gustaría que me dieras algo por mi pescado.

Sangre de Oso alzó una ceja sin dejar de pensar en el berdache y el Río Luna.

—Lo haré.

Tres Cascabeles hizo un gesto y se marchó.

Durante un largo rato Sangre de Oso observó al Buhonero y a sus perros que se dirigían al norte. Estudió los posibles caminos. Las Montañas Altas llevaban directamente al este, y el Río Luna no estaba tan al norte. Lo único que tenía que hacer era llegar al río y buscar el campamento de la Tribu de Pequeño Búfalo donde estuviera ese tal Castor.

No tardaría mucho tiempo.

El Fardo del Lobo flotaba en los sueños del muchacho. Tal vez era él el elegido.

La voz de Soñador del Lobo le advirtó desde las Espirales:

—Ten cuidado. Si prueba demasiado Poder a tan tierna edad, podría seguir el camino de Castor. No es más que un niño.

El Fardo del Lobo se retiró. Soñador del Lobo tenía razón. Había que esperar, tenía que guiarse por la Espiral del universo. El tiempo no tenía sentido. Él ahora existía, como siempre había existido.

Pero llegaría otro «ahora»... si el muchacho demostraba ser bastante fuerte.

4

—¡Kowwwwww! —El grito se prolongó en el aire quieto.

Raíz de Artemisa ondeó el palo que tenía en la punta un fino trozo de piel blanca. Estaba agachada detrás de un montículo, con el rostro detrás de un manojo de artemisa que había arrancado. A pesar de ser más rápido que el viento, el antílope tenía limitaciones. Y ella esperaba cazar alguno aquel día.

De momento no podía pensar en el Sueño de Pequeño Danzarín ni en su significado. El antílope había venido tal como dijo el muchacho.

Su cuerpo yacía bajo la luz del sol, tan sinuoso como una gran serpiente. Su abundante pelo negro relumbraba, y su ajado vestido se ceñía al cuerpo empapado de sudor acentuando la curva de sus caderas, los firmes músculos de sus nalgas y las fuertes líneas de sus piernas. Sus hombros anchos y su estrecha cintura atraían las miradas de los hombres. Incluso los viejos la miraban al pasar con los ojos encendidos ante una mujer tan sensual. A pesar de los dos hijos que le había dado a Toro Hambriento, su vientre seguía plano y sus pechos altos y llenos.

Dio un salto al otro lado de la cuenca y se volvió para mirarla. La hembra se acercó aún más llevada por la curiosidad, agachando la cabeza con precaución. El resto de la manada observaba. Algunos seguían a la hembra y otros hundían el morro en la artemisa.

Vamos, tenéis que seguirla. ¡Tenéis que hacerlo!

Raíz de Artemisa entonó en su cabeza la canción del antílope, temerosa de cantarla en voz alta porque tal vez el Poder no era bastante grande para satisfacer las necesidades de la Tribu. El recuerdo del rostro atormentado de su hijo le ofuscaba la mente. Si pudiera atrapar a los antílopes... Si Toro Furioso volviera, cantando y danzando por haber cazado al búfalo. Si lloviera... Si... si...

Y la amenaza de Castor seguía cerniéndose sobre ellos, amenazadora incluso en su imaginación. Malos tiempos, había dicho él. Sí que eran malos tiempos.

Raíz de Artemisa volvió a agitar el palo y la blanca piel de marmota de las praderas ondeó al viento.

«¡Kowwwww!», gritó la hembra mientras pasaba con precaución sobre los nudosos matorrales de artemisa.

Ya no estaba lejos. Los muros de la trampa tan laboriosamente construida se ensanchaban a los lados. Si se acercara un poco más daría la señal para que saltara la trampa.

Raíz de Artemisa dejó que la hembra mirara el jirón de piel un momento, y luego volvió a ondear el palo para evitar que se volviera a mirar a los otros animales. Entonces la hembra se acercó trotando y los demás la siguieron. Los machos, como siempre, esperaron a que pasaran delante las hembras y las crías.

Raíz de Artemisa se mordió los labios. Ya casi... un poco más. El viento agitó la piel blanca, que aleteó perezosamente.

«¡Kowwwwww!», volvió a gritar la hembra. Los otros corearon su curiosidad.

Los grupos de antílopes eran muy reducidos en aquella época del año. Las hembras acababan de parir y se diseminaban para conducir en secreto a sus crías y esconderlas entre la artemisa al resguardo de coyotes, lobos y águilas hasta que pudieran mamar lo bastante de sus madres como para correr como el viento. Por fin la manada había vuelto a reunirse. Las madres buscaban la protección de otros ojos y otros oídos.

Los machos pasaron los arbustos que marcaban los lindes de la trampa. La hembra que iba en cabeza se acercó con las orejas alzadas y el paso nervioso. Hasta ahora no había hecho ninguna señal con las manchas blancas de las ancas, no había emitido el grito de retirada. Las paredes de la trampa se estrechaban a ambos lados.

Raíz de Artemisa se humedeció los labios y se llenó de aire los pulmones. Le martilleaba el corazón. Hendió el viento su silbido, una perfecta imitación del bramido del alce.

La hembra dio un brinco y echó a correr con la cabeza hacia atrás. Y desde los agujeros excavados al final de los muros de aleta de la trampa, las mujeres y los niños irrumpieron gritando, chillando y cerrando la apertura.

La hembra agitó la mancha blanca de sus ancas con alarma, y al intentar desviarse a un lado encontró un muro sólido de artemisa trenzada. Vaciló y giró a un lado con patas ágiles. La manada la seguía presa del pánico.

Raíz de Artemisa esperó con los puños apretados y el corazón palpitante mientras cortaban la vía de escape de los antílopes. Detrás de la manada enloquecida, las mujeres y los niños les cerraban la retirada. Avanzaban cantando y gritando, empujando a los antílopes hacia el cuello de botella de la trampa. La hembra dirigente se volvió, vio una sola vía de escape y se lanzó a la carga hacia el arroyo por el estrecho sendero. Raíz de Artemisa tembló al ver pasar los veloces cuerpos de los antílopes. Aferró firmemente sus armas mientras la estremecía una sensación como un orgasmo.

Cuando hubieron pasado, se levantó y echó a correr tras ellos, con sus largos cabellos negros ondeando en el tumulto de la persecución. Se detuvo en el estrecho final del conducto que llevaba al arroyo, sabiendo que los antílopes tenían que volver por allí puesto que habían entrado en un camino sin salida del que no podrían escapar.

Esperó sosteniendo en la mano una larga flecha a modo de lanza.

—¡Lo conseguimos!

Fuego en la Noche apareció junto a ella. Era un muchacho rechoncho de unos quince años, rápido y ágil a pesar de su físico. Jadeaba con las flechas listas en las manos. Al principio había dudado, atemorizado por las advertencias de Castor en contra de las mujeres cazadoras, pero ahora parecía haber olvidado sus reservas.

—¿Puedes guardar tú este paso? ¿No sería mejor llamar a Lanzapiedras? Si se escapan, vamos a pasar mucha hambre.

—Lo conseguiremos. Puedes darlo por cantado.

Le palmeó sonriente el hombro antes de escalar por un lado de la trampa hasta una erosionada terraza. Luego echó a correr hacia donde se agrupaban los antílopes que apenas tenían sitio para darse la vuelta.

Cuando los animales se volvieron a la carrera, Raíz de Artemisa ajustó una flecha y la lanzó con toda la fuerza de su ágil cuerpo. La flecha alcanzó certeramente a la hembra, traspasándola totalmente. El animal se tambaleó y cayó. La manada tropezó con su cuerpo. Las crías balaban de angustia y miedo. Se alzó una nube de humo mientras Raíz de Artemisa ajustaba otra flecha y atravesaba a la siguiente hembra. Aparecieron otros junto a ella que lanzaban sus flechas con vítores y gritos a los antílopes atrapados. Uno o dos animales enloquecidos saltaron sobre la carnicería y corrieron hacia el arroyo bajo una lluvia de flechas.

Raíz de Artemisa, después de lanzar todas sus flechas, sonrió al ver la cantidad de animales muertos. Tenía el rostro y el cabello cubiertos de polvo, y en el corazón un canto de júbilo. Recogió el saco de piel que contenía sus artilugios de descuartizar.

Ya no sería necesario que muriera ningún bebé como había ocurrido con la hija de Gama Danzarina. El Pueblo no volvería a sentir la dentellada del hambre en la noche. De momento, tenían comida. Montar la trampa había sido un riesgo. Tuvieron que hacer todo el trabajo en secreto. El recuerdo de las advertencias de Cerezo Silvestre acerca del poder de Castor acechaba en su mente como comadrejas hambrientas. No podía olvidar su promesa de venganza la noche del difícil parto de Gama Danzarina.

—¡Eh, tú primero! —gritó Graciosa, ofreciéndole el honor del primer bocado—. Esto lo has logrado tú.

Ella se sonrojó levemente. Sí, había desafiado a Castor, había corrido el riesgo al ver a los antílopes dirigirse hacia el río. La vieja trampa estaba tan cerca de la ruta que tomaría el antílope para volver a las tierras altas, que no podía desaprovecharse la oportunidad. Había discutido vehementemente, apoyada por el hambre que veía en los ojos de los niños. Y la Tribu, al principio vacilante, la había seguido.

Raíz de Artemisa le devolvió la sonrisa a la mujer de Cuervo Negro y saltó al polvoriento agujero. Ante ella jadeaba la hembra que había dirigido la manada, con el morro cubierto de sangre espumosa. El extremo de la flecha cubierto de plumas se estremecía con cada respiración.

Raíz de Artemisa se arrodilló sobre el animal y le acarició la cabeza.

—Perdóname, Madre. El hombre, igual que el antílope, debe comer. Bendigo tu carne. Que tu alma corra como el viento para Danzar entre las estrellas. —La hembra se relajó y la miró con sus profundos ojos castaños, como admitiendo la realidad de la Telaraña tejida por el Sabio de las Alturas.

Raíz de Artemisa levantó el pesado martillo y con la habilidad de largos años de práctica, lo descargó contra la cabeza del animal. En su mente resonó el recuerdo del cráneo de un recién nacido aplastado contra las rocas.

Luego comenzó el trabajo entre canciones, bromas y sonrisas. La Tribu destripaba, descuartizaba y empaquetaba la carne. Bocas hambrientas consumían los hígados, ofreciendo el rito del primer bocado a los amigos, sin hacer caso de la sangre que goteaba por las barbillas y por fuertes brazos y piernas. Los trozos descuartizados se los pasaban a las mujeres para que los cortaran en tiras. El hueco crujir de las piedras afiladas contra el hueso se mezclaba en el aire con las risas.

—Hay que hacerlos tiras —ordenaba Cerezo Silvestre—. Con el calor que hace, hay que darse prisa. Dejad la carne sobre la artemisa, si no los gusanos comerán más que la Tribu.

Raíz de Artemisa arqueó la espalda para mitigar el calambre de haber estado inclinada. En los dientes le chirriaba el polvo y en la lengua tenía el gusto de la sangre y el hígado fresco.

—¿Cuántos hemos matado? —Se enjugó el sudor de la cara, tiznando de rojo sus bellos rasgos.

—Unas tres veces diez dedos. Lanzapiedras y Fuego en la Noche no dejaron escapar ni uno.

Raíz de Artemisa partió una pelvis con su martillo y abrió las patas para dejar la carne al descubierto. Cortó la piel y los tendones con una piedra afilada y partió el hueso sacro con el martillo para cortar la piel de debajo. Alzó el último de sus animales a las manos ansiosas que esperaban arriba, dejando sólo un légramo gris ensangrentado bajo los despojos de pelo de antílope blanco y castaño. Se agarró a una mano cubierta de sangre para salir de la cuenca del arroyo y pestañeó bajo la luz brillante del sol de media tarde.

La artemisa se había vuelto roja a su alrededor bajo el peso de largas tiras de carne que se secaban al sol. Aquí y allá los niños jugaban y correteaban, espantando a las moscas de la carne fresca.

—¿Lo veis? No me creíais, pero yo sabía que vendrían. Me senté en la colina y los sentí.

Se volvió sonriendo y vio a Pequeño Danzarín que daba brincos y ondeaba una rama de artemisa sobre un arbusto ensangrentado.

—¡Mirad! ¡Comida! ¡Comida para todos!

—¡Eh! ¡Cuidado! Ten cuidado con esa rama; estás golpeando la carne. Como la llenes de arena, te la vas a comer tú.

El muchacho bajó la vista con el rostro serio y se dedicó a espantar las moscas.

Raíz de Artemisa rió para sus adentros, con el corazón lleno de gozo. Todos podrían comer. Y tal vez, sólo tal vez, Toro Hambriento, Tres Dedos y Cuervo Negro hubieran preparado una trampa. O probablemente alguno de los otros grupos que habían partido del Río Luna en distintas direcciones hubieran encontrado una manada.

Se protegió los ojos con la mano y miró al sureste, hacia las frías cumbres de las montañas. La línea de nieve era más alta que el último invierno. Abajo, en el campamento principal, el río podría ser vadeado; el agua nunca llegaba más arriba de sus rodillas. Incluso los álamos parecían polvorientos, y sus hojas nuevas eran de un verde más oscuro. Y el viento seguía soplando hacia el sureste, caliente, seco, evaporando cualquier humedad que hubiera podido dejar el polvo.

—Raíz de Artemisa...

Se volvió al oír aquella voz precavida y vio a Triguero que señalaba hacia la cuenca. Tres personas se acercaban entre la artemisa, y ella no necesitó forzar la vista para reconocer el tosco paso de Castor.

—Creo que es el momento de partir, de esconderse bajo los huesos del arroyo —observó secamente Graciosa.

—No. Seguid con lo que estáis haciendo. —Raíz de Artemisa se irguió, sintiendo una náusea en el estómago—. Iré a hablar con él antes de que se acerque. Que nadie se entrometa.

—Ten cuidado —advirtió Cerezo Silvestre—. No te enfrentes a él. Ya viste lo que pasó la otra noche. No le pongas furioso, muchacha; no hagas nada para que te maldiga. Ya sabes lo que piensa de las mujeres.

—Lo sé. —Tenía un nudo en la garganta por un mal presentimiento.

Con nervios de acero, se forzó a caminar tranquilamente hacia él. El viejo Dos Alces venía detrás con un gesto nervioso en sus hombros caídos. Cuarzo Rojo, la esposa de Castor, iba la última, con la vista baja y los labios muy apretados en una expresión enfurruñada.

Castor se detuvo y se la quedó mirando con ojos inexpresivos.

—Me alegro de verte, Castor. ¿Has Soñado bien?

Él ladeó ligeramente la cabeza y frunció sus anchos labios oscuros en una mueca de disgusto.

—Los Sueños no son asunto tuyo, mujer. Mira detrás de ti. Comienzo a preguntarme qué pasa.

Ella volvió a sentir una náusea en el estómago.

—El alimento de la Tribu debería ser asunto de todos. No me mires así. Tú eres de la mitad de Dos Piedras. Yo soy Corazón de Lobo. No tengo ninguna obligación de parentesco, ni siquiera la de ser cortés. Pero lo seré, puesto que tú Cantas y Sueñas para la Tribu. Por eso te respeto.

En los labios de Castor apareció el fantasma de una ligera sonrisa, pero sus ojos eran duros y cortantes como el cuarzo afilado.

—Me alegro de que seas una obediente hija de la Tribu, mujer. Si tan grande es tu piedad, ¿qué has hecho aquí? ¿No será que has matado al hermano antílope? Ah, sí, supongo que sí. ¿Y el ritual? ¿Lo has Cantado? ¿Has Danzado como le gusta al Antílope de las Alturas? —Su expresión se endureció—. O tal vez no. Tal vez hayas violado el ritual, ofendiendo al Antílope de las Alturas igual que ha sido ofendido el Búfalo. ¿Y entonces qué, mujer de la Tribu? ¿Quién nos alimentará si todos los espíritus de los animales se han elevado al Sabio de las Alturas y le han dicho que impida que el Hombre Lluvia Dance para que caiga agua de las nubes? ¿Qué has hecho?

Ella se cruzó de brazos y le sostuvo la mirada, negándose a caer presa del terror.

—Alimentar a mi gente. Le dije a la madre antílope lo que había hecho. Ella sabe que yo...

—Y supongo que además estás sangrando. ¿Sangre menstrual? ¿En una cacería? Últimamente, siempre que hay algún problema, tú estás metida en él.

Ella dio un respingo al acordarse del infanticidio de Gama Danzarina.

—Aunque esto no es asunto tuyo, te equivocas. Mi luna pasó hace dos semanas. Deberías saberlo, Castor, ya que pareces llevar buena cuenta de cuándo entra cada una de las mujeres al refugio de la sangre. ¿Es que eso forma parte de tu responsabilidad de Soñador, o es otra cosa?

¡Cuidado! Te estás enfureciendo, y ya sabes lo que pasa cuando te descontrolas. Raíz de Artemisa tragó saliva intentando acallar la ardiente sensación de injusticia que le tensaba las entrañas.

Él esbozó una sonrisa forzada.

—Los tiempos están cambiando, Raíz de Artemisa. Sí, conozco tu linaje; sé cómo era tu madre, una mujer apasionada como tú. Supongo que de ahí te viene a ti. Tu padre nunca pudo con ella, nunca te enseñó modales para hacer de ti una mujer amable y respetuosa. Y tú no esperaste para montar a Toro Hambriento. Por cierto, que el nombre le va muy bien. Tú nunca...

—¿Porque no me acosté contigo? —Raíz de Artemisa alzó una ceja, arrepintiéndose de inmediato de sus palabras. Suspiró—. No importa. Eso fue hace mucho tiempo. De todos modos, no me habrías querido como segunda esposa. *—Y ésa es una de las mentiras más gordas que he dicho jamás. Mira cómo estás, babeando casi. ¿Y tú hablas con el Mundo del Espíritu?*

Cuarzo Rojo esperaba con la vista baja, como siempre, con estólida expresión. El viento jugueteaba con sus largos mechones negros. Era una mujer pequeña y rechoncha que nunca le había dado hijos a Castor, aunque sangraba como cualquier otra mujer y entraba cada mes en la cabaña menstrual. Era de carácter tranquilo y dócil, y ni siquiera se reía de las crudas bromas de las mujeres. Hablaba en muy pocas ocasiones, y sólo para decir lo indispensable.

Qué terrible, ser objeto de tanta simpatía, pensó Raíz de Artemisa. *Debe ser una vida espantosa: tener un esposo con el que nunca ríes, al que nunca abrazas, con quien nunca te apareas apasionadamente ni peleas. Es vivir como un perrito herido. ¿Qué sentido tiene eso?*

—Desde luego, habrías sido muy mala como segunda esposa. —Las palabras de Castor penetraron en sus pensamientos—. Y espero que no hayas traído la desgracia sobre la Tribu con esta exhibición que has dado.

La ira se desató.

A pesar de la voz de advertencia que oía en su cabeza, Raíz de Artemisa le golpeó el pecho con un dedo. Y salió todo, espoleado por el miedo que le roía las entrañas. Tenía que contenerse o todo estaría perdido.

—¿Y dónde está el búfalo que llevas tanto tiempo Soñando? ¿Acaso veo sus cuerpos negros en las colinas? ¿Y todos tus Cantos, Castor? Durante todo este tiempo la Tribu te ha estado dando lo mejor de lo poco que quedaba para que pudieras pasar tiempo en el Sueño sin preocuparte de tu gorda tripa. Puede que ya hayas escuchado más allá del sonido de tu propia voz. ¡Los niños del Pueblo están llorando! ¿Y qué tenemos nosotros? ¿Lluvia? ¿Has visto llover esta primavera? No, lo único que tenemos son tus acusaciones de que las mujeres están echando a perder el mundo, que están matando a la Tribu. Ya no quedaría Tribu si no fuera porque todo el mundo está haciendo lo que puede. ¡Incluidas las mujeres! ¿Has visto a Gama Danzarina últimamente? ¿Has visto el dolor en sus ojos cada vez que se acuerda de lo que la obligaste a hacer?

—Has ido demasiado lejos, Raíz de Artemisa —dijo él, tan suavemente que casi no se le oyó. Y volvió a sentirse el escalofrío del miedo, que había quedado oculto por la ira.

Raíz de Artemisa tragó saliva. Aquel idiota podía Maldecirla. Y había querido hacerlo desde aquella noche en que ella le había ridiculizado cuando intentó poseerla. El ridículo es algo que reconcome por dentro, y Castor no olvidaba.

—Sí, veo que lo comprendes. —Él alzó la barbilla y la miró con los párpados entornados—. Tal vez has hecho demasiado. Quieres dividir a la Tribu cuando debe estar unida y Danzar y Cantar y pedir perdón al Mundo del Espíritu de las Alturas por tantas trasgresiones. En ti sólo veo arrogancia y orgullo, demasiado orgullo. ¿Es por tu belleza? ¿Es por tu marido? ¿Crees que eres mejor que el resto de la Tribu?

Ella se mordió la lengua para acallar su desabrida respuesta.

—Recuerda —dijo con voz rasposa—, el Sabio de las Alturas guió a los hombres por debajo de la tierra hasta este mundo. Un ser que reptó bajo la tierra como un topo no debería ser tan orgulloso.

—Yo estoy erguida bajo el Padre Sol igual que tú, chamán.

—Pero yo Sueño los Poderes, mujer. Y creo que eres demasiado orgullosa. Adelante, cómete tu carne. Yo me niego a tocarla, a mancillar mis labios con tu sacrilegio. Ya veremos a dónde te llevan al final tu arrogante orgullo y tu imprudencia.

Pasó junto a ella con los brazos levantados.

—¡Antílope de las Alturas! —gritó para que todos le oyeran—. ¡Veo lo que te ha hecho esta mujer! ¡Veo el insulto a tus hijos! ¡Veo la corrupción de mis hermanos! Pero yo, Castor, me niego a probar, a comer e incluso a oler esta profanación. Declaro que esta carne está podrida y corrompida por una profanadora.

Y diciendo esto se dio la vuelta con un resplandor triunfante en sus ojos negros, apartó a Raíz de Artemisa de un empujón y se dirigió de vuelta al campamento.

Ella se lo quedó mirando en silencio, incapaz de comprender por qué él despreciaba una buena cacería, unos animales limpios, profanando la carne en las mismas bocas de la Tribu.

Y la oscuridad descendió sobre su alma como una enorme mano que bajara de las alturas.

Toro Hambriento se quedó petrificado, sin atreverse a respirar. La hierba ambarina volvió a agitarse y se quedó quieta cuando el ladrón se movió bajo la débil luz. Ladeó la cabeza para escuchar y aferró con más fuerza el arma. Se tranquilizó al sentir la suavidad de la madera perfectamente equilibrada.

Los pájaros de la mañana empezaban a gorjear y una ligera brisa le acariciaba la piel mitigando la excitación de la caza. La artemisa en sombras despedía un brillo escarlata y azul bajo las primeras luces del alba. No quedaba mucho tiempo. El ladrón podría escapar, y su incursión nocturna quedaría impune.

La presa de Toro Hambriento se movió provocando el susurro de la hierba. Estaba cerca, muy cerca, al otro lado de la artemisa.

Toro Hambriento sopesó el equilibrio y el peso de la madera tallada con la que esperaba acabar con el enemigo.

La vida y la muerte. La vieja danza continuaba. Incluso aquí, entre la espesa artemisa, tenía lugar el mayor juego. Y era un juego que a Toro Hambriento se le daba muy bien. Pocos le igualaban en su habilidad con las armas o en las emboscadas. La presa se retiró.

Toro Hambriento se llenó de aire los pulmones y sintió que el corazón le palpitaba con fuerza en el pecho. Levantó un pie muy despacio y lo colocó sin hacer ruido entre secos montones de hierba, acomodando con mucho cuidado el peso de su cuerpo.

La hierba crepitó delante de él y volvió a quedar en silencio.

Toro Hambriento estudió las sombras, buscando la silueta del incursor. La tensión pendía en el aire, acelerándole el corazón. Ahogó el impulso de lanzarse a la carga, de medir su ingenio con su presa. Para matar hacía falta paciencia. La venganza sería mejor si el ladrón no conocía el peligro.

Avanzó otro paso mirando cauteloso las enredadas ramas de la artemisa que le rodeaba. Le temblaron ligeramente los músculos de las piernas al buscar el equilibrio. Escudriñó entre los huecos en los que el arbusto era menos tupido.

El ladrón se detuvo y se levantó dispuesto a echar a correr, con la cabeza ladeada para escuchar mientras sus agudos ojos castaños relumbraban bajo la luz grisácea.

Toro Hambriento volvió a quedarse inmóvil, tenso como un tronco verde de sauce.

El ladrón vaciló nerviosamente, como avisado por un sexto sentido.

¡Va a echar a correr! Toro Hambriento atacó, no tan equilibrado como hubiera deseado. Sus entrenados músculos se flexionaron suavemente, y el arma salió despedida con un siseo del brazo. Sólo tenía una oportunidad. Toro Hambriento puso el cuerpo y el alma en el lanzamiento sabiendo que su presa escaparía si fallaba.

La madera, curvada en forma de ele, zumbó en el aire y alcanzó al ladrón en la cadera.

—¡Ya te tengo! —gritó Toro Hambriento, y se lanzó en su persecución.

Se sorprendió al ver que el ladrón se levantaba, internándose en la tupida masa de hierba y artemisa.

Toro Hambriento se inclinó, perplejo, y estudió las huellas con los ojos entrecerrados.

—No le he dado de lleno, pero le he roto una pata.

Se inclinó sobre un matorral con un gruñido, agarró las duras ramas y fue dándoles vueltas hasta que la raíz se partió con un ruido apagado. Recogió satisfecho su proyectil de madera y se lo metió en el cinto de piel de búfalo. Luego siguió el rastro del ladrón. Con las ramas que había arrancado fue golpeando los matojos de artemisa para hacer huir a su presa herida.

—¿Dónde te has metido? Mira, no puedes escapar. Tienes una pata rota. Venga, sal. Es mejor que te coma yo que no algún coyote.

Toro Hambriento se agachó para mirar en un tupido matorral y vio el resplandor de un ojo castaño que le devolvía la mirada bajo la luz del alba. La punta rosada del morro se estremecía agitando unos bigotes de plata.

Toro Hambriento lanzó la rama al agujero y vio muy satisfecho cómo salía disparado por el otro lado un bulto de piel marrón.

Saltó por encima del matorral en pos del animal herido, corriendo en zigzag por entre las ramas. La presa se desvió hacia la izquierda. Toro Hambriento saltó tras ella pero pisó una rama doblada de artemisa seca, que se alzó de golpe como si estuviera viva. Toro Hambriento se cayó y vio desaparecer a su presa. Fue tras ella a gatas, y soltó una maldición al poner la mano en un matorral lleno de espinas.

Se levantó y se lanzó de nuevo a la carrera tras el pequeño animal marrón y blanco. La artemisa crujía bajo sus pies, impregnando el aire con su penetrante aroma.

Ya habían atravesado la mayor parte de la cuenca y se acercaban a la suave pendiente que llevaba a la cima del risco. Si el ladrón llegaba hasta las rocas y se metía en un agujero, todo habría terminado.

Toro Hambriento se detuvo bruscamente.

—¡Te he perdido! —Ladeó la cabeza, intentando escuchar el suave susurro. Oyó el gorjeo de un triguero y luego la aguda melodía de un tordo para saludar al Padre Sol.

¡Allí! Toro saltó en dirección al ruido de pasos. El ladrón había trazado un amplio círculo mientras Toro le perseguía. Y prosiguió la persecución. El ladrón arrastraba la pata herida y se deslizaba por los espacios más pequeños, mientras Toro se veía obligado, por su tamaño, a arremeter hacia adelante por la fuerza bruta.

Cuando el ladrón salió a campo abierto, Toro volvió a lanzarse al suelo boca abajo.

Rugiendo de ira lanzó una mano hacia la criatura y sus dedos resbalaron en su lomo mientras su otra mano aterrizaba en un cactus. Bramando de furia y maldiciendo la extraordinaria suerte de su presa herida, se ofuscó por un momento y se metió de cabeza en un matorral de artemisa, sin apenas darse cuenta de los arañazos que se hacía en las mejillas.

Finalmente cogió a la criatura de la cola y tiró de ella. El cautivo se aferró frenéticamente al suelo con las garras mientras Toro Hambriento tiraba de él.

—¡Ya te tengo! —aulló victorioso.

Se levantó sonriente, sosteniendo por la cola blanca y marrón al animal, que colgaba con las patas abiertas. Bajo el suave pelaje castaño se agitaban sus pulmones, y los bigotes le temblaban. El vientre relumbraba como la nieve bajo el sol, en contraste con las patas de rosadas almohadillas.

Toro lo levantó para mirar sus asustados ojos negros.

—Te comiste lo que me quedaba de carne seca. Y te measte y te cagaste sobre los últimos restos. ¡Y encima roíste el tendón de mi atlatl hasta partirlo en dos! Y se tarda mucho en hacer un atlatl e insuflarle el Poder del Espíritu.

Los bigotes no dejaban de temblar, y los ojos del animal brillaban de dolor y miedo.

—Así que lo que voy a hacer —prosiguió Toro Hambriento— es lo más justo. Esta noche te comeremos para cenar. Te tendremos a ti a cambio de nuestra carne, ¿de acuerdo?

Se estremeció al sentir el pinchazo de las púas de cactus en la piel, y agarró al animal por el cuello para partírselo.

El cautivo, que no dejaba de forcejear, le hundió sus largos dientes blancos entre el pulgar y el índice. Toro lanzó un aullido y estrelló a la criatura contra el suelo.

Pero una vez más el Coyote Embustero le engañó, ofreciendo un suave montón de hierbas para que aterrizara el ladrón, que salió disparado hacia los matorrales.

Toro Hambriento se quedó un momento mirándose estúpidamente la mano; luego se dio cuenta de lo que había pasado, y con un rugido de ira echó a correr en pos de su presa.

Los hilos de la Telaraña habían comenzado a tensarse. El Fardo del Lobo había observado cómo cambiaba el mundo. Una parte de él gritó cuando el último de los mamuts murió bajo las flechas de los cazadores. Las Espirales lo invadían todo, alcanzaban desde las raíces de las plantas dormidas en invierno hasta el brillante resplandor de las alas de una mosca. Qué extraño que el último mamut fuera una cría huérfana. Cuando el Sabio de las Alturas creó el universo, lo hizo todo equilibrado, dolor y éxtasis, nacimiento y corrupción, calor y frío.

Ahora los Círculos volvían a completarse. Soñador del Lobo esperaba, observando desde su Sueño. Algo nuevo entraría en la Telaraña, o tal vez el nuevo Soñador tuviera éxito allí donde Soñador del Lobo había fracasado.

Si este Círculo de la Espiral era de hambre, el siguiente sería de abundancia.

5

Toro Hambriento seguía el rastro de un ciervo que vagaba entre los espesos matorrales del fondo del cañón mientras el sol de la mañana lanzaba sus rayos amarillos a los desfiladeros. Toro sintió que le flojeaban las piernas y fue masticando y escupiendo una a una las espinas de cactus que llevaba en la mano.

Las colinas se alzaban a cada lado en suaves pendientes moteadas de artemisa y algún que otro arbusto. Esta caza del búfalo se había convertido en otro fracaso. Se habían localizado algunos restos de excrementos, secos desde hacía mucho tiempo, acribillados de escarabajos y calcinados por el sol. ¿Dónde estaba el búfalo? Mientras caminaba, Toro Hambriento llevaba en la mano un cuerpo yerto, marrón y blanco.

Podía contar un dedo por cada día que había pasado desde que dejó a Raíz de Artemisa, y tenía que añadir tres dedos de los pies. Los animales nunca habían estado tan lejos ni tan dispersos. Y si la Tribu ya estaba hambrienta cuando ellos se marcharon...

—¡Eh, tú! —El grito hendió el aire tranquilo de la mañana.

Toro se detuvo y miró cauteloso a su alrededor intentando localizar el grito. Se sacó el atlatl del cinto, y del carcaj que llevaba a la espalda cogió una flecha que ajustó al arma con manos expertas. El atlatl era como una extensión de su brazo que permitía lanzar una flecha a una velocidad tres veces mayor de lo que podría hacerlo con las manos.

—¿Quién es? —gritó.

—¡Aquí!

Esta vez captó la dirección de la voz. Alzó la vista, pestañeó por el resplandor del sol y se protegió los ojos con la mano.

Vio una silueta agachada que perfilaba los rayos del sol. ¿Agachada? Claro, eso es lo que haría el Coyote Embustero si tuviera la necesidad de asumir una forma humana. En su intento de engañar a los hombres, a veces aparecía como una anciana encorvada, o al menos eso es lo que había oído. La única forma de descubrir el engaño era levantándole las faldas para verle el pene y los testículos. Eso era algo que no podía cambiar el Coyote Embustero; estaba muy orgulloso de sus genitales humanos.

Toro Hambriento se apartó del camino y empezó a ascender cauteloso sin dejar de mirar a su alrededor. Igual que había atrapado al pequeño ladrón, también podrían atraparle a él en el eterno juego de la vida y la muerte. Tres Dedos y Cuervo Negro, que le esperaban en el campamento, jamás sabrían lo que había pasado, si es que no los habían atrapado a ellos también.

«Supongo que se tratará de una partida de guerra de los Anit'ah —se dijo Toro—. La voz me ha llamado en el lenguaje de la Tribu.»

Se mordió los labios. Ahora veía a la figura más claramente, perfilada contra la luz del sol. Le esperaba amenazadora, balanceándose sobre unas piernas flacas y un cuerpo rechoncho. Sintió en la espalda los dedos helados de un mal presagio.

Esto no me gusta. ¿Qué dijo Castor? Que hay una Maldición en la tierra. Castor dice que hemos ofendido al Búfalo de las Alturas y que se está llevando a sus hijos, que ha hecho que cese la lluvia para empeorar las cosas para el pueblo del Padre Sol.

¿Y esto? ¿Es el Coyote Embustero, o algún espíritu todavía peor? ¿Será un fantasma errante? ¿Querrá matarme?

¡Por los cojones del Búfalo de las Alturas! ¡No parece el Embustero! Toro sintió un escalofrío en el corazón, y al mismo tiempo, un recuerdo olvidado brincó en su mente.

«No me gusta el Poder del Espíritu, no trae más que problemas.» El corazón le martilleaba. Toro se detuvo y miró la silueta, tragando saliva.

Miró a su alrededor cauteloso, listo para echar a correr, buscando la señal de un fantasma, algún atisbo del mal, como si supiera el aspecto que tendría. Un sexto sentido le pinchaba como las espinas de cactus que llevaba todavía en la mano.

—¡Embustero! —gritó haciendo acopio de valor—. ¿Eres tú, Coyote?

Una risa cristalina se oyó en las alturas, casi irritante en su regocijo.

—¿El Coyote? ¿Yo? —La figura se palmeó el costado con un brazo delgado—. ¡Ja! ¿Eso es lo que ahora os enseñan a los muchachos? ¿Es que Corazón de Cuerno se ha vuelto loca con los años, o qué?

¡Corazón de Cuerno está muerta! ¡Humo y fuego! ¿Será alguna broma del espíritu? Tragó saliva y empezó a retroceder. Sentía que el miedo le recorría como diminutas patas de hormiga.

—Oh, vamos —dijo la silueta haciendo un gesto—. No voy a bajar hasta ahí. Ya he caminado demasiado. Necesito tu ayuda. ¡Eh! ¿Qué pasa? ¿Te vas a echar a correr? —gritó la voz histéricamente—. ¿Me obligarás a bajar a una aldea para contarle a la Tribu que uno de sus jóvenes y bravos guerreros huyó de mí como un conejo del lobo? ¡Ja, ja! ¡Me muero de impaciencia!

Toro Hambriento empezó a subir de nuevo, un poco avergonzado, intentando localizar aquella voz en sus recuerdos. No podía identificar a la figura bajo la luz del sol de la mañana. ¿Sería Cerezo Silvestre? No, ella estaba más gruesa. ¿Pino Durmiente? Era más baja. ¿Mujer Caminante? Tal vez, pero no parecía ser ella. Sin embargo, había algo...

«O será el Coyote intentando engañarme.» Pero esas cosas las hacía el Coyote normalmente en las visiones y los Sueños. A veces, disfrazado de anciana, hacía que una joven se durmiera, y luego aparecía su pene y la fecundaba, y ella nunca llegaba a saberlo.

¿Sería alguien del Clan de Perro? En ese caso, estaba muy al oeste. Ahora podía distinguir mejor su silueta. Iba encorvada porque llevaba un fardo a la espalda. El rostro, rechoncho y de anchas mejillas, habría sido hermoso en otro tiempo. Incluso con las arrugas de los años aún conservaba un rastro de su belleza. Y Toro no podía evitar la sensación de que la conocía.

¿Pero quién era?

Llegó a la cima del risco y miró cauteloso a su alrededor, sin saber todavía si se había metido en una trampa de los Anit'ah. Lo único que se veía eran arbustos de artemisa, piedras erosionadas y matorrales de hierbas, todos acariciados por la brisa de la mañana. Pero no había ningún guerrero dispuesto a atacarle.

La anciana le vio coronar la cima del risco mirando a todos lados desconfiadamente.

—Al menos no eres del todo estúpido. —Pestañeó a la luz del sol, como si algo le doliera, y se acercó.

Él la esperó sosteniendo el atlatl con la mano sudorosa. Sabía que la había visto antes, pero podía tratarse de un engaño del Coyote, que podía asumir el rostro de una persona muerta, o incluso de una viva. A juzgar por su vestido ajado y su piel demacrada, podría tratarse de una viuda sin hijos ni nadie que la cuidara. La miró a los ojos y se le heló la sangre.

—¿Quién eres? —musitó aferrando con más fuerza el atlatl. En la madera palpitaba el espíritu que él le había insuflado en la Bendición. *¿Y de qué sirve una flecha contra un fantasma? Si al menos tuviera la Medicina del Canto del Fantasma de Castor...*

—¿No me conoces? —La anciana ladeó la cabeza; un brillo de diversión le animaba los ojos negros—. Si eres quien yo creo, muchacho, te has criado bien. Eres muy guapo.

Toro se sobresaltó. ¡Le había llamado «muchacho»!

—Soy Toro Hambriento, hijo de Siete Zorros y Nube Blanca. Mi abuelo era...

—Sí, sí, te conozco. Conocí a tu padre. Conocí a tu abuelo, Zorro Grande. —Le miró de arriba abajo con un brillo de descaro en los ojos—. Lo conocía muy bien. Los caminos del viento nos hacen dar vueltas y vueltas, ¿verdad? Lo que una persona comienza siempre vuelve... de algún modo. La Visión era cierta. Era el momento de venir.

¿Visiones? Toro Hambriento se agitó, todavía inseguro. Nunca se sabía lo que podían hacerle a uno los demonios. ¿Sería la anciana algún espíritu? Y en ese caso, ¿bueno o malo?

Le martilleaba el corazón como un mazo de piedra sobre la madera verde. Tragó saliva, terriblemente asustado. Se preparó, y de pronto, con la rapidez del rayo, le subió las faldas con la punta de la flecha.

—¿Qué? —gritó la anciana dando un salto hacia atrás. Tropezó con su báculo y ondeó los brazos para recuperar el equilibrio.

Él se agachó en la confusión y miró por debajo de sus faldas. Era una mujer.

Sólo le salvó del golpe del báculo su rapidez de reflejos. Se echó a un lado y oyó el silbido del golpe.

—¡Eh! ¡No me mates! —Se apartó justo cuando el báculo caía sobre el punto en el que había estado. Se levantó antes de que ella pudiera recobrarse.

—¡Aaaah! —La anciana se lanzó a la carga con un grito de guerra.

—¡Espera! —exclamó él, apartándose a toda prisa—. ¡Sólo era una comprobación!

El viejo cuerpo de la mujer no estaba para persecuciones, y el fardo que llevaba a la espalda todavía la entorpecía más. Le miró furiosa, jadeando y gruñendo ahogadamente con el báculo levantado.

—¡El Coyote se disfraza de mujer! —dijo Toro Hambriento.

Ella volvió a lanzarse, intentando partirle la cabeza.

—¿Qué habrías pensado tú? —Toro se apartó de su camino, con las manos levantadas.

Ella se detuvo, respirando dificultosamente.

—¡Lo siento! —resolló él—. Sólo soy un cazador. Lo único que sé del Coyote es lo que me cuentan los Soñadores del Espíritu.

—¿Has visto... alguna vez... al Coyote... con la forma de... una anciana?

—¡No!

—Entonces, ¿por qué...?

—¡Porque puede hacerlo! Y si quiere engañar a alguien, ya puede fijarse en otro. ¡Yo ya tengo bastantes problemas!

Al ver su expresión conmocionada, la anciana se detuvo y se echó a reír hasta que le entró un ataque de tos.

—Muy bien —admitió entre toses y jadeos—. Te creo.

Toro Hambriento respiró profundamente.

—Bueno. ¿Quién eres?

Ella se reajustó la carga.

—Mi primer nombre humano fue Sauce Verde —dijo con voz cascada, señalando el paisaje que les rodeaba—. Ya ves que eso fue hace mucho tiempo. ¿Tú eres Toro Hambriento? Había oído decir que eras todo un cazador.

Él tragó saliva.

—Soy el mejor de mi tribu.

Ella miró el trofeo que colgaba yerto de su mano izquierda.

—Bueno, si lo único que puedes conseguir es un roedor de las montañas, no me gustaría ser una de tu Tribu. —Su ojo crítico advirtió los arañazos y los rotos de sus ropas—. Y parece que te ha costado trabajo. ¿Eras tú el que corría entre los matorrales como un Monstruo en celo? ¿Tanto jaleo por un roedor?

Toro Hambriento se puso rojo de rabia, a punto de explotar, pero se contuvo por precaución. En las viejas historias, los jóvenes orgullosos siempre se metían en líos cuando explotaban de ira. El Sabio de las Alturas los convertía en ranas, serpientes, gusanos y cosas de ésas.

Y había algo en sus ojos, Poder del Espíritu, como si ella pudiera verle el alma, como si supiera mucho, mucho más que él. Y él la conocía, de eso estaba seguro.

—¿Sauce Verde? ¿Eres... quiero decir, eres real...? De este mundo, me refiero. —Tenía la garganta seca. ¿Qué podía estar haciendo allí arriba aquella mujer?

Ella esbozó una malévola sonrisa que dejó al descubierto unos dientes gastados y amarillentos.

—Soy tan real como tú. Y a juzgar por tu reciente comportamiento, mucho más inteligente.

Él se sonrojó y bajó la vista avergonzado.

—¿Adónde ibas? ¿Hay algún campamento de la Tribu por aquí?

Toro Hambriento tragó saliva y señaló con las flechas hacia el suroeste.

—A cuatro días de distancia, junto al Río Luna. Somos tres, Cuervo Negro, Tres Dedos y yo. Hemos venido a cazar. Intentaba avanzar hacia el norte.

—No habéis tenido mucha suerte, ¿eh? —Movió la cabeza y escupió—. Bueno, he visto huellas de búfalos. Son unos cuantos, nerviosos e inquietos. Eso fue arriba, en los cerros. —Señaló sobre su hombro.

—Eso sólo está a medio día. —Hizo una pausa—. ¿Vienes de allí? Está bastante cerca de los Anit'ah.

—No me han molestado. ¿Dónde está tu campamento de caza?

Toro Hambriento señaló hacia el este.

—Ya. ¿Y la Tribu está al sur? —Se frotó la barbilla—. ¿Sabes qué? Ve a por tus amigos y reuníos conmigo esta noche en el Manantial del Hueso del Monstruo.

—El Hueso del Monstruo... ¿Por qué allí? Quiero decir que es un lugar de Poder, donde vinieron los Héroes Gemelos y mataron a los Monstruos y se los comieron. Quiero decir que tú... —Retrocedió un paso.

—¡Ja! —resopló la vieja esbozando una sonrisa—. Eso cuentan las historias, ¿eh? ¿Los Héroes Gemelos? Fueron los hombres los que mataron a los Monstruos, igual que nosotros matamos al búfalo. —Hizo una pausa y miró tristemente el suelo rocoso—. En fin, no sé por qué me preocupo. Todo está cambiando, todo se convierte en algo distinto.

Toro Hambriento esperó nervioso.

—Nos han dicho que no vayamos allí. Los espíritus como el del Embustero podrían robarnos el alma.

La anciana clavó sus ojos en él.

—¿Ah, sí? Y supongo que el mismo lunático que os contó eso os dijo que fuerais levantando las faldas de las mujeres. ¿Quién os cuenta esas cosas?

Toro Hambriento se estremeció ante sus burlas.

—Castor. Él Sueña...

—Lo único que recuerdo es que era un niño muy hosco. ¿Qué ha pasado? ¿Es que ahora tiene algo más que mal humor?

—Es poderoso...

—Tal vez. O está engañando a todo el mundo. Ya lo veré. Normalmente, el Poder se advierte ya cuando se es niño. Se ve en los ojos, en el modo de moverse. ¿Dónde está Corazón de Cuerno?

—Muerta.

La anciana le miró con ojos de acero, y los labios fruncidos.

—¿Cuándo?

—Hará unos tres años. Nadie sabe por qué murió. Se rompió la pierna y se le soldó, pero nunca dejó de dolerle. Luego se le hinchó, se le envenenó por dentro, como pasa a veces. Castor dijo que era porque Corazón de Cuerno invocaba a los malos espíritus. Y por eso el Búfalo de las Alturas nos está castigando, apartando al Hombre Lluvia. Corazón de Cuerno nunca tuvo bastante Poder para...

—¡Moscas y estiércol, muchacho! Corazón de Cuerno era una Soñadora en el viejo sentido del Poder. ¿Castor? Castor es como un niño que quiere cazar al búfalo con ramas.

—¡No! Quiero decir que no hay que decir esas cosas nunca. Castor te Cantará una Maldición, hará que vengan los fantasmas malignos y...

—¿Ese gusano? ¿Maldecirme ese gusano? —Soltó una alegre risotada—. ¡No llegará el día! —Se interrumpió como si se le hubiera ocurrido algo—. Ya veo, ahora empieza todo a cobrar sentido. Son curiosos los caminos del Poder del Espíritu. Muy curiosos... —Perdió el hilo de sus pensamientos y miró a lo lejos con aire ausente hacia la cima del risco.

—¿Quién eres? Yo te he visto antes.

—¿Eh? —La anciana se sobresaltó y volvió a fijar la vista en él—. Ya te lo he dicho, me llamaba...

—¿Quién eres ahora?

Le sonrió melancólicamente y alzó una ceja en un gesto que acentuó las arrugas de su frente.

—Te vi en tu refugio una noche. Recuerdo que Raíz de Artemisa acababa de perder un hijo. Yo necesitaba una madre, una madre sana que tuviera leche. No me extraña que no te acuerdes. Aquella noche estabas muy preocupado y apenas te diste cuenta de mi presencia.

Toro Hambriento se quedó sin respiración.

—¡Pata Blanca! Pero dicen que tú...

—Que ascendí al cielo en un remolino —gruñó ella—. Ya lo sé. Los hombres, a diferencia de los cuervos que charlan todo el tiempo sobre cosas importantes, no hacen más que decir tonterías. —Toro Hambriento estaba con la boca abierta—. ¿Está bien el muchacho?

Él asintió, todavía inquieto, recordando aquella noche, recordando el dolor en los ojos de Raíz de Artemisa mientras abrazaba a su hijo muerto. Entonces aparecieron Corazón de Cuerno y la anciana con un fardo en los brazos. Un regalo, según dijo ella. Era un niño que enviaban los Espíritus por el que se habían llevado. Pero aquella noche él no se preocupó de las ancianas, sino de Raíz de Artemisa, de modo que le cogió de los brazos a su hijo muerto y le entregó el vivo. Y observó maravillado cómo los pechos de Raíz de Artemisa aceptaban al niño. Y cuando se dio la vuelta, Pata Blanca se había marchado, y al día siguiente no se la encontró en el campamento.

Antes de marcharse para formar su propio grupo, Silbo de Alce le habló de Pata Blanca y el berdache herido. Ella había encontrado a Silbo de Alce cuando cazaba en aquellas mismas colinas y le había llevado al Manantial del Hueso del Monstruo, donde estaban el niño y el berdache herido.

Corazón de Cuerno le había contado más detalles. Le habló del Poder de Pata Blanca, le dijo que había vivido en las Montañas Búfalo haciendo magia. Aparte de eso, poco se sabía de ella, o al menos poco se contaba.

Ella chasqueó los labios y movió la cabeza.

—Ya está bien de charla. Ahora necesito que vayas a tu campamento de caza, que recojas a tus amigos y que me los traigas al Manantial del Hueso del Monstruo. Para cuando lleguéis ya tendré guisado a tu roedor. Luego todos escucharemos tus hazañas de caza.

Él asintió. Le daba vueltas la cabeza.

—¿Estaréis allí?

—S-sí.

Pata Blanca alzó al roedor y miró pensativamente sus ojos opacos.

—El mejor cazador del Pueblo, ¿eh? ¡Parece que te hayas sentado encima de él!

Él lo admitió sin pensar:

—Lo hice. Iba a escaparse otra vez.

Tres Dedos silbaba mientras iba tallando una punta de flecha con un trozo pulido de cuarzo traslúcido. Había cambiado aquel soberbio material en el Río Cuchillo. Ahora iba puliendo las aristas de la piedra con arenisca. Comprobó el borde redondeado con el pulgar, asintió y sacó de su bolsa un buril de asta de ciervo.

Volvió a sentarse en una roca sin dejar de silbar y empezó a arrancar anchas esquirlas del cuarzo. Con la habilidad de un maestro iba cogiendo las esquirlas a medida que se desprendían y las dejaba caer con el tintineante sonido de la perfecta artesanía. Nadie hacía mejores puntas en la Tribu. Cuando Tres Dedos trabajaba la piedra, ponía en ello el alma, que impregnaba cada roca.

Estaba sentado ante un fuego de artemisa en cuyo centro aún seguían ennegreciéndose un montón de huesos de conejo. En las periferias del campamento había dos fardos y un refugio de ramas. Aquí y allá algunos cráteres diseminados por el suelo marcaban los puntos en los que había arrancado algún matorral de artemisa para echarlo al fuego. La artemisa ardía estupendamente. Estallaba en llamas en cuanto tocaba las ascuas. Luego la fina estructura laminar de la madera se deshacía y los rescoldos ardían durante días. Si se ponían piedras encima para absorber e irradiar el calor, se podía cocinar en ella durante mucho tiempo, o asar carne, o apilar tierra sobre el agujero y dormir caliente incluso en los días más fríos del invierno.

Tres Dedos se enjugó el sudor de la frente y miró a Cuervo Negro. De pronto se quedó inmóvil, mirando más allá de la silueta de Cuervo Negro que se perfilaba contra el cielo. ¿Gamos? Escudriñó la cuesta y finalmente vio a su amigo que bajaba por la colina.

Se puso de nuevo a silbar y siguió rascando el quebradizo cuarzo con arenisca. Cuando terminó de pulir la plataforma, envolvió la punta en un grueso trozo de piel de búfalo y sacó su punzón de asta de alce. Colocó la punta en la plataforma y comenzó a sacar finas esquirlas de la piedra para darle la forma final.

Entre los golpes, su silbido engañaba a los trigueros y a los mirlos negros. Gorjeaba como los pinzones y trinaba como los petirrojos, y provocaba respuestas que surgían de la alta artemisa que crecía en torno a la cuenca bajo la terraza en la que estaban acampados.

—Viene Toro Hambriento —dijo Cuervo Negro desde la colina—. Y viene con prisas.

Tres Dedos estaba arrancando una esquirla de la frágil punta, con la lengua asomando entre los labios. Cuando terminó alzó la vista.

—¿Con prisas? A lo mejor ha encontrado algo.

Cuervo Negro echó a correr con sus desgarbados andares que le daban el aspecto de tener todas las articulaciones descoyuntadas. Era alto y delgaducho y había vivido unos veinticinco inviernos.

Su rostro, como el resto de su cuerpo, era muy alargado. Su rasgo más feo era su larga nariz aguileña. La gente se burlaba diciendo que parecía un montón de excrementos pegados a su cara. La otra incongruencia, teniendo en cuenta que él era el mejor explorador de la tribu, era su protuberante barriga en un cuerpo tan flaco.

Cuervo Negro se acercó a la bolsa de agua que colgaba a la sombra de un terco matorral de artemisa que había resistido repetidas veces sus intentos de arrancarlo.

—Más vale que así sea. Con las huellas poca sopa se puede hacer. Quiero decir que no hemos visto nada más que polvo y huellas de búfalo de hace un año.

—¿Ves alguna otra cosa que podamos comer?

—Sólo pajaritos, esos que imitas con tus silbidos. Y creo que he visto algún antílope en la cuenca.

—No puedo creerlo. Mira, no hay nada de agua, la hierba está muerta. Y si miras al cielo, no se ven más que esos hilillos de nubes. ¿Cuánto tiempo hace que no llueve? Y el invierno pasado no nevó. —Seguía tallando el cuarzo mientras hablaba, dando vueltas al punzón para terminar el filo de la punta.

—Hace demasiado tiempo. —Cuervo Negro tomó un sorbo de agua—. Si esto sigue así, tendremos que vivir a base de ratones. ¿Crees que podrías apañártelas para Cantar y atraer una liebre?

—¿Has oído esto alguna vez?

Tres Dedos alzó una ceja y sacó algo de su bolsa. Cuervo Negro se inclinó con curiosidad mientras Tres Dedos se llevaba a los labios un tubo curvo de hueso y soplaba.

«¡Uaaaaaaaaah!» El sonido hendió el aire quieto.

—No está mal, ¿eh? —Tres Dedos sonrió feliz.

—Ya veo que puedes imitar el ruido de un roedor agonizante. Pero sería mejor que pudieras oler como una hembra de búfalo en celo.

Tres Dedos se encogió de hombros y reanudó su tarea.

—Te sorprenderías de la cantidad de cosas que acuden a la llamada de un roedor agonizante: coyotes, zorrillos, tejones, comadrejas, lobos...

—¡Estupendo! Es la solución al hambre en los campamentos. Podemos comer zorrillos y tejones. El lobo es sagrado y no debemos comerlo nunca, y el coyote sabe a... a... bueno, nunca he tenido tanta hambre.

Tres Dedos miró ceñudo la punta de flecha. La alzó a la luz y estudió la rugosa superficie, buscando algún posible fallo o alguna grieta que hubiera podido hacer.

—No sé. Las liebres a veces tienen muy mal genio; pueden revolverse en una trampa y atacar.

Cuervo Negro se sentó sobre sus talones, con los dedos entrecruzados.

—¿Y eso te preocupa? ¿No te acuerdas de la trampa de búfalos en el Arroyo de Agua Roja? ¿Recuerdas cuando ese enorme toro atropelló a Pájaro Negro y se lanzó a la carga resoplando? ¡Nunca he visto a un hombre correr tan deprisa como tú! La gente todavía se ríe al recordar cómo aterrizaste de narices en...

—¡Oye, mira! Yo estoy vivo y de una pieza. Y Pájaro Negro no puede respirar bien desde que ese toro le pisó el pecho y le rompió todas las costillas.

—Sí, pero tú te habrías ahorrado muchos quebraderos de cabeza si no hubieras aterrizado de narices en...

—¡Vale, vale! El búfalo se asustó. Y cuando se asustan van dejando montones de excrementos.

Cuervo Negro sonrió con los ojos brillantes.

—Si no recuerdo mal, me parece que no era el único montón de excrementos...

—¡Yo también me asusté!

Los dos se levantaron cuando se acercó a la carrera Toro Hambriento, que se detuvo jadeando y sonriendo con vacilación.

—¿Y bien? —exclamaron a la vez Tres Dedos y Cuervo Negro.

Toro Hambriento resopló y movió la cabeza.

—No hay gamo. Pero... supongo que tenemos problemas.

—No me gusta nada tu tono de voz —gruñó Tres Dedos, casi para sus adentros.

—¿Qué tipo de problemas? ¿Anit'ah?

Toro Hambriento se agitó como para aclarar sus pensamientos y luego se acercó a la bolsa de agua. Se la llevó a los labios y bebió un buen trago. Luego se limpió la boca con el antebrazo y se volvió.

—No. ¿Habéis oído hablar de Pata Blanca? —Y les contó toda la historia.

—¿El Manantial del Hueso del Monstruo? —preguntó sorprendido Cuervo Negro sentado sobre sus talones—. ¿Que Pata Blanca, la bruja, quiere que nos reunamos con ella en el Manantial del Hueso del Monstruo?

Tres Dedos se rascó la nuca mirando con escepticismo a Toro Hambriento. *Nunca ha dado muestras de locura. Y no sólo eso, sino que además odia la idea de mezclarse con el Poder del Espíritu. ¡Incluso niega tener pesadillas por la noche!*

—Supongo que tengo que ir. Vosotros no tenéis que hacerlo. Supongo que podía haber ido con ella desde el principio. Quiero decir... bueno, a lo mejor os poseen los fantasmas o algo así. No sé. No me gustan las cosas del espíritu.

Cuervo Negro miraba ceñudo las espirales de humo que se alzaban del fuego.

—¿Y si nos vamos corriendo? A lo mejor Castor podría...

—No lo creo —dijo Toro Hambriento con el rostro abatido—. A ella no parecía que Castor le preocupara lo más mínimo.

—Si ha estado tan cerca de ti, te tiene cogida el alma —decidió Tres Dedos—. Tal vez ha inhalado parte de tu aliento o algo así.

—¿Qué? ¿Que ha inhalado mi...?

—¿Cómo podemos saberlo? ¡Yo no sé cómo hacen las brujas para robar almas!

—¡Eh, un momento! Nos estamos volviendo locos —exclamó Cuervo Negro. Ladeó la cabeza y miró a Toro Hambriento—. Tú sabes que Sauce Verde y tu abuelo, Zorro Grande, estaban casados, ¿no?

Toro Hambriento dio un respingo y palideció.

—¿Casados? —Tragó saliva—. ¿Quieres decir que...?

—Justamente eso es lo que quiero decir. Luna Roja, la mujer a la que tú llamabas Abuela, vino después. Sauce Verde dio a luz a tu padre, Siete Zorros. Luego tuvo problemas y abandonó la Tribu. Abandonó a tu abuelo, Zorro Grande, con el niño.

—¿Cómo sabes todo eso?

Cuervo Negro se encogió de hombros tímidamente.

—No a todo el mundo le gusta recordar cosas... sobre todo cosas vergonzosas. Zorro Grande nunca le dijo nada a tu padre, y él nunca te lo dijo a ti. Es una cuestión de cortesía; la gente no menciona cosas que a tu familia no le gustaría oír.

—Ella es mi... No.

Cuervo Negro ladeó la cabeza y miró fijamente a Toro Hambriento.

—Sí. Es tu abuela. Y creo que lo mejor es que vayamos al Manantial del Hueso del Monstruo a ver qué quiere de nosotros.

Toro Hambriento levantó las manos y movió la cabeza.

—Ahora no, después de lo que me has dicho...

—Toro Hambriento —dijo Cuervo Negro con voz grave—, es una mujer que más vale no tener en contra. Según las historias, mató a una mujer que... Bueno, la mató y ya está. Las historias cuentan que acabó con ella mirándola. Al cuarto día, la mujer estaba muerta. Sauce Verde se marchó por la noche, llena de vergüenza.

Toro Hambriento dirigió una mirada suplicante a Tres Dedos. *¿Qué hago? ¿Qué digo?* Se aclaró la garganta.

—Pero, Cuervo Negro, si nos marchamos puede que...

—Ella nos conoce —dijo con firmeza Cuervo Negro—. Toro Hambriento le dijo nuestros nombres. Está buscando un campamento de la Tribu. Nos guste o no, estamos metidos en esto.

—Entonces no nos queda mucho tiempo para llegar al Manantial del Hueso del Monstruo. —Le costó tanto pronunciar esas palabras como arrancar a una liebre de su madriguera.

6

Cuerno Roto corría riendo entre los pinos perseguido por Tanagra. Alce Ágil iba detrás gritando de alegría. No importaba que Cuerno Roto fuera mayor, nadie corría como Tanagra.

El juego había comenzado con un aro y una flecha. Se hacía rodar por el suelo un aro y los niños le lanzaban palos. El ganador era el que le daba más veces al aro lanzando flechas. Naturalmente, Tanagra había ganado, hasta que la paciencia de Cuerno Roto crujió como el cuarzo al fuego. Se dio la vuelta y le lanzó una flecha a Tanagra.

Ella la esquivó ágilmente con una sonrisa mientras preparaba su propio tiro. Y Cuerno Roto echó a correr, sabiendo que su puntería era infalible.

Ahora ella se acercaba, sintiendo la fuerza de sus piernas jóvenes. De pronto se detuvo y disparó con toda la fuerza de su cuerpo. El proyectil, de madera de sauce, le dio en plena espalda a Cuerno Roto, que gritó de dolor y vergüenza.

Tanagra lanzó un grito victorioso. Luego él se dio la vuelta, y ella pudo ver la ira en sus ojos y en su expresión. Y echó a correr entre los árboles, atropellando casi a Alce Ágil. Nadie corría como Tanagra. Lanzó un grito feliz al aire quieto de la montaña. Que corriera hasta agotarse; ningún hombre, ni siquiera Cuerno Roto, podía alcanzarla.

Raíz de Artemisa caminaba bajo la luz del crepúsculo, atravesada por un dolor. Alzó la vista hacia el cielo añil buscando con los ojos, como si el gozo estuviera fuera de su alcance. El Padre Sol se había desvanecido en ese momento entre la noche y el día, y la Red de Estrellas aún no brillaba.

En su soledad, echaba de menos desesperadamente los fuertes brazos de Toro Hambriento. Pero aquella noche él estaba muy lejos, al norte, cazando, intentando hacer lo que ella había hecho. A este dilema, a este problema de la carne, tenía que enfrentarse ella sola.

¿Qué debía hacer? Se detuvo con los puños apretados mientras la brisa del atardecer doblaba las hierbas secas. Los latidos de su corazón eran como golpes secos y huecos en su pecho. El miedo le apretaba las entrañas, y un mareo le encogía el estómago.

El poder de Castor era mucho mayor que el suyo. ¿Cómo podía una mujer enfrentarse a un chamán? ¿Cómo podía ella demostrar que había actuado correctamente?

—No puedo oponerme a él —susurró.

Y si lo hago, estoy perdida. Mi hijo sería sospechoso. ¿Y Toro Hambriento? ¿Qué le pasaría? Quedaría humillado, rebajado. Le obligaría a pegarme por primera vez, porque tendría que proteger su honor. El corazón se le encogía ante la sola idea del dolor en los ojos de su esposo. *¡No puedo actuar sola!*

Y entonces recordó la desesperación en la mirada de Gama Danzarina. Pobre Gama Danzarina, que se sentaba sola y se negaba a comer, mirando fijamente a lo lejos hora tras hora.

¿Terminaré yo también así? Castor no había demostrado una ira feroz contra Gama Danzarina. Pero contra ella sí.

Le invadió el frío de la tarde y la quietud creció. Los primeros destellos de la Red de Estrellas titilaron en el horizonte.

—¿Por qué está ocurriendo esto? —preguntó a las estrellas—. ¡Lo único que he hecho es dar de comer a mi pueblo!

El viento agitó su manga de flecos, le pasó los dedos por el pelo y le acarició la cara.

Entre las sombras que proyectaba el risco yacía una gran cantidad de rica carne de antílope secándose sobre los matorrales. Los coyotes gemían y aullaban en la noche. El olor de la orina humana y los suaves movimientos de las ancianas que guardaban la carne los mantenían a raya. A lo largo del arroyo ardían fuegos que eran como ojos ambarinos en la noche e iluminaban a la gente que se sentaba a su alrededor gesticulando, discutiendo e intentando razonar lo que había pasado aquel día. Desde donde ella estaba, oía el murmullo de sus conversaciones.

Sobre el lugar de la matanza pesaba un mal augurio, como el humo azul de los fuegos de campamento en una mañana clara. Raíz de Artemisa tragó saliva. Los fantasmas de los antílopes flotaban en el aire a su alrededor. Su pueblo la miraba desde abajo, y el poder de sus miradas le erizaba el pelo.

Todos esperaban su decisión.

La tierra crujió bajo unos pasos. Los matorrales de artemisa arañaron los mocasines de una mujer que subía. Raíz de Artemisa hizo acopio de fuerzas, sabiendo la decisión que se cernía sobre ella. ¿Por qué tenía que ser suya la responsabilidad?

—¿Qué vas a hacer? —preguntó Cerezo Silvestre con un suspiro al coronar la loma.

Se estiró con las manos en la espalda y pestañeó. Sus articulaciones crujieron en el silencio. La anciana ladeó la cabeza y miró la oscuridad y al pueblo preocupado. Raíz de Artemisa suspiró, limpiándose la sangre seca que le manchaba los dedos.

—No lo sé. Tienen miedo. Él ha Maldecido la carne.

Cerezo Silvestre soltó un evasivo gruñido.

—Yo sé que no he ofendido al antílope. ¡Estoy segura! Miré a la hembra a los ojos. Nuestras almas se unieron y ella comprendió. ¡Yo lo vi! Sé que el antílope no nos quiere negar su carne. Sentí que la Canción que canté en mi interior estaba bien.

Cerezo Silvestre asintió con un movimiento de pajarillo.

—Entonces la carne está limpia.

—¿Y qué pasa con la Maldición de Castor?

Cerezo Silvestre chasqueó los labios sobre sus encías desdentadas.

—¿Con la Maldición? —Vaciló inquieta—. Yo creo que quiere conseguirte de una forma u otra.

Raíz de Artemisa sintió que el alma se le congelaba dolorosamente en el pecho.

—No puedo ganar, ¿verdad? No hay forma de no malgastar el antílope sin ofender a Castor.

—No.

—¿Pero qué puedo hacer? Dime qué tengo que...

—No puedo. Está en tus manos, muchacha.

Raíz de Artemisa se acercó y miró fijamente el rostro ensombrecido de la anciana.

—Yo... yo no soy una Soñadora del Espíritu. Yo soy sólo... yo.

—Sólo tú —asintió Cerezo Silvestre—. Y esto es decisión tuya. Tú mataste al antílope, y Castor lo ha tomado como una oportunidad para destruirte. Él...

—¡Pero nos morimos de hambre! ¡Me niego a ver el hambre en el rostro de mi hijo! Me niego a ver cómo se le marcan las costillas y se debilitan sus miembros. ¡Mira a los niños, Cerezo Silvestre!

Yo ya he perdido dos hijos. ¡Dos! Y no voy a perder a éste. ¡Castor nos obliga a matar a las niñas recién nacidas! ¿Cómo crees que va a poder vivir consigo misma Gama Danzarina? ¡Estamos muriendo!

La anciana aguantó impertérrita la perorata.

—Castor ha Soñado un nuevo camino...

—¿No creerás lo que dice de las mujeres, que somos la corrupción, que es culpa nuestra que el búfalo escasee?

—Es un Soñador del Espíritu.

—Tú has conocido a mucha gente con Poder.

—Sí, es cierto. —Cerezo Silvestre soltó una hueca carcajada—. Creo que sé lo que él es. Pero tú estás eludiendo el problema. ¿Qué vas a hacer con esa carne? ¿Te la vas a comer? ¿Vas a alimentar a tu hijo? ¿Darás ejemplo?

—Yo no...

—¡Moscas y estiércol, niña! ¡Estás muy metida en esto! ¿Es que no te das cuenta? Ahora eres tú la que debe dirigir. Eres tú la que tienes que coger a la Tribu de los cuernos y obligarle a actuar... tienes que tomar una decisión. Bueno, ahí está la carne, y toda la Tribu está esperando a ver qué haces.

—Yo no quería esto. No quería ninguna...

—Pues la tienes. Deja de gimotear y enfréntate a ello. Es la vida. Tienes que aceptarla y seguir adelante. ¿Qué vas a hacer? Necesitamos un líder, y tal vez tú puedas serlo.

—¿Y si desafío a Castor? ¿Y si me Maldice? Quiero decir que... que podría matarme.

Cerezo Silvestre se cruzó de brazos.

—¿Lo crees? —preguntó con voz queda—. ¿De verdad crees que podría matarte?

Raíz de Artemisa retrocedió ante sus palabras, viendo el desafío de la anciana en su postura arrogante.

—Es un chamán, un... —Se interrumpió, recordando a Castor tal como siempre lo había conocido—. Tú no crees que pueda hacerlo, ¿verdad?

Cerezo Silvestre alzó sus estrechos y viejos hombros.

—Podría. —Hizo una pausa—. Si tú lo crees. Pero está en tus manos. Yo no sé mucho sobre los caminos del Poder, pero sé que puedes defenderte contra él. Sé que puedes contraatacar. Y también sé que podrías rendirte, y morir, si eso es lo que crees. ¿Qué es lo que crees? Tú conoces a Castor. Sabes qué clase de hombre es. Te criaste con él. ¿De verdad crees que el Poder penetró en él, así como así, cuando murió Corazón de Cuerno? —Hizo casteñetear los dedos.

Raíz de Artemisa se retorció un mechón de pelo, sintiendo el tirón en la cabeza.

—Yo sólo empecé a creer seriamente en él cuando comenzó a tener visiones.

—Ya.

Raíz de Artemisa frunció el ceño mirando al cielo. La Red de Estrellas comenzaba a titilar.

—Pero él no tendría Poder del Espíritu si no lo mereciera, ¿verdad?

Cerezo Silvestre le puso la mano en el brazo.

—No sé qué pensar. No sé lo que está ocurriendo, ni por qué se va el gamo, pero Castor siempre ha sido bastante raro. Le he visto crecer, como un adulto observa desarrollarse a un niño. No sé. Su madre siempre lo protegió. Pasaba por encima de su padre como el búfalo sobre la hierba. Ella apartó a su hijo de la vida, de los juegos con los demás. Nunca le dejó ir con los otros muchachos, y siempre libró sus batallas por él. ¿Sabes lo que le pasó al padre de Castor? Se marchó. Cogió sus cosas y se fue del refugio. Lo último que supe es que murió en el este, en el grupo de Dos Piedras.

—Él no es un cachorro.

—Los hombres y los perros son lo mismo. Si pegas a uno, se vuelve malo; si lo apartas de la manada, jamás vuelve a encajar en ella, jamás tendrá un sitio entre los demás.

—Tú crees que está...

—¿Que no está bien de la cabeza? —Cerezo Silvestre abrió los brazos—. ¿Cómo iba yo a saberlo, niña? Hemos perdido muchas cosas, tal vez hayamos perdido nuestro Poder del Espíritu. A Corazón de Cuerno siempre le preocupó no comprender. Pero lo intentó con todo su corazón. Se entregó por completo, pero una vez me dijo que no tenía el fuego en su alma, y eso le preocupaba. Una persona con Poder del Espíritu puede Danzar con Fuego, puede Cantar las estrellas.

Raíz de Artemisa ladeó la cabeza.

—¿Puedes imaginarte a Castor Danzando con Fuego?

Cerezo Silvestre se echó a reír al pensarlo.

—Es difícil. —Luego se puso seria—. Pero la Tribu espera.

—Y el antílope. Yo... casi...

—¿Sí?

Raíz de Artemisa intentó aclarar su confusa mente.

—No sé. Puedo sentirlos. Los siento acechando, esperando.

—¿Es una sensación irritante?

—No, es... bueno, no está clara.

—Entonces es mejor que decidas. ¿Comerás la carne? ¿Desafiarás a Castor? Sé que él no te gusta, pero no eres la única. Piénsalo. Los que siguen a Castor son los jóvenes. Él reivindica un nuevo camino, dice que si le obedecemos todo irá mejor. Nos impulsa a apartarnos de los viejos caminos, a seguir su voz y cambiar las cosas. Escucha a los ancianos, Raíz de Artemisa. Nosotros somos los que recordamos. Muchos se han marchado: Dos Piedras, Silbo de Alce, Siete Soles, se han ido para formar sus propios grupos. Al final seremos como el humo en el viento, tan dispersos que desapareceremos. ¿Es eso lo que quieres?

—¿Y por qué tengo que ser yo la que...?

—¿Madre?

La voz la sobresaltó. Se volvió y vio a Pequeño Danzarín que se acercaba inquieto.

—Dime.

—¿Podemos quedarnos con la carne? Los antílopes están esperando. Están inquietos. Yo tengo hambre otra vez. Ojalá pudieras sentirla como yo.

Ella sintió su deseo por un instante, hizo suya la garra del hambre en su pequeño cuerpo, y quedó conmocionada. ¿Qué hacer? El miedo a Castor se oponía a las dentelladas del deseo, a la idea de un estómago lleno.

¿Y si Castor la Maldecía?

Sólo soy una mujer. ¿Cómo puedo oponerme a él?

Una presencia esperaba espectante. Ella escudriñó el cielo nerviosamente, buscando. Un escalofrío le recorrió la espalda al sentir sobre ella los ojos ardientes de su hijo. Batalló con sus pensamientos y el mundo pareció quedarse quieto, esperándola.

—Nos quedaremos con la carne, hijo. Sería mayor ofensa desperdiciar los animales que atender a las palabras de Castor.

Toro Hambriento, perdóname. Amor mío, perdóname por lo que voy a hacer, pero te juro que no voy a dejar que se muera de hambre otro hijo mío. Ya he perdido dos hijos, y no voy a perder otro. ¡Nunca más!

Cerezo Silvestre suspiró con evidente alivio.

Raíz de Artemisa miró las estrellas, consciente de que había habido un cambio. Pero su hijo volvió a sorprenderla.

—¿Madre? Los antílopes se van. Estaban preocupados, pero has hecho que se sientan mejor.

—¿Los antílopes?

—Sí, Madre. ¿Les has oído hablarte?

Raíz de Artemisa dirigió una rápida mirada a Cerezo Silvestre, deseando poder ver el rostro de la anciana mientras volvía a fijar la vista en Pequeño Danzarín. La anciana estaba inclinada y escudriñaba la oscuridad.

—No, hijo, no los he oído.

Sentía el alma desgarrada. Castor no podía ignorar aquello. ¿Cómo iba ella a resistir? ¿Qué podía hacer para salvarse?

Castor estaba apoyado sobre su respaldo de sauce, fumando corteza de sauce en su pipa de arcilla. Ante él ardía un fuego escarlata en la oscuridad del sofocante refugio. Alzó la vista y no vio más que el débil perfil del techo. Metió la mano en la bolsa de agua y echó unas gotas sobre las piedras calientes y sintió un picor en la piel cuando se alzó el vapor.

Hacía mucho calor.

—Castor... —llamó un joven desde fuera—. Vengo del lugar de la matanza de antílopes. Raíz de Artemisa ha ordenado a todo el mundo que hagan alforjas de cuero. Se va a quedar con la carne para alimentar a su familia. Cerezo Silvestre y Graciosa están Cantando sus alabanzas.

Castor sonrió para sus adentros y asintió bajo la débil luz.

—Muy bien. Ya ha decidido. Gracias.

Oyó los pasos del joven que se alejaba.

La idea de destruir a Raíz de Artemisa le dolía ligeramente. Después de tantos años, por fin su orgullo la había puesto en sus manos. Nunca se sabía a dónde llevaba el Poder. No importaba.

—Es una locura sudar en un tiempo así, pero purifica. Elimina la confusión del alma. Ahora debo prepararme.

Madera Erguida le dirigió una rápida mirada y asintió.

Castor salió del refugio y entró en el suyo. Cuarzo Rojo se sobresaltó, le miró tímidamente y volvió a bajar la vista. Estaba sentada en la parte de la mujer, desnuda hasta la cintura. Sus largos cabellos negros le colgaban sobre la piel húmeda, ligeramente ondulados.

Él la observó con ojos entrecerrados y vio el sudor que le perlaba las mejillas y corría entre sus pechos llenos. Cuarzo Rojo no había adelgazado, ya se había encargado él. Nadie podría decir que era un estúpido. En su juventud había oído una conversación entre Cerezo Silvestre y Pie Blanco (que después se marchó con el grupo de Silbo de Alce tras una lucha por el poder). Cerezo Silvestre había afirmado categóricamente que las mujeres gruesas concebían mejor que las delgadas. Cerezo pensaba que la mujer que trabajaba muy duro o que adelgazaba demasiado, no acogía bien la semilla de un hombre. Y aparte de esto, un Soñador del Espíritu debía tener una esposa gorda, pues de lo contrario podría ponerse de manifiesto su incompetencia como Soñador y Cantor. Un hombre de Poder tenía que tener ciertas cosas para acentuar sus habilidades.

Castor dio una chupada a la pipa, disfrutando del sabor amargo de la corteza de sauce. A pesar del calor y del cuerpo medio desnudo de Cuarzo Rojo, no podía dejar de pensar en Raíz de Artemisa. La recordaba allí, en el lugar de la matanza, desafiante, con los ojos chispeantes. La imagen pendía ante él tan clara que casi podía tocarla, casi podía seguir las curvas de sus caderas y palpar sus pechos llenos presionando contra la fiel fina de su vestido de antílope.

Él ya sabía que Raíz de Artemisa decidiría quedarse con la carne... y con ello provocaría su caída.

Me rechazó. Me puso en ridículo cuando intenté Cantar para meterla entre mis pieles. ¡Se rió en mi cara!

Desde que él recordaba, Raíz de Artemisa le había obsesionado. Cuando era una muchachita, ya le seducían sus ojos y su sonrisa maliciosa. Su cuerpo esbelto le daba ventaja en los juegos y danzas. Cuántas noches había observado embelesado cómo sus escurridizos pies cobraban vida mágicamente con la cadencia de los Cantores y los tambores mientras su cuerpo giraba y giraba sin cesar. Nadie danzaba con tanta gracia como ella.

Luego vino su primera sangre menstrual. En la ceremonia que la convertiría en mujer, Raíz de Artemisa se transformó en una maravillosa belleza. Los hombres la pretendían constantemente y Cantaban ante el refugio de sus padres en la noche, le hacían regalos e intentaban abordarla entre los matorrales cuando iba a hacer algún recado.

Castor había hecho todo lo posible. El deseo de su joven corazón le había llevado hasta el punto de tenderle una emboscada. Aquella noche casi la viola. Cuando ella le rechazó, sintió que le ardía de fiebre el corazón. Pero un hombre pagaba muy cara la violación de una mujer. La Tribu ponía al culpable en medio del campamento, desnudo, y le cercenaba el miembro con una piedra de cuarzo.

Si el hombre no moría desangrado, cosa que pocas veces ocurría, las mujeres seguían cortando hasta acabar con él. Sólo ese pensamiento la impidió dar rienda suelta a sus necesidades aquella noche. Y, por la orina rancia del búfalo, de buena se había librado ella.

Cerró los ojos y se imaginó que la tiraba al suelo. La aplastaba con todo su peso y su fuerza y miraba sus ojos ardientes viendo su pelo negro extenderse por el suelo como una telaraña negro azabache. Su rostro furioso se pondría rojo de ira, y su hermosa boca estaría prieta.

Le sujetaría las manos por encima de la cabeza para que no pudiera arañarle y le levantaría el vestido hasta poder acariciar sus musculosas piernas y sentir su suave piel. Se perdería en la dulzura de sus pechos y mordería con fuerza los pezones mientras ella se debatiría.

Y cuando ella se diera cuenta de lo inevitable de su situación, él le metería la rodilla entre los muslos y la abriría. Y todo el tiempo miraría sus ojos negros como la noche, disfrutando de su derrota.

El fuego crepitó, devolviéndole a la realidad de su refugio. Se llenó de aire los pulmones y exhaló lentamente para calmar la tensión de su cuerpo. Abrió los ojos y miró directamente a Cuarzo Rojo.

—¿Tu sangre vendrá en la próxima luna?

—Sí.

Le quedaban lo menos cinco días. No había peligro de que le contaminara. La tumbó de espaldas y con dedos torpes le soltó el cinturón y estuvo dando rienda suelta a su fantasía, con los ojos fuertemente cerrados, hasta que se estremeció y gruñó aliviado.

Respiró profundamente y se apartó sintiendo el sudor que le corría por el cuerpo. Cuarzo Rojo seguía con los ojos fijos en el agujero de tiro del techo, con el rostro plácido e inexpresivo.

Castor se pasó la mano por la cara húmeda para secarse el sudor. Esta vez había podido terminar. Siempre que tenía a Raíz de Artemisa en la mente, podía terminar. Si abría los ojos, o si recordaba que era Cuarzo Rojo la que tenía debajo, su miembro se desplomaba, dejándole impotente. Esta vez, había mantenido la visión de Raíz de Artemisa. Quizás esta vez había logrado por fin plantar a su hijo. Tal vez ahora demostraría que era un auténtico hombre.

Y Raíz de Artemisa le había desafiado abiertamente. Mañana lo primero que haría sería Maldecirla delante de todos.

Las chispas se elevaban en el cielo de la noche en retorcidas y relumbrantes espirales de color amarillo y naranja contra el suave terciopelo de la noche.

Toro Hambriento, Tres Dedos y Cuervo Negro estaban sentados frente a Pata Blanca, y la tensión de sus rasgos quedaba acentuada por el resplandor del fuego. La miraban inseguros y nerviosos. Ella soltó una risita.

—Parece que tenéis miedo de que salte sobre la hoguera y os devore.

Cuervo Negro tragó saliva.

—He oído historias sobre ti. Cerezo Silvestre decía que no eras del todo humana, que podías convertirte en un búho por la noche y que volabas hasta las estrellas. Cuentan que podías hablar con los animales y con...

—¿Con los fantasmas? —le ayudó ella. Suspiró débilmente y estiró sus piernas nudosas sin apartar la vista del resplandor del fuego—. No, no hablo con fantasmas, pero me gustaría poder hacerlo.

Sus palabras les impactaron como una ráfaga de aire frío. Esperaron con los músculos tensos, los ojos ardientes de inquietud y las manos listas para poderse levantar si tenían que salir huyendo a toda prisa.

—¡Oh, basta ya! ¿Qué pasa? ¿Creéis que todo el mundo está lleno de mal? ¿Quién anda propagando esa estúpida idea? Fijaos, aquí estáis tres jóvenes fuertes, muertos de miedo por una vieja. —Sacudió la cabeza disgustada y ellos bajaron la vista—. Mirad a vuestro alrededor. ¿Veis las plantas y las estrellas? ¿Veis la tierra? ¿Oís el ulular del búho? ¿Sentís el viento? Nada de eso es malo. La vida no es mala... ni los fantasmas tampoco. ¿Creéis que el alma de un hombre cambia simplemente porque ha muerto y se ha elevado a las estrellas?

Miró sus rostros silenciosos.

—Lo que hay que preguntarse es ¿por qué? ¿Por qué tendría que cambiar el alma de un hombre después de la muerte?

—Si tú hablas con los fantasmas...

—¡No es cierto!

—Pero tú has dicho...

—Dije que lo haría si pudiera. —Se inclinó para acomodar su dolorida cadera—. Sí, me gustaría saber qué hay al otro lado. Las viejas leyendas dicen que es como Soñar. Todo es uno, y uno es todo. Me gustaría saberlo. ¿Que si me asusta lo que descubriría? Pues claro. Siempre asusta aprender cosas. Aprender es como caminar sobre arena, nunca sabes qué ocurrirá a cada paso, nunca sabes si la arena cederá y perderás el equilibrio. Pero si no caminas, no llegas a ninguna parte, no ves nada nuevo. Para eso es mejor que te sientes en tu refugio, apartado del mundo por la fina piel y que te dejes morir de hambre.

Toro Hambriento frunció el ceño con una expresión de perplejidad en su hermoso rostro. Tres Dedos se mordió los labios y Cuervo Negro se rascó la nuca.

—Ahora, id a dormir. Mañana saldremos hacia la Tribu.

Toro Hambriento miraba el cielo, totalmente despierto en sus pieles. ¿Por qué no podía creer a la anciana? El sexto sentido de los cazadores le indicaba problemas y peligro. Miró con la boca seca a la anciana que respiraba regularmente y sintió un escalofrío en la espalda. Los espíritus estaban sueltos por la tierra, Danzando en busca de almas.

Sangre de Oso bajaba de las tierras altas al sur del Río Luna. A su derecha y ligeramente detrás de él, la alta cumbre del Diente de Castor atrapaba el sol de la mañana. El río serpeaba ante él por la ancha planicie. Incluso aquí las hierbas crujían bajo sus pies. No había llovido.

Delante de él yacía el río y una elección: ¿este u oeste?

Muy arriba, en el cielo, un águila volaba hacia el oeste. Desde su más temprana infancia había oído hablar del Poder de las águilas. Muy bien, se dirigiría hacia el oeste. Lo mismo daba una dirección que otra. Además, nunca se sabía. Tal vez aquel momento de locura que tuvo había dado resultados. Al pensarlo sintió un extraño calambre en el muñón de su dedo meñique.

Sangre de Oso se dirigió hacia el limo duro de la planicie. Después de tantos años de vagar, tal vez la suerte se había puesto de su parte.

Sería maravilloso no sólo recobrar el Fardo del Lobo sino también matar al berdache, y tal vez darle una paliza a su esposa en los campamentos de los Mano Roja. Nadie olvidaría a Sangre de Oso después de eso. Y como castigo por haber dado cobijo a su esposa fugitiva, comenzaría otra guerra contra la Tribu de Pequeño Búfalo. Teniendo en cuenta lo que había visto de las tribus de las planicies, nadie tendría valor para resistir a los Mano Roja.

El Fardo del Lobo probó su poder, que hervía con el recuerdo de las duras manos de Castor, del odio maligno de su mente cuando lanzó el fardo a la noche.

La ira se enroscaba y fluía en él.

Los hombres, mujeres y niños del campamento dormían con las mentes atormentadas por pesadillas de ira y violencia.

Castor gemía en Sueños, sintiendo que una niebla negra le asfixiaba.

El Fardo del Lobo esperaba.

7

Pequeño Danzarín se despertó en la noche sintiendo el frío del rocío que se concentraba en las hojas a su alrededor. La piel en la que yacía estaba húmeda. Se estremeció y se incorporó, buscando instintivamente a su madre, y luego miró las estrellas. Tal vez faltaba una hora para el falso amanecer. Hacía falta práctica para aprender a conocer el tiempo por las estrellas, porque cambiaban con las estaciones.

Se frotó los ojos con los nudillos, pero no veía a Madre por ningún sitio. Los arbustos seguían inclinados bajo el peso de la carne. Dos Humos yacía al otro lado del fuego. La piel que había traído el berdache para que durmiera su madre seguía doblada con el pelo para adentro.

Pequeño Danzarín volvió a estremecerse, pero no era sólo de frío. La noche parecía acechar ansiosamente, como las voces de los antílopes que había llamado para su madre.

Se levantó y se acercó al apagado resplandor del fuego de la noche pasada. Dos Humos yacía con la cabeza bajo el brazo. Pequeño Danzarín se calmó un poco con la suave respiración del berdache. Dos Humos no había dormido bien desde que habían profanado el Fardo del Lobo. Pequeño Danzarín se agachó sobre el fuego y puso su piel sobre las ascuas. El calor le envolvió y acarició, devolviendo la vida a sus miembros entumecidos. El penetrante olor del humo le impregnó la nariz.

El grito de un sotacabras sonó en la noche. Los insectos chirriaban entre la artemisa. La tensión pendía en el aire como la helada del invierno y se acercaba helando su alma, igual que el rocío le había helado los huesos.

¿Dónde estaba Madre? El calor empezaba a molestarle. Se levantó y se dirigió de nuevo al lugar en el que había dormido. Pero vaciló y decidió acomodarse junto al berdache.

Y entonces vio al lobo. Era un enorme animal negro cuya silueta se perfilaba entre los matorrales. La criatura se detuvo como un espíritu. Sus penetrantes ojos amarillos reflejaban el resplandor del tenue fuego.

Pequeño Danzarín tragó saliva y miró a su alrededor para ver por qué los perros no habían reaccionado. Los animales dormían, sin haberse dado cuenta del intruso.

Entonces miró a los ojos del lobo y sintió una promesa. Y luego el enorme animal se desvaneció en las tinieblas como si hubiera sido cosa de su imaginación.

Dos Humos se estremeció cuando Pequeño Danzarín se tumbó a su lado.

—¿Pequeño Danzarín? ¿Estás bien?

—Tengo miedo. He visto un lobo, grande y negro. Me miraba.

Dos Humos abrazó al muchacho.

—No te preocupes.

—He oído decir cosas. Cuando estaba entre los matorrales oí una conversación entre Mujer Caminante y Pino Durmiente. La gente dice que Castor Maldecirá a mi madre. ¿Qué significa eso? ¿Qué pasará? Los niños pequeños se Maldicen unos a otros, y a veces Maldicen a las rocas, las serpientes y los escorpiones. Pero cuando el que Maldice es un Soñador del Espíritu, la cosa es distinta, ¿verdad?

—Sí, es distinta.

—¿Qué nos pasará si Castor Maldice a mi madre?

—No pasará nada. Además, puede que no la Maldiga. —Dos Humos añadió un proberbio anit'ah—: El sol sale, el sol se pone.

—¿Quieres decir que no podemos cambiar lo que va a pasar? ¿Igual que el amanecer?

—Tu anit'ah mejora cada día.

—Porque me obligas a hablarlo. —Pequeño Danzarín frunció el ceño—. Dos Humos...

—Dime, pequeño.

—No te gusta estar aquí, ¿verdad?

—¿Qué quieres decir? Tengo comida, tengo un refugio. Tu madre y tu padre son amables. Te tengo a ti para despertarme en mitad de la...

—Pero he oído que a veces... bueno, los hombres te hacen daño. —El muchacho sintió que su amigo se ponía tenso, pero prosiguió—: Y la gente se burla de ti y de lo que haces con tus partes íntimas.

He visto que los chicos se burlan de ti porque llevas un vestido. Todo eso duele, ¿no?

—¿No deberías estar durmiendo? Ha sido un día muy largo y debes de estar...

—Ésa no es forma de contestar una pregunta, ¿no?

—Supongo que no.

—A ti te gustaría estar con los Anit'ah, ¿verdad?

Dos Humos tragó saliva.

—Sí.

—¿Y por qué no vas con ellos? Yo creo que aquí las cosas van muy mal. He oído que los Anit'ah todavía tienen búfalos en las montañas. Tal vez no tengan un Soñador del Espíritu que Maldiga a la gente buena como mi madre. Y no se burlarían de ti. Y los hombres no te cogerían mientras recolectas plantas para tirarte al suelo y levantarte las faldas para...

—¡Shhh! Duérmete. Mañana será un día muy largo y...

—Dos Humos, ¿por qué no respondes a mis preguntas? ¿Intentas que piense en otra cosa?

—Una vez, hace mucho tiempo —comenzó el berdache después de un silencio—, cometí un error, e hice una promesa. Juré algo sobre el Fardo del Lobo.

—¿Qué hiciste? No sería nada malo. Tú eres una buena persona. ¿Qué juraste?

—Tú sabes que no se puede hablar de promesas y de Poder a la ligera. Tal vez algún día, si eres bueno, te lo cuente. Pero ahora no puedo dejarte, al menos de momento. Y sí, Pequeño Danzarín, preferiría estar con los Anit'ah. Ellos comprenden y valoran el Poder de un berdache, y no me culpan si prefiero amar a un hombre en lugar de una mujer. Para ellos un berdache es bueno, trae suerte.

—¿Pero por qué existen los berdaches?

Dos Humos se encogió de hombros.

—No lo sé. Tal vez porque un hombre planta una semilla distinta en el vientre de una mujer. Tal vez el Poder les toca el alma, la Bendice, cuando viene a albergarse en un recién nacido. Tú sabes que los hombres y las mujeres son distintos. Los berdaches están entre el hombre y la mujer, no son ni lo uno ni lo otro. Son simplemente berdaches. Están entre los mundos, y aparte de ellos. La Tribu de Pequeño Búfalo es la única que no me acepta como ser humano. Para ellos soy otra cosa, un monstruo.

—A lo mejor deberíamos huir para reunirnos con los Anit'ah.

—A tu padre no le gustaría. Y tu madre tampoco querría ir.

Ellos han hecho la guerra contra los Anit'ah. Los Anit'ah mataron a tu abuelo y a tu abuela. ¿Crees que Toro Hambriento o Raíz de Artemisa querrían vivir entre la gente que ha hecho eso? Ya sabes cómo protestan cuando te enseño el lenguaje de los Anit'ah. Entre los Mano Roja se sentirían peor de lo que me siento yo aquí. ¿Es eso lo que quieres?

—¿Por qué me enseñas el lenguaje anit'ah y todas esas historias sobre el Primer Hombre que trajo aquí a todo el mundo por debajo de la tierra? ¿Crees que algún día yo seré Anit'ah?

Volvió a hacerse el silencio.

—Tal vez es mi modo de mantenerlo vivo —dijo por fin Dos Humos—. Tal vez estoy pagando mis errores. Ahora, duérmete.

En la mente de Pequeño Danzarín hervían las preguntas. ¿Qué pasaba con los Anit'ah? ¿Qué pasaría con su madre? ¿Y Castor? ¿Qué pasaría si el Soñador del Espíritu Maldecía a su madre? ¿Podría morir?

Se puso a pensar en ello, sabiendo que Dos Humos no quería seguir hablando. El miedo crecía en sus entrañas. Castor no mataría a su madre. ¿Por qué iba a hacerlo? Todo el mundo quería a Raíz de Artemisa. Y Pequeño Danzarín amaba a su madre más que a nadie en el mundo. Los pensamientos daban vueltas en su agitada cabeza. El miedo le corría por dentro, tocando su débil estómago y estremeciendo sus músculos. Pestañeó ansiosamente en la noche.

Nunca olvidaría la noche en que nació la hija de Gama Danzarina. Nunca olvidaría la mirada de disgusto de Castor, su expresión de velado odio por su madre. Mientras el día y la noche danzaban en los cielos, nunca perdonaría al chamán por profanar el Fardo del Lobo y darle una patada a Dos Humos.

Y si el Soñador del Espíritu Maldecía a Raíz de Artemisa...

—Dos Humos...

—Dime.

—Si Castor Maldice a mi madre, le mataré.

—Calla. Los niños no matan a los Hombres del Espíritu. Los muchachos respetan a sus mayores. No quieras jugar con esas cosas, pequeño, ¿me oyes?

—Sí. *—Pero le mataré, Dos Humos. No pienso perdonarle lo que te hizo a ti y al Fardo del Lobo. Más le vale no Maldecir a mi madre.*

Raíz de Artemisa miraba las largas tiras de carne que había estado volviendo aproximadamente cada hora. La mayoría se habían secado y se encogían bajo el calor del sol. Una vez seca, la carne de diez antílopes cabía en un fardo que podía llevar una sola mujer. Cerezo Silvestre trabajaba al otro lado del arbusto, con Triguero y Graciosa. Otros esperaban, rindiéndose lentamente al poder del hambre, pero presas del miedo a Castor.

Los nervios no la habían dejado dormir a pesar del cansancio. ¿Qué había hecho? ¿Cómo podía insultar al antílope dándole la espalda y marchándose? El hambre consumía a la Tribu. ¿Cómo podía Castor Maldecir tan insensiblemente la carne? ¿Es que no tenían ya bastantes problemas?

¿Dónde está? Todavía queda lo peor. Ella le había desafiado abiertamente, había vuelto a burlarse de su Poder.

Se enderezó y pestañeó ante el sol de la mañana, buscando en la bóveda azul del cielo algún signo de lluvia. Se veían pequeñas nubes de algodón que flotaban hacia el este, negándose a otorgar la lluvia bienhechora.

—Madre.

Al volverse vio a su hijo tambaleándose bajo el peso de una bolsa de agua. La lengua le asomaba por la comisura de la boca.

—Mira, he traído el agua. Y apenas he derramado una gota.

—Te estás haciendo todo un hombre. Si sigues así tendremos que darte un nombre dentro de una estación o dos. ¿Estás preparado? ¿Estás listo para ganarte un auténtico nombre de hombre?

—¿De verdad? ¿Lo dices de verdad? —Sus ojos chispeaban de contento—. ¡Estoy preparado! Está bien llamarse Pequeño Danzarín, pero ya soy bastante mayor para tener un nombre de hombre.

Ella le alborotó el pelo y le cogió la bolsa de agua de la espalda. Tomó unos sorbos. La mayor parte del lodo se había aposentado, aunque con la sed que pasaban no podían tener muchos remilgos. Los ancianos aún hablaban de un tiempo en que los ríos fluían claros como el aire, tan limpios que se veía el fondo. Ahora el cieno de los aflujos le daba al agua una apariencia lechosa, incluso en el otoño.

Raíz de Artemisa se secó los labios.

—¿Puedes hacerme un favor? Llévale el agua a Cerezo Silvestre y luego repártela entre los demás.

Él sonrió.

—Claro. ¿Pero no podría beber yo un poco más? Ha sido toda una caminata llegar hasta aquí.

—No te la bebas toda —advirtió ella mientras daba la vuelta a las tiras de carne, estrujando las más gruesas para saber si se habían secado del todo. La mayoría estaban duras como piedras, gracias al aire seco.

—Madre...

Raíz de Artemisa vio que la miraba atentamente.

—Dime, hijo.

—Es evidente que la Tribu tiene miedo. ¿Es culpa de Castor? He oído en el campamento que hoy te Maldecirá.

Ella se puso tensa pero le ocultó su expresión.

—Sí, hijo, supongo que lo hará.

—¿Por eso está asustada la gente? ¿Por eso no dormiste anoche?

—Sí, por eso. Castor también Maldijo la carne, ya le oíste.

—Pero a los antílopes no les importó. Me lo dijeron. Les vi anoche. No les gusta Castor.

Raíz de Artemisa se obligó a sonreír a pesar del vacío que sentía en el pecho.

—Pues entonces escucha siempre a los antílopes. ¿Me lo prometes?

—Sí, madre. —Frunció el ceño—. ¿Y qué pasará si Castor te Maldice?

Ella vaciló, sin saber muy bien qué decirle. Se arrodilló para mirarle a la cara.

—No lo sé. Pero pase lo que pase, quédate con tu padre. Él cuidará de que no te ocurra nada.

—Pero ¿y tú?

Raíz de Artemisa movió la cabeza y le acarició la cara.

—No lo sé. Cerezo Silvestre dice que puede matarme si yo tengo fe en ello. Pero son cosas del Poder del Espíritu, y yo no sé nada de eso. No lo comprendo, eso es todo.

—¿Por qué? —gritó desesperado Pequeño Danzarín—. ¿Por qué iba a matarte Castor? La Tribu necesita la carne, y los antílopes...

—¡Shhhh! No armes bulla. La gente te está mirando.

—Pero ¿por qué? ¿Es que odia a todo el mundo?

Sólo a las mujeres.

—Entre él y yo nunca han ido bien las cosas. Pero tú no te preocupes. Todo irá bien, ya lo verás.

Él movió la cabeza.

—No. Castor ofendió al Fardo del Lobo. Se han desatado las cosas malas, puedo sentirlas. Sólo los antílopes eran buenos. —Asintió gravemente, mirándola con los ojos muy abiertos—. ¿Por qué no nos marchamos? Podríamos guardar nuestras cosas y...

—Pero ésta es nuestra Tribu. ¿Y adónde iríamos? ¿Y si tu padre no quiere marcharse?

Pequeño Danzarín bajó la vista.

—Podríamos irnos... a alguna parte. Incluso los Anit'ah serían mejores que...

—¡Calla! No quiero volver a oírte hablar así, o expulsaré a Dos Humos, ¿me oyes? —Al ver su mirada horrorizada, le abrazó con los ojos llenos de lágrimas—. Lo siento. No me hagas caso. Es que tengo miedo.

—Lo sé.

—Son los problemas. La gente hace cosas muy raras.

—¿Porque no hiciste lo que dijo Castor?

—Eso es. La Tribu no puede permitir que cada uno tenga sus propias reglas...

—Pero los antílopes piensan que has hecho bien. Te dejaron atraparles. Ellos me lo dijeron. Padre no habría querido que hirieras a los antílopes.

—No, pero él no estaba aquí.

—Madre...

—Calla y piensa en lo que te he dicho. Y además, no querrás que todos pasen sed, ¿verdad? Tu deber es aprender las costumbres de la Tribu, convertirte en un gran cazador como tu padre. Y tu deber más inmediato es procurar que Cerezo Silvestre no se muera de sed.

—Pero Madre...

—Venga, vete ya —dijo ella blandiendo un dedo.

Pequeño Danzarín hinchó el pecho dispuesto a protestar, con la desobediencia grabada en su rostro sombrío. Pero al ver la ceja alzada de su madre se dio la vuelta y se acercó a Cerezo Silvestre con paso vacilante.

Sagrado Sabio de las Alturas, no imaginaba que sería tan duro. Raíz de Artemisa se modió los labios hasta que sintió dolor y luego se inclinó para darle la vuelta a la carne. Una sensación de muerte yacía en su pecho. ¿Cuánto tiempo quedaría para que llegara Castor? ¿Por qué no terminaba ya con todo? La espera la reconcomía.

Miró involuntariamente a su hijo que iba llevándoles a todos la bolsa de agua.

Y las lágrimas le inundaron los ojos.

En toda su joven vida nunca se había sentido tan insignificante. Ni siquiera el hambre hacía tanto daño. Pequeño Danzarín lloraba mientras le daba la vuelta a la carne tal como le había enseñado su madre. La Tribu apartaba la vista avergonzada. El muchacho se enjugó los ojos, sintiendo la preocupación que pendía en el aire como el humo. Si Castor expulsaba a su madre, él también se iría.

Sentía en la mente la presencia de los antílopes como un calor familiar en un frío día de invierno. Para hacer que se sintieran mejor, cogió un pequeño trozo de carne seca y lo masticó pensativamente, dando gracias a sus espíritus por el don de la vida. Iba Cantando para sus adentros como había oído hacer a los adultos. De pronto, el sol pareció brillar con más fuerza y una luz hendió las tinieblas de su alma. La carne le caldeaba el vientre y extendía su poder por su cuerpo.

¿Es que Castor no sentía la luz? Si verdaderamente Soñaba con los Espíritus, tenía que saber que la carne era buena, tenía que saber que el Antílope de las Alturas la había aprobado. ¡Tenía que saberlo! Sus pensamientos iban una y otra vez al Soñador del Espíritu.

Sentía escalofríos al recordar el miedo en los ojos de su madre. Si su madre... Una ráfaga de temor se alzó de las profundidades para aterrorizarle. ¿Qué podía hacer? ¿Adónde iría? Si pudiera salvar a su madre...

La Tribu iba recogiendo las tiras de carne de los arbustos y las envolvía en paquetes de cuero. Incluso los trozos más gruesos que estaban blandos en el centro tenían una costra en el exterior. Las moscas no podían dejar huevos que se convertirían en gusanos. Pero todavía podían venir los coyotes a robar la carne.

Pequeño Danzarín caminó hasta el límite de la zona de la matanza y se alzó el taparrabos para orinar. Era algo que había que hacer para mantener alejados a los coyotes. Por otra parte, los cuervos no hacían ningún caso de aquello, y se les tenía que espantar. Lo peor de todo era cuando llenaban los animales muertos de guano, que había que eliminar cuidadosamente. Claro que si le dieran a elegir, siempre preferiría los cuervos a Castor.

—¡Castor! —Miró su orina que salpicaba la tierra seca—. ¡Toma, Castor! ¡Esto es lo que te mereces!

Una oscura sombra se cernió sobre él y al alzar la vista vio los ojos entrecerrados del Soñador del Espíritu. Se le rompió la voz en la garganta y se quedó paralizado, con el pene apuntando directamente a Castor.

—¿Es un saludo? Has heredado demasiadas cosas de tu madre, muchacho. Ya me encargaré de eso uno de estos días. Te prometo que no lo olvidaré.

Pequeño Danzarín emitió un gruñido. Luego Castor pasó junto a él. Su sombra maligna era como un nubarrón.

El muchacho echó a correr con el miedo latiéndole en el corazón. La gente iba quedando en silencio mientras Castor se dirigía hacia Raíz de Artemisa.

El rostro de su madre reflejaba una extraña expresión. El color saludable de su piel estaba ahora pálido. Conociéndola como la conocía, Pequeño Danzarín advirtió el brillo de sus ojos. Se acercó a ella y se agarró a los bajos de su vestido. Le atenazaba un miedo que no conocía, un miedo que le hacía dar vueltas la cabeza.

—Bueno —dijo Castor con voz muy suave—. ¿Has seguido adelante con tu corrupción? —Una lenta sonrisa frunció sus labios.

—Estoy en paz con los antílopes —dijo ella con voz ronca.

—¡Los has corrompido, mujer!

La gente se puso tensa y retrocedió al oír la furia en la voz de Castor.

—Eso lo dirás tú.

—Arrepiéntete de tus acciones, mujer. Es tu última oportunidad. Suplícame, y tal vez Cante por ti. Demuestra que estás arrepentida y yo haré lo que pueda por limpiar tu corrupción del Mundo del Espíritu.

Agarrado a la ropa de su madre, Pequeño Danzarín sentía la tensión en sus músculos.

—Yo Cantaría para salvarte a pesar de tu...

Pequeño Danzarín oyó horrorizado la risa de Madre.

Castor se estremeció como si lo hubieran abofeteado. Y la risa quedó pendida en el aire como cuerdas de yuca.

—¿Que tú cantarías por mí? ¿Por la mujer que te ha rechazado? Seguro, ¿y qué más? ¿Quieres que te suplique? ¿Que te deje poseerme? Sí, lo veo en tus ojos. Tú no eres ni Soñador ni Cantor. Tú eres la corrupción, Castor. ¡Tú eres una corrupción en la Tribu! A ti se te permite lo que no le permitiríamos a nadie porque has convencido a algunos de que Sueñas. Tú no eres más que un hombre malvado lleno de engaños. No me gustas. Eres más repulsivo que los escarabajos peloteros.

La gente se llevó la mano a la boca y miraba conmocionada. Cuando Pequeño Danzarín miró el rostro lívido de Castor, se le aflojó el vientre y las lágrimas empezaron a surcarle el rostro. Aquello no podía pasar. ¡No podía pasar!

—Entonces no hay forma de salvarte de ti misma, mujer. Cantaré a lo largo de cuatro días para que tu alma salga de tu cuerpo. Pondré cuatro palos ante mi refugio, uno por cada día, y cuando el cuarto palo caiga en el cuarto día, morirás.

Raíz Artemisa se estremeció.

Castor se dio cuenta y sonrió. Luego se dio la vuelta y se alejó a grandes zancadas.

Pequeño Danzarín estaba conmocionado y se ahogaba en el opresivo silencio. El terror que sentía en el cuerpo rígido de su madre envolvía su propio miedo. Se tiró del pelo con dedos febriles hasta hacerse daño. No le importaba. Y horrorizado por la idea, estalló en sollozos sin pudor.

Sangre de Oso se mantenía oculto en las cuencas, siguiendo a la última de las mujeres que bajaban del risco hacia el campamento. Los últimos de la fila eran una mujer, un muchacho y otra mujer que cojeaba... ¡Dos Humos!

Sangre de Oso bajó por el estrecho cañón, siempre oculto por la artemisa. ¿Podría ser Agua Clara aquella mujer? Estiró el cuello intentando verle la cara. Incluso desde lejos y después de tanto tiempo reconocería sus rasgos perfectos. Pero aunque aquella mujer era hermosa, no podía confundirse con Agua Clara.

Se agachó y apoyó la espalda contra la pared del arroyo. Así que había encontrado a Dos Humos. Un jubiloso alivio vino a caldear su sonrisa. Naturalmente, tendría que averiguar si el berdache aún tenía el Fardo del Lobo. ¿O lo tendría Agua Clara? Seguramente debían de estar juntos los dos, debían de mantener algún tipo de contacto. La vida entre la Tribu de Pequeño Búfalo tenía que ser una prueba para los extranjeros, y a Agua Clara le gustaría poder hablar de los viejos tiempos y oír las viejas historias.

Sangre de Oso inspeccionó cautelosamente las cumbres de los riscos, buscando algún vigía. Pero no había ninguno. ¿Dónde estaban los hombres? Seguramente cazando, recorriendo las tierras circundantes en busca de alguna manada.

«Mucho mejor, así puedo entrar y salir sin que me vean», pensó Sangre de Oso.

Ya se presentaría su oportunidad. Con la cantidad de carne que llevaban, seguro que se atracarían. Esa noche habría un festín, cantarían y tal vez danzarían durante horas. Pero después se quedarían aletargados. Podría infiltrarse justo antes del amanecer y entrar en el refugio de Dos Humos. Allí haría que el berdache le dijera dónde estaba el Fardo del Lobo. Luego le mataría.

Tenía que ser esa noche. Cuanto más esperara, más posibilidades habría de que le descubriesen. Nunca se sabe cuándo se le ocurrirá a un niño gatear entre los arbustos, o cuándo puede salir alguna mujer buscando roedores o raíces.

Además, Sangre de Oso nunca hacía las cosas a medias. Su incursión en el Pueblo de Pequeño Búfalo se recordaría durante mucho tiempo.

—¿Castor?

El Soñador del Espíritu dejó su tambor y se enjugó el sudor de la frente. Estaba sentado con todos los amuletos y los dijes dispuestos ordenadamente ante él para dar sensación de poder.

—Entra, Dos Alces.

El anciano se inclinó con un gruñido y apartó la cortina. Pestañeó al entrar. Las largas trenzas de pelo gris colgaban a cada lado de su cabeza. La luz que perfilaba su anciano cuerpo relumbraba en los ojos de Castor.

—Está muy oscuro. —Dos Alces se situó a la derecha, en el sitio de los huéspedes masculinos.

—Ten cuidado, no pises mi pata de cuervo.

Dos Alces masculló algo y se arrimó a la pared del refugio. Al sentarse le crujieron los huesos.

Todas las penurias de sus seis decenas de años podían leerse en el mapa de arrugas de su rostro. Su boca desdentada sobresalía bajo una nariz aguileña. Tenía los ojos hundidos y huecos. Una vieja cicatriz le cruzaba la mejilla izquierda. El ojo derecho todavía brillaba lleno de vida e inteligencia mientras que el izquierdo era de un blanco lechoso.

—¿Así que vas a matar a Raíz de Artemisa?

Castor sonrió sin alegría.

—Me ha desafiado.

Dos Alces asintió, todavía pestañeando para acostumbrar la vista al resplandor.

—Me gustaría convencerte para que no lo hicieras.

—¿Por qué?

—Porque la Tribu está preocupada. Está...

—Yo quiero que esto afecte a la Tribu. Las mujeres como Raíz de Artemisa nos han traído a las actuales circunstancias. El único modo de que las cosas vuelvan a su cauce es purificándonos. Y eso es imposible si no hacemos sacrificios y damos ejemplos. Lo he Soñado, lo he oído en las estrellas. Raíz de Artemisa demuestra mi punto de vista. Ha violado mis órdenes. Derramó la sangre de los hermanos del Antílope de las Alturas, que por su culpa está en contra de nosotros. Ahora tendremos que pasar hambre para purgar sus pecados del cuerpo de la Tribu. Y se lo voy a hacer pagar.

—¿Sí? ¿Vas a matar a una mujer buena simplemente porque te ha desdeñado? ¿Y su hijo? ¿Y su marido?

—¿Qué pasa con ellos? Su marido es un hombre insensato e imprudente. Ni siquiera ha podido enseñarle a su esposa a respetar a los Soñadores del Espíritu. Tú has vivido aquí y sabes que nunca le pegaba, no es ningún secreto, nunca la castigaba por su desobediencia. No me extraña que no hayamos cazado apenas en los últimos dos años. No me extraña que el Sabio de las Alturas apartara de él a sus hijos. ¿Qué más pruebas necesitas?

Dos Alces miró fijamente la negrura del hogar.

—¿Y no te preocupa que pueda matarte por Maldecir a su esposa?

Castor sonrió.

—¿De verdad crees que lo haría? Conozco bien a Toro Hambriento. ¿Cuántas veces le he visto apartarse temeroso del Poder del Espíritu? ¿Cuántas veces le habré oído decir que no quiere tener nada que ver con Sueños ni visiones? No, lo único que tengo que hacer es amenazar su alma, como he hecho con la de su esposa, y se derretirá como la nieve en marzo.

—¿Y Raíz de Artemisa? ¿No hay forma de que retires la Maldición?

Castor miró al anciano a los ojos.

—Lo haría si ella viniera aquí a someterse. Si viniera a pedir perdón y se entregara a mí durante un año para hacer penitencia por asumir las responsabilidades de un hombre. Haría una excepción con ella y la llevaría al refugio del sudor para limpiarla con el calor. Luego sanaría su alma y volvería a atarla a su cuerpo.

—Ella nunca haría eso.

Castor se encogió de hombros.

—He venido a decirte que no sigas adelante. La Tribu ha venido a decirme: «Ve a ver a Castor. Dile que no siga adelante. Esa Maldición no va a hacer ningún bien. Dile que no siga adelante, por el bien de la Tribu.» Tienen miedo de lo que pasará si no te retractas.

—Hacen bien en tener miedo. He venido para enseñarles un nuevo camino. En los últimos dos meses no he visto que cambiaran mucho sus vidas. Raíz de Artemisa, Graciosa, Pino Durmiente, Nube Brillante, todas siguen riéndose y diciéndome lo que tengo que hacer. Las oigo hablar como si fueran iguales a los hombres cuando...

—Ésa es la costumbre de la Tribu.

—¡Es corrupción!

Dos Alces llenó de aire los pulmones y movió la cabeza.

—¿Volverás a dividir a la Tribu? ¿Es que no puedes Soñar para nosotros un Camino que no nos vuelva a unos contra otros? No es mucho pedir. Tú estás separando a los jóvenes de los viejos, a los hombres de las mujeres, igual que un buril de cuarcita astilla el hueso. No podemos...

—Pues aprenderán. Eso es lo que he intentado enseñarles. Es hora de tomar un nuevo camino. He oído las voces, he hablado con las estrellas. No podemos permitir que las mujeres dicten los caminos del Pueblo. Es el momento de los hombres. Mira los Anit'ah, mira lo poderosos que son. ¿A que no hay mujeres en sus consejos?

—Bueno, no, pero yo nunca...

—¿Y entre la Tribu de Pelo Cortado?

—Nunca he estado entre la Tribu de Pelo Cortado, pero según nuestro modo de vida, no se puede atrapar al búfalo a menos que las mujeres se encarguen de los alrededores. ¿Y quién ojea a los roedores y a las liebres? ¿Quién nos ayuda en las partidas de caza cuando...?

—Y pueden seguir haciendo eso. Pero ya no podrán tomar parte en la planificación. Eso es una obligación de los hombres. ¿Cómo te sentirías tú si fueras el Búfalo de las Alturas? ¿Querrías que a tus hijos los mataran mujeres que contaminan el mundo sangrando por la entrepierna una vez al mes?

Dos Alces frunció el ceño con una expresión confusa.

—Pero las viejas formas de vida...

—¡Nos han arruinado! Admítelo, tío. Mira a tu alrededor. El búfalo ha desaparecido. El Hombre Lluvia ya no Danza agua de las nubes. ¿Por qué crees que ha pasado eso? No, tú no tienes la respuesta, pero yo sí. Y voy a salvar a la Tribu aunque para ello tenga que destruirla.

Se hizo el silencio.

—Sí —suspiró finalmente Castor—. Sé que me tendrán miedo, pero no puedo dejar que eso me preocupe. Un Soñador tiene que tomar lo que le da el Mundo del Espíritu. Si tengo que cambiar a la Tribu mediante el miedo y las Maldiciones, será por su propio bien.

—Lo crees de verdad, ¿no?

Castor alzó las manos.

—Yo soy el que sabe de Sueños, tío. ¿Esperas que le escupa

al Poder a la cara para hacer felices a los ancianos? No, se me ha dicho que dé una lección, y voy a hacerlo con Raíz de Artemisa.

Dos Alces cerró los ojos.

—Por favor, no lo hagas. Si la matas, no podrás echarte atrás. Ya puedes imaginar lo que pasará con tus amigos y parientes. Piénsalo, Sobrino. Piensa seriamente en las consecuencias de otra división en el campamento. Estamos pendientes de un hilo. La sangre y los gritos de brujería no nos harán ningún bien.

—Yo soy el Soñador del Espíritu y tengo mis propios deberes para con la Tribu.

Dos Alces se levantó, con piernas vacilantes.

—¿Entonces estás decidido a asesinar a Raíz de Artemisa?

—He dicho todo lo que tenía que decir. Sólo siento que lo llames asesinato cuando es un acto para salvar a la Tribu. Tú conoces mi corazón y mi alma, Tío.

Dos Alces asintió tristemente, apartó la cortina de la puerta con una mano arrugada y salió a la luz.

Castor advirtió que el anciano había pisado su pata de cuervo y que la había aplastado.

—Será mi modo... o ninguno, Tío.

Como dijo mi madre, viejo. Como dijo mi madre, y no tú.

Empezó a cantar y a golpear el tambor al ritmo de los huecos latidos de su corazón. Ahora aprenderían. Por supuesto, Raíz de Artemisa nunca vendría a suplicarle por muy asustada que estuviera.

—No sabe nada del Poder. Lo que él llama Sueños son inventos de su mente. Me pregunto por qué le permites engañar a la Tribu. Están empezando a aceptar que este embaucador es un Soñador.

Soñador del Lobo respondió a través del oscilante equilibrio de los Círculos:

—Los seres humanos tienen su propia voluntad y capacidad para distinguir el auténtico Poder de las mentiras. Déjales en su camino. Tú y yo, hermano, hemos de seguir el nuestro.

El Fardo del Lobo lo pensó.

—Sin embargo, sería tan fácil... Un simple toque en su alma cambiaría el equilibrio de su vida. Un soplo de Poder en su corazón y nadie sería más sabio. ¿Por qué debe sufrir la Tribu? ¿Cuál es el propósito de su agonía?

—No me interesa su agonía. Ellos pueden elegir su camino... igual que Castor. Yo tengo otros cometidos.

—¿El muchacho?

—Naturalmente. Si vive. Tal vez haya cometido un error llamando a Pata Blanca.

—Siempre tuviste debilidad por las ancianas.

—Eso no es asunto tuyo.

—¿Y sacrificarías a la Tribu por el muchacho? ¿Permitirías tanto sufrimiento?

—Tengo que hacerlo. Una buena punta de flecha no se talla con una piedra agrietada.

8

Cerezo Silvestre salió de su refugio y pestañeó ante el sol ardiente. Bajo el campamento, los álamos crecían desnudos a lo largo de la cuenca del Río Luna. Las hojas ondeaban perezosamente en la brisa de la mañana. El Río Luna consistía en una serie de canales que serpeaban entre bancos lenticulares de lodo. El agua apenas fluía. Los guijarros grises y blancos indicaban viejos lechos de agua que ahora no eran más que el esqueleto del río.

En la ribera blanqueada por el sol se alzaba el refugio de sudor de Castor, ahora negado a las mujeres. Lo miró y frunció los labios.

Hacia el sureste se vislumbraba la montaña cónica llamada Diente de Castor, que se alzaba por encima de las Montañas del Alce. Allí debía de hacer frío. Sería un buen lugar para ir si Castor accediera a levantar el campamento.

Al pensar en él se le encogía el estómago. Maldito loco, ¿por qué tenía que...? ¡La Maldición!

Se volvió para mirar el refugio de Castor. Allí se levantaban cuatro palos oscuros clavados en la tierra.

Cerezo Silvestre sintió un escalofrío.

—Moscas y estiércol, muchacha. Lo ha hecho.

Tenía los dedos nudosos aferrados a su vestido, viejo y ajado. Se puso tensa y se dirigió hacia el refugio de Toro Hambriento. Encontró a Raíz de Artemisa sentada ante la puerta, mirando fijamente los palos con el rostro lívido.

—¿Qué es esto? ¡Gusanos en pus, muchacha! Eso es lo que él quiere que hagas.

Raíz de Artemisa seguía con la vista fija, sin hacer caso.

—¡Levántate! —siseó Cerezo Silvestre—. ¿Me oyes? ¡Levántate! El muchacho se asomó por la cortina del refugio.

—Hijo, ayuda a tu madre a levantarse. Tiene que dejar de mirar esos palos malignos.

Aferró una de las heladas manos de Raíz de Artemisa y tiró de ella mientras el muchacho le cogía la otra mano. Raíz de Artemisa movió la cabeza, se levantó y les siguió sin decir una palabra. Cerezo Silvestre se dirigió hacia el río.

—Eso es lo que él quiere que hagas, muchacha, que te quedes así mirando, torturándote con lo que va a pasarte.

—Él... es un Soñador del Espíritu. ¿Y si está en lo cierto? ¿Y si...?

—Calla. Eso es lo que él quiere que pienses.

Cerezo Silvestre la llevó hasta a una de las orillas secas del Río Luna y se agachó junto a un arroyuelo para beber.

—Vamos, muchacha, bebe. Después el niño y tú os venís a mi refugio a preparar un poco del antílope que cazaste. Y después vamos a hablar de Poder y de cómo funciona. —Movió la cabeza—. Por una vez me gustaría que estuviera aquí la estúpida de mi hermana.

Vio los ojos maravillados del muchacho que la miraban ansiosamente. ¿Qué pasaba con él? Tenía la vista descentrada y miraba las secas planicies siguiendo con aire ausente el vuelo de un águila.

—Venga, los dos tenéis que comer. Estáis tan flacos que no tenéis más que ojos.

Sangre de Oso parecía una serpiente tomando el sol. Yacía boca abajo en un espinoso rosal verde, desde donde veía el refugio ocupado por la mujer y Dos Humos. El resto del campamento hervía bajo el calor de la tarde. La tensión se sentía en los movimientos, en las miradas inquietas y en las conversaciones apagadas.

No tuvo ocasión de penetrar en el refugio de Dos Humos antes del amanecer. Cuando se acercó, la mujer estaba sentada en la entrada con los ojos fijos en el refugio del chamán. No se había movido, y no se apartó más que el tiempo justo de ir a aliviar sus necesidades detrás del refugio.

Sangre de Toro fue estudiando cada uno de los refugios, escuchando el extraño canto del Hombre Espíritu al ritmo de los golpes huecos del tambor. Se estremeció por un instante al sentir el palpitar de su dedo meñique. Era la cosa más estúpida que había hecho en su vida.

Yo no creo en esas tonterías del Poder. No son más que mitos y leyendas.

En ese momento, una anciana se acercó al refugio de Dos Humos y con la ayuda de un niño hizo levantarse a la hermosa mujer y se la llevó.

Si está pasando algo, tal vez será mejor que me apresure.

Levantó ligeramente la cabeza y estudió todos los grupos que hablaban a la sombra de sus refugios, moviendo la cabeza y mirando el refugio del Hombre Espíritu y los extraños palos que se alzaban frente a él. No pasaría nada mientras el viento estuviera a su favor y los perros no detectaran su olor, y mientras nadie decidiera utilizar el rosal para aliviar sus necesidades.

Pero en cualquier momento podía volver una partida de caza, o podía ocurrir cualquier accidente que lo descubriera.

Uno de los perros se agitó a la sombra de un refugio, suspiró y se tumbó de lado. Su respiración se hizo más profunda y cerró los ojos.

Una mosca zumbó. Las hojas de los álamos susurraban suavemente.

El silencio cayó sobre el adormecido campamento.

Raíz de Artemisa se inclinó obedeciendo a Cerezo Silvestre, a pesar de que en su mente bullían otras preocupaciones. Bebió el agua arenosa disfrutando por primera vez del regusto mineral. El mundo parecía brillar a su alrededor, relumbrante y cálido, muy distinto del frío que tenía dentro.

Acarició la cabeza de su hijo amorosamente y siguió a Cerezo Silvestre. Pestañeó intentando aclarar su mente confusa. Sus pensamientos estaban borrosos como si tuviera la mente llena de semillas de algodón. Ya no podía pensar con la claridad de antes.

No pudo evitar dirigir la mirada al refugio de Castor y ver los palos y sentir su presencia maligna. Algo gimió en su alma.

—Vamos —insistió Cerezo Silvestre cogiéndola de la mano y metiéndola en el refugio de luz ambarina—. Siéntate.

Ella se dejó caer sobre una piel de alce y se apoyó en uno de los respaldos de sauce. Pequeño Danzarín se acomodó junto a ella, mirando a su alrededor y apretándole la mano.

El refugio de Cerezo Silvestre, como la mayoría de los de la Tribu, tenía un aspecto miserable. El hollín de muchos fuegos había oscurecido el techo de amarillo, gris y negro. Los tres postes desnudos que formaban la base se alzaban hasta la altura de un hombre. Un poste central más estrecho soportaba toda la estructura. Cerezo se puso a subir los bajos del refugio para permitir que entrara la brisa.

Aquí y allá yacían fardos de cuero. Uno de los viejos perros de Cerezo Silvestre la miraba. Era un animal grande que cargaba con la mayor parte de sus posesiones cuando el grupo viajaba hacia otros campamentos. Incluso los perros tenían mal aspecto aquellos días, con todas las costillas marcadas, y las jaurías aullaban y ladraban con un ruido apagado. Pero habían matado y guisado a tantos de ellos que no era de extrañar. La Tribu se había vuelto irritable, y las peleas de perros acababan con su paciencia.

Cerezo Silvestre se limpió las manos. Se inclinó sobre el hogar, agitó las cenizas y sopló sobre un ascua encendida mientras la alimentaba con corteza de artemisa. Luego fue añadiendo ramitas de sauce hasta obtener una llama crepitante. Apiló unas rocas en el centro para que se calentaran y sacó de un fardo de cuero unos ornamentados cuencos.

En otro tiempo, Raíz de Artemisa se habría maravillado al verlos. Estaban tallados en cuerno de cabra montesa de un vivo color marrón y brillaban de pulidos. A los lados había cuidadosas tallas de búfalo, alce, ciervo y antílope, rodeadas de cazadores y flechas.

—Bueno, dime. ¿Te has pasado toda la noche ahí sentada mirando los palos?

Raíz de Artemisa asintió con los ojos cerrados. Por los Héroes Gemelos, se había despreciado por hacerlo. A través de las largas horas de la noche, mientras la luna llena surcaba los cielos, había visto cómo las sombras de los palos reptaban lentamente por el suelo. El frío de su alma había ido creciendo, robándole todo el calor del cuerpo, hasta que se quedó como el hielo, sintiendo cada latido de su corazón. El tiempo se fue arrastrando y haciéndose cada vez menos real. El mundo había cambiado sutilmente hasta convertirse en un lugar fantasmagórico.

Ni siquiera la suave respiración de su hijo había mitigado el frío.

—Escúchame, Raíz de Artemisa. Esto te lo estás haciendo tú sola, ¿comprendes? —Cerezo Silvestre se agachó y la miró a los ojos.

Por un momento Raíz de Artemisa se dejó envolver de aquel calor y creyó en su sinceridad. Cerezo Silvestre captó aquella fe y sonrió cálidamente.

—Tienes que recobrarte y pensar. Castor quiere que te quedes mirando esos palos, quiere que los sientas en tu alma. Si tú lo permites, si juegas a su juego, tú misma te matarás.

—Pero es un Soñador del Espíritu.

—Yo no lo creo. Y tú tampoco. Después de dejar que tu imaginación juegue contigo toda la noche, ya no estás segura. Ésa es la parte de ti que te acecha, que te reconcome como un parásito. Mírame, Raíz de Artemisa. Él te tiene en sus garras. ¿Vas a dejar que te posea del todo?

Raíz de Artemisa dejó caer la cabeza entre las manos y sintió que su hijo se aferraba con más fuerza a sus faldas.

—No lo sé.

—La otra noche decidiste comer la carne. Sabías lo que él haría, y aun así tomaste tu decisión. ¿Por qué?

—Porque tenía que hacerlo —dijo ella rechinando los dientes—. Era lo correcto. No sé. Me sentía muy fuerte. Pensé que podría resistirme a él, que no pasaría nada.

—¿Entonces?

—Entonces volví al refugio anoche con una carga de carne seca, y vi los palos y todo se hizo real. Castor me va a matar. Siempre me ha odiado. Sentí el Poder del odio. El odio es muy poderoso, y está en mi contra.

—Pero él no puede matarte, a menos que tú se lo permitas.

—Pero yo...

—Tú eres ahora tan fuerte como lo eras cuando decidiste comer la carne. Entonces hiciste lo correcto, ¿por qué no puedes aceptarlo ahora? ¿Por qué no puedes salir y mirarle a los ojos?

Raíz de Artemisa tragó saliva con la garganta seca.

—Yo no sabía cómo me iba a sentir. Yo... me siento perdida, Cerezo. Ya no estoy segura...

La anciana respiró profundamente y se reclinó.

—Ya veo. Es eso, ¿verdad? Ya no estás segura.

—¿Y si él está en lo cierto?

Cerezo Silvestre se frotó la frente.

—Ése es el auténtico problema. La única prueba de que es un Soñador del Espíritu es su palabra. ¡Sangre y lágrimas, mujer, tienes que pensar que es un mentiroso! Es tu única esperanza... ¡La única esperanza de la Tribu! ¿Y si mueres? ¡Piénsalo! ¿Qué pasa si te matas preocupándote por sus malditos palos? ¿Crees que por eso él iba a ser mejor? ¿No descargará entonces su Poder sobre algún otro?

Raíz de Artemisa miró horrorizada a Cerezo Silvestre.

—Es cierto. ¿Quién irá después de ti?

—Yo no quería esto. Lo único que quería era alimentar a mi hijo.

Cerezo movió la cabeza.

—Ya lo sé. Pero te ha tocado a ti. Tal vez te han elegido los espíritus.

Raíz de Artemisa dio un respingo, a punto de soltar un grito.

—¿Por qué está ocurriendo esto?

Cerezo Silvestre suspiró y se palmeó los costados.

—Es la sequía. Y el hecho de que la Tribu se esté diseminando en muchos grupos pequeños para sobrevivir. No lo sé. Todo empezó a ir mal en tiempos de mi padre, cuando Grulla Blanca nos trajo hacia el sur. La Tribu de Pelo Cortado luchó por conservar esta tierra. Uno de sus jefes de guerra capturó a una muchacha, se enamoró y se casó con ella. Entonces se hizo la paz, con nuestra promesa de que no iríamos más al sur. Los Anit'ah conservan las buenas tierras de caza en las Montañas Búfalo porque conocen el territorio. Y nosotros tenemos el Río Luna hasta la confluencia con el Río Arena, hacia el este. Pero eso no basta para alimentarnos. En un tiempo... ah, en un tiempo formábamos enormes campamentos que se extendían hasta donde alcanzaba la vista.

—Dijiste que me ibas a hablar del Poder del Espíritu —dijo tímidamente Pequeño Danzarín.

Cerezo Silvestre se echó a reír.

—Sí que lo dije, ¿verdad? Bueno, ¿qué quieres saber?

—¡Todo!

—¿Todo?

—Sí, cuando sea mayor y tenga un nombre quiero ser Soñador del Espíritu, así Castor no volverá a molestar a Madre nunca más.

Raíz de Artemisa sintió una súbita inquietud.

—¿Por qué, hijo? ¿Por qué quieres ser Soñador del Espíritu?

El muchacho alzó la vista con expresión desafiante.

—¡Porque así podría levantar palos y matar a Castor!

Raíz de Artemisa cerró los ojos y movió la cabeza.

—No. Eso no lo harás nunca. Te lo prohíbo.

—Muchacha, si el niño... —comenzó Cerezo Silvestre.

—¡He dicho que no! No quiero que mi hijo haga que alguien se sienta como me siento yo ahora, ¿comprendes? Esto es... ¡esto es el mal!

Cerezo cogió sus palos de hogar. No eran más que dos ramas de sauce atadas en el centro; podía separar las puntas y utilizarlos a modo de tenazas para coger las piedras de hervir. Era lo que estaba haciendo ahora: cogía las piedras del centro del fuego y las metía, siseando y humeando, en la bolsa de guisos que colgaba de un trípode.

—Vamos, muchacha. Estás preocupada, sin comer y sin dormir, y eso afecta a la mente.

Raíz de Artemisa movió la cabeza y miró a Cerezo Silvestre con ojos huecos.

—No, no quiero tener nada que ver con el Poder del Espíritu. Está arruinando mi vida. No permitiré que mi hijo arruine la vida de otros.

Cerezo se mordió el labio y probó la temperatura del guiso antes de llenar los cuencos.

—¿Y qué vas a hacer si tu hijo, que oye los espíritus de los antílopes hablando en la noche, es un auténtico Soñador? ¿Qué vas a hacer si puede Danzar con fuego y Cantar a las estrellas?

Raíz de Artemisa se la quedó mirando incrédula, con la mente ofuscada.

—Mi hijo no... No lo permitiré.

Si Castor no me mata, claro.

—¡Aaaaah! —Un grito hendió el aire.

—¿Qué...? —Cerezo Silvestre asomó la cabeza por la cortina para ver la causa de la conmoción.

Raíz de Artemisa salió del refugio detrás de ella. La gente corría hacia el barranco de la parte trasera del campamento. Ella le siguió, con su hijo agarrado a sus faldas.

Pasó junto al refugio de nacimientos entre una maraña de gente. Un mal presagio le oprimía el corazón en un puño.

—¡Gama Danzarina! —gritó Graciosa saliendo de entre la multitud. Miró a Raíz de Artemisa a los ojos por un instante, y luego estalló en lágrimas arañándose el rostro.

—No... —le advirtió Cerezo poniéndole la mano en el brazo.

Raíz de Artemisa se apartó de un golpe y se adelantó para mirar por encima del hombro de Mujer Caminante.

Gama Danzarina yacía boca abajo en el suelo. De su espalda sobresalía la punta de una flecha de caza, rodeada de moscas. El mango de la flecha se había partido bajo el peso, y las plumas se veían bajo el charco de sangre coagulada. Incluso en la muerte, los ojos de Gama Danzarina reflejaban su dolor. Raíz de Artemisa, con una acusadora expresión de angustia, cayó al suelo de rodillas.

—Se puso en el camino de la flecha —declaró Dos Alces agitado, mirando el cuerpo con el ojo bueno—. Sabía que Gran Corredor no volvería, y se mató con su flecha.

—Castor también la Maldijo a ella —susurró alguien.

Raíz de Artemisa perdió el control. Se llevó una mano a la boca y estalló en sollozos.

—Ha llegado el momento de detener esto —masculló Dos Alces

para sus adentros—. Se han desatado las cosas malas, cosas horribles. —Y se dirigió a grandes zancadas hacia el refugio de Castor.

Raíz de Artemisa no oyó a la gente que se dirigía a sus refugios y a por sus armas. Apenas se dio cuenta de que Pequeño Danzarín estaba con ella, aferrado a su vestido. Sólo podía mirar horrorizada el rostro acusador de su amiga muerta cubierto de moscas que aleteaban en sus ojos secos.

—Se ha cumplido tu deseo. Sé que no te gustaba la Tribu de Pequeño Búfalo. Ahora volverás con los Mano Roja. —La voz sombría de Soñador del Lobo traicionaba su malévola ironía.

—Los Mano Roja alimentaron mi Poder. Estos necios cazadores de búfalos no tienen más sentido común que sus antecesores, que exterminaron al mamut. Supongo que ellos harán lo mismo con el búfalo, acabar con él y luego morirse de hambre.

—A menos que yo pueda cambiar la Espiral.

El Fardo del Lobo lo pensó por un momento.

—Espero que puedas —dijo por fin—. Echo de menos al mamut. Desde que murió el último, he añorado la majestuosidad de sus almas en los Círculos.

—Pues cuídate, hermano. Cuando llegue el momento, si el chico vive, necesitará tu Poder. Tenemos que hacer esto bien. Cambiar la Espiral del Sabio de las Alturas es algo muy delicado. El mundo está cambiando. El muchacho puede ser crucial... si no lo matamos en el proceso.

9

Dos Humos estaba sentado sobre el tronco podrido de un álamo, mirando los arroyuelos del Río Luna que fluían siempre hacia el este. La inquietud que sentía en el alma no le dejaba dormir. Se había marchado en la noche para subir a la terraza y ver la llegada del nuevo día. A pesar de los fuegos del Padre Sol que teñían de rojo los cielos, el frío de su alma no remitía.

Estuvo recogiendo semillas durante horas, apartando pacientemente las umbelas y dejando que la broza volara en la brisa seca de la mañana. Luego machacaba las semillas entre los dientes. Las hierbas darían fruto muy pronto, sólo que las semillas eran muy pequeñas. Sin embargo, las hierbas crecían por todas partes, incluso en años de sequía. Si la gente comiera hierba y no dependiera del búfalo...

Era algo que le maravillaba desde hacía años. Recogía hierbas, las estudiaba, comía las hojas y las semillas, y aquella verdad no podía ser negada: el Sabio de las Alturas había hecho al hombre distinto de sus hijos búfalo. La gente no podía sobrevivir comiendo hierbas. Dos Humos había estado analizando durante años sus propias deyecciones para descubrir las hojas y semillas que eran indigestas.

Pero tenía la sensación de que había pasado algo por alto. Había hierbas por todas partes. El búfalo comía hierbas y luego la gente se comía al búfalo, que no siempre estaba por todas partes. Si se pudiera prescindir del búfalo en el proceso y comer hierbas directamente, nadie volvería a pasar hambre.

La negrura que tenía dentro distrajo sus pensamientos y le hizo estremecerse bajo la cálida luz del sol. Miró ansiosamente hacia el campamento que aguardaba en ominoso silencio. Ni siquiera llegaba hasta él el rumor de la gente durante el día, como si todo el campamento hubiera contenido la respiración a la espera de que actuara Castor.

—La Tribu está perdida —susurró—. Castor les ha destruido con su arrogancia. No se puede profanar un fardo sagrado. No se puede escupir en la cara del Sabio de las Alturas y esperar tener una vida larga y feliz.

Y yo no puedo sentir pena por la Tribu de Pequeño Búfalo. Me han pegado, se han burlado de mí. Sus hombres me han violado, sus mujeres se han reído en mi cara. No, no puedo compadecerles por su destrucción.

Raíz de Artemisa y Toro Hambriento habían sido amables con él. Tal como le dijo Pata Blanca, le habían aceptado en su familia y compartieron con él la comida y el refugio. Por su parte, él les había ayudado trabajando las pieles, descarnándolas, curtiéndolas y cosiéndolas para hacer las mejores cubiertas de refugio y los vestidos más finos. A pesar de sus burlas, la Tribu de Pequeño Búfalo olvidaba sus prejuicios cuando adquiría las pieles curtidas y cosidas por Dos Humos.

Y ahora le habían robado aquella frágil seguridad. Raíz de Artemisa había sido Maldecida por su mediocre Hombre Espíritu. Movió la cabeza. Comparado con Pata Blanca, Pluma Cortada o Agua Clara, Castor no era ni capaz de elevar humo de una hoguera. Y Raíz de Artemisa moriría sin saberlo. Había visto en sus ojos el miedo y la resignación. Ella creía que moriría. Era evidente en su forma de mirar fijamente los palos.

—¿Y que será entonces de Dos Humos? —Pestañeó mirando al sol que ya estaba alto en el cielo—. ¿Me quedaré para que me peguen y violen? ¿Y cuánto tardarán en matarme a mí también? ¿Cuándo decidirán que el Fardo del Lobo es maligno y lo quemarán?

Hiciste una promesa. Pequeño Danzarín es responsabilidad tuya.

Tragó saliva y miró el río. Las palabras de Pequeño Danzarín resonaron en su mente: «Podríamos irnos.»

Se levantó y abrió su bolsa especial. Fue metiendo una a una las briznas de hierba en los agujeros de la piel, que medía casi dos brazos de longitud y tenía hierbas por todas partes: centeno gigante silvestre, hierba de trigo, hierba de búfalo, hierba de la estepa... Enrolló la piel y se la metió en el cinto.

Echó a andar mirando fijamente ante él, sabiendo que se avecinaban problemas. Había empezado a dolerle otra vez la pierna rota. Hacía años que no le dolía tanto.

Escudriñó los cielos y vio los finos jirones de nubes que surcaban la bóveda. ¿Cuánto tiempo hacía que no llovía? ¿Tres meses desde la última llovizna? Ahora hasta la sombra de una nube de lluvia sería un alivio.

En el campamento se oyó un débil grito y él aceleró el paso de su pierna mala. La rodilla nunca se recuperó después de que la pisoteara el búfalo. Pero mejor era tenerla rígida que tullida hasta el punto de no poderla mover, o hasta el punto de que hubieran tenido que abandonarle para que muriera.

Se fue acercando entre los árboles. No se advertía nada; el campamento parecía desierto. No, había una muchedumbre congregada detrás del refugio de nacimientos. Un gemido hendió la quietud del día. Dos Humos se sobresaltó lleno de temor. ¿Qué nueva desgracia habría caído sobre ellos? Tenía el estómago retorcido como una serpiente incapaz de mudar la piel. Aceleró el paso, deseando casi poder correr.

En este momento el cielo pareció oscurecerse, como si se le nublara la vista. Dos Humos movió la cabeza, intentando librarse del terrible miedo que atenazaba su corazón. ¿Qué podría...?

—¡El Fardo del Lobo! —gritó cojeando a toda prisa hacia el refugio de Raíz de Artemisa.

Sangre de Oso se puso tenso al oír los gritos al otro lado del campamento. La gente se levantaba y corría para saber qué pasaba. Incluso los perros les seguían, intrigados por la excitación de sus amos.

Tenía el camino abierto.

Sangre de Oso, tan silencioso como el humo sobre la piedra pulida, se precipitó con el corazón martilleándole el pecho. El honor sería suyo, por su audacia. Aquel acto, aquella incursión a la luz del día en la Tribu de Pequeño Búfalo, le elevarían como un hombre astuto y poderoso.

Apartó sin vacilar la cortina del refugio y se metió dentro. Ante él yacían tres lechos. Le llamó la atención el que tenía enfrente. Detrás de él, sobre un montón de hierbas, había una bolsa de cuero elaborada con manos expertas. Las costuras estaban tan bien acabadas que la bolsa casi parecía impermeable. El cuero blanco perfectamente curtido relumbraba, acentuando los brillantes colores de los dibujos que cubrían ambos lados: efigies de Lobo, de la Piel Blanca y de otros mitos de los Mano Roja.

Casi temblando, Sangre de Oso se arrodilló y dejó caer las flechas para abrir los lazos de la bolsa con dedos torpes.

En el interior había una piel de lobo curtida. Sangre de Oso la sacó y la abrió dejando al descubierto el Fardo del Lobo, cuyos lados estaban arañados.

—¡El espíritu de los Mano Roja! —resolló—. He vencido. Ahora nadie se me enfrentará. Soy el líder de mi pueblo.

Temblaba de excitación y apenas podía controlar sus manos mientras rehacía el paquete rápidamente. Finalmente, esparció de una patada las cenizas por el refugio y se echó al hombro una carga de carne seca.

Apretando el Fardo del Lobo contra su pecho, cogió el atlatl y las flechas y salió del refugio.

—¡Sangre de Oso!

El grito le sorprendió. Se volvió con la presteza de un lince atrapado. Instintivamente echó atrás el brazo, listo para disparar una flecha mortal, antes de reconocer el rostro angustiado de su víctima: ¡Dos Humos!

—¡Muere, berdache!

Dos Humos se apartó de un salto al tiempo que Sangre de Oso disparaba con todo el peso de su cuerpo. Dos Humos podía haber muerto allí mismo de no haber sido por el paquete de carne seca de antílope que desvió el codo de Sangre de Oso. El berdache lanzó un grito de espanto y la flecha pasó siseando junto a él y se clavó en el refugio más cercano.

—¡Anit'ah! —chilló Dos Humos apartándose a rastras de Sangre de Oso que ya estaba ajustando otra flecha en el atlatl.

¡Moscas y estiércol! Ahora vendría todo el grupo. Sangre de Oso vaciló un instante y dejó caer la carne seca. ¿Debía gastar otra flecha con el berdache o necesitaría todas sus armas para escapar?

Un viejo de pelo blanco y ojos asustados apareció detrás de un refugio y abrió la boca para gritar.

Sangre de Oso apuntó, y atravesó el pecho del anciano con una flecha. Dos Alces se estremeció por el impacto y lanzó un ruido gutural. Le flojearon las piernas, cayó de rodillas y luego se desplomó.

Entonces Sangre de Oso vio que Dos Humos había desaparecido. Ya se oían los gritos de la gente. Con el corazón acelerado saltó sobre un hogar. Tiró la pesada carne seca que le entorpecía desplazarse, y apretando contra su pecho el Fardo del Lobo echó a correr con todas sus fuerzas, atropellando a un joven que salió a cortarle el paso.

Una mujer se puso a gritar. Todos se llamaban unos a otros mientras Sangre de Oso atravesaba el campamento a la carrera. Un perro le ladraba y le mordía los talones. Sangre de Oso se volvió un instante y le atravesó el pecho de un golpe de flecha antes de echar a correr de nuevo hacia los riscos.

Subió la pendiente jadeando hasta coronar la cima. Luego se detuvo un momento a tomar aliento. Miró atrás y vio que nadie le perseguía. Desde allí veía a la Tribu que se congregaba en torno al cadáver del viejo y que señalaba hacia él.

Estrechó el Fardo del Lobo sonriendo para sus adentros y echó a andar por la ancha terraza. Las laderas de las Montañas Búfalo se alzaban hacia el noroeste como una guía.

¡El Fardo del Lobo! ¡Robado! Su lugar de honor en la cabecera del lecho de Dos Humos mostraba la marca de la bolsa de cuero. En el alma de Pequeño Danzarín se abrió un abismo. La negrura acechaba los límites de su consciencia. Primero la profanación de Castor, y ahora esto.

Pequeño Danzarín miró pensativo la cortina de la puerta, agitando incrédulo la cabeza. El refugio, su refugio, el lugar donde siempre había estado a salvo de la tormenta, el frío y el peligro, había sido violado y asaltado por un Anit'ah. Los lechos de pieles humeaban quemados por las ascuas.

—No. Esto no es... no puede ser...

—Sangre de Oso —murmuró Dos Humos en anit'ah mientras salía del refugio de Tres Dedos con una flecha en la mano.

Pequeño Danzarín se dejó caer sin fuerzas, agarrándose con la mano a un poste del refugio. No podía apartar la vista de aquel desastre. Apenas se dio cuenta de que Dos Humos estaba junto a él dando vueltas a la flecha entre los dedos.

—Me pregunto cómo me ha encontrado después de tantos años. Incluso la Tribu sabe que ha estado vagando por el territorio. Los Mano Roja le expulsaron cuando yo me marché con Agua Clara y el Fardo del Lobo.

—Es por culpa de Castor, porque arrojó el Fardo del Lobo a la oscuridad aquella noche. Yo lo sentí. El Poder cambió. El mundo se tambalea. Todo se agita. Tal vez el Fardo del Lobo quería volver con la gente que lo cuida.

—Yo lo cuidaba. Lo amaba...

—Castor lo profanó. El Fardo ya no podía confiar en ti. —Se arrepintió de sus palabras en cuanto las hubo pronunciado. Alzó la vista vacilante y vio que las lágrimas surcaban el rostro de Dos

Humos. Rodeó la cintura del berdache con su delgado brazo y lo estrechó—. No es culpa tuya, Dos Humos. De verdad.

—Sí que lo es —murmuró el berdache con voz tan débil que apenas se oía—. Es todo culpa mía, desde el principio.

Pequeño Danzarín se volvió al oír el ruido de unos mocasines sobre la tierra.

Era su madre, con el pelo despeinado y los mechones aleteando en la brisa del mediodía. Sus ojos vacíos apenas vieron el desastre. Él la miró con el corazón palpitante. La expresión de su rostro era la de una extraña. Ella también le miró, abriendo y cerrando las manos espasmódicamente. Le temblaban las comisuras de la boca, como si fuera a decir algo. Pero fue pisando las ascuas encendidas sin decir nada, con los ojos llenos de lágrimas de plata.

—Madre... —susurró Pequeño Danzarín temeroso de su expresión enloquecida. Miró más allá de la gente que se congregaba en torno al cadáver de Dos Alces.

Quedaban dos palos.

¡Qué golpe de suerte! La Tribu se arracimaba confusa e incrédula en torno al cadáver de Dos Alces. Castor salió de su refugio con sus mejores ropas.

—¡Tribu mía! He escuchado a los Espíritus. El mundo está girando, esperando. ¿Qué nos ha traído este día? Gama Danzarina ha visto el error de su actitud. Los Anit'ah han reclamado su mal que yace como llaga abierta rezumando su pus en nuestra sociedad.

Sonrió al ver la expresión horrorizada en el rostro de Dos Humos. *Tu día está a punto de llegar, monstruo enemigo. Después de Raíz de Artemisa, eliminaré tu presencia corruptora de la Tribu.*

—¡Es la última advertencia! —rugió Castor—. Dos Alces, tan sabio, tan bueno, ha pagado con su vida. La elección final es nuestra. Debemos purificarnos de los males ancestrales. Debemos tomar un nuevo camino, o el Mundo del Espíritu nos volverá la espalda. Los malvados saben quiénes son. Dentro de unos días, el Poder que yo invoco los eliminará de entre nosotros.

—¡Escuchad a nuestro Soñador del Espíritu! —gritó Lanzapiedras ondeando el puño—. ¡Castor nos trae un nuevo camino! ¡Con su Poder, el búfalo volverá!

Fuego en la Noche lanzaba vítores y daba brincos chillando con entusiasmo.

—¡Y vosotros! —exclamó Castor viendo que Cerezo Silvestre

abría la boca—. ¡Dos Alces está muerto! ¿Es que no vais a llorar la pérdida de este gran hombre? ¿Os quedaréis aquí sin hacer nada? ¡Iros! ¡Id a buscar artemisa para limpiar su cuerpo! Traed lo mejor que tengáis para rendirle honores.

—¿Y el Anit'ah? —preguntó Pino Durmiente mirando nerviosa a su alrededor—. ¿Vendrán más?

—Sólo ha venido uno a reclamar el objeto maldito.

Castor miró con los ojos entrecerrados a Dos Humos y al muchacho sucio que tenía al lado, cuyos ojos estaban llenos de odio. Bueno, ya se encargaría de él. Era bastante joven para enseñarle el camino adecuado.

—¿Y Gama Danzarina? —gritó Cerezo Silvestre cuando la gente empezó a dispersarse sombríamente en dirección a sus refugios.

Castor cerró los ojos y adoptó una expresión dolorida.

—Encargaos de ella tú y Raíz de Artemisa. Llevadla al risco detrás del campamento. Seguro que podéis hacerlo con la ayuda del niño y el berdache.

—¿Y tú Cantarás por ella?

—A veces pienso que no crees que tenga Poder. ¿Por qué quieres que Cante por ella?

Cerezo Silvestre respondió sin vacilar:

—Estoy pensando en su familia. La mayoría está con el grupo de Pie Blanco, y les gustaría que alguien Cantara por ella.

—Cantaré. —*Y dentro de unos días comprobarás mi Poder, mujer*—. Tal vez eso borre la corrupción que trajo sobre el Pueblo.

Cerezo le miró duramente.

—¿Sabes, muchacho? No puedo evitar preguntarme dónde está realmente la corrupción.

Castor se puso tenso y miró furiosamente a la anciana a los ojos.

—¿Quieres que Cante por ella, o no? Tus palabras me lo ponen muy difícil.

Cerezo Silvestre se calló la réplica y se dirigió al refugio de Raíz de Artemisa mascullando entre dientes. Castor se quedó allí con los brazos cruzados, y pudo ver la expresión de sobresalto en el rostro de Raíz de Artemisa y su repugnancia por la tarea que él le había encomendado. Cerezo Silvestre habló agitando los brazos, y finalmente Raíz de Artemisa asintió.

Castor las vio meterse detrás del refugio de nacimientos, y entonces se metió furtivamente en el refugio de la joven. Sacó las hojas secas de su bolsa, las desmenuzó con los dedos y las arrojó al guiso que había en su cuenco.

Miró fugazmente a su alrededor y volvió a su refugio. La datura haría lo que no podían hacer las amenazas. El Poder tenía muchos caminos, sobre todo en la mente de las víctimas.

Cerezo Silvestre se agachó junto a Graciosa, que pintaba con arcilla blanca sobre una piel de antílope. Castor Cantaba y Danzaba en lo alto de la terraza, agitando una matraca junto al cadáver de Gama Danzarina. Al menos los parientes de Gama Danzarina sabrían que alguien se había ocupado de ella. Cerezo Silvestre frotó las manchas de sangre que Gama Danzarina le había dejado en el vestido.

—Qué dibujo más bonito. ¿Es para Dos Alces?

Graciosa asintió mientras agitaba el pigmento en el cuenco de cuerno.

—¿Quién iba a hacerlo si no? Todos sus hijos se fueron con el grupo de Dos Piedras. Un hombre tan bueno y tan sabio como él debe elevarse a la Red de Estrellas con su mejor aspecto. No podemos dejar que se encuentre con el Sabio de las Alturas con la pinta de un coyote muerto de hambre.

—No. Yo tengo un collar de cuentas. Se lo traeré.

—¿Cómo está Raíz de Artemisa?

—No muy bien.

Graciosa lanzó un suspiro y se frotó la frente sudorosa con el antebrazo.

—¿Crees que es grave?

—Claro que es grave. Castor la está matando. Y lo está haciendo aprovechándose de su debilidad. Ella no sabe nada de Poder. No sabe si Castor está en lo cierto o no. Y al hacer que se ponga en cuestión ella misma, Castor tiene ganada la mitad de la batalla. Y lo que es peor, ha colgado plumas de cuervo en las puntas de los postes de su refugio. Raíz de Artemisa vomitó al verlas. Las quitó de ahí, por supuesto, pero tenías que haber visto cómo temblaba. Por si fuera poco, su refugio fue el único que asaltó el anit'ah.

Graciosa exhaló con fuerza y retrocedió en cuclillas.

—Lleva todo el día ahí arriba Cantando. Tengo los nervios tan destrozados que he traído aquí fuera mis pieles para no oírle. Menudo día. Gama Danzarina se mata. Un anit'ah mata a Dos Alces y roba el fardo sagrado del berdache. Y encima Castor sigue empeñado en matar a Raíz de Artemisa. —Miró con aire ausente los lejanos tocones que relumbraban bajo el resplandor del sol—. Y yo pensaba que mi hermana era un problema.

—Todo el mundo está nervioso. Y eso tampoco nos hace bien. —Cerezo Silvestre se acomodó, llevándose las rodillas al pecho—. Tenemos que hacer algo, si no Castor nos destruirá.

—¿A nosotros? Yo pensaba que iba detrás de Raíz de Artemisa. Ella lo rechazó, se negó a acostarse con él.

—¡Bah! Eso es sólo una excusa. Es como meterse en una manada de búfalos bajo una piel. La verdad es que lleva años quejándose de eso, se le ve en los ojos cada vez que la mira. ¿Sabes? Incluso le sorprendí una vez que fue detrás de Toro Hambriento y Raíz de Artemisa para espiarles mientras copulaban fuera del campamento.

—¡No! —Graciosa se llevó la mano a la boca en un gesto de estupor—. Eso es... es...

—¿Una grosería? Eso es poco. Pero él es así. Es tan responsable de la muerte de Gama Danzarina como si él mismo hubiera disparado la flecha. Y destruir a Raíz de Artemisa es un paso más. ¿Quieres vivir en un grupo bajo su control? ¿Y tus hijos? ¿Y tu hijo, Cazador de Ratones? ¿Quieres que crezca oyendo a Castor decir que las mujeres corrompen la tierra? ¿Quieres que tu hija crezca para casarse con un hombre al que han educado para que piense así?

Graciosa se abrazó a sus rodillas y miró el valle del Río Luna.

—¿Qué podemos hacer para detenerle? —preguntó tras un silencio—. Cuervo Negro se marchó de caza con Toro Hambriento y Tres Dedos. No sé qué puedo hacer.

—Apóyame.

Graciosa ladeó la cabeza con una mirada de preocupación.

—¿Que te apoye? ¿Y si te Maldice a ti? Tú eres mi tía. Yo no...

—¡Sangre y excrementos! Mira cómo hablas. ¡Ya estás medio resignada! ¡Piensa, muchacha! Castor no es más que un cuervo ladrón. Ha encontrado un puñado de ratones de mente enferma por el agua de alcalí y ahora anda entre ellos chillando y graznando para mantenerlos confusos. Ya ha matado y se ha comido al primer ratón. El segundo está asustado y corre en círculos. Y en cuanto acabe con Raíz de Artemisa, irá a por otro. Y cuando acabe con todos, las formas de vida del Pueblo habrán desaparecido para siempre. Está intentando rehacer la Tribu según su idea de lo que debería ser. ¡Pues lo que es yo, no voy a hacer el papel de ratón! ¡Le voy a recordar que no es más que un cuervo!

—Ten cuidado, tía. —Graciosa miró a su alrededor—. Si te oye...

—¡Bah! ¡Que me oiga! Ya lleva mucho tiempo haciendo daño. Bueno, ¿vas a apoyarme o no?

—Pero Cuervo Negro...

Cerezo Silvestre le cogió la barbilla.

—Escúchame. Si te sometes, al final acabarás como un perro. ¿Es eso lo que quieres? ¿Quieres ser como un animal?

—Cuervo Negro no...

—No, pero Castor sí. Tiene problemas. Su madre, para empezar. Ese muchacho ha odiado a las mujeres fuertes toda su vida. ¡Mira con quién se casó! Pero yo he vivido bastante y he enterrado a bastantes esposos, y por eso puedo afirmar que cuando se pase un par de años aleccionando a Cuervo Negro, tú te encontrarás entre los perros como si fueras un animal que sólo sirve para llevar carga y parir hijos.

Cerezo se levantó con la sangre ardiendo, y se estremeció al crujir sus rodillas.

—Piénsalo, hija de mi hermana. Piénsalo bien, porque eso es lo que Castor se propone. Raíz de Artemisa se opuso a él. Si la mata, no habrá forma de detenerle. Y La Tribu dejará de existir.

Se marchó sintiendo en la espalda los ojos ardientes de Graciosa.

Tanagra estaba sentada junto a Alce Ágil, envuelta en una manta. Las cumbres se alzaban fantasmagóricas a la luz de la luna. El campamento de los Mano Roja estaba tranquilo. Un perro se puso a ladrar hasta que alguien le tiró algo, y después de un gruñido no se oyó más que el suave murmullo de voces.

—No me gusta nada tener problemas —se quejó Tanagra.

—Bueno, si te hubieras quedado en casa a ayudar a tu madre en lugar de andar por ahí derrotando a los muchachos, tal vez no tendrías problemas.

Tanagra se alzó de hombros escuchando los ruidos de la noche.

—Seguro que andan por aquí las crías de ciervo. Podríamos salir a hurtadillas mañana por la mañana y...

—¿Lo ves? —dijo Alce Ágil con una risita—. ¿Cómo vas a encontrar esposo si nunca te quedas en el campamento?

Tanagra miró a su amiga.

—¿Y para qué iba yo a querer un esposo?

—Un esposo es de gran ayuda. Sin él no puedes quedarte embarazada. Y pueden levantar cosas pesadas como troncos de árbol para construir trampas de animales.

—No necesito ninguna trampa. Una vez me acerqué a menos de un metro de distancia de un ciervo sin que me advirtiera. Podía haberle atravesado con una flecha. Y además los hijos son un problema. Cuando tienes un hijo hay un montón de cosas que no puedes hacer. Tienes que buscar a alguien que cuide de él cuando te vas de caza. Y luego le tienes que dar parte de la caza a quien te ha cuidado el niño.

—Algún día andarás vagando por aquí fuera y te atrapará un guerrero de Pequeño Búfalo.

—¡Venga ya! Si puedo acercarme a un ciervo sin que se dé cuenta, ¿cómo va a atraparme un estúpido hombre de Pequeño Búfalo? Ya sabes lo que se cuenta de que caminan a trompicones entre los árboles. No conocen los caminos. Nadie conoce los caminos como yo.

—Excepto Caracol, Sin Sudor, Pino Alto y...

—Pero a la mayoría de ellos los conozco. Y para cuando sea una mujer de verdad, los conoceré a todos. Ya verás.

Alce Ágil se quedó un momento en silencio con el ceño fruncido.

—¿Por qué tienes que ser así? ¿Por qué siempre intentas ser diferente de los demás?

Tanagra se encogió de hombros, realmente desconcertada.

—No lo sé. Es como si los árboles me susurraran. Es como cuando sales con tu familia a recoger bayas y quieres volver a casa, volver a tu refugio donde te sientes segura. ¿No te ha pasado alguna vez? Pues es lo que yo siento cuando estoy en el bosque o trepando por las rocas.

—Deberías ser un chico.

—Tal vez, pero no conozco a ningún chico que corra tanto como yo. Cuerno Roto y Viento Cálido han intentado seguirme, pero resbalaban en los troncos, rompían ramas y tropezaban todo el rato. Y además también lanzo piedras con más puntería.

—Pero no puedes vencerles peleando.

Tanagra sonrió.

—No, pero si les pego primero ya no pueden alcanzarme.

Raíz de Artemisa se bebió el resto del caldo frío. Había enviado a Pequeño Danzarín y a Dos Humos a comer con Cerezo Silvestre. Ya no tenía ganas de cocinar. Y no quería que Dos Humos andara por allí distrayendo sus pensamientos. Ni siquiera le importaban los ojos de grasa que flotaban en el agua.

Algo negro y ominoso se alzaba del refugio de Castor. Raíz de Artemisa contuvo el aliento y se llevó la mano a la boca. Pestañeó sintiendo un frío mortal en el alma. Miró temerosa las estrellas pero no encontró rastros de esa cosa negra. ¿Sería el espíritu del cuervo? ¿Le habría prometido Castor al Cuervo de las Alturas entregarla a cambio de ayuda espiritual?

Cerró con fuerza los ojos, sintiendo un mareo. Estaba pasando por la vida como si fuera un sueño. Las imágenes se agitaban y se hacían cristalinas hasta que ya no podía fijar la vista en ellas. Los sonidos parecían dislocados y oía voces en el aire. Nada parecía real excepto el frío de su alma y el miedo.

«Ya no soy yo.» Y el frío se incrementaba con cada latido de su corazón. ¿Cómo podía negar el poder de Castor con las cosas extrañas que estaban sucediendo? Cuando el Sol se ponía, había visto los troncos de los árboles ondear y danzar al ritmo del tambor de Castor.

Se estremeció con el estómago convulso. Eso no, por favor, otra vez no. Su estómago rechazaba todo lo que comía o bebía.

Estaba sentada al fondo del refugio, acariciando fútilmente con los dedos las ruinas del lecho donde tan amorosamente la había abrazado Toro Hambriento. Allí, dentro de aquel mismo refugio, había dado a luz a sus hijos. Allí los había amamantado a todos, allí los había amado. Dos de ellos murieron en su refugio, y sus cuerpos fueron preparados, limpiados y situados en un alto risco desde el que sus almas ascenderían a la Red de Estrellas.

Allí se había reído con las historias de Toro Hambriento, allí le había regañado cuando era necesario y allí le había mirado a sus cálidos ojos castaños sonriendo de amor.

Ahora el refugio estaba sucio y raído, la cubierta de piel estaba gastada y podrida por los bordes. Los postes también se habían ido desgastando a medida que iban mudándose de un campamento a otro. Lo que una vez fue un gran refugio para cuyo transporte se necesitaban diez perros, ahora podía ser llevado por cinco. Su hogar, al igual que el resto de su vida, estaba sucio y deshilachado.

Le llegó a los oídos un zumbido como de un millón de abejorros. Se golpeó la cabeza y lanzó un gruñido. El ruido cesó de inmediato sustituido por un ligero zumbido provocado por el golpe que se había dado.

Raíz de Artemisa se sentaba sobre las cenizas de su vida, toqueteando con aire ausente los agujeros que habían hecho las ascuas en sus pertenencias.

No podía soportar mirar el suelo. Había visto horrorizada cómo Castor dibujaba una serie de líneas en la tierra.

—Podría salvarte —le dijo mirándola con los ojos entrecerrados y la cabeza ladeada—. Sólo tienes que admitir tu culpa y luego entregarte a mí para que te purifique.

Ella sacudió la cabeza frenéticamente, ahogando un grito de espanto.

Entonces Castor sonrió, cantó un poco más y se alejó bajo la luz del ocaso.

Raíz de Artemisa se había puesto a borrar aquellas rayas frenéticamente, rascando la tierra hasta que le sangraron los dedos y sintiendo el miedo que le palpitaba en las venas como lanzas. Luego se hizo un ovillo y estuvo llorando hasta que Pequeño Danzarín la abrazó. Dos Humos la levantó y la metió en el refugio. Y ahora los dos dormían como un centinela ante una puerta.

Toro Hambriento está muy lejos. Yo estaré muerta antes de que vuelva. ¿Qué pasará entonces?

«Basta —se dijo—. Tengo que pensar que es una mentira. Castor no puede Danzar con el fuego. No puede Cantar a las estrellas. Está intentando asustarme, eso es todo. Sólo intenta asustarme.»

¿Y cómo lo sabes? —preguntó la voz de su interior—. *¿Por qué tienes enfermo el estómago? ¿Por qué te duele todo? ¿Cómo es que oyes cosas y ves cosas que no están ahí? ¿Por qué tus músculos no dejan de temblar? ¿Por qué tienes siempre tanto frío, incluso cuando estás al sol? No puedes luchar contra su Poder.*

El frío de su alma parecía expandirse. En su mente iban apareciendo fragmentos de las viejas historias. Los cuentos del Invierno hablaban de brujas que podían robar el alma de un hombre. Hablaban de los Héroes Gemelos que trajeron a los seres humanos a este mundo desde bajo tierra. Y luego uno de los hermanos golpeó al otro en la cabeza, y la sangre que le produjo se convirtió en jaspe rojo. El otro hermano se elevó al cielo y se hizo uno con la Red de Estrellas cuando su Tribu estuvo a salvo del mal.

«El mal. ¿Y ahora ha vuelto?»

Miró aturdida a la luz de la luna. Los rayos se inclinaban y se rompían en un millar de estrellas. Raíz de Artemisa se encogió de miedo y se tapó la cabeza. Y se quedó así tumbada hasta que su cuerpo empezó a elevarse de la tierra, girando lentamente en el aire.

Contuvo el aliento y se sobresaltó al ver las sombras familiares de su refugio. Pestañeó para aclararse la vista y hundió los dedos en las pieles quemadas para atarse al suelo.

En algún lugar los perros ladraban y gruñían. Dos Humos y Pequeño Danzarín dormían abrazados fuera del refugio. Los rayos de luna que se filtraban entre los álamos moteaban sus siluetas.

Su madre le había hablado de fantasmas que vagaban en las noches de invierno, aullando como el viento. Los fantasmas, siempre inquietos, se llevaban a las niñas que no eran buenas y obedientes. Eso contaba la historia. Más tarde ella empezó a dudar. Y ahora que se enfrentaba con la muerte del alma, tal vez Castor había encontrado la manera de invocar a los fantasmas para que le robaran el alma. ¿Por qué no?

Aguzó el oído y le oyó cantar suavemente en su refugio. El débil golpeteo del tambor era como el latido de su corazón. Se le pusieron los pelos de punta.

«Tenía que hacerlo. Tenía que salvar a los antílopes... tenía que hacerlo por la Tribu. —Enterró la cabeza en las manos—. No podía hacer otra cosa.» *Y ahora voy a morir por ello.*

El débil golpeteo del tambor le resonaba en la cabeza. Raíz de Artemisa fue a coger la bolsa de agua y se quedó petrificada. Sólo quedaba un palo.

Pata Blanca se despertó sobresaltada y pestañeó a la luz de la luna. Había sentido una llamada en el alma que la dejó temblorosa y asustada. La noche se agitaba ante ella, y en la luz de la luna se filtraba una sensación de intranquilidad, como un espíritu caprichoso.

Se incorporó con el corazón palpitando de ansiedad. El sueño que había tenido se desvaneció como las suaves semillas de un cardo. ¿Qué había soñado? Sólo quedaba el recuerdo de unos ojos desesperados.

Tragó saliva y miró fijamente las estrellas que titilaban en el cielo.

Tres Dedos, Toro Hambriento y Cuervo Negro dormían profundamente. El aire de la noche trajo hasta ella el sutil perfume de la artemisa y el aroma de la tierra. Los grillos cantaban en el silencio.

El miedo fue remitiendo.

Pata Blanca apartó su ajada piel.

—Vamos, levantaos.

Toro Hambriento se incorporó, cogiendo instintivamente sus flechas. Tres Dedos pestañeó con aire atontado, y Cuervo Negro salió del lecho mirando confuso a su alrededor.

—¿Qué? —preguntó Tres Dedos—. Es de noche.

Pata Blanca ya estaba enrollando su piel.

—Ya lo sé. Confío en que no sea demasiado tarde.

—¿Demasiado tarde para qué? —quiso saber Toro Hambriento.

—No lo sé. —Pata Blanca ató la piel a su hatillo y se agachó para ajustarse la correa en la frente.

—¡Eh! Dinos...

Pero la anciana ya había echado a andar por el camino que llevaba al Río Luna.

Cuervo Negro miró a sus amigos con la boca abierta, frotándose la protuberante barriga.

—¿Y ahora qué pasa?

—Ni idea —masculló Tres Dedos que salía bostezando de sus pieles y comenzaba a enrollarlas—. Pero creo que más vale que lo averigüemos.

Ahora eres tú la que ha de dirigir. Las palabras de Cerezo Silvestre le resonaban en la cabeza.

—No puedo. No soy bastante fuerte. —Miró fijamente el único palo que quedaba ante el refugio de Castor. A la tarde, habría caído. Sentía el corazón como un trozo de madera podrida.

Y si no lo eres, ¿qué pasará, Raíz de Artemisa? Si dejas que te mate, ¿qué les pasará a tu hijo y a Toro Hambriento?

De las alturas pareció alzarse en un susurro la voz de Gama Danzarina. Se puso tensa al oír las palabras, y se estremeció al sentir dolor en el estómago.

—Yo no he pedido esto. Yo sólo quería criar a mi hijo y hacer feliz a mi esposo. No he pedido esto. Lo único que quería era alimentar a mi tribu. Ahora me he convertido en una especie de monstruo. Gama Danzarina se mató porque intenté ayudarla. Si yo no hubiera estado allí... —Se estremeció y cerró los ojos en una expresión de dolor mientras el gris amanecer perfilaba las siluetas de los refugios.

Salió a echar una ojeada... y se quedó petrificada. De uno de los tiznados postes del refugio colgaba un fardo de cuero del que salían algunas plumas negras de cuervo.

Lo quitó de allí con un sollozo en la garganta. Rasgó la piel para abrirla, sin poder controlar el temblor de las manos, y dio un respingo cuando los gusanos empezaron a correrle por los dedos.

Algo oscuro cayó al suelo.

Se sacudió frenéticamente los gusanos de los dedos, ahogando sus gritos y temblando incontroladamente. Retrocedió con otra náusea, pero en el estómago no le quedaba más que bilis. Fijó la vista en la almohadilla negra, todavía envuelta en gusanos blancos. Reconoció la corteza de artemisa. Era una almohadilla menstrual. ¿Suya? Desde luego, tenía que ser suya, de lo contrario Castor no la habría empleado.

—Una parte de mi alma —dijo con voz rota—. Tiene una parte de mi alma.

¡Ha vencido! Me estoy muriendo, lo sé!

Tragó saliva, con los pulmones paralizados de miedo.

¿Qué puedo hacer? ¿Adónde puedo ir? ¿Cómo puedo salvarme?

Dos sombras oscuras pasaron sobre su cabeza con un rumor de alas.

¡Cuervos!

Las lágrimas le surcaban el rostro.

Le dará mi alma a los cuervos. Y entonces, ¿qué? Nunca llegaré a la Red de Estrellas. Nunca...

Los ojos de Gama Danzarina la miraban desde las profundidades de sus atormentados recuerdos. Gama Danzarina había ascendido a la Red de Estrellas.

Le castañeteaban los dientes debido al frío que le envolvía el alma. ¿Cuánto tiempo le quedaba antes de que Castor le arrancara el alma del cuerpo?

Amanecía. Era su último amanecer. Metió la mano en el refugio para coger la bolsa de descuartizar, la misma que había utilizado con los antílopes. Muy adecuado.

Al volverse vio a Pino Durmiente que salía de su refugio. Pino la miró un instante a los ojos y se precipitó dentro de nuevo.

El frío de su alma se hizo más profundo. Hasta sus amigos le tenían ahora miedo. ¿Quién iba a querer que le vieran hablando con una mujer Maldita? De un modo u otro, estaba muerta. Podía dejar que Castor le robara el alma mediante su Poder del Espíritu, o podía liberarse.

Pasó cuidadosamente junto a Pequeño Danzarín, que dormía en brazos de Dos Humos. De sus labios escapaban apagados gemidos. Tal vez había estado demasiado cerca de ella y también le había alcanzado la Maldición de Castor. Había sido otro error por su parte.

Caminó hacia el río. Alzó los ojos al cielo gris, escuchando el melodioso canto de los mirlos que trinaban entre los tupidos arbustos junto al río. Una gran garza azul echó a volar, alarmada por su presencia. Hasta los pájaros la evitaban.

De pronto le pareció captar un movimiento. Un enorme lobo

negro la miraba desde un altozano con sabios ojos amarillos. Los músculos se le marcaban en el cuerpo esbelto y la luz creciente acentuaba el brillo de su piel bruñida. ¿Sería otra de las criaturas de Castor? Apartó la vista asustada.

Se sentía aplastada por una terrible soledad.

—Toro Hambriento, ¿dónde estás? Vuelve a mí, no dejes que me enfrente a esto yo sola.

—¿Por qué has dejado que me robe Sangre de Oso?

La voz de Soñador del Lobo flotaba en la ilusión que rodeaba el Fardo del Lobo como una nube.

—Él lo pidió, y dio parte de sí mismo. Vamos a ver qué hace con el Poder ahora que lo tiene.

El Fardo del Lobo miró los bordes de la mente de Sangre de Oso.

—No veo ningún cambio. Es tan estúpido como siempre. Se burla de lo que los hombres sobrios miran con cuidado.

—Lo ha pedido, y yo tengo la parte de sí mismo que ofreció. ¿Cómo iba a negárselo?

—Pero no eres tú el que va en sus brazos. Supongo que terminaré en el fuego.

—Ni siquiera Sangre de Oso es tan estúpido.

—Pero a los Fardos se les puede matar.

—Igual que a los Sueños... y a los Soñadores.

—El Observador no pierde de vista al muchacho.

—¿Y si esto está más allá de la capacidad del Observador?

10

Dos perros del campamento se enzarzaron en una pelea. Pequeño Danzarín se despertó, sintiendo el miedo revolotear a su alrededor. El mal impregnaba el aire de la mañana como el hedor de la carroña. Se frotó los ojos. Dos Humos lanzó un gruñido y bostezó a su lado. Los primeros rayos del sol se filtraban entre las susurrantes hojas de álamo. El humo de los fuegos lo teñía todo de azul. El campamento empezaba a cobrar vida.

Pequeño Danzarín miró el refugio de Castor. El ominoso palo se alzaba bajo la luz amarilla. Volvieron los recuerdos del espantoso día anterior, una rompecabezas de imágenes de la horrible expresión mortal de Gama Danzarina, el pánico en los ojos de su madre al ver que sólo quedaba un palo, la incursión de Sangre de Oso y la pérdida del Fardo del Lobo. Recordó el cadáver de Dos Alces. El anciano había caído en posición fetal bajo aquella flecha que le había arrancado la vida.

Pequeño Danzarín se levantó inquieto y fue a mirar el refugio. Vacío. Un mal presagio se abrió paso en su interior. Sintió otros colmillos de ansiedad, familiares pero lejanos: la soledad.

—¿Madre? —Se dirigió hacia la parte de atrás del refugio y miró entre los arbustos por si había ido a aliviar sus necesidades. Ni rastro—. ¿Madre?

—¡Calla! —dijo Pino Durmiente desde su refugio—. La gente está durmiendo.

—¡Madre! —Se quedó sin aliento, como si una mano gigante le oprimiera el pecho.

—Ven —dijo Dos Humos—. Dame la mano e iremos a buscarla. No hay por qué alarmar a todo el campamento. —El berdache sonrió con inquietud, mirando los refugios.

Pequeño Danzarín le dio la mano a su amigo, pero sin que esto le tranquilizara.

—¿La encontraremos?

—La encontraremos.

Rodearon el campamento y no encontraron nada. Los caminos estaban tan pisados que la tierra se había convertido en fino polvo, y las únicas huellas que se veían estaban borrosas.

Pequeño Danzarín se vio sorprendido por una súbita desesperación. El mundo parecía tambalearse. Se inclinó, agarrándose el estómago convulso por las náuseas. Le temblaban las piernas.

—¿Qué pasa, Pequeño Danzarín? ¿Qué...?

El muchacho se vio envuelto en una total desesperación. Podía sentirla, sentía los movimientos de sus manos al coger la piedra y...

—¡No! —exclamó. Y entonces vació su estómago sobre el camino—. ¡No! —La bilis le había subido hasta las fosas nasales—. ¡No!

El trastorno pasó tan rápido como había venido. El muchacho se quedó mirando el vómito que salpicaba la tierra. Dentro de él se abrió un abismo infinito como el viento. En su mente giraba la sensación de pérdida. Intentó recuperar el aliento, sintiendo como si le hubieran pateado el pecho.

—Respira, respira tranquilo. No temas. Lo único que tienes es miedo —le consolaba Dos Humos arrodillado junto a él.

Unas manos fuertes y cálidas le sostuvieron cuando empezó a toser otra vez. Veía el mundo borroso, como a través de una cortina de agua. Los colores habían perdido el brillo y el aire estaba quieto, medio muerto. Hasta la luz del Padre Sol había perdido su fuego y era pálida y débil.

—¡Vuelve, madre! ¡Vuelve conmigo!

—Pequeño, no...

—¡Está muerta! —Intentó levantarse con la ayuda de Dos Humos. El berdache mantenía la vista baja, profundamente preocupado.

—Seguro que ha ido a...

—¡No! —gimió el muchacho mirando frenético el camino—. La he sentido morir. ¡Lo he sentido!

—Por favor, muchacho, no imagines...

—¡Calla! ¡Calla! ¡Está muerta, lo sé!

—No seas tonto... —El berdache se interrumpió de pronto, petrificado al ver la mirada que le dirigía Pequeño Danzarín.

—Tú lo sabes, ¿verdad? —le gritó entre lágrimas—. Tú sabes que yo siento cosas y oigo cosas que no oye la mayoría de la gente. Yo oí a los antílopes en el lugar de la matanza. Yo los llamé. Fui yo. En un Sueño, Dos Humos. Los llamé en un Sueño de Poder. —Las lágrimas le ardían en la cara y goteaban de su trémula barbilla—. Y Castor ha matado a mi madre. Él ha alejado el Fardo del Lobo. Mató a la hija de Gama Danzarina... y luego a ella también. Es malo. Es malo y perverso.

—¡Shhh! —Dos Humos estaba pálido. Se arrodilló para mirar a Pequeño Danzarín a los ojos—. Cálmate, pequeño. Te estás buscando un lío. Castor es un hombre poderoso. Puede hacer lo que quiera sin que nadie diga nada. Debes contener la lengua. ¿Lo harás por mí? Sabes que quiere hacerme daño, sólo está esperando el momento.

Pequeño Danzarín le miró vacilante, sintiendo la desesperación en las profundidades de su alma atormentada.

—Le odio. Voy a matarle. ¿Me oyes, Castor? ¡Le voy a matar!

—¡Calla! —Dos Humos le puso la mano en la boca, mirando temeroso el camino por el que habían venido—. No digas eso. Nunca. Tu vida ya pende de un hilo. Prométeme que no volverás a decirlo. ¡Prométemelo! Y cuando encontremos a tu madre, ya verás que eso de que está muerta es una tontería.

Pequeño Danzarín le miró con ojos llenos de odio y dolor. Y lentamente alzó el brazo para señalar.

—Está allí.

—Entonces vamos para allá. Y a ver si por el camino puedo inculcarte algo de sensatez.

Dos Humos le ofreció la mano. Pero Pequeño Danzarín la rechazó y echó a andar enfurruñado y dolorido, y con el rostro lleno de lágrimas. De vez en cuando se frotaba los ojos con la manga sucia para aclararse la vista. En su mente se formaban imágenes de su madre. Ella le sonreía y le hablaba cariñosamente. Su rostro reflejaba amor y preocupación a la luz del cálido refugio. ¿Cuántas veces le habían acariciado sus tiernas manos para curar sus heridas? ¿Cuántas veces se había iluminado su expresión cuando le contaba una historia o cuando le veía comer el caldo que le había hecho? ¿Quién le arroparía ahora cuando llegaran de nuevo las noches del invierno? ¿Quién escucharía sus problemas? Una luz se había apagado en su alma, en la que sólo había negrura.

El viejo sauce había caído hacía años, y las estaciones de lluvia y viento había desnudado la madera de su corteza. Y luego el ardiente sol la había blanqueado hasta convertirla en plata. Raíz de Artemisa se había detenido donde el tronco se dividía en dos gruesas ramas. Y allí yacía, con la cabeza caída hacia atrás y el rostro vuelto hacia el sol. Tenía un aspecto cansado y vulnerable. Junto a ella estaba su bolsa de descuartizar, abierta, y en el suelo, una piedra de negra obsidiana en cuyos bordes vidriosos chispeaba el sol. Al lado había un pequeño martillo de cuarcita.

Las moscas se aglomeraban zumbando sobre el dulzón olor de la sangre que empapaba las faldas de su vestido.

Pequeño Danzarín sintió en el hombro una mano que intentaba retenerle.

—Vuelve al campamento —le ordenó Dos Humos—. ¡Ahora mismo! No...

—Se ha abierto las venas, Dos Humos. Lo sentí. Fue cuando vomité. Se ha cortado las venas y me ha dejado solo. —Las lágrimas volvían a fluir calientes—. ¿Por qué ha muerto? ¿Por qué me ha dejado? Yo la necesito, Dos Humos. Necesito que me cuide.

—Vamos al campamento.

—No le dolió —murmuró con un gemido Pequeño Danzarín—. La obsidiana es muy afilada. Arrancó una esquirla y se abrió las venas. Y murió. ¿Por qué el mundo es tan malo con nosotros, Dos Humos?

Dos Humos tiraba de su hombro.

Los dos se detuvieron, y Dos Humos lo abrazó con fuerza. Y los dos lloraron juntos, los dos a la deriva, sin ningún sitio al que ir. Pero nada podía llenar el vacío de su interior.

Castor se despertó pestañeando. A través del agujero de tiro se veía el cielo azul de la mañana. No había dormido bien. El fantasma de su madre le había acechado en sueños como un espectro de niebla, y los ecos de su voz intentaban abrirse paso en su mente.

¿Por qué no podían ser todas las mujeres tan perfectas como lo fue su madre? Se sentía lleno de anhelo. La había amado como nunca amaría a otra mujer. Lo único que él tenía que hacer era llorar, y ella acudía corriendo. Cuando los otros chicos se metían con él, ella los alejaba con un palo. Cuando se hacía daño, ella venía, le acariciaba y le consolaba. Cuando su padre protestó por su constante atención e intentó obligarle a ir a jugar con los demás, ella le llenó de amenazas. Su madre se alzaba imperturbable contra los problemas del mundo. En toda la Tribu sólo ella había comprendido sus miedos y necesidades, sólo ella había reconocido sus aptitudes y virtudes especiales incluso antes de que las tuviera. Y en cuanto ella señalaba su grandeza, ni siquiera él podía ignorarla.

—Has sido elegido, Castor, por eso eres diferente. Los espíritus te han escogido para cosas especiales. Por eso no encajas, por eso los otros chicos se meten contigo, porque están celosos, porque ven que eres especial, y eso no les gusta. Ése es el camino de los grandes hombres, a los que sus inferiores siempre rehúyen. Ya verás. Algún día te alzarás sobre todos ellos.

Si todas las mujeres tuvieran aquella inteligencia y sensibilidad para ver con claridad, el mundo sería un lugar mejor. Pero no tendría que luchar mucho para poner a la Tribu en el buen camino.

Incluso ahora, años después de su muerte, la echaba de menos con toda su alma. Cuando su madre empezó a quejarse de que no respiraba bien, Castor apenas se dio cuenta porque andaba preocupado en otras cosas. Ella siempre había estado ahí, siempre sabía lo que había que hacer. La idea de que algún día ya no estaría con él se le antojaba imposible. El matrimonio con Cuarzo Rojo había sido idea suya. Ella misma se había encargado de arreglarlo todo con la familia de la chica. Y la elección había sido correcta.

—Cuarzo Rojo es la mujer ideal para ti. Es obediente, no intentará chuparte la sangre como la mayoría de las mujeres. Y es digna de ti, reconoce tus cualidades y no está celosa de ellas. Por eso no se acuestan contigo Gama Danzarina, Raíz de Artemisa ni las demás, porque contigo no pueden controlarlo todo. ¿Las has visto? Andan contoneándose y agitando las caderas y los pechos para provocar. No, tú no podrías vivir con una mujer así, que intentaría controlarte todo el tiempo. Ella tendría que vivir siempre a tu sombra, y te haría infeliz porque sería lo único que le quedaría por hacer. Eso y los complots. Tú sabes que las mujeres siempre andan tramando algo, siempre intentan crear problemas. Mira Cerezo Silvestre, mira cómo intenta humillarme delante de los demás, siempre criticando. Tú no querrás una mujer resentida como ésa, sino una que te quiera tal como eres, alguien como Cuarzo Rojo.

Y había tenido razón. Cuarzo Rojo nunca le desafió, y desde el principio había reconocido su valor. La Tribu se burló de él por casarse con una mujer a la que nadie deseaba, pero se habían equivocado. No veían la situación con la misma claridad que él, no comprendían la auténtica situación.

Sonrió mirando a Cuarzo Rojo que dormía. Si pudiera tener a su madre, si su madre pudiera ver su éxito...

Los problemas de respiración no remitieron, y día a día su madre se fue debilitando. Cuando pasó el tiempo y llegó lo inevitable, Castor casi enloqueció de dolor y preocupación. Pero naturalmente aquello no podía evitarse. Todos los Soñadores del Espíritu enloquecen alguna vez. Entonces no sabía que los Sueños le inquietaban tanto. Se lo explicó su madre en sus últimos días.

—Es el Poder, pequeño. Por eso estás tan asustado. Es el Poder que viene a alojarse en ti. Por eso te llevas mal con todos. Hace falta acostumbrarse al Poder. En el futuro tendrás miedo, pero es el Poder. Confía en él y utiliza la cabeza. Por eso te ha elegido el Poder, porque eres más listo que los demás. Piensa, muchacho. Utiliza el Poder.

El recuerdo de la mañana en que le despertó el suave ruido de la respiración de Cuarzo Rojo ardería para siempre en su memoria como las marcas de ascuas sobre el cuero. La mujer que le había dado a luz, la mujer que le había cuidado y había visto su grandeza estaba muerta, con una expresión vacía y los ojos opacos.

La muerte de su madre casi acabó con él. Lo único que le salvó de la locura en aquellos duros días fue saber que tenía el Poder. Pero nadie reconocía su Poder, nadie salvo su madre y Cuarzo Rojo habían comprendido su valía.

Cuando empezó a predicar la corrupción de la Tribu, hombres y mujeres se burlaron. Primero vino la muerte de Corazón de Cuerno, luego la sequía, y entonces empezaron a escucharle con más atención. Los jóvenes comenzaban a asentir cuando les decía que las mujeres enfurecían a los espíritus. Y uno a uno acabaron por ver que tenía razón. Cada vez que predecía algún problema, se hacía realidad. Y todo lo que predijo había sucedido. El Búfalo de las Alturas se había llevado a sus hijos. El Hombre Lluvia ya no danzaba en las nubes. No podían contener a los Anit'ah. La Tribu se ahogaba en su propia corrupción.

Ahora daría fruto la disciplina que su madre le había inculcado. Había visto la mirada de Raíz de Artemisa la noche pasada. Estaba al borde del colapso, devorada por las dudas. Había sido una suerte que Gama Danzarina se matara con la flecha de Gran Corredor. De no ser así, Raíz de Artemisa podría haber resistido a sus maquinaciones a pesar de la datura. La había estado espiando entre las grietas de su refugio y la había visto ponerse pálida y arrancar las plumas de cuervo. También había sido una suerte poder robar la almohadilla menstrual del refugio de sangre de las mujeres. No sabía de quién era. Una ráfaga de viento la había hecho volar y él la había encontrado. Naturalmente tuvo que recogerla con palos para no corromperse. La sola idea de que la mujer sangraba una vez al mes le disgustaba. Él no recordaba que su madre hubiera sangrado jamás... pero claro, ella era especial.

Se estiró y miró por la rendija que había abierto en la cubierta del refugio, cosida por Cuarzo Rojo. El fardo ya no estaba colgado del poste. Lo habría cogido ella.

Cuarzo Rojo se agitó en sus pieles y se dio la vuelta. La miró durante un largo rato. Qué acierto había tenido su madre al elegirla para él.

Empezó a preparar mentalmente el discurso que daría sobre el cadáver de Raíz de Artemisa. Les diría que el Antílope de las Alturas Danzaba jubiloso en el cielo, contento de que la Tribu hubiera matado a la profanadora. La Tribu le escuchaba cuando contaba sus Sueños, y él se pasaba la mayor parte del tiempo inventándoselos. Cuando los días se hicieran tediosos, subiría a las cumbres a mirar al cielo y a inventar nuevas historias que contarles. Había ido aprendiendo su papel poco a poco. Sabía cómo poner esa mirada ausente y cómo modular la voz. Ellos le escucharían con la vista baja y aceptarían.

Ahora sólo los viejos refunfuñaban. Cuanto más empeoraba la sequía y más escaseaban los animales, más le escuchaba la Tribu. Los jóvenes cazadores ya empezaban a regañar a sus esposas y a excluirlas de los consejos de caza. Aquello había puesto en su lugar a la mayoría de las mujeres.

Algunos seguían ignorándolo como Toro Hambriento. Pero Toro Hambriento aprendería para su dolor. Un ligero escalofrío le recorrió la espalda. Qué suerte que aquel fiero joven decidiera salir de caza. Era un obstáculo menos... por no mencionar la posibilidad de recibir una flecha por la espalda. No había modo de saber cómo habría reaccionado Toro Hambriento ante la Maldición de su esposa. Ahora encontraría al volver un refugio vacío, y todo habría acabado.

¿Y si Raíz de Artemisa oponía resistencia? Castor se rió para sus adentros. Tenía la datura que le había dado el Mercader Tres Cascabeles.

—Es una cosa muy hermosa —le había dicho—. Crece en los lejanos desiertos del sur, al oeste de las altas montañas. Las hojas son de color verde oscuro, y en verano da unas flores blancas que se abren de día. Allí los Soñadores la utilizan en pequeñas dosis. Si tomas demasiada, sientes frío en el alma y puede hacer que veas y oigas cosas.

Castor había echado casi toda en la comida de Raíz de Artemisa, y ella se la había comido. Y lo que quedaba acabaría con ella.

Sintió una ligera punzada en el corazón. Era una lástima acabar así con una mujer tan deseable.

Pero se había interpuesto en su camino, y él reharía a la Tribu como habría deseado su madre, según su imagen de pureza y virtud. Les iría puliendo como hace el artesano con las puntas de flecha. Luego, cuando él los hubiera purificado de la polución, tomarían lo que les negaban los Anit'ah, que reclamaban los ricos territorios de caza en las altas praderas de las Montañas Búfalo.

Su nuevo camino los barrería como el fuego y trazaría un nuevo sendero en las planicias.

Y serían suyas otras mujeres, tan deseables y más obedientes. Podría elegir.

Se puso la camisa y los calzones de piel que había hecho Pino Durmiente.

—¿Madre? —El grito hendió el aire en el exterior.

¿Quién? Ah, sí, ese pequeño cachorro indisciplinado de Raíz de Artemisa. Volvió a gritar y alguien le reprendió. Los gritos del muchacho se hicieron más frenéticos y a Castor le dio un brinco el corazón.

Cuando salió del refugio, el mocoso ya se había callado. Castor vio al maldito Anit'ah que llevaba al muchacho por uno de los caminos, y la ira le oprimió el corazón. Hoy se encargaría del berdache, en cuanto hubiera desaparecido el obstáculo que era Raíz de Artemisa. Durante años había aceptado la irritante presencia de un hombre vestido de mujer. Había instado a los jóvenes a que asaltaran al Anit'ah, explicándoles que con una cosa como Dos Humos la violación estaba permitida.

Pero antes de que el Sol se hundiera en el horizonte occidental, habrían expulsado a Dos Humos, o se lo llevarían con el cráneo aplastado. Esa misma noche la Tribu estaría limpia de corrupción. Era una bendición que el Anit'ah hubiera robado el Fardo del Lobo, porque eso le había dado el arma perfecta para utilizar contra el berdache. Lo único que lamentaba Castor era tener que renunciar a la gloria de quemar aquel maldito objeto mientras Cantaba y Danzaba para maravillar a la Tribu con su poder sobre la magia anit'ah.

No era de extrañar que el búfalo les hubiera abandonado. Su Tribu se había podrido por dentro como un álamo viejo. Ahora había que insuflar en él nuevas fuerzas, como si fuera un árbol joven en la primavera.

Castor fue a aliviar sus necesidades y se detuvo cerca del refugio de Raíz de Artemisa, donde vio un trozo de la almohadilla menstrual que el viento había llevado hasta los arbustos. Los gusanos se agitaban agonizando, dispersos por el polvo.

Castor rió para sus adentros.

Pata Blanca iba en cabeza de los cazadores que bajaban del risco. Le dolía la cadera y respiraba con dificultad. Demasiado deprisa. Su viejo cuerpo ya no podía mantener aquel paso.

Los tres cazadores caminaban sin esfuerzo a paso ligero detrás de ella. Ah, volver a ser joven. En otro tiempo había sido capaz de correr más que el viento, a pesar de sus caderas y músculos de mujer.

—Allí —dijo Cuervo Negro señalando bajo la creciente luz de la mañana—. Allí está el campamento, donde el río corre en línea recta.

Ella lanzó un gruñido y encaminó hacia allí sus pasos, pero no sin antes ver la mirada tensa en el rostro de Toro Hambriento. ¿Lo habría sentido él también?

—Tenemos poco tiempo —gruñó Pata Blanca—. Vamos.

—¿Poco tiempo? —preguntó Toro Hambriento con la preocupación reflejada en su hermoso rostro.

Ella se detuvo un momento.

—Hay algo en el viento. Un espíritu suelto. Lleva ahí ya cuatro días. —Vaciló—. Escuchad, no sé lo que se estará cociendo, pero la visión me llama. Sea lo que fuere, quiero hacerme cargo de ello.

Los hombres miraron a un lado y otro, con su creciente inquietud reflejada en los ojos.

Toro Hambriento sintió el pánico que se expandía por sus entrañas. Ya lo había sentido antes; era la sensación que experimentaba cuando sabía que el búfalo se lanzaría a la carga. Ahora un mal presagio palpitaba en su alma. Cada momento pasaba con la urgencia de la sangre cayendo gota a gota en el suelo. Echó a correr ansioso, pero Pata Blanca le hundió los dedos en la piel para retenerle.

—Ahora no te lances enloquecido como una cría de búfalo en mitad de una tormenta. Esto es Poder del Espíritu, ¿comprendes? Deja que yo me encargue.

Toro Hambriento se humedeció los labios, con el corazón palpitando.

—Tengo que ir. Lo presiento. ¡Tengo que ir!

Ella le miró fijamente a los ojos.

—Quiero que me lo prometas por tu alma. ¡Deja que me encargue yo de esto!

—Por mi alma. —Tragó saliva nervioso—. No me gusta mezclarme con el Poder del Espíritu. No quiero tener nada que ver con él. ¡Pero tenemos que ir!

Ella asintió bruscamente.

—Bueno, pues confía en mí. Me lo has prometido, por tu alma.

Pata Blanca echó a andar de nuevo. Las hierbas secas crujían bajo sus pies como pequeños huesos que se rompieran.

—Espero que no sea demasiado tarde —iba murmurando entre dientes

En ese momento, un grito angustiado le hendió la mente como una flecha. Obligó a sus viejas piernas a ir más deprisa, y se estremeció al sentir una punzada de dolor en la cadera.

Pequeño Danzarín tenía los miembros separados como en un extraño sueño. La mañana habría sido imaginada, irreal, algo que no podía tocar, ni oír, ni oler. Él no formaba parte de la luz del sol ni de la tierra; existía aparte del aire y del alma de la tierra. Hasta los brazos de Dos Humos en torno a él podían haber sido una ilusión de no ser por la presión que sentía en los pulmones. Las lágrimas se habían secado para dar paso a un sordo dolor entre sus costillas. Se había convertido en una mera cáscara vacía, como esas que el berdache pelaba de sus semillas y echaba a volar al viento.

—Tenemos que llevarla de vuelta —murmuró roncamente Dos Humos.

La voz le sonó distante. No sintió que el berdache dejaba caer los brazos. Miraba fijamente la eternidad. Dos Humos levantó del álamo el cadáver de Raíz de Artemisa, apoyándolo sobre la madera para poder cogerlo.

Pequeño Danzarín apenas advirtió el dolor que se reflejaba en el rostro de Dos Humos cuando el peso de su madre cayó sobre su pierna lisiada. El berdache dobló la espalda y reajustó el peso.

Pequeño Danzarín miró el tronco manchado de escarlata. Y detrás de él vio al lobo negro que observaba quieto, con las orejas alzadas. El muchacho sintió en la nuca un cosquilleo de Poder. Miró a la bestia a los ojos y sus almas se entrelazaron.

¡No! ¡No quiero que pase esto! ¡Madre! ¿Dónde estás?

Pequeño Danzarín apartó la vista y siguió a Dos Humos, que gruñía como un martillo sobre un tronco hueco cada vez que su pierna mala aguantaba el peso de la carga. El campamento no estaba a más de tres tiros de flecha, pero Dos Humos llegó tambaleándose.

Cuando soltó a Raíz de Artemisa, Pequeño Danzarín se sintió transido de dolor. El cadáver cayó al suelo con un golpe hueco y rebotó como un animal muerto tirado descuidadamente por un cazador. Dos Humos se desplomó junto a ella mordiéndose el labio y con el rostro contraído en una expresión de dolor por su pierna tullida.

Pequeño Danzarín miraba en silencio el cuerpo de su madre mientras Dos Humos se masajeaba ansiosamente la pierna. Las gotas de sudor atrapaban el sol de la mañana y relumbraban como cristales de hielo por sus mejillas. El berdache tenía el pelo húmedo y pegajoso, y el sudor le pegaba a la espalda la piel de su vestido.

—¡Raíz de Artemisa! ¡Está muerta!

Pequeño Danzarín no reconoció la voz entre las brumas de su mente. Sólo advirtió vagamente que la gente se acercaba corriendo. Dentro de él empezó a crecer una tensión cuando los murmullos penetraron en su mente vacía. Las voces le irritaban. ¿Es que no comprendían? ¿Es que no podían sentir el dolor y la pena?

—¡Así que ha llegado el momento! ¿Alguno de vosotros duda ahora de mí? —Castor se abrió paso entre los presentes hasta llegar al cuerpo de Raíz de Artemisa. El Soñador del Espíritu levantó los brazos hacia el cielo y su cara de luna enrojeció iluminada por el triunfo—. Que nadie dude del Poder de mis Sueños. ¡Mirad! ¡Mirad ante vosotros y ved la limpieza de la corrupción! Mirad al cielo y ved cómo el Antílope de las Alturas se regocija de que se haya hecho justicia con esta mujer que profanó a sus hijos.

Pequeño Danzarín miró fijamente al cielo, donde Castor señalaba, pero no vio más que vacío. Sentía como un puño que le estrujara el estómago; el mal impregnaba el aire. Él había oído a los antílopes y recordaba su Unidad en el Sueño. Había compartido el gusto de la artemisa en sus bocas. Había retozado con ellos y había sentido su preocupación. Ahora no sentía nada. Cuando miró a Castor no vio nada. No sintió más que inquietud y la extraña sensación de ser engañado.

—¡Mentiroso! —gritó en su dolor—. Tú no ves nada más que lo que tienes en la cabeza. Tú no conoces la Unidad. No puedes sentir el Poder. Eres un farsante, un ladrón.

El estupor de la Tribu fue un soplo en la chispa de ira que le ardía en el pecho queriendo atacar, pagar daño con daño y terror con terror.

Castor se volvió con los ojos relumbrantes y dijo:

—De ahora en adelante, niño, vivirás conmigo. Has sido manchado con la polución, lo veo en tu alma. Dentro de ti vive el mal. Y el mal hay que combatirlo, hay que quemarlo y sacarlo de ti si quieres salvar tu alma de la brujería anit'ah.

—¡No! —gritó Dos Humos levantándose lentamente con el rostro atormentado y cubierto de sudor. Echó a andar, estremeciéndose de dolor, hasta estar cara a cara frente al Soñador del Espíritu. Castor se volvió y le tiró al suelo de una patada.

—¡Y tú, Anit'ah! Tú eres peor contaminación que nadie. ¡Eres un monstruo! ¡Una ofensa para todo lo normal del mundo! ¡Un hombre que ama a otros hombres y se viste como una mujer! ¡Eres una pústula maligna! Y desde este momento te expulso. ¡Vete! ¡Vete de la Tribu ahora mismo! Y si vuelves alguna vez, recibirás la muerte purificadora que mereces.

Dos Humos agitó la cabeza y volvió a levantarse sobre su pierna sana.

—No, tú no comprendes el...

Castor le dio una patada en la pierta tullida y Dos Humos lanzó un grito que estremeció el alma de Pequeño Danzarín con la intensidad del sufrimiento que reflejaba.

El muchacho perdió la cabeza bajo una oleada de odio. Se lanzó contra Castor arañándole, chillando y pateando, con la ira desatada en su pequeño cuerpo.

El chillido asustado que salió de los labios de Dos Humos era por él, aunque el dolor y la pena inundaban sus gritos de ira y desesperación. La fuerte mano de Castor cogió al muchacho de la ropa y lo levantó mientras él golpeaba un cuerpo invulnerable. Castor le tiró al suelo. El mundo daba vueltas.

Cuando rebotó en el suelo, el cerebro se le llenó de luces y se quedó sin aliento. Un palpitante dolor físico le traspasó los nervios. El miedo estrangulaba sus pulmones frenéticos mientras pequeñas chispas danzaban ante sus ojos y un zumbido le llegaba a los oídos.

Dos Humos volvió a gritar como un conejo herido atravesado por una lanza.

—¿Veis? ¿Veis lo que ha hecho su corrupción? ¿Veis cómo ha convertido a este pobre muchacho en un animal? ¡Éste es el mal que nos hemos buscado! Hemos permitido que el mal habite entre nosotros. ¿Y preguntáis por qué no cae la lluvia? ¿Por qué no crece la hierba para el búfalo? ¿Cómo iba ningún Espíritu a mandarle gamo a una gente que permite una ofensa así?

Un murmullo de asentimiento se alzó de la Tribu.

—¡Yo te Maldigo, Castor! —la voz rota de Cerezo Silvestre hendió el aire—. ¿Es que no has hecho ya bastante? Ahora vas a añadir la tortura a...

—¡Silencio, vieja! ¡Tú eres parte de esto! Que alguien se la lleve. Lleváosla antes de que irrite al Poder del Espíritu.

Cerezo Silvestre lanzó un grito.

Pequeño Danzarín sintió que el aire entraba en sus pulmones paralizados. Las lágrimas le nublaban la vista. Sollozó de dolor, impotencia y pena. Le salía sangre de la nariz. Le dolía todo el cuerpo del golpe recibido.

—¿Así que aún no te has marchado, berdache? —La voz de Castor penetró en la mente del muchacho como aceite que empapa el cuero seco—. Entonces has hecho tu elección. Aquí termina tu perversidad. Que alguien me traiga un mazo. Hoy cantaremos todos el fin de la polución. Juntos Danzaremos para expulsar la contaminación del berdache. Cantaremos a los Poderes del Espíritu para que vean cómo limpiamos la Tribu. Luego vendrá la lluvia y volverá el búfalo.

—¿Limpiar a la Tribu con mi sangre? —gritó Dos Humos—. ¿Con un asesinato?

A Pequeño Danzarín se le paralizó el corazón. Se tragó los sollozos y se secó las lágrimas con la manga. Castor se inclinó sobre Dos Humos, con la cara roja de excitación. El berdache se encogió en el suelo, moviendo la cabeza incrédulo, y alzó las manos en gesto implorante.

Pequeño Danzarín echó a andar hasta llegar a su refugio, pero las viejas cosas familiares no proporcionaron ningún alivio a su dolor.

Fuego en la Noche se abrió paso entre la multitud, lanzando vítores y sonriendo. En la mano derecha ondeaba un mazo como si fuera un trofeo. El pesado martillo era una piedra en torno a la cual había una rama verde de sauce doblada que hacía las veces de mango, todo ello envuelto en cuero cosido y encogido para mantener bien juntas las piezas.

Dos Humos se echó a temblar, mirando horrorizado el martillo que Fuego en la Noche entregaba a Castor.

—No —musitó—. No lo hagáis.

Castor levantó el martillo, ofreciéndolo al cielo.

—Hoy, Sabio de las Alturas, nos purificaremos para ser dignos de tu verdad. ¡Mira este acto de humildad! Contempla cómo la Tribu vuelve de nuevo el rostro hacia ti y tu camino de luz. Padre Sol, mira cómo limpiamos esta suciedad de entre nosotros.

Dos Humos tragó saliva, intentando descubrir el modo de escapar. La gente le rodeaba con los ojos brillantes.

Pequeño Danzarín soltó un gemido y miró en torno a él presa del pánico. No vio más que las pieles, el hogar ya frío y el espacio vacío en el que en otro tiempo había estado el Fardo del Lobo. Y a un lado yacía la piel de la colección de hierbas de Dos Humos y...

—¡Yo os invoco, Espíritus de las Alturas! ¡Os invoco a que contempléis!

—¡No! —gritó Dos Humos retrocediento a rastras mientras Castor se lanzaba a la carga con el martillo en alto y el rostro descompuesto en una mueca de ira vengativa.

Pequeño Danzarín tendió la mano y aferró la madera. Se dio la vuelta, gritando de miedo, y echó a correr en un último y desesperado intento.

Alguien lanzó un chillido de advertencia. Castor se detuvo y se quedó mirando con ojos muy abiertos. Saltó rápidamente hacia atrás y se cayó justo cuando Pequeño Danzarín le clavaba la flecha de Sangre de Oso.

El grito le salvó de una herida grave. Castor se apartó por instinto mientras se caía, y en lugar de penetrar en su vientre la flecha se clavó en su camisa de cuero, desgarrándola.

—¡Cogedle! ¡Quiere matarme! —gritó Castor rodando a un lado. La flecha atascada entre sus ropas escapó de las manos del muchacho, tirándole al suelo.

Fuego en la Noche se abalanzó y le cogió chillando de ira. Pequeño Danzarín no dejaba de darle patadas en la espinilla, y finalmente le lanzó un puñetazo a la cara.

Fuego en la Noche le abofeteó, y luego le lanzó un puñetazo al vientre. Pequeño Danzarín gimió y se dio por vencido.

Castor suspiró aliviado. Estaba vivo. Se incorporó lentamente, intentando que no le temblaran las piernas. Con el corazón palpitante, se levantó la camisa para verse la herida.

Tenía un largo tajo que sangraba profusamente entre las costillas. Su miedo dio paso a una terrible furia.

—¡Eres malvado, muchacho! Has intentado matar a uno de la Tribu. Ahora ya no puedo salvarte. La corrupción del maldito Poder de los Anit'ah es demasiado profunda. —Y diciendo esto abofeteó con fuerza al sollozante muchacho.

El grito que éste lanzó le caldeó las entrañas. Volvió a golpear al chico una y otra vez, contento al ver las marcas que le iba dejando.

—Agarradle. Lanzapiedras, cógele el otro brazo. Hay en él demasiadas influencias del berdache. Su alma está demasiado sucia para poder salvarse. Hoy vamos a limpiar a la Tribu, a toda la Tribu. *Y nadie dudará de mi Poder.*

—¡Por el Primer Hombre! —chilló Dos Humos—. ¡No puedes matarle! ¡No es más que un niño!

—Madera Erguida, si la basura Anit'ah vuelve a hablar, mátale. —Castor miró al berdache con una sonrisa—. No te preocupes, tu alma seguirá de cerca a la de Pequeño Danzarín. Hablo en serio: hoy voy a limpiar a la Tribu, por mucha sangre que tenga que derramar.

Dos Humos cerró con fuerza los ojos cuando Madera Erguida se puso sobre él.

Castor cogió el martillo y lo sopesó. La gente miraba horrorizada. Algunos se tapaban la boca, otros los ojos. Nadie decía nada. Nadie se adelantó a detenerle. Nadie desafiaba su autoridad.

Pequeño Danzarín gimió cuando los otros dos muchachos le tiraron de los brazos. Castor, borracho de victoria, miró los ojos aterrorizados del pequeño y alzó el martillo, apuntando al cráneo del muchacho.

A Toro Hambriento le temblaba el corazón. Hacía años que no sentía un miedo así. Miró ansiosamente a Pata Blanca que iba en cabeza.

De los álamos se alzaba un humo azul, como en cualquier campamento. Luego una bandada de cuervos levantó el vuelo desde el altozano que dominaba el campamento. A Toro Hambriento se le retorcieron las entrañas. Alguien había muerto. No era de extrañar que sintiera la catástrofe cernirse sobre él, lista para caer sobre su paz y felicidad. Bueno, dentro de unos momentos estaría en los brazos de Raíz de Artemisa, oyendo lo sucedido.

Sintió el calor de la expectación. En cuanto estuviera en casa, todo habría pasado. Se retiraría a su refugio y dejaría que Pata Blanca y Castor se ocuparan del Poder del Espíritu y de las visiones.

En su mente danzaba la imagen de los ojos felices de Raíz de Artemisa. Ella le calmaría sus absurdas preocupaciones. Ya imaginaba la sensación de sus cálidos brazos en torno a él; sentía su cuerpo y sus risas. Con sus largos dedos se apartaría de los ojos los brillantes cabellos negros y le sonreiría llena de alegría. Le hervía el alma cuando ella le sonreía así. Todo su amor se reflejaba en la dulzura de sus ojos y la expectación de sus labios.

Puede que esta vez se quedara en casa algún tiempo. Que se fueran a cazar Cuervo Negro, Tres Dedos y El que Viaja. Además, el joven Fuego en la Noche y Lanzapiedras ya eran bastante mayores para salir de caza.

Pata Blanca entró entre los árboles con las piernas débiles. ¿Podría llegar? Parecía al borde del colapso. Una anciana no debería hacer tales esfuerzos. No era de extrañar que estuviera tan nervioso. Si una Soñadora del Espíritu como Pata Blanca moría junto a él, sólo el Sabio de las Alturas sabía las consecuencias.

«No me gusta el Poder del Espíritu —se dijo—. Y juro que después de esto no me volveré a mezclar con él.»

Pero eso ya lo había jurado en otras ocasiones, y al final siempre se había metido en problemas. La de historias que tendría para contarles a Raíz de Artemisa y Pequeño Danzarín...

Se oyó un grito, y la ansiedad rebrotó en el corazón de Toro Hambriento. Aquello no podía ser más que un hombre sufriendo. Más gritos atormentaron el aire mientras ellos se apresuraban apremiando a Pata Blanca.

Irrumpieron en el campamento y vieron una muchedumbre agrupada ante el refugio de Castor.

Castor estaba en el centro, con el costado ensangrantado. Fuego en la Noche y Lanzapiedras sostenían por los brazos a un muchacho, tirando de él hasta levantarle del suelo en una postura que debía ser muy dolorosa. Madera Erguida estaba sobre Dos Humos y le daba patadas en la pierna tullida cada vez que el berdache intentaba tender la mano hacia el muchacho que...

—¡Pequeño Danzarín! —El grito salió de la boca de Toro Hambriento en el momento que Castor levantaba el martillo sobre su cabeza.

Pequeño Danzarín chilló de miedo cuando el chamán se acercó. Fuego en la Noche y Lanzapiedras miraban fijamente el martillo.

—¡No! —gritó Toro Hambriento.

—¡Ya basta! —exclamó Pata Blanca agarrando a Toro Hambriento con una mano.

La gente se volvió. Castor se detuvo con el martillo en alto, miró a Toro Hambriento y se quedó paralizado.

Toro Hambriento se debatía, fuertemente agarrado por la anciana.

—Deja que yo me encargue de esto —siseó ella, mirándole fijamente con los ojos llameando de Poder.

¿Raíz de Artemisa? ¿Dónde estaba Raíz de Artemisa?

—Lo has prometido por tu alma, cazador. No rompas ahora tu promesa. Tres Dedos, Cuervo Negro, que no cometa ninguna estupidez.

Y tras decir esto, se apresuró jadeando con el esfuerzo. Toro Hambriento la siguió con los músculos tensos de miedo.

—¡Soltad a ese niño! —su anciana voz chasqueó como un látigo de cuero de búfalo.

—¡Pata Blanca! —exclamó Dos Humos.

—¿Pata Blanca? —dijo Castor inseguro, con el martillo todavía en alto—. ¡La bruja!

—¡Soltad a ese niño!

Fuego en la Noche tragó saliva y dejó a Pequeño Danzarín. Lanzapiedras aguantó un momento más antes de soltarlo también. Pequeño Danzarín salió corriendo y gritando, se arrojó en brazos de Toro Hambriento y estalló en incontrolables sollozos. Toro Hambriento le abrazó, sintiendo la frenética necesidad de su hijo, y le susurró para tranquilizarle.

Dos Humos se apartó de Madera Erguida, arrastrándose con las manos.

—¿Quién eres? —preguntó Castor—. ¿Qué nueva corrupción eres? ¿Por qué estás aquí?

Ella se volvió y le miró a la cara mientras la gente observaba conmocionada.

—Bueno. —Pata Blanca movió la cabeza intentando recuperar el aliento—. ¿Así que tan bajo ha caído la Tribu?

—¿Quién eres, bruja? —preguntó Castor mientras se acercaba a ella, blandiendo el martillo en gesto amenazador.

—Si fueras un Soñador lo sabrías, muchacho. —Le miró a los ojos, dejándole clavado en el sitio—. Pero no lo eres, ¿verdad? ¿No has oído la llamada del niño? —Indicó con la cabeza a Pequeño Danzarín—. ¿No has oído sus Sueños? No sabías a lo que te enfrentabas, ¿verdad? ¿Qué pasa? ¿Atormentas todo aquello que no comprendes? —Y dirigiéndose a todos, gritó—: ¿Es eso? ¿Habéis perdido tantas cosas que ya no sabéis ver el Poder?

Todos contenían el aliento.

Pata Blanca escupió con desprecio.

—¡Fuera! —gritó Castor avanzando de nuevo—. ¡Declaro que eres una contaminación! ¡Saca de aquí tu suciedad!

Pata Blanca se inclinó para quitarse el hatillo y luego alzó las manos.

—¿O qué? ¿Me Maldecirás?

—¡Te Maldigo ahora, bruja! El cuarto día tu cuerpo estará...

—¡Cierra el pico! Tú no reconocerías una Maldición aunque levantara la cabeza del suelo y te mordiera el culo. ¿Dónde está la madre del muchacho?

La gente empezó a retroceder, dejando a la vista un espacio en el que yacía una joven en el suelo ante un sucio refugio.

—¡Oh... no! —Toro Hambriento miró con los ojos muy abiertos, estrechando a Pequeño Danzarín contra su pecho. Lo sabía. De pronto todo quedó claro. Su alma lloraba y gritaba.

El mundo se nubló. Toro Hambriento se lanzó, alzando los puños. Las lágrimas nublaban la palidez de la joven y de la tierra manchada de rojo bajo sus muñecas abiertas.

Alzó la cara al sol y pestañeó lleno de dolor.

—¿Por qué? ¿Cómo? ¿Quién ha hecho esto?

Pata Blanca apenas se movió cuando Toro Hambriento pasó junto a ella.

—Creo que ahora necesita vuestra ayuda —les dijo a los dos cazadores.

Cuervo Negro y Tres Dedos se precipitaron tras él. Nadie se movía.

—¡Yo te Maldigo! —repitió Castor—. Por el sol de las alturas, declaro que eres corrupta y maligna.

—Tú no declaras nada. —Pata Blanca ladeó la cabeza—. ¿Así que has matado a Raíz de Artemisa?

—¡La obligó a hacerlo! —exclamó Dos Humos con voz rota—. Igual que a Gama Danzarina. Profanó el Fardo del Lobo, lo tiró al suelo y lo despreció. Ha desaparecido.

Pata Blanca contuvo el aliento y se llevó un puño al pecho.

—Oh, Sagrado Sabio de las Alturas. —Movió la cabeza con la boca abierta mirando los ojos triunfantes de Castor—. ¿Sabes lo que has hecho?

—¡He limpiado la Tribu!

—¡Ignorante, estúpido, idiota! —Le apuntó con un dedo—. ¡El Fardo del Lobo! ¡Ese fardo sagrado es el legado del Primer Hombre!

La gente se iba dispersando horrorizada.

Castor abrió la boca vacilante y luego la cerró, frunciendo el ceño.

—Sácame de aquí, Pata Blanca —dijo Dos Humos, que seguía en el suelo—. Están todos corrompidos. Tú me trajiste aquí. Llévame. Ya no puedo hacer nada por ellos.

Ella le tendió la mano, mirando cautelosa a Castor y su martillo.

—¿Puedes levantarte?

—¡Vil polución! —rugió Castor, recuperando su valor—. ¡Llévatelo! Marchaos de aquí todos. ¡Fuera!

Pata Blanca ayudó a Dos Humos a ponerse en pie, sintiendo que le crujían todas las vértebras, y cuando Dos Humos se apoyó en ella le temblaron los músculos.

—Desde luego que nos vamos —dijo la anciana—. Teniendo en cuenta lo que has provocado, no me quedaría ni a cinco días de distancia a la redonda en este campamento.

—Tú eres la causa de que la Tribu haya llegado a esto. Tú y los de tu clase. Vosotros sois los culpables. Habéis ofendido al Mundo Espíritu, habéis hecho que los Espíritus de las Alturas le den la espalda a la Tribu. ¿Cómo puedes permanecer aquí delante de seres humanos decentes, rodeando con el brazo una corrupción tan funesta como Dos Humos? —Castor se bamboleaba en uno y otro pie.

—Tú has trazado tu camino, Castor. A ver adónde te lleva.

Dos Humos se puso tenso, conteniendo el aliento.

—¡No! —exclamó Pata Blanca.

Toro Hambriento había ajustado una flecha en su atlatl y miraba con ojos vidriosos. Castor se volvió, y al verle retrocedió horrorizado.

—¡No, Toro Hambriento! —dijo Pata Blanca—. ¡Su hora no ha llegado! ¡Maldita sea, Toro! ¡Hiciste una promesa por tu alma! No lo hagas o descargaré un Poder del que no te podrás ocultar.

—Toro Hambriento —dijo suavemente Tres Dedos acercándose nervioso a su amigo—. Confía en ella. Lo prometimos. Pata Blanca sabe lo que hace.

—Estás Maldito —le espetó Castor con furia, mirando muy pálido la promesa de muerte en los ojos de Toro Hambriento.

Graciosa lanzó un grito y se llevó la mano a la boca, mirando horrorizada a su esposo, Cuervo Negro. Triguero se había precipitado en los brazos de Tres Dedos con los ojos llenos de miedo.

Pata Blanca miró tristemente al Soñador del Espíritu.

—La única persona a la que has maldecido es a ti mismo, idiota, y a los que te siguen. Has profanado el Fardo de Soñador de Lobo. Piénsalo un momento.

—No es más que un viejo mito —insisitió Castor—. Lo sé. He Soñado un nuevo camino.

—Mató a Gama Danzarina y a Raíz de Artemisa —dijo alguien.

Por todas partes se alzaron murmullos de confusión.

Pata Blanca, que ayudaba a caminar a Dos Humos, miró de pronto a Toro Hambriento a los ojos.

—Déjalo, cazador. Veo tu ira y siento tu dolor. Pero esto no está en tus manos.

La mirada de Toro Hambriento se agudizó.

—Hablo en serio. Nunca has querido mezclarte con el Poder del Espíritu. No lo hagas ahora. No estás aún preparado. Castor ha hecho su elección, y ha de tratar con Poderes que no comprende. El Poder se cuida de sí mismo. Es un asunto en el que no debes mezclarte.

Toro Hambriento vaciló. Sus ojos de obsidiana reflejaban su lucha interior. Sentía en su interior unos tremendos deseos de matar, de vengarse.

Cerezo se acercó renqueando desde uno de los refugios y se sobresaltó al advertir la presencia de Pata Blanca. Sus hombros dejaron de moverse, como si finalmente se hubiera quedado sin fuerzas.

—Gracias al Sabio.

—Cuervo Negro, Tres Dedos, aún no he terminado con vosotros —les dijo Pata Blanca a los dos cazadores de rostro sombrío—. Llevaos a Raíz de Artemisa al risco para que pueda Cantar por su alma, que esta noche se elevará a la Red de Estrellas. Ninguno de vosotros tenéis ya nada aquí. Ayudad a Toro Hambriento a guardar sus cosas, y luego haced vuestro equipaje. No creo que queráis quedaros aquí. —Sonrió con ironía—. Estáis demasiado contaminados con el Poder de Castor y todas sus bravatas.

Se dio la vuelta y gritó:

—¡Pequeño Danzarín! Ven, tú y yo tenemos mucho de que hablar.

El muchacho la miró con los ojos muy abiertos, perdido y temeroso, y vaciló. Cerezo Silvestre fue junto a él y le cogió firmemente de la mano.

—Vamos, muchacho. Ella sólo aparece de vez en cuando, y siempre pasan cosas buenas.

Pata Blanca levantó una ceja. ¿Cosas buenas? Su hermana había cambiado de talante a través de los años, porque Cerezo Silvestre no sentía los temblores ni el fluir del Poder. Notó un escalofrío en la espalda.

El Poder se movía por la tierra; se habían desatado fuerzas que ni Pata Blanca comprendía. En el fondo de su mente se abría un abismo, y de las profundidades se alzaban brumosos vapores. Aquel día no pasaría nada bueno.

Tanagra estaba sentada en las rocas, mirando la vasta cuenca del Río Luna. El Río Lodo serpenteaba al norte, hacia el Río Búfalo, que a su vez iba al encuentro del Gran Río. Pero sus ojos volvían una y otra vez al Río Luna, que no era más que una sombra en la distancia.

Había sido un reto subir hasta aquella cima rocosa. Sólo un hombre que necesitara probar su valor intentaría aquella escalada. Pero una necesidad interna, algo que ella no podía definir, la había llevado hasta aquella cumbre, un lugar más propio de águilas y rayos. Apenas encontró sitios para agarrarse y había tenido que poner a prueba su equilibrio y su agilidad, pero lo había conseguido. Cuando llegó a la cima encontró un hueso seco que lanzó al vacío para ver cómo se estrellaba contra las rocas, muy abajo.

El viento jugaba con su pelo, y las fuertes ráfagas intentaban lanzarla a las profundidades. Aquello aumentaba la sensación de que era muy fácil caer.

Miró las planicies estudiando cada cambio de color hasta que su vista se perdió en la distancia.

Allí vivía la Tribu de Pequeño Búfalo. Aquella estación no habían realizado ningún ataque, ¿pero por qué se sentía tan inquieta? Sentía dentro un mal presagio que le hacía temblar el alma.

Tanagra empezó a descender al advertir un movimiento en la cima que tenía delante. Allí estaba el lobo, separado de ella por una grieta en la roca. Se quedaron mirándose un largo rato. Luego, el oscuro cazador de ojos amarillos desapareció como una sombra, dejando tras de sí una sensación de promesa.

LIBRO SEGUNDO

LA FORJA DE LA JUVENTUD

El Fardo del Lobo se quejaba en la trémula niebla de la Espiral.

—Ya ha pasado el número sagrado de estaciones, ¿y qué ha cambiado? He ayudado a que vuelvan las lluvias. El búfalo pare con más regularidad. Y gracias a mi ayuda, cada vez veo a Castor más fuerte. Su autoridad está consolidada. La Tribu sigue sus pautas y sus nuevos modos de vida.

»Mientras, entre los Mano Roja, Sangre de Oso demuestra ser igual de estúpido. Todos dicen que soy el símbolo de su autoridad. Pero sus hechos, y no sus palabras, traslucen su desprecio. Dentro de su refugio se burla de mí. Mi Poder disminuye. ¿Eso es lo que te propones, matarme?

La profunda voz de Soñador del Lobo estremeció las Espirales.

—Mi propósito es el muchacho.

—Tengo ganas de que Sangre de Oso pague sus actos.

—Ten paciencia. El muchacho crece.

—Igual que la autoridad de Castor. Está cambiando las Espirales. Mucha gente le cree. Al final no podremos derrotar una idea —le advirtió el Fardo del Lobo.

—Hay un camino. Recuerda el trípode. Sin otra pierna, caeremos al suelo.

11

El mundo se había desvanecido en una bruma gris detrás del pequeño grupo. Todo era gris, como sus corazones. ¿Adónde podían ir si el mundo se había vuelto loco?

El suelo y la arenisca crujían bajo los débiles pasos de sus mocasines. El silencio caía pesado sobre la tierra, y sólo un débil suspiro se alzaba de la vegetación de los cañones. En su ascensión les acompañaban los ruidos de su paso: el raspar del cuero sobre la piedra o los arbustos, el apagado gruñido de las pieles, y el soplo de su respiración. Una fría humedad impregnaba el aire, pegándose a su piel.

Tres Dedos alzó la vista y vio nervioso cómo las nubes se congregaban en torno a la tribu que había abandonado. Unos pocos pinos doblados por el viento y aferrados a la roca rojiza con sus nudosas raíces se retorcían en los huesos de la Madre Tierra. ¿Cuán arriba estaban? Desde allí debería verse toda la cuenca, el Río Luna al sur y el Río Lodo al norte, pero la sombra gris de las nubes lo ocultaba todo, queriendo nublar incluso los recuerdos dolorosos e hirientes.

Cuervo Negro y él ya no tenían vuelta atrás, no había forma de volver a la Tribu. Serían exiliados desde ahora y para siempre. Ya no les quedaba nada en el campamento de la Tribu. Iban ascendiendo en una fila irregular, y sus figuras se perfilaban en la niebla. Eran gente sin lugar ni contexto, viajeros entre las nubes.

Graciosa jadeaba detrás de él y hablaba suavemente a su hijo.

¿Y si no encuentro el campamento de Pata Blanca? ¿Y si nos topamos con una partida de guerra Anit'ah? ¿Y si Toro Hambriento está muerto? ¿Qué podríamos hacer entonces?

Siguió caminando por el irregular camino de gamo que bordeaba la cima del risco. En el suelo arenoso se veían huellas de carneros, ciervos y algunos alces. El aire húmedo y frío le acariciaba las mejillas calientes. La masa de nubes bajas hacían el mundo irreal, una bendición y una maldición. La humedad gris escondía su paso de los ojos anit'ah y al mismo tiempo oscurecía las señales de las que con tanto detalle le había hablado Pata Blanca desde que abandonaran el grupo de Castor, cuatro años atrás.

¿Cuatro años? El número sagrado, el número del Primer Hombre, de las direcciones y del Sabio de las Alturas. Muchas cosas habían cambiado en cuatro años. ¿Quién podía haberlo imaginado?

Una sombra se movió entre la niebla delante de Tres Dedos y le volvió al presente. Instintivamente aferró con más fuerza el atlatl, con la flecha en la mano. Miró más allá de las borrosas siluetas de las coníferas y se agachó ligeramente.

El débil fantasma de la brisa jugaba con la niebla gris. La sombra tomó la forma larguirucha de Cuervo Negro.

—¿Has visto algo? —preguntó Tres Dedos con voz queda, no queriendo romper el fantasmagórico silencio.

Cuervo Negro se encogió de hombros y olfateó el aire frío.

—No, a menos que te interese saber cómo es el interior de una nube.

—Es algo así, ¿no? —Ondeó los brazos.

—Más o menos. —Cuervo Negro movió la cabeza—. No sé cómo vamos a encontrarlos ahí arriba. Podríamos tardar semanas.

—Si antes no nos damos de narices con un campamento anit'ah.

—Exacto. Después de las incursiones que realizó Castor en sus campamentos el año pasado, no creo que nos reciban con una sonrisa.

Tres Dedos asintió mientras oía suspiros de alivio detrás de él. Triguero, su esposa, se agachó para ayudar a su hija más pequeña que tenía algún problema. Graciosa se había dejado caer en una piedra y miraba ansiosamente a su esposo. El hijo mayor de Cuervo Negro se alzó el taparrabos para orinar.

—Nada de lo que hace Castor nos trae ningún bien. Los ataques contra los anit'ah se volverán contra nosotros igual que los gansos a través de las estaciones.

Tres Dedos sintió un escalofrío en la espalda y sonrió sin alegría.

—Empiezo a dudar de que esto haya sido una buena idea.

Cuervo Negro miraba el oscuro camino que acababan de recorrer, con las manos en las caderas y agitándose inquieto sobre sus pies cansados.

—¿Qué otra elección teníamos? Los Pelo Cortado no querían saber nada de nosotros. Vayamos a donde vayamos, siempre invadimos el territorio de caza de algún otro, y la gente está furiosa y hambrienta. No son buenos tiempos para los intrusos.

—Y los anit'ah nos odian más que nadie —dijo Tres Dedos. Deseaba recordar las palabras que había pronunciado en el consejo meses atrás. Sin embargo, las palabras se esfumaban como el viento. Toda la Tribu se había vuelto loca. El poder de Castor siguió creciendo y uniendo a los grupos dispersos. Dos Piedras, Silbo de Alce, Pie Blanco, todos se habían unido a Castor y danzaban su nueva Danza de la Renovación. Y cuando Siete Soles decidió unirse también a ellos, Tres Dedos se levantó atrayendo sobre sí todas las miradas.

—Me niego a formar parte de esto. Si te vas al campamento de Castor, mi esposa y yo seremos Maldecidos. Conozco a Castor; crecí con él y conozco su odio. Prefiero marcharme de la Tribu antes que compartir un campamento con Castor.

La mayoría estuvo en contra de él.

—Recuerda, siempre podéis venir a mi campamento. Yo os protegeré y alimentaré. —Las palabras de Pata Blanca le resonaban en la cabeza igual que el día en que se habían separado, cuatro años atrás—. *Seguid el Río Limpio hacia el oeste a través del muro rojo de piedra y tomad el Camino del Espíritu de la montaña. Quedaos al sur del cañón y encontraréis un sendero. Lo reconoceréis por los montones de piedras. Seguidlo hasta la cima del risco y encontraréis mi campamento en el valle que hay al otro lado. Allí estaréis a salvo.*

Tres Dedos se mordió el labio. ¿A salvo? Había puesto en juego su vida, la de su familia y la de sus amigos por aquella promesa. ¿Pero cómo iban a encontrar el camino correcto con aquella niebla? Allí, en la tierra de los anit'ah, las nubes se agarraban a las cumbres ocultándolo todo.

Comenzó a caer la lluvia.

—Empieza a hacer frío.

Tres Dedos gruñó.

—Siempre hemos querido lluvia, y ahora la tenemos.

—El mundo se ha vuelto loco. Tal vez el Sabio de las Alturas está cansado de los hombres. —Cuervo Negro levantó sus hombros huesudos y se frotó la barriga—. Tal vez se acerca el fin del mundo, como dice Castor.

Tres Dedos escudriñó la sombría niebla con ojos ansiosos.

—Espero que lo digas en broma.

El fuego invadía el mundo, bramando como un trueno hermanado con el viento. Las rugientes llamas rojas y amarillas mordían furiosas a Pequeño Danzarín. El fuego le devoraba, crujiendo y crepitando. Él pestañeó bajo el doloroso calor, intentando levantar los brazos en un esfuerzo por protegerse el rostro de las quemaduras.

El fuego se burlaba de él. Los muros de llamas se agitaban como represalia en una espeluznante danza. Pequeño Danzarín intentó darse la vuelta, pero las llamas seguían todos sus movimientos, rugiendo y siseando. Se quedó sin aliento. Si intentara respirar, el fuego entraría en sus pulmones y le consumiría el alma.

Somos Uno. —Las palabras se formaron en el atronador rugir de las llamas—. *Todo el mundo es Uno. Todos somos un Sueño. Quédate conmigo... Danza conmigo. Somos Uno... Uno...*

Pequeño Danzarín cerró con fuerza los ojos y negó agitando la cabeza. Las lágrimas asomaron a sus ojos y le surcaron las mejillas, siseando y estallando en vapor.

—¡No! —gritó—. ¡No!

Los pulmones le ardían como el infierno del exterior.

Libérate, muchacho. Danza conmigo. Sé uno conmigo. Olvida tu miedo y confía en ti mismo.

Las llamas le rodearon como un torbellino imposible. Cuando los vientos le elevaron, su carne siseó como la grasa sobre las ascuas al rojo.

Chilló de miedo y se despertó de golpe, con el corazón martilleándole las costillas.

—Eh, ¿estás bien? —Dos Humos saltó de su lecho pestañeando ciegamente.

—Es sólo un Sueño. —Pequeño Danzarín intentó recuperar el aliento y hundió los dedos en el lecho. El contacto con la piel cálida y la seguridad de la tierra fresca le tranquilizaron.

—¿Qué has Soñado? —preguntó Pata Blanca.

Pequeño Danzarín se mordió los labios y bajó la vista.

—Nada. Era sólo un sueño. Nada.

—¿Qué pasa, muchacho?

Pequeño Danzarín advirtió el escepticismo de su voz. Ella le miró, sin dejarle un momento de paz.

—Era sólo un sueño. —Se levantó tirando a un lado la piel de cabra montesa bellamente curtida. Tragó saliva, con la boca seca, asustado por el sudor que le empapaba las ropas.

—¿Un Sueño sobre el fuego?

¿Cómo lo sabía?

—No. Soñaba con mi madre. —Utilizó la vieja excusa porque no tenía otro modo de resistirse a las constantes preguntas de la anciana.

El espacioso refugio de piedra era una gran cavidad que había hecho el agua en la falda de la colina en un pasado lejano. La pared trasera era curva y estaba llena de huecos y escondrijos que albergaban las medicinas y los fardos de Poder de Pata Blanca. Había una espiral tallada y pintada en la pared encima de donde dormía Pata Blanca. De las estacas clavadas en la piedra colgaban fardos llenos de bayas y de carne seca. En el techo, el hollín formaba una espesa cubierta aterciopelada que redondeaba los ángulos de la roca.

A medio cuerpo de distancia de la pared trasera, a salvo de los roedores, había agujeros de almacenamiento excavados en el suelo, y los paquetes estaban rodeados de piedras bien encajadas para esconderlos de los insectos, ardillas y otros roedores. Los fardos estaban llenos de frutos secos, escaramujos, yampa, bálsamo, raíces y bulbos, y se hallaban cubiertos por una gran losa. Al fondo del refugio había pieles curtidas, un par de palos tallados de excavar y un juego de cuencos de cuerno, todo ello cuidadosamente ordenado. El muro exterior consistía en una serie de postes verticales apoyados contra el techo, a los que se había atado una piel para impedir el paso del frío de la tarde y contener la fuerza del viento. En la roca había bastantes agujeros para que el humo se filtrara por el techo. En el suelo había dos agujeros a modo de hogar. Uno consistía en un hondo agujero para cocinar; el otro era un cuenco poco profundo lleno de piedras para irradiar calor. Cada uno de los fuegos tenía una losa de piedra como reflector.

En conjunto, el refugio de piedra era un hogar confortable. A diferencia de los refugios de piel en los que había vivido de pequeño, éste era más cálido y durante la noche irradiaba el calor que había absorbido durante el día. En verano era fresco. El refugio habría sido perfecto de no ser por la constante e irritante presencia de Pata Blanca. Aquel lugar era suyo, y ella lo dominaba en todos los aspectos. Pequeño Danzarín no podía evitar preguntarse si su alma no habría penetrado en la misma roca junto con el hollín de los fuegos. Se volvió para mirar sus ojos ardientes. Ella se había ido encogiendo durante los dos últimos años. Ahora su pelo relumbraba a la luz del fuego, tan blanco como la nieve del invierno. Su rostro había quedado convertido en una arrugada caricatura, y la piel del cuello le colgaba como el moco de un pavo escuálido. Su aspecto era tan frágil que parecía que un simple estornudo podría romperla como una rama doblada por el viento. Al menos eso podía pensarse hasta que se veía el brillante desafío de sus apasionados ojos, que ahora atrapaban la luz ambarina de los fuegos y relumbraban de Poder, atravesando a Pequeño Danzarín como si no fuera más que el humo de la mañana. El muchacho sintió en las entrañas el familiar hormigueo de un presentimiento.

—No puedes esconderte de ti mismo para siempre, muchacho. —Sus palabras le llegaron suavemente, casi como una niebla—. Puedes negar tu Poder todo lo que quieras, pero no puedes escapar de él como escapa un halcón de un nido roto. Eres tú, muchacho. Eres tú el elegido.

Pequeño Danzarín no dijo nada. Sentía crecer dentro de él el resentimiento y la frustración.

—¿Por qué te sigues negando, muchacho?

Las palabras de su madre resonaron en su interior: *¡Te lo prohíbo!* El horror de su muerte era tan tangible en su mente como la tierra bajo sus pies. Cada vez que tenían esta discusión, sentía la mirada de los ojos negros de su madre, un constante recordatorio de aquel espantoso momento en que la había visto muerta, cuando encontró su cuerpo desangrado.

—¿Por qué, muchacho? —insistió Pata Blanca—. No importa lo que dijera tu madre. No puedes cambiar tu naturaleza. Eres un Soñador... se te ve en los ojos. —Hizo una pausa—. Mírame y niégalo. Y dilo convencido.

Pequeño Danzarín se tragó la ira que siempre provocaban las palabras de la anciana. Quería gritarle, insultarle por ser una entrometida. Qué alivio sería escupirle en la cara y decirle que le dejara en paz. Qué maravilloso sería vengarse de ella por los últimos dos años. En aquel momento soñaba con dar de patadas a sus fardos y se complacía con la idea de tirar al fuego sus preciadas posesiones. Qué gozo sentiría al lanzarlas a las ascuas y ver cómo se incendiaban y se convertían en cenizas. Eso le enseñaría a dejarle en paz. Le compensaría por todo el incesante acoso y por todos los intentos de someterle a su voluntad.

Pero nunca lo haría. Era un hijo de la Tribu, y con la leche de su madre había mamado también los modos de comportamiento de la gente de Pequeño Búfalo. Los jóvenes nunca eran irrespetuosos con los ancianos. Nadie se atrevería a tomarse tal libertad. De alguna forma, ella le incitaba y luego vencía su resistencia. Pequeño Danzarín nunca podría imprecarle ni gritar de ira. Y eso aún hacía crecer más su furia y su frustración.

—Muchacho, tienes que escuchar las voces en tu cabeza. Tienes que...

—Voy a encontrar a mi padre. —Era incapaz de mirarla. Viendo la familiar expresión de dolor en el rostro de Dos Humos, se precipitó hacia la cortina y salió a la noche.

—Uno de estos días —dijo Dos Humos en la súbita quietud— irás demasiado lejos. Cerezo Silvestre te lo advirtió antes de morir.

—Ella nunca comprendió mi papel.

—Tal vez. Pero conocía al muchacho. Yo también lo conozco. No puedes seguir acosándole así, Pata Blanca. Has apartado a su padre. Toro Hambriento le ha perdido, ha perdido su camino en la vida, y no sabe qué hacer, salvo mantenerse apartado. Jamás discutirá porque tiene una deuda contigo. Tiene miedo del Poder. Pero cuando importunas al muchacho, sufre. Es otra grieta que se abre entre nosotros. Si sigues con esto...

—Sí, sí... lo sé.

—¿Ah, sí?

Ella lo miró con una extraña desesperación en los ojos.

—Sí. Parece que no puedo llegar a Pequeño Danzarín.

—Encontrará el Poder por sí mismo. No puede ignorarlo siempre.

Pata Blanca suspiró desde lo más hondo de su alma y pareció deshincharse.

—Sí, viejo amigo —asintió con aire ausente—. Supongo que sí. Pero a mí no me queda mucho tiempo, y él tiene mucho que aprender.

Pequeño Danzarín correteaba por el camino, en la oscuridad, con los ojos fijos en las ondulaciones y las rocas. La furia comenzó a disiparse para dejar paso a una agorera depresión, espesa y lóbrega como las nubes que cubrían el cielo nocturno.

—¿Por qué no me dejan en paz?

Lanzó un débil puñetazo a una rama de pino y se sintió aliviado. Siguió golpeando las altas hierbas que se habían vuelto marrones y quebradizas con la primera helada. El aire ya llevaba la promesa del frío. Se podía sentir el sutil mordisco del viento que envolvía las claras mañanas o se escondía en las ráfagas de la brisa de la tarde. Esperaba como un fantasma, listo para alejar los recuerdos del verano y posarse sobre la tierra como un blanco manto de frío. La luz del día había comenzado a oscurecer los cielos a medida que el Padre Sol se retiraba hacia el sureste.

¿Qué les traería aquel invierno? ¿Más días sofocantes en torno al fuego mientras Pata Blanca volvía a contar las viejas historias? ¿Más y más preguntas e incesantes comentarios sobre el Poder?

Aquellos días Toro Hambriento se mantenía apartado, excepto durante el tiempo más frío del invierno, cuando podía quedar congelado. ¿De qué servía un cazador congelado? Si la congelación era grave, a su padre le quedaría negado el único placer de su vida. Y si Toro Hambriento perdía el único gozo de la caza, estaría prácticamente muerto.

Toro Hambriento había cambiado. Había desaparecido en él la chispa de buen humor, y estaba siempre sombrío. Ni siquiera quería mirar a Pata Blanca a los ojos. Su espíritu había huido el día que se marchó conmocionado del campamento de Castor. Después de aquello, cuando aún no llevaban ni un año en el campamento de Pata Blanca, Cerezo Silvestre había muerto en sus pieles. Y ahora que no estaba ella para compartir el pasado, nadie le comprendía.

¿Qué les había sucedido? Pequeño Danzarín volvió a hacerse aquella vieja pregunta. Todo había cambiado desde el día que Soñó a los antílopes. La existencia había dado la vuelta por completo y se había perdido en una maraña de dolor y confusión. El Poder había entrado en su vida... *y ya no le dejaría.*

Los Sueños seguían acechándole. La anciana tenía razón. Podía negarlo cuanto quisiera, pero aquello no cambiaba la verdad. Los sueños giraban en torno a él con el poder de la Telaraña, enredándole y haciéndole prisionero. Una vez intentó darse golpes con una piedra de cuarcita para disipar las visiones de su cabeza. Pero aparte de varios moratones y del dolor del berdache, sólo consiguió una reprimenda de Pata Blanca que terminó en una pelea que enredó a Dos Humos y a su padre durante meses, hasta que Pata Blanca se aplacó.

—¡Pues que se dé golpes hasta matarse, si quiere! —dijo finalmente—. A mí me da igual. —Luego vaciló un instante y añadió—: ¡Seguro que a Castor le habría encantado!

Después de aquello nunca más intentó hacerse daño. En su mente pesaba la dulzona imagen de la sonrisa de satisfacción de Castor.

Los Sueños volvían a él, sin pautas ni indicaciones. Y la anciana parecía percibirlos siempre. ¿Y qué si de verdad había sido su abuela? No tenía por qué vigilarle así. A veces se sentía como un ratón escapándose bajo el morro de un coyote de horribles fauces abiertas, listo para devorarle. Nunca sabía cuándo le aplastarían sus grandes garras para dejarle en el suelo medio muerto antes de ser engullido por algo que no comprendía.

Dos Humos tampoco le había servido de ayuda. Ya no hablaba mucho; nunca se perdonaría por la profanación del Fardo del Lobo. Los berdaches vivían entre los mundos. No sólo hacían de mediadores entre los hombres y las mujeres sino que habían sido creados en los modos del Poder, de forma que podían sentir el reino espiritual igual que el mundo real. Dos Humos había sentido la profanación del Fardo del Lobo en el fondo de su alma. Y aquella experiencia le dejó un vacío, una falta de sentido a su vida.

Soy desgraciado, eso es todo. ¿Madre? ¿Por qué te marchaste dejándome aquí? ¿Por qué te rendiste? ¿Dónde estás, Madre? ¡Vuelve conmigo! ¡Llévame!

Pequeño Danzarín veía desde la montaña el horizonte occidental, donde las nubes flotaban hacia el este. Los puntos de luz de las partes descubiertas de la Red de Estrellas titilaban y danzaban. Hacia el este, el cielo seguía cubierto de nubes y oscuridad. Pequeño Danzarín podía imaginar la negrura sobre el Río Luna y sus viejos temores infantiles. ¿Habría alzado también la vista Castor esa noche? ¿Estaría mirando el mismo cielo nublado?

Pequeño Danzarín lanzó una patada a la artemisa, satisfecho con el penetrante olor que se alzaba al agitar los tallos cargados de semillas.

Le habían convertido en un prisionero, le tenían igual que tiene un niño un polluelo en una caja de ramas. Pata Blanca, el Poder y los Sueños, las Maldiciones de Castor, todo jugaba en su contra.

Pateó furioso la artemisa, contento de hacer daño por una vez. Ya estaba harto de Castor. Estaba harto de los Sueños, de Pata Blanca y de todo lo que le había hecho daño. Volvió a brotar la ira, implacable, ardiente. Estaba en contra del mundo y deseaba hacerle daño, vengarse de su frustración.

Metió un palo entre la artemisa y la sacudió mientras las lágrimas le surcaban las mejillas. Luego la emprendió con una rama de pino, imaginando que era Pata Blanca y Castor convertidos en uno. Lanzó un grito al sentir los músculos tensos por el golpe. Y un rugido de ira afloró a sus labios.

El palo se rompió bajo la violencia de su rabia. Se inclinó para coger piedras y tirarlas contra el árbol. Oyó crujir las ramas por el impacto. Gritó de ira, sintiendo fluir el triunfo por su cuerpo. Una furia salvaje cantaba en sus venas.

Finalmente cedió, exhausto, jadeando y totalmente agotado. Un temblor le agitaba los músculos de los brazos y las piernas. Se le había quedado la boca seca y le ardía la garganta. El dolor empezaba a palpitarle en los dedos que se había magullado intentando arrancar las piedras de la tierra. El frío del aire de la noche comenzó a acariciar sus acaloradas mejillas.

A su alrededor se cernía la noche, silenciosa, eterna, paciente, sabedora de la futilidad de los jóvenes y sus impulsivos actos.

Pequeño Danzarín pestañeó, mirando ciegamente el árbol que tenía delante. No parecía afectado por su descarga de ira. El oscuro pino se alzaba impertérrito; el velo de negrura oscurecía las heridas que hubiera podido hacer en las ramas. Bajó la cabeza, derrotado, y se frotó el cuello, consciente de la quietud que le envolvía como una suave piel.

¿Por qué no me dejarán en paz?

Pequeño Danzarín sintió un súbito estremecimiento de miedo y se puso tenso.

El gran lobo negro podía haber sido un sueño, deslizándose en silencio entre los árboles.

¿Cuánto tiempo le habría estado acechando el animal? ¿Cuánto tiempo llevaba observándole? Se levantó con piernas débiles y echó a andar por el camino del gamo. Se encaminó exhausto hacia la pradera en la que su padre había empezado a construir una trampa de búfalo.

Alce Ágil estaba acurrucada en su suave piel de alce, agachada para mirar el campamento bajo la cortina del refugio menstrual. Los Mano Roja siempre habían puesto el refugio menstrual en lo alto de una colina y en contra del viento. El Primer Hombre les había dicho que lo hicieran así.

Arrugó la nariz. Por más que lo pensara, no podía imaginar la razón. ¿De verdad pensaban los ancianos que podían oler la sangre de una mujer? Recordaba que una vez había estado olisqueando la brisa para comprobarlo, y que lo único que percibió fue el fuerte olor del campamento: fuegos, heces humanas y de perro, y el débil aroma de la piel curtida sobre el ligero olor de los guisos y las raíces.

Se estremeció al ver a Sangre de Oso salir del campamento; los fuegos recortaban su negra silueta. El Guardián del Fardo del Lobo se detuvo un momento y miró fijamente como si sus ojos pudieran distinguirla en el refugio oculto por las sombras de la noche.

Alce Ágil contuvo el aliento un buen rato hasta que Sangre de Oso se metió en su refugio.

¿Se habría olvidado Tanagra? ¿Estaría otra vez en una de sus locas aventuras en el bosque?

Alce Ágil suspiró débilmente. ¿Es que nunca vendría su madre? Se sentía atrapada en el refugio menstrual como una cabra montesa en un redil. Si al menos Sangre de Oso no saliera por la noche. Si al menos ella no supiera por qué acechaba él en las tinieblas. ¿Es que siempre iba a ser así? ¿Siempre sería tan terrible? Se recordó en silencio que al fin y al cabo aquélla era su primera vez. Había sucedido tan pronto que para ella fue una desagradable sorpresa.

Al principio no podía comprender qué era lo que había ido mal. Cuando empezaron los calambres, pensó que debían de ser los pastelillos de piñones que había robado de la piedra de Cuerno Verde. Pensó que la anciana había pronunciado algún encantamiento para provocar dolor de vientre a las jóvenes ladronas. Pero Alce Ágil tenía que haberlo sabido por la tensión de sus pechos o por el ensanchamiento de las caderas, que se le habían hecho muy pronunciadas. Ni siquiera el negro rastro de vello púbico había sido una advertencia. Cuando apareció la primera sangre, casi se muere del susto.

—Es tu hora —le dijo muy orgullosa Batir de Cascos, su madre—. Mi hija se ha convertido en una mujer.

Alce Ágil se la había quedado mirando, presa de un absoluto caos espiritual, incapaz de decir nada. En toda su vida, sólo la trágica muerte de su padre la había desequilibrado y hundido de aquella manera.

La llevaron al refugio menstrual con gran ceremonia y allí estuvo cuatro días, pasando de la confusión al éxtasis, el aburrimiento, la excitación y la depresión. Luego llegaron su madre, su abuela y la mayoría de las mujeres, y le depilaron las cejas y la desnudaron. Le pintaron el cuerpo con colores chillones, tal como habían sido pintadas todas las mujeres desde que el Primer Hombre les mostró el camino desde el Primer Mundo y las sacó a la luz del Padre Sol. Su madre metió las manos en ocre húmedo y se las puso en los pechos, dedicando simbólicamente su futura leche a los Mano Roja. Le pintaron la cara de blanco con un círculo azul en la mejilla derecha para representar el cielo, y un círculo marrón en la izquierda que representaba la tierra. Bajo el pecho le pintaron el amarillo Camino de Luz que cruzaba su vientre y acababa en el pubis. Cuerno Verde había dibujado con carbón flechas que señalaban la parte interior de sus muslos.

—¡Esto es para guiar a los estúpidos jóvenes! —Y soltó una risita para inmenso deleite de las otras ancianas.

Alce Ágil se sonrojó y tragó saliva avergonzada, segura de que las brujas sabían muy bien quién había robado los pastelillos.

En el abdomen le pintaron un gran círculo naranja, símbolo del sol de la mañana y la nueva vida que traía al día, igual que sus entrañas traerían nueva vida a los Mano Roja.

Ella lo resistió todo. Conocía el ritual como cualquier joven. Nadie hablaba de él abiertamente, pero ella lo había sabido por conversaciones secretas con sus amigas, Grillo y Tanagra. Pero no le había parecido real hasta que lo vivió. Las ancianas se marcharon con su madre. Desaparecieron cantando y agitando sus matracas de pezuña de ciervo. Entre los Mano Roja había una nueva mujer.

Alce Ágil se incorporó para verlas marchar, sintiendo que algo había cambiado en su vida. Los hombres habían esperado, riendo, cantando y dando palmadas mientras danzaban con la procesión. Grillo y Tanagra observaban con los ojos muy abiertos desde el borde del campamento, sabiendo que su relación había cambiado. Alce Ágil ya no reiría ni bromearía con ellas como una niña, ni jugaría a juegos como el aro y el palo. Tendría que asumir los deberes de una mujer; y no tenía ni idea de cómo reían las mujeres ni de lo que significaban sus bromas.

Un hombre podría desearla. Aquella idea la obsesionaba, le atravesaba la cabeza como una brisa fresca en un día tórrido. Había estado tan preocupada que al principio casi no se dio cuenta.

Uno de los hombres no se unió a la danza. El Guardián del Fardo del Lobo se limitaba a mirar con rostro inexpresivo. Ella veía a lo lejos la expectación en sus ojos. Tenía la cabeza alta y alerta; el consumado cazador había encontrado una presa.

Había mirado en su dirección sonriendo para sí, con un brillo en los ojos. Ella lo comprendió todo de golpe y fue como recibir una pedrada. Su alma se tensó y se retorció: ¡Sangre de Oso quería ser el primero en poseerla!

Desesperada, había mandado a Tanagra a por su madre, sin poder contarle el motivo. Mientras intentaba explicarse, la fantasiosa Tanagra se había perdido en la noche.

Aquella tarde, cuando los cantos se alzaron en el campamento, se acurrucó bajo su piel. Esperaban que dejara el refugio a la mañana siguiente. ¿Qué pasaría entonces? Sangre de Oso estaría esperando. ¿Cómo podría rechazarle si él la atrapaba fuera del campamento? ¿Qué podía hacer? Nadie se oponía al Guardián del Fardo del

Lobo. Sangre de Oso le había devuelto a los Mano Roja su espíritu y su corazón robado. Y ahora podía tener lo que quisiera.

Alce Ágil volvió a inclinarse para mirar por debajo de la cortina y vio una sombra que se alejaba del campamento y que ascendía por el gastado camino. Aquel paso familiar caldeó un poco el frío intenso que sentía dentro. Tanagra se las había arreglado para meterse en el refugio de su padrastro y hablar con su madre.

Los suaves mocasines de piel susurraban en el camino. Batir de Cascos se asomó al refugio con el rumor de la piel frotando contra el cuero.

—Hola, hija. ¿Qué es eso que me han dicho? ¿Querías verme?

—Necesito hablar.

Su madre soltó su típica risita gutural y entró al refugio. Se sentó con un suspiro y se reclinó sobre el mullido suelo de piel. Estiró las piernas y se apoyó en un brazo, mirando a través de la oscuridad.

—¿Te preocupa ser una mujer? Tanagra no se ha explicado muy bien.

Alce Ágil tragó saliva y asintió. La intimidad que compartían, el eslabón entre una madre y una hija que han sufrido juntas, comunicaba más que las palabras.

—Pues no te preocupes. No puedes hacer nada. Tan sólo sé tú misma. Espera a ver qué pasa; lo que haya de ser, será. No tienes por qué tener miedo del futuro. La vida sigue y hay que vivirla día a día. Ahora estás asustada por lo que vendrá. Y cuando le estés limpiando el culo a tu primer nieto, te preguntarás adónde se ha ido todo.

—No es eso. —Se le aceleró el corazón.

—Ah. A mí era lo que me preocupaba.

—Es... bueno, Sangre de Oso.

Las flechas de carbón que Cuerno Verde le había dibujado en los muslos relumbraban en las tinieblas. ¿Era un augurio?

Su madre suspiró.

—Ya. ¿Es que ha estado vigilando el refugio?

—Desde que se fue todo el mundo. Sabe que estoy lista. Sólo que... Madre, él no. No quiero... o sea...

Su madre se acercó y le rodeó los hombros con el brazo.

—Creo que te entiendo. —Se hizo el silencio—. ¿Son todos los hombres, o sólo él?

—Sólo él. Yo esperaba que fuera Cuerno Roto. Él había dicho algo... bueno, incluso había prometido cosas. No creo que se estuviera burlando de mí. Le he visto mirarme. Ojalá fuera él, de verdad. Pero los otros hombres, bueno, no tengo ningunas ganas.

—Eso está bien.

—Pero Sangre de Oso guarda el Fardo del Lobo. Nadie le rechaza. Yo no puedo... no dejaré que me toque. No quiero que me haga daño como a las otras mujeres. Me he enterado de lo que le hizo a Lluvia de Primavera la primera vez. La hizo sangrar. Eso no está bien. No quiero que me haga daño.

—Calla. Lo sé. Yo en tu lugar tampoco lo querría. Yo tuve suerte. Cuando dejé el refugio, tenía hombres maravillosos entre los que elegir.

—Pero yo...

—Calla, niña. Estoy pensando.

Pasó un largo rato. Alce Ágil seguía mirando el campamento por debajo de la cortina. Los fuegos de la tarde estaban ya encendidos en los refugios, cuyas puntas cónicas relumbraban amarillas. Sabía lo que pasaba en ellos. La gente estaría dentro sentada, riendo, contando historias sobre la niñez de Alce Ágil y preguntándose con quién acabaría por casarse. La mayoría de las historias comenzaría con: «¿Os acordáis de cuando Alce Ágil tenía cinco años? ¿Os acordáis de cuando...?»

¿Por qué sentía dentro aquellos fríos dedos de miedo, a pesar de que era una fiesta? ¿Por qué tenía que desearla Sangre de Oso, precisamente a ella?

—Pata Blanca.

—¿Qué?

Su madre asintió lentamente en la oscuridad.

—Ésa es la respuesta. Te voy a mandar con Pata Blanca. Entretanto, tal vez Sangre de Oso te olvide. O tal vez encuentres a un hombre en algún lugar.

—¿Pero por qué iba a ir yo con Pata Blanca? No...

—¿En qué otro sitio estarías a salvo? ¿Con Gran Corredor? Sangre de Oso iría a por ti. Y además tu familia está allí, de modo que no tendrías ninguna excusa. Tienes que ir a algún sitio que resulte lógico. El refugio de Pata Blanca es el lugar perfecto.

—¿Y por qué es lógico que vaya con Pata Blanca?

—Porque yo estaré muy ocupada.

—¡Pero allí hay gente de la Tribu de Pequeño Búfalo! ¡Ese cazador! Él podría...

—No tengas miedo. Ni siquiera un cazador de Pequeño Búfalo te molestará en el campamento de Pata Blanca. Tú lo sabes. Además, Dos Humos, el berdache, estará allí para protegerte. Aunque haya pasado tanto tiempo, la gente no olvida el asesinato de Pluma

Cortada. Para Sangre de Oso el berdache es un recuerdo de aquellos desgraciados días. Si hay algún sitio al que no irá Sangre de Oso, es al campamento de Pata Blanca.

—¿Pero por qué iba a ir yo? Lo que quiero decir es que Sangre de Oso sabrá que huyo de él. ¿Y entonces no será peor cuando vuelva?

—¿Es que no te he enseñado a confiar en mí?

—Bueno... sí.

—Bien, pues vas a ir a por medicina para tu madrastra. Lluvia está enferma.

—¿Que está enferma? Pero si yo la he visto...

—Puede que te haya enseñado a confiar en mí, pero no has heredado mi cabeza, niña. Por suerte a Lluvia no le falta. Fingirá estar muy enferma durante un par de días. Y tu padrastro odia a Sangre de Oso tanto como el que más. El viejo Pluma Cortada era el mejor amigo de Un Tiro, era como un padre para él. Hará bien su papel. Yo no me habría casado con él después de la muerte de tu padre si no hubiera sido un hombre sensato. También él se preocupa por ti. Ahora me voy a por tu hatillo y esta noche te marchas. Ya sabes el camino hasta el campamento de Pata Blanca. Y date prisa, muchacha. Cuando amanezca puedes estar a medio camino. Y si alguien pregunta, diré que te has ido a por medicina para el dolor de estómago de Lluvia. Cuando puedas regresar te lo haré saber.

—¿Y Sangre de Oso?

—Se lo creerá todo.

Las estrellas apenas se habían movido un palmo en el cielo cuando una oscura figura salió del refugio menstrual.

Al cabo de unos instantes, Batir de Cascos salía detrás de su hija. Se quedó mirando pensativa el oscuro camino. Alce Ágil no se daba cuenta de lo que iba a hacer. El más valiente de los cazadores se amilanaría ante la idea de viajar solo durante la noche por un camino desconocido. Alce Ágil se iba a enfrentar a la oscuridad, a la posibilidad de fantasmas e incluso tal vez a un oso hambriento. Cualquier cosa sería mejor que Sangre de Oso.

Batir de Cascos echó a andar débilmente hacia el refugio. Si Lluvia se fingía enferma, ella tendría el doble de trabajo. Las tareas de una segunda esposa podían ser mucho peores de las que le asignaban Lluvia y Un Tiro. Aun así, siempre se había sentido una intrusa, como si se interpusiera en su felicidad. Un Tiro y Lluvia siempre la habían hecho sentirse bien recibida, pero ella no podía evitar la sensación de estarse entrometiendo. Nunca compartiría la intimidad que había entre ellos. Un Tiro y Lluvia podían ser perfectamente las dos partes, masculina y femenina, de una misma unidad.

Al pensarlo sentía la garra del dolor. Ella también había amado así una vez. Si él no hubiera emprendido el viaje en invierno... La nieve era muy traicionera en primavera. No encontraron su cadáver hasta mediados del verano. Y nunca podría llenar el vacío que le había dejado su muerte.

Echó una última mirada nerviosa al camino, preocupada por su hija. Qué forma más terrible de hacerse mujer.

—A veces me pregunto por tu fe en el muchacho. Está furioso, resentido.

—Es la fuerza de su padre —dijo Soñador del Lobo dentro de la traslúcida Espiral dorada.

—¡Yo vivo con su padre! Y el muchacho ha heredado gran parte de su insolencia.

—Tú mismo estás creado con piezas muy diferentes, Fardo del Lobo. Y cada una tiene su parte de Poder. Juntos manipulamos los Círculos para llegar al muchacho. ¿De qué te quejas?

—Entonces mi poder no se debilitaba. No tenía la sensación de estar muriendo lentamente. Hemos recorrido un terrible riesgo. He visto al muchacho a través de los ojos del Observador. Sabes que no podemos afectar su voluntad. Y veo que se avecinan problemas.

—Nunca tuvimos garantías. El futuro es sombrío.

—Lucha contra los Sueños, e igualmente luchará contra nosotros.

Se hizo el silencio...

12

Un indecible terror acechaba en el risco detrás del muchacho, que sentía en el cuello el fétido olor de su aliento de devorador de carroña. Intentó mirar, intentó echar una ojeada por encima del hombro para ver el horror, pero cada vez que lo intentaba perdía el equilibrio y tenía que agitar los brazos para mantener su precario paso.

La muerte le seguía, pisándole los talones. Se imaginaba las babas de plata cayendo en regueros de los dientes del monstruo.

Su única vía de escape era un peligroso camino a lo largo de un afilado risco de roca gris. A ambos lados se abrían abismos infinitos de una profundidad aterradora. Las nubes pasaban a su alrededor, oscureciendo parcialmente el azul del cielo. El viento le azotaba mientras él intentaba mantener el equilibrio sobre la peligrosa pendiente.

Saltó frenéticamente de roca en roca. El terror impulsaba sus saltos sobre el vacío. Allí, delante de él, estaba su madre agarrada a la roca, bloqueándole el paso. Ella lo miró con una horrible angustia en la cara, pestañeando ante el ventarrón que agitaba sus largos cabellos negros que oscurecían sus rasgos. Sus dedos se hundían en la misma roca.

—¡Date prisa! ¡Está muy cerca! Tienes que seguir adelante, hijo. —El viento arrastró los frenéticos gritos de su madre hacia la inmensidad—. Vamos, pasa por encima de mí.

Él vaciló, y entonces la cara de su madre se volvió gris y su piel se fue convirtiendo en piedra ante sus horrorizados ojos.

—¡No! —gritó en aquella inmensidad. El silbante viento pretendía abatirle. Sentía detrás de él aquella cosa que estiraba el cuello y abría su boca corrompida para morderle.

—¡Madre! —Saltó desesperado sobre el redondeado bulto de su espalda.

Podía sentir detrás de él la presencia de aquella bestia de pesadilla mientras luchaba por encontrar apoyos en la roca que había sido su madre. Cada vez que ponía en ella el pie, la roca cambiaba, crujiendo y vibrando.

Miró abajo sollozando de miedo. La roca con el rostro de su madre cayó a las profundidades con una cascada de piedras que matraqueaban en la colina.

El horror invisible intentaba atraparle mientras él corría por la fina y quebradiza roca. Saltó a una gran losa plana que se convirtió en la espalda de Cerezo Silvestre. La anciana lo miró con una ladina sonrisa en los labios. Y entonces cambió de forma, como intentando arrojarlo al abismo.

Pequeño Danzarín agitó los brazos e intentó agarrarse. Vislumbró el cuerpo de Cerezo Silvestre que se solidificaba en roca gris y caía a las profundidades por su propio peso. La roca de Cerezo se estrelló con una lluvia de guijarros. Él apretó los dientes y logró poner los pies en firme. Volvió al camino con una mueca de dolor mientras las rocas le cortaban.

Pequeño Danzarín echó a correr sin aliento, pisando con cuidado por el traicionero borde, sintiendo de nuevo las garras de la muerte a su espalda. Oyó un crujido de piedras detrás de él y un enorme peso se descargó sobre el risco.

Dos Humos le miraba desde abajo. El rostro del berdache se estaba formando entre las irregulares rocas. Y ante sus aterrados ojos, los de su amigo se convirtieron en piedra y la roca se desmenuzó. Lo que había sido Dos Humos cayó a la eternidad. Pequeño Danzarín volvió a izarse, estremeciéndose con cada ráfaga de viento.

Miró abajo y vio a su padre que lo miraba. También él se convirtió inevitablemente en piedra. Pequeño Danzarín se echó a llorar, forzándose a trepar por la roca cambiante, sabiendo que ésta también le traicionaría.

La cosa monstruosa estaba más cerca; su sombra oscurecía el sol y su aliento le cortaba el aire.

—Yo podría salvarte —dijo la voz de Pata Blanca desde algún lugar delante de él.

El corazón le martilleó de miedo cuando la roca que había sido su padre se soltó y se deslizó a un lado.

¿Qué hacer?

El horror se echó a reír detrás de él:

—Demasiado tarde.

—¡Castor!

Pequeño Danzarín se quedó paralizado, aferrado a la roca que había sido su padre. El horizonte se inclinó, y él cayó con la roca al abismo.

—¡Idiota! —gritó Pata Blanca.

Castor reía con gran regocijo.

El estómago se le subió a la garganta y las náuseas le picaban en la lengua y le mareaban. La aterrorizada voz de su padre chilló en la nada. El viento le aullaba en los oídos, agitándole las ropas y consumiendo las lágrimas de sus ojos bajo la lluvia de piedras que saltaban desde abajo. Caer... caer...

Pequeño Danzarín abrió los ojos de golpe un instante antes de llegar al fondo. Respiró ansiosamente y sintió una sacudida en las entrañas. Las últimas imágenes del Sueño se desvanecieron hasta que se despertó del todo, temblando sobresaltado.

Miró en torno a la pradera que el amanecer empezaba a aclarar y se estremeció con el frío de la mañana viendo el ligero y fino rastro de escarcha sobre las hojas. Allí, al borde del bosque, las plantas aún eran frondosas y verdes. Un cuervo graznó entre los árboles. Luego se oyó un golpe sordo, como si una ardilla estuviera arrancando piñas y tirándolas al suelo.

El cielo seguía cubierto de gris.

Pequeño Danzarín se incorporó en medio de una cascada de agujas de pino. Aquella noche se había acurrucado junto a un viejo árbol gigante. Pequeño Danzarín se estiró sintiendo un vacío en el estómago.

Miró en torno a él y se pasó los dedos por el pelo para quitarse las agujas secas. Le acechaban las imágenes del Sueño. Se peinó torpemente y echó a andar por la pradera. El frío de la noche le atenazaba los músculos y le hacía caminar con piernas inseguras.

Un paro carbonero saludaba a la mañana. Una ardilla pasó de rama en rama chillando bajo el aire cristalino.

Al pasar por una zona de árboles encontró un pequeño farallón y miró por encima de él. Abajo se estrechaba la pradera, limitada por altos muros de roca. Allí había una cerca hecha de ramas, fuerte y alta, que atravesaba en diagonal la pradera: era la trampa de Toro Hambriento.

Pequeño Danzarín suspiró aliviado y saltó entre las rocas, echando una ojeada a su espalda antes de empezar a descender la pendiente. Al llegar abajo vio una fina columna de humo que se elevaba entre los árboles.

Sonrió y forzó sus débiles piernas en una carrera.

Toro Hambriento estaba agachado ante un pequeño fuego, mientras una liebre se asaba sobre las rocas calientes. Sus penetrantes ojos de cazador ya le habían visto. Toro Hambriento le saludó con la mano.

—¿Necesitabas marcharte?

Pequeño Danzarín se sentó junto a su padre, compartiendo un momento de camaradería.

—Anoche me perdí. No sabía que estaba tan cerca.

Se quedaron un buen rato en silencio.

—¿Cómo va la trampa?

—Ya está casi. Puedes ayudarme a terminarla hoy. Cuando lleguen las primeras nieves, el búfalo empezará a bajar de las altas praderas. Hay una manada en el valle que tenemos sobre nosotros. Y vendrán por este camino. Podremos matar bastantes para pasar el invierno. —Alzó los ojos hacia el cielo gris—. Estaría muy bien hacer una matanza y que los animales se congelaran. Lo mejor es matar entrado el frío y dejar que la carne se congele. Así aguantará todo el invierno.

Comieron en silencio. A Pequeño Danzarín se le hacía la boca agua al morder la carne caliente de la liebre.

Cuando hubieron chupado toda la médula de los huesos los lanzaron al fuego. Luego fueron a inspeccionar la trampa.

—¿Crees que esto contendrá al búfalo? —Pequeño Danzarín ladeó la cabeza con escepticismo.

Toro Hambriento sonrió y entornó los ojos.

—Una parte del éxito de un cazador consiste en saber de los animales más que ellos mismos. ¿Ves cómo he puesto las raíces y las ramas? ¿Ves cómo sobresalen las puntas afiladas? Es por una razón. El búfalo parece un animal estúpido y medio dormido, pero no deja de pensar, como descubrió Dos Humos en el Manantial del Hueso del Monstruo. Aunque parezcan torpes y adormilados, están siempre listos, esperando, y son ligeros de pies. Pueden darse la vuelta en un abrir y cerrar de ojos, por lentos que parezcan. No les gusta que les arrinconen contra una pared. Y tienen una piel fina que se rasga con facilidad, y lo saben.

»Así que mira cómo he montado la trampa. Un buen cazador sabe que los búfalos se apartarán de las estacas. Sabe que se apiñarán ahí, en el centro, donde puedan ver claramente a su alrededor. La hembra que vaya en cabeza tardará un instante en decidir qué hacer cuando vea el camino bloqueado. Por eso he puesto así la cerca. En ese momento de indecisión, atravesaré a la hembra con una flecha.

—¿Y tú estarás en ese risco? —preguntó Pequeño Danzarín señalando un saliente de piedra que se alzaba sobre la zona de matanza.

—Hay en ti más de cazador de lo que pensaba. Estaré justo ahí. Un cazador no sólo tiene que conocer a los animales sino que además tiene que saber con qué elementos cuenta. Por eso la trampa tiene esta forma. Puede ser manejada por una sola persona. Pero si estamos los dos, irá mejor. Los empujaremos hasta aquí, pero no hay que asustarlos sino traerlos despacio. Luego, cuando ya estén en la trampa, subiré corriendo a aquel punto. Mientras, tú estarás detrás de aquellas rocas. Si huyen de mis flechas, irán a dar directamente con las tuyas.

—Hasta que uno de ellos se asuste y tire la cerca.

—Pero para entonces, si no nos hemos asustado nosotros, habremos matado o herido gravemente a tantos búfalos que tendremos para todo el invierno.

—Pero una trampa como ésta no se puede montar en primavera.

Toro Hambriento se puso las manos en las caderas.

—No funcionaría. Los búfalos actúan de un modo distinto en primavera. Las hembras tienen crías. Están más nerviosos, más cautelosos, porque las crías son vulnerables. Los viejos machos están inquietos. Las estrategias de caza deben ser distintas según la estación. Si no conoces a los animales, no importa la puntería y la fuerza que tengas en tus tiros. Hay que saber cómo cambian los animales con las estaciones o de lo contrario te mueres de hambre... o comes plantas toda tu vida, como los Anit'ah.

Pequeño Danzarín alzó una ceja. Últimamente habían comido muchas plantas, a instancias de Dos Humos. Él se había aficionado a los bulbos de lirio y a las raíces dulces. En otoño, las cerezas silvestres y las ciruelas estaban muy buenas. Y las bayas se habían convertido en una de sus comidas favoritas.

—Los búfalos son lo más importante en el mundo para ti, ¿verdad?

—Parte de mi alma es búfalo. —Toro Hambriento miraba pensativo a lo lejos mientras caminaban entre los árboles—. Duele pensar que el búfalo escasea tanto. Recuerdo las historias que oía cuando era niño de los tiempos en que un par de cazadores podían cazar continuamente. Entonces la Tribu era tan numerosa que podían organizarse grandes matanzas, en las que cada uno tenía una tarea. Entonces los círculos estaban completos. El búfalo y la Tribu eran uno. Ellos nos alimentaban y nosotros rezábamos para que sus almas subieran al Sabio de las Alturas. Nuestras almas se mezclaban con las de los búfalos.

—¿Y aquí?

—Aquí puede que consiga atrapar a diez o quince búfalos. Más que suficientes para alimentarnos, pero no tantos como podría conseguir con mi habilidad de cazador si hubiera más animales. —Vaciló—. Tal vez así es mejor. Un cazador sabio sólo mata lo que necesita y un poco más de reserva por si la carne se echa a perder o se la roba un lobo, un coyote o un oso.

Pequeño Danzarín cogió la punta de un poste que le indicaba su padre. Lo levantó y le siguió, tambaleándose bajo el peso. Luego lo apoyó contra la cerca, donde le dijo su padre.

¿El pasado siempre había eclipsado al futuro? ¿Es que la vida siempre empeoraba en lugar de mejorar? Eso parecía. ¿Cuántas veces había oído decir a Pata Blanca que el mundo estaba cambiando? Si seguía empeorando, ¿qué iba a ser de él? Las imágenes del Sueño le reconcomían. La gente que había en su vida se había ido convirtiendo en inestables rocas bajo sus pies, queriendo lanzarle al abismo. Se sorprendió mirando inquieto la ancha espalda de su padre mientras iban apilando un poste detrás de otro en la cerca.

Sangre de Oso pelaba con aire ausente la corteza de un tronco de sauce con una afilada piedra de cuarzo. La corteza salía en largas y retorcidas tiras e iba dejando la madera al descubierto. Aquella pieza sería un magnífico mango de flecha. Una de las puntas la vaciaría y la ajustaría al gancho del atlatl que tan laboriosamente había tallado de un asta de alce que Tres Cascabeles había traído del norte del Gran Río. El otro extremo sería abocardado para hacer una funda para un mango de madera dura como la del cerezo silvestre o la del fresno.

Caminaba tallando el mango, mirando con aire ausente el refugio menstrual. Alce Ágil ya habría ido al refugio de Un Tiro. Él llevaba levantado desde el amanecer, esperando al borde del campamento. Ella habría salido, o habría ido a aliviar sus necesidades entre los arbustos. ¿Dónde estaría?

Esa chica siempre le había intrigado. A pesar de su juventud caminaba muy erguida y con tal contoneo que más de una vez le había llamado la atención durante el último año. Y su interés había ido creciendo a medida que su femineidad iba haciéndose más evidente. Tanagra y ella serían las mujeres más hermosas del campamento. Tanagra sería apasionada, orgullosa y terca, suponiendo que alguien pudiera conseguir acostarse con ella. Pero Alce Ágil tenía una vulnerabilidad que excitaba su deseo. Siempre llevaba baja la barbilla, como si fuera tímidamente consciente de su belleza y encanto. Sus caderas se contoneaban sobre sus largas y esbeltas piernas. Cuando no llevaba el pelo recogido, los cabellos le colgaban hasta la cintura en una oleada negroazulada que atrapaba el sol y la descomponía en mil rayos de luz. Pero a Sangre de Oso le gustaban sobre todo sus ojos juguetones, y estaba decidido a ver que aquellos ojos brillaban por él.

Frunció el ceño, con el mango de su flecha nueva entre las manos. Luego miró el refugio menstrual. A pesar de las sombras de la mañana, se veía que no había nadie dentro.

Empezó a subir lentamente el camino, mirando perplejo al suelo mientras raspaba un nudo del mango de madera. Los largos años de caza le habían mantenido en buena forma. Por aquí había subido Batir de Cascos y luego había vuelto a bajar. Al llegar a la entrada encontró una huella más débil en la hierba seca. ¡Alce Ágil! Tenía que ser ella.

Frunció el ceño y siguió deambulando lentamente por los alrededores del campamento para buscar huellas. Qué curioso. Normalmente, cuando una chica recién convertida en mujer terminaba de sangrar volvía al campamento envuelta en el resplandor de su tímido orgullo. Y Alce Ágil, tan insolente, debía haber hecho exactamente eso, enorgullecerse en esta situación que era la más afortunada de todas.

Otra huella. Sangre de Oso siguió caminando sin dejar de tallar su mango de flecha, y con la mente acelerada. Alce Ágil había tomado el camino hacia el sur, de eso no había duda.

Se detuvo para mirar el sendero. Sabía que atravesaba las zonas más altas del Río Claro y que luego se desviaba hacia el este para caer en el cañón, antes de entrar finalmente en el Muro Rojo y en las planicies. Luego llegaba al Río Lodo y a la tierra de la Tribu de Pequeño Búfalo.

¿Qué había allí abajo? ¿Por qué iba a querer perderse una mujer todas las celebraciones en su honor? ¿Por qué iba a perderse la oportunidad de oír las felicitaciones de todo el mundo y recibir los regalos que le harían?

Sangre de Oso se humedeció los labios y volvió a su refugio. Miró como hacía siempre si el Fardo del Lobo seguía en el trípode, al fondo del refugio. Qué estupidez. Con todo el tiempo que se había visto obligado a oír a Pluma Cortada hablar del Poder del Fardo, y nunca lo había experimentado. Durante los últimos cuatro años, desde que había entrado en el principal campamento de los Mano Roja, el Fardo del Lobo había sido su triunfo, pero jamás había sentido el más leve atisbo de su Poder.

—Pluma Cortada era un estúpido —gruñó—. Los miembros de mi tribu son un puñado de estúpidos por creer en tales tonterías.

Golpeó el Fardo del Lobo con el índice.

—Toma, Fardo del Lobo. Yo te encontré y te traje de vuelta. ¡Yo, Sangre de Oso! ¡Y sin ningún Poder! —Frunció los labios—. ¿Y de qué le serviste al berdache? Después del tiempo que te tuvo, ahora es un tullido que vive de la caridad de Pata Blanca, un exiliado de la Tribu de Pequeño Búfalo. —Movió la cabeza—. ¡Estúpido!

Abrió uno de los fardos que había junto al muro trasero y sacó una pequeña bolsa. Deshizo el nudo y volcó su contenido: seis hermosos colmillos de alce extraídos de la mandíbula superior de animales jóvenes. Volvió a meterlos en la bolsa y salió de su refugio para atravesar el campamento a grandes zancadas.

—¿Hay alguien en el refugio de Un Tiro? —llamó cortésmente—. Sangre de Oso viene en esta mañana especial con un regalo para la nueva mujer.

—Un momento.

Reconoció la voz de Batir de Cascos y oyó movimientos dentro. Pobre mujer. Si hubiera estado allí cuando su primer marido cayó en aquella nieve inestable provocando la avalancha que lo mató, habría sido digna de él. Hasta un idiota podía ver de quién había heredado su hija su belleza y encanto.

Batir de Cascos salió del refugio. Sangre de Oso vio su mirada soñolienta y advirtió las arrugas en torno a su boca.

—Venía a ofrecer un regalo a la hija de Un Tiro. He oído que hay una nueva mujer entre nosotros.

Batir de Cascos sonrió incómoda.

—Es un honor, pero no está aquí. Es por Lluvia... Bueno, tal vez ayer comió demasiado. Se despertó por la noche con dolores de estómago. Tenía fiebre y escalofríos. —Batir de Cascos se pasó la mano por el pelo con expresión preocupada—. No sé. En la oscuridad de la noche, me entró pánico. El caso es que mandé a Alce Ágil al campamento de Pata Blanca a por medicina.

—Yo tengo el Fardo del Lobo. —Sangre de Oso se cruzó de brazos pensativo. ¿Estaría Alce Ágil en camino hacia el campamento de Pata Blanca? Estaría sola, ansiosa de probar su condición de mujer con el primer hombre que se le presentara—. Tenía pensado ir hoy de caza. Tal vez sirva de algo que deje aquí el Fardo del Lobo. De todas formas, tenéis que cuidarlo mientras yo no estoy.

A Batir de Cascos le relumbraron los ojos y sus labios se abrieron ligeramente.

Sangre de Oso se esforzó por controlar su expresión. Qué mujer más idiota; también ella se empeñaba en creer que el viejo Fardo contenía Poder. Bueno, tal vez pudiera utilizar aquello a su favor en el futuro. Y si Alce Ágil le complacía tanto como esperaba, tal vez aquel ansia de poder hiciera que Batir de Cascos favoreciera su matrimonio.

—Sería un honor para nosotros. Lo cuidaremos muy bien y lo honraremos mientras esté en nuestro refugio.

Sangre de Oso sonrió, con la mente puesta en el campamento de Pata Blanca.

—Bien. Voy a por él.

Se dio la vuelta y se encaminó rápidamente hacia su refugio.

Cuerno Roto esperaba entre los árboles. Su silueta apenas se distinguía; se estaba convirtiendo en un cazador. Tanagra se movía con cuidado, probando su habilidad. Se deslizó entre las ramas bajas. Iba pisando con cuidado, poniendo el peso en torno a las ramas secas, balanceándose para que no crujieran las agujas de pino.

Cuerno Roto estiró el cuello y miró al camino. De pronto se quedó paralizado.

Tanagra casi no respiraba. Podía oír pasos en el camino. Advirtió que Cuerno Roto se ponía tenso y se hundía para ocultarse entre la hierba que ocultaba el pino. ¿De quién se ocultaba su amigo?

Advirtió un movimiento y vio pasar a Sangre de Oso. En la postura tensa de Cuerno Roto advirtió su desagrado. Después de un instante de silencio, Cuerno Roto se irguió por fin.

Tanagra siguió caminando sin hacer ruido hasta acercarse a Cuerno Roto. Entonces le lanzó un manotazo a las costillas.

—¡Te pillé! —Y salió corriendo al tiempo que Cuerno Roto lanzaba un grito de miedo.

Se detuvo entre los árboles para ver si la perseguía.

Él salió corriendo de entre las ramas y se detuvo con una conseguidísima mueca de ira.

—¡Ni se te ocurra volver a hacer eso! —exclamó temblando de rabia. Pero no iba a perseguirla, eso estaba claro.

Tanagra asomó la cabeza.

—¿A quién ibas a tenderle una emboscada?

—¡Eso no es asunto tuyo, niña!

—¡Ah! ¡A Alce Ágil!

Cuerno Roto se sonrojó.

—Bueno, Sangre de Oso y tú vais detrás de lo mismo —sonrió Tanagra—. Ella no está aquí. Se ha ido con la bruja.

Cuerno Roto se quedó con la boca abierta.

—Pero allí hay gente de la Tribu de Pequeño Búfalo.

—Sí, pero no está Sangre de Oso. ¡Ni tú!

Cuerno Roto se lanzó a por ella, pero Tanagra se escapó fácilmente y desapareció como el viento, con el corazón alegre. ¡Una persecución, al fin!

Tres Dedos se tiró del largo mechón de pelo que le colgaba sobre el hombro. Por más que tirara, no disminuía la sensación que tenía en las entrañas. Estaba en un desierto altozano de piedra gris desde el que se veía el muro de pinos que rodeaba la montaña.

El aire cristalino llevaba el penetrante olor de las coníferas y de la tierra húmeda. Un águila dorada sobrevolaba las fantasmagóricas aguas termales. Un alce barritó furioso al oeste de la negra arboleda.

Las cumbres se alzaban hacia el sur coronadas de nubes esponjosas moteadas por el fino polvo de nieve. Entre él y las montañas se extendía una interminable tierra accidentada que se rompía en riscos afilados, redondas colinas y escarpados cañones, todo ello cubierto de un mosaico de árboles. Se veían huellas de antiguos fuegos que los rayos habían encendido durante la sequía.

Tres Dedos miró hacia el sur, rechinando los dientes. Más tierra escarpada. Pero las cumbres no eran tan altas, y allí no se veía nieve. Hacia el oeste se alzaba un risco más alto que oscurecía la vista. No se podía pensar en ir al este porque entre las montañas se había abierto un cañón infranqueable.

—¿Y bien? —le gritó Cuervo Negro.

Tres Dedos se llenó de aire los pulmones y exhaló lentamente, disfrutando de la sensación.

—Nos hemos perdido.

—¡Estupendo! —Cuervo Negro se golpeó los costados con furia—. Y los Anit'ah conocen todos los caminos en estas tierras. ¡Me parece magnífico!

Tres Dedos respiró profundamente, preguntándose cuánto tiempo les quedaría si no encontraban a Pata Blanca.

Pequeño Danzarín se detuvo un instante para recuperar el aliento y darle un descanso a sus piernas trémulas. Se inclinó para aliviar la carga de sus caderas y rodillas, y apoyó los brazos en las piernas para soportar el peso. Lo único que no le dolía eran los tobillos. El fardo que llevaba a la espalda debía de pesar lo mismo que él. La ancha correa le cruzaba la frente, que ya hacía tiempo que tenía entumecida por la falta de circulación. A pesar de la carga, no pudo evitar sonreír.

¡Su primer búfalo! Con las indicaciones de su padre, habían empleado la trampa a la perfección. Toro Hambriento sabía exactamente lo que harían los búfalos. Juntos habían empujado cuidadosamente a los animales por el valle hasta meterlos en la trampa.

Luego Toro Hambriento había corrido a su posición para matar de un flechazo a la hembra que iba en cabeza. Su segunda flecha alcanzó las costillas a un animal más joven. Los demás se arremolinaron lejos de las afiladas estacas de la cerca de la trampa.

Pequeño Danzarín tuvo su oportunidad cuando una hembra joven se apartó de la zona de matanza, con la cabeza gacha y gruñendo ante el olor de la sangre. El tiro fue perfecto, disparado a menos de diez pasos. La flecha había atravesado el diafragma y los pulmones. La hembra saltó, pateó y exhaló una nube de aliento. Se apartó del grupo gimiendo. Luego cayó y se desangró hasta morir sobre la hierba teñida de rojo.

Mataron siete búfalos antes de que una hembra enloquecida dirigiera una estampida contra la cerca. La hembra dejó caer la barbilla, acicateada por las ramas, y con una sacudida de la cabeza demolió la cerca y corneó a uno de sus compañeros. En la confusión que siguió todos huyeron hacia el valle, menos los gravemente heridos, buscando la seguridad de las montañas.

Pequeño Danzarín se detuvo entonces, sintiendo la emoción de haber matado a un animal tan grande con su flecha hecha a mano. Bajo las indicaciones de Pata Blanca había insuflado Poder del Espíritu en la madera, la piedra y el nudo. Al tallar las finas puntas de cuarcita se le habían quedado los dedos llenos de cortes. Su sangre había teñido las afiladas puntas para imbuirles alma y poder para matar.

Y ahora el círculo se había completado. Aspiró el aire frío, tan feliz que apenas se daba cuenta de que le ardían los músculos de las piernas por el peso. Él, Pequeño Danzarín, llevaba su primera carne al campamento. Con la alegría del acontecimiento, ni siquiera le importaba mucho la perspectiva de enfrentarse a Pata Blanca.

Hizo acopio de fuerzas y se irguió, sintiendo el dolor de las articulaciones. Miró la corta distancia que le separaba del refugio en la roca de Pata Blanca.

Ni siquiera oyó acercarse a su padre.

—¿Estás bien?

—Creo que tengo la espalda rota. En cualquier momento voy a oír el crujido de mis huesos al partirse.

—Ya te acostumbrarás.

—Sí, claro. ¡Y seré un par de palmos más bajo!

Tragó saliva con la garganta seca y se forzó a mirar el acogedor hueco del refugio de Pata Blanca. Ya no estaba lejos. Se encaminó hacia él y subió jadeando la última pendiente con pasos cortos y rápidos.

—Un poco más, ya casi estás —le decía la voz de su padre.

Pequeño Danzarín llegó a la hierba aplastada, listo para gritar y dejar caer la carga... cuando saliera la chica.

¿Chica? Se detuvo y alzó la cabeza sin pensar. La carga le echó hacia atrás y perdió súbitamente el equilibrio. Agitó los brazos fútilmente, se tambaleó con un grito y cayó sentado. La carga estuvo a punto de partirle el cuello.

El mundo le daba vueltas ante los ojos. Apenas sintió sus pies golpeando la tierra.

Se sonrojó ante la risa tintineante de la muchacha.

—¿Cómo te sientes? —preguntó Soñador del Lobo. La niebla ondeaba en su voz.

—Como si me estuviera evaporando. El Poder se disipa. Sangre de Oso está acabando con él. Cada vez que se burla queda menos de lo que yo soy. Por la noche, cuando duerme, juego con su vida, sabiendo que podría apagarle como apaga la tierra una rama ardiendo.

—Las cosas han cambiado. Y la causa es Sangre de Oso.

—¿La niña?

La voz de Soñador del Lobo se suavizó.

—Estoy preocupado. El amor podría quitarnos al muchacho. Conozco su Poder. Sé que el amor puede alzarse desde el Poder y llevar

al desastre. En una ocasión yo también estuve cerca del desastre por culpa del amor.

—Puede que yo haya mermado, pero todavía podría acabar con la amenaza creada por Alce Ágil. Ella no es nada.

—Estás furioso. Siempre deseas atacar. Yo... bueno, le daría un tiempo que yo no tuve. Tal vez ella es un camino para llegar hasta él, para reparar el daño que hizo Raíz de Artemisa. El Observador lo sabrá.

—No dudes demasiado, Soñador del Lobo. El modo que tienen los humanos de experimentar el tiempo juega ahora contra nosotros. Siento que estamos llegando a un final, de un modo u otro. Y que será muy pronto.

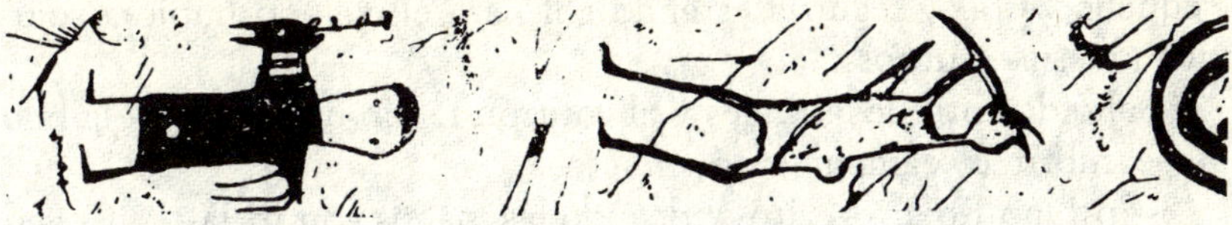

13

Mientras caminaba mirando cautamente los árboles que le rodeaban, Sangre de Oso pensaba que la vida tenía cosas muy raras. Había partido en busca de una muchacha díscola en la que pensaba sembrar su semilla. Pero en lugar de encontrarla a ella había ido a dar con huellas de la Tribu de Pequeño Búfalo, en el corazón de su territorio. Todavía sentía el escozor de la última incursión.

Habían llegado por la mañana, cuando el sol empezaba a aclarar el horizonte oriental. Sangre de Oso se había lanzado a la carga en medio de la confusión, y vio al mismo Soñador del Espíritu que había visto el día que robó el Fardo del Lobo. El Soñador cantaba y exhortaba a sus guerreros a matar a los Mano Roja.

Aún sentía arder la ira cuando recordaba aquel día. Si se hubiera quedado, tal vez habría podido organizar a su gente para el contraataque. Pero su primer pensamiento fue que la Tribu de Pequeño Búfalo quería recuperar el Fardo del Lobo. Y sin el Fardo, él perdería su ascendencia sobre los Mano Roja. Ya tenía bastante con haber perdido el Fardo una vez. ¡Perderlo dos veces era impensable!

Así que cogió el Fardo y echó a correr. Los Mano Roja se dispersaron al ver su ignominiosa huida. Los guerreros escaparon, sin fuerzas para luchar, y abandonaron el campamento en manos de los enardecidos Pequeño Búfalo, que saquearon y quemaron todo. Resultaron muertos un hombre y una mujer de flechazos por la espalda, y capturaron a algunos niños y dos mujeres.

Había sido un desastre.

Ahora tenía otra oportunidad. Ahora podría guiar a los Mano Roja en una venganza contra el enemigo. Naturalmente, Alce Ágil seguía perdida en alguna parte, pero si no la atrapaba la Tribu de

Pequeño Búfalo, seguiría estando ahí para él cuando hubiera solucionado sus asuntos.

Salió de entre los árboles y el corazón le dio un brinco de júbilo al descubrir el campamento intacto.

—¡Mano Roja! —gritó ondeando las manos con furia—. ¡Coged vuestras armas! ¡La Tribu de Pequeño Búfalo ha vuelto! ¡Esta vez los sorprenderemos!

A los pocos minutos caminaba al frente de sus guerreros. Ya sólo quedaba encontrar las huellas de los intrusos, acecharlos y matarlos a todos.

El fuego crepitaba y crujía, mandando chispas de luz amarilla hacia el techo tiznado de hollín del refugio de Pata Blanca. En el aire pesaba el olor del búfalo asado y la lengua hervida, mezclado con aromas de colas, cebollas, raíz de enea, hojas de planta de abeja y bulbos de lirios.

Pequeño Danzarín movió sus hombros doloridos sintiendo las punzadas de las articulaciones. Al día siguiente le dolerían todos los músculos. Miró a su padre que estaba sentado junto a una carga de carne puesta a secar. El rostro de Toro Hambriento reflejaba satisfacción, y la alegría de la caza había sustituido momentáneamente la tristeza que normalmente cargaba sus ojos. Dos Humos estaba apoyado contra el muro trasero. Trabajaba el cuero con dedos ágiles, y con una afilada piedra de cuarcita preparaba la piel curtida para hacer suelas de mocasines. Alce Ágil estaba al fondo del refugio, mirando con atención los fardos y las bolsas de medicina. La luz del fuego se reflejaba en su pelo. Pequeño Danzarín no podía apartar los ojos de ella cuando se movía con la gracia de un ciervo en la nieve fresca. Pata Blanca estaba sentada junto al fuego, atizando las ascuas con un palo.

Pequeño Danzarín observó incómodo que Pata Blanca se inclinaba para mirar el trozo de intestino de búfalo que colgaba del trípode de madera de enebro.

—Me vendrían bien un par de piedras más. Ya está hirviendo, pero me gustaría que mantuviera bien el calor.

Alce Ágil se apresuró a ayudar, y con un par de palos cogió otra ascua del fuego y la dejó caer con un silbido en el guiso. Unos brillantes ojos negros llamearon en su dirección.

Pequeño Danzarín sintió una extraña y cálida excitación que se incrementó cuando sus ojos se encontraron. Sentía la presencia de ella tan dolorosamente como si el aire estuviera cargado. ¿Qué pasaba? ¿Por qué no podía apartarla de su mente?

Bajó la vista y se sorprendió al encontrarse absorto en sus torpes manos. Por más que lo intentaba, no podía dejar los dedos quietos. Todos los nervios de su cuerpo le urgían a hacer algo. Se levantó, dio un par de pasos y volvió a dejarse caer. Vio de reojo la divertida sonrisa de la muchacha que evitaba su mirada.

Más de una vez los Mano Roja habían pasado de largo para acampar cerca de allí. En esas ocasiones, él había jugado con los niños. Incluso había visto a Alce Ágil. Una vez había pasado la tarde con ella y otros dos niños jugando al aro y el palo, riendo y correteando. ¿Por qué no había advertido entonces el color de su piel, el brillo de su pelo a la luz o la misteriosa profundidad de sus ojos negros? Ahora le absorbía cada uno de sus movimientos hasta casi hacerle daño. Por más que intentara centrar su atención en otras cosas, no podía evitar mirarla de soslayo deseando que ella le sonriera o le hablara.

La muchacha estaba concentrada en examinar cuidadosamente la espiral grabada en el muro trasero. Pata Blanca había cubierto las líneas con tinte amarillo de flores machacadas.

Alce Ágil alzó la mano para tocarla y luego miró a Pata Blanca.

—Hay muchas espirales como ésta grabadas en las rocas del lado norte de las montañas. Recuerdo haberlas visto de pequeña. Acampamos allí para encontrarnos con la Tribu de Grulla Blanca. Creo que iban a comerciar.

Pata Blanca asintió. Por una vez se había mostrado insólitamente reservada, y sus ojos de ave rapaz habían mirado primero a la muchacha y luego a él. Pequeño Danzarín odiaba aquella velada y nebulosa mirada. Algo preocupaba a la anciana, como un mal augurio que acechara en su mente. ¿Qué habría hecho él esta vez para alterar su alma tortuosa?

Pero como si la brisa de la mañana hubiera evaporado una cortina de humo, Pequeño Danzarín se dio cuenta de que no se trataba de él sino de Alce Ágil. Pata Blanca no la quería por allí. ¿Por qué? ¿Qué pasaba con ella?

—¿Sabes lo que es la Espiral? —preguntó Pata Blanca mirando a Alce Ágil.

—Sólo sé que es Poderosa. Es antigua, ¿verdad? ¿No viene de los tiempos de los Niños Monstruo y los Héroes Gemelos?

Pata Blanca sonrió, posando la vista en la piedra.

—Sí, niña, es muy antigua. La Espiral es tan antigua como el

Primer Hombre. Al principio, el Sabio de las Alturas creó un mundo. Luego hizo a los animales y al hombre. Durante mucho tiempo las cosas fueron bien. Luego, como siempre, algo lo estropeó todo. Tal vez fueron los hombres o tal vez los animales, pero en algún lugar, el Uno de la creación se separó, se partió. Todo empezó a ir en distintas direcciones. Los humanos creyeron que eran los seres más importantes en el Primer Mundo y dejaron de darles las gracias a los animales y las plantas por ofrecerse como comida. Los animales empezaron a pensar que eran los más importantes y dejaron que los hombres se murieran de hambre, negándose a ofrecerse para que los mataran. E igual que una piedra de cuarzo rota de un martillazo, todo se diseminó en distintas direcciones.

El rostro de Alce Ágil se iluminó mirando fijamente la espiral. Pequeño Danzarín vio cómo sus dedos recorrían la talla y un extraño presagio se extendió en su pecho.

—Al ver todos los problemas, el Sabio de las Alturas se disgustó —prosiguió Pata Blanca—, y creó un nuevo mundo para sí mismo. Se convirtió en Araña y tejió la Red de Estrellas, el Segundo Mundo. Pensó que los humanos no podrían llegar a él con su cuerpo físico y así no podrían estropearlo todo. Pero se equivocó. En cuanto terminó el Segundo Mundo, empezaron a elevarse todas las almas de la gente que había muerto y llenaron la Red de Estrellas, convirtiéndose en las estrellas que vemos en el cielo.

—Pero aquello no arregló los problemas del Primer Mundo, ¿no? —Alce Ágil dirigió una mirada esperanzada a Pata Blanca.

El interés de la muchacha pudo con las sospechas de Pata Blanca, que se lanzó a contar la historia con ojos animados.

—Sí, las cosas seguían yendo mal en el Primer Mundo. Todo estaba dividido, y los hombres y los animales luchaban entre sí. El Sabio de las Alturas pensó hasta dar con la forma de arreglarlo. Y creó otro mundo, el Tercer Mundo, y lo llenó de espíritus para que ayudaran a la gente cuando lo pidiera. El Sabio de las Alturas hizo los Sueños para que esos espíritus del Tercer Mundo pudieran hablar con los hombres del Primero. Durante un tiempo las cosas mejoraron, pero el Primer Mundo todavía tenía cosas malas.

—¿Y de ahí vienen los Soñadores? —preguntó Alce Ágil.

—Eso ya lo sabes —refunfuñó Pata Blanca—. Los Soñadores son la clave para mantener las cosas en equilibrio. Hacen que todo vuelva a estar bien y Danzan con la Espiral.

—Te estás desviando, anciana —dijo Dos Humos—. Sigue con la historia.

Pata Blanca le dirigió una lánguida mirada.

—Sí, bueno, por aquel tiempo nacieron en el Primer Mundo los Héroes Gemelos: el Primer Hombre y su hermano. Ocurrió algo y su madre murió dejando solos a los dos niños. El Sabio de las Alturas sentía el Poder de un Soñador, ¿pero cuál de los niños sería? No podía dejarlos morir porque un Soñador podría arreglar el Primer Mundo para que volviera a estar bien, de modo que el Sabio le dijo al Lobo (que siempre ha sido sabio y astuto) que fuera a buscar a los niños. El Lobo los encontró en la orilla de un mar y los crió. Al Primer Hombre le gustaba el día y vivía en la luz. A su hermano le gustaba la oscuridad y se ocultaba y urdía tretas.

»Mientras tanto, el Sabio de las Alturas decidió empezar de nuevo y crear otro mundo, un Cuarto Mundo. Cuando lo hizo pensó que era bueno. Así que llamó al Lobo y le dijo que buscara a todos los animales buenos y los hiciera pasar por un agujero bajo tierra hasta llegar al nuevo mundo. El Lobo así lo hizo y llevó a todos los animales al Cuarto Mundo, el mundo en el que ahora estamos, y vieron que era maravilloso.

—¿Y qué pasó con el Primer Hombre? —preguntó Pequeño Danzarín—. Si el Lobo sólo trajo a los animales, el Primer Hombre se quedó al otro lado.

Pata Blanca le miró un instante y asintió.

—Así es. El Primer Hombre y su hermano se quedaron al otro lado del agujero entre los mundos. Pero el Lobo se sentía solo al haber dejado atrás a sus dos hijos humanos. Así que envió al Primer Hombre el Sueño del Lobo y le dio el Fardo del Lobo a modo de guía para que trajera a los hombres buenos del Primer Mundo. Y así lo hizo el Primer Hombre. Trajo a la gente buena por debajo de la tierra. Algunos dicen que el agujero estaba bajo el hielo, otros dicen que era un túnel en el cielo, y también se cuenta que pasaba a través de la roca. Pero no importa, el caso es que llegaron a este mundo.

—¿Y el hermano malo le siguió?

—Sí, el hermano del Primer Hombre le siguió y trajo el mal con él. Y cuando el Primer Hombre vio lo que había pasado, golpeó a su hermano y le abrió la cabeza. El hermano malo salió corriendo en la noche, sangrando. Por eso hoy encontramos cuarzo rojo. Está en los lugares en que su sangre cayó a la tierra y se convirtió en piedra.

—Pero eso no tiene nada que ver con Espirales —señaló Alce Ágil.

Pata Blanca dio una palmada. Una gran sonrisa hendía su anciano rostro y los ojos le brillaban encendidos por el entusiasmo de su audiencia.

—¡Pues sí que tiene que ver! Veréis, después de matar a su hermano, el Primer Hombre dibujó la Espiral para recordar a la gente que todo es Uno. Esperaba que tal vez así podría evitar que sucedieran las cosas malas. Mientras los hombres recordaran que una espiral es un círculo dentro de otro, eternamente, nunca olvidarían el Uno, y el mundo no se fragmentaría y se dividiría como ocurrió con el Primer Mundo. Por eso necesitamos un Soñador, para Danzar y mantener la Espiral entera.

—¿Por eso es tan Poderosa? ¿Porque le recuerda a la Tribu el viaje desde el Primer Mundo? —Alce Ágil examinó la Espiral con la frente arrugada.

Pata Blanca asintió con una sonrisa.

—Más que eso, muchacha. La Espiral es el más poderoso de todos los símbolos. La Espiral es vida, es la creación completa porque lo contiene todo en sí misma; es la unidad. Es el principio y el fin, y la transición entre ellos. Son los círculos dentro de círculos, la Unidad, el todo, desde el Sabio de las Alturas hasta la semilla más pequeña o la última mota de polvo. Es todo y nada. El Uno.

El Uno. La palabra resonaba en la mente de Pequeño Danzarín. Por un instante se le nubló la vista. Se sintió mareado y dejó caer la cabeza entre las rodillas. Al cerrar los ojos aún veía la imagen de la Espiral dando vueltas, girando, rodeándole el alma. La voz chillona de Pata Blanca resonaba en su mente: *La creación completa porque lo contiene todo en sí misma; es la unidad.*

He trabajado demasiado hoy; se engañó. *Debería haber cogido una carga más ligera. Es el cansancio, nada más.* Movió la cabeza como para librarse de las imágenes provocadas por la historia de Pata Blanca. Al alzar la vista vio que los agudos ojos de Pata Blanca no perdían detalle de su inquietud. Le devolvió la mirada en actitud defensiva.

La anciana suspiró y movió sus encías desdentadas mientras volvía a acomodarse en sus pieles.

—¿Cuánto tiempo te quedarás aquí? —preguntó.

Alce Ágil seguía mirando la gran Espiral de piedra y sus ojos aún llameaban con la magia de la historia.

—No lo sé. Hasta que mi madre diga que Sangre de Oso ha puesto la mente en otras cosas.

—¿Sangre de Oso? —Pequeño Danzarín frunció el ceño.

Dos Humos dio una calada a su pipa. Estaba reclinado contra un fardo apoyado en una pared.

—Parece que el jefe de los Mano Roja se interesa por Alce Ágil desde que se ha convertido en mujer. La poseería a la fuerza.

—Pero la violación...

—Entre los Mano Roja es distinto. —Dos Humos se frotó el cuello—. Un hombre que fuerza a una mujer es rídiculo. ¿A qué hombre le interesaría que se supiera que no tiene bastante poder para ganar a la mujer que desea? ¿Quién quiere convertirse en un hazmerreír? Y puedes estar seguro de que una mujer violada se lo contaría a todo el mundo. Los hombres le negarían su compañía, las mujeres se levantarían las faldas para burlarse de él. Los niños le tirarían estiércol y se orinarían en sus cosas. ¿Quién podría vivir así? El último hombre del que supe que había violado a una mujer estaba tan avergonzado que finalmente salió desnudo bajo una tormenta, prefiriendo morir antes que seguir viviendo así.

—¿Entonces por qué iba a arriesgarse a eso Sangre de Oso? —preguntó Toro Hambriento alzando la vista de su bolsa de herramientas.

Dos Humos levantó las manos.

—Sangre de Oso es el guardián del Fardo del Lobo. Eso le da ciertos privilegios. Alce Ágil puede rechazar a cualquier hombre menos al guardián del Fardo del Lobo. Rechazar al guardián es rechazar al Fardo del Lobo. El guardián y el Poder son Uno, ¿no lo comprendes?

—El Fardo del Lobo. —Pequeño Danzarín sintió una punzada en el corazón y vio la expresión atormentada de Dos Humos. El berdache se atormentaría hasta el día de su muerte por la profanación y la pérdida del Fardo del Lobo.

—Eso no está bien —insistió Toro Hambriento en su ampulosa lengua anit'ah. Levantó una punta de ágata moteada para mirarla bien. La rugosa superficie de la piedra atrapaba la luz del fuego y relumbraba como el hielo.

—Esté bien o mal —gruñó Pata Blanca acomodándose—, los modos de vida de los Mano Roja son distintos de los de la Tribu de Pequeño Búfalo. Ni mejores ni peores, simplemente distintos. Entre los Mano Roja, una mujer no suele casarse hasta que está embarazada. Los Mano Roja valoran mucho la capacidad de una mujer de traer vida al mundo. Recuerdo los curiosos comentarios cuando Agua Clara acudió a Sangre de Oso. Pero ella era una Mujer del Espíritu. —Pata Blanca miró a Pequeño Danzarín con los ojos entornados—. Y todavía no he desentrañado todos los nudos y giros del curso de sus acciones.

Pequeño Danzarín bajó la vista y se mordió los labios. Dos Humos le había dicho por fin quién era su verdadera madre. Tal vez aquello ayudó a mitigar el dolor por la muerte de Raíz de Artemisa, o tal vez sólo había empeorado las cosas.

—Sangre de Oso. —Alce Ágil se estremeció—. Él no cree en el Poder.

—¿Ah, no? —Pata Blanca giró bruscamente la cabeza.

Alce Ágil se mordió el labio con aire avergonzado.

—¿Y tú cómo lo sabes, nueva mujer?

Alce Ágil tragó saliva, mirando en todas direcciones como buscando una vía de escape. Al ver que no había ninguna, suspiró.

—Un día Tanagra y yo estábamos escondidas y Grillo nos estaba buscando. Nos encontrábamos en el refugio de Sangre de Oso. Él estaba dentro hablando con el Fardo del Lobo. Oí cómo lo golpeaba con el dedo y le decía que no creía en él. Las dos nos asustamos y nos quedamos allí paralizadas durante horas.

Pequeño Danzarín se quedó sin aliento mirando conmocionado a la muchacha antes de dirigir sus ojos a la Espiral, que pareció retorcerse y agitarse a la luz, absorbiéndole al interior de círculos infinitos.

El rostro de Pata Blanca se había endurecido y sus ojos de obsidiana brillaban. Dos Humos gruñó con expresión dolorida y la vista fija en un punto que sólo él podía ver.

—Pero de todos modos, ¿lo cuida y lo mantiene a salvo?

—Lo guarda celosamente. —Alce Ágil levantó la vista, incómoda.

—Naturalmente —gruñó Pata Blanca—. ¿Qué sería Sangre de Oso sin el Fardo del Lobo? ¿No os acordáis de cómo estaba antes de devolver el Fardo a los Mano Roja?

Dos Humos asintió y salió a la noche cojeando, y el ruido de sus pasos irregulares se fue perdiendo.

—Sangre de Oso sufrirá al final. —Pequeño Danzarín agitó la cabeza, hipnotizado por la Espiral—. Es un loco. Lo sé, yo sentí el ultraje aquella noche...

De pronto se sobresaltó al darse cuenta de lo que había dicho. Pata Blanca no se había perdido una palabra. La anciana levantó una ceja y se marcaron todas las arrugas de su frente.

—No quería herir los sentimientos de Dos Humos —se disculpó Alce Ágil—. No sabía que él...

—Calla, niña —dijo Pata Blanca con un gesto—. El guiso está casi listo.

—Vamos a comer —convino Toro Hambriento—. Mira que ponernos a hablar de todas esas cosas terribles del Poder... Eso es para

Soñadores y Curadores del Espíritu. Hoy tendríamos que estar de fiesta. Pequeño Danzarín y yo hemos conseguido carne para todo el invierno. ¡Estamos olvidando que hoy mi hijo se ha hecho un hombre! Ha matado su primer búfalo. A lo mejor hasta se ha ganado un nombre.

¿Un nombre de hombre? A Pequeño Danzarín le dio un brinco el corazón. Por fin, después de tantos años.

—Sí, podríamos pensar un nombre. —Pata Blanca frunció el ceño y apoyó la barbilla sobre su arrugado brazo—. Vamos a pensarlo. Un nombre no es algo que pueda tomarse a la ligera —dijo con énfasis, chasqueando los dedos.

Alce Ágil le miró abiertamente con ojos expectantes. Tal vez fuera un efecto óptico, pero pareció que se sonrojaba.

Se hinchó tanto que hubieran tenido que estallarle las costillas. Debería haberse puesto a aullar y saltar de alegría, cantando su hombría. Pero en lugar de eso se levantó y se acercó a tocar las profundas líneas de la Espiral. Sintió en los dedos la piedra cálida y rugosa. Nunca olvidaría el dolor en el rostro de Dos Humos, ni lo que se había dicho sobre el Fardo del Lobo, el Primer Hombre y Sangre de Oso. Alce Ágil se acercó y él sintió su presencia. Los ojos de Pata Blanca le ardían en la espalda con la intensidad de un ascua encendida. El Poder palpitaba en la noche.

Fuera del refugio, un lobo lanzó un ansioso aullido.

Batir de Cascos bajaba por el camino con el paso ligero de una mujer acostumbrada a viajar. A cada lado se apretaban los pinos que se alzaban hacia el cielo moteado de nubes. Ya había pasado la primera escarcha. Hombres y animales tendrían un respiro antes de que el auténtico soplo del invierno aferrara las Montañas Búfalo con su blanco puño.

Batir de Cascos aminoró el paso para trepar sobre unas rocas caídas que bloqueaban el camino. Alce Ágil ya había roto casi todas las ramas, haciendo más fácil el paso. Se le quedó enganchado el vestido en un tocón y ella lo rasgó y siguió caminando hacia el campamento de Pata Blanca.

Todo se había desarrollado antes de lo que pensaba. Sangre de Oso había encontrado huellas de la Tribu de Pequeño Búfalo al salir a buscar a Alce Ágil. De vez en cuando se presentaba la buena suerte. Cuando terminaran las incursiones, tal vez Alce Ágil habría tenido bastantes hombres para mitigar el interés de Sangre de Oso. Incluso era posible que alguno se hubiera ofrecido a casarse con ella si daba a luz. Podían pasar muchas cosas.

Respiró feliz y exhaló mientras reanudaba el paso ligero por el camino del gamo.

Las huellas apenas se veían en el barro endurecido del sendero. Se detuvo para inspeccionarlas. ¡No! No podían estar allí, tan lejos de las huellas de búfalo que conducían a las praderas del este.

Empezó a retroceder lentamente.

Pero no tuvo tiempo ni de respirar antes de que un fuerte brazo le envolviera la cintura. Una mano le tapó la boca y ahogó su grito.

—Tengo la impresión de que Pata Blanca no me quiere aquí. —Alce Ágil ladeó la cabeza observando la expresión de Dos Humos.

El berdache se frotó la frente y espantó a una mosca que insistía en molestarle. Estaban sentados en la pendiente, a varios tiros de flecha de distancia al sur del refugio, disfrutando de la dorada luz del sol. Hasta el cielo reflejaba la paz del día, extendiéndose hacia el infinito como una bóveda azul que casi cegaba los ojos. Aquí y allá flotaba alguna nube esponjosa que surcaba el cielo cambiando de forma. Una ardilla iba recogiendo espigas entre la artemisa y sacudía las semillas hasta llenarse los abazones. Luego se alejó dando saltos para ocultar el botín.

Alce Ágil miró escépticamente la pila de corteza rojiza que tenía al lado y que no parecía disminuir. Mientras hablaban iban trabajando las largas y finas tiras de corteza de enebro que Dos Humos había arrancado laboriosamente de los árboles durante el verano. Los rápidos dedos de Alce Ágil las iba trenzando, las frotaba entre las manos como un palo de hacer fuego y luego unía los extremos. Dos Humos ataba cuidadosamente las trenzas para crear una red de la altura de un hombre.

Un viento cálido susurraba a través de los retorcidos árboles que les rodeaban. El sol caldeaba las rocas y se filtraba entre las hierbas secas con rayos de color tostado. Las flores tardías volvían sus cabezas amarillas hacia las suaves caricias del Padre Sol.

—No eres tú. Normalmente, Pata Blanca te habría dejado sorda hablando y hablando para que lo aprendieras todo sobre las plantas y las demás cosas. No pararía de decirte cómo hacer esto y aquello. Pero está preocupada por Pequeño Danzarín.

—Parece un buen chico.

—Por eso está preocupada Pata Blanca.

Alce Ágil dejó de trabajar la corteza y le miró con franqueza.

—¿Porque es un buen chico?

—No... Porque tú lo piensas.

—¿Y qué?

—Pues que es un hombre joven... y tú una mujer joven.

—¿Y eso es malo?

Dos Humos lanzó un manotazo a la mosca con la rapidez de un halcón. Sonrió al ver el cuerpo aplastado en la palma de su mano.

—No está mal para un viejo berdache, ¿eh? —Luego volvió al tema—: Pequeño Danzarín tiene Poder. A Pata Blanca le preocupa que lo pierda si se lía con una mujer, y más concretamente contigo puesto que tú eres la única mujer que hay por aquí.

—¿Y cree que él se interesa por mí?

Dos Humos sonrió.

—Sí que se interesa. Pero todavía no lo sabe. Y a ti te interesa él. Te he visto mirarle y jugar a juegos que llevan a las risitas y finalmente a las pieles. Eres una mujer, una niña que acaba de convertirse en mujer al modo de los Mano Roja. Según nuestras costumbres, has de yacer con un hombre para demostrar tu condición de mujer. Y tú tienes curiosidad y te preguntas cómo será.

—¿Cómo sabes tanto sobre las mujeres?

—¿A un berdache le vas a preguntar eso? —Dos Humos se echó a reír verdaderamente divertido—. Nosotros somos los mediadores, conocemos el corazón del hombre y de la mujer. Somos medio hombre y medio mujer, y algo distinto, ni lo uno ni lo otro. Tú lo sabes... Fue el Poder lo que me hizo así.

»Aún me acuerdo de lo que era eso. Pero para un berdache las cosas son distintas. El hombre al que amaba se llamaba Cinco Caídas. Cuando era joven, yo había acudido a Pluma Cortada, naturalmente, para pedirle que me declarara berdache. Incluso entonces sabía que yo era un berdache. Me gustaba jugar con las niñas y no participar en los juegos duros y rudos de los chicos. Y no se debe luchar contra lo que uno es. No importa el aspecto físico con el que nos hayan bendecido; en el cuerpo siempre existe la tendencia al apareamiento.

»Cinco Caídas y yo habíamos sido amigos durante mucho tiempo. Ser un bardache nunca es fácil, ni siquiera en una sociedad como la de los Mano Roja. Generalmente los problemas comienzan cuando eres niño, antes de que nadie se haya dado cuenta de lo que eres, ni siquiera tú mismo. Pero Cinco Caídas siempre pareció saberlo. Me llevaba un par de años, y siempre me había cuidado. Cuando me declararon berdache, me tomó como segunda esposa. Con ello ganó un gran prestigio, y siempre nos cuidamos el uno al otro. Su primera esposa era Álamo Caído, y yo no le gustaba mucho. Pero las primeras esposas suelen sentir celos, eso lo sabe todo el mundo.

»Ella alumbraba a sus hijos y yo era su amante. Éramos muy felices, aunque Álamo Caído refunfuñaba mucho. Pero no tenía de qué quejarse. Yo hacía el trabajo y ella tenía la posición.

Alce Ágil asintió.

—Cinco Caídas se despeñó y se mató, ¿no? Cuando cazaba cabras montesas, creo.

Dos Humos miró a lo lejos.

—La caza de invierno requiere un gran valor. Yo le dije que no fuera porque tenía un presentimiento. —Se palmeó las rodillas con sus manos encallecidas—. Bueno, no importa. Todo eso fue hace mucho tiempo. Después de aquello Agua Clara se hizo mi amiga. Ella también sentía que no encajaba, y aquello nos unió.

—¿Compartiste las pieles con ella? —preguntó Alce Ágil.

Dos Humos asintió.

—Una o dos veces. Supongo que la razón vino del Poder. Un berdache vive entre el Poder y el mundo. El amor adopta muchas formas, eso es todo... Y el espíritu nos unió. Yo siempre he preferido los hombres. Pero me estoy desviando del tema. Llevo muchos años observando a los jóvenes, y veo la atracción que existe entre Pequeño Danzarín y tú.

Alce Ágil se concentró en la corteza que trenzaba, sintiendo su dureza espinosa en las palmas de las manos.

—Tiene una mirada que me conmueve. Es como si estuviera herido. Y yo me siento... bueno...

—¿Desearías abrazarle y ayudarle? Lo sé, así actúan los humanos. Todos deseamos mitigar el dolor de los demás. ¿Ésa es tu única razón?

Alce Ágil sonrió tímidamente.

—También pienso que él no me haría daño. Después de imaginar lo que Sangre de Oso me... —Movió la cabeza—. No sé. Nunca pensé que sería tan complicado.

—Acaba de pasar su decimotercer verano. —Dos Humos levantó una ceja.

—Parece mayor.

Dos Humos asintió.

—La vida no le ha tratado bien. Ya te he dicho que el Poder camina con él, llena sus Sueños, y en el pasado le ha hecho daño.

Ahora Pequeño Danzarín quiere evitarlo. Sólo que... bueno, me pregunto qué decidirá al final. El berdache está concebido para ser diferente. El Poder no me ha tratado bien a lo largo de los años. La Tribu de Pequeño Búfalo me pegaba. Los hombres me violaban siempre que tenían ocasión. Para ellos yo era un monstruo, un accidente de la naturaleza que no podían comprender, y por tanto era peligroso. Algunos pensaban que echaría a perder a sus hijos, como una infección.

»Pero Pequeño Danzarín es distinto. Lleva en él el Poder de su madre. Agua Clara oía una voz. Ella pensaba que era la voz del Primer Hombre, Soñador del Lobo. Pero mira dónde la llevó la voz, mira lo que pasó. Por eso el Poder me pone nervioso. Soy parte de él, el Poder me rodea y me traspasa. Yo soy el puente entre este mundo en que vivimos y el Poder. Por el Poder soy como soy. Pero no veo la razón que hay detrás de las cosas. No sé adónde va el Poder ni qué está haciendo con nosotros. Lo único que sé es que Pequeño Danzarín es Poderoso, y que algún día será un hombre importante. Te lo dice un berdache.

¿Un hombre importante? Sentía una extraña excitación.

—Te interesa, ¿eh? —Dos Humos se rascó la oreja—. Puede que no le esté haciendo ningún bien a nadie. Escucha, muchacha, y recuerda que estamos hablando de Poder. Pequeño Danzarín es importante, el Poder lo ha elegido. A pesar de las preocupaciones de Pata Blanca, creo que el muchacho no podrá eludirlo. Algún día deberá seguir al Poder.

»Mira, el Poder puede hacer importante a un hombre, pero también puede hacerle la vida muy difícil. Utiliza a las personas como un cazador utiliza sus herramientas. Para hacer una flecha hace falta una gran habilidad y esfuerzo. Hay que prepararla, bendecirla, insuflar en ella espíritu. Luego el cazador la dispara. La flecha, tan cuidadosamente tallada, se pierde para aterrizar no se sabe dónde. Tal vez alcance a un ciervo o a un alce en el costado, desgarrándole los pulmones y el corazón y matando al animal para que la gente pueda comer. Tal vez se pierda para dar en una roca. Entonces la punta se rompe, la madera se parte y la flecha se queda allí para siempre.

Alce Ágil le miró sintiendo un vacío en el corazón.

—¿Tú quieres correr ese riesgo? —preguntó suavemente Dos Humos con una mirada cálida.

Ella tragó saliva sin saber qué contestar.

—¡Eh! ¡Toro Hambriento!

Pequeño Danzarín alzó la vista del sangriento cuarto de búfalo sobre el que estaba inclinado. Tres Dedos se acercaba dando saltos por la pradera, con los brazos en alto, riendo y gritando. Detrás venía Cuervo Negro con una ancha sonrisa en su rostro radiante. Graciosa, Triguero y los niños les seguían. Delante de Cuervo Negro venía otra mujer con el rostro sombrío.

—¿Tres Dedos? —Toro Hambriento se irguió y se protegió los ojos con una mano ensangrentada—. ¡Eres tú!

Se produjo una gran confusión. Toro Hambriento, Tres Dedos, Cuervo Negro y los demás gritaban, se abrazaban y se palmeaban la espalda unos a otros.

Pequeño Danzarín miró primero a la mujer, sin hacer caso de las risas y las preguntas de los hombres.

—Tú no eres de la Tribu de Pequeño Búfalo —le dijo en anit'ah.

—No. —Le miró fijamente con sus ojos duros. Incluso en su juventud, Pequeño Danzarín advirtió los bellos rasgos de su rostro—. Me atraparon ayer —añadió ella irritada. Sus labios se torcieron en una sonrisa—. Tal vez soy más vieja de lo que pensaba.

Pequeño Danzarín miró de reojo al grupo que se congregaba en torno a su padre.

—No te han hecho daño.

Ella soltó una risa seca.

—Sólo en mi dignidad.

—Soy Pequeño Danzarín. Vivo en el campamento de Pata Blanca con...

—Ya sé quién eres. ¿Está allí mi hija? Se llama Alce Ágil. Debe haber llegado hace días, tantos como los dedos de una mano.

—Está allí. Está bien. ¿Eres Batir de Cascos?

La mujer se llenó los pulmones de aire.

—Soy Batir de Cascos. —Miró al grupo de los miembros de la Tribu de Pequeño Búfalo que aún danzaban y gritaban preguntas pero con tanta confusión que no se entendía nada—. No sabía lo que pasaba. Los guerreros me preguntaron por el campamento de Pata Blanca con el lenguaje de signos de los Buhoneros. Puesto que no me hicieron daño, los traje hasta aquí. Pero deberíais saber que Sangre de Oso ha encontrado sus huellas y los está siguiendo con una partida de guerra.

A Pequeño Danzarín se le heló la sangre en las venas.

—¡Padre! —gritó haciendo señas para llamar la atención de Toro Hambriento.

A pesar de la naturaleza festiva de la ocasión, debía notarse su tensión. Toro Hambriento se separó del feliz abrazo de Triguero y se acercó rodeando a Tres Dedos con el brazo.

—Sangre de Oso viene hacia aquí con una partida de guerra —explicó Pequeño Danzarín en la lengua de la Tribu—. Ésta es la madre de Alce Ágil. ¿No deberíamos volver al campamento a ver qué dice Pata Blanca? —Entonces miró a Tres Dedos—. ¿Vienes a hacer una visita?

—Vengo a quedarme —dijo incómodo Tres Dedos—. Castor... bueno, nos ha hecho la vida imposible en la Tribu. Se ha hecho muy Poderoso. Pata Blanca era nuestra única oportunidad.

La excitación de Toro Hambriento se desvaneció como la sombra de una nube diminuta en el cielo de verano.

—Los Mano Roja todavía están furiosos por la incursión de la Tribu del año pasado. Las almas de los muertos todavía andan vagando.

—Te dije que Castor nos perseguiría —dijo Tres Dedos.

—Y todavía será peor —gruñó Cuervo Negro.

—¿Cuánto falta para que Sangre de Oso llegue aquí? —le preguntó Toro Hambriento a Batir de Cascos.

Ella se encogió de hombros.

—Lleva ya tres días detrás de tus amigos. Y avanza deprisa. Como yo no conocía las intenciones de tus amigos, le fui marcando el rastro.

—Entonces será mejor que nos vayamos. —Pequeño Danzarín se inclinó para recoger sus herramientas de descuartizar.

—¿Y toda esta carne? —Toro Hambriento señaló los cadáveres a medio descuartizar—. Está aún caliente y se pudrirá si no... Las moscas...

—¿Tú crees que Sangre de Oso esperará a que terminemos? —preguntó nerviosamente Tres Dedos.

—El Búfalo de las Alturas lo comprenderá —añadió Pequeño Danzarín—. Él conoce nuestros corazones. —*Y se lo dije a mi madre antes de que muriera por culpa de la carne.* Sintió un escalofrío en el alma—. ¡Vamos! —Y empezó a bajar corriendo el camino hacia el campamento de Pata Blanca.

Batir de Cascos corría a su lado.

—Sangre de Oso llegará al campamento de Pata Blanca siguiendo a la Tribu de Pequeño Búfalo —dijo el muchacho—. Y encontrará a Alce Ágil.

Ella le miró y movió los labios.

—Si llegamos nosotros antes, le diré que huya. Alce Ágil puede esconderse. —Hizo una pausa—. ¿Y a ti por qué te preocupa, jovencito?

La pregunta le inquietó. Sí, ¿por qué le preocupaba? ¿Por qué Alce Ágil dominaba sus pensamientos desde el primer momento en que la vio?

—Es una buena chica.

—¿Sí? —Batir de Cascos soltó una risita al tiempo que jadeaba—. ¿Sabes?, todo esto se está complicando, Pequeño Danzarín. La Tribu de Pequeño Búfalo, los Mano Roja... todo es muy confuso.

—Pata Blanca sabrá qué hacer.

—Siempre lo sabe.

¿Y si esta vez no?, se preguntó Pequeño Danzarín. *Nosotros tenemos cuatro atlatls, ¿contra cuántos Mano Roja? Y si luchamos y ellos no nos matan, ¿qué nos quedará?*

Tragó saliva y siguió corriendo con todas sus fuerzas.

¿Qué hacía Batir de Cascos en el sendero? ¿Por qué había corrido ese riesgo sabiendo que la Tribu de Pequeño Búfalo rondaba por allí?

Sangre de Oso dirigía a sus guerreros por el camino con la vista al frente. A juzgar por las huellas, el enemigo estaba a menos de dos horas delante de ellos. Y avanzarían despacio porque llevaban niños. Los atraparían antes del atardecer.

Batir de Cascos debía dirigirse al campamento de Pata Blanca. Evidentemente estaría preocupada por su hija. Aún así, una mujer de su edad debería haber tenido más sensatez y no arriesgarse por una niña estúpida como Alce Ágil. Y lo que era peor, Batir de Cascos había ido a meterse en una emboscada de la Tribu de Pequeño Búfalo. Se lo merecía, por no tener más cuidado.

Como siempre, el enemigo desconocía el camino. Habían vagado durante días, trepando por el monte, subiendo y bajando riscos y bordeando praderas, tomando los senderos de alces que penetraban en lo más espeso del bosque y desaparecían. Una vez que atraparon a Batir de Cascos, la mujer les había guiado hacia el campamento de Pata Blanca. Ahora bien, ¿qué significaba eso? Pata Blanca había pertenecido originariamente a la Tribu de Pequeño Búfalo. Se había casado entre los Mano Roja y había sido una Mujer Espíritu durante años, curando a los que venían a solicitar su ayuda.

Sintió que se le erizaban los pelos de la nuca. Aunque él no creía en el Poder, Pata Blanca lo asustaba. Nunca podía saberse qué podía provocar aquella vieja bruja. La gente tenía miedo de Pata Blanca. Si decía algo, su palabra llegaría a los campamentos y le causaría no pocos problemas.

Estrechó el Fardo del Lobo contra su pecho. Esta vez llevaba el Poder y el espíritu de su Tribu. A diferencia de la última vez, cuando sus guerreros se desvanecieron en la noche, había tomado aquel estúpido talismán para darles coraje y espíritu. Esta vez los guiaba el Fardo del Lobo, y sus guerreros lucharían hasta la muerte para protegerlo de la Tribu de Pequeño Búfalo que lo había profanado. Con el fardo, los guerreros se esforzarían mucho más.

Es curioso la fuerza que puede obtenerse de un simple dije. Y es mío... ¡todo mío!

Ignoró el súbito palpitar de su dedo pequeño. Lo golpeó furioso contra su muslo, como si se tratara de un calambre que pudiera calmar de ese modo.

«Tengo que atrapar a los intrusos y matarlos antes de que lleguen al campamento. Eso es lo mejor», se dijo.

Ya no quedaba mucho.

De pronto el camino giró para bajar a una pradera. Los cuervos se alzaban de los árboles graznando y batiendo en el aire sus alas negras.

Sangre de Oso apretó el paso respirando pesadamente. La pradera estaba cubierta de búfalos descuartizados. Detrás de él se elevaron los murmullos.

Se acercó a uno de los animales muertos y tocó la carne.

—Lo han despellejado hace muy poco rato. —Miró sonriendo a sus guerreros—. ¡Ya son nuestros!

—La Espiral se mueve —observó el Fardo del Lobo—. Corremos un serio peligro. Ahora todo puede romperse. Está en juego el libre albedrío. ¡Se acabó el Poder de tu Sueño del Lobo! Tu Soñador me lleva a la destrucción. Veo mi fin. Puedo matar, salvarle, tal vez para renovarme. El eslabón es fuerte, pero ¿cómo reaccionará? ¿Me aceptará si envuelvo su corazón con mis tentáculos, o me volverá la espalda escuchando la voz de su madre muerta que resuena en su mente? No me queda mucha fuerza. Para matar tengo que emplearme a fondo. El muchacho no conoce el camino del Poder. El Observador no está preparado todavía. No estamos listos. Es demasiado pronto, demasiado pronto...

—Espera. —La voz de Soñador del Lobo estaba cargada de preocupación—. Tal vez Pata Blanca pueda salvar la situación. Si no, todo está perdido. Si actuamos, daremos la razón a las palabras de su madre. Si no actuamos...

14

¿Qué va a pasar?, se preguntaba Tres Dedos sentado junto a los demás ante el refugio de Pata Blanca.

Pequeño Danzarín observaba sintiendo la tensión, con la concentración rota por destellos de imágenes de Sueño. ¿Por qué? ¿Por qué estaba tan preocupado? En el límite de su consciencia parecían susurrar pensamientos que no eran suyos.

El sol seguía cayendo cálido y amistoso a pesar de la ansiedad reflejada en todos los rostros y de las nerviosas posturas que indicaban la tensión. Un saltamontes cantó en el aire quieto; el sonido se alzaba y caía con el batir de sus alas amarillas y negras.

Pata Blanca salió del refugio apoyada en su viejo báculo.

Pequeño Danzarín dio un respingo al verla con aquel aspecto viejo y frágil, como si fuera a romperse y desplomarse en cualquier momento. ¿Cuándo se había hecho tan vieja? Sintió que la culpa le roía el estómago.

—Así que Castor os ha expulsado, ¿no? —dijo con voz rasposa y vacilante.

Está tan vieja... ¿Y si muere? ¿Qué pasará entonces? ¿Qué voy a hacer? Una súbita inseguridad oprimía el corazón de Pequeño Danzarín. *¿He hecho bien en oponerme tanto a ella?*

—Está reuniendo a la Tribu —dijo inquieto Cuervo Negro levantándose y mirando a Pata Blanca—. Ha comenzado un nuevo camino. Está enseñando una Danza de Renovación y Bendición. Desde que se ha convertido en jefe han vuelto las lluvias, y con ellas el búfalo es más abundante. Parece que cuanto más Poder consigue, mejor van las cosas para la Tribu.

—¡Idiotas! —siseó Pata Blanca—. ¡Todos son unos idiotas! Yo he estado observando toda mi vida. Ha habido un poco más de agua durante un par de años, pero el mundo ha ido cambiando lentamente desde que yo recuerdo... desde que cuentan las leyendas. ¿Corre el agua en el Manantial del Hueso del Monstruo? ¿Se ha llenado la cuenca del Río Luna de tal forma que un hombre no pueda vadearlo?

—No. —Cuervo Negro miró a su alrededor incómodo.

—Entonces la sequía sigue con nosotros. Unos años habrá más humedad, otros serán más secos. Vivimos la era del fuego, no del agua. Cuando veáis el agua del Río Luna correr clara habrá pasado la era del fuego. Mientras tanto, la tierra se está agostando. ¿Habéis visto llenarse alguno de los arroyos? ¿Siguen hendiendo la tierra? Ya me lo imaginaba. La gente pronto se morirá de hambre otra vez. Extinguirán al búfalo como hicieron con los monstruos. Castor es un idiota.

—Puede que sea un idiota, pero un idiota muy poderoso —respondió Cuervo Negro—. Cuando el campamento de Siete Soles decidió unirse a una Bendición, nosotros nos opusimos. Habíamos luchado contra la Tribu del Búfalo de Fuego al este. Al sur, la Tribu de Pelo Cortado está en guerra con Castor. La vieja paz se rompió cuando Castor atacó a los Pelo Cortado. Fuego en la Noche y Lanzapiedras se han convertido en grandes guerreros. Guiaron partidas de jóvenes muy al sur, hasta las tierras de la Tribu de Piedra Aplastada, y mataron a sus hombres. Volvieron con mujeres cautivas, todas cargando con su propio peso en carne seca, pieles y herramientas de piedra. La última primavera, Lanzapiedras atacó a la Tribu de Grulla Blanca, mató a muchos y quemó uno de sus campamentos. Y las mujeres, perros y niños que trajo de vuelta llevaban muchas cosas maravillosas.

—¿Y esas mujeres no crean problemas? —quiso saber Pata Blanca.

Triguero movió la cabeza.

—¿Cómo iban a crear problemas? Si desobedecen las órdenes de un hombre reciben una paliza. Si devuelven los golpes, las matan. A veces el mismo Castor Maldice a la mujer desobediente. Y si una mujer cautiva intenta escapar, la persiguen como si fuera un búfalo herido y la atraviesan con una flecha. —Triguero levantó las manos—. ¿De qué sirve luchar? ¿Qué es mejor, vivir o morir? Ésa es la elección, y los hombres así lo creen. Las mujeres de la Tribu de Pequeño Búfalo viven en el terror.

Pata Blanca asintió pensativamente en el silencio que se extendió entre ellos.

—De modo que así es como impide que la Tribu se desvanezca

con el fuego. Y seguro que las mujeres cautivas están siempre embarazadas. ¿Son sus hijos la nueva Tribu?

—Sí —dijo Graciosa, con una mueca—. Y yo que discutí con Cerezo Silvestre cuando pronosticó lo que sucedería... Y ahora esta locura me ha expulsado de mi tribu, y todavía no puedo creer que sea real.

—El mundo está cambiando. —Pata Blanca se humedeció los labios y abrió los brazos con las palmas de las manos tendidas al sol—. Castor quería que la Tribu fuera fuerte de nuevo. Es lo que ocurre cuando las cosas van mal. Siempre hay alguien que danza y canta para volver a las viejas formas de vida, las de los padres, como si recordaran cómo eran realmente las viejas formas. Eso es lo que ha hecho Castor... Y que la sangre te lleve si las formas que tú recuerdas son distintas de las que dice él.

—Es un Soñador. Ha dado resultado. —Tres Dedos estaba sentado en una roca con aspecto macilento—. Y no sólo eso. A los Soñadores de Espíritu de la Tribu de Búfalo de Fuego y los Pelo Cortado les preocupa que se extiendan las ideas de Castor. Ya hay muchos jóvenes furiosos que reclaman venganza contra la Tribu de Pequeño Búfalo por las muertes y los robos de sus mujeres. Sostienen que los modos de Castor son mejores, más poderosos, porque si no no les habría vencido.

—¿Y sigue barriendo las planicies? —Pata Blanca volvió la cabeza para mirar a Pequeño Danzarín con ojos brillantes—. Entonces seguirá creciendo, arrastrando a más y más pueblos como una piel de búfalo en torno a un rosal.

—Pero si una partida de guerra pudiera contraatacar, derrotarle en la batalla, tal vez...

—¡Bah! —Pata Blanca agitó las manos ante el comentario de Toro Hambriento—. Nos enfrentamos a una idea, no a una partida de guerra. Con lo que hay que acabar es con lo que enseña Castor. Y no se puede vencer matando a sus hombres en una gran batalla.

—¿Entonces, cómo? —preguntó Cuervo Negro.

—Con Poder. —Lo dijo en voz tan baja que apenas la oyeron—. Hay que Soñar contra él. Ésta es la Era del Fuego. Alguien tiene que Danzar con el Fuego, tiene que sostener las ascuas y hacerse Uno con ellas. Eso será el fin. Hay que propagar un nuevo camino. Los cazadores de búfalos están muriendo. El mundo está cambiando, como ocurrió cuando los animales a los que llamamos monstruos fueron exterminados. Los hombres cazaron las grandes bestias hasta acabar con ellas, igual que estamos haciendo con el búfalo.

Pata Blanca miró a su alrededor, observando cada uno de los rostros.

—Es cierto. Castor los matará a todos. Su gente caerá en la desesperación. Después de todo, tal vez el búfalo tenga que desaparecer. Tal vez eso es lo que ha Soñado el Sabio de las Alturas para este Cuarto Mundo. —Chasqueó los labios, mirando fijamente a Pequeño Danzarín como si estuviera hablando sólo para él—. Pero tal vez pueda Soñarse otro camino para el Pueblo, un camino que le proporcione otros medios de supervivencia que no sean matar al búfalo en esta Era del Fuego.

—No se puede vivir como los Mano Roja en las planicies —insistió Toro Hambriento—. Aquí no crecen raíces comestibles, ni lirios, ni bayas, ni cosas de ésas. Aquí sólo hay hierba y algunas bayas en las cuencas. Y además, la Tribu nunca comería raíces. Son gente de búfalo. Comen carne.

—Eso es lo que hay que Soñar. —Pata Blanca unió los dedos de las manos—. Y la única forma de que eso cambie será que venga un Soñador poderoso para cambiarlo.

Pequeño Danzarín tenía la garganta seca. *¡No! Oh, no. No empieces otra vez. No puedes obligarme. ¡Yo no soy el elegido! No soy el elegido, por el alma muerta de mi madre. El Poder está mal, hace daño.*

Y en su mente resonaron las palabras de su madre: *No quiero que mi hijo haga que alguien se sienta como me siento yo.*

Se levantó despacio y movió la cabeza, observando que todas las miradas recaían sobre él. Retrocedió y vio que su padre había bajado la vista y con un palo dibujaba en la tierra pequeñas líneas cruzadas.

En su mente brotó la imagen del Sueño del risco rocoso, cuando su padre se convertía en roca debajo de él. *Igual que los demás, me fallará en el último momento, dejará que caiga al abismo.*

Pequeño Danzarín se dio la vuelta, dispuesto a salir corriendo, y se quedó paralizado. Sangre de Oso venía por el camino al frente de sus guerreros Anit'ah.

Y lo que era peor, Alce Ágil caminaba ante él con el rostro sombrío.

Cuando Sangre de Oso irrumpió en el claro, Batir de Cascos se levantó de un salto. Apenas había entendido la conversación en la lengua de Pequeño Búfalo. Pero esto sí que lo comprendía: Sangre de Oso había capturado a su hija.

Avanzó unos pasos hasta que la detuvo la flecha de Sangre de Oso. La afilada punta de piedra se apoyó en su garganta. Batir de Cascos miró sus ojos ardientes.

—¿Qué has hecho, mujer? ¿Has guiado a la Tribu de Pequeño Búfalo por las tierras de los Mano Roja? ¿Así es como tratas a tu Tribu?

—Deja a mi hija —consiguió decir ella, sabiendo que con sólo mover la mano Sangre de Oso le atravesaría la garganta.

Alce Ágil se agitaba, fuertemente agarrada por él. Los guerreros observaban cautelosos mientras la Tribu de Pequeño Búfalo se arracimaba detrás de Pata Blanca.

—Ahora es una mujer, y la tengo yo. Primero creo que mataré a estos intrusos y me quedaré con sus mujeres, como se quedaron ellos con las nuestras el año pasado. Luego tú y tu hija vendréis a vivir conmigo.

—¡Nunca! —exclamó Batir de Cascos, apretando los dientes.

En los ojos de Sangre de Oso empezó a brillar la ira.

—Eres una mujer hermosa, Batir de Cascos. Incluso a tu edad has despertado mi interés. Un hombre no suele casarse a la vez con la madre y con la hija.

—¡No puedes! —Pata Blanca avanzó apoyándose en su bastón—. ¡Eso es incesto entre los Mano Roja! ¡Serías su padre!

—Yo creo mis propias reglas y mi Poder. Mientras controle el Fardo del Lobo, controlo a los Mano Roja.

—¡Idiota! ¡Estúpido ignorante! Ni siquiera el Fardo del Lobo te permite hacer tu voluntad con los modos de los Mano... ¡Ah! —Pata Blanca abrió muchos los ojos y alzó las manos para protegerse.

Sangre de Oso echó atrás el brazo con la rapidez del rayo, apartó a Alce Ágil de un empujón y su atlatl se quedó un instante paralizado antes del tiro.

Batir de Cascos ahogó un grito, consciente de que se había movido demasiado tarde. Se inclinó hacia adelante, desequilibrada, intentando agarrar a Sangre de Oso, que lanzó la flecha con todo el peso de su cuerpo.

Batir de Cascos apenas podía luego recordar lo sucedido. Sangre de Oso había lanzado la flecha con un clamor de triunfo. Se oyó un grito y un chasquido. Y Toro Hambriento apareció de un salto. El cazador tenía su atlatl agarrado como una porra. Pata Blanca seguía apoyada en su bastón con los ojos muy abiertos. Primero miró la flecha rota que Toro Hambriento había parado en el aire, y luego miró a Sangre de Oso que intentaba recuperar el equilibrio al tiempo que preparaba otra flecha.

—¡Esperad! —gritó Batir de Cascos, viendo que los otros guerreros agitaban sus atlatls y las puntas de piedra de las flechas relumbraban al sol—. ¿Qué estamos haciendo?

Todos vacilaron un momento mientras Toro Hambriento se volvía de espaldas con los brazos alzados para detener el avance de Tres Dedos, Cuervo Negro y Triguero, todos con las flechas dispuestas.

—¡Esto es una locura! —gritó Alce Ágil corriendo hacia los guerreros—. ¿Qué está ocurriendo? —le dijo a Cuerno Roto.

Pata Blanca avanzó ondeando las manos.

—¡Basta, idiotas! —Se volvió bruscamente y señaló con el dedo a Sangre de Oso—. ¿Así que ibas a matarme antes de poder hablar? ¿Y tú te haces llamar jefe? ¿Crees que tienes cerebro para guardar el Fardo del Lobo? ¡Idiota!

Los guerreros se quedaron paralizados, mirando inseguros a un lado y otro. Batir de Cascos advirtió el cambio en la expresión de Sangre de Oso, que era consciente de pronto de que la situación había cambiado. Bajó la flecha. Tenía en los ojos el brillo que indicaba que le daba vueltas la cabeza.

—¿Cómo iba a saberlo, anciana? ¿Cómo iba a saber que no estabas conspirando con éstos —señaló a la gente de Pequeño Búfalo— para volver a atacar nuestro campamento? Te unes a gente muy rara.

—¿Como Batir de Cascos? —dijo secamente Pata Blanca—. Tú no...

—¿Yo no qué? ¡Han matado a mi gente! ¡La Tribu de Pequeño Búfalo ha atacado mis campamentos! —Se volvió con la barbilla alta mirando a sus guerreros con los ojos entornados—. ¿Cómo voy a saber de dónde vendrá el próximo ataque?

—Desde luego no de una anciana que ha Soñado y ha dado hijos a los Mano Roja.

—¿Ni de ella? —Sangre de Oso señaló a Batir de Cascos con la punta de su flecha.

Al instante Toro Hambriento desvió la flecha con su atlatl.

—La próxima vez señala con el dedo, es más educado —dijo sin apartar la vista de los furiosos ojos de Sangre de Oso.

—Esta mujer es de mi pueblo. Te la estás jugando, cazador.

Toro Hambriento apenas se limitó a asentir.

—Y tú. —Se miraron a los ojos, encrespados.

Batir de Cascos miró a Toro Hambriento. ¿Por qué? ¿Por qué había intervenido? Podían matarle por su culpa.

—¡Basta! —Pata Blanca se interpuso entre los dos hombres—. Bajad las flechas. Nadie va a morir.

Los guerreros obedecieron de mala gana.

—Anciana, yo soy el Guardián del Fardo del Lobo. —Sangre de Oso hervía de ira y frustración.

Pata Blanca le miró a los ojos.

—Y todavía no has aprendido nada, ¿verdad? ¿Recuerdas cuando mataste a Pluma Cortada? Pasaste ocho años vagando por ello. ¿Y ahora quieres matarme a mí? Sigues ansiando Poder, ¡y luego le escupes a la cara! Actúas como si el Poder no existiera fuera de ti.

Los guerreros de Sangre de Oso perdieron toda resistencia. Ahora se agitaban y se miraban inquietos unos a otros, humedeciéndose los labios y manoseando nerviosamente sus flechas. Sólo Cuerno Roto permanecía firme, mirando inquisitivamente a Alce Ágil con el rostro sombrío.

Sangre de Oso se puso tenso. Le temblaban las comisuras de los labios.

—Ten cuidado, anciana. Me estás provocando demasiado.

—Y seguiré provocándote, idiota. —Cogió el extremo de la flecha con sus frágiles dedos y alzó la punta hasta el hueco bajo sus costillas—. Adelante, empuja, Sangre de Oso. Te lo pongo fácil. Pero antes de matarme, ¿quieres hacer una apuesta? ¿Cuánto tiempo crees que te queda antes de andar vagando por las planicies otra vez, hambriento, vestido de jirones, buscando una serpiente o un sapo para comer?

Sangre de Oso tragó saliva.

Batir de Cascos, con el corazón en la garganta, tendió la mano y bajó la flecha.

—Creo que ya está bien.

Toro Hambriento cogió a la anciana por los hombros.

—Ven, Abuela. Ven a sentarte y discutiremos esto. Ahora que Castor está haciendo la guerra por las planicies, los Mano Roja no pueden andar en facciones por las montañas. Todo el mundo moriría.

Pata Blanca alzó la vista. Toro Hambriento había hablado en anit'ah.

—Tienes mucho sentido común, muchacho. —Chasqueó la lengua—. Mucho sentido común.

Batir de Cascos exhaló lentamente al ver la rápida sonrisa que le dirigía Toro Hambriento. Se volvió y vio que Alce Ágil estaba detrás de Pequeño Danzarín. El chico estaba pálido y tenía una flecha en el atlatl. La mirada que le dirigió Cuerno Roto podía haber derretido el hielo.

Sangre de Oso pasó de largo, trepó al muro de roca y colgó el Fardo del Lobo de un saliente. Se sentó con arrogancia sobre un tronco caído y apoyó las manos en las rodillas mirando en torno a él con expresión dura.

—Bueno, ¿quiénes son estos de la Tribu de Pequeño Búfalo? ¿Qué hacen aquí?

—¿Dónde está Dos Humos? —le preguntó Pata Blanca a Alce Ágil.

—Sigue trabajando en su red. Yo bajaba a por otra brazada de corteza. Ya se habrá imaginado que algo pasa y vendrá hacia aquí.

—¿El berdache sigue aquí contaminando el aire? —preguntó irritado Sangre de Oso.

Varios guerreros, entre ellos Caracol y Sin Sudor, se agitaron ante el sacrilegio. Cuerno Roto parecía una vara de sauce doblada, lista para salir despedida en cualquier dirección.

—Es parte de mi familia —dijo enojada Pata Blanca. Vaciló y miró al Fardo del Lobo—. Así que el Poder no ha vuelto todavía a él, ¿no?

Batir de Cascos advirtió la expresión dolida de Pequeño Danzarín, todavía muy pálido y totalmente concentrado en el Fardo del Lobo. Le brillaban los ojos y apenas podía contener las lágrimas. El muchacho dio un paso, luego otro. Tendió la mano moviendo la boca sin decir una palabra.

Sangre de Oso ladeó la cabeza observando cómo el chico se acercaba paso a paso con una lágrima surcándole la mejilla. Pequeño Danzarín tendió la mano hacia el Fardo del Lobo.

Sangre de Oso le apartó la mano con el atlatl.

Pequeño Danzarín pareció volver en sí con sobresalto y miró los ojos ardientes de Sangre de Oso.

—Está... frío —murmuró—. Tú lo has hecho frío. No lo has envuelto en humo de hierbas, no lo cuidas bien. Un día se volverá contra ti, como se volverá contra Castor y contra todo el que no lo respete. Lo estás estrangulando.

Los guerreros se agitaban incómodos, mirando fijamente a Pequeño Danzarín y al Fardo del Lobo, y retrocediendo. Sólo Cuerno Roto se quedó en el sitio, sin dejar de mirar con ojos brillantes a Pequeño Danzarín.

—Y tú estás a un paso de la muerte, muchacho —replicó Sangre de Oso.

Batir de Cascos oyó el rechinar de dientes de Toro Hambriento, que dio un paso adelante. Ella fue a ponerle instintivamente la mano en el hombro, y al tocarle sintió sus músculos tensos.

Toro Hambriento la miró con la preocupación en los ojos. Ella movió la cabeza sabiendo la ansiedad que él sentía. No, Sangre de Oso no le haría daño al muchacho. Lo sabía.

Pequeño Danzarín dejó caer la mano y se acentuó su expresión de dolor.

—Tú no lo comprendes. Está esperando. Quiere que venga la persona adecuada para limpiarlo, para purificarlo. El Poder está ahí, esperando algo... alguien. ¿Sientes las llamas? Sientes...

Tendió la mano otra vez para tocarlo, pero Sangre de Oso se lo volvió a impedir.

Batir de Cascos no supo muy bien lo que había ocurrido. Tal vez Sangre de Oso había colgado mal el Fardo, porque de pronto se soltó, o tal vez fuera un efecto de la luz, pero el Fardo pareció saltar y luego rebotó suavemente en la piedra.

Pequeño Danzarín se tambaleó como si le hubieran dado una bofetada. Retrocedió con una mirada de aturdimiento.

—No —susurró—. Yo no. ¡No soy el elegido!

Sangre de Oso carraspeó, alegrándose de aquel momento de distracción.

—¿Y nadie desea hablar por esta gente de Pequeño Búfalo?

Batir de Cascos dio un paso al frente.

—Han venido a ver a Pata Blanca. Me atraparon en el camino, pero desde el primer momento han sido considerados. No creo que hayan venido a hacer la guerra.

Sangre de Oso la miró con atención. Ella sintió un escalofrío en la espalda que le subía desde los pies helados. *Te guste o no,* se dijo, *tu vida ha cambiado. ¿Cómo podrás vivir en el mismo campamento que él? ¿Qué significará esto para Un Tiro y Lluvia?*

—Me alegra saber que te has convertido en una experta en la Tribu de Pequeño Búfalo.

—Han venido aquí porque no tienen otro sitio a donde ir —añadió Toro Hambriento con voz indiferente.

Sangre de Oso levantó el labio con una mueca.

—No he terminado contigo, cazador.

—Aquí estoy, Sangre de Oso. —Toro Hambriento se levantó con una ligera sonrisa.

Batir de Cascos dirigió una rápida mirada en dirección a Pata Blanca. ¿Dónde estaba? Aquélla era su oportunidad para... La Mujer del Espíritu parecía haberse convertido en piedra. Miraba a Pequeño Danzarín con los ojos ardientes. El muchacho se había desplomado de rodillas, con la vista fija en el Fardo del Lobo.

—¿Pata Blanca?

Batir de Cascos tendió la mano hacia ella, sintiendo la tensión que había en el aire. El grupo de Cuervo Negro se agitaba incómodo. Los Mano Roja esperaban, totalmente perdidos. Todo dependería de las palabras de Pata Blanca, y la anciana no hacía más que mirar al chico con ojos llameantes de interés.

—¡Pata Blanca! —siseó Batir de Cascos, tirándole de la manga.

—¿Qué? —Su mirada pareció aclararse. Se estremeció como para librar su mente de su sueño—. ¿Sí? ¿Qué?

Sangre de Oso seguía con su actitud altiva.

—La Tribu de Pequeño Búfalo. Si no quieres hacer ningún comentario, yo resolveré esto de una forma u otra. Tal vez no comprendas las fuerzas que están aquí en juego, anciana, pero es el futuro de los Mano Roja lo que...

—¡Idiota! —exclamó Pata Blanca dando un paso—. ¿Qué sabes tú de los Poderes que están aquí en juego? ¿Crees que estás aquí a causa de Tres Dedos y Cuervo Negro? ¡Idiota! Esto es un giro, igual que cuando Castor arrojó al suelo el Fardo del Lobo. ¡Ja! ¿Y a ti te preocupan unos pocos hombres de la Tribu de Pequeño Búfalo?

—Pero yo....

—Calla, Sangre de Oso. Estás casi acabado. Todavía te queda algún tiempo, podrás seguir engañándote un poco más y disfrutar de tu posición. —Se volvió y miró con la cabeza ladeada a los nerviosos guerreros de los Mano Roja—. Marchaos a casa. Se avecinan problemas, pero aún no han llegado. No este año. La tormenta se cierne sobre las planicies. Tendréis que guardar los caminos, pero no este invierno. Marchaos. Toro Hambriento ha matado algunos búfalos. Llevaos lo que podáis cargar. Tenéis mi bendición.

Caracol miró a un lado y a otro, buscando una solución. Roca Colgante le puso la mano en el hombro para detenerle, y los demás retrocedieron y se dispersaron. Cuerno Roto se quedó allí decidido, y sólo el tirón de Piedra Colgante le hizo moverse.

Pata Blanca les instó a marcharse antes de que Sangre de Oso pudiera saber lo que había pasado. ¿Pero a qué se debía aquella mirada de frustración en los ojos de Cuerno Roto?

Sangre de Oso se levantó y se llenó los pulmones de aire para gritar. Pero Pata Blanca le golpeó en la espinilla con su bastón y la orden se perdió en el viento.

—¿Qué? ¿Quieres volver a ponerte en ridículo? —preguntó la anciana.

Volvió a ponerse furioso.

—Ten cuidado, vieja. Eres...

—¡Bah! Hoy has tenido una oportunidad, y Toro Hambriento te la ha arrebatado. Si me hubieras matado del primer tiro tal vez habrías logrado algo, tal vez habrías cambiado los Círculos y afectado al mundo. Pero has perdido. El Poder no está contigo, Sangre de Oso. Has hecho algo que no comprendo. Has ofendido tanto al Poder que te ha dejado, como un viejo toro ciego alejado de la manada.

Él la miró con la boca abierta, y Pata Blanca movió la cabeza.

—No te envidio. Eres una herramienta cuya vida ya está pasada. Como una piedra de obsidiana exhausta. Sólo que has cortado demasiadas veces los dedos de los artesanos para que se limiten a dejarte abandonado. Me asusta incluso estar cerca de ti, porque es como estar en una alta cumbre bajo una tormenta eléctrica.

—¿Y la gente de Pequeño Búfalo? —Batir de Cascos miró al último de los Mano Roja, que desaparecía por el camino. Los guerreros se alegraban de alejarse de Pata Blanca y de los problemas que se cernían sobre su campamento.

—Se quedarán. —Pata Blanca suspiró, como perdiendo las fuerzas—. Pero no aquí, no puedo mantener a tanta gente. Conozco un refugio en la pendiente sur de las montañas. Dos Humos los llevará.

Batir de Cascos miró a su hija y luego a Sangre de Oso. Él le devolvió la mirada con una amenaza en los ojos, y el corazón de Batir de Cascos dio un salto. Sangre de Oso las haría sufrir, a ella y a su hija, para vengarse de ese día.

Pata Blanca golpeó con su bastón la roca, detrás de él.

—¿Tienes algo más que decir?

Sangre de Oso le dirigió una malévola sonrisa.

—De momento no, vieja. Pero un día, muy pronto, desearás que mi flecha te hubiera atravesado la garganta.

Pata Blanca se echó a reír. Por un breve instante, los años parecieron caer de su anciano cuerpo.

—Nunca sabrás lo que me has dado este día, Sangre de Oso. Nunca entenderás las profundidades de lo que has desatado. —Volvió a reír y dio una palmada, balanceándose de un lado a otro como en una danza.

Sangre de Oso cogió del suelo el Fardo del Lobo. Luego se dio la vuelta y sin mirar atrás echó a correr por el camino con piernas poderosas.

Batir de Cascos suspiró, sintiendo una súbita debilidad en las rodillas. Una fuerte mano en su codo la condujo a la roca en la que había estado sentado Sangre de Oso. Ella alzó la vista y vio la preocupación en los ojos de Toro Hambriento.

—Ha sido un viaje muy duro para ti. Gracias por actuar como lo has hecho. Se necesitaba valor.

Ella le miró pestañeando.

—¿Por qué me has defendido?

Toro Hambriento apartó la vista. En sus ojos brillaba el dolor.

—Has sido valiente. Hablaste por mis amigos. Una vez, hace mucho tiempo, nadie intercedió por mí... Bueno, no pienso permitir que eso vuelva a suceder. No permitiré que tu esposo sienta lo que yo sentí aquel día.

—Mi esposo está muerto —dijo ella impulsivamente.

Ladeó la cabeza y se preguntó qué pensaría Un Tiro si la oyera. Pero lo sabía. Ella nunca había llegado a integrarse en el refugio de Un Tiro.

Toro Hambriento no le dio oportunidad de explicarse.

—Mi esposa también. La mató un hombre como Sangre de Oso.

Batir de Cascos miró sorprendida su rostro grave. Toro Hambriento sonreía tímidamente, pero el dolor que había en sus ojos llegó hasta ella. Sobresaltada por su propia reacción, se forzó a apartar la vista, confusa al sentir cómo se le aceleraba el corazón.

Pequeño Danzarín miró las estrellas. El intenso frío de la noche le llegaba a los huesos. El aire cristalino le quemaba en los pulmones, y sus pensamientos seguían girando vertiginosamente. Su mundo se había desplomado como si alguien hubiera quitado hasta el último poste del refugio que cubría su vida. Se sentía abierto, expuesto a la vista de cosas que no podría haber concebido. Intentaba pensar, perdido en las sensaciones de aquella tarde.

El Fardo del Lobo le había quemado el alma, como le quemaría las manos una piedra de hervir si intentara congerla sin palos. Había sentido el anhelo, el Poder, la necesidad del Fardo del Lobo. Cerró los ojos con fuerza al recordarlo. El Poder había danzado a su alrededor como la oscilante luz de una hoguera.

Las imágenes y los recuerdos le atravesaban la mente en gran confusión. *«Mi hijo no...»*, seguían repitiéndose las palabras de su madre. La poderosa mirada de Pata Blanca ardía dentro de él con corrosiva intensidad. La cruel sonrisa de Castor penetraba por los poros de sus pensamientos, como si fuera aceite caliente de oso. Dos Humos gritaba de dolor. El cuerpo de Alce Ágil se contoneaba, tentador. Las profundidades de sus ojos eran una promesa. Pequeño Danzarín sentía el dulce contacto de sus manos, y su cuerpo respondió...

Todo se esfumó en un torbellino agitado en su mente confusa, y él cayó en una Espiral en la que nunca encontraba el centro. El complacido rostro de Sangre de Oso se burlaba de él, el peligro de la punta de su flecha se cernía sobre su vida. Sus ojos de obsidiana le atravesaban el alma y le provocaban escalofríos en las entrañas.

Y entre todo aquello, el Fardo del Lobo le llamaba, su presencia acechaba en el aire como el débil aroma del flox en primavera. Los frágiles dedos del recuerdo le acariciaban el alma. El familiar contacto del Fardo del Lobo le recordaba su infancia. Aquel calor, aquella maravillosa proximidad de Poder le envolvía. Casi podía sentirse en su cama, con su madre y su padre durmiendo al fondo del refugio. Si tendía la mano, podía tocar el cuero ornamentado, y sentir dentro la piel de lobo que protegía el fardo sagrado.

Alzó la mano sin pensar y sus dedos no encontraron más que el cielo de la noche. Levantó la vista y vio las negras sombras de sus manos, y por encima de ellas la Red de Estrellas que se extendía hacia el infinito.

—El Fardo del Lobo —murmuró roncamente.

Y el aullido de un lobo resonó en la noche, como si fuera una respuesta. El grito se elevó, ascendiendo en la escala de su alma y estremeciendo sus músculos. En su ser se abrió un vacío y una parte de él le abandonó para flotar en el aire como aquellas fantasmagóricas notas.

La Luna apareció sobre las montañas, lanzando blancos rayos de luz al cañón para tocar la artemisa con destellos de plata entre la susurrante hierba seca. Las espectrales siluetas de los árboles danzaban bajo la luz irreal.

Pequeño Danzarín se quedó paralizado, mirando hacia el oeste donde se concentraban las nubes. Entre ellas se formó la imagen de un hombre que le miraba con la luz de la luna reflejada en los ojos. Se le pusieron los pelos de punta y un escalofrío le hormigueó en la piel como las patas de mil insectos.

—¿Qué... eres?

—*El Sueño del Lobo.* —Era como si las palabras se formaran

en el aire a su alrededor—. *Ya llegará el momento. Aún no estás preparado. Los Círculos todavía no han girado.*

Pequeño Danzarín tragó saliva.

—No soy el elegido —insistió con el corazón martilleándole de miedo.

Las palabras de su madre brotaron de la borrosa silueta de los árboles como si fueran hilos de una telaraña agitados por la brisa de la mañana: «*Te lo prohíbo.*»

Pequeño Danzarín se estremeció. La fuerza de aquellas palabras estaba grabada tan profundamente como los viejos petroglíficos en torno al campamento de Pata Blanca.

—*¿Y tu voluntad, muchacho?* —Aquélla era una voz más profunda, intensa, incontestable.

Pequeño Danzarín dio un salto como si le hubiera tocado una mano. Se agitó una sombra. Bajo la luz de la luna apareció un lobo negro y plata, gigantesco, casi del tamaño de un ciervo. El lobo lo miró y sus ojos amarillos hendieron su alma herida.

—Yo... —Las palabras se le atascaron en la garganta.

—*Conoces al Observador* —prosiguió la voz—. *Te ha seguido. Estás atado.*

El gigantesco animal se acercó, bajando la cabeza y abriendo las fauces. La relumbrante luz de la luna oscilaba en sus dientes blancos como el sol atravesando el hielo.

Pequeño Danzarín sintió la descarga eléctrica del miedo. Estaba paralizado y sólo podía mirar.

El lobo se detuvo a un palmo de distancia.

—*La Espiral casi ha dado la vuelta. Los Círculos están cambiando, el equilibrio oscila. Tú tienes la capacidad de Soñar para que todo vuelva a su cauce. En ti reside el Poder, Danzarín del Fuego. Aún no tienes que decidir. Tienes tiempo de aprender sobre la vida, sobre lo que significa existir. Algún día se te llamará. Mientras tanto, vive y aprende. Cuando los Sueños ardan en tu mente hasta el punto de que no puedas pensar en otra cosa, busca a Pata Blanca. Ahora ella comprende. Escuchará, y te enseñará.*

Las nubes que formaban la imagen del hombre se agitaron iluminadas por destellos de luz. Los rasgos del rostro brillaban espectralmente, observando abstraídos, preocupados.

Pequeño Danzarín apartó un instante los ojos del Observador y cuando volvió a mirar, el animal había desaparecido en la noche y sólo el ondear de las hierbas indicaba su paso. Tendió una mano trémula para tocar las ramas rotas y casi pudo detectar el calor en los dedos.

El fragor de un trueno atravesó las montañas sin acallar la voz del Poder. Pequeño Danzarín tragó saliva y se volvió hacia las nubes. La masa de cúmulos había cambiado de forma. Donde antes había un hombre observándole, ahora aparecía la cabeza de un enorme lobo. Otro trueno resonó en los cañones.

Pequeño Danzarín se quedó allí sentado un buen rato, paralizado. Su corazón fue contando, latido a latido, el largo tiempo que tardó el trueno en desvanecerse en la eternidad. Y su alma se fue con él.

—Es muy tarde para que haya truenos.

Pequeño Danzarín dio un grito sobresaltado.

—¿Te he asustado? —preguntó Dos Humos que venía cojeando por el camino del alce. Se sentó a su lado. Alce Ágil se movía detrás de él como una sombra—. El Poder está suelto esta noche. Se puede sentir. Es como esa calma silenciosa antes de una tormenta.

A Pequeño Danzarín seguía palpitándole el corazón como un tambor.

—¿Estás bien?

—El lobo, el Observador... ¿Lo has visto? Es enorme, negro...

Dos Humos ladeó la cabeza.

—Ningún lobo ha pasado junto a nosotros. Pero el Poder está aquí. Hormiguea en la piel y se huele en el aire.

Pequeño Danzarín dejó caer la cabeza entre las rodillas y respiró con dificultad. Un súbito temblor se apoderó de sus músculos.

—Pata Blanca nos ha mandado a buscarte —prosiguió Dos Humos fingiendo indiferencia—. Yo tengo que llevar a Tres Dedos y a su gente a un campamento que conozco. Tú puedes irte o quedarte aquí. La decisión es tuya. Ha sido un día muy agitado para todos. Toro Hambriento se va. Creo que quiere pasar un tiempo con sus amigos, con su gente.

Pequeño Danzarín intentó tranquilizar su corazón.

—Seguro que Batir de Cascos se va con él —prosiguió Dos Humos—. Supongo que no tiene muchos motivos para volver con los Mano Roja. Sangre de Oso la haría muy desgraciada. Pata Blanca piensa que sería una buena cosa que fuera a contarle a la Tribu cómo viven los Mano Roja.

Pequeño Danzarín se mordió los labios.

—No voy a quedarme aquí.

Dos Humos asintió. Las sombras ocultaban su expresión.

—Creo que Pata Blanca ya lo sabe.

El muchacho miró intensamente a su amigo.

—¿No ha ordenado que me quede?

Dos Humos movió lentamente la cabeza.

—No lo comprendo, pero casi insistió en que os fuerais... tú y Alce Ágil. Se limitó a sonreír, bamboleándose adelante y atrás... bueno, yo diría que con aire de satisfacción.

Pequeño Danzarín frunció el ceño. Tenía los nervios tan tensos como los de una ardilla al ver pasar en la hierba la sombra de un halcón. Habían pasado muchas cosas demasiado deprisa. Nada tenía sentido en la confusión de su mente. No podía pensar. La vida giraba en torno a él en un torbellino descontrolado, poniéndolo todo cabeza abajo antes de que él pudiera razonarlo.

—¿Y ni siquiera ha insistido para que me quede? ¿No quiere que le hable de Sueños?

—No. Dice que ahora ya no estás en sus manos. Dice que tu camino ha sido prescrito.

Pequeño Danzarín cogió una espiga de hierba y le dio vueltas entre los dedos.

—Tú la conoces desde hace mucho tiempo, Dos Humos. ¿Qué crees que pretende?

El berdache se encogió de hombros.

—Ella pensaba que podía enseñarte cosas que serían importantes cuando finalmente te enfrentaras a Castor. Pensaba que podría...

—No voy a enfrentarme a Castor. No soy el Soñador de Pata Blanca.

Dos Humos se quedó callado un momento.

—Amigo —dijo con gran deliberación—, creo que ella lo sabe. Creo que con lo que ha ocurrido hoy, ha visto que no eres su Soñador.

—¿Ah, sí?

Dos Humos tragó saliva y el sonido se hizo audible en el silencio de la noche.

—Yo creo que...

—Sigue. Llevamos juntos muchos años para que ahora intentes evadirte de esto como una serpiente de una bolsa.

Dos Humos se echó a reír sin alegría en el rostro.

—Supongo que sí. Entonces tal vez deberías saber que Pata Blanca anda susurrando algo entre dientes. —Vaciló con expresión pensativa—. Lo que susurraba cuando creía que nadie la oía era: «No es mío. Soy una estúpida. Siempre ha pertenecido al Lobo.»

Pequeño Danzarín miró conmocionado a las nubes. Sentía en la espalda unos dedos de hielo.

—Le tenemos. —Las mil almas del Fardo del Lobo se agitaron fatigadas, aliviada su preocupación.

—De momento —dio Soñador del Lobo—. Está desgarrado. Se siente atraído y a la vez repelido. Todavía niega...

—Ése es el riesgo. Renuévame. Deja que crezca mi Poder. Déjame ajustar las Espirales...

—Todavía no —dijo Soñador del Lobo a través de la dorada niebla de las Espirales—. Tú vives en el Ahora. Mira más allá. Lo que hemos ganado con Pequeño Danzarín lo hemos perdido con Castor. Planea atacar a los Mano Roja. Ahora que se consolida su autoridad, tiene puestos los ojos en las montañas.

—¡Tú te arriesgaste a que las lluvias aliviaran su necesidad!

—No comprendía su ansia de dominio.

—¿Y en qué más te has equivocado? Todo es muy precario. Otro error y...

15

Los fardos estaban apilados y dispuestos bajo la rosada luz de la mañana. Del refugio se alzaban jirones azules de humo que ascendían por el irregular muro gris de la colina. El frío caía sobre la tierra y condensaba el aliento de la gente que atendía a los preparativos de última hora.

Pequeño Danzarín observaba, con extraña indiferencia. No había dormido. Se había pasado la noche despierto, y atormentado por fragmentos de Sueños cada vez que se adormilaba. Su mundo había cambiado una vez más, y no sabía cómo ni por qué.

Pata Blanca salió del refugio y se acercó a él, caminando con dificultad. Parecía doblarse sobre su bastón, con la vista en el suelo delante de él.

Movió sus encías desdentadas y le miró a los ojos. El día anterior parecía haberla envejecido aún más.

—Estaba equivocada —dijo suavemente—. Pensé que eras responsabilidad mía. —Movió ligeramente la cabeza sin apartar los ojos de los suyos—. Sabía que tenías mucho que aprender, y que a mí no me quedaba mucho tiempo. ¿Entiendes? Pensaba que iba a morir antes de poder enseñarte.

Era lo último que habría esperado oír Pequeño Danzarín. No le salían las palabras.

Ella alzó la vista hacia la Red de Estrellas y se echó a reír.

—Es él, el Hombre Sol, el Soñador del Lobo. Él te enseñará, Pequeño Danzarín. —Soltó una risa seca y se volvió para mirar a los demás—. He sido una estúpida, muchacho. Pero así somos los humanos. Siempre tendemos al orgullo, tendemos a pensar que somos más de lo que somos. No me extraña que acabáramos con el Primer Mundo.

—No comprendo.

Pata Blanca husmeó el aire frío.

—Yo tampoco. Pensaba que mi parte era mayor de lo que era. ¡Bah! Al ver ayer la visión, todo se hizo claro. Sí, tengo mi parte. Yo era la clave para tu concepción y tu seguridad. Sabes que tu auténtica madre fue Agua Clara, mi hija. Yo crié al padre de Toro Hambriento para que le procreara, para que él se casara con Raíz de Artemisa y te cuidara. Fui llamada para apartarte de Castor en el momento justo. Estaba allí para darte un refugio seguro en el que crecer. Aún me quedan un par de cosas por hacer, pero ya vendrán con el tiempo.

Él tendió la mano, sorprendido por el dolor de su corazón.

—Volveré.

Pata Blanca asintió.

—Sí, volveremos a vernos. Creo que cuando pase el invierno, aparecerás en mi hogar. Aún estamos atados el uno al otro. Pero recuerda esto: lo más importante son las Espirales. Más importantes que los seres que amas, e incluso que tú mismo. Él te guiará hacia ellas. Las Espirales son los lugares de Poder donde sus Sueños son más fuertes.

—No entiendo lo que me quieres decir. ¿Las Espirales?

Pata Blanca señaló hacia el refugio.

—Como la que hay detrás del hogar en el refugio. O las que están grabadas en la roca. Las antiguas que están en las cumbres.

—Círculos dentro de Círculos.

—Eso es, muchacho. Eso es la creación del Sabio de las Alturas.

—¿Estarás bien aquí? Quiero decir que Sangre de Oso podría volver.

—Estaré bien. He visto un poco del futuro. Sangre de Oso no me molestará. Tengo bastante comida y hay mucha madera para hacer fuego. —Ladeó la cabeza y suspiró—. Siempre fue el Poder, ¿sabes? Eso es lo que tienes que recordar sobre Pata Blanca. Yo dejé a Gran Zorro y a mi hijo, Siete Zorros, para seguir al Poder a las cumbres. Y cuando me establecí aquí encontré a Pluma Cortada. El poder nos unió... en más de un aspecto.

Se rascó la oreja, y Pequeño Danzarín vio los recuerdos que giraban en su mente.

—Por un tiempo nos perdimos él y yo. Hay algo en el amor y en el aparearse bajo las pieles que disminuye el Poder dentro de ti, disminuye la sed de Sueños. ¡Ah, él era bueno! Una pasión para debilitar otra. Eso es lo que hace el apareamiento, te llena la cabeza de gozo y te deja flotando como en un sueño. Pero el amor humano debilita el Poder. Yo le di a Agua Clara y otro hijo, que nació muerto. Tal vez debería haber comprendido entonces, pero me costó un poco más. Pluma Cortada comprendió. Me dejó ir... y cuidó de tu madre.

»Siempre es en las altas cumbres —dijo como para sí—. El Poder es fuerte allí. Igual que la luz del fuego atrae a la polilla a la muerte, así me atrajo a mí el Poder. El Poder te absorbe, te posee, y tú te pierdes en la maravilla de tocarlo.

Pata Blanca vaciló, perdida en alguna visión íntima de su mente.

—Creo que ya están listos. —Pequeño Danzarín señaló a Dos Humos que esperaba junto a su fardo y su red. Los otros estaban en torno a él, hablando quedamente acerca de internarse en lo desconocido.

Ella no parecía oír. Todavía surcaba como un águila las corrientes de su mente.

—Supongo que no comprendí. Ojalá lo hubiera hecho mejor contigo. Ojalá hubiera podido ser tu Soñador.

Ella no parecía estar lúcida. Tenía los ojos desenfocados.

—No, un Soñador no. Un Danzarín. Danzarín del Fuego.

El muchacho sintió que se le tensaban los músculos. Era lo que le había llamado el Hombre Nube. ¿Qué significaba?

—Cuídate. Pronto vendremos a verte.

Ella se incorporó y miró fijamente a un punto infinito en su mente que sólo ella podía ver.

Él se marchó sin saber qué hacer y fue a coger su fardo que estaba junto al refugio.

—¿Está bien Pata Blanca? —preguntó Alce Ágil que se había acercado a él.

—Sí... creo que sí.

—No pasa nada. Ya la he visto así otras veces —dijo Dos Humos—. Tal vez lo quiere así. Quiere que nos marchemos ahora que está en una visión.

Dos Humos emprendió el camino cojeando.

Pequeño Danzarín volvió la vista atrás y vio por última vez a la anciana, todavía apoyada sobre su bastón como una paciente garza. En sus ojos nublados se veía la eternidad.

Pequeño Danzarín estaba sentado en un saliente de piedra que se alzaba sobre el risco como la espina dorsal de un monstruo. Desde allí se veía el este y la venida de la noche. Los riscos se extendían hacia el norte y el sur sobre una tierra moteada de color ante y lavanda. Las zonas arboladas eran verdiazules bajo la débil luz. El musgo amarillo de las rocas se mezclaba con la pizarra blanca y gris. Y más allá, el color tostado de los prados se ondulaba y se extendía por las vastas planicies, creando un horizonte infinito de carbón y azul que se fundía con la niebla confusa del cielo cubierto de densas nubes.

Allí, en algún lugar, esperaba Castor, con aquella sonrisa suya de superioridad que tan bien recordaba Pequeño Danzarín. La cicatriz de la flecha Anit'ah le hendía la ancha frente. Sus ojos brumosos tenían una mirada plácida que ocultaba un corazón y una mente perversa.

Pequeño Danzarín cerró los ojos con fuerza y movió la cabeza lentamente.

—Lo que necesitan no es un muchacho con malos sueños. Necesitan un héroe, como el Primer Hombre.

El risco caía debajo de él en una pronunciada pendiente moteada de matorrales, artemisa y flores amarillas tardías, e irregulares rocas desplomadas. Los pinzones rosados de cabeza gris revoloteaban con alas ágiles entre los arbustos. Un insecto zumbó en el silencio. Las hierbas secas susurraban intranquilas bajo la promesa del viento frío.

El otoño del alma se extendía ante él.

La arenisca crujió bajo un paso vacilante. Pequeño Danzarín se volvió y vio a Alce Ágil que trepó sin esfuerzo por las rocas grises hasta sentarse junto a él.

—¿Otra vez perdido en tus pensamientos?

Él sonrió nervioso y se miró las manos, que jugueteaban con la arenisca.

—Supongo.

Alce Ágil dobló sus largas piernas y se reclinó sobre el brazo. La brisa del oeste agitaba sus largos cabellos color negro azabache.

—Dos Humos dice que es por el Poder que hay en ti. ¿Tú sientes ese Poder?

Pequeño Danzarín intentó dar una respuesta que no le comprometiera mucho, pero no encontró las palabras.

—No sé. Supongo. Yo... No sé.

—¿Cómo es?

Él le dirigió una rápida mirada, advirtiendo la preocupación en sus ojos.

—Da miedo.

—Eres muy valiente.

—No me siento así.

Ella se agitó con un rumor del vestido, como si quisiera ponerse más cómoda.

—Supongo que es porque la gente hace lo que tiene que hacer para sobrevivir. ¿Y yo? Hace unos días era feliz jugando con Grillo y Tanagra y riendo. Ahora estoy aquí porque el mundo ha cambiado. Me he convertido en mujer y Sangre de Oso me desea. Y yo estoy en medio de todo.

—¿Estás asustada?

Ella levantó la cabeza para mirarle a los ojos.

—Sí. —La sombra de una sonrisa asomó a sus labios—. Confío en mi suerte. Supongo que... no sé. Bueno, yo no pienso en el Poder como tú. Creo que las cosas pasan simplemente, y yo las acepto.

—Ojalá fuera así de fácil.

Alce Ágil ladeó la cabeza.

—¿Y no te lo estarás complicando tú?

—Puede ser.

Se extendió el silencio y los dos disfrutaron de la cercanía que había entre ellos. ¿Cuánto tiempo hacía que no había tenido a nadie con quien hablar? Si el Sueño del risco se repetía, ¿se convertiría Alce Ágil también en roca para lanzarle al abismo?

—Creo que mi madre y Toro Hambriento van a dormir juntos.

Aquel simple comentario le impactó. Se volvió, súbitamente a la deriva otra vez, buscando algún punto fijo en el que apoyarse ante aquella nueva revelación.

—Pero él...

¿Madre? ¿Podría olvidar tan fácilmente a Raíz de Artemisa?

—¿Cuánto tiempo lleva solo? —preguntó Alce Ágil como leyéndole el pensamiento—. Casi cinco años, ¿no? Parece que está muy solo.

Pequeño Danzarín tragó saliva y concentró su atención en el este, sobre la enorme cuenca en la que Castor controlaba ahora a la Tribu de Pequeño Búfalo.

—Sí —dijo con voz queda—. Mucho tiempo.

Y Toro Hambriento vivía solo, probablemente mucho más solo que él. ¿Sería eso tan terrible? Si dormía con Batir de Cascos, que sonreía cálidamente y tenía la risa danzando en sus dulces ojos, ¿sería eso traicionar a los muertos?

—Pareces triste.

Él movió la cabeza, sin saber todavía muy bien lo que sentía.

—No lo sé. No, no estoy triste, sólo... perdido. Como si ya no comprendiera nada. Están pasando muchas cosas y yo estoy...

—¿Confuso?

Pequeño Danzarín asintió.

—Cada vez que creo saber dónde estoy, todo cambia de nuevo.

Ella lo miró, con el ceño ligeramente fruncido.

—¿Puedo ayudarte?

—No lo sé. —Luego añadió amargamente—: No creo que quieras. Parece que origino problemas dondequiera que voy. ¿Conoces la historia de mi verdadera madre, Agua Clara?

Ella le miró con los ojos muy abiertos.

—¿Así que ése eres tú? La historia se cuenta entre los Mano Roja. Se dice que tuvo un hijo que murió. Que Dos Humos quedó lisiado y el niño murió. Que Pata Blanca llegó demasiado tarde y sólo Dos Humos había quedado con vida.

—Bueno, no es eso lo que a mí me han dicho. Y nadie me dice quién fue mi auténtico padre. —Alzó la barbilla—. Es muy curioso, ¿no crees?

Ella se mordió el labio y miró a lo lejos. La tarde se precipitaba sobre ellos.

—¿De verdad no lo sabes?

—No. Dos Humos no me lo quiere decir.

—Es Sangre de Oso.

Pequeño Danzarín se puso tenso.

—¿Sangre de Oso? ¿Mi...? —Movió la cabeza. Le parecía imposible—. No, no puede ser. No es posible.

Ella evitó sus ojos y se miró las manos, súbitamente nerviosas.

—No sé. Él estaba casado con Agua Clara. Ella Soñó, o algo así, y abandonó a los Mano Roja con Dos Humos. Sangre de Oso mató a su padrastro, Pluma Cortada.

—Con quien había estado casada Pata Blanca. —Volvía a no comprender; se sentía frustrado e inseguro—. No... ¿Por qué es todo tan complicado? ¿Por qué todo parecen ser círculos sin fin? —Tragó saliva, empezando a comprender las palabras de Pata Blanca.

—¿Qué pasa? Te has puesto pálido.

—Sangre y estiércol —susurró él con voz ronca—. Nunca se acaba, ¿verdad?

—No entiendo. —Alce Ágil le estrechó la mano—. Pequeño Danzarín, ¿estás bien? Mírame.

Él giró la cabeza con aire ausente y vio la luz ansiosa de sus ojos. Alce Ágil le apretó la mano, y Pequeño Danzarín sonrió débilmente.

—Estoy bien, de verdad. —Pero su alma vagaba como el humo, retorciéndose sin forma, ondeando aquí y allá con el viento.

—Estás frío —le dijo ella estrechándose contra él.

Pequeño Danzarín sentía una náusea en el estómago. ¿Era aquello parte del Poder? ¿Iba a estar constantemente preocupado, desequilibrado? Naturalmente, no sabía con seguridad si Sangre de Oso era su padre. Dos Humos debía saberlo... si es que se lo decía. Si no, todo permanecería oculto, otra capa, otro círculo dentro de un círculo dispuesto a saltar sobre él cuando menos se lo esperara.

Desesperado, estrechó a Alce Ágil y apoyó la mejilla en su cabeza, disfrutando de la realidad de su presencia física. Le llenaba la fragancia de su pelo. En su interior creció un nuevo anhelo, un anhelo que sólo tenía que ver con Sueños.

Ella le apartó, y Pequeño Danzarín vio sus ojos preocupados. Alce Ágil le miró ansiosamente.

—Ya no me conozco

Ella asintió.

—¿Puedo ayudarte?

Amar y aparearse bajo las pieles disminuye el Poder dentro de ti. Cuando un hombre y una mujer se unen así, se diluye la llamada del Poder, disminuye la sed de Sueños.

Pequeño Danzarín miró sus dulces ojos.

—¿Alguna vez...?

Ella sonrió inquisitivamente.

—Dime.

—Eres una mujer.

—¿Quieres aparearte conmigo? —Alce Ágil miró a la distancia, con las mejillas ligeramente sonrosadas—. Si tu padre se casa con mi madre... —Tragó saliva—. ¿Qué...? Quiero decir, ¿sería incesto?

Él la miró seriamente.

—Toro Hambriento no es mi padre. Mi madre era Agua Clara. Y tú dices que mi padre es... es Sangre de Oso.

Alce Ágil se mordió los labios y luego estalló en una carcajada.

—¡Claro! ¡Y él ni siquiera es de mi clan! Somos libres, Pequeño Danzarín. Llevo días preocupada por eso, pero somos libres.

—Entonces, ¿me dejarías?

—Según mi tribu, uno se convierte en hombre cuando mata su primer gamo. Tú has matado búfalos.

Pequeño Danzarín asintió. Se le había vuelto a acelerar el corazón.

—¿Nunca te has apareado con una mujer?

Él movió la cabeza.

—Pata Blanca no quería que estuviera cerca de ti. Pensaba que afectaría a tu Poder.

—Ya lo sé.

—¿Por eso quieres aparearte conmigo?

Pequeño Danzarín sonrió nervioso.

—Un poco sí. Pero también he Soñado contigo en la noche... he soñado cómo será.

—¿Y nos apareábamos?

Pequeño Danzarín asintió.

—¿Y plantabas tu semilla?

Volvió a asentir.

Alce Ágil sonrió para sí.

—Entre nuestros primos, la Tribu de Grulla Blanca, se dice que un Sueño así une a las almas. Que si las personas implicadas no se aparean en la vida real, el alma enferma de deseo y finalmente uno muere.

—Cada vez que te miro siento algo cálido dentro.

Ella se echó a reír y tiró de él para que se levantara.

—Ven. Vayamos entre los árboles. Creo que estoy preparada para ser una mujer en todos los aspectos. Y desde luego no quiero correr el riesgo de que tu alma enferme.

Bajaron de la roca cogidos de la mano y se internaron entre los pinos.

Tanagra estaba contenta. Salió al camino para bloquearle el paso a Cuerno Roto.

—Menudo Fardo. ¿Te vas de caza?

Él se sobresaltó y levantó furioso los brazos.

—Mira, uno de estos día le vas a dar un susto a alguien y te van a atravesar de un flechazo.

—¿Te juegas algo a que no? —Tanagra sonrió, con los brazos cruzados—. No podrías darme con una flecha aunque te lo propusieras. Puede que no sea tan fuerte como tú, pero soy más rápida.

Él movió la boca y sacudió la cabeza.

—Tal vez. Muy bien, me voy de caza.

Ella entornó los ojos al ver su expresión torva.

—Y ahora déjame pasar. Lo que yo haga no es asunto tuyo.

Tanagra asintió. Empezaba a preocuparse.

—Es Alce Ágil, ¿verdad? Vas a por ella.

—Puede.

—No es propio de ti ser tan parco. Estás planeando otra cosa.

—¿Y qué, si es así?

—¿Estás enamorado de Alce Ágil?

Cuerno Roto dio una patada en el suelo.

—Y si lo estoy, ¿qué?

Tanagra le miró con curiosidad.

—Estás furioso desde que volviste. Y Sangre de Oso también.

—A él no le metas.

—Es que tú me lo recuerdas. ¿Es que quieres ser como él?

Cuerno Roto estalló de ira.

—¡Oye! ¡Siempre estás metiéndote en mis asuntos! Te lo aguanto porque somos amigos. Pero ya está bien. Me voy para apartar a Alce Ágil de ese muchacho de Pequeño Búfalo, ¿me oyes? ¡Y ahora, apártate!

Pasó junto a ella temblando de ira.

Tanagra le vio alejarse por el camino. ¿El muchacho de Pequeño Búfalo? ¿El que vivía con la bruja?

Tanagra le siguió con la vista, tironeándose del pelo. Le acicateaba una ira que nunca había sentido, algo peligroso y mortal. Si Cuerno Roto atrapaba al muchacho de Pequeño Búfalo, lo mataría. Alce Ágil podía quedar viuda antes de casarse.

Dos Humos observaba, sentado a la sombra. Habían extendido todas las pieles bajo los pinos. Ahora Toro Hambriento, Tres Dedos y Cuervo Negro golpeaban con largos palos las ramas de las que caía una cascada de piñas sobre las pieles.

—¿Ya están todas? —le gritó Toro Hambriento a Batir de Cascos.

—Éste ya está —respondió ella, gateando entre las pieles para ver el tamaño y la calidad de los frutos.

¿Cuántos años hacía que no había oído aquel ánimo en la voz de Toro Hambriento? ¿Cuánto tiempo llevaba sin ver aquel brillo de risa en sus doloridos ojos castaños?

—¿Dos Humos?

El berdache estiró el cuello y vio a Pequeño Danzarín que subía por las rocas desde el lugar en el que Alce Ágil y él habían estado buscando roedores.

—¿Sí?

Pequeño Danzarín se acuclilló a su lado con las manos en el regazo y miró a los hombres y mujeres que recogían las pieles por las puntas para verter los frutos en una bolsa.

—Sangre de Oso es mi auténtico padre, ¿verdad?

Dos Humos se quedó paralizado. Y miró al muchacho con estupor.

—¿Dónde has oído eso? —La burlona sonrisa de Pequeño Danzarín le inquietaba.

—Uno de los problemas de vivir con los Mano Roja es que conocen la historia. Agua Clara se casó con Sangre de Oso. Cuando faltó su sangre, se marchó contigo por las planicies.

—Sí, así fue. —Se sentía muy viejo.

—¿Entonces Sangre de Oso es mi padre?

—Sí. —Dos Humos dio un respingo al percibir el reproche en la voz de Pequeño Danzarín.

—¿Por qué no me lo has dicho antes? Tú eres el berdache, el hombre que vive entre los mundos. Un berdache comprende y es mediador. Conoce los dos lados. —Hizo una pausa—. Y no me lo dijiste.

Dos Humos miró a aquel joven que una vez había confiado totalmente en él.

—¿Te habría hecho algún bien? ¿Le habría facilitado las cosas a Toro Hambriento?

Pequeño Danzarín dirigió la vista hacia Toro Hambriento que reía y le daba palmadas en el pecho a Tres Dedos.

—No, pero...

—Pero no te gusta haberlo averiguado por otra persona.

—Es como... bueno...

—Como si de algún modo te hubiera traicionado. Como cuando el Buhonero saca una docena de pieles bien curtidas y te deja con un fardo de despojos podridos.

Pequeño Danzarín se abrazó a sus rodillas y se sentó.

—Sí, así es.

Dos Humos suspiró suavemente y acomodó su pierna tullida.

—Sí, así es, de acuerdo. Pero yo no sabía qué otra cosa hacer. Ahora que has conocido a Sangre de Oso, ya sabes otra razón por la que nunca te lo dije. —Dos Humos movió la cabeza—. He oído decir que cuando se marchó no podía hablar más que del hijo que le habían «robado». Decía que lo recuperaría. ¿Verdad que es curioso que lo único que se llevara fuera el Fardo del Lobo? Nunca preguntó por ti. Supuso que era cierta la historia de que habías muerto.

»Y aquel día que irrumpió en el campamento de Castor tuvo la oportunidad de matarme, pero el Fardo del Lobo era más importante que matar al hombre que se había fugado con su esposa.

—Tú eras berdache.

—Era berdache, sí, pero dormí con Agua Clara. Sí, no me mires así. Yo la amaba. No sé, tal vez la amaba como un hombre ama a una mujer. O tal vez la amaba como una mujer ama a otra mujer. No importa. Lo que cuenta es que la amaba. Después de que muriera Cinco Caídas, pensé que no volvería a amar nunca más.

—El amor es algo muy curioso.

Dos Humos gruñó.

—¿Quieres contármelo? Supongo que estás literalmente en llamas por dentro, sin poder esperar la ocasión para deslizarte entre los arbustos para llenar a Alce Ágil con tu semen.

Pequeño Danzarín le dirigió una ardiente mirada.

—Oh, venga, Pequeño Danzarín, no estás engañando a nadie. Tres Dedos y Cuervo Negro se ríen a tus espaldas. Triguero y Graciosa murmuran entre ellas si no serás demasiado joven para comprender lo que estás haciendo. Pero bueno, eso son creencias de la Tribu de Pequeño Búfalo. Y Toro Hambriento está tan perdido en los brazos de Batir de Cascos que no se preocupa.

—¿Y tú qué piensas?

Dos Humos espantó a una mosca intentando cogerla en el aire.

—Creo que eres mayor para tu edad. Creo que sé lo que vio Pata Blanca. Sé por qué dejó de preocuparse por Alce Ágil y te dejó marchar.

—¿Y qué es lo que vio?

—Que no puedes evitarlo. —Sostuvo la ardiente mirada del muchacho y se encogió de hombros—. Me has preguntado lo que pensaba, y te lo he dicho.

—Supongo que sí —se ablandó Pequeño Danzarín—. Pero ella es tan... No sé. Sólo pienso en ella. Es tan fácil estar a su lado... —Cogió una piedra y la lanzó entre los arbustos—. Cuando estoy con ella no tengo que preocuparme.

El resto del grupo comenzaba a mover las pieles hacia otro árbol para extenderlas y recoger los frutos.

—Y tú crees que si te entierras en Alce Ágil desaparecerá el problema de los Sueños, de las voces y del Poder, como se evapora un charco de agua en un día caluroso.

—No estaría mal —admitió.

Dos Humos se echó a reír.

—Ojalá fuera tan fácil.

Se quedaron un momento en silencio, observando a los hombres apalear las ramas del árbol y las piñas que caían sobre las pieles.

—¿Por qué nunca volviste con los Mano Roja? Una vez me dijiste que algún día me lo contarías.

Dos Humos se quedó pensando.

—Juré sobre el Fardo del Lobo que te cuidaría.

Sonrió al acordarse de aquel día bajo el sol tórrido. Había tenido al niño en brazos mientras Pata Blanca iba a por comida o algo así. Y había jurado cuidar del pequeño, sin saber hasta que fue demasiado tarde que lo había jurado sobre el Fardo del Lobo.

—¿Ha valido la pena? —quiso saber Pequeño Danzarín.

Dos Humos recordó el sufrimiento, los insultos, el dolor de ser violado por hombres rudos mientras le sujetaban brutalmente las piernas y los brazos. Aún resonaban las risas ante su humillación. Recordó el dolor de los golpes de Castor, y los últimos días, cuando el Fardo del Lobo fue profanado. Volvió a vivir el tiempo de la Maldición de Raíz de Artemisa hasta el momento en que llegó Pata Blanca. ¿Y desde entonces? ¿Habían sido más fáciles las cosas?

—Sí —reflexionó—. Porque por algún tiempo he podido sentir el Poder.

Siempre había estado allí, cálido, extendiendo hacia él su resplandor día tras día. Hasta que Castor profanó el Fardo del Lobo de forma casi irreparable. Por aquellos recuerdos podía soportarse casi una vida entera de horror.

—Pues yo me alegro de haberme librado de él.

Aquellas palabras le impactaron.

—No digas eso.

—Pues es verdad. —Pequeño Danzarín se abrazó y cruzó las piernas—. Ya he encontrado lo que busco. Aquí —abarcó con un gesto el tranquilo valle—, aquí está todo lo que necesito. Comida. Protección. Aquí veré crecer a mi familia. Castor está lejos, en las planicies del este. Sangre de Oso está en las zonas altas. ¿Qué razón iban a tener para venir a molestarnos? No, ya estoy harto del Poder, de los problemas, de los círculos y... y... Bueno, se acabó.

Dos Humos sonrió con ironía.

—El Problema con el Poder es que nunca se sabe. —*Ya veremos, muchacho. ¡Ya veremos!* Cambió de tema—: Y hablando de tu mujer, ¿vas a permitir que cace ella a todos los roedores?

—Hemos encontrado un par de madrigueras allí arriba. Ella quería mirar un poco más lejos.

—Entonces será mejor que saques tus palos de fuego. ¿Sabes cómo hacerlo?

Pequeño Danzarín le miró sorprendido.

—¿Dónde está la dificultad? Haré un fuego y quemaré el estiércol, y cuando salga el animal le daremos un golpe.

—Pero tienes que ser muy, muy rápido.

Pequeño Danzarín sonrió.

—Soy rápido como el rayo. Y Alce Ágil es todavía más rápida.

Y diciendo esto se levantó de un salto y se acercó a su hatillo. Mientras Pequeño Danzarín buscaba sus palos de fuego, Dos Humos susurraba para sus adentros:

—Espero que te vaya bien, amigo.

Observó cómo Pequeño Danzarín bajaba la pendiente como un joven orgulloso y astuto que pensaba que podía enfrentarse a cualquier cosa.

Los jóvenes saltaban y sus cuerpos grasientos atrapaban la luz del fuego que acentuaba los músculos y las pinturas. En medio del campamento la hoguera crepitaba lanzando al cielo de la noche altas espirales de chispas. Más allá de los límites iluminados del campamento se veía la grandeza de la Red de Estrellas.

Las mujeres observaban en torno al círculo de refugios. Algunas cantaban con el Cantor, otras se limitaban a mirar con el rostro impasible, sin decir nada, estrechándose las pieles de búfalo sobre los hombros. Había mujeres de todas las estaturas y de todo tipo de complexión: altas, bajas, delgadas, gruesas. Eran el botín de la renovación de la Tribu.

Castor estaba sentado en una piel blanca de búfalo, con sus siete esposas detrás. Dos Piedras, Silbo de Alce y Siete Soles estaban sentados mirando a los dos lados y ligeramente al fondo. Ante Castor se alzaba un largo poste ornamentado con plumas de cuervo y pezuñas de antílope: su insignia. El poste iba a dondequiera que fuera su refugio. Aquel estandarte había provocado miedo entre los Pelo Cortado, la Tribu del Búfalo del Fuego y la de Grulla Blanca.

Aquella noche de fiesta y Bendición indicaba la reunificación de la Tribu bajo el mandato de Castor. Sonrió felizmente en las tinieblas imaginando el rostro severo de su madre.

Yo he hecho esto, Madre. Tú tenías razón, como siempre. Lo único que ha hecho falta es disciplina, y gente desesperada que tenía necesidad de lo que tú me enseñaste. Cuando a mis jóvenes no les quedó más que perder que su propia vida, lograron maravillas. Lo único que tuve que hacer fue Soñar un nuevo camino. Madre, tú lo viste todo.

Le asaltó una oleada de orgullo. Los saltos de los danzarines reflejaban los giros gozosos que sentía en el pecho. A través de su visión había dado una nueva forma a la Tribu. Sus jóvenes siempre habían derrotado a los grupos de guerreros que intentaron detenerle, y habían llegado a creerse invencibles. A las tribus que nunca habían hecho la guerra en serio, Castor había enviado fanáticos deseosos de matar hasta el último hombre. Contra sus jóvenes mártires sedientos de sangre nadie podía oponer más que una resistencia simbólica.

Se dejó llevar por el latido del tambor y el canto que subía y bajaba. La noche palpitaba de vida por él. Lo que estaba observando era la celebración de la visión de su madre y su modo de llevarla a cabo. Si tan sólo pudiera verle, decirle...

Tú viste esto, Madre. Tú eres la auténtica líder. Yo sólo he utilizado la fuerza que tú me insuflaste.

Ladeó la cabeza. Si dejaba volar un poco su imaginación podía distinguir la voz de su madre en el cántico de los Cantores. La cadencia del tambor podía haber sido su mismo corazón dirigiéndose a él.

—Lo has hecho muy bien —admitió Siete Soles—. Yo nunca hubiera creído que volveríamos a ser tantos.

Aquella vieja voz áspera rompió su concentración. Sintió por un momento el impulso de increpar al anciano, pero el viento frío de la razón despejó su ira. Todavía había que ganarse a Siete Soles.

Es cierto, hijo. Tómate tu tiempo. Utiliza tu sentido común y gánatelo por completo. Luego ya podrás ponerle en su lugar.

Eso es lo que ella habría dicho.

Castor abrió las manos y echó atrás la cabeza con una expresión de serenidad en sus rasgos aplastados.

—Nosotros somos los nuevos cazadores de las tierras del búfalo. Igual que los lobos, estamos al acecho y tomamos lo que necesitamos. Pero no es sólo por el valor de nuestros jóvenes. ¿Veis a ese guerrero de ahí? Ese alto, pintado de azul, con el tocado de antílope...

—¿El que danza más cerca del fuego?

—Ése. Se llama Dos Lunas Azules. Es el hijo mayor del jefe de los Pelo Cortado, Perro Gordo. Ha venido a mí. Se ha ofrecido al nuevo Soñador. Tengo mucha fe puesta en él. Cuando dirige una partida de guerra, su misma presencia hace que nuestros jóvenes intenten superarle. Él nunca se lo permite. Pero lo importante es la osadía y la astucia que desarrolla un comportamiento así.

—¿Pero es esto todo? —Siete Soles se inclinó hacia adelante haciendo un gesto con la mano—. La vida debe ser algo más que la guerra y la capacidad de desmoralizar al enemigo.

—¿Sí? —Castor alzó una ceja—. Mira a tu alrededor. En un tiempo vestíamos de harapos, estábamos hambrientos, siempre viajando y muriendo, intentando encontrar búfalos cada vez más escasos.

—Tuvimos algunos años buenos. Vino la lluvia. Las manadas empezaron a crecer, las crías...

—Y ahora las lluvias pueden caer otra vez. —Castor bostezó, dejando que su alma volara con el latir del tambor y el tono agudo de los Cantores. ¿Dónde estaba la voz de su madre? Allí, justo en los límites de su consciencia—. Y si eso sucede, Siete Soles, no estaremos atados por el viejo acuerdo de cazar sólo en las tierras surcadas por el Río Luna. Sí, ahora podemos cazar al sur del Río Arena o al norte, hacia el Gran Río. Podemos cazar dondequiera que haya gamos, y nadie nos detendrá. No, nosotros cazamos algo más que búfalos. Cazamos gente. Si no podemos encontrar búfalos para conseguir pieles, se las robaremos a los que las tengan.

—Y si los otros...

—No lo harán. No pueden.

Madre no les dejará. ¡Ella nos cuida, chocho idiota! Tú la conocías. Debiste reconocer entonces sus talentos.

Siete Soles movió lentamente la cabeza.

—Pareces muy seguro de ti mismo, Castor.

El Soñador del Espíritu sonrió y movió una mano.

—Lo estoy. He Soñado un nuevo camino, y es tal como me dijeron los Espíritus. Es una nueva era, un nuevo modo de vida. Hemos limpiado la corrupción de la Tribu.

—¿Y ahora qué pasará?

—Ahora hay que purificar a otros. No pienso permitir que los Pelo Cortado, el Búfalo del Fuego o los Grulla Blanca vuelvan a desafiarnos otra vez. Hay que acabar con su fuerza. Hemos tomado a muchas de sus mujeres para asegurar el matrimonio y los lazos económicos entre nuestros grupos. —Sintió el calor de una oleada de seguridad, como el sol que nace en la mañana. Aquél era el camino. Casi podía sentirlo en el aire.

—¿Y los Mano Roja? ¿Cómo piensas someter a los hombres salvajes de las montañas?

Castor soltó una risita.

—Ya caerán. De momento, la única ventaja que tienen es que conocen aquel terreno. Pueden tendernos cualquier emboscada. La clave es tenerlo planeado de antemano. Cuando tengamos bastantes provisiones y bastantes guerreros entrenados, subiremos y los eliminaremos a todos.

Siete Soles frunció el ceño y se mordió el labio.

—Hay algunos ancianos que...

—Olvídate de ellos. Ésta no es una época para que los ancianos anden barbotando historias acerca del Primer Hombre o de los Héroes Gemelos. Aquí, en este nuevo mundo, estamos creando un nuevo camino. Yo soy la leyenda de este nuevo mundo, Siete Soles. Mi madre tuvo esta visión. Previó el futuro. El Poder corría por sus venas como la sangre. Yo me limito a vivirlo por ella.

La imagen que había conjurado lo poseyó. En sus fantasías, el tambor reflejaba el latido de su corazón. Ella se había convertido en la Tribu. Castor ladeó la cabeza escuchando de nuevo el canto, intentando discernir las palabras de su madre, que oscilaban en el límite de su comprensión. Si pudiera romper la última barrera y entender...

—¿Qué pasa? —preguntó Siete Soles.

Castor no le hizo caso. Estaba perdido, intentando desvelar el secreto de las palabras de su madre.

—El agua ha dejado de correr en el Manantial del Hueso del Monstruo. A medida que mi poder se debilita, disminuye también el poder del mundo. Incluso la artemisa muere. ¿No puedes hacer nada? —dijo el Fardo del Lobo entre la niebla dorada.

Su súplica estremeció el sedoso camino plateado de las Espirales.

La voz de Soñador del Lobo se alzó brumosa.

—De momento hemos llegado a nuestros límites. Debemos esperar, confiar.

—¿Y ver cómo muere un mundo?

16

Toro Hambriento ayudó a Dos Humos a bajar de un saliente y miró el nuevo refugio. El viejo berdache les había conducido por un retorcido camino, bajo un suave polvo de nieve que se asentaba a su alrededor, blanqueando hombros, cabezas y fardos. En las cuencas se mezclaban los enebros con los pinos, y las pendientes del lado sur se cubrían de arbustos grises, grosellas y bayas. Las huellas de ciervo moteaban el camino.

El otro lado del cañón tenía un aspecto fresco y sombrío, y las copas cónicas de los pinos se alzaban verde oscuras sobre la enmarañada arboleda negra. Pero en las cumbres aparecían vastas praderas que se extendían bajo la grisácea neblina de la nieve y las nubes.

—El alce pasa el invierno allí arriba —dijo Dos Humos señalando las altas praderas—. Es un buen lugar para cazar cuando llega el frío.

—Es un buen campamento —convino Batir de Cascos—. Parece que no ha habido nadie por aquí en mucho tiempo.

—Tal vez. —Dos Humos se encogió de hombros—. La última vez que yo vine era joven. Cinco Caídas vino con su primo y pasamos aquí el invierno. El campamento era muy bueno, pero aquel año los ratones y las ardillas casi nos vuelven locos.

—¿Pero viniste en una época tan tardía? —preguntó Batir de Cascos, moviéndose bajo el peso del fardo para poder verle.

—No. —Dos Humos señaló el cañón—. Pero hicimos el trabajo más duro. Levantamos una trampa de cabras allí arriba. No creo que nos cueste mucho repararla. Tenemos la red nueva que hemos hecho Alce Ágil y yo. En cuanto matemos algunos carneros, tendremos pieles y carne durante un tiempo hasta que bajen los alces. Tal vez Toro Hambriento, Tres Dedos y Cuervo Negro puedan matar un par de ciervos. Y con las pieles podemos hacer trampas para el alce.

—¡Ja! —exclamó Cuervo Negro, que había estado escuchando con la cabeza ladeada, intentando captar las palabras anit'ah—. ¿Has dicho tenderle una trampa a un alce?

Toro Hambriento soltó una risita.

—Aquí la caza es diferente. Ven, vamos a ver ese refugio de roca. —Le guiñó un ojo a Batir de Cascos—. A lo mejor puedes enseñarme a ponerle trampas al alce y a cazar cabras.

Ella le sonrió y luego volvió a mirar el camino.

—Creo que aprenderás. Pero vamos, empieza a oscurecer. Más vale salir de esta traicionera pendiente mientras aún podamos ver dónde pisamos.

La boca de la cueva estaba oculta por centeno silvestre gigante que el invierno había teñido de marrón. El lugar medía unos diez pasos de longitud, y al retirar la pantalla de hierba, Toro Hambriento descubrió que se extendía otros tres pasos más. Con la débil luz apenas podía vislumbrarse un gran nido de roedor en el rincón donde se unía el suelo con la roca.

—A lo mejor tenías razón en cuanto a los roedores.

—Si no los podemos ahuyentar me los comeré. —Batir de Cascos se quitó el hatillo de la espalda y se frotó los brazos.

—Bueno, gran cazador de la Tribu de Pequeño Búfalo, ¿por qué no enciendes un fuego?

Tres Dedos ayudó a Dos Humos a subir el saliente y a entrar en el refugio. Los demás fueron entrando uno a uno, suspirando y temblando de frío mientras iban apilando los fardos aquí y allá.

—¿Así que ésta es nuestra casa? —dijo Cuervo Negro golpeando la piedra con los nudillos. Movió lentamente la cabeza.

Toro Hambriento estaba buscando los palos de fuego en su hatillo. Levantó la vista.

—¿Estás preocupado?

Cuervo Negro llevaba a Graciosa de la mano, y sus tres hijos miraban a su alrededor con los ojos muy abiertos.

—¿Preocupado? —Ladeó la cabeza, observando cómo los ágiles dedos de Toro Hambriento ponían la punta chamuscada de uno de los palos en el agujero de fricción del otro. Toro Hambriento empezó a girar el palo—. No, no estamos preocupados. Lo único que pasa es que todo es nuevo. Estamos... bueno, es como si no encajáramos aquí. Como si fuera otro mundo, ¿entiendes?

Toro Hambriento asintió, reconfortado al sentir cómo se activaba la circulación de sus brazos.

—Yo me sentí así cuando nos marchamos del campamento de Castor. Pero Raíz de Artemisa había sido asesinada. Me sentía como un alma sin cuerpo.

El rumor de las hierbas indicó la llegada de Alce Ágil y Pequeño Danzarín, riendo con la vivacidad de la juventud a pesar del frío y la fatiga.

A Graciosa le castañeteaban los dientes de frío antes de que el palo de fuego creara un débil jirón de humo. Toro Hambriento, que tenía los dedos helados, sonrió al obtener un resplandor rojo.

—¿Tienes un sitio para esto? —le preguntó a Cuervo Negro, que inmediatamente sacó de su fardo un puñado de hierbas y corteza deshilachada, todo un poco chamuscado.

Graciosa se acercó al nido de roedor para sacar tiras de artemisa y tierra vegetal seca. Entre las rocas se oyó un débil golpe cuando el asustado roedor salió corriendo.

—Y eso no es lo peor —le dijo Graciosa al animal.

Toro Hambriento metió la yesca encendida entre las hierbas de Cuervo Negro y sopló con cuidado. El ascua resplandeció como un brillante ojo rojo y el humo se alzó en un jirón. Nació una llama que devoró vorazmente las hierbas, que fueron alimentando con palos y ramas, añadiendo piezas cada vez más grandes, hasta que tuvieron una crepitante hoguera.

—¡Eh, mirad! —Tres Dedos señaló la inclinada pared trasera del refugio.

Se había desplomado toda una sección de roca. Hacía tanto tiempo de ello que la parte de arriba apenas sobresalía del suelo, y la parte plana creada por la caída del techo estaba ennegrecida por el humo y cubierta de hollín, pero aún podían verse las figuras grabadas en la roca. Una gran espiral dominaba el panel. Tres Dedos se acercó y frotó la piedra para limpiarla.

—Sangre y estiércol —susurró—. ¡Un monstruo! ¡Mirad! ¡Mirad lo bien hecho que está! Tiene la espalda encorvada, los dientes enormes y esa cola que le sale del morro. —Frotó la pared con la mano para quitar más hollín, y de pronto se detuvo mirando fijamente la figura que había aparecido.

A un lado había un hombre con una flecha, evidentemente a punto de lanzarla contra el costado del monstruo.

—Pata Blanca siempre dijo que la gente mataba a los monstruos igual que nosotros matamos al búfalo. —Toro Hambriento tendió las manos hacia el fuego por encima del grupo de niños. Cogió una rama en llamas y la metió en el nido del roedor.

—No me gustan los roedores —dijo sonriéndole a Batir de Cascos—. Se comen las cosas por la noche, y también traen problemas con el Poder del Espíritu. Una vez un roedor se comió mi atlatl y empezaron los problemas.

Ella le dio una palmada en el hombro.

—Con ese nido tendremos combustible para un día o dos. Les daré un golpe cuando huyan por este lado.

Tomó posición a un lado del nido con el bastón en alto. Alce Ágil se puso al otro lado.

Tres Dedos movió la cabeza. No podía apartar la vista de los dibujos de la roca. Cuervo Negro se acercó a él.

—No sé cuánto tiempo llevarán ahí. —Dos Humos se acomodó en un anguloso saliente del techo caído—. Las vi por primera vez cuando era niño, tal vez de la edad de Hoja Danzarina —dijo señalando a la hija mayor de Cuervo Negro—, y ya eran viejas entonces.

Tres Dedos seguía limpiando el hollín. En ese momento Batir de Cascos dio un grito y lanzó un bastonazo contra un veloz animal marrón.

—¡Ya lo tengo!

Al otro lado de la espiral, Tres Dedos descubrió los dibujos de dos animales, evidentemente cabras montesas por los cuernos curvados. Luego encontró un búfalo y un alce, los dos atravesados por flechas. En la parte baja de la pared había una serie de ranuras que él identificó como plataforma de preparación para la manufactura de herramientas de piedra. Pero arriba, oculta por la danzante sombra del fuego, descubrió la última figura.

—¿Qué es eso? —Toro Hambriento estiró al cuello para verlo.

—Un lobo —susurró Tres Dedos retrocediendo cuando las líneas del animal quedaron más claras—. ¡Mira! ¡Parece que está vivo!

Pequeño Danzarín resolló, sobresaltando casi a Toro Hambriento, que vio cómo el color abandonaba sus mejillas cortadas por el viento.

—El Lobo era el Espíritu Asistente del Primer Hombre cuando vino por debajo del mundo —les recordó Dos Humos, que no dejaba de frotarse los brazos temblorosos. Movió la cabeza lentamente—. Cuando veníamos aquí, nunca limpiábamos las tallas de la roca.

Alce Ágil mató de un golpe a otro roedor fugitivo de su nido en llamas.

—¡Y ya son dos! ¡Esta noche habrá carne fresca!

—Eh. —Tres Dedos retrocedió con una sonrisa, rodeó a Triguero con el brazo y alborotó los cabellos de sus hijos—. ¡Puede que al fin y al cabo éste no sea un mal sitio!

Toro Hambriento soltó una risita mientras Batir de Cascos mataba a otro roedor. El calor del fuego empezaba a penetrar por sus ropas heladas.

—Sí, puede que no esté pero que nada mal.

Entonces miró a Pequeño Danzarín, todavía pálido y con unos ojos vidriosos fijos en el lobo, que parecía devolverle la mirada desde la roca.

Cuerno Roto observó a distancia el refugio de Pata Blanca. No se veía a nadie excepto a la anciana. Esperó dos días para asegurarse de que los demás se habían marchado. Miró furioso el cielo sombrío. Los copos blancos y esponjosos caían pesadamente. Ya no quedarían huellas. Debía haber salido antes. Sabía que la Tribu de Pequeño Búfalo estaría allí.

Ojalá el muchacho de Pequeño Búfalo saliera a los caminos para que él pudiera atravesarle con una flecha. Eso le enseñaría a no tontear con la mujer que había elegido Cuerno Roto. Entonces nadie se interpondría en su camino cuando la tomara por esposa.

¿Adónde habrían ido?

La vieja cabra avanzaba al trote, pero se detuvo un momento para mirar atrás.

—¡Alto! —exclamó Batir de Cascos, sin elevar apenas la voz en el aire helado.

Pequeño Danzarín se detuvo, intentando mantener el equilibrio en la pronunciada pendiente.

La oblicua luz solar del cielo de invierno caldeaba el lado sur del cañón. Detrás de las rocas se apilaban sombras de nieve en las grietas. Algunas hierbas, plantas secas y ocasionales arbustos mantenían una frágil existencia en la desmoronada pendiente de la montaña.

—No puedo creer que haya gente que cace así. —Las palabras de Toro Hambriento apenas llegaron a Pequeño Danzarín, que intentaba recuperar el aliento.

Delante de ellos, a unos cuatro tiros de flecha de distancia, la pequeña manada de cabras montesas se había detenido a la sombra de la vieja hembra y los miraba.

—¿Y ahora qué? —preguntó Pequeño Danzarín.

—Adelante —dijo Batir de Cascos con su voz ronca—. Muy poco a poco porque si salen corriendo no caerán en la trampa.

Pequeño Danzarín repitió la orden y oyó cómo iba pasando por la hilera de personas que avanzaban por la pendiente.

Allí abajo, el valle yacía bajo una capa de nieve. El fondo, cubierto de sauce, se hundía en sombras azules, y redondos montículos de nieve marcaban el curso serpeante de las cuencas cubiertas de hielo. Aquí y allá un parche oscuro señalaba un punto donde el agua corría demasiado deprisa para congelarse. Los sauces estaban llenos de señales de alces y ciervos. En la pendiente del otro lado abundaban los recuerdos del verano. Los abetos, perpetuamente en sombras, y los pinos, dormían bajo un espeso manto de nieve.

Pequeño Danzarín alzó la vista al cielo azul del invierno, maravillado por la profundidad de su color aquellos días tan cortos. Una débil capa de nubes moteaba el cielo hacia el este. La cortante brisa jugueteaba despreocupadamente en el cañón. El muchacho husmeó con curiosidad para ver si podía detectar el olor de las cabras. El aire le picó en la nariz.

Alce Ágil caminaba con cuidado por debajo de él. Alzó la vista como si hubiera sentido que él la miraba y le sonrió al tiempo que se echaba sobre el hombro su espesa mata de pelo negro.

Pequeño Danzarín sintió un agradable estremecimiento en el pecho. Por fin podía sonreír, reír y disfrutar de la vida. Aquel trozo de tierra era suyo. Allí vivían lejos del temor de Sangre de Oso, lejos de la pesadilla de Castor.

Dio un paso más, intentando hundir su mocasín en el costado de la montaña. La tierra se desmoronó bajo su peso con un crujido.

—¡Eh! —refunfuñó Toro Hambriento con voz apagada.

Pequeño Danzarín soltó una risita ahogada.

Las cabras se habían puesto otra vez en movimiento. La vieja hembra saltaba ágilmente de piedra en piedra, con el sol relumbrando en su piel de invierno. Un viejo carnero seguía inquieto al resto del rebaño, manteniéndose siempre atrás como si no supiera muy bien qué hacer.

Pequeño Danzarín apenas podía ver el fondo del cañón.

—Es el momento de que Alce Ágil suba hasta arriba —dijo Batir de Cascos.

Desde muy arriba, donde Tres Dedos trepaba con dificultad de una piedra a otra, se oyó la penetrante llamada de un tordo. Pequeño Danzarín movió la cabeza, extrañado por el incongruente sonido, hasta que se dio cuenta de que había sido engañado por la capacidad de imitación de Tres Dedos.

Alce Ágil empezó a caminar más deprisa entre rocas más estables. Cuervo Negro y Triguero reanudaron el paso para mantener la fila más o menos regular. Toro Hambriento mantuvo su posición.

La vieja hembra seguía trotando, lanzando tierra y piedras por la pendiente. Las hembras más jóvenes y las crías la seguían a saltos por la ladera. Al llegar al terreno firme del otro lado, la hembra que dirigía el rebaño se detuvo y miró el fondo del cañón como si de pronto comprendiera.

Pequeño Danzarín tragó saliva, pensando en las menguantes reservas de carne.

—Por favor, Madre —suplicó.

Ella se volvió para mirarle sobre el hombro, y él sintió sus ojos a pesar de la distancia.

—Por favor, Madre —susurró fervientemente—. Necesitamos tu carne.

La hilera se había detenido. La hembra dirigió una rápida ojeada a la trampa. Estiró el cuello con las orejas alzadas sobre sus finos cuernos curvos. Quedaba una vía de escape. Miró fijamente la estrecha grieta por la que podría esquivar la hilera de caza. La decisión parecía vacilar en su mente.

—Por favor, Madre —repetía en un susurro Pequeño Danzarín.

Intentó tender la mano hacia ella para explicarle que se morirían de hambre sin el don de la comida. Aclaró su mente, con los puños apretados, intentando transmitirle su necesidad.

El tiempo pasaba. No se dio cuenta de que estaba de rodillas y levantaba los brazos.

—Por favor, Madre.

La sensación saltó de la afilada roca que le cortó las rodillas. El instante de consciencia se extendió y el Uno le envolvió como envuelve la niebla la áspera corteza de los álamos en la mañana.

—Tenemos hambre, Madre. Déjanos tu vida. Comparte tu espíritu con nosotros.

No recordó haberla mirado a los ojos. Por un momento sólo importó el contacto de sus almas. Sólo era consciente del latido del corazón de la hembra, del aire en sus pulmones y la preocupación en su mente.

—Aliméntanos, Madre.

Comprensión, dolor, aceptación, las emociones le llenaban, le poseían. Se dio la vuelta y empezó a subir la pendiente a gatas. Ahora veía un mundo sin colores, envuelto en sombras grises, a través de los ojos del animal. Y a través de sus oídos escuchaba al resto de la manada siguiéndole, golpeando con las pezuñas la roca y desmoronando la tierra suelta. En su nariz se agolpaban el olor de la tierra y la escarcha y las hojas apiladas bajo los arbustos y las grosellas, mezclados con el aroma de las hierbas de invierno.

Disfrutó de la fuerza de sus miembros, siguiendo a la hembra por la pendiente. Corría con sus prodigiosas patas de pezuñas almohadilladas que pisaban seguras allí donde un hombre habría resbalado y caído.

Entonces la cabra pasó entre los dos salientes rocosos, coronó la cima del risco y se precipitó entre los muros de pino de la trampa. Penetró en el redil de un salto y los demás animales se arracimaron tras ella.

La red de Dos Humos se alzó detrás y las otras cabras y las crías empezaron a balar nerviosamente. La hembra esperó, compartiendo el momento con él. Estaba inquieta, pero aceptaba mientras él compartiera su mente. Los plañidos del rebaño y los gruñidos de los carneros agitados excitaron todos los instintos.

Los gritos de los cazadores hicieron cundir el pánico entre el rebaño, aumentando el terror de sus balidos. La red los iba empujando, sostenida por el tullido Dos Humos y la ágil Batir de Cascos, que aparecían en una extraña perspectiva, planos y pavorosos a través de los ojos de la cabra. La hembra apenas se movió cuando la red bajó sobre ella como un peso que no podía comprender. Los otros temblaban, intentando entender aquella trama de cuerdas con olor a humano y a corteza de enebro.

Pequeño Danzarín comprendió los garrotes, y a través de él también comprendió la hembra. El enebro curado al fuego se alzaba, descendía en un arco y golpeaba con un ruido hueco, estremeciendo su ser. La brisa llevaba el penetrante olor de la sangre que se mezclaba con el de los humanos. Uno a uno fueron matando al resto de los carneros. La muerte inevitable se acercaba.

Pequeño Danzarín miró a su padre y se agachó cuando el garrote se alzó contra el cielo gris. Se estremeció al caer el silbante arco de madera.

Negrura.

Voces.

—Ya despierta. ¿Pequeño Danzarín? ¿Me oyes?

Se sintió abrigado por la familiar sensación de las manos humanas. El calor se alzó del cuerpo que le sostenía. Gimió y se agitó, saboreando las sensaciones de la vida, del latido del corazón en su pecho. Una maravillosa sensación de frío entumecedor llenaba sus piernas y le hacía temblar.

¡Estaba vivo!

—¿Qué ha pasado? ¿Te has caído?

Los ojos preocupados de Alce Ágil le sacaron de la infinitud y abrió los ojos a la brillante luz del sol. Pestañeó y se encontró en el regazo de Alce Ágil. Toro Hambriento se inclinaba sobre él cogiéndole las manos, y sus ojos casi frenéticos miraban ansiosamente su rostro. Tres Dedos, Cuervo Negro y Batir de Cascos le rodeaban con expresión tensa.

—Te has perdido la caza. —Toro Hambriento casi se echó a reír de alivio—. Te caíste y...

—Estaba ahí —dijo él con voz ronca, suspirando profundamente—. La cabra y yo... Uno, fuimos Uno. Ella iba a esquivar la trampa. Yo le supliqué.

Los recuerdos volvieron en una marea, trayéndole cada paso, cada respiración, cada latido. El garrote alzado, la muerte inevitable. Un violento escalofrío estremeció su cuerpo.

—Tenemos que calentarle —dijo Batir de Cascos.

Unas manos le levantaron. Todo eran desarticulados murmullos al ver cómo su cuerpo temblaba incontrolablemente.

—Pisa con cuidado. —Las palabras resonaban confusas en sus oídos.

Flotaba otra vez, maravillado ante la idea de que había muerto con la cabra, y no había sido desagradable. ¿Pero qué había pasado después? Una sensación de flotar ligero...

Calor. El crepitar de un fuego. El humo le picaba en la nariz. Pestañeó y miró con ojos nublados el fuego. El olor de la carne asada le llenó la nariz. Súbitamente le invadió el hambre.

—¿Y sigue hablando del Uno? —A un lado se oía a Dos Humos—. Yo vi que la cabra se detenía. Pensé que saldría corriendo y que la perderíamos. Una sensación de Poder hormigueaba en el aire. Yo lo sabía, como sabe un berdache. Entonces la cabra se volvió y se metió directamente en la trampa. Ni siquiera parecía asustada, pero sus ojos... su modo de moverse... era como si estuviera poseída.

—Compartida —dijo Pequeño Danzarín con voz rota—. Compartida. —Y miró las llamas crepitantes, flotando con las chispas.

—¿Qué piensas de Pequeño Danzarín y sus visiones? —preguntó cautamente Tres Dedos mientras trepaban—. ¿Sabes? No es un niño que... ¿un niño?, quiero decir un hombre. Ha matado a su primer búfalo y es evidente que Alce Ágil y él son hombre y mujer por la noche bajo las pieles. Pero es tan joven... y tan viejo al mismo tiempo. Tú eres su padre, ¿qué piensas de todo ello?

El fatigoso jadeo de Toro Hambriento se condensó ante él. Alzó la vista hacia la maraña de ramas cubiertas de nieve que se entrelazaban sobre ellos. Los troncos de los pinos se recortaban desnudos y grises contra la nieve y la trampa cubierta de tierra.

Toro Hambriento movió la cabeza y se detuvo tanteando con el pie la profunda nieve para no resbalar. Las huellas de los alces rodeaban la base de un árbol caído y desaparecían entre la arboleda. ¿Cómo podía un alce caminar por un lugar así? ¡Era cosa de magia!

—Me preocupa. —¿Qué más podía decir?

—¿Y Alce Ágil?

Toro Hambriento se encogió de hombros y se reacomodó el hatillo sobre la espalda.

—Es un hombre, amigo. Ha matado animales y ha tomado a una mujer. Ha demostrado que puede alimentarla. Ha asumido las responsabilidades de un hombre, y como un hombre actúa. Es fuerte y astuto y ahora tiene que tomar su propio camino.

Tres Dedos resopló de frío y volvió la vista al tortuoso sendero que habían seguido por la ladera de la montaña. Desde donde estaban, la pendiente parecía peor de lo que había sido. Siempre era mejor subir que bajar. Las largas cuerdas de piel trenzada se curvaban en sus espaldas.

—Aquí se siente uno encerrado, como si no se pudiera ver. Como si fuera a salir un monstruo de entre los árboles para devorarnos o algo así.

Toro Hambriento se echó a reír.

—Mi extraño muchacho, ese que tanto te preocupa Soñaría para traerte de vuelta.

—¿Crees que fue eso lo que hizo? —Tres Dedos movió la cabeza—. No sé. A lo mejor sí. Pata Blanca siempre dijo que tenía Poder. Y Dos Humos... bueno, siempre he pensado que era distinto. Pero los Anit'ah piensan que los berdaches tienen una especie de Poder, como los Buhoneros...

—Como los Buhoneros no, como los berdaches.

—Bueno, pues Poder berdache. Empiezo a creerlo. —Tres Dedos frunció el ceño y chasqueó la lengua antes de emitir el gutural chirrido de un arrendajo. La llamada resonó entre los oscuros árboles. En respuesta se oyó el canto de un paro carbonero.

Toro Hambriento alzó la vista hacia el diminuto parche de cielo azul que podía verse.

—Sí, creo que Pequeño Danzarín tiene Poder. Le oigo por la noche cuando duerme. Los Sueños acuden a él. Y no son sueños como los de la gente normal, sino Sueños de Poder, y muchas veces se despierta, pero en realidad no está despierto. Puedes hablarle y él responde, pero no está ahí, no está contigo en el refugio.

—Lo he visto. Anoche. Tú le llamaste y él respondió que era el fuego. Miré y el fuego estaba bien. Tenía los ojos abiertos, pero era como si no estuviera dentro de su cuerpo.

—¿Estabas despierto esta mañana cuando le he preguntado sobre ello? Se limitó a mirarme pestañeando, perplejo.

—Sí. Me pone los pelos de punta —gruñó Tres Dedos—. Graciosa está un poco asustada. Cuervo Negro le ha dicho que se tranquilice, que es una fase y que Pequeño Danzarín la superará.

—Vamos, la nieve me está congelando los pies. —Deseaba desesperadamente evitar el tema que comenzaba a obsesionar a todos.

Dio otro paso siguiendo el camino de los alces que habían trepado antes que ellos. Los alces conocían el mejor camino para llegar a la cima de la montaña. Claro que un camino fácil para un alce era una cosa muy distinta para un hombre.

—Así que vamos a atrapar alces como si fueran conejos. —Tres Dedos subía jadeando detrás de Toro Hambriento, sin dejar su penetrante conversación con los paros carboneros—. Parece una locura.

—¿Por qué? —dio Toro Hambriento—. Ya has oído lo que dijo Batir de Cascos. Lo único que tenemos que...

—No lo entiendo muy bien. Todavía estoy intentando desentrañar esa confusa lengua en la que habla.

—Ya lo creo que es confusa. —Toro Hambriento se rascó la oreja—. Pero ellos dicen que nosotros hablamos cloqueando como gansos.

—¿Como gansos? —exclamó Tres Dedos resoplando—. ¡Pero qué tontería! Nosotros no hablamos como los gansos.

—Pues ellos lo piensan.

—¿Y tú? Tú y Batir de Cascos estáis de lo más arrobados bajo las pieles. ¿Vais a quedaros juntos? ¿Y ese tal Un Tiro? ¿No te causará problemas?

Toro Hambriento trepó a un saliente del que los alces habían quitado la nieve al pasar. Luego le ofreció la mano a Tres Dedos.

—Ella dice que no pondrá problemas. Dice que entre los Mano Roja una mujer puede abandonar a un hombre, así, sin más. Pero supongo que se considerará de educación hacer algo por el antiguo esposo, llevarle un par de buenas pieles, o tal vez algo de carne.

»Pero Un Tiro se casó con ella porque Batir de Cascos necesitaba un esposo, más o menos. Al menos eso es lo que ella dice. A Un Tiro le gusta más su primera esposa, una mujer llamada Lluvia. A Batir de Cascos le gustan los dos; dice que ayudaron a engañar a Sangre de Oso cuando intentaba poseer a Alce Ágil. Supongo que ésa es razón suficiente para que alguien te caiga bien.

—Sí, eso lo entiendo bien. Todo el que aborrezca a Sangre de Oso ya me cae bien. —Tres Dedos se detuvo para respirar profundamente—. Pero últimamente parece que no me va nada bien con los Soñadores ni con los jefes.

—No te preocupes. Ahora estás a salvo. Podemos empezar otra vez, aprender cosas nuevas y apartarnos del camino de Castor.

—¿Y Sangre de Oso?

—No creo que nos moleste mientras Pata Blanca esté a favor nuestro.

—No quisiera aguarte la fiesta, pero Pata Blanca no es tan joven como yo quisiera.

—¿Estás pensando en tomar otra esposa?

—¡Venga ya! ¿Pata Blanca? Se me ocurren otras muchas formas de suicidarme, como deslizarme detrás de un búfalo furioso y golpearle los testículos con un cactus. ¿Pero y si ella decide elevar su alma a la Red de las Estrellas? ¿Qué haremos entonces? Nos quedaremos sin la protección de la Mujer Espíritu.

—Por eso iremos a visitar a los Mano Roja en primavera. Iremos como parientes de Batir de Cascos, Alce Ágil y Dos Humos. Iremos a visitarlos, comerciaremos y volveremos aquí. Batir de Cascos dice que cuando llegue la primavera tendremos balsamina, cebollas, bulbos de lirios, raíces dulces y todas las cosas que crecen aquí arriba. Luego, a finales del verano y en otoño tendremos bayas, grosellas, piñas, urogallos y otras muchas cosas buenas. A lo mejor tendremos que movernos un poco para buscar las pendientes que tengan los mejores frutos. Supongo que eso cambia de año en año, pero no estará mal.

—¿A ti te gusta todo eso? ¿No te gusta comer búfalo?

Toro Hambriento se palmeó la barriga.

—Así es. He crecido acostumbrado a mirar hacia abajo y verme la barriga, tal vez no tan redonda como la de Cuervo Negro, pero vaya, hace mucho, mucho tiempo que no paso hambre. Y no sólo eso sino que las raíces y esas cosas son dulces y están muy buenas. Y no hay nada en el mundo como las raíces dulces. Podría pasarme el resto de la vida comiéndolas, igual que tú te lo pasarías comiendo carne de búfalo.

—A mí no me dan muy buena espina todas esas cosas enterradas en la tierra.

Toro Hambriento soltó una risita.

—Hace sólo dos semanas yo decía lo mismo.

—¿Y qué es lo que ha pasado?

—Que Batir de Cascos entró en mi vida. Y brilló el sol por primera vez desde aquel día en que vi a Pata Blanca en el risco. Mira a tu alrededor. Estamos muy altos. El viento no es tan malo como en las planicies. Todo está lleno de color, las rocas, el suelo, los árboles y las flores. Y podemos tender trampas. La trampa de las cabras funcionó muy bien. Vamos detrás de los alces. ¿Qué cosa hay mejor para un cazador que cazar? Y aquí no está Castor para darnos problemas.

—Pero todo esto es muy distinto de los viejos modos de vida.

—Cualquier cosa nueva es diferente. Aprende y disfruta.

—¿Como cuando Batir de Cascos te enseña a tender trampas a las cabras? ¡Sangre y estiércol, si Castor se enterara! ¡Una mujer enseñando a cazar a un cazador! —Se echó a reír, palmeándose la pierna.

Toro Hambriento se encogió de hombros.

—A mí no me importa. Soy feliz. Te voy a decir una cosa: pensé que nunca volvería a vivir, que mi alma se alzaría a la Red de Estrellas como el humo negro de la grasa quemada. Ahora ha venido Batir de Cascos. Es afectuosa, inteligente, y se preocupa por mí. Y yo por ella. Cuando asesinaron a Raíz de Artemisa se abrió un hueco en mi corazón. El hueco no se ha cerrado por completo, pero ahora estoy lleno donde antes no sabía que estaba vacío. Vuelvo a sentirme entero.

Toro Hambriento se quitó el hatillo y lo lanzó sobre un tronco que los alces habían saltado.

—Ayúdame a subir.

Trepó al tronco con la ayuda de Tres Dedos y luego ayudó a subir a su amigo.

—Además, a tus hijos les gusta esto. He observado a Dos Lunas, Risa y Saltamontes con los hijos de Cuervo Negro. Estaban tirando piedras por la colina, riendo y gritando para despertar a los fantasmas.

—Les gusta. Con el grupo de Siete Soles vivíamos muy al este y no tenían muchas oportunidades de hacer rodar piedras. Y ésas son cosas que todos los niños deberían poder hacer.

—Y a Triguero y Graciosa también les gustará esto. El trabajo no es muy duro. No tendrán que alejarse mucho en invierno para buscar madera. Hay agua prácticamente por todas partes. Es más fácil encontrar comida, y no hay que cargar tanta.

Salieron de los árboles a una pradera. La nieve crujía bajo sus pies. Un cuervo se elevó con un desapacible batir de alas y se alejó de la vista.

—Yo diría que... Allí.

Tres Dedos señaló un estrecho claro entre los árboles que separaba aquella pradera de otra más alta. Cerca del claro se hundían en la nieve los lechos de los alces y el suelo estaba cubierto de huellas. Y el penetrante olor almizcleño de los alces cargaba el aire. La nieve estaba descolorida por la orina.

—Han pasado por aquí, seguro. —Tres Dedos soltó de una patada un bloque de nieve y la olió. Luego exhaló una nube condensada de aliento sonriendo como un estúpido.

—¿Crees que esos árboles son bastante fuertes para aguantar a un alce?

—¿Y para aguantar nuestra cuerda? —dijo Tres Dedos.

—Ya lo averiguaremos. —Toro Hambriento empezó a cruzar el claro.

—¿Son muy sensibles los alces al olor humano? —preguntó Tres Dedos—. ¿Habrán pasado por ahí a pesar de que todo huele a hombre?

—Batir de Cascos dijo que debíamos orinar a los dos lados del pasaje entre los árboles. Dice que el alce lo huele y deja su marca encima de la del hombre.

—¡Me tomas el pelo!

—En serio. Ella me dijo que cuando estaba casada con el padre de Alce Ágil, él solía volver sobre sus pasos y descubría que los alces lo habían estado siguiendo durante medio día.

—Cazador y cazado, ¿eh? Como el oso plateado. —Tres Dedos miró por encima del hombro la umbría línea de árboles

Toro Hambriento pisó el primer lecho de alce, y casi se cae. La nieve había congelado el cuerpo caliente del animal, y el lecho estaba cubierto de una capa de hielo.

—Está congelado. Se han marchado hace un rato. —Cogió una bola de excrementos y la estrujó entre el índice y el pulgar.

El pasaje entre los árboles parecía excelente. El camino había sido aplastado por patas de alce.

Toro Hambriento ayudó a Tres Dedos a subir todo lo alto que pudo sobre el árbol para que atara la punta de la cuerda.

Después colocaron el nudo en el ángulo justo para atrapar la cabeza de un alce.

Terminada la tarea, Tres Dedos se sacudió la nieve de los mitones y se mordió los labios.

—¿Así que esto es una trampa de alce? ¿Y la he montado yo?

—Y también has cazado cabras. Y has recogido piñas de los árboles.

—Y me han gustado —reconoció Tres Dedos—. Sí, supongo que podría acostumbrarme a esta vida. Pero es un poco solitaria. Echo de menos las viejas historias. —Frunció el ceño—. Hubiéramos debido traer a Pequeño Danzarín; podría haber hecho un signo o algo que atrajera a los alces mejor que la orina.

Toro Hambriento se encogió de hombros. Fue a darse la vuelta y se quedó paralizado.

Le dio una palmada en el hombro a su amigo. Tres Dedos se volvió y también se detuvo.

Un lobo les miraba desde las sombras de los árboles, con ojos amarillos que parecían arder.

—Es grande, ¿verdad?

—Sí —resolló Tres Dedos.

Se quedaron mirando un buen rato. Luego el lobo desapareció como por arte de magia.

Tres Dedos pestañeó y se frotó los ojos.

—Ni siquiera le he visto moverse.

—Ni yo. —Toro Hambriento sintió un escalofrío en la espalda—. ¿Has visto...? Bah, es igual. Debe de haber sido la luz.

—¿Te refieres a que se parecía mucho al lobo dibujado en la roca del refugio?

Toro Hambriento asintió, mirando fijamente el lugar donde había estado el lobo.

—Era igual que el lobo del refugio. Igual...

—¡Los búfalos están preocupados! —exclamó el Fardo del Lobo—. Puede sentirse. Están confusos, frustrados, muertos de hambre, medio locos. Se están muriendo uno a uno. Y cuando una especie se enfrenta a la extinción, extiende el terror por la Espiral. Saben que su hora no

ha llegado, ¿pero qué pueden hacer? El alma de la tierra grita. ¿Acaso es ése su futuro? ¿Sentir la muerte? ¿Sentir cómo se acerca estremeciendo el calor de la tierra? ¿Sientes al antílope en su necesidad? Sed. La tierra grita. ¿Qué podemos hacer? Estoy atormentado... Me muero con la tierra. Sed, calor, ¿qué podemos ofrecerles?

La débil voz de Soñador del Lobo se posó en la tarde.

—Esperanza.

17

—Pareces preocupada, niña.

Alce Ágil miró a su madre a los ojos y luego volvió a mirar al valle. Ahora las pendientes tenían un débil tono verde que había empezado a desafiar al marrón del último año. La artemisa relumbraba verdiazul contra el color tostado de la tierra. El cielo cristalino se extendía de un azul infinito que auguraba la primavera.

—Estaba pensando en algo que me dijo Dos Humos sobre los Soñadores.

Batir de Cascos suspiró y se acomodó más cerca de su hija.

—Ya te he sorprendido más de una vez con la mirada perdida. Pones esa expresión lejana cuando crees que nadie te mira. ¿No quieres contármelo?

—Siempre pensé que sería Cuerno Roto. Y entonces conocí a Pequeño Danzarín. Le amo con la sensación de tener un fuego dentro de mí. No sabía que podría amar así a un hombre. Es tan... es tan bueno, siempre está pensando en mí y me abraza como si fuera lo más valioso del mundo.

—Ya lo he visto.

—Pero me da miedo. Hay una parte de él que no puedo compartir, algo que está más allá de mí.

—¿Y Dos Humos? Dices que te dijo algo acerca de Pequeño Danzarín.

Alce Ágil movió la cabeza y se mordió el labio.

—Una vez me dijo que el Poder utiliza a las personas, igual que los hombres utilizan una herramienta y luego la desechan. Me puso el ejemplo de una flecha, que se talla con mucho cuidado y finalmente atraviesa a un animal. Ya sabes lo que pasa con las flechas. A veces fallan el tiro y dan entre las rocas, y entonces la punta se rompe y el mango se parte. Tanto trabajo para nada. A veces se pierden en la nieve o entre las hierbas altas, y se quedan allí olvidadas, pudriéndose. —La imagen habitaba en ella, obsesiva y dolorosa.

—¿Y tú crees que el Poder es así de fuerte en Pequeño Danzarín?

Alce Ágil se llenó los pulmones, disfrutando de la sensación del aire en la garganta. Contuvo el aliento para saborearla.

—Sí, madre. Creo que es más Poderoso de lo que piensa. Aquel día, en la trampa de las cabras, fue sólo una señal. Ya he visto otras trampas antes. Y sabes tan bien como yo que las cabras estaban a punto de esquivarla. Él Soñó para que se metieran dentro.

»Desde aquel día he observado a Dos Humos. Se sienta al fondo del refugio sin decir nada, pero sus ojos no se apartan de Pequeño Danzarín. Y no sólo eso. Cuando Pequeño Danzarín tiene Sueños por la noche, se despierta y mira fijamente la espiral del muro trasero del refugio. O mira al lobo. Y cuando tiene esos Sueños, yo me despierto, y Dos Humos también, aunque esté durmiendo al otro lado del refugio. No creo que Pequeño Danzarín se dé cuenta, pero Dos Humos le está vigilando, le mira con los ojos entornados.

»Le pregunté sobre esto, y él sonrió de una forma muy rara, como si se le desgarrara el corazón, y me dijo que los berdaches pueden sentir el Poder, que viven a medio camino entre los mundos. —Alce Ágil se encogió de hombros—. Y ya no me dijo más. Me puso la mano en el hombro, como si fuera mi hermano mayor, y se marchó.

Batir de Cascos rodeó con el brazo los hombros de su hija.

—Sí, supongo que Pequeño Danzarín tiene Poder. Pero por lo que yo he visto, puede cuidar de sí mismo. A mí quien me preocupa es mi hija. ¿Qué piensas tú? ¿Vale la pena Pequeño Danzarín? ¿Estarás bien?

Alce Ágil miró sus ojos afectuosos.

—Yo... creo que sí. Será un gran hombre, madre. Lo presiento. Tal vez tan grande como fue el Primer Hombre cuando trajo a la Tribu desde el Primer Mundo.

—Pero las leyendas dicen que el Primer Hombre evitaba a las mujeres —dijo Batir de Cascos levantando una ceja.

Alce Ágil miró a lo lejos, donde los riscos se alzaban contra el cielo hasta que la tierra gris y la roca tostada se unían con el cielo azul oscuro.

—Y si el Poder le llama, supongo que yo ya estoy advertida. —Ladeó la cabeza—. Puedo prepararme para ese día, y cuando llegue ya habré disfrutado de mi tiempo con él, ¿no? Quiero decir que si tú hubieras sabido lo que iba a ocurrirle a padre, si hubieras sabido que no tenías mucho tiempo, ¿qué habrías hecho? ¿Te habrías ido de sus pieles?

Batir de Cascos la miró pensativa.

—No sabía que empezábamos a convertirnos en adultos tan pronto. Cuando yo tenía tu edad y acababa de salir del refugio menstrual, me interesaban los hombres, probarlos a todos y aprender qué era copular. Mi único interés era poner celosas a mis amigas. Intenté casarme con el hombre más guapo que estuviera disponible. Y ahora aquí estás tú, preocupándote sólo por uno y por lo que significará en tu vida. La mayoría de las chicas de tu edad están demasiado encerradas en sí mismas para pensar así.

Batir de Cascos se quedó callada con el ceño fruncido.

—¿O es que sólo has tenido un hombre? A lo mejor es la falta de experiencia. ¿No podría ser? Te has entregado por completo a Pequeño Danzarín, que es el único hombre que hay por aquí...

—No. —Alce Ágil movió tercamente la cabeza—. Ya lo he pensado. He pensado en todo lo que Tanagra y Grillo y yo prometimos que haríamos. A veces me quedo despierta por las noches y miro la luz del fuego e intento pensar qué otro hombre me gustaría tener. Y no sólo en nuestro grupo, sino entre los Mano Roja. Yo siempre había soñado con Cuerno Roto. Pero comparado con el fuego de Pequeño Danzarín, Cuerno Roto es un ascua medio apagada. Todavía me gusta, y si Pequeño Danzarín se marcha, a lo mejor me iría con él. Pero Pequeño Danzarín es distinto.

—Todos lo son —dijo su madre con tono burlón.

—Lo digo en serio. Es tan... no sé, tan bueno. Ha sido herido. Dime, ¿qué ves cuando le miras a los ojos?

Batir de Cascos se agitó inquieta. Lo pensó un momento, con una expresión pensativa en sus suaves rasgos.

—Sí, sé lo que quieres decir. Veo lo mismo en los ojos de su padre. Pero en Toro Hambriento puedo confiar. Sé que no me hará daño. Es un hombre maduro que se conoce a sí mismo y sabe dónde estará mañana o el año que viene. Tiene un sentido de identificación con los demás que le impide infligir a otros lo que él ha sufrido. He conocido hombres que han hecho eso, que han vuelto su dolor contra algún otro. Como Sangre de Oso, que hará que otros paguen por lo que le han hecho a él.

—Pequeño Danzarín no haría eso. Nunca me haría daño.

—A sabiendas, no. —Batir de Cascos cogió las manos de Alce Ágil. Sus ojos serenos se fijaron en los de su hija—. Lo que yo me pregunto es qué hará Pequeño Danzarín si el Poder se lo pide.

Alce Ágil tragó saliva y se encogió de hombros, disfrutando del calor de las manos de su madre.

—No creo que lo sepa ni él mismo. Le he preguntado y él dice que no es el elegido, y lo repite una y otra vez.

—¿Como si estuviera tratando de convencerse a sí mismo?

A Alce Ágil le dio un brinco el corazón.

—¡Sangre y estiércol, espero que no!

Pero sabía que ya se había decidido. Saborearía cada momento con él, y guardaría cada una de sus sonrisas. ¿Y si el Poder resultaba ser más fuerte que ella? Bueno, ya treparía aquel rocoso e imponente risco cuando llegara el momento. Y ojalá el Sabio de las Alturas le diera fuerzas para ello.

—¿Sabes? —Batir de Cascos hizo una pausa intentando encontrar las palabras—. Los otros empiezan a preocuparse. Los niños se despiertan cuando Pequeño Danzarín Sueña por la noche y hace esos ruidos. Graciosa y Triguero se están poniendo nerviosas.

—Están viviendo en una nueva tierra y aprendiendo cosas nuevas. Estamos todos encerrados en ese pequeño refugio y parece que el invierno no se acaba nunca.

—Claro, todos estamos cansados unos de otros. Pero parte de la tensión la crea Pequeño Danzarín. —Batir de Cascos alzó la rodilla—. Yo también he hablado con Dos Humos. No es ningún estúpido. Siente que se avecinan problemas.

Alce Ágil sintió que se le retorcían las entrañas.

—Tú lo sabes, ¿verdad, hija? Tú también puedes sentirlo.

—¿Qué... qué dijo Dos Humos?

Batir de Cascos alzó ligeramente la barbilla y estrechó a su hija.

—Escúchame, Alce Ágil, y recuerda que yo nunca te haría daño. Lo sabes, ¿no? Sabes que tú eres lo que yo más...

—Sí, lo sé.

—Y sabes que yo sólo te diría lo que es mejor para ti, que no tienes por qué hacer lo que no quieras, y que yo sólo puedo aconsejarte.

Alce Ágil asintió. La invadía el dolor.

—Dos Humos cree que Pequeño Danzarín necesita ver a Pata Blanca. ¡Espera! Óyeme primero. Dos Humos cree que Pata Blanca puede ayudar a Pequeño Danzarín a encontrar su camino, ahora que el Poder ha cambiado entre ellos. Que si Pequeño Danzarín sigue luchando contra ello en su interior, desgarrará su alma. Cuando llegue el momento, tendrás que dejarle marchar.

Alce Ágil tragó saliva. Se sentía entumecida.

—¿Lo pensarás?

Ella asintió, con un grito ahogado en los labios.

Sangre de Oso yacía de espaldas, y su mano callosa jugueteaba con un mechón de pelo. Con la otra mano golpeaba la piel del Fardo del Lobo con una vara de sauce. Miró ceñudo al talismán de su pueblo. ¿Qué significaba todo aquello? Se sentía encerrado en el refugio. Se aburría. Se había pasado el invierno refunfuñando, esperando la primavera y el largo verano.

El Fardo del Lobo descansaba en su trípode, dominando el refugio como dominaba los pensamientos de los Mano Roja. Sangre de Oso frunció el ceño. El Fardo había cambiado, parecía distinto, deslustrado, y desde luego estaba frío, como había dicho el muchacho.

Desde el día en que se marchó del campamento de Pata Blanca había estado pensando en las palabras del muchacho y en su relación con el talismán. Pata Blanca sabía algo, había percibido algo que él no podía comprender del todo. Y había hecho aquella espeluznante profecía. En el momento en que aquel estúpido joven de Pequeño Búfalo se acercó al Fardo del Lobo, el aire se cargó. Él estaba sentado casi en línea directa entre ellos y lo había sentido por primera vez. Era una sensación de hormigueo, como la que se siente cuando cae un rayo en la cima de un risco a un par de tiros de flecha de distancia.

Y encima, Batir de Cascos se había quedado con el cazador de Pequeño Búfalo. ¿Cómo se llamaba? ¿Toro Hambriento? El hombre le había desafiado, le había desafiado a combatir por la mujer. Y ella lo aceptó. Aquella afrenta clamaba venganza. Pero recordaba cómo se le había acelerado el corazón cuando Batir de Cascos se colocó ante la punta de su flecha y le miró a los ojos. Había estado magnífica con su orgulloso rostro y su espeso pelo negro flotando al viento. Qué indómita mujer, rebosante de coraje para salvar a su estúpida hija de asumir su condición de mujer en el pene erecto de Sangre de Oso.

¿Así que su hija era virgen? ¿Qué significaba eso en contraste con el coraje y el orgullo en los ojos de su madre? Cualquier hombre podría someter a una niña de ojos muy abiertos, pero Batir de Cascos no era lo mismo. Sangre de Oso sonrió mirando el Fardo del Lobo. Aquel desafío era digno de su atención. Someter a una mujer así a su voluntad sería muy agradable.

Frunció el ceño y golpeó con rencor el Fardo del Lobo. Observó cómo se agitaba en las cuerdas que lo sostenían. El trípode se bambaleó. Le ardía el muñón del dedo pequeño.

—Y lo tenía todo en mis manos. Si Batir de Cascos no hubiera actuado así, podría haber esquivado a la vieja y habríamos matado a los refugiados de Pequeño Búfalo. Luego habría tomado a Batir de Castos y a su hija. No se habría entrometido esa vieja bruja de Pata Blanca, y ese idiota de Toro Hambriento habría recibido un flechazo.

Pero todo sucedió muy deprisa. El cazador había parado su flecha y todo cambió, como cuando en una estampida de alces asustados éstos viran en el último momento y se escapan por un lado sin ninguna razón.

—*Calla, Sangre de Oso.* —Las palabras de la anciana resonaron en su mente—. *Estás casi acabado. Todavía te queda algún tiempo. Podrás engañarte un poco más y disfrutar de tu posición. El Poder no está en ti...*

Recordó aquel hormigueo que sintió cuando el muchacho se acercó al Fardo del Lobo. Su mirada era muy extraña, pero muchas cosas fueron extrañas aquel día. La mujer dijo que era un «giro».

¿Un giro?

Siguió pensando en ello, dando vueltas en su lecho, intentando ponerse cómodo.

—Un giro en el Poder de Pata Blanca.

Asintió con un gruñido ante sus propias palabras. La vieja bruja había ostentado demasiado Poder entre los Mano Roja. Tenía que existir una manera de librarse de ella.

Tampoco podía olvidar a la Tribu de Pequeño Búfalo que esperaba en las planicies como una tormenta amenazadora, lista para irrumpir en las Montañas Búfalo y en los territorios de los Mano Roja.

—¡Ho ye! —gritó una voz en el silencio de la tarde—. ¿Es éste el campamento de los Mano Roja?

Sangre de Oso le hizo una mueca al Fardo del Lobo y cogió su fina piel de animal joven. Salió al aire frío y levantó la mano para protegerse los ojos del fiero resplandor del sol poniente. La luz amarilla ardía sobre la nieve.

Un hombre caminaba con dificultad sobre el manto blanco, inclinado por el peso de un hatillo que llevaba a la cadera. Salió gente de los refugios marrones a ver qué pasaba. El extraño llevaba el atavío de un Buhonero, con el fino bastón de madera acabado en un lazo y lleno de brillantes plumas y carracas.

—¡Tres Cascabeles! —exclamó Sangre de Oso dando un salto—. ¿Qué te trae tan pronto este año al campamento de los Mano Roja? Los caminos apenas han empezado a derretirse.

El Buhonero se acercó a la nieve apisonada del campamento y caminó con cuidado sobre el hielo, temoroso de romper la red de sus raquetas de nieve.

—Ya no me fío de las planicies. Están ocurriendo demasiadas cosas raras. El año pasado oímos que los guerreros de Pequeño Búfalo mataron a un Buhonero de la Tribu de Roca Aplastada. Es ese nuevo Soñador que tienen. Es muy raro. No puede saberse qué va a hacer ni por qué.

Sangre de Oso se volvió, dando una palmada.

—¡Cuerno Verde! Dile a Tanagra que lleve comida a mi refugio. Poned ese ciervo en las ascuas. Tres Cascabeles tiene que comer. ¡Trae noticias! Y que Grillo vaya a buscar leña para el fuego. —Luego se volvió hacia Tres Cascabeles—. Ven a mi refugio a calentarte. Los Mano Roja te dan la bienvenida; nuestro campamento es tuyo.

Todos se fueron llamando unos a otros, charlando con excitación. Todo el mundo quería oír las noticias.

Tres Cascabeles sonrió, aunque sus mejillas parecían rígidas de frío. La escarcha se había congelado en sus cabellos, donde alcanzaba su vaporoso aliento. El cuello de su abrigo estaba blanco y oscurecía la fina piel de zorro que perfilaba su capucha.

Caracol y Sin Sudor ya esperaban ansiosos ante la cortina del refugio de Sangre de Oso. Un Tiro y Lluvia llegaron de la mano, charlando animadamente. Cuerno Verde salió de su refugio con una bolsa vaporosa entre sus retorcidas manos.

—Ven a calentarte.

Sangre de Oso levantó la cortina del refugio y dirigió a Tres Cascabeles hacia el sitio de honor junto al Fardo del Lobo. Alguien le tendió un cuenco de caldo que Tres Cascabeles bebió con ansia. Luego apareció un plato de madera lleno de carne asada caliente.

Una vez cumplidas las normas de hospitalidad, Sangre de Oso miró en torno a su refugio. Todos los ancianos estaban sentados, hombro con hombro, ocupando todo el espacio. Sus rostros mostraban una expresión expectante y todas las miradas se centraban en Tres Cascabeles. Esperaban que terminara de comer y beber, y que se calentara las manos sobre el fuego.

—Cuéntanoslo todo —comenzó Sangre de Oso haciendo un gesto con la mano en cuanto Tres Cascabeles puso en el suelo el plato vacío y eructó cortésmente—. ¿Has dicho que el año pasado mataron a un Buhonero de Roca Aplastada?

Todos los congregados contuvieron el aliento. Algunos se llevaron la mano a la boca horrorizados.

Tres Cascabeles asintió mientras sacaba de su hatillo una pipa de piedra que rellenó cuidadosamente con corteza de sauce rojo. Luego sacó una vara ardiendo del fuego para encenderla. Echó el humo y le dio la pipa a Sangre de Oso. La pipa fue pasando de boca en boca.

—No conozco los detalles. Oí la historia entre la Tribu de Pelo Cortado. Su jefe, el viejo Perro Gordo, no habla muy bien de la Tribu de Pequeño Búfalo aunque su madre fue una de sus mujeres. Pero que me parta un rayo si no os lo cuento tal como a mí me lo contaron. Perro Gordo me dijo que Castor sostiene que sus espíritus le han dicho en Sueños que el viejo Poder es maligno. Y eso incluye el Poder especial bajo el que viven los Buhoneros. Les ha dicho a sus guerreros que pueden robar sin temor a los Buhoneros.

»Al parecer, el Buhonero de Roca Aplastada, al que yo conocía y que se llamaba Arrendajo, no quiso dejar que los guerreros de Pequeño Búfalo le quitaran el hatillo, y golpeó con su vara a uno de los jóvenes en la cara. Eso enfureció de tal modo a los guerreros que le atravesaron con sus flechas allí mismo y le abandonaron después de coger su hatillo.

Un murmullo de disgusto se extendió entre los ancianos de rostros sombríos. Sangre de Oso miró el fuego con los ojos entornados.

—¿Es que ese idiota no sabe que interrumpirá el comercio en las montañas? ¿Cómo espera conseguir el pedernal del Río Cuchillo al norte? ¿Cómo obtendrá ese pescado salado, el que me diste la última vez que nos vimos, que viene del sur? ¿Cómo va a saber la gente lo que pasa? ¿Se irán los Buhoneros al oeste de las montañas?

Tres Cascabeles se encogió de hombros.

—No lo sé. Sinceramente, es un arduo viaje llegar al oeste de las montañas. La tierra está fragmentada, hay muros de roca y enormes cañones y montañas muy altas. Los ríos son profundos y peligrosos de atravesar. Es más difícil encontrar agua, y yo no conozco a la gente que vive allí. No sé si honrarían a los Buhoneros. Y ni siquiera conocen los signos para comunicarse.

—¿Podrían atravesar las montañas? —preguntó Un Tiro señalando hacia el sur—. Cuando era joven bajé por el espinazo de las montañas. Hay grandes valles abiertos que recorren una parte del camino, pero los pasos son altos y los caminos que atreviesan el bosque irregulares. Pero aun así, hay una forma de pasar.

Tres Cascabeles asintió.

—Hay un camino, es cierto. Y no sé cómo contestar a tu pregunta. Por mi parte sólo puedo decir que yo no intentaría llegar a las altas cumbres. Yo lo intentaría por otro camino. Tal vez subiría a las montañas del oeste y cogería el camino que sigue el Río Aguas Turbulentas hasta el Río Plata y hasta el océano donde el Padre sol se hunde en el agua. Parece que allí el comercio es bueno. De allí vienen los moluscos, el pescado ahumado y la obsidiana buena.

»Echaría de menos las planicies del búfalo y a muchos buenos amigos, pero las cosas ya no son las mismas. Los Pelo Cortado han sido empujados al sur del Río Arena. Los Roca Aplastada están nerviosos porque los Pelo Cortado huyen hacia el sur. Algunos dicen que han luchado entre ellos para ver quién echa a quién de sus tierras. Mi pueblo, Grulla Blanca, ha sido atacado por Pequeño Búfalo y ha tenido que abandonar nuestro territorio de caza para ir muy al norte del Gran Río para evitar a la Tribu de Pequeño Búfalo. Y allí arriba hemos tenido que luchar con la Tribu de la Máscara, que no nos quiere en sus territorios. La Tribu de Búfalo de Fuego, que vive donde el Gran Río corre al sur hacia el Padre Agua, también ha sido atacada. Han jurado vengarse el año próximo, cuando hayan purificado a sus jóvenes y hayan insuflado un nuevo Poder en sus flechas.

»Con tanta guerra, no estoy muy seguro de querer viajar solo sin nada más que un bastón y el Poder de Buhonero. Si Castor muere de repente con la piel reseca, como dicen las historias que les ocurre a quien molesta a un Buhonero, entonces tal vez vuelva a caminar por las planicies. Pero de momento a Castor no le ha pasado nada, a pesar de que sus guerreros han matado a un Buhonero.

—¿Y no podrías seguir el Gran Río? —preguntó suavemente Sangre de Oso—. A lo mejor podrías seguirlo hasta donde se une al Padre Agua y luego continuar hasta las aguas saladas.

Tres Cascabeles sonrió con cansancio.

—Eso, amigo mío, es un viaje muy, muy largo. No conozco a la gente del Padre Agua. He oído historias sobre ellos, claro, ya que la Tribu de Búfalo de Fuego cambia pieles y carne seca por sus pescados, tortugas y alfombras de hierbas, pero no conozco su lenguaje ni sé si honrarían el bastón de Buhonero. No, creo que me iré al oeste, hacia el Río Plata.

—¿Pero seguirás comerciando con nosotros? —no pudo evitar preguntar Cuerno Verde, que se movía de un lado a otro empujando a todo el mundo. Sus viejas piernas se le habían dormido de estar dobladas. Sin embargo no podía decidirse a levantarse y marchar mientras estuviera allí el Buhonero. Sólo el Primer Hombre sabía cuándo llegaría otro.

Tres Cascabeles se echó a reír mientras se quitaba el abrigo, ahora que se le había pasado el frío.

—Comerciaré con los Mano Roja. Me coge un poco a desmano, pero pasaré por aquí. Y desde ahora os digo que comerciaré con cucharas de cuerno de cabra, pasteles de raíces, pasta de piñones y muchas otras cosas. Tengo que ver qué sale de este viaje.

—¿Cómo te irás? —preguntó Sin Sudor frotándose la nariz.

Tres Cascabeles se acomodó sobre su abrigo y extendió los pies hacia el fuego aunque apenas había sitio. Cuando el calor penetró en los mocasines, el agua comenzó a evaporarse de la piel de castor. La piel de búfalo de las suelas estaba totalmente empapada.

—Lo más probable es que siga por la montaña al sur, hacia la cuenca. Allí me dirigiré al oeste, hacia el valle del Viento Cálido y luego subiré sobre Aguas Turbulentas e iré hacia el oeste. No sé cómo estarán los caminos allí. Martillo Verde, el hijo de la hermana del hermano de mi primo, ha estado por allí, pero no volverá hasta el otoño. Tal vez debería esperar otro año e ir con él, pero creo que ahora es el momento.

Sangre de Oso se aclaró la garganta.

—¿Y ese Castor? Tú lo conoces, ¿qué piensas de él?

Tres Cascabeles frunció el ceño y miró al fuego buscando las palabras.

—Creo que es... bueno, que está tocado por algo. Pero no sé qué tipo de Poder. Es distinto. No actúa como ningún Soñador que haya conocido. No se parece en nada a Pata Blanca, que vive con Poder y conoce sus buenos y malos usos. Él es... bueno, no vayas a pensar que estoy loco, pero creo que se ha inventado su Poder. Que lo ha imaginado y se ha hecho real. —Tres Cascabeles alzó la vista para ver el impacto de sus palabras—. Es como cuando uno se cree una mentira durante tanto tiempo que al final uno piensa que es verdad, aunque se sepa que no.

Un inquieto rumor llenó el refugio. Aparte de la mención de Pata Blanca, que ya hacía fluir la bilis a la garganta de Sangre de Oso, aquella hipótesis acerca de Castor se acercaba demasiado a su propia realidad. Castor era el que había arrojado el Fardo del Lobo a las tinieblas. Tal vez...

—Seguramente alguien acabará por descubrirlo —exclamó Cuerno

Verde—. Alguien le desafiará y empleará el auténtico Poder para acabar con él, si es que está mintiendo.

Tres Cascabeles alzó las palmas de las manos.

—No sé, Abuela. Eso pensaba yo hace un par de años, cuando comenzó a Maldecir a la gente que se oponía a él. Entonces pensé que alguien se enfrentaría a él y descubriría sus mentiras. Pero nadie lo hizo, y todos aquellos a los que había Maldecido murieron. Puede que realmente tenga Poder, o puede que sus víctimas se convencieran de que iban a morir.

—¡Pero el Sabio de las Alturas habría acabado con él! —insistió Caracol con una expresión de incredulidad en su rostro tenso—. Al Poder no le gusta que abusen de él, igual que a un cazador no le gusta que alguien le diga que traiga a casa una presa como si fuera un trofeo.

—Tal vez —convino Tres Cascabeles—. No pretendo conocer los caminos del Poder, pero lo que sí sé es que Castor tiene más control sobre las planicies que ningún otro hombre del que haya oído hablar. Sus guerreros corren desde el sur del Río Arena hasta el norte del Gran Río. Cuando hay poca caza, asaltan a los pueblos que tienen lo que necesitan.

—A nosotros no se han atrevido a atacarnos —dijo Sin Sudor mirando la punta de flecha que había sacado de su bolsa—. Nos sorprendieron una vez, y hemos aprendido. No volverán a hacerlo. Nosotros conocemos los caminos, y ellos no.

Tres Cascabeles frunció los labios y miró ceñudo las ascuas. Sangre de Oso echó otra rama de artemisa al ojo rojo de la tierra.

—Tal vez aún no —admitió el Buhonero—, pero yo no confiaría en ello mucho tiempo.

—¿Por qué? —preguntó Un Tiro ladeando la cabeza.

Tres Cascabeles se desabrochó los mocasines. Ya estaban casi secos y el pelo empezaba a chamuscarse. Su voz sombría acaparaba toda la atención.

—Creo que Castor quiere cubrirse las espaldas. Es como un alce en celo. De momento ha conseguido apartar a otros machos, pero ha oído que otro silba en el siguiente valle, y esa idea le reconcome. Durante años ha circulado la broma de que sólo los niños alocados y los chiflados guerreaban con los Mano Roja.

—Es cierto —gruñó Caracol blandiendo un puño.

—Pero eso ha cambiado. Castor atacó por sorpresa un campamento de los Mano Roja. —Tres Cascabeles miró a su alrededor—. Los Grulla Blanca se separaron de los Mano Roja por dos razones:

había desacuerdo en cuanto al Fardo del Lobo, y además teníamos mucha gente cazando los mismos gamos y buscando las mismas raíces. El grupo de Grulla Blanca se fue al norte del Gran Río, y entonces empujamos a la Tribu de Pequeño Búfalo al sur, contra los Pelo Cortado. Nunca nos perdonaron. Pero al cabo de los años derrotamos a todos los jóvenes ambiciosos que quisieron recuperar las tierras. Esta vez no era simplemente un joven ambicioso. Era Castor, y mató e hirió a muchos guerreros.

—Nosotros somos los Mano Roja —dijo Sangre de Oso. Y al instante se arrepintió de haber abierto la boca.

—Es cierto. —Tres Cascabeles no parecía haberse ofendido—. Pero los Mano Roja nunca se han enfrentado a un hombre como Castor. Está acabando con sus competidores más cercanos, los acobarda igual que el alce que os decía antes. —Tres Cascabeles se sacó los mocasines exteriores para poner al descubierto la otra capa, también empapada—. En cuanto esté razonablemente seguro de que no tiene que preocuparse por sus rivales, creo que subirá aquí y no se marchará hasta que un macho u otro controle todas las manadas.

Sangre de Oso intentó sonreír, pero sentía cómo le temblaban los labios por la tensión. Miró sin pensar al Fardo del Lobo. Bueno, si todo iba a suceder como decía Tres Cascabeles, el Fardo inspiraría a sus guerreros. La guerra sería larga y decisiva, los dos bandos tendrían que esconderse al acecho entre los árboles. Era un modo muy interesante de luchar. No dudaba de que triunfaría sobre Castor. Al fin y al cabo, él era Sangre de Oso, guardián del Fardo del Lobo.

Sintió un calambre en el muñón de su dedo meñique.

Cuervo Negro bajaba la pronunciada pendiente con un pesado fardo en los hombros. Toro Hambriento se levantó, dejando las blancas varas de sauce en la pila de cortezas que había hecho al ir tallando la madera para hacer mangos de flecha.

El sol caldeaba un poco su cuerpo frío. En días así había que quedarse fuera, en la medida de lo posible, para evitar la constante aglomeración en el refugio.

Toro Hambriento se reunió con Cuervo Negro en el resbaladizo camino.

—Me alegro de verte. Batir de Cascos estaba muy preocupada.

—¿Batir de Cascos? Y mi esposa, ¿qué?

—No creo que Graciosa comprenda los peligros de la montaña como Batir de Cascos. ¿Has tenido buena caza? El Fardo parece lleno.

—Tres puercos espines, flaquísimos, claro.

Toro Hambriento cogió el pesado hatillo y se lo echó al hombro.

—Quería salir solo un rato. —Cuervo negro enderezó la espalda y dio un respingo. Se frotó la protuberante barriga con la mano enfundada en un mitón.

—¿Ves algo?

Cuervo Negro le dirigió una rápida mirada.

—Huellas.

—Poco caldo se puede hacer con las huellas. Por suerte has encontrado puerco espines encima de algunas de esas huellas. Supongo que tuviste que matarlos para ver si las huellas eran frescas, ¿no?

—Huellas de hombre.

Toro Hambriento se detuvo de pronto y se volvió.

—¿Frescas?

—Tal vez de una semana. —Cuervo Negro miró pestañeando al sol. El aliento condensado le envolvía el rostro—. Hay alguien ahí arriba. Me pregunto si un cazador Anit'ah dudaría en lanzarnos una flecha ahora que estamos solos.

—Saben que estamos aquí y que no somos enemigos.

Cuervo Negro se encogió de hombros.

—Interrumpí la caza. Encontré un lugar donde el hombre había pasado sobre huellas de alce. Las miró y siguió su camino.

—¿Será demasiado viejo?

—Tal vez. Las huellas de alce estaban tan hundidas como las suyas. Yo diría que el hombre las encontró frescas.

—¿Sangre de Oso?

—O algún otro. Pero veo que tú y yo pensamos igual. No sé lo que estará cazando, pero no son alces.

Los árboles ardían a su alrededor con saltarín resplandor naranja y amarillo. El fuego crepitaba y rugía, y las coníferas estallaban en oleadas de llamas. Las lenguas de luz saltaban hacia el cielo negro de la noche, iluminando con un fantasmagórico tinte rojo las nubes de humo que se convertían en tizones de castaño y rubí a medida que ascendían en el cielo plagado de llamas.

El aire rugía y soplaba para alimentar el tremendo infierno. Los árboles restallaban como truenos al partirse los troncos, exhalando gases inflamables que se unían al muro de llamas.

El calor caía como un puño, aplastándole contra el suelo mientras el mundo ardía a su alrededor.

En el calor del rugiente incendio se movía una figura que caminaba sobre las blancas cenizas como una sombra.

Pequeño Danzarín observó con el corazón palpitante cómo el Lobo avanzaba con las orejas tiesas.

—¿Por qué no ardes? ¿Qué eres?

—Soy el Soñador del Pueblo. —Y la figura se nubló, oculta tras un muro de llamas.

La imagen permaneció en los ojos de Pequeño Danzarín.

El muchacho pestañeó, protegiéndose la vista con el brazo. Esperaba que el Lobo hubiera quedado carbonizado y convertido en un silbante montón de grasa y huesos negros. Pero en lugar de eso apareció un hombre, alto, hermoso. La luz escarlata del mundo en llamas se reflejaba en su tersa piel.

—¿Lobo? ¿Qué... quién eres?

—Soy tú, Pequeño Danzarín... y no soy tú. Soy el Sueño y la realidad. Yo te he traído hasta aquí, y te he seguido. Soy quien tú serás un día, y quien nunca serás. Soy el Camino, el Espíritu de la Tribu. Bebí del Corazón del Lobo. Danzo entre las estrellas y bajo las rocas. Canto con los vientos del Sol y oigo el suspiro de la Luna. Soy el Lobo, el guardián de la Tribu.

Pequeño Danzarín sintió brotar el miedo en su interior mientras el rugido del fuego crecía y se suavizaba con las palabras de la visión. Intentó tragar saliva, con la garganta seca. Se volvió para echar a correr. Las llamas restallaban y crepitaban y las chispas se retorcían como mosquitos a socaire de los sauces. El fuego saltaba serpeando por tortuosos caminos entre el rugiente paisaje.

—Somos Uno, amigo mío —dijo la voz suavemente—. Estoy dentro de ti. Soy todo lo que tú eres... y lo que no eres.

—¡Vete! ¡Déjame en paz! ¡No soy el elegido!

—¿Que me vaya? ¿Y que te deje arder? —se burló la voz, provocándole con la realidad cuando una lanza de fuego asaeteó el corazón de Pequeño Danzarín.

El muchacho gritó y dio un salto. Sintió un corte en el cuello.

—Únete a mí. Yo soy tu camino a través del fuego. Vive en mí. Danza en el Uno y te alzarás sobre el mundo engañoso. Pero debes prepararte. Un día tendrás que responder por ti mismo. ¿Qué darás para el Poder? ¿Qué darás para la justicia? ¿Qué darás para Danzar con Fuego y sanar las quemaduras? ¿Eres bastante fuerte?

—¡Yo no soy el elegido!

—Te daré todo el tiempo que pueda, amigo. Y entonces, cuando ya no pueda esperar más, tendré que probarte. Mientras tanto, prepárate. No puedes evitar ser quien eres ni ser lo que eres. Sólo puedes prepararte, y Danzar la Espiral. Sólo puedes prepararte... prepararte...

—¡No soy el elegido! ¡No soy yo! No...

El fuego se avivó con una explosión de luz, envolviéndole en el calor, fundiéndole con el mismo esqueleto de la tierra atormentada, girando...

—¡Pequeño Danzarín! —El grito de Alce Ágil hendió su espantoso sueño como una flecha de hielo.

Pequeño Danzarín jadeó y se despertó con sobresalto, incorporándose sobre sus pieles. Resolló para llenarse los pulmones con el aire limpio de la noche. Los otros estaban sentados en sus pieles y le miraban con ojos cautelosos. Graciosa hablaba con voz suave para calmar a Ratón, que se había despertado con los gritos de Pequeño Danzarín.

—Has vuelto a soñar —le dijo Alce Ágil poniéndole la mano en su hombro sudoroso—. Estás aquí. Todos estamos aquí. No pasa nada.

Él la miró a los ojos, asustado, y tragó saliva sintiendo que la garganta le ardía como si siguiera en el Sueño.

—Duérmete, hijo —le dijo Toro Hambriento que estaba sentado en sus pieles junto a Batir de Cascos.

—Desde luego —dijo Cuervo Negro desde el lecho que compartía con Graciosa—. Si vuelve a asomar por aquí alguna de esas bestias de sueño, Tres Dedos las matará a flechazos una a una.

—¡Eh! —exclamó Tres Dedos—. Ya puedes matar tú mismo a esos monstruos de sueño. Lo que es yo, echaré a correr más deprisa que un antílope con una avispa furiosa en la cola.

Nadie rió la broma.

Alce Ágil le había cogido la mano. Pequeño Danzarín suspiró profundamente y asintió.

—No era más que un sueño. Dormíos todos.

Otra vez me comporto de forma extraña.

Batir de Cascos miró fijamente a su hija, con una mirada que comunicaba algo muy íntimo. Dos Humos lo observó con los ojos entrecerrados sin levantarse del rincón donde se acurrucaba. Podía haber sido un hábil predador porque parecía un lince acechando en la boca de la madriguera de un conejo.

Pequeño Danzarín se tumbó y se puso a mirar la roca del techo que reflejaba el débil resplandor escarlata de las ascuas del fuego nocturno. Igual que las oleadas rojizas de negrura que se alzaban del bosque en llamas del Sueño.

Alce Ágil se tumbó y se estrechó contra él, abrazándole con fuerza.

—Estoy preocupada por ti —susurró—. Mañana iremos a dar un paseo. Tenemos... bueno, creo que sé de algo que acabará con los Sueños. Mañana hablaremos.

—¿El qué?

—Mañana —le prometió con voz tensa—. Esta noche abrázame. Abrázame como si fuera la última vez.

Él la estrechó y le acarició los largos cabellos negros con dedos inquietos.

—Shhh, duérmete. Ya estoy bien.

Ella le abrazó con todas sus fuerzas, hasta que le temblaron los brazos.

Pequeño Danzarín se sintió inundado de calor. Sí, que vinieran los Sueños y que hicieran lo que quisieran. Mientras la tuviera a ella podría soportarlos.

¿Por qué había sonado su voz como si se sintiera muy sola, desesperada y asustada?

Aún tenía en los ojos la imagen del fuego. Miró fijamente al techo, memorizando los ángulos de la piedra, advirtiendo dónde el hollín era más espeso.

Escuchó el viento nocturno detrás de la cortina que protegía el refugio.

Un lobo aulló en la oscuridad, y el sonido le hendió el corazón como una hoja de cuarcita.

Miró el muro trasero del refugio, por encima de donde dormían los niños, y se le heló el alma. La efigie del lobo le miraba con ojos ardientes.

—¿Cuánto más he de aguantar? Este... este humano me trata como si fuera estiércol. Mi ira crece cada vez más. Me he debilitado, y aún así me dices que no haga nada. El Poder se esfuma como el calor de un refugio de invierno, ¿y yo no puedo hacer nada? Quisiera acabar con él, retorcerle los huesos como si fueran espigas de hierba. ¡Le arrancaría el alma del cuerpo! ¡Tú has visto y has sentido, y aun así no haces más que atormentar su dedo pequeño!

—Paciencia —dijo Soñador del Lobo con voz suave—. El muchacho está penetrando en nuestra red.

—No me queda mucha paciencia

—Necesitamos desesperadamente al muchacho. Los humanos viven con el tiempo. Sueñan el futuro igual que el pasado.

—Mi paciencia tiene un límite. No veo progresos con el niño. Castor planea enviar a sus guerreros a las montañas con el deshielo de primavera. ¿Qué vas a hacer?

—Conozco mis opciones. Me queda otra jugada.

—¿Como la última?

—Espera. El Observador sigue al muchacho.

—Mientras yo espero, crece la desesperación. Debo actuar... o morir.

—¡Espera! O lo destruirás todo.

18

Pata Blanca cojeaba por la nieve, con la cadera dolorida. Llevaba un fardo de leña atado con un correa que le presionaba la frente. Respiraba pesadamente y el aliento se condensaba en nubes blancas. De la capucha de piel de zorro escapaban mechones de pelo blanco.

Pata Blanca salía de unos espesos matorrales que al principio había dudado en recoger porque estaban situados en una pronunciada pendiente que aumentaba el riesgo de caer en aquella trampa de densos e intrincados arbustos. A su edad, sola y en invierno, una pierna rota significaba la muerte, aunque también moriría si se congelaba por falta de leña.

Se detuvo con una mueca al sentir el dolor de las caderas. Le temblaban las piernas exhaustas.

—Ya soy demasiado vieja para estas cosas. —Tragó saliva y se inclinó. Apoyó las frágiles manos sobre las rodillas para aliviar la carga de la espalda.

No se había dado cuenta de cuánto más sencilla había sido la vida cuando estaba Pequeño Danzarín para traer madera y agua. Y había sido una alegría hablar con Dos Humos en torno al fuego. Se sentaba en compañía del berdache y se acordaban de Pico Roto, de Sin Sentido y de El que Come Deprisa. Todos habían desaparecido ya y sólo vivían en sus recuerdos. ¿Era aquello la existencia, vivir sólo mientras alguien te recordara? ¿Y entonces qué? ¿Se rompía aquel frágil eslabón entre aquel mundo y la Red de Estrellas? Si los fantasmas pudieran hablar en lugar de limitarse a acechar los lugares tranquilos y umbríos y las grietas ocultas bajo la nieve... Si le dieran voz a sus preocupaciones en lugar de observar en silencio los caminos del mundo...

Intentó recobrar el aliento y le silbaron los pulmones. Le temblaban las piernas y le ardían las caderas como si alguien le hubiera puesto en ellas un ascua encendida. No se había dado cuanta de lo mucho que había envejecido en los últimos cinco años, desde que se marchara del campamento de Castor.

Gruñó y miró pestañeando al cielo. Y lo que era peor, ella, Pata Blanca, que siempre había rechazado los caminos de la tribu por la soledad del Soñador, echaba de menos la compañía de los otros.

—Menuda Soñadora estás hecha, vieja —masculló para sí.

Con un suspiro de resignación recogió el fardo y empezó a caminar con cuidado hacia el sendero. A pesar del espesor de la nieve de primavera, los alces habían utilizado esa ruta durante el invierno y habían marcado un sendero, con lo cual el viaje no era tan horrible como podía haber sido. En primavera los viajes eran más difíciles, a pesar de los días soleados. La nieve, suelta y quebradiza en invierno, se derretía y se congelaba. En cambio la nieve acuosa de la primavera cubría el hielo. Nunca se congelaba lo bastante para soportar el peso de una persona. Antes o después, el pie atravesaba la fina capa de hielo y se quedaba empapada y maldiciendo mientras intentaba sacar el pie. Las raquetas de nieve tampoco eran de gran ayuda porque el viento había barrido la nieve de los riscos, que estaban cubiertos de matorrales, rocas, ramas y otras irregularidades que atravesaban la red o rompían los lazos de sauce.

—Odio la primavera —gruñó Pata Blanca sintiendo la fría punzada del viento—. Durante el invierno el frío yace sobre la tierra, y ya está. ¿Pero en primavera? El aire es más cálido, sí, pero también es más húmedo, y no deja de soplar. El viento te atraviesa de parte a parte, y la nieve está húmeda y todo se queda empapado. Luego llega la oscuridad y baja la temperatura, ¿y cómo se queda uno entonces? Yo prefiero una ventisca helada antes que cualquier día de ésos.

Apretó la mandíbula en silenciosa afirmación y miró el lodo que siempre se formaba al caminar en primavera. Siseó y apartó todo aquello de su mente. ¿Por qué deprimirse cuando tenía una caminata tan dura ante ella?

Dobló con piernas temblorosas la última curva del sendero y se detuvo para tomar aliento de nuevo. Esperó a que se recobraran sus pulmones y a que dejara de martillearle el corazón. Sólo al alzar la vista se dio cuenta del débil jirón de humo que se alzaba del refugio situado bajo la enorme colina de piedra.

—¿Quién...? —Encontró un resto de fuerza en las profundidades de su viejo cuerpo y forzó sus piernas con un vigor que ya había olvidado.

—¡Ho ye! —gritó—. ¿Quién está ahí?

La sorpresa creció cuando Pequeño Danzarín apartó la cortina y salió del refugio pestañeando bajo la luz brillante. Sonrió y se apresuró a ayudarla. Cogió sin esfuerzo la carga con una sola mano y se la echó a la espalda. Ella entornó un ojo con una desagradable mueca en los labios. Las fuerzas parecían siempre un despilfarro en los jóvenes, que eran demasiado estúpidos para apreciar lo que tenían.

—Gracias —resolló—. Uf. Deja que recupere el aliento para saludarte.

Él ladeó la cabeza y la miró con atención.

—Pensé en ir a buscarte, pero me imaginé que estarías en la montaña. Arriba, donde tienes el círculo de piedras con las líneas. No quería perturbar tus Sueños.

Ella subió la pendiente jadeando y resollando. Luego entró en el refugio y se acercó cojeando a sus pieles. Después de la brillante luz del sol y de la nieve, parecía que se hubiera hecho de noche. Pero a pesar de estar cegada, conocía el camino de memoria. Se sentó con un gruñido y suspiró, mirando con gesto ausente el crepitante fuego.

—Podías haber ido a buscarme. Por un momento pensé que no podría volver.

Él puso el fardo de madera en una pila que, al menos a los ojos de Pata Blanca, parecía enorme.

Pequeño Danzarín señaló la madera.

—He visto que te habías quedado casi sin leña, de modo que traje un poco.

—¿Ya tienes un nombre de hombre?

Él movió la cabeza y alzó tímidamente un hombro.

—No, nunca... Bueno, parece que al final nunca me lo ponen. Y, ¿sabes?, ya no importa.

Ella le sonrió.

—Si no fuera porque creo que me moriría, me levantaría a abrazarte.

La preocupación ensombreció el rostro de Pequeño Danzarín.

—¿No te encuentras bien?

Pata Blanca respiró agitadamente y se puso a toser. Luego hizo un gesto de despreocupación.

—No, no es eso, muchacho. Es sólo... la edad, ¿sabes? Es como si cada día me enfrentara al hecho de que no voy a vivir siempre.

—Estarás por aquí —se limitó a decir él.

—¿Tú crees?

—Mala hierba nunca muere.

Ella se echó a reír y terminó tosiendo otra vez. Él esperó a que se le pasara el acceso de tos y luego comentó:

—Antes no tosías tanto.

—Sólo me pasa cuando me he esforzado demasiado. —Movió las desdentadas encías y crispó los labios—. Es como si la madera estuviera más lejos cada día. Abre la cortina para que pase un poco de luz. Ya está esto bastante caldeado, y así renovamos el aire.

—Deberías mudar el campamento. He observado que la arboleda es menos tupida en el valle. Las ramas más bajas están desnudas. Sólo quedan los grandes troncos.

Pata Blanca se encogió de hombros.

—Me gusta esto.

—¿Cómo estás de comida?

—¿Te han mandado aquí a hacerme preguntas?

Pequeño Danzarín sonrió con gesto tímido.

—En realidad no. Aunque hablan de ti, claro. Dos Humos está muy preocupado. —Hizo una pausa, con un brillo de dolor en los ojos—. Puede que con razón.

Pata Blanca entornó los ojos con suspicacia.

—¿Para qué has venido entonces? ¿Para que me sienta mal? Bueno, no te quedes ahí sentado como un hongo en un tronco. Contesta. ¿Qué noticias traes? ¿Por qué estás aquí? ¿Es que echabas de menos alguien que te incordiara?

Pequeño Danzarín echó un par de ramas al fuego mientras ella se quitaba los mocasines y los ponía sobre las rocas, cerca de las ascuas. Los mocasines había que secarlos bien. Para empezar, tenían que estar hechos con cuero bien curtido y ahumado, para que no se encogieran ni se agrietaran. Y si la suela se calentaba demasiado, el calor derretía los aceites y grasas que los hacía impermeables.

—Ya me incordian bastante. —Su sonrisa se desvaneció—. Ya te he dicho que la gente se preguntaba cómo te iría aquí sola. Nosotros...

—¿Todo el mundo está bien? ¿Hay algún enfermo o herido? ¿No has venido a por ayuda para sanar a alguien?

—No. Todo el mundo está bien. Pero empezábamos a preocuparnos por ti. Más de una vez se habló de mandar a alguien para ver cómo te iba. —Y con una chispa en los ojos, añadió—: Tal vez para asegurarnos de que no te ibas a congelar.

—¡Bah, no llegará el día!

—Y yo me ofrecí voluntario —prosiguió él sin hacer caso de su enojo.

Pata Blanca se animó al oír esto.

—¿Voluntario? ¿Tú? Pensé que yo no te gustaba.

Y estás ocultando algo. No, aquí hay algo más...

Él evitó mirarla a los ojos.

—No es que no me gustes. Lo que pasa es que no haces más que hablarme de Poder. Siempre pareces saber que he Soñado. Siempre lo sabes todo. Querías que fuera más de lo que yo quería ser. Eso es todo. No es que te odie ni nada de eso.

¡Mentiroso! Sentía de nuevo aquel nuevo anhelo.

—¿Entonces por qué te has decidido a venir? ¿Los Sueños siguien molestándote?

¡Ah, eso es! ¡Se agita como un roedor en el nido de una serpiente!

Pequeño Danzarín asintió, frotándose las manos, súbitamente nervioso.

—Mira, yo no soy tu Soñador. Y no quiero que me vuelvas a enredar con eso.

—Bueno, pues deja de preocuparte. No eres mi Soñador. —Levantó los mocasines de la roca y observó cómo el vapor se alzaba del cuero caliente.

—Bien.

—Pero son los Sueños, ¿no? Por eso has venido aquí arriba.

Pequeño Danzarín miró en silencio el fuego con el ceño fruncido y un débil temblor en los labios.

—No te voy a forzar —añadió ella con voz más suave—. Yo... bueno, me equivoqué. Lo llevé todo muy mal. Lo supe aquel día que vino Sangre de Oso e intentó empezar una guerra. Entonces lo vi todo claro. —Hizo un gesto como para descartar todo aquello—. Así que sólo quiero conversar. Te ayudaré en lo que pueda. Y si quieres, me limitaré a escucharte.

Pequeño Danzarín vaciló.

—Son los Sueños —dijo al fin—. Estoy volviendo locos a todos menos a Dos Humos. Toro Hambriento dice que es como estar en una cumbre bajo una tormenta eléctrica, que no se sabe cuándo saltar.

—El Poder es así.

—En fin, el caso es que los Sueños vienen y se van, cada vez con más frecuencia. Y hay uno que viene una y otra vez. Estoy solo en un incendio en el bosque. Y un Lobo del Espíritu camina entre las llamas y se convierte en un hombre. Me habla con enigmas que no comprendo, me habla de ser todo y nada al mismo tiempo. Me deja asustado durante días.

»Y me han pasado otras cosas, como Soñar despierto. Un día fuimos a cazar cabras montesas y yo... me perdí en la cabra, supongo. —Tragó saliva y cambió de tema—. Dos Humos y Alce Ágil están preocupados. Supongo que todos lo están. Se les ve en los ojos. Saben que tengo Sueños, pero no comprenden. Graciosa y Triguero están nerviosas por sus hijos. No saben qué les puedo hacer. Alce Ágil y Dos Humos pensaban que debía venir a verte.

Pata Blanca alzó una ceja.

—¿Alce Ágil?

Pequeño Danzarín empezó a agitarse.

—Estamos casados.

La anciana suspiró y se frotó la frente, dolorida por la correa del fardo. Su risa seca le sorprendió.

—Los Círculos, muchacho. —Sacudió la cabeza—. Casados, ¿eh? Bueno, te deseo mejor suerte que la que tuve yo.

—Soy feliz. Ella sabe que tengo problemas con los Sueños.

—Bien, eso facilita la explicación de las cosas. —Sacó de una bolsa un trozo de pan de bulbo de lirio y se lo tendió—. Espero que Alce Ágil comprenda en lo que se ha metido. No me mires así. Sé muy bien lo que digo. Yo me impuse a Gran Zorro y a Pluma Cortada. Bueno, ahora que lo pienso, no sabía lo que hacía cuando me casé con Gran Zorro. Era la primera vez. Yo era joven, bueno, no tan joven como tú, pero joven, sí. Pensé que podría asentarme y vivir como una persona normal. Pensé que podía negar los Sueños.

—¿Y no pudiste? —Pequeño Danzarín mordisqueaba el pan con aire ausente mientras su vista se perdía en la espiral grabada en el muro trasero e iluminada por la luz del sol.

—No, no pude. —Pata Blanca se echó a reír ante la idea—. Imagino que los humanos no somos distintos de los animales. Quiero decir que... mira un castor, por ejemplo. Aunque tenga todo un estanque lleno de ramas de sauces cortadas y apiladas en el lodo, tiene que reptar y morder los árboles, o matorrales si es lo único que tiene. Supongo que tú dirías que así es como lo hizo el Sabio de las Alturas. Y los humanos... bueno, tenemos la necesidad de estar unos con otros, y cuando un hombre y una mujer están juntos, las pieles se apartan y se encuentra lo que hace hombre a un hombre con lo que hace mujer a una mujer. Yo tuve todas esas urgencias y pensé que el apareamiento acabaría con los Sueños.

Pequeño Danzarín tenía una expresión dolida.

Ella sonrió comprensivamente.

—Durante un tiempo da resultado. Todavía podrás perderte algún tiempo en Alce Ágil. Todo es nuevo y maravilloso... y además está el apareamiento. Ah, sí, el apareamiento... —Por un momento se sumió en los recuerdos. Luego suspiró y volvió al asunto—: El problema es que te desgarras. La atracción del Sueño lucha contra la atracción de la persona que amas. Y entonces, ¿qué pasa? No puedes atender a los dos. —Blandió un dedo ante él—. No alces así la ceja. Lo digo en serio: no se puede atender a las dos cosas. Muy bien, no me creas. De todas formas, ya lo descubrirás por ti mismo.

—Tal vez.

Pata Blanca se frotó los dedos de los pies, ya caldeados por el fuego. Volvía a tener las uñas muy largas. Habría que cortarlas.

—No sé por qué lo hace así el Sabio de las Alturas. Parece una vergüenza, pero supongo que no es más que otro reflejo de cómo se hizo el universo al principio.

—¿De qué hablas?

—Círculos. ¿Eh? Ah, me refiero al modo en que las personas aprenden. Verdades, si tú quieres, leyes acerca del funcionamiento del mundo. Cuando las personas se hacen viejas tienen todo eso olvidado ya y no pueden enseñar a los jóvenes por qué las cosas son como ellos dicen. Los jóvenes tienen que aprenderlo todo igual que hicieron los ancianos. Todo es inútil... a no ser, claro, que esté pasando por alto algo importante.

»El viejo Seis Dientes, el Hombre Espíritu que me enseñó, se preguntaba si no seríamos todos la misma persona viviendo la vida de formas diferentes.

¿Así son las cosas? —se preguntó—. *Cuando tenía al muchacho, no lo tenía. ¿Y lo tengo ahora que vive su vida? ¿Es una broma que me han jugado? ¿Es la lección que necesitaba aprender? Tal vez ésa sea la Espiral de la enseñanza, que el conocimiento no puede ser inculcado, sino sólo contenido. Pero, ¿qué significa eso?*

—Eso no tiene sentido. ¿Cómo podríamos vivir la vida de formas distintas en cuerpos distintos?

—Ilusión.

—¿Qué? ¿Ilusión? No... Es una locura.

—El mundo es una locura... —Pata Blanca se acomodó y le señaló con un dedo—. Dime, Pequeño Danzarín, ¿qué es real? ¿El mundo? ¿Este mundo? —Abarcó con un gesto el refugio y golpeó la roca con los nudillos—. ¿O la realidad son los Sueños?

—Esto es real. —Pequeño Danzarín se cruzó de brazos y estiró las piernas. Golpeó la tierra con el talón como para enfatizar su punto de vista.

—¿Cómo lo sabes?

—Porque si cojo una de esas ascuas y te la froto en la planta del pie, gritarás.

Pata Blanca batió las manos y se echó a reír.

—¿Sí? ¿No será que tú imaginas que yo grito? A lo mejor todo lo que te rodea no es más que tu Sueño sobre el mundo.

—Entonces, si yo no lo creo, ¿tú no gritarás?

—¿Y si depende de la fuerza con que tú lo creas? ¿Puedes estar seguro de que realmente sabes que la quemadura me hace gritar? ¿Puedes estar seguro de que no es tu mente la que dice «quémala y gritará»? Porque si tú te quemas, gritarás. Tal vez es una realidad compartida, ¿no? Tú piensas que yo siento el dolor igual que tú.

—¿Y no es así?

—No es eso lo que estamos discutiendo. —Siguió agitando el dedo ante él—. Estamos hablando de cómo sabes lo que crees saber.

—Pero yo puedo sentirte, tocarte, oírte, y a estas alturas del invierno también te huelo.

—Eso crees. Pero dime, ¿soy siempre así? ¿Qué pasa cuando tú no puedes verme, ni sentirme, ni olerme? A lo mejor cuando tú sales del refugio yo dejo de existir. A lo mejor Dos Humos, Alce Ágil y Toro Hambriento no existen hasta que vuelvas y les encuentres donde esperas encontrarlos. A lo mejor todos formamos parte de tu idea de lo que es real.

—¡Ellos existen! —gritó Pequeño Danzarín—. Lo sé. Cuando vuelva, Tres Dedos habrá hecho nuevas puntas de flecha. Padre habrá cazado más alces. Todo estará allí cuando yo vuelva.

—Claro que sí, pero no puedes demostrar que esté allí ahora mismo. ¿Lo comprendes?

Pequeño Danzarín movió la cabeza confuso.

—No. Es evidente que están allí. ¡Tienen que estar! Si no...

—Exacto, si no. ¿Ves? No tienes forma de demostrar que tu padre existe realmente. Podrías haberte inventado todo este mundo. La única persona que sabe que este mundo es real eres tú. Y a mí no puedes demostrarme que el mundo existe tal como tú crees.

Pequeño Danzarín se quedó sin aliento.

—Pero supón que te atravieso con mi flecha. Tú lo sentirías... morirías.

—¿Sí? —Pata Blanca se reclinó y se cruzó de brazos—. ¿No

seré sólo una parte de tu Sueño? Puede que mi muerte sea únicamente cosa de tu imaginación. ¿Ves? ¡No puedes demostrarme que existo realmente!

Pequeño Danzarín movió la cabeza confuso.

—Ah, Pequeño Danzarín. El viejo Seis Dientes me dijo una vez, hace mucho tiempo, que la vida es el Gran Misterio, que sólo dentro de nosotros mismos podemos saber que lo que pensamos es real. Yo no puedo demostrarte que tú eres real. No puedo demostrar que este fuego es real, que no es tan sólo una herramienta del Sueño. Desde luego que me quemará si yo lo permito, ¿pero es real el dolor o es imaginario? ¿Es una ilusión?

—Es real.

Ella frunció los labios sobre sus encías desdentadas.

—No lo sé. Seis Dientes me dijo que una vez había visto a un Soñador Danzar con fuego. Las viejas leyendas, las que vosotros los jóvenes ya no escucháis, dicen que los viejos Soñadores aprendieron del Primer Hombre, y que Danzaban con fuego.

Pequeño Danzarín se puso pálido.

—Eso podría significar muchas cosas —se apresuró a decir—. A lo mejor lo rodeaban con ramas y...

—No —insistió ella—. Los recuerdos son engañosos y cambian, como el Sueño. Los mismos recuerdos son una ilusión. Pero yo recuerdo a Seis Dientes claramente, recuerdo la mirada en sus ojos que eran como cuentas de agua iluminadas por el sol de primavera. Él lo vio. Dijo que el Soñador Danzaba con las ascuas en las manos, que Danzaba descalzo sobre el fuego y no se quemaba. Según Seis Dientes, lo hacía para retirarse al Uno, para cambiar el Sueño de modo que fuera real y el mundo una ilusión.

—Yo mismo podría ser atravesado por una flecha —dijo Pequeño Danzarín—. Quiero decir que yo me hago cosas todo el tiempo, me corto sin darme cuenta cuando afilo una piedra y luego veo la sangre y me pregunto cuándo me habré cortado. Si yo estuviera inventando el mundo como tú dices, no me imaginaría sintiendo dolor. Eso no tiene sentido.

—A menos que el Sueño de la roca te esté haciendo daño.

—¿De la roca?

Ella lo miró con los ojos entornados.

—¿Tú crees que las cosas que te rodean no Sueñan? ¿Cómo sabes que no eres la ilusión de una roca? ¿O de un murciélago? ¿O tal vez de un árbol? ¿Y si un ratón está acurrucado en su madriguera, Soñando tus pensamientos y experiencias en este mismo instante? ¿Puedes demostrar, sin dejar lugar a dudas, que no eres parte del Sueño de alguien, o de algo?

Pequeño Danzarín se levantó de un salto y dio una vuelta, con los brazos en alto. Luego se detuvo y la miró.

—Mira, acabo de decidir hacer esto. He decidido levantarme y dar una vuelta. Yo. —Se señaló la cabeza—. Aquí dentro he pensado hacerlo.

Ella entrelazó los dedos y ladeó la cabeza.

—¿Ah, sí? ¿Y no habrá puesto ahí esa idea lo que quiera que te está Soñando? ¿Estoy hablando con Pequeño Danzarín o estoy hablando con el Soñador a través de la ilusión de Pequeño Danzarín?

El muchacho enrojeció de impotencia.

—¡Yo soy yo! ¡Esto es una locura! ¿Cómo puedo demostrarte que yo soy yo? Cada cosa que pienso, tú dices que es Soñada. Yo...

—¡Es justo lo que yo digo! —exclamó ella palmeando las manos.

Pequeño Danzarín parecía abatido.

—¿Cómo puedes creer en nada? ¿Por qué hablas con otras personas? Olvídame. No soy real.

Ella le hizo un guiño.

—Porque estamos aquí, vivos y viviendo, y hay un propósito en eso. ¿Qué importa si somos Sueños? De momento podemos actuar como si no lo fuéramos. Además, aceptar la ilusión da resultado.

—Yo creo que es una locura —dijo, aunque ya no parecía muy seguro de sí mismo. Una arruga le marcaba profundamente la frente.

—Tal vez —musitó ella apoyando la barbilla en los dedos.

Por un momento se sumió en los recuerdos de Seis Dientes y en la posibilidad de que un hombre pudiera Danzar con fuego. Pero, ¿cómo? Alzó la vista y vio la incredulidad en los ojos de Pequeño Danzarín.

—¿Estás pensando en eso de no ser real? —preguntó el muchacho.

—No. Pensaba en lo que haría falta para Danzar con fuego.

—Una piel hecha de agua. Aunque uno no exista, eso es imposible —replicó Pequeño Danzarín.

—Hay muchas cosas que nunca se intentan porque son imposibles, y pocas cosas que se intentan porque los hombres creen en ellas. —Cogió un palo para atizar el fuego—. ¿Y qué mundo tendríamos si la gente creyera en lo imposible? Piensa en lo que podríamos hacer. Ahí tienes un Sueño.

—Esa línea significa que lo peor del frío ya ha pasado —dijo ella señalando con el báculo—. Cuando el sol llegue ahí, estaremos a medio camino del solsticio de verano.

Pequeño Danzarín recorrió el círculo viendo cómo se alineaban las rocas. Sólo los picos grises de las piedras sobresalían de la nieve amontonada que ya comenzaba a derretirse a medida que el Padre Sol iba tomando un camino más al norte en el cielo.

Estaban en la cima del risco, y los crueles dedos del viento atravesaban la piel y la carne como flechas con punta de obsidiana, congelando hasta las mismas almas. Pero desde aquella cima se veía sin obstáculos todo el irregular horizonte.

—Pero, ¿eso cómo lo sabes? —gritó Pequeño Danzarín sobre la ventisca.

—Con el tiempo, muchacho. —Cloqueó como una gallina vieja ante un brote verde—. Observando el cielo, el camino del Padre Sol, y cómo la Red de Estrellas ha sido tejida sobre la tierra. Todo forma parte de los Círculos. Si vienes aquí y miras esta línea, descubrirás que el día que el sol da en esa roca es el punto álgido del verano. Luego los días se van haciendo más cortos hasta que comienza el frío intenso. Y entonces, el día más corto, el sol da en aquella roca de allí abajo.

Pequeño Danzarín rodeó el círculo de piedra, observando cada uno de los radios transversales.

—¿Así que siempre sabes cuando empiezan las estaciones? No pensaba que fuera tan fácil.

—¡Bah! —Hizo un gesto de desdén mientras el viento aleteaba las faldas de su vestido—. Con sólo observar el mundo se puede conocer casi todo sobre su funcionamiento. Por ejemplo, ¿cuál es verdaderamente el norte?

Pequeño Danzarín señaló hacia la montaña que siempre había creído al norte.

Ella cojeó en torno al círculo y eligió una línea de rocas.

—Allí. Ven aquí, mira y verás justo el norte.

—¿Y cómo lo sabes?

—Es lo más fácil del mundo. Me senté aquí y señalé cuándo aparecían las estrellas en el horizonte. Luego señalé por dónde se ponían. Si te sientas aquí en el mismo sitio toda la noche señalando el camino de las estrellas, el punto que hay en medio es el norte. Así se demuestra que la estrella del norte es realmente la estrella del norte. Debe de ser muy poderosa para no moverse por la noche como las demás.

—O puede que esté muerta.

—Tal vez, aunque lo dudo. Titila como las otras. Pero no se mueve. —Golpeó las rocas con su báculo—. Sí, lo único que hace falta es observar para averiguar cómo funcionan las cosas. Naturalmente, todavía no he descubierto qué es lo que quema el sol. No puede ser madera, porque no hay humo. Y la luz es demasiado brillante. ¿No te has dado cuenta? No es como la luz del fuego, no tiene ese tono amarillento. Y luego está la Luna. No sé lo que quema, pero no da ningún calor. Y tampoco sale humo.

—Pero recuerdo que tú decías que todo tiene su propio espíritu.

—Sí. El Poder del Espíritu está en todas las cosas. Para sentirlo tienes que ir abriendo tu alma. Los animales tienen alma, naturalmente, pero los árboles y las montañas también la tienen, y las nubes del cielo. Todo palpita a nuestro alrededor. Pero los humanos estamos siempre arrojando lodo en las aguas de nuestras vidas y lo ensuciamos todo. No somos felices hasta que estamos flotando en un agua tan sucia que no podemos ver adónde vamos ni cómo es el camino.

Pequeño Danzarín se echó a reír. Temblaba a pesar de su capa de piel de cabra.

Pata Blanca lo vio y se abrazó.

—Venga, vamos a bajar. Estoy helada hasta los huesos.

—No, no tienes frío. ¡Es una ilusión! —se burló él mientras la ayudaba a bajar por el camino de cabras. Tenía que cogerle la mano en los lugares más peligrosos. Las piedras rodaban bajo los pies, y el hielo se agolpaba en las sombras—. ¿Cuánto tiempo tardaste en hacer esa rueda?

—Un par de años. A veces el verano es nublado y hay que esperar otro año para colocar las rocas bien. Lo peor es el invierno. Hay muchas nubes. Y hace falta mucha dedicación, o mucha necedad, para sentarse allí arriba en la oscuridad esperando que amanezca mientras el viento te llena las faldas de nieve y la piel se te pone azul. El hielo se incrusta en el pelo y te pones a temblar de tal manera que ya no sabes si el punto en que has marcado la salida del sol es correcto o no, porque te castañetean tanto los dientes que los ojos se te agitan en las órbitas. Eso te recuerda que este mundo podría ser una ilusión... ¡pero una ilusión muy potente, demonios!

—¿De dónde sacaste la idea de hacer la rueda de estrellas? ¿Lo Soñaste o se te ocurrió un día, así sin más?

Ella movió la cabeza y caminó con paso vacilante hacia el terreno plano al final del sendero. La nieve crujía bajo sus mocasines.

—¡No, moscas y estiércol! Una vez vi una en un otero que dominaba el Gran Río, cuando subí allí con Pluma Cortada para ver a los parientes que teníamos entre el Pueblo de Grulla Blanca. —Hizo una pausa, viviendo de nuevo el recuerdo—. Me acuerdo que subimos allí una noche porque los Grulla Blanca creían que era un lugar de Poder. Yo me tumbé a dormir entre los radios de la rueda y tuve un Sueño maravilloso. Me desperté justo al amanecer. Me levanté y salí del lecho cuando salía el sol. Advertí que uno de los radios señalaba justo el ojo rojo del sol. Aquello me hizo pensar. Me quedé observando un rato la rueda estelar. Observé por dónde salía y se ponía el sol, y lo vi moverse en torno a la rueda.

»No, no me lo he inventado yo. No creo que haya mucho por inventar en el mundo. Ésa es la belleza de la Espiral, ¿sabes? Todo sucede y vuelve a suceder una y otra vez. Es como la vida. Un niño nace, aprende a andar, aprende a hablar y a jugar, y luego se convierte en joven. Luego el joven aprende a ser adulto. Un pene encuentra una vagina y nace otro niño y aprende a andar y a hablar, y todo sucede otra vez. Círculos dentro de Círculos, pero todos conectados: la Espiral.

Pequeño Danzarín se detuvo para apartar una rama cubierta de nieve.

—¿Y qué crees tú que pinta Castor en todo esto?

Pata Blanca se pasó la lengua por el interior de los carrillos y siguió caminando con una mirada de determinación.

—Lo que le pasa a Castor es que ha encontrado el Poder sin saber cómo.

—Pero tú te has pasado años diciéndome que es un mentiroso, que su Poder es inventado.

—Es cierto. Sí, él se lo inventó. Pero piénsalo un momento. Sé que odias la idea de que el mundo es una ilusión, pero piénsalo, porque ése es el secreto de su fuerza. El Poder de Castor está en las mentes de los demás.

Pequeño Danzarín se detuvo y se dio la vuelta bruscamente.

—¿Eh?

Ella le miró comprensiva, con un atisbo de satisfacción en la mueca de sus labios.

—Así es. Su Poder está en las mentes de los demás. Ellos creen en él. Es como si ellos Soñaran la realidad de su Poder... Y todo es una ilusión.

—¿Una ilusión?

—Comparada con el Uno.

—Pero, ¿y si el Uno es también una ilusión?

—Pues entonces es la ilusión última. Pero funciona. Tú me has contado lo de la trampa. Me has contado cómo Soñaste para que el antílope se metiera en la trampa de tu madre y alimentara a la Tribu. Me has hablado de los Sueños, pero lo que yo nunca te he dicho es que tu Sueño del Uno fue tan poderoso que yo lo compartí.

Pequeño Danzarín se la quedó mirando.

—Tú...

Ella lo minimizó con un gesto.

—Oh, sí, te sentí a ti y sentí tu hambre. Y también te sintió el antílope, y la cabra montesa. Por eso si el Uno es una ilusión, es la ilusión más poderosa. Piénsalo, y recuerda la discusión que tuvimos el primer día acerca de si yo te podía demostrar que realmente existías. Yo sabía que tú eras real porque habíamos compartido aquel Sueño. Y así es como puedes saber que los antílopes y las cabras montesas existen. Porque has sido Uno con ellos.

En lo más hondo de su alma penetró una fría revelación, más helada que el viento gélido que penetraba en los despeñaderos. Se quedó un buen rato sumido en sus pensamientos mientras las piezas del rompecabezas empezaban a encajar en su lugar. Asintió con aire ausente y alzó la vista para hacerle más preguntas, pero Pata Blanca se había ido. Pequeño Danzarín se detuvo lleno de júbilo para dar una patada a un arbusto de artemisa, y luego echó a correr detrás de la figura que se perdía a lo lejos.

Sumida en sus pensamientos, Alce Ágil tendió a Dos Humos un cuenco de humeante caldo de cabra montesa. Luego se sentó con las piernas cruzadas delante del refugio, sin darse cuenta de que tenía la vista fija en el sendero que bajaba del alto risco.

—¿Todavía le esperas?

—Sí. —Y se le desgarró el corazón.

—Volverá —dijo Dos Humos dando un sorbo al caldo.

—Volverá —repitió Batir de Cascos, que estaba sentada uniendo hierbas para hacer una cesta.

Alce Ágil no necesitaba darse la vuelta para saber que su madre tenía una expresión preocupada. Era una certeza que había llenado muchas noches en el refugio de su padre durante la larga primavera de su ausencia, caundo ella era pequeña. Hasta que Caracol encontró su cadáver entre la nieve derretida la primavera siguiente, no se expresó aquella certeza con palabras.

Alce Ágil se mordió los labios, cosa que hacía con mucha frecuencia aquellos días. Su ansiosa mirada escudriñaba cada recodo y curva del sendero que subía la pendiente, atravesaba los altozanos y rodeaba los matorrales y arbustos de artemisa.

«Tenía que irse», se recordaba, intentando no pensar en las cosas que podían haber ocurrido. Una pierna rota en el bosque podría haber significado una muerte horrible. Un paso en falso en una pendiente inestable podría provocar una avalancha. Un mal paso en un sendero helado, y una caída... «No, no lo pienses.»

—Sí —dijo la voz tranquila de Dos Humos—. Tenía que ir. Alguien tenía que ir a ver a Pata Blanca. Y también creo que los Sueños eran... Bueno, que necesitaba hablar con Pata Blanca. Tal vez le siente bien después de todas las peleas que han tenido a lo largo de los años. Tal vez necesitaban hablar por fin.

Alce Ágil no podía negarlo. ¿Cuántas noches se había pasado inquieto Pequeño Danzarín, levantándose para mirar fijamente el rostro del lobo tan laboriosamente grabado en la roca al fondo del refugio? Incluso allí fuera, sentada al sol, Alce Ágil sentía la efigie del lobo mirándola. A veces, cuando el sueño agitado de Pequeño Danzarín la despertaba, alzaba la vista y podía jurar que los ojos amarillos relumbraban en la noche.

Y la tensión se había distendido en el refugio. La gente ya no se sobresaltaba ni miraba furtivamente a Pequeño Danzarín. Habían vuelto las risas. La Tribu de Pequeño Búfalo aprendía anit'ah, y los Mano Roja aprendían su lenguaje. Se contaban historias en las dos lenguas. Y todo aquello lo había provocado la marcha de Pequeño Danzarín.

El recuerdo del último día le ardía como una espina de cactus en un dedo.

—Tienes que ir. Tienes que ver a Pata Blanca.

—No me gusta Pata Blanca. Me agobiará.

—Por favor —suplicó ella—. Si no, los Sueños nos separarán. Dos Humos lo sabe. Pregúntale a él. Te quiero, Pequeño Danzarín. Si no haces esto por ti ni por los demás, hazlo por mí. Por favor.

Y él se había ido, sabiendo que era lo que quería, pero negándose a admitirlo.

—¿Pero tanto tiempo? —La pregunta que no se atrevía a hacerse escapó de sus labios.

Los pies de su madre rechinaron en los guijarros del suelo y una mano cálida vino a reposar en su hombro.

—No ha pasado tanto tiempo, hija.

—Casi tres lunas.

—Ha hecho mal tiempo. Tal vez Pata Blanca le necesita. Puede que esté herida. Nunca se sabe.

Alce Ágil asintió lentamente. De las profundidades de su mente surgió el espantoso recuerdo del cuerpo amoratado de su padre. Al principio no había podido creer que aquel rostro horriblemente deformado fuera el suyo, con los labios retraídos dejando los dientes al descubierto, las mandíbulas retorcidas bajo unas cuencas vacías en las que una vez estuvieron sus ojos castaños. Pero había reconocido sus ropas.

¿Podría aquella máscara fantasmal pertenecer ahora a Pequeño Danzarín?

Pequeño Danzarín salió pestañeando a la luz grisácea de la mañana.

Pata Blanca apartó la cortina detrás de él y se estiró con las manos en la espalda.

—Parece que hace buen tiempo para viajar. Ten cuidado con el talud cuando entres en la divisoria de los dos valles. En esta época es una zona muy traicionera. No se sabe lo que está congelado y lo que está suelto.

—Tendré cuidado.

Pata Blanca movió las desdentadas encías, mirándole con ojos chispeantes.

—Y dale recuerdos a Alce Ágil. No sé lo que le dirás. Supongo que te estás burlando de una mujer bastante vieja para ser tu abuela.

—Bisabuela —la corrigió Pequeño Danzarín—. Y tú lo eres.

—¿Has encontrado respuesta a todas tus preguntas?

—Eso creo. A todas, menos a un Sueño.

—¿El del Lobo en el bosque en llamas?

Pequeño Danzarín asintió, apartando la vista para mirar el sendero.

Ella chasqueó los labios.

—Sí. Bueno. Disfruta de Alce Ágil mientras tengas tiempo.

Pequeño Danzarín la miró, ladeando la cabeza.

—El Hombre Lobo dijo que tendría tiempo. Y además —sonrió con ironía—, el Poder no puede convertirme en algo que no quiero ser, en algo que me niego a ser.

—¿Te apuestas algo? —preguntó ella secamente.

Él asintió con soberbia.

—Se lo prometí a mi madre. Cada vez que hablas de Poder, sus palabras resuenan en mi mente.

—Tu madre fue Agua Clara.

—Mi madre fue Raíz de Artemisa. Y además, mira lo que le pasó a Agua Clara por hacer caso al Poder.

Pata Blanca le sonrió, mostrando las encías rosadas.

—Muchacho, lo que pasa con el Poder es que los mortales sólo podemos ver una parte diminuta de la Espiral.

Él le dio una afectuosa palmada en la espalda.

—Y yo no quiero ver ni siquiera eso.

—Vete a ver a tu mujer. Su lecho lleva mucho tiempo vacío. Y si es tan apasionada como lo era yo a su edad, te arrastrará a las pieles antes de que hayas soltado el hatillo.

Pequeño Danzarín movió la cabeza y le dio un abrazo de despedida.

—Gracias por la charla... y por las lecciones.

—Gracias por la leña. Vuelve cuando te apetezca. Y envíame también a Toro Hambriento y a los demás. Me gusta tener compañía.

Pequeño Danzarín emprendió el camino, diciendo adiós con la mano.

Mientras se le caldeaban los músculos entumecidos, intentaba dar sentido a las ideas que daban vueltas en su mente. Había una trama que empezaba a salir a la luz, un medio de comprender los Sueños, el camino del Poder... y, esperaba él, el truco para evitar sus trampas.

El sendero se extendía ante él serpenteando entre la arboleda antes de dividirse en dos. Una vía bajaba hacia el Río Claro, y la otra subía entre los árboles hasta la cima del risco y seguía la ruta de los alces hacia el sur. Cogió el sendero ascendente, siguiendo el camino de los alces. Era muy apropiado, porque era el camino que le llevaba hacia Alce Ágil.

Al menos ahora, después de meses de charla, de escuchar las palabras y los pensamientos de una vieja Soñadora, podía tener una perspectiva de los Sueños. Además, tenía una semana de viaje por delante. En ese tiempo podría poner todo en claro, podría pensar en las conversaciones con Pata Blanca y dar con la forma de combatir los Sueños y ser feliz viviendo con su esposa. Todo saldría bien.

Ella dice que no se puede atender a las dos cosas. Muy bien, Madre, hago caso de tu advertencia. Tu hijo nunca hará lo que Castor les ha hecho a otros. Nadie se sentirá así. Elijo a mi esposa. Que los Sueños, el Lobo y los fantasmas del Primer Hombre sigan su propio camino.

Por primera vez desde la muerte de Raíz de Artemisa y la profanación del Fardo del Lobo, se sentía satisfecho consigo mismo y con lo que era.

Se echó a reír en voz alta, disfrutando del fuego del amanecer entre las nubes.

Le llamó la atención un movimiento entre los árboles. Miró ansiosamente, esperando ver un alce, un bulto negro filtrándose por una brecha entre los árboles.

¿Sería un ciervo?

Entonces el animal atravesó como una exhalación un claro entre los árboles. El enorme lobo negro se detuvo con una pata levantada y miró fijamente a Pequeño Danzarín con grandes y ardientes ojos amarillos: ¡el Observador!

Se desvaneció su alegría y sintió que la tensión le atenazaba la garganta, impidiéndole tragar saliva.

—¡Vete! —Agitó sus flechas ante el animal—. ¡Vuelve y dile al Primer Hombre que no soy su Soñador! Él y tú... Bueno, no podéis obligarme a ser lo que no quiero, ¿me oyes?

El Lobo no se movió.

Soy Pequeño Danzarín... ¡Y no pertenezco a nadie más que a mí mismo!

El Lobo bajó la cabeza y tanteó con el morro la nieve, como buscando un olor, sin dejar de mirar cauteloso a Pequeño Danzarín.

—¡Fuera! —El muchacho señaló hacia la arboleda con las flechas.

El Lobo se volvió, con la cabeza y la cola gachas, y se metió trotando en silencio entre el follaje.

Pequeño Danzarín sonrió y fue golpeando rítmicamente los mangos de las flechas mientras canturreaba una canción. De nuevo sentía los pies ligeros y más que caminar danzaba por el sendero. En su mente competían la imagen de Alce Ágil y la de la derrota del Lobo.

Sólo entonces advirtió que los jirones de nubes se habían oscurecido en el cielo, perdiendo el resplandor de fuego del amanecer. Al coronar el risco miró con atención el horizonte occidental, ligeramente nervioso por los nubarrones negros que se acercaban.

Cuerno Roto salió al camino, ondeando los brazos. La flecha, tan cuidadosamente tallada, descansaba en su atlatl. Midió la distancia, apuntando al centro de la ancha espalda de Pequeño Danzarín. El joven, ajeno a él, caminaba con la vista al frente. Desde aquella distancia Cuerno Roto no podía fallar.

—Por Alce Ágil —susurró para sus adentros. Sintió en el corazón una punzada victoriosa y una torva sornisa asomó a sus labios. Extendió el brazo con los músculos tensos... y a punto estuvo de caer para atrás cuando le agarraron el atlatl por la espalda.

Ahogó un grito y se dio la vuelta para enfrentarse a su atacante.

¡Tanagra!

Ella se llevó el dedo a los labios y le hizo un gesto para que la siguiera. Luego se deslizó ágilmente entre la espesa arboleda.

Él la siguió, ardiendo de ira.

—¡No puedo creerlo! —dijo con los dientes apretados cuando estuvo a cubierto entre los pinos—. ¿Pero qué idiotez es ésa?

—¡Shhh! —Tanagra le dirigió una mirada de reproche y estiró el cuello para ver el sendero.

Cuerno Roto se sentó, temblando de furia.

—¡Esta vez has ido demasiado lejos! Esta vez...

—¡Idiota! —siseó ella—. Ven, tenemos que hablar.

Le apartó más del camino, avanzando entre el follaje. Saltó ágilmente sobre unos matorrales que él atravesó con dificultad.

Satisfecha por fin, se detuvo y se volvió, con las manos en su delgada cintura.

—¡Siéntate!

—Oye, no...

—¡Que te sientes! —Señaló bruscamente al suelo con el dedo.

Él se acomodó a regañadientes sobre el suelo mullido y ella se sentó frente a él.

—Acabo de evitar que cometas el mayor error de tu vida.

—¡El mayor error! Si casi...

—¡Casi te buscas la ruina! —Tanagra movió la cabeza, con los ojos llameantes—. ¿Qué te crees? ¿Que Alce Ágil habría acudido corriendo a tus brazos si le hubieras matado? ¡Tienes menos seso que un alce en celo!

Cuerno Roto la miró iracundo.

—Escucha —explicó ella abriendo las manos—. Alce Ágil le ama. Sí... ¡le ama!

—¿Y tú cómo lo sabes?

—Porque la he visto. Tú los buscabas demasiado arriba. Estaban abajo, en el extremo sur. En un refugio de uno de los cañones.

—Sabía que volvería al campamento de Pata Blanca.

—Y luego, ¿qué? ¿Ibas a matarle? ¡Alce Ágil te odiaría para el resto de tu vida! Ella lo ama. ¿Qué pasaría si mataras al hombre que ella ama? ¿Crees que volvería a mirarte a la cara?

—¿Cómo iba a saber que lo había matado yo?

—¿Que cómo lo iba a saber? —Tanagra se echó a reír, llevándose una delgada mano a la boca—. ¿Quién se ha pasado el invierno vagando como un idiota entre la arboleda? ¡Sólo tú, cachorro estúpido! Por eso lo sabría. Y en todos los campamentos de los Mano Roja se habla de ello.

Aquello cobró sentido a través de la niebla de su ira y confusión.

—Bueno, veo que por fin entiendes. —Tanagra le sonrió—. Escucha, hace mucho que somos amigos. No podía permitir que arruinaras dos vidas porque tu pene pese más que tu cerebro.

—¿Cómo sabes tanto, niña?

Una traviesa expresión asomó a su rostro.

—Porque puede que sea rara, pero observo. Lo observo todo: animales, personas. Sé cómo actúa la gente porque siempre he vivido aparte. Mientras la mayoría de la gente está envuelta en sus problemas, yo estoy observando, aprendiendo por qué hacen lo que hacen. Como los animales.

Cuerno Roto intentó pensar qué podía hacer. Lo que más deseaba era salir corriendo. Entonces ella volvió a sonreírle e interrumpió el hilo de sus pensamientos.

—Y hace ya tres meses que no soy una «niña».

—Pero...

—No, no he estado en el refugio menstrual. Soy Tanagra. Cuando aparecieron los primeros síntomas, me retiré al bosque. Cuando esté lista, dejaré que me agasajen y me pinten. Pero aún no estoy lista.

Cuerno Roto movió la cabeza perplejo.

—Pero eso es lo más importante que puede pasarle a una mujer. ¡Es algo especial!

—Y yo soy Tanagra. También soy especial.

—¿Quieres evitarte la preocupación de esquivar a Sangre de Oso?

—¿Sangre de Oso? —Soltó una risita—. Menudo trabajo tendría para atraparme. No, cuando termine la ceremonia desapareceré. Y creo que eso es lo que espera la mayoría de la gente. Hasta Madre me ha dejado por imposible.

Cuerno Roto se frotó la cara con una mano helada.

—¿Así que tengo que olvidar a Alce Ágil?

—Claro que sí. De todas formas, no estás hecho para ella. Ella desea más de lo que tú podrías darle. Y no te tomes esto como un bofetón. Ella se pasa el día soñando despierta. Tú necesitas una mujer más práctica.

—¿Ah, sí? ¿Quién?

—Grillo. Está perdidamente enamorada de ti. Se pasa la vida vagando por el campamento con la vista en el suelo, muriéndose por dentro. Siempre te ha amado. Y tú siempre has estado fuera de su alcance.

—¿Grillo?

—Sí, Grillo. Y tú estás aquí intentando arruinar tu vida, la de Alce Ágil y la de Grillo. Si mataras al amante de Alce Ágil, Grillo sería desgraciada.

—¡Pero si no es más que una niña!

—Eso es porque tú sólo tienes ojos para Alce Ágil. Estás ciego.

—¿Y tú? ¿No estarás celosa porque deseo a Alce Ágil?

Tanagra le dirigió una serena mirada.

—No estoy segura de querer aparearme contigo. Por una cosa, porque los ancianos hablarían de incesto. Tenemos un parentesco muy cercano. Somos primos segundos. Y además, tú no podrías soportarme. Es divertido gastarnos bromas, pero tú querrías una esposa que siempre estuviera en casa contigo. Y ya me conoces. Ya sabes lo que me gusta hacer. ¿Puedes verme como una esposa?

Cuerno Roto movió la cabeza.

Ella miró las nubes amenazadoras bajas en el cielo.

—Escucha, no vamos a ninguna parte. Conozco un sitio cerca de aquí. La tormenta va a ser fuerte. Vamos a hacer un fuego. Tengo un poco de carne en el hatillo, la suficiente para los dos. Tendremos mucho tiempo para hablar.

Se levantó de un salto y echó a andar delante de él hasta salir de la arboleda.

¿Tendría razón? ¿Habría sido un error matar al joven Pequeño Búfalo? ¿Le habría odiado Alce Ágil?

Y lo que era peor, ¿tan estúpido había sido?

—Espero que el amado de Alce Ágil tenga la sensatez de buscar cobijo —murmuró Tanagra mientras salía del bosque.

La nieve caía en capas ondeantes como fantasmas de viento. Los copos, del tamaño de media mano de mujer, caían girando del cielo gris opaco, se apilaban sobre la tierra en montones que cubrían la alta artemisa y coronaban las rocas como extraños hongos gigantes, hasta que las mismas capas desaparecían, fundidas en la creciente profundidad. El grupo de Toro Hambriento estaba apiñado en el refugio, desde el que se oía el golpeteo de los copos en las pieles colgadas.

—Mucha nieve —dijo Tres Dedos, expresando lo evidente—. Y ha llegado muy tarde. —Silbó como un triguero, como si aquel lastimero trino fuera a poner fin a la monotonía de esperar que escampara la tormenta.

—No me gusta tener que recordártelo, pero la falta de leña empieza a ser preocupante. —Cuervo Negro se rascó detrás de la oreja y se acercó a apartar las pieles, dejando que una rendija de luz gris entrara al refugio. Estiró el cuello como para estudiar los copos de nieve y luego volvió a soltar la cortina.

—Pues yo no voy a ir —gruñó Toro Hambriento.

—¡Perezoso! —le reprendió Batir de Cascos—. ¿Graciosa? ¿Triguero? ¿Nos vamos a quedar por aquí, húmedas y heladas, mientras estos rudos hombres se agitan y tiemblan?

—Los hombres tienen una constitución muy frágil —dijo Graciosa mirando a su esposo, con un travieso brillo en los ojos.

—Y ya fuimos nosotras la última vez. —Triguero frunció los labios, sin dejar de coser.

Los niños discutían en el fondo del refugio. Jugaban a reptar entre los lechos, agarrándose mutuamente las piernas para crear lo que ellos llamaban un gusano monstruo.

Triguero movió la cabeza.

—Y no creo que haya sido la última vez que he tenido que hacer el trabajo de mi esposo. Eso sería un milagro tan grande como que un búfalo blanco me llevara de visita a la Red de Estrellas. —Dejó a un lado el punzón y el tendón y fue a coger su abrigo de piel de cabra.

—¡Muy bien! —explotó Tres Dedos levantándose de un salto—. ¡Iremos a por leña! Cogeremos ese gran pino caído al otro lado del cañón. De todas formas está en medio del sendero.

—¡Buena idea! —Toro Hambriento se cruzó de brazos—. Vete a cortarlo por la mitad, y cuando esté listo para el traslado nos llamas.

—¿Y qué os parece algo menos ambicioso? ¿Qué tal un par de brazadas de ramas? —sugirió Cuervo Negro, apuntando con el dedo a Tres Dedos y alzando una ceja.

—Seguro que Castor no va a por leña en mitad de las tormentas.

—Siempre puedes irte a vivir con él —dijo Triguero con su voz cantarina—. Yo nunca trataría de impedírtelo.

Tres Dedos terminó de ponerse los mocasines y miró sonriendo a Toro Hambriento mientras señalaba a su esposa con el pulgar.

—Vaya agradecimiento. Después de los años que llevo cuidando a esa mujer, impidiendo que...

—¿Ah, sí? —Triguero se inclinó hacia adelante con la boca abierta—. ¿Qué es lo que has hecho?

Tres Dedos se puso en pie de un salto, se echó una piel de cabra sobre los hombros y se puso la capucha de piel en la cabeza.

—¡Nada! ¿Os venís vosotros dos, o estáis tan locos que preferís quedaros aquí con este puñado de viejas charlatanas?

—¡Los sacrificios que hay que hacer por la tranquilidad familiar! —Toro Hambriento le dio una palmada a Cuervo Negro en la espalda y salió a la tormenta.

Dos Humos soltó una risita. Estaba haciendo un nuevo par de mocasines con su piel incomparablemente curtida. Nadie, ni siquiera el mejor, podía competir en el trabajo con Dos Humos.

Batir de Cascos dio una patada a un lecho.

—¡Eh, hija! ¡Despierta!

Las pieles se alzaron y bajo ellas apareció el rostro somnoliento de Alce Ágil.

—¿Eh?

—Hemos mandado a los hombres a por leña. Y estaría bien sacar la raíz dulce que enterramos el día que empezó la tormenta para convertirla en algo que pueda asarse. Hay que hacer un buen agujero para el fuego y asarla bien.

Alce Ágil bostezó, frotándose los ojos.

—¿Sigue nevando?

—Como no nevaba desde hace cuatro años.

—¿No ha vuelto Pequeño Danzarín?

—Bueno —dijo suavemente su madre—, no pretenderás que esté viajando con este tiempo. Piensa que no se puede conocer la superficie que uno pisa. Si camina en estas condiciones y da un mal paso... Y hay hielo y nieve incrustada que podría... Bueno, le quieres sano y salvo, ¿no?

Batir de Cascos bajó la vista mientras toqueteaba los dobladillos de su falda.

—Estará pasando la tormenta con Pata Blanca —dijo Graciosa rotundamente—. Pata Blanca no le permitiría salir con esta ventisca. Ella es así. Sabe. Una mujer de su edad sabe al menos algunas cosas.

—Pata Blanca conoce muy bien el tiempo —corroboró Dos Humos. Dejó a un lado sus mocasines y cogió su colección de hierbas como si se le acabara de ocurrir algo. Las fue alzando, una a una, para estudiarlas contra la débil luz. La expresión de perplejidad no desaparecía de su rostro curtido.

Alce Ágil se echó el pelo hacia atrás y sacó de su bolsa un peine dentado hecho con la escápula de un ciervo. Luego fue separando sus cabellos en largos y relumbrantes mechones antes de peinarse. Enrolló y apiló el lecho y después salió y siguió el sendero hasta los sauces para aliviar sus necesidades.

Batir de Cascos la vio marchar y se llevó un puño a la frente.

—¡Por el Primer Hombre, espero que vuelva! Es demasiado joven para pasar por lo que yo pasé. —Se le arrugó el rostro—. Yo la tenía a ella... y a Lluvia. Pero Alce Ágil es demasiado joven.

Triguero le puso la mano en el hombro.

—Lo que haya de ser, será. —Movió la cabeza—. No sé. Después de lo que ha pasado Pequeño Danzarín, bueno, no creo que los espíritus le abandonen ahora.

—Cerezo Silvestre siempre decía que iba a hacer grandes cosas —recordó Graciosa—. Yo confiaría en sus palabras.

—Yo soy el que lo conoce desde hace más tiempo —suspiró Dos Humos—. No creo que el Poder vaya a abandonarle. No sé lo que hará con mi Pequeño Danzarín, pero no creo que haya llegado tan lejos para quedar ahora abandonado en el camino. —Sonrió y le hizo un guiño a Batir de Cascos—. Pero ya sabes lo que pasa con los berdaches. Sentimos cosas.

Los niños reían y chillaban envueltos entre las pieles.

—Eh, pequeños hurones, parad un poco. Aquí vivimos personas, y no un puñado de nutrias. —Graciosa dio un golpe con una vara.

—¿El Poder? —Batir de Cascos movió la cabeza—. Me pongo nerviosa ante su sola mención.

—Eso es porque llevas con nosotros demasiado tiempo —dijo Triguero medio en broma—. ¡Y nosotros llevábamos demasiado tiempo con Castor!

—Ya veréis. —Dos Humos volvió a poner sus hierbas en la bolsa de cuero—. Cuando se trata de Poder, lo único que se puede hacer es esperar. El Poder se toma su propio tiempo y lugar. Hace lo que hace cuando piensa que ha llegado el momento.

—¡Qué tranquilizador! —gruñó secamente Batir de Cascos—. Se trata de mi hija.

Dos Humos no dijo más. Bajó la vista y entrelazó los dedos sobre el vientre, como pensando en sus hierbas.

Se abrió la cortina y entró Alce Ágil con la cabeza moteada de nieve. Se acercó sin decir una palabra a la bolsa en la que se almacenaban las raíces recién arrancadas. Tuvo que pasar sobre los revoltosos niños para alcanzar la piedra de triturar. Fue quitando la tierra de las raíces con un puñado de hierba seca. Luego las machacó antes de molerlas. Los golpes de piedra resonaban huecamente en el refugio. Raspaba, golpeaba y volvía a raspar.

Los músculos de sus antebrazos sobresalían y se tensaban bajo la suave piel, como reflejo del torbellino de su mente. Golpeaba las raíces y molía las fibras como si con sus actos pudiera vengarse de alguna forma del mundo que tanto daño le hacía.

Sólo Dos Humos vio la lágrima que le surcaba la mejilla.

Pequeño Danzarín se estremecía en un hueco entre el follaje. Las raíces que se retorcían sobre su cabeza alzaban al cielo tormentoso grises dedos esqueléticos. La tierra y las rocas atascadas entre ellos creaban un parco refugio de la incesante danza de nieve.

Pestañeó y estrechó aún más los brazos. Estúpido, idiota... De todas las estupideces que había hecho en su vida, la más loca era viajar con una tormenta como aquélla. Lo primero que tenía que haber hecho era dar media vuelta y echar a correr hacia el campamento de Pata Blanca. Y lo segundo, construir un refugio, hacer acopio de leña y esperar.

Pero no. Las imágenes del rostro de Alce Ágil le habían estimulado a seguir adelante. El recuerdo del calor de su cuerpo junto a él le lanzó a la tormenta, siguiendo un camino que sólo había recorrido dos veces.

Al principio se engañó a sí mismo pensando que aquello podría ser una tormenta de primavera, salvaje y presurosa de arrojar su carga de nieve y cruzar a toda prisa las planicies hacia el este. Pero en lugar de eso la ventisca se había aferrado a las montañas como un paciente lince sobre un conejo acorralado.

Se estremeció ante la idea.

Entonces trepó hasta la cima del risco, pensando que el camino estaría mejor porque el viento habría barrido la nieve. Pero la cornisa le había engañado. Había pisado donde la nieve no aguantaba su peso. Recordaba el vértigo en el estómago, los brazos que se agitaban al caer...

¿Cuánto tiempo había permanecido inconsciente en la nieve? Y había tenido suerte de volver en sí. Había sentido el mordisco del frío en los dedos y en el rostro, y un dolor punzante que le martilleaba el cerebro. Le ardía el corte que se había hecho en la mejilla. La sangre había caído en la nieve y se había congelado.

Tanto sus flechas como su hatillo habían desaparecido. Ahora sólo le quedaba la esperanza. La esperanza de que ocurriera un milagro, de que escampara la tormenta, de que un súbito y cálido *chinook* le devolviera el calor vital que se había evaporado de su cuerpo helado.

Miró entre las ramas el cielo ominoso. Las sombrías nubes seguían derramando interminablemente copos gigantes y esponjosos que danzaban en el aire y bajaban en remolinos para posarse con un suave murmullo.

—Tengo que... moverme. Tengo que calentarme.

Apretó los dientes para ahogar un grito y se levantó a trompicones. El persistente dolor le recordaba que se había hecho daño en una pierna. No parecía que estuviera rota, pero el muslo se le había hinchado y los pantalones de caza le apretaban. A punto estuvo de desplomarse cuando se dio cuenta de que tenía los pies insensibles.

Le asaltó un temblor incontrolable mientras caminaba torpemente con los brazos pegados al pecho. Tenía que generar calor mediante el movimiento, por más que la pierna le doliera terriblemente a cada paso. ¿Cuánto tiempo hacía que no comía otra cosa que nieve? ¿Cuánto tiempo le quedaba hasta que su cuerpo exhausto no pudiera ya generar calor?

Pestañeando estúpidamente chocó contra las ramas nevadas de un pino y lanzó un grito al recibir encima la carga de la nieve. Siguió caminando, golpeándose con las manos como si fueran porras.

La tierra se precipitó hacia él y le lanzó bocabajo contra la nieve. Se puso a gatas, con brazos y piernas temblorosos. El frío le mordía el alma como la mandíbula de un oso sobre el hueso de un alce.

Se le nubló la vista como si estuviera mirando a través de un velo de lágrimas de plata.

¿Dónde estoy? ¿Adónde voy? ¿Por qué estoy aquí? ¿Dónde está mi casa? Estoy... perdido... perdido... ¿Alce Ágil? Un sollozo le oprimía la garganta. Unos dedos de agua helada se derritieron de la nieve de su capucha y le surcaron la espalda.

Se levantó dificultosamente y dio tres pasos más. Luego volvió a caerse de bruces.

Se obligó a seguir adelante a pesar del dolor y la debilidad. Hasta el latido de su corazón parecía desvanecerse.

Una sensación de calor empezó a reemplazar al entumecimiento de sus manos y pies, un delicioso calor. Estaba muy cansado. Si pudiera tumbarse sólo un momento... dormir... sólo un momento...

La luz del fuego proyectaba sombras rojas y anaranjadas sobre las irregulares rocas del refugio. Alce Ágil se incorporó bruscamente en la cama, conteniendo el aliento.

—¿Qué pasa? —preguntó Dos Humos que estaba sentado junto al fuego sobre el agujero lleno de aromático pastel de raíces.

Alce Ágil intentó recuperar el aliento con una expresión de pánico.

—Yo... —Enterró la cara en las manos.

Dos Humos se levantó. Caminó con cuidado con su pierna tullida para no molestar a los que dormían. Se sentó en el lecho de Alce Ágil y le rodeó los hombros con un brazo. La muchacha sollozaba quedamente.

—Shhh. Venga. Soy el viejo Dos Humos. Cuéntame qué te pasa. ¿Un mal sueño?

Ella sorbió por la nariz y se enjugó las últimas lágrimas mientras asentía con la cabeza. Estaba sufriendo y no quería mirarle.

—Calla. Estás a salvo. Estás aquí, rodeada de gente que te quiere. ¿Qué ha sido? ¿Cuál era ese sueño tan terrible?

Ella alzó la vista y lo miró por primera vez con ojos desesperados.

—Pe... Pequeño Danzarín —gimió—. Está... Oh, no... está muerto. —Y volvió a estallar en lágrimas.

Dos Humos la estrechó con fuerza y fue a decir algo, pero de pronto miró la efigie del lobo grabada en la roca cubierta de hollín.

Aquella noche había actuado el Poder. Casi se sentía en el aire. Y Dos Humos sentía el mismo tipo de dolor que había sufrido la noche en que profanaron el Fardo del Lobo.

Le dio un brinco el corazón. Podía haber jurado que los ojos del Lobo habían relumbrado por un instante, y que parecían triunfantes.

—Muy cerca —susurró el Fardo del Lobo—. Estamos pendientes de un hilo. ¿Debes jugar tan peligrosamente con las pasiones de la juventud?

—Tanagra ha actuado por su cuenta. Me he empleado a fondo en la tormenta. Esperemos que sea suficiente. He tenido que desequilibrar la Espiral para provocarla. —Soñador del Lobo parecía muy débil—. Tal vez haya ganado tiempo. Tal vez pueda llegar a Pequeño Danzarín. El Observador está dispuesto.

—O tal vez nos has condenado.

—Ahora todo depende del libre albedrío. De Castor... y del muchacho.

19

Castor miraba ceñudo la nieve que caía en torno a su campamento. El viento helado bajaba rugiendo de las Montañas Búfalo y gemía en las grietas de las rocas, remolineaba sobre las planicies soplando sobre ellas espectros de nieve y constituyendo pequeños montículos con forma de diamante que desaparecían entre la frondosa artemisa.

Se humedeció los labios saboreando los copos y sintiendo los cristales golpeándole en la piel. Miró la tormenta con los ojos entrecerrados bajo el ventarrón. Nunca, desde la primera vez que oyera las historias, había habido una tormenta así en las planicies en época tan tardía. Nunca había visto congelarse el alforjón, el flox y el áster.

Pensó en el destino de los guerreros que había enviado a explorar el camino que ascendía por el Río Claro y pasaba por el Muro Rojo para penetrar en el país de los Anit'ah. La nieve ya se estaría derritiendo, abriendo los caminos. Los campamentos Anit'ah, debilitados por el invierno, serían presa fácil para sus jóvenes guerreros.

No todos los jóvenes habían ido a explorar el territorio Anit'ah. Muchos habían ido a buscar búfalos, esperando obtener carne fresca de las manadas que cuidaban de las crías, y tal vez cazar algún antílope. Era la época en que las hembras se alejaban de las grandes manadas y vagaban solas buscando algún hueco entre la espesa artemisa donde los coyotes no pudieran encontrar a los recién nacidos.

¿Cómo les iría a esos jóvenes? De momento un puñado de ellos habían vuelto cojeando, con los pies congelados y los rostros helados y quemados. Los que él había tratado tenían la carne negra. Le consternaba sentir el hielo en un miembro humano. ¿Y los que no habían vuelto? ¿Qué habría sido de ellos? Se habían marchado del campamento con vestidos ligeros para la caza, sin llevar mucha ropa. Al fin y al cabo, los cazadores no llevan perros de carga. ¿Qué locura habría sido aquélla?

El viento le azotó, intentando tirarle de espaldas y flagelando las ropas en torno a sus piernas y el borde de zorro de su capucha. Permaneció impasible ante la tormenta, buscando con los ojos entornados las Montañas Búfalo y el pueblo que se le resistía. Muy pronto se mudaría a aquellas colinas con sus exhuberantes praderas verdes. Era necesario. La sequía les había atormentado de nuevo, y las lluvias eran cada vez más escasas. Los búfalos eran tan escasos y dispersos como el año que maldijo a Raíz de Artemisa y rompió el poder de los ancianos entre la Tribu. Ahora necesitaba los territorios de caza de los Anit'ah. Si no podía encontrar nuevas tierras para que cazara su pueblo, si no podía hacer bastantes incursiones en los campamentos de los Pelo Cortado, Grulla Blanca y Búfalo de Fuego, entonces tal vez empezaran a cuestionarse la visión que él les había impartido.

—A un Soñador se le puede matar —susurró al viento—. Pero sólo los Soñadores sin imaginación tienen de qué preocuparse.

Se llenó los pulmones de aire helado y frunció el ceño. ¿Dónde estaban sus jóvenes? ¿Estarían a salvo, o yacerían muertos y congelados, con las cuencas de los ojos llenas de nieve y los dedos rígidos intentando aferrar la ventisca?

Ilusión. La vida, el mundo, todo era ilusión. Soñaba...

...Vagaba a la deriva, hundiéndose en el calor como una pluma en el aire, deslizándose adelante y atrás, penetrando en la niebla.

—Ahora tu alma podría ser mía. Estás al borde de separarte de tu cuerpo, de convertirte en fantasma o elevarte a la Red de Estrellas. ¿Cuál es tu deseo, Pequeño Danzarín?

»¿Verás de nuevo a tu esposa? ¿Concebirás hijos? ¿Abandonarás a tu pueblo en los caminos del falso Soñador? ¿Dejarás que muera el Fardo del Lobo? ¿Por qué lo harás? ¿Por qué ignorarás los gritos de la Espiral, de los Círculos, de tu pueblo?

Pequeño Danzarín flotaba en la niebla, disfrutando de una sensación de alivio, sabiendo que su sufrimiento yacía detrás de él, más allá de la bruma de calor que calmaba su alma cansada.

—Pero aquí se está tan bien. Tan... bien...

—Lo que sientes es el mundo de la muerte. Tu alma se balancea en el borde.

Lo que parecía ser una mano humana gigantesca detuvo su descenso y lo recogió mientras que la cálida bruma se enroscaba en torno a él como las nubes en las cumbres.

—¿Qué ha pasado? ¿Dónde estoy?

Entre las oleadas de calor se formaron los rasgos de un hombre. Tenía el rostro radiante, iluminado por dentro. Sobre la nariz recta relumbraban unos chispeantes ojos negros.

Pequeño Danzarín se quedó sin aliento. Jamás había visto a un hombre tan hermoso. Nunca se había sentido tan cautivado por el Poder y la empatía en los ojos de un hombre.

—¿Quién eres?

El hombre se echó a reír, y el sonido de su risa desgarró la niebla, que se apartó a los lados como una miríada de pececillos del Río Luna. El mismo aire pareció cobrar vida con su risa, y a Pequeño Danzarín le brincó el alma y todos los músculos de su cuerpo se tensaron.

—Soy Soñador del Lobo, el que llamáis Primer Hombre. Yo elegí una vez, como debes hacer tú ahora. Sólo que tal vez, en aquellos días, las elecciones eran un poco menos difíciles.

—¿Por qué estoy aquí?

—Te estás muriendo, Pequeño Danzarín. Tu cuerpo se está congelando y tu alma se libera.

La cálida niebla amorfa que lo envolvía se agitó un momento y cobró la forma de copos de nieve. Un poco por debajo de él reconoció el bulto de su cuerpo, cubierto de nieve y haciéndose uno con el montículo que se formaba sobre él.

—Así que la elección es tuya. Si vives, pasarás poco tiempo con Alce Ágil.

Cambió la escena y Pequeño Danzarín vio por debajo de él el familiar interior del refugio de Toro Hambriento, y a Alce Ágil durmiendo. A un lado, Dos Humos alzó la vista como si pudiera verle. Pequeño Danzarín sentía en la visión el alma del berdache que saboreaba el Poder.

Volvió la vista a Alce Ágil y el amor gritó dentro de él. Intentó plasmar el recuerdo de su delicado rostro, de las líneas de las mejillas y la mandíbula firme. Sus abundantes cabellos negros esparcidos sobre las pieles enmarcaban su intensa belleza.

Sintió dolor.

—Te daré todo el tiempo que pueda. La Espiral se está completando. He impedido que Castor se mueva. Puedo mantener a salvo a tu pueblo un poco más, darte algo más de tiempo. Eres muy joven. Pero

también Agua Clara se resistió durante mucho tiempo. No podía soportar la idea de que la tocara Sangre de Oso.

—¿Sangre de Oso? ¿Mi padre?

—Necesitabas su fuerza, su indomitable valor, por insensato que fuera. Sí, también he puesto mucha cabeza y sensatez en ti y en tu vida. Te he dado todo lo que podía darte... excepto la voluntad de hacer lo que es necesario hacer.

—¿La voluntad?

—Exactamente. El Sabio de las Alturas, el Creador, hizo así el universo. Las estrellas, los mundos, los insectos e incluso los granos de arena recorren su propio camino. El Creador permitió la libre voluntad para que las cosas eligieran. Lo que deseas ver es lo que será. Tú haces el mundo que te rodea. Supón que te dijera que lo que parecía roca sólida era espacio vacío.

—¿Que el mundo es una ilusión?

—Pata Blanca te dijo la verdad, sólo que ella todavía no comprende sus profundidades. Los patrones que se generan son fascinantes, siempre cambiantes. La misma esencia del universo es como la formación de una tormenta. Es muy difícil dejar de observar, de preguntar...

—Entonces, ¿por qué lo haces?

Soñador del Lobo sonrió con los ojos tan llenos de dolor que hizo llorar a Pequeño Danzarín.

—No soy perfecto, amigo; en la creación nada es perfecto. Yo también tengo mis fallos. Yo... tengo demasiado amor en mi espíritu. En cierto modo, el exceso de amor es tan terrible como el exceso de odio. Ambas cosas hacen daño. Piensa que si todo existiera en armonía, el universo se estancaría... y moriría.

»Pero ahora debes decidir. ¿Decides vivir o morir? Si vives, te protegeré hasta el último momento. Te dejaré tener todo el placer posible. Pero mi pueblo te necesita. Castor ha cambiado la Espiral.

La sonrisa de Soñador del Lobo se tornó nostálgica.

—Es curioso lo poderosa que puede llegar a ser una idea; una idea puede cambiar las opiniones de tanta gente que al final se desgarra el mismo tejido del universo. Sin embargo tú puedes volverlo a cambiar. Puedes enfrentarte a Castor y demostrar su falsedad. Al hacer esto, dejarías la Espiral tal como estaba. La última vez perdimos el mamut, el camello, el caballo y el perezoso. Esta vez no quiero perder el búfalo y el antílope, y no quiero que la Tribu siga el camino que han seguido otros.

—¿Y si elijo morir?

—Es tu decisión. No puedo mentirte, amigo. El camino de la muerte

será mucho más fácil. Será más placentero flotar hacia la Red de Estrellas con Raíz de Artemisa, Garza, Agua Clara, Zorra Danzarina y muchos otros. Allí Cantan y Danzan y cazan con otras almas mientras observan el universo en toda su grandeza.

Otra voz susurró en la niebla:

—*Y yo moriré contigo.*

—¿Quién era?

—*El Fardo del Lobo. Tu destino está fijado. El Poder ya está menguando. Si decides vivir, tendrás que ir a quitarle el Fardo del Lobo a Sangre de Oso. Y para ello probablemente tendrás que matarlo. ¿Eres más fuerte que tu padre? ¿Tienes su fuerza?*

Pequeño Danzarín miró los dulces ojos de Soñador del Lobo.

—No lo sé. —No podía mentir. No podía engañarse a sí mismo ni a Soñador del Lobo.

—*Si decides vivir, ya lo averiguarás. Hay otra cosa: no puedo asegurarte la victoria. ¿Recuerdas lo del libre albedrío? Así como la roca es el fundamento de la Tierra, el libre albedrío es el fundamento del universo.*

Su mente empezó a trabajar de nuevo, acicateada por las discusiones que había tenido con Pata Blanca.

—Y si elijo vivir... ¿qué me costará?

Los ojos de Soñador del Lobo relumbraron llenos de lágrimas. Le resultaba muy doloroso mirarle.

—*Todo lo que amas. En cuanto emprendas el camino de un auténtico Soñador, no podrás volver atrás. Pata Blanca te dijo la verdad. No se puede atender a las dos cosas.*

—Y si muero, ¿qué pasará? ¿Qué le pasará a Alce Ágil y a mi padre? Ya me has dicho que el Fardo del Lobo morirá, y el búfalo también. ¿Y las personas que amo?

La expresión de Soñador del Lobo reflejaba preocupación.

—*Los espíritus sólo pueden ver parte del futuro, y no todo ocurrirá como prevemos. Pero les veo huyendo, encontrando un lugar donde estar a salvo en las orillas del mar del oeste.*

Pequeño Danzarín osciló en la mano de Soñador del Lobo y miró aquellos dulces ojos. Los recuerdos se deslizaban por su mente. Las palabras de su madre resonaban, dominando sus pensamientos. Sobre todo ello pendía la arrogante sonrisa de Castor, y Pequeño Danzarín revivió el momento en que el chamán se acercó a él con la porra en alto, dispuesto a machacarle el cráneo. Por un instante se formó el rostro furioso de Pata Blanca y luego se desvaneció para convertirse en los rasgos ansiosos de Alce Ágil. La Espiral del muro de roca ante él parecía palpitar con vida. El Fardo del Lobo cayó con un espantoso golpe seco en la noche, y el mundo giró. Después se hizo el silencio, y Pequeño Danzarín oyó el eco del tambor de Castor, que cantaba la muerte de Raíz de Artemisa. La muerte... Raíz de Artemisa estaba encajada en el hueco retorcido de un tronco. Las moscas se movían por su rostro y revoloteaban sobre sus muñecas abiertas para chupar vorazmente su sangre. Los ojos muertos de su madre ardían llenos de Poder, hendiéndole el alma.

—Viviré. —Las palabras se le atascaban en la garganta—. Pero dame todo el tiempo que puedas.

—*Cuando llegue el momento, te dolerá más.*

—Lo sé.

Soñador del Lobo asintió.

—*Vendré a por ti. Lo sabrás, naturalmente. Pero te encontraré... así, y hablaremos. Tengo que enseñarte algunas cosas.* —Hizo una pausa—. *¿Por qué has decidido vivir?*

Pequeño Danzarín le miró a los ojos.

—Tal vez... tal vez porque igual que tú... yo amo demasiado.

—*El Lobo te salvará. Te llevará a su guarida y calentará tu cuerpo. Irá contigo, te protegerá y te cuidará a ti y a tu familia durante todo el tiempo que sea posible. Ésa es mi promesa.*

Soñador del Lobo se desvaneció en la niebla. El cuerpo de Pequeño Danzarín se alzó, como si hubiera saltado a un estanque, y se dio una vuelta. El reconfortante calor que le envolvía empezó a dar paso a un frío que le desgarraba los huesos. El dolor y el miedo le palpitaban con cada uno de los amortiguados latidos de su corazón. Sentía en la cabeza un ardiente y palpitante dolor.

Gimió de dolor al sentir las piedras afiladas que le herían el cuerpo. Intentó moverse, pero la nieve entorpecía sus movimientos. Dolor. Frío entumecedor. Todo su cuerpo gritaba. Se sentía acabado y molido, y el recuerdo de la cálida bruma de la muerte se desvaneció para convertirse en la dolorosa realidad. Yacía agonizando mientras huía la luz y la oscuridad caía sobre la tierra.

Levantó la cabeza y parpadeó, con las pestañas incrustadas de hielo. Había cesado el temblor, señal de que había perdido hasta el último resto de calor. La muerte estaba muy cerca.

Apareció la figura negra, que se acercó furtivamente, inquieta, trazando círculos.

—¡Lobo! —El sonido de su voz rota le asustó.

El enorme animal negro le husmeó el rostro y él apenas sintió los bigotes que le frotaban la piel entumecida.

Pequeño Danzarín hizo acopio de sus últimas fuerzas y se agitó, intentando incorporarse. Se puso a gatas, sintiendo todo el cuerpo dolorido.

A punto estuvo de caer cuando tendió el brazo para agarrarse al Lobo, esperando casi que el animal le mordiera. Las piernas no le obedecían. Empezó a reptar, y con una rama retorcida consiguió ponerse en pie.

Avanzó tercamente, paso a paso, sin perder de vista al gigantesco animal negro. Los árboles iban oscureciéndose hasta quedar en tinieblas, como si los viera a través de un agujero en la noche. Vaciló y cayó. Caminaba en una niebla. Las imágenes de Soñador del Lobo pendían en su mente embotada.

—No moriré —susurró a través de unos labios que no sentía—. No...

Se cayó violentamente, y el impacto estremeció su cuerpo atormentado. El frío era terrible. El dolor le zumbaba en los oídos. Estaba exhausto. Luchó por levantarse, luchó por...

Y perdió el conocimiento.

Alce Ágil estaba sentada en una incómoda piedra en la pendiente de la colina. Desde allí se veía toda la extensión del valle que corría hacia el sur, más allá de las Montañas Búfalo, hasta los escarpados cerros. Un abrupto risco se alzaba en el lejano horizonte que había memorizado aquella tarde que estuvo sentada junto a Pequeño Danzarín, cuando finalmente se apareó con él. Hasta el día de su muerte recordaría su expresión al mirar las planicies. Era una expresión de premonición de problemas, de dolor por lo que había dejado atrás, de confusión. Era un cruel legado.

Ahora las últimas sombras de la terrible nevada se fundían entre el follaje de las pendientes norte. Abajo, en el valle, el arroyo corría lleno de afluentes, y el agua caía en cascadas hacia los meandros del ancho valle. Los sauces se habían teñido de verde bajo el cálido sol. A su alrededor se alzaban exuberantes hojas entre las ramas marrones nacidas el último año. La vida había vuelto de nuevo a las montañas. Y en su corazón sólo había un gris vacío.

Las delicadas flores amarillas de la artemisa y las primaveras púrpura no añadían ningún color a la negrura de sus pensamientos. Ni siquiera los alegres cantos de los pinzones suavizaban los afilados bordes de su dolor. El recuerdo de Pequeño Danzarín anegaba su vida. Sus palabras le acechaban los oídos. Veía su rostro, veía cómo su sonrisa pasaba de la seriedad a la insolencia. Le homigueaban en el cuerpo sus caricias. Su deseo le dolía, porque sabía que su luz se había apagado en el mundo.

Y lo que era peor, no se atrevía a pensar en él, no se atrevía a pensar en el aspecto de su cuerpo bajo la nieve derretida. Había visto a su padre.

—Estás ahí.

No le había oído acercarse.

—¿Te importa que me siente?

Alce Ágil se encogió de hombros y alzó la vista con desgana.

Dos Humos se acomodó con un gruñido, colocando con mucho cuidado su pierna tullida. Alzó la otra rodilla y la rodeó con los brazos.

—Por fin ha entrado la primavera. Había llegado a pensar que nos pasaríamos el resto de nuestras vidas mirándonos las caras. ¿Te has dado cuenta de que todo el mundo ha desaparecido en los dos últimos días? Es lo que pasa cuando se vive durante mucho tiempo en el mismo refugio.

Ella no dijo nada.

—Creo que lo que haremos cuando todos vuelvan es mudarnos al lado oeste. Conozco algunos sitios maravillosos, con vistas espectaculares, desde donde se ve la cuenca hasta tal vez... no sé, cuatro días de camino, hasta las montañas al otro lado. Y hay buena hierba. Muchos lirios y raíces dulces. Y la yampa es muy frondosa también. Podríamos buscar uno de esos valles cortados entre la roca. Allí hay muchos refugios y no tendríamos que vivir hacinados. Si tengo que pasar otro invierno con esos niños, creo que me abro las muñecas con una piedra de cuarzo.

Alce Ágil tragó saliva para aliviar el nudo que tenía en la garganta. Quería contestar, pero no encontró palabras en el desierto de sus pensamientos.

—Y también hay mucha madera. No hará falta caminar tanto como este año para recoger leña. Conozco un par de excelentes trampas de cabras. Antes había búfalos en la cuenca, pero cuesta mucho trabajo llevar la carne a los refugios.

Alce Ágil siguió con la vista a un halcón de cola roja que danzaba con las corrientes de aire. Muy pronto saldrían las ardillas de tierra, temerosas del vuelo del halcón. De momento, el halcón esperaba, buscando alguna ardilla roja o un algún conejo desprevenido.

—¿Sabes? —dijo suavemente Dos Humos—. Me gustaría saber

lo que sientes. Yo no puedo devolvértelo, los berdaches no tenemos ese Poder. Pero tal vez podamos hablar. A lo mejor eso ayuda a que su espíritu descanse.

A Alce Ágil se le estremecieron las entrañas y sintió que le temblaba la barbilla. Bendito Sabio de las Alturas, ¿es que tenía que doler tanto?

—Yo le he cuidado toda mi vida. —Dos Humos movió la cabeza. Los mechones grises de su pelo relumbraban plateados bajo el sol—. No me lo puedo imaginar. Yo sentía la unión entre el Fardo del Lobo y Pequeño Danzarín. Sentía el Poder, ¿comprendes?

Ella le cogió la mano y sintió el calor de su piel.

—Es culpa mía —añadió Dos Humos—. Les he fallado a los dos, a Fardo del Lobo y a Pequeño Danzarín. Debería haberme levantado aquella noche para atravesar de un flechazo a Castor. Me habrían matado por ello, pero antes habría lavado el insulto con su sangre. Raíz de Artemisa habría hecho que el muchacho cogiera el Fardo del Lobo. Tal vez podía habernos salvado a todos.

—No es culpa tuya —logró decir ella—. Hiciste lo que pudiste, Dos Humos. Nadie puede conocer el futuro. A las personas sólo nos queda hacer las cosas lo mejor posible.

—Tal vez. Tal vez no podamos conocer el futuro, pero el pasado es para siempre. ¿Cómo te sientes? ¿Qué hay en tu corazón?

Ella vio las arrugas que tan profundamente se habían grabado en su rostro. En sus ojos había un guiño perpetuo, el de un hombre que sufre.

Aquellas señales y su pelo encanecido, mostraban que Dos Humos había pasado el umbral de la vejez. Pero ¿tan viejo era? No. De hecho, Batir de Cascos había nacido un año o dos antes que él. ¿Tan mal le había tratado la vida? Su corazón herido latió de simpatía por el viejo berdache.

Le abrazó enterrando la cabeza en su pecho para dejar que las lágrimas aliviaran el dolor de ambos. Él la estrechó durante un largo rato, dejando que sus lágrimas calientes mojaran sus faldas decoradas con plumas.

—Somos compañeros, ¿verdad? —murmuró él, acariciándole el pelo.

—Es igual que lo que ocurrió con mi padre —barbotó ella. Se enderezó para mirar a lo lejos y vio cómo el halcón giraba lentamente con el viento—. Ahora sé cómo se sintió mi madre. ¿Es que hemos hecho algo malo? ¿Hemos ofendido a algún espíritu? Lo único que yo hice fue amarle.

Dos Humos la estrechó.

—No ha sido por ti. El Poder del Espíritu le eligió para algo. ¿Recuerdas? Te lo dije aquel día, en el campamento de Pata Blanca. Yo no sabía que sucedería así.

—Los demás todavía dicen que volverá.

Dos Humos espantó una mosca que había empezado a zumbar a su alrededor.

—Me gustaría creerlo. Pero yo me fío de tu sueño. Me pareció... bueno, me pareció sentirle marchar. A veces un berdache puede sentir así el alma de una pesona.

—Supongo que siempre me quedarán los recuerdos. ¡Moscas y estiércol! Sabía que tendría que compartirlo con los Sueños. Eso podría haberlo soportado. Al menos le habría tenido en parte. Pero la muerte es... para siempre.

—Venga, te voy a llevar al refugio. Esta mañana he hecho pan de raíces. Ya debe estar casi cocido. Seguro que está tan caliente, humeante y dulce que dolerán los dientes al morderlo.

Ella vaciló por un momento mientras él se levantaba.

—No sé. A lo mejor me quedo aquí sentada...

—Muchacha, hace días que no comes. Venga. Dos Humos ha aprendido algunas cosas a través de las épocas terribles que le ha tocado vivir. Lo primero es la comida, para mantener las fuerzas.

Dos Humos tiró de ella y Alce Ágil se levantó. Echaron a andar por la ladera.

Alce Ágil le ayudaba en los lugares más difíciles. En algunos puntos el barro era traicionero y resbaladizo.

Al coronar un altozano vieron el campamento. Las cortinas estaban ajadas después del invierno. La tierra amarillenta del crestón tenía aspecto deslustrado, igual que los pisoteados caminos entre los sauces y por las laderas.

«Nunca podré volver aquí», pensó Alce Ágil oyendo gruñir a Dos Humos que había tropezado con la pierna mala.

—¡Mira! ¡Viene alguien! —Dos Humos se detuvo y señaló con el dedo.

Ella miró la colina con los ojos entornados y vio a alguien caminando con un enorme perro negro.

—Parece que ha tenido un arduo viaje. Camina tambaleándose como si...

Y ella echó a correr colina arriba, apenas consciente del palpitar de sus pulmones sin aliento.

Se detuvo exhausta y lo miró, con las piernas temblorosas. Él sonrió débilmente. Tenía un terrible corte en la mejilla, ya convertido en costra. Sus ropas eran jirones sucios y llenos de lodo.

El enorme perro negro había resultado ser un lobo, que la miraba con cautelosos ojos amarillos.

—He vuelto —dijo él con voz ronca.

Y ella se arrojó en sus brazos.

LIBRO TERCERO

EL DESAFÍO DEL HOMBRE

—¿Dónde estás? —preguntó Soñador del Lobo desde la relumbrante riqueza de las Espirales.

—La Muerte... todo está muriendo —dijo amargamente el Fardo del Lobo.

—Ha llegado el momento.

—¿Oyes sus súplicas? ¿Oyes las últimas llamadas del sufrimiento?

—Ha llegado el momento, Fardo del Lobo.

—Tal vez es... demasiado tarde.

20

El viento caliente soplaba del noroeste, absorbiendo los últimos restos de humedad de una tierra por la que no había pasado el invierno. El fino polvo de la nieve que había caído en lo más intenso del frío se había desvanecido como el recuerdo de una sonrisa melancólica en los labios de un anciano.

Se podían contar con los dedos de una mano las tormentas que habían caído aquel año, y que no fueron sino descargas de agua que hendieron la tierra y llenaron los arroyos de agua enlodada que se desvanecía luego en el aire caliente.

Donde había retozado el búfalo, los remolinos de viento, que algunos identificaban con infelices espectros de los muertos, alzaban a los cielos penachos de arena amarillenta antes de desvanecerse.

Los búfalos viejos y débiles caían en las largas migraciones en busca de agua. Las hembras estaban flacas. La tensión las hacía abortar, y los escuálidos cadáveres de los fetos señalaban el sendero de polvorientas huellas que dejaban las pezuñas hendidas en la tierra calcinada. Los cuervos y los buitres seguían a las menguantes manadas esperando su oportunidad. Los voraces lobos dejaban a los coyotes restos rojos y mordisqueados. Cuando los coyotes se alejaban con la tripa llena, venía el turno de los pájaros, y cuando los pájaros se marchaban, sólo los roedores podían aprovechar los huesos blanqueados. No quedaba nada, ni siquiera para las moscas.

Y entre todo aquello, sólo el viento parecía eterno. No dejaba de soplar, irritando las almas de hombres y animales, levantando arena y sedimentos con tal fuerza que llenaban todas las grietas y rendijas. Las hondonadas entre las colinas estaban cubiertas de polvo, mientras que las laderas al socaire del viento eran roca pelada, sin hierbas, moteadas aquí y allá por el esqueleto calcinado de un arbusto de artemisa. Cuando caía la lluvia sobre la roca corría hacia los canales de abruptos márgenes, llevando con ella aquella tierra agonizante en su largo camino hacia el mar. Los ríos fluían tan turbios que hasta los cautelosos antílopes dudaban en beber de sus aguas.

En las planicies, los miembros de la Tribu, abofeteados por el viento y siempre tiznados por el polvo, dirigían cansadas miradas a los cielos, siguiendo los ciclos de cada día desde el amanecer rojo sangre hasta el encendido atardecer. Los ojos fatigados escudriñaban el horizonte occidental buscando unas nubes de tormenta que nunca venían. Cuando la Tribu comía, la arena les rechinaba en los dientes. Cuando los jóvenes volvían de la caza, generalmente con las manos vacías, los rostros de la Tribu se volvían a su Soñador del Espíritu.

Castor estaba detrás de su campamento que yacía disperso en la falda de un farallón tachonado de artemisa. Había elegido aquel lugar, justo encima de las aguas marrones del Río Luna. El sol bajaba por el oeste. Aquel día, el ojo rojo de luz sangraba como una macabra herida en el aire cargado de polvo. Se ponía sobre un peñasco muy alto en las Montañas Búfalo. Desde donde estaba Castor, se veía la línea de nieve que se retiraba de las altas cumbres. En las montañas había nieve, como siempre, por más que la sequía castigara las planicies. Y donde la nieve se derretía, las plantas crecían verdes y el búfalo engordaba.

—Este año —prometió—. Iremos este año, Anti'ah. Con nuestros jóvenes guerreros tomaremos vuestras montañas. Yo soy el nuevo camino. No podéis resistiros frente a la visión de mi madre. Yo soy el nuevo Soñador de todos los hombres. Soy el purificador de la polución.

Había llegado el momento, ya no tenía elección. Si sus frustrados guerreros no tomaban los territorios Anit'ah, la Tribu se moriría de hambre. Cuando una tribu pasa hambre, se vuelve hacia el Soñador del Espíritu que les ha conducido por el falso camino. Ya eran demasiados los que murmuraban a hurtadillas que el Poder de Castor comenzaba a desaparecer, a desvanecerse en el recuerdo como la lluvia que nunca cae.

Si no podía mantener aplastados bajo el peso de su poder a Dos Piedras, Siete Soles y Silbo de Alce, entonces, en un día muy cercano, una flecha le atravesaría las entrañas y otro hombre tomaría su puesto... y a sus estériles mujeres.

Y si ese hombre engendraba un hijo en las esposas de Castor, eso sería una prueba aún más condenatoria.

—Preparaos, Anit'ah. Este año iremos. No nos queda nada que perder.

Madre, ser poseído por los fantasmas malignos es preferible al fracaso.

A Alce Ágil le dolían las pantorillas; sentía una punzada en la cadera, y todos los músculos de la espalda y de la pelvis pedían alivio a gritos. Pero no recordaba haber sido más feliz.

No todos los días resultaban ser como aquél. Alce Ágil siguió el camino que bordeaba la roca que colgaba sobre el cañón. Detrás de ella, al este, se alzaban las altas cumbres, coronadas de nieve y relumbrando blancas contra la cristalina cúpula azul del cielo. Había llegado la primavera. Se había cerrado otro ciclo, y comenzaba uno nuevo.

Sin hacer caso del dolor en la espalda y la tensión en las piernas, sonrió al mundo entero. Lo que más le preocupaba era que se rompiera el fondo del fardo que llevaba. Aquél era un día muy especial. Había ido a coger raíces donde los bancos de nieve alimentaban las verdes laderas y la apreciada raíz dulce que allí crecía. En menos de una hora de clavar en el suelo su duro palo de cerezo silvestre había reunido todo un fardo de raíces y verduras. Se detuvo para recoger un poco de milenrama recién florecida y oyó al ciervo.

El animal, por pura casualidad, había salido de entre los enebros con las orejas tiesas, para ver quién perturbaba su siesta matutina.

Sin pensárselo dos veces, Alce Ágil echó atrás el brazo y atravesó el pecho de la hembra con una flecha de finas plumas. El animal dio un brinco, giró, y antes de dar cincuenta pasos dobló las rodillas. Intentó levantarse y cayó de nuevo, volvió a intentarlo y volvió a caer.

Alce Ágil se había quedado totalmente inmóvil, esperando. Sólo un idiota echa a correr hacia un animal herido porque la presa puede tener una última acometida de pánico y huir en loca carrera. Así es cómo ocurrían los accidentes. Los cazadores perdían de este modo presas heridas de muerte. En esos casos, el espíritu del animal herido podía acechar al cazador, asustando a otros gamos y trayendo mala suerte.

Alce Ágil se quedó tan quieta como una rama hendida por el rayo, esperando, viendo cómo se desangraba la hembra, que respiraba cada vez con más dificultad, hasta que los pulmones se vaciaron de aire.

Finalmente el animal dejó caer la cabeza y reposó la barbilla sobre el rocoso suelo de color ante. Suspiró un par de veces con un ruido gorgoteante, mientras la sangre que le manaba del morro empapaba la árida piedra. Alce Ágil sólo se acercó al ver que no hacía ningún movimiento. Cuando llegó al animal, su espíritu ya había salido del cuerpo.

Alce Ágil dijo las oraciones con reverencia, Cantando para que su espíritu se elevara a los cielos. Pidió fervientemente que el alma del ciervo corriera con el viento y Danzara con las estrellas. Le dio las gracias al animal por el don de la vida y lo que ello significaba para su familia. Luego se enderezó, lo agarró por una pezuña y le dio la vuelta.

¡Ni siquiera Toro Hambriento podía haber hecho mejor disparo! Sacó las herramientas de descuartizar de la bolsa que llevaba en la cintura y rápidamente abrió el relumbrante vientre blanco. Con la piedra de cuarcita separó las costillas del esternón. Vació el corazón de sangre coagulada y lo desgarró de la fuerte bolsa que lo rodeaba. Luego vino la tráquea. El hígado, los riñones y el feto los guardó en la bolsa como bocados delicados para el festín de la noche. Luego partió el cadáver y sacó de su bolsa parte de las raíces para poder llevar los órganos y los cuartos traseros. El resto lo dejó entre las ramas de enebro.

Después de terminar de descuartizar al animal, vació el vientre y los intestinos. Dio la vuelta al vientre y metió en él los intestinos enrollados para que se mantuvieran húmedos y no los tocaran las moscas. Antes de que oscureciera se reuniría con Pequeño Danzarín e irían a recuperar las raíces y lo que quedaba de carne y órganos.

Caminaba recordando los sucesos del día, y canturreaba una canción en un intento de ignorar el dolor que le causaba la carga. Pero aquello no evitó que siguiera preocupándose por el peso que llevaba el fardo. Ella misma había cosido las correas, utilizando el tendón más fino, y la mayor parte del cuero era doble. Pero aun así debía estar transportando casi la mitad de su peso. Ningún fardo podía aguantar aquello mucho tiempo.

Además, tenía que llegar. Aparte de los músculos y los huesos, ahora le dolían los pechos cargados de leche. Ya podía sentir la humedad y oler el almizcle de la leche que se salía.

—¡Ho yeh! —El grito venía de detrás de ella.

Se detuvo y se volvió, protegiéndose los ojos con la mano. Un hombre venía a paso ligero por el sendero.

—¡Ho yeh! —respondió ella, intentando reconocer aquella figura—. ¡Ya me alcanzarás! ¡Esto pesa mucho! —Y reemprendió la marcha por el rocoso sendero, ayudándose de su palo de excavar para mantener el equilibrio.

Oyó los pesados pasos que se acercaban, crujiendo sobre la gravilla que cubría el suelo de roca.

—¿Quién es? —preguntó.

—Soy Caracol, guerrero de los Mano Roja. Seguro que la parte delantera de ese enorme fardo es Alce Ágil, también de los Mano Roja y además mi prima.

Alce Ágil se mordió el labio, sabiendo muy bien lo que el joven quería. Había confiado en que Sangre de Oso no sería tan estúpido para enviar a alguien fuera. Esperaba que todo hubiera desaparecido, barrido como el polvo que el viento se llevaba a algún lugar lejano.

—Ho yeh, Caracol. Bienvenido al campamento de Toro Hambriento. Llegas justo a tiempo. Llevo ciervo fresco en el fardo, y raíces, aunque tal vez un poco manchadas de sangre.

Él se echó a reír.

—Me he detenido a verlo. Has emborronado las huellas, pero parecía un tiro muy limpio. ¿A qué distancia lo lanzaste?

—A unos veinte pasos. —Alce Ágil sonrió a pesar de la presencia de su primo; no todos los días podía sentirse orgullosa de algo así—. Al abrirlo vi que la flecha le había atravesado los pulmones.

—Bueno, si haces eso muy a menudo, ¿por qué no abandonas a ese Pequeño Danzarín tuyo y te conviertes en mi primera esposa? Las otras tendrán que bajar de categoría ante una cazadora como tú.

—Y tú nunca dormirías —replicó ella—. Alguna noche, todas esas esposas a las que tú habrías desplazado para situarme a mí te abrirían la garganta... y a mí también, sin duda. Y si no, lo haría algún otro, primo, porque casarme contigo sería incesto.

Él se echó a reír.

—¿Te ayudo a llevar algo? Puedo cargar con los cuartos traseros. Veo los corvejones que sobresalen del fardo.

—No vale la pena —resolló ella—. Ya casi hemos llegado.

El camino se bifurcaba. La ruta menos transitada de la derecha seguía el casquete rocoso. El otro sendero se desviaba a la izquierda y caía por una grieta en la roca arenosa. Alce Ágil aminoró el paso, caminando con la seguridad que daba una larga práctica.

—Me he enterado de que has tenido otro hijo. ¿Es un chico esta vez?

Ella frunció el ceño. El fardo arañaba la roca a ambos lados del estrecho sendero. *Por favor, ¡que no se rompan las correas!*

—No, para consternación de Toro Hambriento, Pequeño Danzarín ha tenido otra hija.

—Hmmm. Seguro que has tenido bronca.

Ella siguió caminando por la parte de arriba de la pendiente, donde soplaba el coluvio bajo la arenisca parda. Las verdolagas, las serbas y la artemisa le raspaban la falda y los mocasines, y arañaban ruidosamente el fardo. Sintió una oleada de calor dentro de ella.

—No, Pequeño Danzarín no es de ésos. Para él cualquier hijo es una bendición, un don especial que él acepta agradecido, tal como deberíamos considerar todos cada amanecer y cada atardecer. Porque nunca se sabe cuál será el último.

Caracol gruñó.

La certeza del futuro se asentó en el corazón de Alce Ágil como una telaraña helada en un día azul de invierno. Sí, sabía por qué había venido Caracol. La persistente preocupación comenzaba a desvanecer el resplandor de la caza y el fardo lleno.

—¿Éste es tu refugio? —Caracol rodeó un arbusto y señaló con el dedo.

—El siguiente. Éste es el refugio de Tres Dedos y Triguero.

En ese momento Saltamontes venía corriendo por la ladera.

—¿Qué llevas? ¿Quién ha venido? —preguntó saltando de un pie a otro y mirando a Caracol con los ojos muy abiertos.

—Es Caracol, guerrero de los Mano Roja. Ha venido a ver a Toro Hambriento y a los demás hombres.

—¿Para llevárselos a la guerra contra la Tribu de Pequeño Búfalo? —Ahora saltaba con más brío—. Pero Sangre de Oso mandó a alguien el año pasado, y Toro Hambriento y mi padre le dijeron que no podían pelear contra sus parientes y...

—Sí, sí, pero éste es otro año. —Le dio un amistoso golpecito con el báculo—. Así que vete a decirle a tu padre y a los demás que Caracol está aquí. Venga. Al menos le daremos de comer hasta que le reviente la barriga, y le enviaremos de vuelta feliz y lleno de buenos recuerdos.

Saltamontes sonrió y echó a correr por el sendero brincando y dando vítores. Alce Ágil vio ante su refugio el gran lobo negro y, como siempre, un escalofrío le recorrió la espalda.

—¿Te ayudo con el fardo? —volvió a ofrecerse Caracol, evitando cuidadosamente el tema que Saltamontes había abierto como una calabaza madura.

—Aquí el camino es mejor, ya estamos casi en casa.

Y más vale estar en deuda contigo lo menos posible.

Al acercarse al refugio que compartía con Pequeño Danzarín, se oyó el enfadado grito de un niño.

—Ese chillido que rompe los tímpanos es la pequeña. Pequeño Danzarín podrá ser el mejor padre del mundo, pero no sé por qué, sus pechos no contentan a los pequeños.

Caracol sonrió cortésmente y le dio la mano para ayudarla a subir el terraplén que había ante el refugio. El gran lobo negro se escabulló al otro lado del basural y se detuvo a socaire del viento para olfatear. Alce Ágil bajó el fardo con un gruñido y se quitó la correa de la frente.

—¡Eh, perezoso esposo mío! ¡Ven a ver lo que ha conseguido tu esposa mientras tú estabas aquí tonteando con los niños!

Caracol miró a su alrededor, husmeando el aire.

—Me imaginaba que sería un poco más... bueno, ya sabes cómo se pone un campamento cuando lleva un tiempo habitado. ¿Y cuánto tiempo lleváis aquí?

Ella sonrió, oyendo a Pequeño Danzarín apartar la cortina con un bostezo. ¿Cómo podía dormir con los gritos de la niña?

—Tenemos muchos niños, y necesitan algo que hacer, de modo que se dedican a limpiar la basura del invierno y la tiran en las cuencas para que la lluvia se la lleve.

—¿Corvejones de ciervo? —preguntó Pequeño Danzarín pestañeando para espabilarse. Saludó con la cabeza a Caracol—. ¿Sangre de Oso quiere guerreros otra vez?

—La Tribu de Pequeño Búfalo ya ha mandado exploradores a los caminos. Muchos más que nunca. Hemos atrapado a algunos, otros han escapado. Pero están aprendiendo. Han matado a tres mujeres y a un puñado de niños. Cuerno Roto y algunos otros los sorprendieron desde una pendiente y les arrojaron rocas desde arriba. A los supervivientes los mataron a flechazos y los descuartizaron. Y sus miembros cuelgan de correas por el viejo camino del Río Claro.

Pequeño Danzarín asintió, con una ligera expresión de duda que acentuó la cicatriz de su mejilla.

—Siéntate. Se está mejor fuera que dentro. ¿Tienes sed?

—Sería estupendo beber un poco de agua. Ha sido un largo camino desde el último manantial.

—¿El de la Roca del Monstruo?

—¿El que estaba aquí grabado?

Pequeño Danzarín asintió mientras cogía la bolsa de intestino de búfalo que colgaba detrás de la cortina.

—Creo que originariamente mostraba hombres disparando flechas al Monstruo, pero eso sólo se ve cuando la luz es apropiada. Supongo que eso demuestra que ni las rocas duran siempre.

Caracol bebió ansiosamente.

—¿Cómo está Pata Blanca?

—Es inmortal. —Caracol se limpió el agua de los labios y devolvió la bolsa—. Supongo que está igual que cuando la viste el invierno pasado. Cada vez está más flaca y más débil, y su vieja mente es cada vez más aguda. Sangre de Oso se detuvo allí con una partida de guerra y ella le estuvo pinchando y provocando hasta que se marchó disgustado, mascullando que debía haberla matado hace mucho tiempo. Y ella no hacía más que reírse y enfurecerle. Los Mano Roja se lo pasaron estupendamente, y la mayoría de los guerreros arde en deseos de llegar a casa para contar las historias.

—Supongo que con todos esos guerreros de Pequeño Búfalo rondando por todas partes, Pata Blanca no se habrá mudado, ¿no?

—Lo dudo. Dice que no la molestarán, que si alguno intenta algo les enseñará el verdadero significado de la Maldición.

—Lo mejor para todos sería que la Tribu de Pequeño Búfalo volviera a sus planicies.

—Tal vez.

Caracol se acomodó. Alce Ágil entró en el refugio. Cogió al niño de la cuna, se bajó el vestido por un hombro y salió con el pequeño vorazmente aferrado a su pecho derecho. Se sentó y suspiró al relajar la espalda y las caderas doloridas.

—Tendremos que volver a por las raíces que quedan y los cuartos delanteros del ciervo. Le he cubierto la cabeza de ramas, así que quizá los cuervos y las urracas no se hayan comido los ojos. Es la parte favorita de tu padre.

Pequeño Danzarín le dedicó una radiante sonrisa.

—¿Qué tal lo cazaste?

—De un solo tiro —se vanaglorió ella—. Lo primero que hice fue Cantar por su espíritu.

—Bueno, vamos a acomodar a Caracol para que se sienta en casa. Luego, si me muestras el camino, iré a por la carga.

—Triguero puede cuidar de ésta —dijo Alce Ágil indicando a la pequeña—. ¿Y a tu otra hija no se la ha comido un oso mientras yo no estaba?

—Está en el refugio de Cuervo Negro, incordiando a Cuna. —Frunció el ceño—. Me pregunto si no será la herencia de su madre.

Alce Ágil cogió el palo de excavar y le golpeó hasta que Pequeño Danzarín se rindió a gritos y se escabulló a cuatro patas.

Caracol se reía con ganas.

—Es agradable ver otra vez a gente bromeando. —Suspiró profundamente y se llevó al pecho una musculosa pierna—. Los Mano Roja están tan preocupados que creo que se nos ha olvidado reír.

Alce Ágil ladeó la cabeza.

—Aquí, en el lado oeste de la montaña, no nos enteramos de mucho. ¿Tan mal está la situación?

Caracol bajó la vista.

—Una de las mujeres que os dije que han matado... bueno, se llamaba Lluvia.

Alce Ágil sintió un vacío en el estómago, como si cayera al vacío.

—Así pues, ¿qué le vas a decir? —preguntó Alce Ágil.

Pequeño Danzarín frunció los labios y echó una rápida ojeada al cielo, calculando el tiempo que quedaba antes de que oscureciera.

—Lo que siempre les he dicho. Que es su guerra. Hasta que Castor llegue aquí, no tengo que enfrentarme a él. Y en cuanto me entere de que viene, os llevaré a todos a otra parte.

—Estás preocupado por el Sueño, ¿verdad?

Él asintió desviando la vista hacia el enorme lobo negro como el carbón que caminaba tranquilamente junto a ellos, con la lengua fuera y los ojos amarillos siempre alerta. El Sueño había pendido sobre él, casi como una espesa bruma. Aquel día del duro invierno, en la guarida del lobo, había recuperado la consciencia, y con ella el recuerdo de la decisión que había tomado cuando su alma descansaba en la mano de Soñador del Lobo. Había elegido la vida, y el dolor, en lugar del dulce camino de la muerte.

Cumpliendo la palabra del Primer Hombre, el lobo guardián había impedido que muriera congelado y le había llevado a su cubil. Allí el animal le había envuelto con su cuerpo y el calor de la vida se filtró en él como la lluvia de primavera se filtra en los mocasines sin curtir.

El animal no le había abandonado durante la penosa marcha hacia el refugio de Dos Humos. Él caminó cojeando con una pierna hinchada y amoratada, compartiendo parte de las presas que cazaba el Lobo y finalmente cogiendo las raíces y las primaveras que sobresalían entre la nieve. Al acercarse al campamento se había hecho un tosco palo de excavar con unas ramas caídas de un enebro muerto, y había desenterrado raíces para comerse la rica pulpa dulce.

Los Sueños no habían vuelto a acecharle hasta que se acercó

el invierno. Y entonces, cuando los Sueños invadían sus noches, el Lobo se inquietaba, dando a entender que había llegado el momento de hacer el viaje al campamento de Pata Blanca para pasar el invierno. Y cada año, Pequeño Danzarín se marchaba. Y pasaba las gélidas noches en apasionadas charlas con la anciana, oyendo historias, hablando de los caminos del mundo y de cómo el Manantial del Hueso del Monstruo casi había desaparecido.

El mundo estaba cambiando, y él vivía día a día, esperando que cualquiera fuera el último.

—Hice mi elección aquel día en la montaña —dijo—. Soñador del Lobo dijo que me daría todo el tiempo que pudiera. Aquella misma primavera la ventisca congeló a la mitad de los jóvenes guerreros de Castor. Aquella pérdida supuso para nosotros el tiempo que hemos tenido hasta ahora.

Se volvió para mirarla a los ojos y se deleitó en el amor que reflejaban.

—Escucha, hice una promesa. Al final, todo depende de mí. Yo lo sé, lo sabe Soñador del Lobo y lo sabes tú. Vivimos día a día, ¿recuerdas?

Ella se obligó a sonreír y asintió alzando la barbilla. Se acercó para abrazarle con tanta fuerza que casi le deja sin aliento.

—Te amo, Pequeño Danzarín. No me dejes.

El mayor dolor de su vida era que nunca podría decirle: «No te dejaré.»

Tanagra corría entre los árboles, sin aliento. El enemigo había salido de la nada. Estaba tumbada boca abajo, con la barbilla apoyada en los brazos, mirando cómo Grillo amamantaba a su hijo recién nacido. Y de pronto salieron del follaje los guerreros de Pequeño Búfalo, gritando y disparando flechas por todas partes mientras en el campamento estallaba el caos. Tanagra se levantó de un salto, cogió el atlatl e intentó ajustar una flecha entre los gritos de Grillo.

Un hombre alto agarró a su amiga del pelo, echándole atrás la cabeza. Tanagra reaccionó instintivamente. Golpeó al hombre en la cara con el atlatl, y cuando retrocedió tambaleándose, le atravesó el vientre con una flecha. Cogió a Grillo de la mano y salió corriendo presa del pánico con los gritos de los guerreros en los oídos.

Ahora que ya estaban bastante lejos del campamento, Tanagra se echó a un lado, inclinándose bajo un alto pino. Grillo la siguió, tambaleándose, jadeando y gimiendo, con el hijo de Cuerno Roto todavía en los brazos.

Tanagra, intentando mitigar el ardor de sus pulmones, se arrastró para mirar el camino por el que habían venido. Nada se movía.

Grillo se había dejado caer de rodillas, con los ojos cerrados de dolor. Jadeaba para recuperar el aliento. Tenía la cara enrojecida y perlada de sudor, y el niño gemía quedamente.

—¿Y ahora... qué?

Tanagra respiraba con dificultad.

—No sé. No podemos volver.

—Pero... ¿adónde iremos?

—Ya sé. Al campamento... de Alce Ágil. ¿Sabes... el camino? —logró decir Tanagra entre jadeos.

—Es por el... lado oeste, ¿no? Por... donde el gran cañón... entra... en la cuenca.

—Sí. Vete allí. Llévate... a todos los que encuentres... por el camino.

—¿Y tú?

Tanagra hizo una mueca, sintiendo la incertidumbre en las entrañas. Ya iba recuperando el resuello.

—Mira, tú tienes un hijo, y un esposo, Cuerno Roto. Yo aún soy libre. Por mí, los hombres pueden plantar su semilla en la roca desnuda.

—Tanagra, por favor. No te hagas eso. Eres la mujer más hermosa de los Mano Roja. Puedes tener al hombre que quieras para...

—¡Calla! ¿Pero qué te pasa? Acaban de atacar el campamento y tú te pones a hablar de mí. ¡Vete! ¡Deprisa! Llega hasta el camino alto y luego cruza el valle del oeste. Después sólo tendrás que seguir los arroyos.

—¿Y tú?

Tanagra le hizo un guiño.

—Yo voy a volver. Alguien tiene que averiguar qué ha pasado. Y mis armas de caza están allí. Además Cuerno Roto está fuera con el resto de los hombres, y tendrán que saber dónde has ido. Y tengo que decirle a la gente que vaya con Batir de Cascos y Alce Ágil. ¿Cómo iban a saberlo si no? ¿Cómo iba a saberlo Cuerno Roto?

Grillo no tenía elección.

—Muy bien. Me llevaré al niño al campamento de Alce Ágil. Pero... —Le puso la mano en el brazo a Tanagra.

—¿Pero qué?

—Ten cuidado.

—Ya me conoces. Ni el humo es tan silencioso como Tanagra entre los árboles.

Grillo movió la cabeza.

—Sé que eres buena cazadora. Sé que prefieres estar vagando por ahí y no en una tienda. Pero ten cuidado, Tanagra. Tengo un terrible presentimiento.

Tanagra sonrió.

—Recuerda, no te detengas hasta que llegues al campamento de Alce Ágil. Ella cuidará de ti.

Y se forzó a levantarse. Emprendió el camino hacia el campamento con un hormigueo de excitación, preguntándose quiénes habrían resultado muertos y quiénes habrían sobrevivido.

¿Por qué ella siempre tenía que ser distinta? No era extraño que ninguno de los hombres del campamento quisiera plantar su semilla en ella. Era demasiado escurridiza para que la semilla arraigara.

Miró su cuerpo ágil y esbelto. No había ni un gramo de grasa sobre sus firmes músculos. No, tal vez no tuviera la fuerza de un hombre, pero tenía un equilibrio especial y una velocidad que le suponía una ligera ventaja. Ningún hombre entre los Mano Roja podía lanzar una flecha con la misma precisión que ella. Y tenía un talento innato para la caza, un Poder propio.

De pronto se vio de nuevo rodeada. Era increíble que hubieran llegado tan lejos tan deprisa. Tanagra se movía como el humo del que se jactaba, pero cuatro hombres saltaron sobre ella desde los árboles. Se volvió con la presteza de un ciervo y vaciló un momento, puesto que la única vía de escape era en dirección a Grillo. Dobló ágilmente un brazo y saltó a un lado. Demasiado tarde. Unos fuertes brazos la cogieron y la aplastaron contra el suelo.

Ella se debatió y a punto estuvo de liberarse, pero otro la cogió del brazo. Se retorció, mirando el rostro desconocido de un enemigo. El hombre sonrió con un brillo en los ojos.

Graciosa se inclinó sobre la piedra de triturar, disfrutando de la sensación de la herramienta en la mano. Los músculos del antebrazo se le tensaban con cada golpe. Estaba triturando las últimas piñas del último año para convertirlas en una fina pasta, y el *ras-clac, ras-clac* de la piedra sonaba con hueca cadencia en el refugio. Encontró una piña seca y la machacó con el extremo en punta de la piedra.

Recogió con manos ágiles el polvillo y lo metió en una cesta, luego cogió el último puñado de piñas y las fue aplastando con el mango de la herramienta, entre un *stacato* de golpes, para luego machacarlas.

—Cuesta creer lo mucho que han cambiado las cosas —dijo Cuervo Negro rascándose la protuberante barriga. Miró la pila de tiras de cuero cuidadosamente cortadas y separadas en tres rollos. Eran para la larga cuerda que estaba haciendo para una nueva trampa de alce.

Graciosa asintió, concentrada en su faena con expresión tensa.

—Yo jamás hubiera pensado que los Anit'ah vendrían a buscarte para luchar contra la Tribu... y dos veces seguidas.

—Las cosas han cambiado. —Cuervo Negro vaciló y echó la cabeza hacia atrás, acentuando el prominente bulto de su nuez. Inspeccionó el cielo de la tarde—. Pequeño Danzarín siempre fue el centro de todo, igual que cuando hay problemas con una reata de perros por culpa de un cachorro. La próxima vez puede que elija mejor a mis amigos.

Ella se echó a reír con sarcasmo.

—¿Ah, sí?

Cuervo Negro la miró con una extraña expresión.

—¿Es que te gusta lo que nos ha pasado? Siempre huyendo, viviendo en agujeros como roedores... Y aquí arriba sólo se puede cazar algún búfalo de vez en cuando.

—Tonto —le dijo ella suavemente, con una cálida luz en los ojos—. Mira a tu alrededor. Este lugar es hermoso. En las planicies la primavera es verde y el resto del año es marrón, pero aquí hay colores, y la tierra cambia a cada momento, a medida que el sol se mueve.

»En un refugio de piel nunca había estado tan caliente como estoy en las rocas. A lo mejor el hermano roedor es más listo de lo que tú piensas, ¿eh? ¿Y cuándo fue la última vez que pasamos hambre?

—¡Pero comemos semillas, raíces y cosas de ésas!

—Sí, y alce y cabra montesa, y ciervo y conejo y oso y... sí, incluso búfalo de vez en cuando. Recuerda, Cuervo Negro, haz un esfuerzo y recuerda cuánto búfalo comimos los últimos años que pasamos con la Tribu. —Le hizo un gesto con la mano.

Él se encogió de hombros tímidamente.

—Bueno, puede que estuviéramos un poco hambrientos.

—Y además, ¿y si nos hubiéramos quedado y Castor nos hubiera Maldecido a todos para que muriésemos? Entonces, ¿qué? Habrías sido tú el que tendría que ir a las montañas a combatir con los mortales Anit'ah. Piénsalo. Pero ahora estamos al otro lado de las montañas, a salvo por un tiempo. —Graciosa hizo una pausa y miró pensativamente hacia el oeste, donde el sol se ponía lentamente. El cañón ocultaba la vista, pero ella sabía lo que allí había—. Y además, esposo, si las cosas vuelven a cambiar, cruzaremos la cuenca. Tal vez encontremos un lugar para vivir en la siguiente cordillera de montañas.

—¿Y si hay guerra?

—Seguiremos moviéndonos hasta encontrar un lugar donde no la haya. ¿Qué necesitamos? Un lugar a resguardo de la lluvia y de la nieve, plantas y animales para comer y hacer ropas. ¿Se te ocurre algo más?

—Gente con la que hablar.

Ella le guiñó un ojo.

—¿Estás cansado de Toro Hambriento, Tres Dedos, Triguero...?

—No, quiero decir gente de la Tribu con la que hablar. —Miró con el ceño fruncido la cuerda que estaba trenzando—. Echo de menos las viejas historias, ver caras diferentes, oír bromas de alguien nuevo. Echo de menos a los Buhoneros y las noticias que cuentan. Aquí estamos aislados, eso es todo.

Ella asintió, y sus manos se quedaron quietas mientras recordaba los viejos tiempos.

—Sí, yo también lo echo de menos. —Se quedaron un momento en silencio, hasta que Graciosa movió la cabeza bruscamente—. Pero no importa, yo no envidio en absoluto el destino de Raíz de Artemisa.

Tendió la mano cubierta de polvo blanco y se la puso en la rodilla.

—¿Sabes, esposo? A veces el mundo cambia. Tal vez podríamos haberlo evitado si hubiéramos sabido lo lejos que iba a llegar Castor. Pero no lo sabíamos, e incluso cuando yo me lo empecé a preguntar y Cerezo Silvestre intentó advertírmelo, me costaba creerlo. Pero eso es el pasado. El búfalo se ha salido de la trampa.

—¡Sí, y ha echado a correr! —Puso la mano sobre la de Graciosa—. Y tenemos hijos fuertes y sanos que no piden a gritos la guerra. ¿Que el mundo ha cambiado? Nosotros nos hemos quedado con lo mejor, ¿no?

—Y ahora sólo quedan los Anit'ah.

Cuervo Negro asintió y miró a Caracol, que estaba sentado al sol hablando con Batir de Cascos.

—No podemos combatir contra la Tribu. No importa lo que Castor haya hecho. Son nuestros parientes.

—¿Y cuando venga Sangre de Oso, cualquier día de éstos?

—Nos marcharemos, esposa. Nos marcharemos e iremos a esas montañas al otro lado de la cuenca.

Caracol había llegado justo a tiempo. Por primera vez aquel año, el aire cálido de la cuenca se alzó en la noche, enviando agradables brisas secas a los cañones. El suave olor de la artemisa, el enebro y el pino se mezclaba con el perfume del flox en flor, la hierba belida y las campanillas.

Ante el gran refugio de Toro Hambriento se había encendido un crepitante fuego para el festín. La danza de las llamas arrancaba del alto arco de roca tonos amarillos y bronces, y proyectaba agitadas sombras sobre los enebros que rodeaban el anillo de piedras, lanzando contra el suelo formas fantasmagóricas. Las sombras saltaban siguiendo el ritmo del discurso animado por las risas.

Y el cielo de la noche se extendía infinito. La Red de Estrellas relumbraba radiante y cada punto de luz titilaba y danzaba en el terciopelo de la noche.

El grupo de Toro Hambriento estaba sentado en torno al fuego, charlando y bromeando, sabiendo que la noche traería cosas buenas y malas. Caracol venía con noticias, y Batir de Cascos ya se había cortado el pelo en señal de duelo. Alce Ágil no sólo se había cortado el pelo sino que llevaba sus peores ropas. No se cambiaría hasta que hubiera pasado al menos una luna. Entre los Mano Roja, la muerte de una madre, aunque fuera madre sólo por casamiento, era motivo de dolor.

Luego, cuando todos terminaran de comer, hablarían de las demandas de guerreros que hacía Sangre de Oso.

Pequeño Danzarín se había sentado al fondo, donde podía ver y oír, sin tener que involucrarse en las conversaciones. De momento se limitaba a disfrutar de la noche, observando la luz del fuego reflejada en el hermoso rostro de Alce Ágil. Ya echaba de menos sus largos y abundantes cabellos. ¿Cómo sería hacerle el amor por la noche sin sentir su suave cabellera a su alrededor? Ya no podría tender la mano en la noche, como hacía tan a menudo, para sentir entre los dedos los sedosos mechones.

Su hija pequeña se había dormido en los brazos de Alce Ágil. Tenía la boca abierta, rosa y desdentada, y sus diminutos puños aferraban la nada. Cerraba los ojos fuertemente, lo que le daba una expresión tensa. Sólo los niños se esforzaban tanto mientras dormían.

Pequeño Danzarín miró a su hija mayor, que tenía el dedo en la boca y la cara llena de churretes, y que miraba con los ojos muy abiertos cómo Saltamontes intentaba tallar una herramienta de piedra.

Hoja Danzarina, la segunda hija de Cuervo Negro, estaba de rodillas, ofreciendo sus sarcásticos consejos para infinito disgusto de Saltamontes. El claqueteo de sus fútiles golpes servía de fondo a la conversación de los adultos.

Triguero y Graciosa deambulaban en torno al fuego y golpeaban ansiosamente con los palos de excavar el venado que se asaba bajo capas de tierra cubiertas por un lecho de ascuas encendidas. La carne había sido envuelta en hojas de balsamina junto con raíces dulces y hojas de milenrama para darle sabor. Así se asaría en su propio jugo. El feto asado sobre un fuego abierto ya sería una delicia, ¿pero asado de esa forma? A Pequeño Danzarín se le hacía la boca agua con sólo pensarlo.

Triguero dirigía cautelosas miradas a Tres Dedos, que escuchaba con interés lo que decía Caracol. El cazador todavía tenía que concentrarse para comprender la lengua anit'ah, pero con los años había ido aprendiendo. Cuervo Negro se limitaba a asentir, fumando corteza de sauce en su pipa de arcilla. Batir de Cascos inspeccionaba el agujero de asar lleno de pastelillos de piñones que por la tarde había hecho Graciosa. El dulce aroma ya había empezado a subir de la capa aislante de tierra.

Dos Humos, con su aspecto de anciano, estaba cómodamente sentado con la pierna tullida estirada. Con una pequeña piedra presionaba un punzón de hueso contra la piel de alce que había curtido. Tras hacer el agujero, cosería el dobladillo de la chaqueta que había hecho. Pero estaba muy atento. Sus oídos no perdían ni una sola de las palabras de Caracol. Sólo un cuidadoso observador podría advertir el destello de sus ojos cuando Caracol contaba alguna historia. La sombría expresión de Dos Humos parecía endurecerse cada vez que se mencionaba a Sangre de Oso.

Pequeño Danzarín, más allá del círculo de fuego, veía de vez en cuando la sombra del Lobo, que vagaba deslizándose entre la artemisa, siempre alerta. Aquel eslabón que les unía, y que ahora le era tan familiar, nunca se debilitaba. Los dos esperaban, sabiendo siempre lo que algún día debía ocurrir. El Lobo toleraba a la Tribu, y ellos le miraban con escepticismo, comprendiendo instintivamente que no era tan sólo un animal desterrado sino algo más. En los últimos años, esa certeza había sido la causa de que Pequeño Danzarín viviera apartado de los demás. Incluso Toro Hambriento le trataba con respeto y no poca incomodidad.

La gente no sabía muy bien cómo tomarse sus visitas invernales a Pata Blanca. Simplemente las aceptaban. Era bueno estar cerca del Poder del Espíritu, pero al mismo tiempo era inquietante.

Pequeño Danzarín había construido con piedras su propia rueda de Poder en la ventosa llanura que había sobre el cañón. Muy a menudo le encontraban allí cuando salía el sol, inspeccionando la disposición de las líneas de piedras que cortaban transversalmente el círculo. Le miraban maravillados cuando él les explicaba tranquilamente que determinado día era el más largo del año, o que el invierno solamente duraría una luna más antes de que comenzara el deshielo.

Cuando la gente se hacía daño acudía a él para que arreglara piernas rotas y curara heridas, quemaduras y dolores de muelas. El último otoño, un anciano llamado Tejón Nariz Aplastada había hecho todo el camino desde el campamento de los Mano Roja para consultarle sobre un bulto que le había salido bajo el brazo. Pequeño Danzarín, recordando algo que le dijo Pata Blanca, le dio al hombre un puñado de belcho y le mandó de vuelta a su casa con instrucciones de tomárselo en cargadas infusiones. Cuando fue a visitar a Pata Blanca se enteró de que el hombre había muerto, pero el belcho había contribuido a mitigar el dolor.

Ahora esperaba y observaba a Toro Hambriento, el jefe del pequeño grupo, que deambulaba de un lado a otro, ayudando con el asado, añadiendo leña al fuego o bromeando con Caracol. Luego Toro Hambriento se burló de Saltamontes por su raspador de concha de tortuga y por los cortes que se había hecho en los dedos.

—Pareces contento. —Alce Ágil entrelazó sus dedos con los de su esposo.

—Es una buena noche. —Pequeño Danzarín se llenó de aire los pulmones, disfrutando del olor de las plantas y la comida y del penetrante y familiar aroma del humo de artemisa—. Éstas son las ocasiones que hay que saborear y memorizar para poder disfrutar de cada detalle el resto de la vida.

Ella le estrechó la mano, como diciéndole que comprendía su oculta desesperación. Pequeño Danzarín miró sin darse cuenta a la oscuridad, buscando la fantasmagórica sombra del Lobo. Pero sólo vio las ramas de artemisa sobresaliendo de los matojos de hojas verdiblancas. Sin embargo, sentía al animal que esperaba, que vigilaba.

Sí, estás ahí. Soñador del Lobo no necesitaba enviarte. Ya tomé mi decisión aquel día en la nieve. Comprendo lo que se avecina... pero no tiene por qué gustarme.

En ese momento vio al Lobo. Sólo distinguía su cabeza, pero los ojos relumbraban en la oscuridad, atrapando y reflejando la luz del fuego, idénticos a la vieja talla de piedra del refugio de Dos Humos en la ladera sur de la montaña.

Ahora, cuando pensaba en cosas así, podía seguirse claramente el camino de la Espiral. Se pasaba despierto muchas noches, pensando en lo que se había visto obligado a convertirse y preguntándose dónde le llevaría finalmente el camino. Se sentía frustrado, impotente. ¿Pero de qué le había servido resistirse? Recordó, casi con angustia, la excitación del día en que Cerezo Silvestre había intentado hablarle a su madre del Poder del Espíritu. Y él no había sido más que una hoja en manos del viento, girando a la deriva con las ráfagas y remolinos, mientras sus amigos revoloteaban a su alrededor como pájaros en libertad.

Y ahí yacía la ironía. Observó con atención a Toro Hambriento, el hombre que siempre había procurado mantenerse apartado del Poder del Espíritu, el hombre que había sido expulsado de su Tribu y que de mala gana había accedido a ser jefe de aquel inusitado grupo de refugiados. Toro Hambriento, que siempre parecía ir a la deriva, podía volar donde quisiera, y no se daba cuenta de su propia libertad.

Las cosas pueden cambiar. A Soñador del Lobo le preocupa el libre albedrío. Tal vez alguien mate a Castor. Tal vez algún Anit'ah le atraviese con una flecha, o le asalte alguna enfermedad. Puede que no tenga que pasar por todo esto. ¡Puedo escapar!

La esperanza se alzó caliente y aguda en su pecho, como una lasca de cuarzo. Aferró fervientemente la mano de Alce Ágil, rogando con toda su alma que apareciera un agujero en la red del destino que le permitiera liberarse.

—Eh. —Ella le dio un tirón—. ¡Me vas a romper todos los huesos de la mano! ¡Si me aprietas tanto se me va a salir la sangre por la punta de los dedos!

—Lo siento. Era... sólo... —Dejó que ella apartara la mano y vio cómo enrojecía, mirándole seriamente con una tímida sonrisa en los labios.

—¿Estás de nuevo perdido en tus pensamientos?

Pequeño Danzarín asintió. Sentía aquel familiar anhelo palpitando en su sangre. ¿Cómo podría dejar todo aquello? ¿Cómo iba a volverse de espaldas y alejarse de aquella mujer y de sus hijos? La sola idea le oprimía el corazón.

El grito de Toro Hambriento reclamó su atención.

—¡Declaro que la comida está lista! —Alzó la vista al cielo de la noche y levantó las manos sobre la cabeza—. ¡Oídme, Espíritus! ¡Yo os conmino a elevar a la madre ciervo a vuestro cielo en la Red de Estrellas! Elevad a su cervato no nacido y colocadle en un lugar de honor. De ellos recibimos la vida. Un día, nosotros también moriremos en nuestra forma física y volveremos a la Madre Tierra. Y de nosotros se alimentarán los gusanos y comerá el hermano coyote. Nuestra carne alimentará a las plantas que alimentan al ciervo. Somos la Espiral de la vida. Lo que tomamos lo devolveremos algún día. Tal vez ese día, la madre ciervo y su cervato rezarán para que ascendamos a la Red de Estrellas.

Pequeño Danzarín unió su voz a la oración, Cantando por la hembra y su cervato, dando gracias a las plantas por su don y sintiendo la armonía de la Espiral de la vida.

Y por eso volverás la espalda a los seres que amas. Porque sabes cuál es tu lugar y tu responsabilidad. Tú eres la palanca que volverá a poner en su sitio la Espiral.

«¿Pero no podría hacerlo algún otro?», preguntó para sus adentros.

21

Tanagra sentía cómo el sabor de la sangre caliente en la boca le daba fuerzas. La sangre era vida que insuflaba fuerza en las venas. Ahora su sangre, su vida, la alimentaba con sus propias fuerzas. Era un círculo.

Se volvió a morder con fuerza el labio y el dolor acalló el grito que le nacía en la garganta. Tenía que hacer cualquier cosa para no gritar, para no admitir el dolor ni la realidad de lo que le ocurría. Cada vez que se mordía por dentro de la boca, manaba más sangre de su labio herido, alimentándola con su fuerza, ayudándola a seguir adelante.

Hacía largo rato que había cerrado los ojos, negándose a ver lo que no podía evitar sentir. Al menos podía cerrar los ojos, un pequeño consuelo en su situación. Pero los oídos seguían oyendo, su cuerpo seguía sintiendo y el lacerante dolor permanecía. Las penetraciones y los movimientos de los hombres ya no desgarraban. De momento los fluidos habían convertido el dolor en una ardiente irritación. Todavía sentía la comezón de los mordiscos, exacerbada por la piel sudorosa de los hombres que frotaba las heridas.

Sintió que el hombre que tenía encima se ponía rígido con un gruñido. Su órgano le palpitaba dentro. Tragó saliva, saboreando la sangre en la boca y tomando fuerzas de su propia vida.

El hombre se quedó yerto sobre ella mientras los demás charlaban entre ellos con su lengua gutural.

¿Cuánto tiempo duraría aquello? ¿Es que no estaban ya exhaustos? Mantenía los ojos cerrados y el labio ensangrentado entre los dientes. Sintió que el hombre se levantaba y el aire frío sopló sobre su pecho y su vientre sudoroso.

¿Era el último? ¿Era el...?

Otro cuerpo cayó sobre ella, casi dejándola sin aire con el peso. Hacía tiempo que le habían soltado las piernas y los brazos, viendo que su resistencia se había roto. Tanagra se mordió el labio cuando el hombre embistió.

Había perdido la cuenta, pero no habían sido tantos. La partida que la capturó sólo era de siete hombres. Sólo siete, pero eran jóvenes, ansiosos, y con aquella penetrante mirada. De aquella manera se vengaban, le hacían a ella lo que no podían hacerles a los Mano Roja.

Volvió a morderse el labio para acallar el grito de dolor, alimentándose con el sabor de su sangre, luchando contra el dolor que ellos le causaban al hundirse en un dolor que ella controlaba.

Viviré, lo juro. Viviré y me vengaré de todos. Volvió a tragar saliva, subsistiendo gracias a la fuerza que sacaba de ella misma.

Finalmente el hombre quedó yerto sobre ella. No se levantó. Tanagra esperó, respirando con dificultad bajo su peso. Con los ojos entrecerrados vio que se habían sentado y que hablaban de un modo inconexo. El cansancio se reflejaba en sus rostros, hundiendo los ojos y los hombros musculosos. Ninguno soltaba sus armas y el campamento estaba a oscuras para que el fuego no llamara la atención de los Mano Roja.

Tanagra se quedó quieta, incapaz de moverse, sintiendo cómo el guerrero que tenía encima se relajaba y se dormía. ¿Yacería así con su mujer en su casa? ¿Era aquélla su debilidad? Abrió los ojos en la oscuridad, buscando algo que pudiera utilizar.

Alguien gritó. Tanagra volvió a cerrar los ojos y oyó unos pasos en la hierba. Sintió que el hombre que tenía encima se sobresaltaba cuando su jefe le tocó.

Entonces el hombre se levantó y ella sintió una patada. Alzó la vista y vio que el hombre señalaba una manta.

El frío de la noche helaba el sudor del hombre sobre su piel. Tanagra se incorporó, ahogando un grito de dolor, sabiendo lo dolorida que estaría a la mañana siguiente.

El jefe habló con tonos graves, señalando hacia su lecho. Tanagra esperó.

Él le dio una fuerte patada y esta vez no pudo evitar un grito de dolor. Se arrastró torpemente hasta su manta y se hizo un ovillo, presionando las rodillas contra sus pechos heridos y sintiendo cómo le ardían las entrañas. Su captor se plantó ante ella, alto y musculoso. Los mechones de su pelo negro le colgaban sobre los hombros.

Sacó un tendón de un fardo y le indicó que estirara las piernas. Tanagra obedeció y esperó.

Él dejó a un lado sus flechas y se inclinó para atarla.

En ese momento, Tanagra actuó, fortalecida por la vida que había obtenido de su propia sangre. Cogió bruscamente las flechas al tiempo que daba una patada, giró y utilizó toda su ira para clavarle la afilada punta y tirar hacia arriba.

Él retrocedió con un grito, agarrando fútilmente el mango emplumado que sobresalía de sus costillas.

Tanagra se levantó y puso una flecha en el atlatl del hombre, sabiendo que el equilibrio sería distinto. Era un arma muy pesada para los músculos de una mujer, pero aun así atravesó de un flechazo al siguiente que se levantó. Luego se dio la vuelta y echó a correr hacia los árboles y el refugio de la oscuridad.

Los hombres gritaron en la noche detrás de ella. Tanagra aferró las flechas y se metió a la carrera entre los árboles, con la cabeza baja. Las ramas la golpeaban y desgarraban su piel desnuda. El azote de las ramas era un medio de mantener su miedo, de acuciar su huida en la noche.

Le dolían los pies, magullados por las piedras. Golpeaba con los dedos ramas, piedra y follaje. Pero seguía corriendo, con los pulmones exhaustos y el cuerpo ardiendo. Ahora no existían más que el dolor y la huida.

El primer pánico ciego fue cediendo. No podrían encontrar sus huellas hasta por la mañana. Entonces aminoró el paso y estudió el entorno. Salió a un claro para observar la Red de Estrellas. Cuando se orientó, siguió caminando y trepó a un risco para otear el accidentado paisaje. Distinguió la Cumbre Nube y se dio cuenta de dónde estaba. No se hallaba muy lejos del campamento de Sangre de Oso, si es que aún seguía allí después de las incursiones. El de Pata Blanca estaría más cerca. Se volvió y localizó el valle del Río Claro. Entonces cambió de dirección, siempre pegada a las rocas y a la espesa alfombra de hierba bajo los árboles. Sus pies desnudos no dejarían huellas, siempre que no sangraran demasiado.

Le quedaban dos flechas.

—Sabéis que si no podemos detener a la Tribu de Pequeño Búfalo vosotros tampoco estaréis a salvo. —Caracol los fue mirando uno a uno—. He oído las historias. Estáis huyendo de ese Hombre Espíritu, Castor, y de su nuevo camino. El que entre sus guerreros se cuenten vuestros parientes no significa que no os vayan a matar. Puede que yo no sepa juzgar muy bien sus razones para actuar así, pero estoy seguro de que les encantará tener la oportunidad de matar a quienes tuvieron el valor de marcharse.

Tres Dedos frunció los labios y se miró los pies con una marcada arruga en la frente.

Cuervo Negro captó la mirada de los ojos duros de Graciosa y carraspeó.

—Todo lo que dices es cierto, Caracol. No vamos a negarlo. —Abrió los brazos—. Pero te voy a pedir una cosa, de anfitrión a invitado. Entra en mi refugio un momento. Mira el mundo con mis ojos. Vinimos aquí por indicaciones de Pata Blanca. Ella nos dijo que si no podíamos ir a otro sitio, fuéramos con ella. Eso hicimos, y Sangre de Oso vino con guerreros, tú entre ellos, para matarnos.

—Yo ya me he disculpado por eso. Debéis recordar cómo eran aquellos tiempos.

—Y lo recordamos. —Cuervo Negro se tiró del pelo, calibrando sus palabras—. Pero desde entonces han pasado muchas cosas. Batir de Cascos y Alce Ágil han venido a vivir con nosotros. Hemos adoptado muchos de los modos de vida de los Mano Roja, pero nos hemos convertido en algo diferente, en una nueva Tribu, ni Anit'ah ni Pequeño Búfalo. Nosotros somos nosotros, aunque no seamos muchos.

—¿Y qué haréis cuando llegue Castor? —preguntó Caracol.

Toro Hambriento señaló hacia el oeste.

—Iremos a aquellas montañas. O si no, encontraremos lugar donde la gente no haga la guerra y podamos vivir en paz.

—Allí viven los Comedores de Pescado. —Caracol torció el gesto—. ¿Es que queréis ser Comedores de Pescado?

—En un tiempo hubiera preferido morir antes que comer raíces y hojas. —Esbozó una irónica sonrisa—. La comida es la comida, amigo mío. Mientras la sangre y los huesos conserven su fuerza, el alma puede cuidar de sí misma.

—Yo estoy de acuerdo con Toro Hambriento —terció Triguero—. No comprendo los cambios que están ocurriendo, pero me basta saber que mis hijos están amenazados. Conozco a Castor, me crié con él. Tal vez podía haber hecho algo para detenerle, y tal vez él me hubiera Maldecido. No lo sé. Lo único que sé es que yo sola no podré alimentar y vestir a mi familia si el loco de mi esposo se marcha, tal como desea su corazón, y le matan en vuestra guerra.

Tres Dedos suspiró y alzó las manos.

—Sí, sí, yo quiero ir. ¿Qué puedo decir? Me gustaría atravesar a Castor de un flechazo. ¡Mirad lo que nos ha hecho! En estos días hay problemas en todas partes. ¡Y la causa siempre es Castor! —Miró en torno a él—. No me gusta la idea de luchar junto a los Mano Roja. Ellos mataron a mi padre.

—Y tu padre mató más de un Mano Roja —le recordó Batir de Cascos, pensando evidentemente en Lluvia.

—De eso se trata precisamente —dijo Graciosa—. Y por otra parte, aquí estamos nosotros, Batir de Cascos. ¿Cómo nos hacemos llamar? Somos algo nuevo, una nueva tribu nacida de otras dos. Tus parientes mataron a los míos, y los míos a los tuyos, y ahora vivimos felices, compartiendo bromas, trabajo y comida. Tú cuidas a mis hijos cuando salgo de caza con Cuervo Negro, y yo te abro mi casa como si fueras mi hermana. —Movió la cabeza y con las manos hizo el gesto de decir «basta»—. No, creo que si nos involucramos en esto, no tendremos más que problemas, malos sentimientos, dolor e ira entre nosotros.

Alce Ágil carraspeó.

—¿Qué hará Sangre de Oso si no nos involucramos, Caracol? ¿Vendrá iracundo para intentar matarnos? Yo no conozco a Castor, pero Sangre de Oso tampoco es muy razonable que digamos. Nunca se sabe lo que puede hacer. Tú eres mi primo. Una vez fuiste el mejor amigo de mi padre. Contéstame con el corazón en la mano.

Caracol se frotó los ojos.

—No creo que Sangre de Oso venga hasta aquí. Al menos hasta que los Mano Roja hayan echado de las montañas a Pequeño Búfalo para siempre. Y si perdemos, no creo que Sangre de Oso se cuente entre los que huyan a las montañas. Creo que morirá.

Batir de Cascos asintió.

—Pues yo digo que nos mantengamos al margen de esta locura. —Miró a Graciosa—. Siento haberte hablado así.

Graciosa le hizo un guiño.

—Es debido al dolor. ¿Querrás venir mañana a cortarme el pelo? Compartiré contigo tu dolor.

Batir de Cascos asintió lentamente, con los labios temblorosos y evitando su mirada.

—¿Y tú, Pequeño Danzarín? ¿Tienes algo que añadir?

Pequeño Danzarín movió la cabeza.

—Aceptaré lo que decidáis vosotros.

—No podemos ir. —Toro Hambriento resumió los pensamientos de su grupo—. No podemos correr el riesgo de matar a nuestros parientes. No podemos correr el riesgo de dividir la nueva familia que hemos formado. Si Sangre de Oso se enfurece y quiere tomar represalias contra nosotros, yo te pido, Caracol, como el bravo y noble guerrero que eres, que nos lo hagas saber y nosotros nos marcharemos a otra parte, tal vez al valle de los Vientos Cálidos.

—Me aseguraré de que os enteráis. —Caracol sonrió con melancolía—. Y si la Tribu de Pequeño Búfalo nos vence, si sobrevivo y me aceptáis, tal vez traiga a mis esposas y me venga a vivir con vosotros.

—Tendrás un sitio entre nosotros. Si quieres puedes traer ya a tu familia. Nuestros corazones y nuestros hogares están abiertos para ti. Esperemos que no lo necesites.

Sangre de Oso miraba fijamente el cielo nocturno. No podía dormir, cosa muy frecuente aquellos días, y paseaba por los oscuros y fríos refugios de sus guerreros, acechando las sombras, escudriñando las tinieblas y preguntándose qué iba a pasar.

Aquel año la Tribu de Pequeño Búfalo había entrado en masa en las Montañas Búfalo. Lo que Castor intentara hacía años, lo había conseguido ahora. La extraña ventisca que había rugido sobre las planicies cinco años atrás había provocado el caos entre la Tribu de Pequeño Búfalo. Muchos se habían congelado, y en el ínterin habían contraatacado los Grulla Blanca y los Pelo Cortado, intentando romper el poder de la debilitada Tribu de Pequeño Búfalo.

Se tambaleó lo que tan laboriosamente había creado Castor: sus alianzas con otros grupos casi se rompieron debido a la tensión. Sin embargo, Castor había conseguido rechazar a sus enemigos. Y ahora, una vez más, había vuelto su atención a los desafiantes Mano Roja de las montañas y pretendía apartarles de sus ricas tierras de caza.

¡Son demasiados enemigos! Sangre de Oso dejó vagar la vista por la Red de Estrellas. La noche yacía fría sobre la tierra y el aire estaba impregnado del olor de los pinos y abetos. Los insectos zumbaban y chirriaban en el silencio. La tierra palpitaba de vida y compartía con él aquella hora de preocupación.

En los años que se pasó vagando había adquirido una habilidad sin par. Podía filtrarse entre los árboles como la sombra de un águila. Podría meterse en cualquier refugio por la noche y matar a cada uno de sus ocupantes, pero no podía estar en todas partes con sus guerreros. Lo que él y sus Mano Roja podían hacer con astucia y valor, la Tribu de Pequeño Búfalo podía hacerlo con la cantidad de hombres de que disponía. ¿De dónde habían salido?

A los Mano Roja les había sucedido algo; un brillo esencial había huido de sus ojos y sus corazones. Sangre de Oso miró ceñudo los cielos. ¿Qué? Por más que los exhortara, parecía que habían perdido aquel espíritu de resistencia. Podía reprenderles, podía rezar, danzar y cantar. Podía volver victorioso y cubierto de sangre, pero sus guerreros parecían apagados y cansados, a pesar de sus triunfos. Había intentado muchas cosas, desde colgar por los caminos los cuerpos descuartizados de los enemigos hasta ofrecer al fuego sus corazones, pero nada parecía reavivar aquella debilidad de espíritu. ¿Por qué? ¿Qué lógica podría utilizar? ¿Qué estímulo podría animarles a llevar la iniciativa en la guerra contra la Tribu de Pequeño Búfalo en lugar de esperar a que la guerra llegara a ellos?

—Nos destruirán —murmuró mirando las estrellas—. Seremos barridos como el humo en el viento. Sólo las rocas recordarán el nombre de los Mano Roja.

Y esa idea le enfureció. Y mientras se lamentaba, bajó la vista de los cielos y miró en torno a su campamento. Su partida de guerra constaba de seis hombres y dos mujeres, y todos esperaban el próximo avance del enemigo por el camino del Río Claro. Castor tenía que intentar abrirse paso por allí. Era lo más lógico, teniendo en cuenta que un gran grupo de guerreros había intentado escalar el retorcido sendero de cabras del lado norte. Sólo un estúpido dejaría de intentar una segunda ofensiva por detrás.

La ira le dejó un gusto amargo en la boca.

Mientras se lamentaba, le llamó la atención el Fardo del Lobo, que descansaba en su trípode en el centro del claro. El cuero estaba bastante gastado y resquebrajado, y las curiosas líneas tan cuidadosamente dibujadas en la piel estaban raídas y descoloridas. *Es un andrajo*, pensó Sangre de Oso, *como las esperanzas de los Mano Roja.*

Lo golpeó rencorosamente con el dorso de la mano y lo tiró al suelo.

Se quedó mirando la oscuridad con los ojos muy abiertos, dándose cuenta de que había hecho una estupidez. Afortunadamente el resto del grupo estaba durmiendo. Recogió el Fardo y volvió a ponerlo en el trípode. Luego volvió a mirar a su alrededor para asegurarse de que nadie le había visto.

Se frotó el muñón del meñique, súbitamente dolorido. Era un estúpido símbolo para un pueblo agonizante. No era extraño que no pudieran ganar una guerra, con una cosa tan tonta como el Fardo del Lobo. Si tuvieran algo poderoso, como un cráneo de oso, o...

Dio un respingo, sobresaltado por el súbito dolor del meñique. De todas las tonterías que había hecho en la vida, la más estúpida fue cortarse la punta del dedo. Sólo había conseguido que le doliera y le ardiera.

¡Ayúdame! Ha llegado el momento, Danzarín del Fuego. ¡Ayúdame! ¡AYÚDAME! La voz tronaba en su cabeza, rompiendo el sueño en afilados añicos, atravesándole la mente como el estampido de un trueno que resonara en unos oídos desprevenidos.

Pequeño Danzarín gritó de miedo y salió dificultosamente del lecho. Tenía revuelto el estómago. Vomitó violentamente, y tuvo que respirar a través de la fetidez que tenía en la boca y la nariz. Se le revolvió de nuevo el estómago entre las convulsiones.

Intentó abrazarse para vencer el mareo, sintiendo que el mundo se desgarraba. Se agarró con una mano, y con la otra se aferró el cuello.

—¿Qué pasa? —Oyó la voz de Alce Ágil a través del zumbido que tenía en los oídos.

Finalmente entró el aire en sus ardientes pulmones y casi se ahoga con el olor de su vómito. Tosió y se estremeció todo su cuerpo.

Una parte dislocada de su mente identificó el sonido que hacía Alce Ágil intentando dar vida a una ascua con un trozo de corteza seca. Las primeras oscilaciones de la luz del fuego reflejaron el dolor y la súbita comprensión en sus ojos.

—¿Pequeño Danzarín?

A punto estuvo de lanzar un grito al oír la preocupación en su voz.

Ella le rodeó los hombros y le dio un abrazo cálido que le reconfortó en los temblores que le agitaban.

—Tengo frío —musitó él—. Mucho frío.

El peso del brazo en sus hombros casi le hizo caer en el charco que sus torturadas entrañas habían arrojado al suelo. No había sentido tanto frío desde el día en que casi se congela. Era como si los vientos del invierno le atravesaran el alma.

—Estás ardiendo —le dijo muy seria Alce Ágil—. Tienes fiebre. Pequeño Danzarín, ¿estás...?

—No, no es fiebre —consiguió decir él. Le castañeteaban los dientes—. Es el Poder. El Fardo del Lobo. —Movió la cabeza, intentando vencer el temblor que le atravesaba como una retorcida enredadera—. La última vez que me sentí así... el Fardo del Lobo...

—Calla. No hables así.

—Me está llamando. Lo he oído; las palabras me arden en la cabeza. Me está diciendo «ayúdame».

A Alce Ágil le temblaba el labio inferior, y a sus ojos asomaba un brillo que presagiaba lágrimas.

—No —murmuró llena de dolor—. No.

Pequeño Danzarín tragó saliva, y estuvo al borde de vomitar de nuevo al sentir el estómago vacío.

—Venga, vamos a la cama. Necesitas estar bajo las pieles. Aquí vas a coger frío, o el Sabio de las Alturas sabe qué. Ven, métete bajo la manta. Ya hablaremos de ello por la mañana.

Dejó que Alce Ágil le llevara al lecho; el temblor había desvanecido todas sus fuerzas para resistirse.

—Los Fardos de Poder pueden morir. Se los puede matar, igual que a un hombre. Muerte... frío...

—Calla. Duérmete.

Pequeño Danzarín pestañeó, sabiendo que la visión se había vuelto líquida como la vez que había abierto los ojos debajo del agua y había mirado el relumbrante mundo de arriba.

Alce Ágil se puso a limpiar su vómito y luego salió a la noche para tirarlo. Sólo cuando volvió y se tumbó junto a él, y pudo abrazarla y sentir su piel fría, intentó relajarse. Alce Ágil se estrechó contra él. El contacto con su piel le daba seguridad.

Pequeño Danzarín miró las cortinas y se sobresaltó al ver un atisbo de la Red de Estrellas por una abertura. La silueta era inconfundible. El Lobo le miraba.

Incluso en las tinieblas sentía el ardor de aquellos ojos amarillos.

—El Fardo del Lobo —susurró, mirando tristemente la noche—. Me ha llamado.

Pata Blanca se despertó sobresaltada dando un grito. Intentó recuperar el aliento, jadeando el frío aire de la noche. El corazón le latía agitadamente, y sentía en los miembros el mismo hormigueo que si hubiera estado corriendo todo el día. Tenía el estómago revuelto y la cabeza le dolía como si se la hubieran partido con un hacha de piedra.

¿Qué había pasado? ¿Era un Sueño? Se sentía como si le hubieran golpeado en el estómago. Y el hormigueo no cedía. Su vieja piel estaba cubierta de sudor frío.

Se incorporó temblando y se envolvió en la manta. Se inclinó sobre el fuego, gruñendo por el esfuerzo, y agitó las cenizas buscando un ascua encendida. Cuando la encontró, puso bajo ella unas ramas y sopló hasta que obtuvo una llama, que fue alimentando hasta que el fuego crepitó. Extendió las manos buscando el calor, pero vio que aquello no mitigaría el frío de su cuerpo. Porque el frío le venía de dentro.

Miró la Espiral de la pared.

—Así que el tiempo se ha completado, ¿es eso?

Sacó artemisa de su hatillo, la humedeció y la arrojó a las ascuas. Luego se levantó, dejando que la manta le cayera de los hombros. Se sumergió desnuda en el vaporoso humo que ascendía del fuego y dejó que la bañara para purificarse, para limpiar su alma. La artemisa, fuente de vida, penetró en sus poros.

Se miró el cuerpo bajo la débil luz. Miró los pechos vacíos que eran colgajos, el vientre arrugado, la piel floja y arrugada de sus brazos y piernas. En los hombros le sobresalían los huesos y se formaban huecos como cuencas de ojos. Unos cortos mechones de pelo blanco le caían relumbrantes sobre los hombros. Lo que en otro tiempo había sido pelo brillante en torno al pubis se había convertido en ralos mechones blancos que apenas podía ver sobre su fláccido abdomen.

—Finalmente te has hecho vieja, Sauce Verde. —Soltó una risita al recordar su primera menstruación, y lo orgullosa que había estado de convertirse en mujer. Pasó otro año antes de que pudiera atraer a su lecho a Gran Zorro. Era algo muy difícil para una mujer que tenía fama de extraña y de hablar con los espíritus. Además, los hombres tenían ideas muy peculiares sobre su hombría y sobre lo que podría pasar con sus penes por acostarse con una bruja.

Y ella había puesto las cosas aún más difíciles puesto que poseía una insólita belleza. Aquel año, hasta que Gran Zorro la tomó, los hombres pelearon entre ellos. El deseo por su cuerpo joven se enfrentaba al miedo por sus Sueños y por el Poder del Espíritu con el que parecía tan familiarizada. Al final, Gran Zorro, tan lleno de orgullo y virilidad que ni siquiera pudo detenerlo el miedo al Poder, se había acostado con ella. Y antes de que los otros pudieran animarse a intentarlo con ella, Pata Blanca había concebido.

—Gran Zorro —dijo con añoranza, recordando sus fuertes músculos, sus bromas y su sonrisa. Ah, era el hombre perfecto para la pasión de una joven. Era un hombre excepcional, aunque llamara la atención de todos, y había valido la pena cada minuto que pasó con él.

Luego había venido el Poder y la había penetrado incluso con más fuerza y vigor que Gran Zorro. Igual que él poseía su cuerpo y lo hacía suyo, el Poder poseyó su alma. Y el alma no puede negarse igual que el cuerpo.

Así que se marchó, siguiendo el camino que la llevó hasta aquel refugio. Seis Dientes le estuvo enseñando los modos del Poder. Al morir, ella le llevó a la cima de la ladera y metió su cuerpo en una grieta en las rocas y luego alzó un muro para ponerlo a salvo de los depredadores.

Su belleza no se desvaneció; la primera vez que descubrió que Pluma Cortada la espiaba, vio que estaba maravillado por los secretos de su cuerpo. Con Pluma Cortada discutió todo lo que no pudo compartir con Gran Zorro: todas las especulaciones sobre el Poder del Espíritu y los Sueños. Se acostaron juntos y ella volvió a concebir. Pero a diferencia de Gran Zorro, Pluma Cortada comprendió que ella se marchara otra vez. Había sentido el Poder del Sueño y sabía que el apareamiento lo disolvería.

—Pluma Cortada —susurró con fervor—. Fuiste un bálsamo para mi alma. —Se detuvo y arrojó al fuego más artemisa. Inhaló profundamente el vapor y exhaló para limpiarse los pulmones—. Así que casi se ha cerrado el círculo. Mírate, Pata Blanca. Mira en lo que te has convertido al final de tu larga vida. —Se paró a pensar, intentando ponerlo todo en perspectiva. ¿Qué sentido podía encontrarle a la vida una vieja Soñadora? ¿Qué era lo que hacía que su vida hubiera valido la pena? ¿Los hijos que había dado a luz, los Sueños Soñados, las lecciones enseñadas? ¿Las sensaciones, los pensamientos, las acciones?

Finalmente alzó las manos hacia la Espiral, por encima del fuego, sintiendo cómo el calor le quemaba los muslos. Y el fuego sexual volvió a agitarse, como un recuerdo, estimulado por el calor palpitante y la artemisa purificadora.

Pata Blanca se dejó llevar por aquel placer. Miró fijamente la Espiral y cerró los ojos para verla en la mente. Círculos dentro de Círculos, uno llevando a otro y sin tocarse nunca. Vida, prodigiosa vida.

El ruido de las cortinas al abrirse no la sobresaltó. Pata Blanca volvió a inhalar profundamente la artemisa y exhaló. Tragó saliva y abrió los ojos, volviendo a perderse en la Espiral. Luego se dio la vuelta.

La muchacha la miraba fijamente, con los ojos muy abiertos y una expresión aterrorizada. Ella también estaba desnuda, con un atlatl en la mano y una flecha lista para ser disparada. Habían abusado brutalmente de su cuerpo, cubierto de sangre y moratones. Las piernas le temblaban y los pechos heridos subían y bajaban con sus jadeos. Su piel de gallina acentuaba los escalofríos que la estremecían. En su vientre se marcaban las firmes líneas de los músculos. Sus caderas no habían llevado la carga de un hijo.

Pero fue su rostro lo que absorbió toda la atención de Pata Blanca. Aquellos ojos negros y llameantes de puma estaban clavados en los suyos. Detrás del pánico yacía la Poderosa mirada de la ira y la determinación. Sus mejillas delicadas acentuaban la línea recta de la nariz. Sobre las hermosas cejas se abría una frente alta. La línea de la mandíbula se adecuaba a la firme barbilla, aunque tenía el labio inferior totalmente hinchado.

—Entra, muchacha. —Pata Blanca se apartó del fuego y echó más leña a las ascuas—. Ven aquí a calentarte. Tienes mal aspecto.

La muchacha dio un paso tímidamente, mirando a uno y otro lados con suspicacia.

—¿Qué estás haciendo despierta a estas horas de la noche?

Pata Blanca soltó una risita seca, mirando su carne lacerada y los arañazos en la parte interior de sus piernas.

—Puede que esta noche esté en juego más de lo que tú sabes. Tal vez te estaba esperando.

Sí, la Espiral ha girado. El final se acerca.

La muchacha se puso tensa, medio agachada, como si fuera a saltar. De nuevo tenía aquella expresión cautelosa.

—Venga, no hay ningún peligro. El Poder está suelto en la noche. —Hizo un gesto hacia la Espiral—. Esta noche es el fin de muchas cosas y el principio de muchas otras. Es una noche de cambio en la que se agita el Poder. Ven. No estás en condiciones de salir corriendo, así que más te vale relajarte y refugiarte aquí esta noche.

Fue a coger la mano helada de la muchacha. Estaba manchada de sangre que no era suya. ¿Habría matado a alguien como venganza? Las flechas que llevaba pertenecían a un cazador de la Tribu y estaba claro que ella era de los Mano Roja. La violación era evidente.

—Ponte sobre el fuego. Eso es. Como estaba yo.

—¿Eres Pata Blanca... la bruja?

—¿Y quién me llama bruja? Ah, Sangre de Oso, claro. Pobre idiota.

—¿Y por qué iba a ponerme yo sobre tu fuego?

—Porque es un giro de la Espiral. —Señaló la roca—. Y porque esto podría ser un giro de la Tribu. —Pata Blanca se señaló su carne fláccida—. Justo antes de que llegaras estaba sobre el calor, bañada en el vapor de la artemisa, pensando en la vida, en todo lo que he sido y he hecho.

Cogió a la reticente muchacha y la colocó sobre el fuego. Luego lanzó artemisa húmeda a las llamas, y la nube de vapor se alzó en una ondulante columna.

—Estaba mirando la Espiral, pensando en todo lo que simboliza, en la vida que se completa en Círculos, y en cómo una cosa lleva a la otra. Todo está conectado, pero separado.

Se mordió el labio. Vio cómo la muchacha cerraba los ojos mientras el vapor caliente la envolvía.

—Mira, una vez estuve yo justo donde tú estás ahora. E igual que tú, también yo tenía en las manos la sangre de alguien que abusó de mí. Tal vez es el camino de la Espiral. Quiero decir que no podemos comprender el don de la vida hasta que se nos demuestra su fragilidad y su sufrimiento.

La muchacha había abierto los ojos y y su mirada estaba clavada en la Espiral.

—Yo no soy una bruja. —Y de pronto lo comprendió: el principio y el fin.

—Ni yo tampoco —dijo Pata Blanca con un suspiro. Sí, eso era lo que la había despertado. La transición—. No, ahora eres la madre de la Tribu, aunque todavía no lo comprendas. Es curioso. Yo vine aquí con Seis Dientes, para purificarme así. Sólo que yo vine con un palo de excavar de cerezo silvestre.

—¿Y qué hiciste con tu palo de excavar, anciana?

Pata Blanca se echó a reír.

—Ahí está, junto a la pared. Desde aquel momento se convirtió en un báculo.

—Las flechas de guerra no pueden convertirse en báculos... por muy crédula que me creas.

—No, supongo que no. Pero el Poder elige según sus necesidades. Cuando el Poder me llamó, yo deseaba el Sueño. En tu caso... bueno, las flechas hablan por sí mismas. —Pata Blanca miró sus ojos ardientes y sintió cómo su Poder se mezclaba con el de aquella indomable mujer—. Un Soñador se acerca, Tanagra.

—¿Cómo sabes mi nombre?

—Yo sé muchas cosas. Escúchame. Se acerca un Soñador. Ha venido para hacer la paz entre la Tribu y los Mano Roja. No puedo verlo todo, no tengo el Poder que yo quisiera. Nunca lo he tenido. En fin, no importa, ya estoy hablando otra vez de mí. Pero tú eres de los Mano Roja. No puedo decirte qué has de hacer con ellos, pero te escucharán. Y tú, a tu vez, debes escuchar al Soñador.

—De momento no estoy muy segura de querer escuchar a ningún hombre, después de...

—Él no es un hombre cualquiera. —Pata Blanca frotaba con las manos la piel helada de la muchacha, evitando las magulladuras, intentando restablecer la circulación y el calor—. No habrías podido pasar por todo esto sin sacar algo de dentro de ti, una fuerza que corre en tu misma sangre.

Pata Blanca advirtió el brillo en los ojos de Tanagra y el ligero temblor de sus labios.

—Tal vez.

—Nada de tal vez. Ésta es una época de fuerza. Lo cual no significa que sea una época de estupidez, a pesar de lo que Sangre de Oso haría pensar a cualquiera.

—Es un gran guerrero.

—Es un idiota.

—¿Ah, sí? Yo le he visto matar. He visto los cuerpos de los muertos que él...

—¡Ha logrado que el Fardo del Lobo abandone a los Mano Roja! ¿Por qué crees que nos estamos desintegrando? ¿Por qué crees que han caído los problemas sobre nosotros? ¿Por qué la Tribu merodea por los territorios de los Mano Roja? ¿Por qué están cambiando las Espirales?

Sus ojos negros llamearon.

—¿De qué hablas? El Fardo del Lobo va siempre con Sangre de Oso.

—Y qué aspecto tiene, ¿eh? ¿Qué expresión hay en los ojos de Sangre de Oso estos días? ¿Es la expresión de un hombre contento de sí mismo, o la de un hombre caído en una desesperación que no comprende?

Tanagra frunció el ceño y dio un respingo, como si le hubieran hecho daño.

—Pasa la mayor parte del tiempo frotándose el meñique y con aspecto preocupado. Pero eso es porque la Tribu de Pequeño Búfalo está...

—Es porque está a punto de morir.

Tanagra se volvió iracunda.

—¡No ha nacido el guerrero que pueda atravesar con una flecha a Sangre de Oso!

—El guerrero ha nacido —dijo Pata Blanca débilmente—. Sólo que el guerrero no lo sabe todavía.

—¿De qué estás hablando?

—Quédate ahí. Voy a calentar un poco de agua para lavarte esos cortes. Lo que más me preocupa son esos mordiscos en los pechos. Si se te llenan de pus, lo vas a pasar muy mal.

Tanagra la miraba temerosa. Los labios ya no le temblaban tanto, y había desaparecido la carne de gallina para dejar al descubierto la piel enrojecida y arañada.

Pata Blanca fue limpiando las heridas, estremeciéndose al pensar en el dolor que debía sentir la muchacha. Pero Tanagra no mudó la impasible expresión de su rostro, a pesar de que debía sentir un dolor horrible.

—Tienes una gran fuerza interior, ya te lo he dicho. —Frunció el ceño—. Tal vez eso es lo que a mí me ha faltado. Ah, ésta es una época de héroes.

—Sigo sin entender.

Pata Blanca le tendió una piel a Tanagra, que había empezado a impacientarse. Finalmente se apartó del fuego, con una fina capa de sudor en sus musculosas piernas y en el vientre.

Pata Blanca hizo un gesto de indiferencia.

—No es necesario. Todavía no. Lo que debes recordar es que tienes que confiar en el Soñador. Tienes que ser la fuerza de los Mano Roja, ¿comprendes?

—¿Confiar en el Soñador? —Una irónica sonrisa apareció en sus labios. Luego se estremeció de dolor.

—Confiar en el Soñador —repitió vehementemente Pata Blanca. Ladeó la cabeza—. Dime, Tanagra, ¿eres bastante fuerte? ¿Puedes...?

La afilada punta de la flecha de Tanagra presionó la garganta de Pata Blanca, que miró el mango y luego los ojos llameantes de la muchacha.

—He matado a dos de los gusanos que me violaron, anciana. No me hables de fuerza. En lugar de quedarme hecha un guiñapo, maté y escapé. ¡Y por el Fardo del Lobo que se van a arrepentir!

Pata Blanca no hizo caso de la punzada de la piedra afilada.

—Eso es pasión, la necesidad de venganza. Cualquiera puede ponerse furioso e intentar lo imposible. Yo te he preguntado por la fuerza. ¿Podrás hacer lo que tienes que hacer? ¿Puedes alzarte sobre ti misma? ¿Puedes llevar sobre los hombros el peso y la responsabilidad de los Mano Roja? ¿Podrás guiarlos, te cueste lo que te cueste?

—He matado, ¿no?

—Cualquier idiota puede matar. ¿Podrás darlo todo por los Mano Roja? ¿Podrás mirar más allá de tu ira? Eso es lo que te estoy preguntando. Busco la fuerza, y no otro idiota débil como Sangre de Oso.

—¿Le llamas un idiota débil?

Pata Blanca asintió, sintiendo un reguero de sangre en el cuello.

—No es mejor que Castor; es sólo menos capaz. Él también desprecia el Poder.

La flecha se retiró. Tanagra movió la cabeza.

—Estoy sorprendida. Si la flecha me hubiera apuntado a mí, habría pensado que estaba muerta. ¿Es que no tienes miedo, Pata Blanca?

La anciana tocó ligeramente la sangre.

—Tengo miedo, pero no a la muerte. La espero. Quiero obtener respuesta a muchas preguntas. Pero no es eso.

—¿Es mi fuerza? —Tanagra alzó una ceja—. En este momento mataría a todo el mundo para vengarme de...

—Eso es lo que me preocupa. —Pata Blanca se llenó los pumones de aire—. Quiero saber si eres bastante fuerte para que tu inteligencia venza sobre tu ira. ¿Es posible?

—¿Inteligencia? ¿Ira? ¿De qué me hablas?

—Si no puedes imaginarlo, que el Sabio de las Alturas nos ayude, porque probablemente matarás a los Mano Roja.

Tanagra se la quedó mirando con el ardor de la furia palpitándole en los ojos.

—Olvídalo. Ahí está el cuenco de la sopa. Estás que te caes de cansancio. Come y duerme, y si tenemos tiempo, hablaremos por la mañana.

Pequeño Danzarín se agarró a la roca saliente y se izó jadeando. Bajo él caía una pronunciada pendiente entre rocas volcadas y rotas. El Lobo estaba abajo sentado, observando, con la cola enroscada en torno a sus patas delanteras.

La vista, desde donde él estaba, era para quitar el aliento. Ni siquiera un águila tenía mejor perspectiva del mundo. Los riscos de roca caían a ambos lados desde el pináculo al que había trepado Pequeño Danzarín. Desde allí se veía toda la cuenca, hasta las montañas verdiazules hacia el oeste, donde las cumbres se alzaban grises y escarpadas hasta arañar la bóveda azul del cielo.

Las laderas de las Montañas Búfalo se extendían en bordes retorcidos y rotos, moteados de abetos y enebros. Más arriba, densas arboledas de pinos y grupos de postes cubrían las pendientes, hasta que sobresalían las cumbres redondeados como cráneos resquebrajados.

Ante aquella vista, Pequeño Danzarín intentó librarse de las dudas y de los lánguidos dedos de miedo que le aferraban el corazón. El peligro de una caída, la posibilidad de dar un mal paso, no hacían más que acrecentar el desafío... y hacer más acuciante la pregunta que le reconcomía las entrañas.

No podía irse. Sentía la llamada, sentía la atracción del Fardo del Lobo... pero Alce Ágil le atraía aún más. No podía mirar a sus hijas a los ojos y marcharse para seguir la llamada.

—Lo prometí —mascullo con los dientes apretados—. ¡Tomé mi decisión! —La arenisca le laceró las mejillas sudorosas.

Pequeño Danzarín alzó la mano para agarrarse de nuevo a la piedra.

—¡Soñador del Lobo! —gritó—. ¿Dónde estás?

Siguió trepando, agarrándose frenéticamente a las rocas a pesar de que le sangraban las manos y tenía los dedos desgarrados. Encontró una pequeña fisura en la roca y subió más arriba. Le temblaban los músculos y le dolían con el esfuerzo.

—¿Soñador del Lobo?

Apoyó el pie en un saliente y se izó. Con un último esfuerzo se desplomó sobre la cima de la roca, jadeando y cubierto de sudor que le surcaba las mejillas febriles y le caía en irregulares regueros por el cráneo.

Se tumbó de espaldas y miró al cielo. El infinito azul parecía atraerle, llamarle a una eternidad que no podía alcanzar por más que ascendiera. Allí, más allá de la inmensidad del cielo, estaba la tierra de los Espíritus.

—¿Soñador del Lobo?

Cerró los ojos. Los rostros de su esposa y sus hijas le daban vueltas en la cabeza.

—No puedo ir, Soñador del Lobo. No puedo dejarlas, las amo demasiado. Me gusta ser quien soy, y no quien tú me has hecho ser. No soy un héroe como tú. No soy más que un hombre, esposo y padre. Elige a otro, elige a alguien más fuerte para que haga tu guerra por ti.

Las lágrimas se mezclaban con el sudor de sus mejillas.

—Por favor, Soñador del Lobo. Busca a un héroe que haga tu trabajo. Yo no puedo salvar al Fardo del Lobo. No puedo destruir a Castor. Amo demasiado. No puedo luchar.

Sólo le respondió el cálido susurro del viento. Un cuervo graznó allá abajo, despertando el escalofriante recuerdo de la maldición de Castor. Por su mente pasó como una nevisca una vaga y fugaz imagen de Raíz de Artemisa con las muñecas abiertas y cubiertas de moscas.

—¡Yo no!

Se dio la vuelta y se levantó. Estaba en un altozano rocoso que no se extendía más de cuatro pasos al este, oeste, norte o sur. Pequeños arbustos y caramillos se aferraban desesperadamente a las grietas de la roca barrida por las lluvias y el viento. Allí no quedaban más que piedras.

Pequeño Danzarín se quedó petrificado. El corazón le martilleaba sordamente en el pecho. El dibujo parecía muy antiguo, en algunos sitios estaba borrado y en otros era claro. El polvo había llenado parte de las hendiduras donde habían enraizado algunas malas hierbas. Pequeño Danzarín tragó saliva. Había una enorme Espiral tallada en toda la superficie de la roca. Movió la cabeza, intentando apartarse del gigantesco bajorrelieve, pero se dio cuenta de que no tenía dónde ir. Miró aturdido al cielo y al relumbrante sol.

Se encaró hacia el este con las manos levantadas.

—¡Soñador del Lobo! ¡Ven a hablar conmigo!

El sol le quemaba el cuerpo. Dio un paso adelante, con una súplica en el alma, intentando agarrar el cielo con los dedos. Bajo sus pies crujían los arbustos secos arañándole los tobillos.

—Soñador del Lobo...

Al principio la punzada pareció venir del arbusto aplastado, pero luego la quemadura atravesó su desesperación. Bajó la vista y vio la cabeza triangular que tenía pegada a la pierna, inyectando el veneno de su ira. Unas pupilas rasgadas y negras le miraban con maldad, y los escamosos dibujos atrapaban el sol y resplandecían grisáceos.

Pequeño Danzarín dio un grito y lanzó al reptil entre las rocas, después de aplastarle la cola que seguía zumbando furiosamente.

—No —gimió inclinándose para mirar con horror los pinchazos en su piel oscura—. ¡No!

Cayó al suelo, agarrándose el tobillo y golpeándose con la roca. Le asaltó un vahído y se le contrajo el estómago mientras hacía esfuerzos por no vomitar.

—¡No!

A través del miedo le parecía que el mundo se tambaleaba. Pestañeó con los ojos vidriosos, sintiendo el veneno que le quemaba las venas. Miró frenéticamente a su alrededor, pero no vio nada con que abrir las heridas y hacerlas sangrar para poder sacar algo del veneno, puesto que no podía chuparlo.

Oyó el castañeteo de sus dientes. Se enjugó las lágrimas de los ojos. Sentía las ranuras de la talla en la roca. Pestañeó y vio que había caído en el centro de la Espiral: el principio y el fin, el nacimiento y la muerte.

Esperó, mareado y presa de las náuseas, mientras el Sol surcaba el cielo. Sentía la muerte abriéndose camino por su pierna hinchada y palpitante. El Sol se inclinaba hacia el oeste.

Las palabras se oyeron en el aire claro. Pequeño Danzarín miró al cielo relumbrante y oyó a la anciana tan claramente como si la tuviera delante.

Criaturas monstruo reptan sobre sus vientres.
Muerden el pie de un hombre y el hombre cae.
Sin brazos, sin piernas, la piel de escamas,
sacuden en su cola una matraca.
Dientes de veneno, un golpe seco
y la sangre se vuelve negra y frágil.

—¿Quién... quién eres?

¿El Cielo? Sí, siempre el cielo.
Con ardientes rayos blanquea la tierra
calcinada como por el fuego.
Sueña a las grandes bestias en las estrellas.
Sus cadáveres se secan en la arena.
Cambia la tierra que habita la Tribu.
Encuentra un nuevo camino... o todos moriremos.
Conoce la hierba, la raíz, la baya.
El tiempo es corto y la vida escasa.
Golpea y tritura, tritura y golpea,
mientras el viento caliente sisea.

—¿Qué quieres?

La respuesta fue una ráfaga de viento seco. Pequeño Danzarín se levantó, pestañeando frenéticamente, y alzó las manos hacia el inevitable azul del cielo.

Hacía años que Castor no había visto un verano tan seco y caluroso. No había caído nada de nieve desde lo más riguroso del invierno, y había sido sólo una frágil capa que se secó al día siguiente. Sólo las Montañas Búfalo, según todas las noticias, habían recibido alguna humedad. Los búfalos, como si lo hubieran sabido, habían subido a las altas praderas, llevando su riqueza a los territorios de los Anit'ah. Otras manadas se habían dispersado tanto que sólo podían encontrarse animales aislados. Sus cazadores se habían emboscado a lo largo de los ríos, donde la corriente alimentaba las hierbas ribereñas, y habían matado a muchos animales, sabiendo que debían volver al único lugar en que había agua.

Castor caminaba por su campamento principal, siguiendo el sendero dejado por sus guerreros. El camino daba la vuelta, en dirección al agua. Caminaban por una tierra marcada en la que los riachuelos se habían hundido en el suelo seco, llenos tan sólo de polvo y arena. Hasta los perros sufrían; jadeaban bajo las cargas mientras que las almohadillas de sus patas raspaban contra las piedras y se cortaban con las rocas afiladas.

Castor no dirigía la única partida de la Tribu. Dos Piedras venía del este, y los corredores de Siete Soles informaban que iba hacia el sur desde la boca del Río Lodo, donde se encontraba con el afluente Búfalo del Gran Río. El andrajoso grupo de Silbo de Alce avanzaba lentamente por el sur, por el Río Arena, y sus mensajes decían que la arena cubría hasta el mismo cielo, ennegreciendo el aire. Ya se habían tenido que comer sus perros.

Castor miró los altos parapetos de las Montañas Búfalo. Allí sus guerreros podían proporcionarle una victoria, o bien tendría que enfrentarse a un desafío más terrible que el que había supuesto la guerra con los Anit'ah.

—Los Anit'ah comen raíces y semillas —le había dicho Cuarzo Rojo—. Puede que sea la forma de evitar el hambre.

Él la había tirado al suelo de una bofetada y luego la miró ceñudo, tapándole la boca con la mano.

—Nosotros somos hombres, y no excavamos en el polvo como los Anit'ah. El Búfalo y el Sabio de las Alturas han puesto aquí al búfalo para que coman los hombres. La carne es el alimento de la fuerza, del Poder. Las raíces debilitarían a mis guerreros. —Entonces miró las ondulaciones de las Montañas Búfalo, con su relumbrante casquete de nieve—. No, nosotros iremos a donde nos conduzca el Búfalo de las Alturas. Este año, sí, este año tomaremos las montañas.

Pero luego había oído que otros decían a hurtadillas:

—Los Anit'ah comen raíces... ¡Y yo no veo que su sangre se debilite!

—Tomaré vuestras montañas —prometió Castor—. Lo juro por el alma de mi madre. Por la sangre que corre por mis venas, no tendré por ahí estúpidas mujeres recogiendo raíces y ganando poder en los refugios por traer comida. ¡No! No permitiré que los hombres sean mantenidos. No permitiré que me impidan limpiar a la Tribu. ¡Antes haré que las flechas Anit'ah nos maten a todos!

Y blandió el puño mirando las montañas.

—Fardo del Lobo. Tócale... tócale ahora. Llénale con tu necesidad. Actúa. ¡Deprisa!

22

Pata Blanca se despertó con una premonición. El Poder había perturbado su sueño, jugando con los rincones de su mente Soñadora. Sin embargo el último de sus Sueños había sido tan poderoso como la misma vida. Las imágenes seguían allí, tan reales que casi podía tocarlas si estiraba su viejo brazo.

Así que por fin había llegado el momento. Abrió los ojos en la paz de la mañana y los fijó en el confortable interior de su refugio. Dejó vagar la vista por las familiares pertenencias que colgaban de salientes y descansaban en nichos. La vieja Espiral grabada en la pared parecía dominar la sala. Cuando el sol asomó sobre las lejanas montañas, un rayo de luz atravesó las cortinas y lanzó un destello sobre la Espiral.

Pata Blanca se echó el pelo hacia atrás y movió la boca para disipar el regusto rancio de la noche. Se levantó del lecho con un crujir y gemir de huesos, y se acercó al fuego para agitar las cenizas de artemisa. Echó ramas sobre las brasas encendidas y empezó a soplar hasta obtener un fuego donde se puso a calentar piedras de hervir.

Tanagra yacía cubierta de pieles, con un esbelto brazo sobre las mantas. Tenía la mano yerta y los dedos doblados. Algunos brillantes mechones de pelo negro escapaban a la protección del lecho.

Pata Blanca chasqueó los labios sobre las encías. Sentía un anhelo en la muchacha. Era curioso cómo funcionaba el Poder. Tanagra, la niña salvaje del bosque, había sido elevada hacia la Espiral.

Mientras esperaba a que se calentaran las piedras fue metiendo en la bolsa de hervir trozos de carne seca que cortaba con una lasca afilada de cuarzo. Cuando el agua ya estaba cubierta de carne, añadió raíz dulce, balsamina y las últimas cebollas que tan cuidadosamente había preservado. También echó el poco belcho que le quedaba. Tanagra lo necesitaría.

Luego pasó por encima de Tanagra y miró las cosas que estaban junto al muro trasero. Cogió el atlatl y el puñado de flechas que con tanto cuidado había tallado. Las fue mirando una a una, buscando grietas en la madera, asegurándose de que los roedores no las hubieran dañado. Las ligaduras que unían al mango las mortales puntas de piedra aún estaban tensas. Era un buen trabajo, uno de los mejores que había hecho. Las puntas las había tallado Tres Dedos que tenía la habilidad de la gente de las planicies y tallaba las puntas más maravillosas que ella había visto nunca. Ahora la piedra se rizaba bajo la luz de la mañana. Pata Blanca pasó delicadamente el dedo por las flechas bendiciéndolas, luego se las llevó a los labios para insuflarles su alma. Después colocó las flechas y el atlatl junto a las dos flechas de Tanagra.

Se volvió de nuevo hacia el fuego y con unos palos sacó las piedras sobre las ascuas y las metió en la bolsa de hervir. Tanagra se despertó y se incorporó de golpe al oír el siseo, y miró en torno al refugio con ojos salvajes.

—Vamos a comer un poco. No queda mucho tiempo esta mañana, pero puede que sea suficiente.

—No haces más que decir eso. —Tanagra se peinó los espesos mechones de pelo negro con sus largos dedos.

—Anoche lo creía. Esta mañana lo sé. Los Sueños estaban sueltos por la tierra.

Tanagra asintió. Cerró los ojos y movió la cabeza, como si quisiera librarse de sus propias visiones.

Pata Blanca asintió como para sí, imaginando las pesadillas que debía de haber revivido Tanagra. Cogió uno de sus cuernos tan bellamente tallados y lo hundió en el caldo humeante.

—Toma, muchacha, come. Come todo lo que puedas. Vas a tener un día muy duro.

Tanagra se levantó, dio un respingo y palideció.

—Toma, llévate esto contigo. Mastícalo cuando lo necesites. —Le tendió una pequeña bolsa—. Es un extracto de corteza de sauce. Lo pelas y lo hierves, y cuando tires el agua, rasca los residuos. No sé cómo, pero calma el dolor. El sauce tiene muchas propiedades maravillosas.

Tanagra dio un paso, muy rígida, intentando mantener su expresión neutral. Se agachó con cuidado y cogió el cuerno. Luego dio un sorbo de caldo humeante, y alzó la vista.

—Hablas como si supieras que hoy va a pasar algo.

Pata Blanca sonrió con expresión ausente y la vista perdida.

—He Soñado... he Soñado como no había Soñado nunca. Todavía no lo comprendo todo. Pero oí al Fardo del Lobo que susurraba en mis Sueños.

Tanagra la miró suspicazmente de reojo.

—Ah, veo que eres escéptica. ¿Es eso lo que os ha enseñado Castor? No me extraña que los Mano Roja hayan perdido el coraje. Pues sí, el Fardo del Lobo ha susurrado en mis sueños. Y he Soñado con el Primer Hombre, lo he visto, relumbrante y maravilloso; me sonreía y me tocaba después de que el Fardo del Lobo me diera su mensaje.

Tanagra vació el cuerno y la miró.

—¿Y cuál era ese mensaje? ¿Qué quiere que hagas el Fardo del Lobo?

Pata Blanca sonrió, apoyando la barbilla sobre sus puños retorcidos.

—No se trata de mí, muchacha. Era contigo con quien quería hablar el Fardo del Lobo. Me dijo: «Dile a Tanagra que ayude al Soñador.»

Ella movió la cabeza y se levantó, dando un respingo de dolor.

—No dejas de decir eso. ¿Me puedes dar algunas ropas?

Pata Blanca suspiró y se levantó con un gruñido.

—Antes de que te vistas, te voy a limpiar otra vez las heridas. Sí, no dejo de decirlo, es cierto. Los Sueños me han vuelto medio loca en cuatro días. Lo que pasa es que no sabía quién eras tú.

Tanagra se volvió con los ojos llameantes.

—¿Por qué yo? ¿Qué significan todas estas tonterías?

Pata Blanca cogió sus medicinas y miró a la espigada joven.

—Porque si decides ayudar al Soñador, muchacha, te convertirás en jefe de los Mano Roja.

—¿Jefe de los Mano Roja?

—Y en un camino para restablecer la Espiral, el equilibrio, eso que el universo intenta siempre mantener... sin conseguirlo. Pero tienes que intentarlo. En este momento sólo te importa tu ira. En el Sueño, el Fardo del Lobo me mostraba cómo sería. Si... y digo si, decides apoyar al Soñador, destruirás a los invasores de Pequeño Búfalo. Si no, bueno, ¿quién sabe? Puede que Pequeño Danzarín y Dos Humos consigan algo al final.

—¿Dos Humos? ¿El berdache?

Pata Blanca asintió y empezó a limpiarle las heridas.

—Ya te dije que el Poder estaba en todo esto.

—¿Y esas armas que hay junto a las mías?

—Pronto las necesitarás. Por eso te he dicho que te lleves este extracto de corteza de sauce. Hace que el dolor...

—¿Como que las necesitaré?

Pata Blanca curó los últimos mordiscos y arañazos y luego sacó un vestido de piel de cabra, una muestra del talento de Dos Humos para curtir y coser. Tanagra vaciló, pasando los dedos sobre el cuero finamente curtido. Se lo puso por la cabeza con un radiante resplandor en los ojos. Aquel cuero tan increíblemente suave no le haría daño en la piel magullada.

—No sé cómo serán tus pies, pero mis mocasines parecen de tu talla. Si no, tendrás que arreglártelas con mocasines exteriores de invierno.

—Has dicho que necesitaría las armas... —Tanagra alzó la vista mientras se calzaba.

—Es cierto. La gente de Pequeño Búfalo que te capturó viene hacia aquí.

—¿Qué? —Tanagra perdió la compostura.

Pata Blanca sonrió con ferocidad.

—Naturalmente. Verás, los he Soñado. Es un trato con el Fardo del Lobo. Yo los he traído hasta ti. Pero tiene que escapar uno, para contarlo.

—¿Qué?

Pata Blanca lanzó un hondo suspiro.

—¿Cómo ibas a creer si no lo de que el Fardo del Lobo te necesita, que el Soñador te necesita?

—¿Pero aquí? —Su pánico crecía.

Pata blanca la miró ardientemente.

—¿Y tú vas a ser jefe de los Mano Roja? ¡Ja! Más vale que demuestres ser digna, muchacha. Tienes que matar a cuatro hombres.

—¡Son cinco!

—Uno tiene que sobrevivir.

—¿Uno?

Pata Blanca bajó la vista.

—Digamos que es mi precio.

Madera Erguida caminaba detrás de Mano Izquierda. Había sido una cuestión de suerte. Habían perdido totalmente a la mujer Anit'ah cuando una huella en la arena había señalado el camino. La mujer ya debía pensar que los había despistado. Las huellas tenían que ser suyas. ¿Cuántas mujeres caminarían por allí descalzas? Y a juzgar por el modo de arrastrar los pies, debía estar casi exhausta y cojeaba.

Mano Izquierda caminaba a paso ligero, señalando aquí y allá débiles huellas que marcaban el camino. Subieron por el Río Claro, siguiendo un sendero muy usado. Delante de ellos se alzaba un risco gris y blanco de piedra caliza y su alta cumbre sobresalía por la oscura maraña verde de árboles.

—¡Mirad! —exclamó Flecha Firme—. Alguien ha estado recogiendo leña.

Madera Erguida vio los puntos en que las ramas habían sido arrancadas. ¿Era posible que hubiera por allí un campamento Anit'ah? Se retrasó un poco detrás de los demás. Eran sólo cinco, ¿cómo iban a atacar un campamento Anit'ah?

—No sé yo si esto es una buena idea. Sólo somos cinco. ¿Qué pasaría si damos con...?

—Ella mató a Dos Lunas Azules y a Hormiga Diminuta —insistió Mano Izquierda intentando no alzar la voz.

Flecha Firme alzó la mano para pedir silencio.

—Mató a nuestra gente, a uno de nuestros más grandes guerreros. La mayoría de sus campamentos son pequeños, con pocos hombres, casi todos ancianos. Yo digo que caigamos sobre ellos. En la confusión, mataremos a la mujer, y quién sabe, tal vez los matemos a todos. De cualquier manera, los Anit'ah se han quedado sin coraje.

Mano Izquierda asintió secamente y reemprendió el camino.

Madera Erguida apretó los dientes y volvió a colocarse en la retaguardia. Mano Izquierda se detuvo donde los árboles empezaban a escasear para dar paso a una gran pradera. Madera Erguida veía desde su posición unas pieles curtidas que cubrían lo que parecía un saliente en el cerro. No había ningún otro signo de campamento, ni el ladrido de los perros ni ninguna voz se oía en el aire quieto. La anciana estaba sentada al sol, con las piernas dobladas y el rostro alzado.

—Es una anciana. —Mano Izquierda les hizo gesto de que avanzaran.

Madera Erguida sintió un tirón en el corazón, un presentimiento. ¿Por qué? ¿Acaso no había Cantado Castor sobre él para hacerle poderoso? Tranquilizado con esta idea, reemprendió el paso.

La anciana parecía absorta. Madera Erguida estudió la situación. Nadie podía sorprenderles por detrás. En la base del cerro crecía un cinturón de árboles. A menos que hubiera todo un grupo de guerra oculto en el refugio, se enfrentaban a una sola anciana, y tal vez a la joven que había sido tan rápida en matar después de que la violaran.

—¡Alto ahí, guerreros de la Tribu! —El débil grito ondeó en el aire.

—¿Es una de la Tribu? —preguntó Mano Izquierda.

—¿Quién eres?

—Soy Pata Blanca. ¡No os acerquéis más o moriréis!

—¡La bruja! —resolló Madera Erguida recordando aquel día en que Pata Blanca había aparecido y se había llevado al berdache y al niño ante las mismas narices de Castor.

—¿Bruja? —Mano Izquierda se echó a reír—. ¿Eres una bruja?

—No. Pero marchaos. Tenéis una oportunidad. Si no, moriréis.

De pronto Mano Izquierda echó atrás el brazo. Su cuerpo se inclinó con la rapidez del rayo y lanzó la flecha con todo su peso. Madera Erguida vio cómo el proyectil relumbraba al sol. Surcó el cielo azul con la suavidad de un halcón y cayó atravesando las entrañas de la anciana con un débil golpe.

—¡Vamos! —gritó Mano Izquierda—. ¡Vamos a buscar a la muchacha! —Y se lanzó a la carga.

Madera Erguida se quedó rezagado, con la vista clavada en la anciana que seguía sentada, cogiendo con frágiles dedos el mango de la flecha que sobresalía de sus tripas.

No vio cómo recibía Mano Izquierda la flecha que lo mató, pero lo vio tambalearse y caer gimiendo horriblemente.

—¡La muchacha! —gritó Flecha Firme señalando y cambiando de dirección sin hacer caso de la situación de Mano Izquierda. Los otros echaron a correr tras ella. Tanagra se metió entre los árboles con la agilidad de un ciervo.

Madera Erguida vaciló, y finalmente empezó a subir la pendiente hasta llegar junto a la anciana. Sí, era Pata Blanca. Ella lo miró con ojos llameantes.

—Bueno —dijo con voz rota—. ¿Has matado a Pata Blanca? Idiota, has provocado la muerte de la Tribu.

—Los guerreros de Castor están por todas partes, bruja. Los Anit'ah huyen de nosotros. La mayoría de ellos ni siquiera lucha. Castor ha Soñado su destrucción.

Ella soltó una risita y se estremeció de dolor.

—Con mi muerte habréis escupido sobre el Poder por última vez.

—¿Qué quieres decir, bruja? ¿Qué sabes tú de Poder?

Pata Blanca sonrió con alegría, con los dedos aferrados al mango de la flecha.

—¿Dónde está tu partida de guerra, eh? Míralos. ¿Qué ves?

Madera Erguida apartó la vista de los llameantes ojos de la anciana y miró el valle, protegiéndose los ojos con la mano. Justo en ese momento vio cómo a Flecha Firme le alcanzaba de lleno un disparo. El guerrero lanzó un grito y cayó de bruces. Caída Rápida, que era el último que quedaba, se detuvo de golpe y se volvió frenéticamente para echar a correr hacia los árboles. La flecha le alcanzó en la espalda antes incluso de que arrancara a correr. Se cayó de bruces y empezó a reptar por la hierba intentando alejarse.

—Eres el último. Corre, corre como nunca has corrido, muchacho. Y dile a Castor que entre los Anit'ah se ha alzado un nuevo jefe. Su nombre es Tanagra. Y dile a Castor que el Soñador y el Fardo del Lobo van a por él. Dile a él y a la Tribu... ¡que tendrán que Danzar con fuego!

Madera Erguida apenas oyó las últimas palabras. Se dio la vuelta bruscamente y echó a correr por la pradera con un hormigueo en la espalda, donde esperaba recibir el flechazo.

Se detuvo sólo un momento para mirar hacia atrás cuando llegó a los árboles. Lo que vio le dejó estupefacto. En la clara mañana azul se había formado ante el refugio un remolino que barría furiosamente la hierba y absorbía tierra y piedras, lanzándolas al aire quieto. Luego el remolino subió por la pendiente y se centró sobre la anciana, agitando sus cabellos y sus ropas. Finalmente se alzó sobre la colina.

Madera Erguida lanzó un grito y echó a correr como no había corrido en su vida.

¿Cuánto tiempo? ¿Tres días? ¿Cuatro? El ciclo del amanecer y atardecer se había borrado en su mente febril. Un dolor continuo le atravesaba la pierna, acicateado con cada latido de su corazón.

—Soñador del Lobo... —volvió a decir Pequeño Danzarín con voz rota.

Sólo el débil susurro del viento acompañaba sus súplicas. A veces, cuando deliraba, pensaba que le hablaba con voces familiares, pero no podía distinguir las palabras. Entonces él respondía, al oír a Alce Ágil o a Toro Hambriento o tal vez el crujido de la risa seca de Pata Blanca.

Dormía agitadamente, y el Sueño le acechaba. Había sido uno con el águila que surcaba el cielo, había sentido el preciso control de los músculos de las alas y la cola. Experimentó la libertad y gozó de los sutiles cambios de actitud o de la tensión de las plumas al seguir las corrientes de aire.

Otras veces saltaba con las ratas en la noche, escuchando atentamente el débil sisear de las alas de los búhos en la oscuridad. Su agudo olfato había captado la rica dulzura de las espigas de hierba.

—Me estoy muriendo —musitó para sí, acurrucado en posición fetal mientras el sol secaba los últimos restos de agua de su cuerpo. El dolor casi le había vuelto loco. Lo único que tenía que hacer era arrastrarse hasta el borde para dejar que su exhausto cuerpo cayera sobre las ominosas rocas del fondo.

Levantó débilmente la cabeza para mirarse la pierna; al ver el miembro hinchado se mareó. La piel se había abierto bajo la presión. Tenía la pierna dos veces más grande que la otra, y espantosamente pálida. Cuando tocaba la piel, le parecía que fuera a estallar como una vejiga aplastada. Le invadieron las náuseas.

—Me estoy muriendo.

—Sí.

Alzó la vista, pestañeando por la luz, y vio cómo los rasgos de Soñador del Lobo se formaban entre los rayos del sol. Soñador del Lobo relumbraba, bañado en luz dorada, y en su piel aparecía la trama del Mundo del Espíritu.

Se puso sobre una roca tan silenciosamente como una pluma se posa en la tierra. Cruzó las piernas con elegancia y se sentó serenamente, con la espalda erguida y las manos en el regazo. La belleza de su rostro y la simpatía y la preocupación que reflejaban sus ojos tristes derritieron el alma de Pequeño Danzarín. La confusión, la preocupación y el desespero dieron paso a una cálida brisa que le acariciaba.

Pequeño Danzarín sonrió, abriendo los labios resquebrajados. La carga de lo que tenía que decir perdió sus bordes afilados, aunque las consecuencias significaran su condena.

—No puedo ser tu Soñador. No puedo dejar a Alce Ágil, ni a mis hijas. Las amo demasiado. —Suspiró. El palpitante dolor de la pierna adormecía sus emociones—. Debería disculparme, pero creo que no puedo. No puedo pedir perdón por amar a mi esposa y a mis hijas. No es algo por lo que deba sentirme culpable. Cuando me preguntaste si quería vivir y ser tu Soñador, no sabía lo mucho que...

—No necesito que me des explicaciones.

Pequeño Danzarín se lo quedó mirando con ojos desenfocados de fiebre.

—¿No? Pero yo... Creía que cuando alguien hacía una promesa a un espíritu y luego no la cumplía... bueno, pasaban cosas. Como lo que se cuenta de esa mujer que deseaba tener el Poder para curar, y cuando lo obtuvo lo utilizó para ganar en juegos de azar, y los Espíritus le lisiaron las piernas como castigo.

—No es lo mismo —dijo Soñador del Lobo con voz suave—. Sabía que llegarías a amar así a tu esposa. Sabía que tu amor por tus hijas te abrumaría.

—¿Sí? —Pequeño Danzarín se debatía. La cabeza le daba vueltas con el vahído de la fiebre—. No lo entiendo. ¿Entonces por qué me dejaste vivir? ¿Por qué mandaste al lobo para que me cuidara? ¿Por qué me llevó a su guarida cuando yo ya no podía más? Se enroscó para calentarme con su cuerpo. ¿Por qué hiciste todo eso si sabías que al final te fallaría?

Su sonrisa le dio calor, atravesando la oscuridad del arrepentimiento y el sufrimiento como dorados rayos de sol. Sus palabras eran como un bálsamo.

—Tal vez tardes algún tiempo en comprenderlo, pero necesito tu humanidad. De Agua Clara heredaste la capacidad de Soñar, y de Sangre de Oso tu fuerza. Dos Humos te enseñó a resistir. De Toro Hambriento has obtenido la vulnerabilidad, de Pata Blanca la sabiduría. Pero el don más precioso de todos procede de Raíz de Artemisa. Ella te enseñó tu humanidad, esa identificación con tus gentes. Ella se dio sin reservas, sabiendo lo que iba a venir.

—Y eso la destruyó.

—Igual que te destruirá a ti... al final.

—Espera. No lo comprendes. ¡Yo no soy el elegido! Me estoy muriendo. Y no abandonaría a mi gente. No abandonaría a Alce Ágil ni a las niñas, ni a Toro Hambriento, Batir de Cascos o...

—¿O al resto de la humanidad que te necesita? —Soñador del Lobo se echó a reír dando una palmada—. Sí, eso es. Y tu familia y tus amigos te quieren, pero es lo que yo necesito. Un Soñador al que amen, que sea fuerte, carismático y vulnerable. Lo harás bien, Danzarín del Fuego. Lo harás bien.

—Me llamo Pequeño Danzarín.

—Nunca adoptaste un nombre de hombre.

Pequeño Danzarín miró las rocas por debajo de él. La piedra

estaba manchada de sudor. Con aire ausente frotó el bajorrelieve de la espiral con un dedo.

—Después de todo lo que he visto, no parece importante adoptar otro nombre.

—Yo te doy ahora otro nombre. Eres un hombre, más hombre que el mayor de los guerreros, y el más astuto de los cazadores.

—Pero me estoy muriendo. El veneno está muy dentro de mí. Me ha mordido una serpiente y conozco los síntomas: la sangre negra, los tejidos que se hinchan al morir...

—Dime, Danzarín del Fuego, ¿por qué has escalado hasta aquí?

—Para buscarte.

—¿Por qué?

—Para decirte que no podía abandonar a mi familia, que la amo demasiado, que no puedo dejarla sola.

—Pero podías haberte quedado en el campamento, sin más. No tenías por qué venir a buscarme.

—El Lobo estaba allí, vigilando.

—¿Te ha amenazado alguna vez? ¿Ha hecho algo alguna vez para recordarte tu deber?

Pequeño Danzarín cerró con fuerza los ojos, intentando pensar. Pero sólo se acordaba de la mirada serena que le dirigió el Lobo la noche que el Fardo del Lobo le llamó.

—No, pero yo pensaba...

—La primera vez que nos vimos te dije que el libre albedrío no podía ser negado. ¿Alguna vez te di a entender que te castigaría si me fallabas?

—No.

—Así que podías haber escapado. Pero viniste, incluso sabiendo que yo podría destruirte por negarte a...

—¡Pero yo te lo debía! —Pequeño Danzarín intentó incorporarse y jadeó al sentir el dolor en la pierna palpitante—. No podía fingir sin más que no había pasado nada aquel día en la nieve.

—Eres un hombre que acepta la responsabilidad. —Soñador del Lobo cerró los ojos y alzó el rostro hacia el Sol para disfrutar del calor.

—No importa —susurró Pequeño Danzarín—. Mi primera responsabilidad es mi esposa y mis hijas. Pero ahora parece que la serpiente ha hecho uso de su propia libertad. Supongo que ya nada tiene sentido. Te voy a pedir una última cosa. Por favor, si pudieras facilitarles las cosas a Alce Ágil y a mis hijas, yo...

—No tengo intención de dejar que mueras, Danzarín del Fuego. Ahora menos que nunca.

De nuevo se le nubló la vista. No podía enfocar los ojos.

—¿Qué?

Soñador del Lobo se levantó, alzándose como el humo, y se acercó al cuerpo febril de Pequeño Danzarín.

—Estás en la situación precisa. Tu mente vaga, pasando de lo real a lo irreal. Has estado cuatro días sin comida ni agua. Es el número sagrado. El veneno de la serpiente ha disminuido aún más tu resistencia. Los umbrales de tu mente están abiertos, las puertas han caído. Te tambaleas, al borde de perderte a ti mismo, listo para tocar el Uno. Yo una vez tuve que utilizar hongos, igual que tú utilizarás otro día otro veneno. Ahora es el momento de enseñarte a Soñar con el Uno.

—¿Aunque te diga que no puedo abandonar a mi familia?

La sonrisa de Soñador del Lobo podía representar todo lo bueno del universo. El alma de Pequeño Danzarín habría cantado por verla otra vez.

—Sé que amas a tu familia, Danzarín del Fuego, pero te voy a dar algo más poderoso. Te voy a dar el Sueño. Te voy a dar el Uno. Con esto Soñarás para que la Espiral recobre el equilibrio. Serás Uno con el fuego, el aire y el agua... con la misma Madre Tierra. Todo está atado al Uno. Incluso tu familia.

»Ven, cógeme la mano. Vamos a Danzar juntos el veneno, y aprenderás que es sólo una ilusión.

—¿Entonces Pata Blanca tenía razón?

—Más de lo que nunca sabrá.

Pequeño Danzarín dio un respingo de dolor y jadeó, buscando el aire para aquietar el torbellino de su realidad. Cogió la mano del hombre de luz y sus dedos atraparon un brillante destello...

Se despertó tumbado de espaldas, mirando el cielo de la noche. Tenía una sed terrible y ardiente, producto de la intensidad de la fiebre. Sentía la lengua en la boca como cuero seco.

Gimió y se esforzó por levantarse. Miró aturdido a su alrededor, intentando ubicarse. Tenía la espalda apoyada en un saliente rocoso.

—¿Qué? —Le asustó el sonido de su voz.

Pestañeó, recordando de pronto. Había trepado a las alturas para buscar a Soñador del Lobo. Le había mordido una serpiente. Se aferró la pierna con dedos frenéticos y notó la carne firme. Miró a su alrededor, pero no vio nada raro en la oscuridad.

Guardaba en la memoria el calor del recuerdo de Soñador del

Lobo. Había Danzado con él; habían sido el Uno, flotando como el viento, Danzando con la pulsación del universo, cantando en armonía con el latido del Creador. Así, sintieron la belleza del giro de las estrellas, oyeron los cantos de soles distantes y sintieron el pulso de la vida. Había conocido la libertad. Su alma se había convertido en luz. El recuerdo permanecía en él con la rica dulzura de la miel caliente.

El pedazo de carne que envolvía a Pequeño Danzarín había quedado atrás, no siendo más que un poco de materia, una engañosa composición de tejidos. La gloria del Uno relumbraba en su memoria absorbiendo sus pensamientos, hasta que se dio cuenta de que el Sol había ascendido al cielo.

¿Podría volverlo a hacer? ¿Podría Danzar el Uno, Soñarlo sin Soñador del Lobo? Sintió la llamada, desesperada y acuciante. Llegó a él como una melodía en el viento.

—El Fardo del Lobo.

Se arrastró hasta el borde del pináculo y miró hacia abajo, donde zumbaba el espíritu de las rocas. Empezó a bajar sin ningún miedo, buscando apoyos para los pies.

Los músculos le temblaban por el esfuerzo, y un punzante dolor le laceraba los dedos cada vez que se los cortaba con la roca.

Primero tenía que recobrar el Fardo del Lobo. Sentía en el fondo de su mente que siempre había sabido que tendría que hacerlo. La larga espera había tocado a su fin. Quedaba muy poco tiempo. Tenía que recuperar el Fardo del Lobo y restaurar su Poder... Y aún tenía mucho por aprender.

Dos Humos cojeaba dolorosamente por un lado de la cuenca, estremeciéndose por el dolor de la rodilla. Cuanto más viejo se hacía, más le dolía. Llevaba en la mano un puñado de hierba de arroz, y las vainas, cargadas y a punto de reventar, se bamboleaban a su paso.

Se detuvo a recuperar el aliento y se acercó a una gran losa plana. Allí se sentó y sacó el cuero lleno de hierbas que llevaba al cinto. Lo desenrolló y se quedó mirando las diversas hierbas que había recolectado a lo largo de los años. Se fijó sobre todo en las hierbas de arroz, de las que tenía muchas, y admiró su frágil belleza.

Un cuervo graznó, volando en círculos como haciendo una casual inspección. Un saltamontes echó a volar con un chirriar de alas y un destello de plata. El verano se extendía a su alrededor, lleno de vida, plagado de sonidos de insectos y cantos de pájaros.

Dos Humos cogió una piedra redondeada para machacar una vaina de hierbas de arroz. Se quedó mirando la semilla aplastada y los diminutos pelos. Luego machacó otra, y luego otra, con creciente excitación.

—¡Estúpido loco! —Pestañeó, viendo cómo se unían las piezas del rompecabezas. Allí estaba la respuesta, después de tantos años de comer semillas, una a una, de masticar los tallos y de pasarse horas apartando los brotes para comerse los dulces peciolos. No, las hierbas no se comían, ¡pero las semillas sí!

Le parecía que le iba a estallar el corazón. Una lágrima surcó su ajada mejilla. Nunca se le había ocurrido recolectar semillas. Eran la parte más pequeña de la planta, ¿pero cuántas veces había abierto un tallo para que cayeran las semillas? Y no importaba que fueran pequeñas, porque había muchas. ¡La hierba crecía por todas partes!

Miró a su alrededor y vio por todas partes espigas llenas de semillas. En ese momento, algo le llamó la atención. El lobo negro salió de los enebros, seguido por Pequeño Danzarín.

Dos Humos soltó una risita.

—¡Eh, ven! ¡Lo he encontrado! ¡He encontrado el secreto de las hierbas! ¡Ven, mira! ¡Son las semillas! ¡Las semillas! —gritó Dos Humos ondeando los brazos.

Pequeño Danzarín rodeó los arbustos con paso vacilante y débil. Caminaba como un hombre en sueños. El Lobo se apresuró a desviarse a un lado, jadeando de calor.

Dos Humos no se dio cuenta de nada hasta que lo tuvo al lado. La alegría quedó paralizada en su corazón cuando levantó la vista.

—Pequeño Danzarín...

Su rostro había cambiado; hasta la cicatriz que tenía en la mejilla parecía más marcada, como iluminada desde dentro.

—¿Has encontrado el secreto?

Dos Humos asintió, viendo el extraño resplandor en sus ojos, como si viviera un Sueño.

—Son las semillas. —Hizo una pausa—. Podemos recolectar las semillas en cestas, como hacemos con las bayas y... ¿Qué ha pasado, Pequeño Danzarín?

—He Soñado con el Primer Hombre. —La voz de Pequeño Danzarín parecía muy lejana—. Vino y me encontró en la cima de una roca. Soñamos juntos... y fue hermoso, Dos Humos... muy hermoso. —Sonrió, perdido en los recuerdos.

¿Así que al final había sucedido? ¿Por fin había encontrado su Poder Pequeño Danzarín?

—¿Y Alce Ágil? ¿Qué pasará con ella?

Pequeño Danzarín sonrió, iluminando el alma del berdache.

—Soñador del Lobo la protegerá. Yo se lo pedí. Le pedí que os protegiera a todos.

—¿Y tú?

Pequeño Danzarín le puso las manos en los hombros. Dos Humos se sobresaltó al sentir aquel contacto, que fue como una descarga, y se perdió en las profundidades de los ojos castaños que tan pensativamente le miraban.

—Ahora veo, Dos Humos. Tú has dado mucho, y nadie lo ha comprendido. ¿Has encontrado el secreto de las hierbas?

—Sí. Hay que recolectar las semillas. Son pequeñas, pero están por todas partes. Lo importante no son los tallos sino las semillas. Nunca se me había ocurrido machacarlas. Ésa es la clave. Y... ¡y lo he tenido siempre delante de las narices! Hay que machacar las semillas y convertirlas en pasta, como hacemos con la raíz dulce.

—¿Y lo has probado?

—Bueno, todavía no, pero puedo hacerlo. Lo haré. ¡Seguro que es maravilloso!

Pequeño Danzarín cerró los ojos y echó atrás la cabeza.

—¿Quieres recoger algunas semillas? ¿Lo harías por mí? Las primeras semillas, para que yo me las lleve.

Dos Humos sintió que casi se le paraba el corazón.

—¿Para que te las lleves? ¿Te vas a Soñar?

La expresión de Pequeño Danzarín se ensombreció, apagando el Poder de sus ojos.

—Tengo que irme. El Fardo del Lobo me necesita. Es el momento, viejo amigo. La Espiral ha dado la vuelta. Pero no sé cómo....

—¡Pero allí arriba hay guerra!

Pequeño Danzarín esbozó una nerviosa sonrisa.

—Tal vez ahora termine. Tal vez pueda Soñar para que termine.

—No puedes Soñar para echar a toda la gente de Pequeño Búfalo, y que Castor...

—Es mi padre. Círculos, Dos Humos, todo transcurre en círculos, incluso la Espiral. —Levantó las manos que tan suavemente tenía sobre los hombros del anciano—. Haz para mí el secreto de las hierbas. A pesar de la preocupación que veo en tus ojos, tu corazón está a punto de explotar, Dos Humos. Tu felicidad brilla a tu alrededor como un fuego en una noche fría.

Su sonrisa vaciló. Pequeño Danzarín apartó al vista, perdido en sí mismo.

—¿Qué te ha pasado? —preguntó Dos Humos—. Estás distinto. ¿Es el Poder?

Pequeño Danzarín vaciló inseguro.

—Yo... ya no sé qué decir. La Tribu... Alce Ágil... ya no... —Tendió las manos con el rostro funcido en expresión suplicante—. He Soñado con el Primer Hombre, Dos Humos. He visto que todo esto es una ilusión. —Hizo un gesto que lo abarcaba todo. Levantó las manos y las miró maravillado—. Él y yo nos tocamos, y Danzamos, Soñamos y Cantamos. Compartimos el Uno... la armonía de... de... de todo.

Dos Humos asintió.

—Sigue.

Pequeño Danzarín se dejó caer de rodillas, sin hacer caso de las rocas afiladas.

—Pero yo... El Uno es un prodigio... El alma Canta y Danza y... y... —Se detuvo, con un balbuceo. Resplandecía al revivir la experiencia—. Es...

Dos Humos le cogió las manos y tiró de él para levantarle.

—Cuéntamelo. Háblame de Soñador del Lobo y del Uno.

Pequeño Danzarín parecía angustiado de nuevo.

—Es hermoso, como el titilar de las estrellas, la alegría de la luz, el corazón de un copo de nieve y el vuelo de una pluma. Y el alma palpita con el Poder, es Uno con él, respira con él. —Sus ojos se aclararon—. ¿Lo comprendes?

Dos Humos frunció el ceño y le estrechó las manos.

—Un poco. Al menos creo que sí. El Fardo del Lobo provocaba en mí algo parecido. Era como si pudiera sentir la presencia de una enorme caverna, y mis dedos sólo podían explorar el borde.

—Pues yo caí en ella, y luego volví a la luz. —Pequeño Danzarín dobló los dedos y volvió a estirarlos—. Pero yo... yo...

—¿Sí?

—No puedo explicártelo. No hay forma de contarlo con palabras. No puedo explicar lo que es perderse en el Gran Misterio, en el Sueño del Creador. —Hizo un gesto apasionado—. Es como... como explicarle un orgasmo a una piedra.

Dos Humos se echó a reír, tanto de la analogía como de la expresión de pánico que fruncía su rostro.

—No te rías —protestó Pequeño Danzarín, levantándose de un salto. Empezó a andar de un lado a otro, con pánico creciente—. ¿Cómo se lo voy a decir a los demás? ¿Cómo conseguiré que lo comprendan? —Se dio la vuelta, golpeándose la cabeza con los puños—.

Dos Humos, ya no encajo aquí. He estado más allá de este mundo, he soñado el Uno, he oído el canto de las estrellas. ¡He sentido el alma de Dios! ¿No lo entiendes? ¿Cómo puedo ahora sentarme a hablar de caza, o de lo altos que están los lirios este año, o reírme de una broma sin sentido o...? —Movió la cabeza frenéticamente—. Eso ya no significa nada para mí. ¿No lo ves? Me siento como un adulto, viviendo en un mundo de niños. Sus problemas no son importantes. —Dejó caer la cabeza—. Tienen importancia, naturalmente, pero son sólo una ilusión. En esta existencia, en esta tierra... la realidad es muy diferente para todos. Todos la inventamos. Pero ¿cómo se lo digo?

Dos Humos suspiró, y se palmeó las rodillas.

—Ahora comprendo.

—No, no puedes comprenderlo. A menos que hayas Soñado el Uno, que hayas Danzado con...

—No me refiero a tu Sueño.

Pequeño Danzarín se lo quedó mirando con una expresión hueca en sus ojos apasionados.

Dos Humos se llenó de aire los pulmones, disfrutando de la sensación de vida, de comprender por primera vez.

—Siempre me he preguntado por qué fui elegido. Por qué yo, un berdache, estaba ligado a tu vida.

—No comprendo.

—No, supongo que no. Es demasiado nuevo para ti. Estás perdido, vadeando el río crecido de tus nuevas experiencias que corre por ti tan deprisa que crees que te estás ahogando. Entre los Mano Roja, un berdache tiene mucho valor. Nos llaman mediadores, vivimos en los mundos del hombre y de la mujer. Pero vivimos en otros dos mundos, el mundo del Poder y el de la tierra. Agua Verde acudió a mí porque yo podía comprender sus Sueños. Ella me los contaba y yo la ayudaba a comprender.

»Recuerdo cuándo empezaron a preocuparle los Sueños con Sangre de Oso. No veía qué sentido tenía permitirle aparearse con ella. Ya entonces era un hombre violento. Necesitaba hacerle daño para disfrutar del sexo, para liberar su semilla. Yo tampoco lo comprendía, pero era el Poder y yo no pensaba burlarme de él. Entonces, cuando arraigó la semilla de Sangre de Oso, los Sueños cambiaron. Agua Clara me contó que necesitaba robar el Fardo del Lobo, que teníamos que huir.

Dos Humos sonrió.

—Era el Poder. Yo ya la amaba por entonces, y naturalmente

me marché con ella. Sentía los bordes del Poder, como ya te he dicho. Ah, qué tiempos. Ella y yo caminábamos solos, pero juntos, y el Poder fluía en torno a nosotros. El Fardo del Lobo zumbaba de Poder.

»Luego naciste tú, y nos alegramos mucho. Fue la primera vez que utilicé el Fardo del Lobo en un nacimiento. Fue la primera vez que lo sentí palpitar en mi mano y que percibí la caverna, el Uno, que yacía más allá de mi alcance. Fue algo maravilloso. Así que puedes imaginar mi horror cuando el búfalo corneó a tu madre y me dejó tullido. ¿Qué finalidad podía tener aquella tragedia? ¿Por qué el Poder me había llevado tan lejos para dejarme tullido y tirado en el suelo?

»Y entonces, una noche después de que Pata Blanca me recogiera, juré protegerte, y sin darme cuenta lo juré sobre el Fardo del Lobo, lo cual me comprometió para siempre.

—Y me cuidaste muy bien. Nunca te he dado las gracias.

—Todavía no he terminado. Ahora, en este momento de tu vida, por fin voy a ser útil. —Sonrió, maravillado al sentir el Poder, la caverna fuera de su alcance.

Pequeño Danzarín se humedeció los labios, con una pregunta en la mirada.

—Un berdache vive entre los Círculos, el hombre y la mujer, la tierra y el Poder. Para esto he sido preparado. Tú has ido más allá. Si un hombre está preocupado porque su esposa se aparea con otro hombre, ¿te preocuparía a ti su problema? Para ti el problema no tiene sentido. Tú ves que sólo el Uno es cierto. Has ido más allá de la diferencia, del yo y el tú de este mundo. El Poder me ha preservado para este momento. Yo soy tu puente, Pequeño Danzarín. A través de mí puedes tocar el mundo que tú llamas ilusión. Yo puedo ofrecerte el camino, puedo enseñártelo, y puedo comprenderte al mismo tiempo que comprendo a la gente que te rodea. Por eso fui elegido. Sólo ahora lo he comprendido. Sólo ahora veo que fui traído hasta este lugar, a sentarme en esta roca. Tal vez por eso el secreto de las hierbas se me ha escapado hasta este momento. El Círculo se ha completado.

—¿Y yo que hago?

—Soñar, Pequeño Danzarín, eso es lo que harás. Soñar un auténtico nuevo camino para la Tribu. Soñarás para que la Espiral vuelva a su sitio. El resto déjamelo a mí. He sido modelado para esto, igual que un artesano talla y da forma a un cuenco de cuerno. Te serviré hasta el final, y así lograré mi deseo. Lograré tocar el Uno. —Sonrió alzando las manos al sol de la mañana—. Gracias por este día, Sabio de las Alturas. Gracias por esta maravilla. Gracias por la luz de la comprensión. Yo, Dos Humos, te doy las gracias por permitirme finalmente ver.

Alce Ágil estaba sentada en lo alto del camino mirando las cumbres a las que había ido Pequeño Danzarín. ¿Cuánto tiempo tardaría? Iba frotando entre las manos encallecidas cortezas de enebro que había arrancado de los árboles adultos con una lasca de cuarcita. Después de frotar la ruda corteza vigorosamente, podría deshilacharla y comprimirla para hacer un pañal absorbente para su hija pequeña. Los niños necesitan mucho absorbente.

Se mordió el labio con inquietud y echó una ojeada a la niña que dormía pacíficamente en su cuna. Pasó un azulejo y se posó sobre un tocón, trinando en el aire cálido de la mañana.

Alce Ágil vio a Dos Humos, que se acercaba cojeando, y de pronto distinguió a Pequeño Danzarín y la esbelta figura del Lobo que correteaba entre la artemisa. Había algo en el modo de caminar de Pequeño Danzarín, una extraña ligereza insólita en él, que le recordaba a un hombre aturdido. Alce Ágil se levantó y echó a correr hacia él.

Dos Humos gritó para llamar su atención, pero ella vio la expresión lánguida de Pequeño Danzarín y sus ojos vidriosos.

Pasó junto a Dos Humos y se arrojó en los brazos de su esposo. Él la abrazó torpemente, pero Alce Ágil estaba tan preocupada que no se dio cuenta. Sólo cuando él se puso tenso y la apartó, alzó la vista y le miró a la cara para saber cuál era el problema.

—¿Estás bien, Pequeño Danzarín?

—Estoy bien —le dijo él incómodo; el brillo de amor que reflejaban sus ojos se mezclaba con otra cosa, con algo poderoso y espantoso—. Es que... he Soñado, he tocado el Uno.

—Alce Ágil... —Dos Humos le puso la mano cálida y firme en el hombro—. Ha estado en el mundo del Espíritu, Alce Ágil. Ha Soñado con el Primer Hombre.

Ella lo miró, sorprendida por su despreocupada sonrisa.

—Pequeño Danzarín...

Él le cogió la cara con las manos, y en ese momento sonrió sólo para ella. A Alce Ágil le dio un brinco el alma.

—Alce Ágil, mi maravillosa Alce Ágil. —La abrazó con fuerza, estrechándola contra su pecho, con el rostro cubierto de lágrimas—.

Ahora comprendo. Tú también me has enseñado. Por eso viniste a mí. Sin ti no podía haber comprendido los caminos del amor, no podía haber comprendido gran cosa sobre los hombres y su modo de ser.

Ella movió la cabeza, confusa y feliz de que la abrazara. Pero temía que algo precioso empezaba a escapar de su vida.

—Ven —le dijo Pequeño Danzarín, apartándose y cogiéndoles a los dos de la mano—. Tengo que prepararme. No queda mucho tiempo.

—¿Tiempo para qué? —preguntó Alce Ágil.

Pero Pequeño Danzarín ya había echado a andar. Se detuvo sólo un momento para coger con las manos el rostro de su hija. Alce Ágil descolgó la cuna del árbol y se dio cuenta de que Dos Humos la miraba pensativamente, con angustia y preocupación.

—Es la hora —dijo suavemente el berdache—. Debe marchar.

23

Tanagra corría, exaltada por el aire que salía a chorros de sus pulmones, el rápido movimiento de sus piernas, y por la sensación de fuerza, equilibrio y reservas sin fin. Había encontrado su lugar por primera vez en su vida. Siempre se habían burlado de su estraña forma de ser, de su deseo de cazar y rastrear los caminos de los animales, pero ahora probaría su valía.

Serpenteó entre los árboles, saltando sobre rocas y arbustos. Siempre le había gustado correr entre el follaje, enfrentarse al desafío de los verdes senderos, agacharse y saltar sobre las ramas. Tanagra se enorgullecía de su habilidad para caminar rápidamente y en silencio, igual que el alce. Era como el viento, nadie podía alcanzarla cuando se lanzaba entre los árboles como una flecha. Ni siquiera el hombre más fuerte era rival para sus veloces pies, ni podía evitar tropezar con las ramas o embestir como un búfalo que hubiera perdido el camino. Allí, en el corazón de las montañas, Tanagra estaba en su elemento.

Mientras corría, las flechas le resonaban en la mano. Eran las flechas de Pata Blanca, un legado de Poder y coraje.

—De modo que está hecho —había dicho la anciana cuando Tanagra le levantó la cabeza del suelo. Tenía la piel hundida y cetrina, y se le marcaban las líneas del cráneo.

—Pata Blanca...

—¡Calla! —La anciana intentó hacer un gesto—. No me queda mucho tiempo. Mi Poder estará contigo, muchacha. Utilízalo bien. Prométeme que seguirás al Soñador. Se acerca. Puedo sentirlo. Siéntelo con mi mente. El Poder llama.

—Cuando vi el remolino tuve miedo.

—No estuvo mal, ¿eh? Me gustaría saber si lo hice yo... o si fue pura casualidad. Ojalá pudiera ver las caras de los guerreros cuando el idiota que escapó les cuente... les cuente...

—Tranquila. Descansa, Pata Blanca.

—El Soñador viene. El Soñador... —Los ojos de la anciana se apagaron, fijos en la helada mirada de la muerte, y su cuerpo quedó yerto en brazos de Tanagra.

Y ahora Tanagra corría, fortalecida por la ira, acicateada por el deseo de clavar sus flechas en todos los miembros de la Tribu de Pequeño Búfalo que encontrara. No descansaría hasta que el último de ellos se hubiera ahogado en su sangre, hasta que las montañas se vieran libres de sus sucios pies. No volvería a sonreír hasta que el sol se pusiera sobre el último de sus cuerpos comidos por los buitres y devorados por los coyotes.

—¿Que viene un Soñador? —Miró ceñuda el sendero—. También viene la muerte, Tribu de Pequeño Búfalo. La muerte la traigo yo.

Los gritos ondearon débilmente entre los árboles. Tanagra aminoró el paso, recuperó el aliento y siguió caminando entre la frondosa arboleda de pinos tan silenciosa como una sombra a medianoche. Los gritos eran más fuertes ahora, y pudo localizarlos.

Bordeó una pradera y atisbó a los hombres que se movían por la hierba. Ante ella se alzaba una roca defendida tan sólo por unos pocos. Un grupo de guerreros la rodeaba gritando y blandiendo los puños, Danzando a su Poder y lanzando flechas a las rocas de lo alto.

El aire claro transportó la voz de Sin Sudor desde la cima del altozano.

—¡Venid y morid, Pequeño Búfalo! Tal vez nos matéis, pero nosotros acecharemos las almas de vuestros muertos en la Red de Estrellas.

Entre los guerreros rodeados se alzó un griterío de insultos, mientras los atacantes lanzaban proyectiles de muerte.

Tanagra sintió que su ira se desataba y se lanzó a campo abierto. Atravesó corriendo la pradera con una flecha ya ajustada en el atlatl. El alma de Pata Blanca parecía palpitar y vibrar en ella. El Poder corría por sus venas y le enardecía el corazón. Tanagra se lanzó entre los enemigos y de un flechazo atravesó por la espalda a un hombre que se disponía a disparar contra los defensores.

Tanagra gritó desde las profundidades de su alma iracunda y se dio la vuelta, justo a tiempo de atravesar a otro. Una canción estalló en su interior, haciéndose eco de la ira y el Poder de su alma. El Espíritu la poseía y Danzaba en sus flechas convirtiéndola en un torbellino de muerte.

Ella luchaba como envuelta en niebla, se volvía a uno y otro lados lanzando una flecha tras otra, Cantando para que atravesaran los cuerpos de sus enemigos. Un hombre cargó contra ella, pero su flecha pareció pasar sin hacerle daño. Tanagra se sacó del cinto el pesado atlatl y le partió el cráneo. Los demás estaban en torno a ella. Una flecha le pasó rozando y se hundió en otro guerrero.

El Poder palpitaba en sus venas, dándole la fuerza y la agilidad para Danzar y esquivar las flechas. Sus tiros y embestidas parecían dar siempre en el blanco antes de que ella escapara ágilmente. Los guerreros se lanzaron contra ella en medio de tal caos que no podían lanzar sus flechas sin peligro de atravesar a sus compañeros.

Tanagra Danzaba la muerte entre ellos, y su Canción les resonaba en los oídos, ahogando los gritos y la confusión.

Entonces se rompió la resistencia del enemigo y los guerreros salieron huyendo, perseguidos por Tanagra. Sin Sudor y los otros Mano Roja la seguían, recogiendo las flechas caídas para dispararlas por la espalda a los guerreros de Pequeño Búfalo.

El grupo de Tanagra persiguió a los fugitivos por los senderos hasta llegar a la arboleda, donde los mataron uno a uno. Cuando se quedaron sin flechas, les partieron los cráneos con los atlatls.

Tanagra se detuvo al ver a su última víctima gimiendo a sus pies. Intentó recobrar el aliento y se inclinó temblando para arrancar una piedra del suelo. La alzó con un gruñido. El hombre se volvió y alzó la vista, sacudiendo la cabeza. Un débil gemido partía sus labios, y una súplica se reflejaba en sus ojos.

La piedra le cayó en la cara produciendo un crujido de huesos.

La arboleda quedó sumida en un silencio sepulcral en el que no se oía el chillido de una ardilla. Tanagra se incorporó y miró al guerrero muerto. Un suave viento comenzó a susurrar entre los árboles.

Se volvió, exhausta y jadeante, y lentamente emprendió el camino de vuelta. Se detuvo en la pradera para arrancar las flechas de los muertos y hundirlas en el corazón de los heridos, a pesar de sus súplicas de piedad.

Vio cómo los guerreros de Sin Sudor salían de la arboleda riendo, saltando y palmeándose las espaldas. Fueron quedando en silencio al acercarse. Miraron nerviosos a los muertos y luego volvieron hacia ella unos ojos maravillados.

Tanagra se alzaba sobre el cadáver de un guerrero muerto. Bajó la mano para ponerla sobre su sangre y luego los miró uno a uno a los ojos y se enderezó, alzando al sol la mano ensangrentada.

—Una vez fuimos los Mano Roja. Perdimos el derecho a ese

nombre bajo el mandato de Sangre de Oso. —Y diciendo esto se llevó la mano al pecho y dejó que la sangre empapara la piel curtida por Dos Humos—. ¡Ahora somos otra vez los Mano Roja!

Alce Ágil golpeaba las hierbas con su palo de excavar. Las semillas salían disparadas en todas direcciones, cayendo casi todas fuera de la cesta.

Toro Hambriento se incorporó y se acercó a ella, que estaba rabiosa, de rodillas, con la cabeza gacha. Su pelo corto en señal de duelo se alzaba de punta en la nuca. En su pecho hueco palpitaba un alma vacía. Apenas sintió la mano de Toro Hambriento en el hombro.

—Siempre lo hemos sabido —dijo él suavemente.

Alce Ágil movió la cabeza.

—No. Yo nunca pensé que sería así. —Las lágrimas de frustración le ardían en las comisuras de los ojos y le nublaban la vista—. Era la última noche. Y ni siquiera me tocó en las pieles. Me rechazó. Dijo que no podía... que con el Sueño no podía.

Se frotó la nariz húmeda y se sorbió las lágrimas.

—Ya no lo conozco. No puedo llegar a él. Es un extraño.

Toro Hambriento se sentó junto a ella y la abrazó.

—Ha encontrado el Poder. Es algo que está fuera de nuestro alcance. Dos Humos me ha dicho...

—¡Dos Humos! ¡Dos Humos! ¡Es lo único que oigo decir! ¿Es que Dos Humos es el único que puede hablar con él? ¡Le... le odio! ¡Quizá sea mejor que se marche con su berdache! ¡Que comparta las pieles con él!

—Calla. No hablas en serio. —La voz suave de Toro Hambriento reflejaba su propio desasosiego—. Estás furiosa, preocupada. Dos Humos siempre ha sido bueno con nosotros. Nos ha enseñado a todos a vivir. Cuando tuviste a tus hijas, fue Dos Humos quien estuvo contigo toda la noche sintiendo tu dolor. Fue Dos Humos el que te cuidó cuando estuviste enferma. Te ama con todo su corazón. Y si se enterara de lo que has dicho, se le partiría el alma. No es culpa suya.

Ella lo miró ceñuda, más dolorida aún porque sabía que tenía razón.

—Pero todo esto se acabará algún día.

Alce Ágil movió la cabeza.

—Me alegro de que pienses así. Yo puedo sentir el cambio. Está en su interior, como el pus en un ciervo herido.

Toro Hambriento suspiró.

—Tal vez. Pero para eso nació. Supongo que en realidad nunca pensé que sería así. Yo siempre he intentado evitar el Poder, nunca lo he comprendido. Tal vez por eso Pata Blanca lo dejó conmigo. Tal vez Pequeño Danzarín necesitaba vivir así.

Alce Ágil lo miró, sintiendo envidia del tiempo que Toro Hambriento había pasado con su hijo, un tiempo del que ella había sido excluida. Se avergonzó de pensar así y apartó la vista.

—Lo sé. Pero yo también lo amo. —Toro Hambriento hizo un fútil gesto—. Tengo mi propia pena. He estado encerrado en mi corazón cuando tenía que haber estado pendiente de él. Pasé demasiado tiempo llorando por Raíz de Artemisa, hundiéndome en la pena cuando debería haber estado atendiendo a sus necesidades, ayudándole a reconciliarse con los Sueños. Pero en lugar de eso, huí, me reservé para mí mismo. —Hizo una pausa—. Tú le has dado los momentos más felices de su vida.

—¿Y por qué no lo siento así?

—Porque el dolor es nuevo. Y tú estás sufriendo por lo que puede ocurrir en el futuro.

—Yo no veo que las cosas mejoren. Lo único que hace es quedarse sentado en el risco con ese maldito lobo. Y cuando voy a hablar con él, está encerrado en sus pensamientos... Soñando despierto. Apenas come. Y no habla si no es con Dos Humos. Me está volviendo loca.

—Dos Humos dice que van a ir a por el Fardo del Lobo.

—Lo sé.

—Es el Poder, Alce Ágil. Así son las cosas. No podemos controlarlo. Si un árbol cae en el bosque, nosotros no tenemos poder para volverlo a enderezar. Así es el Poder en Pequeño Danzarín. El Poder forma parte del mundo, como el viento que sopla entre los árboles. Cuando el Poder viene, ya no desaparece.

—Cuando un árbol cae, muere.

—Pues ésa es una de las cosas buenas del Poder, que Pequeño Danzarín no está muerto.

—Es como si lo estuviera.

Toro Hambriento le alzó la barbilla con un dedo encallecido y la miró a los ojos.

—Dime, si tú pudieras despojarle del Poder y supieras que eso arruinaría su vida, que sería como cortarle una pierna, ¿lo harías?

Ella lo miró, sintiendo cómo se extendía su depresión.

—No.

—¿No deberías estar contenta de que fuera feliz? ¿No es ése el auténtico significado del amor? Y pase lo que pase, tienes a las niñas. Has gozado de su sonrisa y de todo su amor. Ahora él pertenece al mundo y ha de predicar lo que sabe. Dos Humos cree que Pequeño Danzarín puede cambiar las cosas y detener la guerra. ¿No crees que eso vale mucho?

Ella vaciló un momento, sabiendo que no podía detener el torbellino en que se había sumido su vida.

—Supongo.

Y sé que Pequeño Danzarín tiene que hacerlo. Detenerle sería matarle. Pero es que no sabía cuánto me iba a doler.

Toro Hambriento sonrió y le guiñó un ojo.

—Pues venga, vamos a llenar estas cestas, a ver si es buena su idea de sacar comida de las hierbas.

—¡Alguien viene!

El grito llamó la atención de Castor, que estaba concentrado en las plumas y huesos que había dispuesto sobre una piel de búfalo. Siete Soles lo miraba con curiosidad, frotándose las muñecas que empezaban a quedársele rígidas.

—Creo que esto es un buen augurio. Los Anit'ah se marchan, intentarán ocultarse en la arboleda.

Siete Soles entrecerró sus viejos ojos.

—Para saber eso no hace falta ser Soñador del Espíritu. Si me pongo en el lugar de los Anit'ah, ¿qué haría yo si mi país estuviera invadido por todo un pueblo?

Castor se permitió una sonrisa casual. *No te atrevas a desafiar ahora mi poder, Siete Soles. Ha llegado demasiado lejos.*

—Puedes ponerte en el lugar de quien quieras, viejo amigo. Pero no te olvides del tuyo. —Le gustó ver cómo se ponían tensos los rasgos de Siete Soles. Era como si el anciano se hubiera convertido en piedra. Sólo sus sabios ojos eran expresivos. Y naturalmente Siete Soles conocía la realidad de su situación.

Estalló un rumor de voces.

—Tal vez debería ir a ver qué es este jaleo. —Castor se levantó, irritado al sentir cómo había engordado. Un Soñador del Espíritu debía tener un aspecto próspero, pero a lo mejor debería moverse un poco más y vigilar su dieta. Estar demasiado gordo podría desprestigiar tanto como estar demasiado delgado.

Salió bajo la cortina del refugio y se enderezó. Vio que el Sol rojo sangre se ponía entre las montañas. Los álamos crujían con la brisa y los enebros y la artemisa susurraban detrás del campamento. El Muro Rojo ardía de color escarlata, reflejando el atardecer hasta casi hacer daño a los ojos. El ancho valle verde del Muro Rojo se extendía hacia el norte y el sur con una exuberante hierba esmeralda. Las montañas se alzaban bloqueando todo el horizonte occidental como si la tierra hubiera estallado. Las pendientes estaban moteadas de pinos y enebros, de forma que podría creerse que el Sabio de las Alturas había esparcido al azar sus semillas. Una estrecha grieta en la pendiente señalaba el abrupto cañón de la bifurcación del Río Claro.

Allí habían acampado en un tiempo los Anit'ah, y ahora los postes de los refugios de la Tribu señalaban hacia la bóveda del árido cielo del verano. La densa arboleda de enebros y artemisa crujía por la sequía detrás del campamento.

Se alzó un rumor de voces. Los perros gemían y ladraban, y los agudos sollozos de una mujer se unieron a la confusión.

Castor dirigió sus pasos hacia el tumulto, y al dar la vuelta a un refugio encontró a un grupo de gente en torno a un guerrero. ¡Madera Erguida! El guerrero tenía la cabeza gacha y cojeaba, levantando con dolor una pierna.

—¿Qué ha pasado? —Castor se detuvo y se agitó para colocarse bien sobre los hombros su capa blanca de piel de búfalo.

Madera Erguida tragó saliva y alzó la cabeza con la cara pálida de dolor. Tenía la piel y las ropas cubiertas de sudor. Castor le vio las manchas de sangre en las piernas. A pesar del ansioso grupo de gente que le sostenía, las moscas se arracimaban en la herida.

—Soñador del Espíritu. —Madera Erguida tragó saliva con la garganta seca y se estremeció.

—Dadle agua. Ponedle en una piel para que descanse. Que alguien le traiga comida.

Llevaron a Madera Erguida a un refugio y le pusieron sobre una piel rápidamente improvisada. Luego le dieron comida y agua y la Tribu se arremolinó a su alrededor hasta que Castor los apartó a todos. La palabra «Soñador» seguía resonándole en la mente.

—Ahora estás a salvo. Cuéntanos lo que ha pasado.

Madera Erguida alzó la vista con un brillo de locura en los ojos.

—Capturamos a una mujer Anit'ah. Se escapó y mató a Dos Lunas Azules y a Hormiga Diminuta. La perseguimos y llegamos a una roca en la que parecía que vivían los Anit'ah. Había una mujer sentada delante de ella que nos dijo que nos marcháramos o moriríamos. Mano Izquierda la atravesó con una flecha, y la mujer que habíamos capturado salió corriendo. Yo me acerqué a ver a la anciana. No estaba muerta. Era...

—Sigue.

—Era la vieja bruja... Pata Blanca.

Todos se quedaron sin aliento.

Castor quiso tranquilizarlos con una torcida sonrisa.

—No pasa nada. Hace mucho que la Maldije para que muriera. Era Poderosa. Para matarla hicieron falta guerreros bendecidos personalmente por mí. —Sonrió con expresión soñolienta—. Veréis, pueblo mío, ni siquiera una Poderosa bruja puede interponerse ante el Sueño de Castor.

—Pues entonces más vale que Sueñes con más fuerza —resolló Madera Erguida.

—¿Es que no murió? —Castor se volvió y miró ceñudo al joven, poniendo en su expresión toda su malevolencia.

Madera Erguida le devolvió la torva mirada.

—Murió... creo.

—¿Crees?

El guerrero tragó saliva con un movimiento de la garganta reseca.

—No me quedé para comprobarlo. La mujer Anit'ah mató a Mano Izquierda, Caída Rápida, Flecha Firme y a los demás. La anciana se quedó allí sentada, con expresión de triunfo. Me dijo que causaríamos la muerte de la Tribu. Dijo: «¡Idiota! Con mi muerte habéis escupido al Poder por última vez.»

La gente volvió a quedarse sin aliento. Algunos retrocedieron con la mano en la boca.

Castor soltó una risita.

—¿Así que quieres hacernos creer que una mujer mató a esos bravos guerreros? —Se echó a reír de nuevo, observando el efecto de su burla sobre el resto de la Tribu. Toda la atención estaba centrada en él—. Tenía razón al llamarte idiota. —Movió la cabeza—. Bueno, Madera Erguida, ahora dinos la verdad. Disteis con una partida de guerreros Anit'ah, ¿no es así? Te asustaste y huiste, ¿no es cierto?

Los ojos de Madera Erguida se cargaron de furor.

—¿Me llamas cobarde? Pues escucha, Castor. ¡Escuchad todos!

—Ya basta. —Castor simuló un bostezo—. Me parece que ya sabemos todos la verdad.

—¡Escucha, Castor! ¡Escucha! —Madera Erguida logró incorporarse y a punto estuvo de desplomarse cuando brotó la sangre fresca de su pierna.

Aquello era demasiado. Castor hizo un expresivo gesto a dos de los ancianos.

—Que descanse. Tiene fiebre.

—Pata Blanca me dijo: «Eres el último. Corre. Corre como no has corrido en tu vida, muchacho. Dile a Castor que un nuevo jefe se ha alzado entre los Anit'ah. Se llama Tanagra. Y dile a Castor que un Soñador... y el Fardo del Lobo... van a por él. Dile a él, y a la Tribu entera, que tendrán que Danzar con Fuego.

Castor dio dos pasos, se detuvo y se echó a reír.

—¿Pero qué dices? ¿Una mujer? ¿Esperas que creamos que una mujer expulsará a mis guerreros de las montañas?

Madera Erguida extendió las manos temblorosas con una mirada suplicante.

—Te niegas a escucharme. Me acusas de cobardía. Pues entérate de una cosa. Huí del refugio de Pata Blanca. Pero Creía que me había engañado. Encontré a Fuerza que había rodeado a un grupo de Anit'ah. Maté a uno de los Anit'ah, y empezamos a atacar cuando la misma mujer apareció en medio de nuestros guerreros. Mataba a diestro y siniestro. Las flechas no la tocaban. Danzaba y Cantaba con una extraña sonrisa mientras...

—¡Ya basta! —rugió Castor ondeando las manos—. Ya oíremos el resto cuando los guerreros de Fuerza...

—Pues esperarás mucho tiempo —gritó Madera Erguida—. ¡Está muerto! Y la mayoría de sus guerreros también. Ella infundió coraje a los Anit'ah y se lanzaron al ataque. ¡No pudimos detenerlos! Atacaron, atacaron y atacaron hasta que huimos. ¿Lo oyes, Castor? ¡Todos huimos!

Castor movió la cabeza.

—¿Derrotados por una mujer? —Chasqueó los labios y adoptó una expresión dolida—. Lleváoslo. Está loco. Delira de dolor.

Madera Erguida se alzó la camisa ensangrentada para mostrar las heridas que tenía en el costado.

—Tú sabes mucho, Castor. Has visto muchas heridas. Mira. Sabes la diferencia entre una flecha que entra y otra que sale. Esta herida la recibí al enfrentarme a un hombre.

—¿Veis? —señaló Castor—. No me extraña que delire. Pobre hombre. Lleváoslo. Yo iré más tarde a Cantar por él e intentaré devolverle la cordura.

Madera Erguida resopló enojado y se dejó caer lentamente al suelo entre jadeos.

—Y os voy a contar otra cosa que vi. Vi el fantasma de Pata

Blanca elevarse en el aire. Todos habéis oído las historias. Su fantasma creó un remolino y ascendió al cielo.

»Y tal vez yo fuera un cobarde. —Madera Erguida movía la boca seca—. Pero después de lo que he visto, Castor, más te vale poder Danzar con Fuego. Yo sé la verdad. La vi en los ojos de Pata Blanca.

Castor entornó los ojos.

—Y a ti más te vale tener razón, muchacho, porque si estás mintiendo para asustar a la Tribu y ocultar tu cobardía, tendrás un destino más terrible que una flecha Anit'ah.

Y salió como una exhalación, abriéndose paso resueltamente entre el círculo de gente que le miraba.

Los fuegos relumbraban como ojos enrojecidos en la noche. Sobre cada montón de ascuas habían colocado una losa de piedra en la que se cocían pastelillos de pasta de semillas. De la luz rubí de los fuegos se alzaban débiles jirones de vapor que llenaban el aire con su delicioso aroma. Dos Humos iba mirando los fuegos. Allí estaba por fin la solución al problema que le había estado preocupando durante tantos años. Al mismo tiempo intentaba enterarse de lo que contaban Grillo y los demás.

La gente había empezado a llegar la mañana anterior, y hablaban de la guerra en las montañas. Habían venido de uno en uno o en parejas, o en grupos de hasta cinco, con sus perros y hatillos. Mujeres, niños, ancianos y muchachos demasiado jóvenes para luchar. Todos contaban historias parecidas sobre campamentos atacados por sorpresa.

Ahora estaban sentados, hablando en voz baja con Batir de Cascos y Toro Hambriento. Triguero y Cuervo Negro escuchaban, mientras que Tres Dedos y Graciosa se iban inclinando sobre los fuegos para meter piedras de hervir en el agua y calentar la bolsa de vientre de alce llena de caldo de raíces.

La luz del fuego danzaba en los rostros cansados. Algunos de los fugitivos miraban fijamente las llamas con expresiones que reflejaban la debilidad y la desesperación de sus almas. Algunos estaban sentados con las piernas cruzadas y miraban en torno al campamento o el muro de piedra en el que se reflejaba la luz, o bien tenían la vista fija en la oscuridad, con las mentes ausentes. La preocupación y la derrota parecían una constante. Eran un pueblo deshecho, perdido, incapaz de comprender.

Dos Humos miró un momento a Pequeño Danzarín. El Soñador

estaba sentado, escuchando a medias, con la vista centrada en un punto más allá del fuego, como si de la noche se alzaran formas maravillosas. El gran lobo negro estaba a su lado, y observaba con las orejas tiesas a los perros que husmeaban en torno al campamento. Hasta los perros parecían acobardados; no se atrevían a desafiar al lobo, y sus rasgos caninos estaban tan confusos como los de sus amos.

Alce Ágil estrechaba a su hija contra su pecho, sumida en la pena. Miraba a los refugiados, a Grillo que había sido su amiga, y a los otros, con los que había vivido, y luego inevitablemente fijaba la vista en su esposo. Dos Humos veía entre el resplandor su preocupación y su pena.

Batir de Cascos se encargaba de distribuir el caldo entre los hambrientos visitantes. Toro Hambriento escuchaba con expresión pensativa, esperando cortésmente a que sus invitados terminaran de comer. Se acariciaba preocupado la barbilla.

Finalmente, Grillo dejó el cuenco a un lado y lanzó un largo eructo para demostrar su aprecio por la comida. Enlazó las manos sobre el regazo y miró a Batir de Cascos y luego, con cierta suspicacia, a Toro Hambriento.

—Tanagra nos dijo que viniéramos aquí. ¿Qué hacemos ahora?

Toro Hambriento se levantó y todas las miradas se centraron en él.

—He oído vuestras palabras, y también he visto la suspicacia en vuestros ojos. Quiero deciros que sois bienvenidos entre nosotros. Creo que podremos alimentaros mientras estéis aquí. Dos Humos ha descubierto el secreto de las hierbas, y de este modo nos ha proporcionado una nueva comida. Las hierbas están en todas partes.

—¿Y qué pasa con tus lazos con la Tribu de Pequeño Búfalo? —Un Tiro se levantó, al borde del círculo. Sus viejos ojos relumbraban bajo la luz del fuego, y el dolor marcaba su rostro.

Toro Hambriento hizo un gesto de resignación.

—Ya no somos la Tribu de Pequeño Búfalo. Somos otra cosa, un grupo diferente... ni Pequeño Búfalo ni Mano Roja. Nosotros también hemos huido de Castor y sus Sueños.

—Castor no es un Soñador —murmuró Pequeño Danzarín—. No es del Uno. Ha pervertido la Espiral.

La gente le miró con curiosidad teñida de cautela.

—Como iba diciendo, Un Tiro, somos diferentes. No tenemos lazos con aquellos que una vez fueron nuestros parientes. Todos sois bienvenidos entre nosotros. Nuestro campamento es el vuestro durante el tiempo que queráis. Vuestros hijos y los nuestros ya están jugando juntos, disfrutando de su mutua compañía. Creo que es una lección que deberíamos aprender de ellos.

Un Tiró bajó la cabeza mirando a Toro Hambriento con ojos de acero.

—¿Y si Pequeño Búfalo baja la montaña?

Toro Hambriento señaló hacia el oeste.

—Nos marcharemos. Los Comedores de Pescado viven al otro lado de la cuenca y sólo...

—Sabemos que la Tribu de Pequeño Búfalo caza en la cuenca.

—Pero los búfalos se han marchado —replicó Toro Hambriento—. Ya sólo quedan uno o dos pequeños rebaños. La sequía les ha obligado a marcharse por el Río de la Montaña Cabra. Yo cacé por allí una vez, cuando era muchacho, y sé que la hierba que Dos Humos ha convertido en comida es allí abundante. Y hacia el sur está la Cuenca del Viento Cálido. Y más allá hay más montañas. En algún lugar encontraremos un sitio para nuestro pueblo.

—Aquí están los huesos de mi abuelo —añadió Un Tiro—. ¿Me estás diciendo que me marche de aquí?

Toro Hambriento movió la cabeza.

—No, sólo te estoy diciendo lo que hará nuestra tribu si Castor trae la guerra. No somos guerreros. Somos cazadores y recolectores de plantas.

Pequeño Danzarín se levantó.

—No os marcharéis de las montañas. Mañana iré a reclamar el Fardo del Lobo. Ha llegado el tiempo del Fuego. La Espiral está completa. Iré a Danzar con el Uno, para restaurar los Círculos y la Espiral. Castor debe enfrentarse a un Sueño más poderoso. El Fuego debe tener su camino. Ha llegado el momento.

Sonrió misteriosamente y atravesó el centro iluminado del campamento, alzando las manos al fuego de la noche.

La gente lo observaba en silencio, con los ojos muy abiertos. El Lobo se levantó y lo siguió hacia las tinieblas, hacia el borde rocoso.

—¡Ah! —exclamó Un Tiro maravillado—. Entonces es verdad. ¿Es un Soñador?

Alce Ágil se mordió el labio. Luego salió corriendo y se metió en su refugio. Grillo también se apresuró a levantarse para ir tras ella.

Dos Humos se levantó con un suspiro.

—Es un Soñador, un Soñador como los Mano Roja no han visto en muchos años. —Se llenó de aire los pulmones y entonces les contó la historia de Agua Clara y el Fardo del Lobo. Fue recitando con gran dramatismo toda la historia de la vida de Pequeño Danzarín, la maldición de Castor, los intentos de Pata Blanca por educarle, los Sueños y las frustraciones. Y finalmente les contó la visión—. Pequeño Danzarín subió a las montañas buscando un lugar elevado. Le mordió una serpiente y se le hinchó la pierna. Esperó durante cuatro días, agonizando, hasta que Soñador del Lobo apareció en la luz del sol.

—¿Y tú lo sabes? —preguntó Un Tiro.

Dos Humos asintió.

—Soy berdache, y sentí el Poder en sus palabras. Pequeño Danzarín y el Primer Hombre Soñaron juntos para sacarle el veneno de la pierna. Todavía se le ven las cicatrices rojas e inflamadas en el tobillo. Y yo mismo he oído la llamada del Fardo del Lobo. Pequeño Danzarín estaba cambiado. Soñó la Danza. Me ha dicho que un nuevo jefe se ha alzado entre los Mano Roja, un guerrero que romperá la fuerza de la Tribu de Pequeño Búfalo. Y cuando esto ocurra, Pequeño Danzarín se enfrentará a Castor y Soñará la Espiral para que el mundo no se acabe en la sequía y nuestros hermanos, los búfalos y los antílopes, no se extingan como se extinguieron los monstruos bajo las flechas de nuestros antecesores.

—Entonces —dijo Toro Hambriento con una mueca—, ¿te marchas con mi hijo?

Dos Humos se volvió y le puso la mano en el hombro, comprendiendo intuitivamente la súbita preocupación y el dolor de Toro Hambriento.

—Sí, pronto nos iremos.

—Entonces haré el hatillo esta noche. Me voy con vosotros.

—No.

—¡Pero es mi hijo!

—Toro Hambriento, viejo amigo, Pequeño Danzarín no es tu hijo. Tú sólo lo criaste y lo amaste. Es el hijo del Poder. Ahora el Poder le guiará. —Dos Humos señaló a la gente con un gesto—. Tú nunca has querido mezclarte con el Poder. Aquí, ante ti, está tu responsabilidad. Esta gente necesita un jefe. Esta gente te necesita. Hay que preparar campamentos, hay que reunir comida. Las próximas semanas vendrán más Mano Roja, y este invierno tendrás que alimentarlos a todos.

Toro Hambriento movió abatido la cabeza.

—Pero si hay que derrotar a la Tribu de Pequeño Búfalo, si Castor... No lo entiendo.

—Sí, sí que lo entiendes, viejo amigo. Durante esta guerra, no se ha almacenado comida. Los campamentos han sido destruidos. Pequeño Danzarín no me lo ha contado todo, peró sé por lo que me ha dicho que los Mano Roja pasarán hambre este año en los campamentos altos. Tienen que bajar. El Poder tiene sus caminos. Nosotros vinimos aquí por una razón. El secreto de las hierbas vino a mí por una razón. Confía en tu viejo amigo Dos Humos.

Toro Hambriento se humedeció los labios y una arruga de desesperación le hendió la frente.

—Pero mi hijo...

—Yo cuidaré de él. Durante toda mi vida me he estado preparando para este viaje. Haremos lo que podamos.

Toro Hambriento quería decir algo, pero no encontraba las palabras.

—Venga, vamos a probar esos pasteles de semillas molidas. Ahora tomaremos vida de las plantas.

Toro Hambriento apretó los puños, sin moverse, con expresión confusa.

Danzarín del Fuego estaba sentado muy quieto, con los ojos cerrados. Una sensación de pánico crecía en su interior. Allí yacía el Uno, fuera de su alcance.

La noche palpitaba de vida, con la sensación del Uno que se enroscaba en ella. Los insectos batían el aire con sus alas. Un coyote aulló a lo lejos. La brisa nocturna que soplaba entre los enebros traía un leve sonido. El aire soplaba frío en su cara ardiente. La roca le mordía furiosa la carne y un gorgoteo de hambre se agitaba en sus entrañas. Los recuerdos de voces gritaban en su interior, y en su mente veía unos rostros que oscilaban nuevos y excitantes en torno al fuego.

Danzarín del Fuego acalló sus pensamientos, luchando contra las palabras e imágenes que trataban de distraerle. El Fardo del Lobo lo llamaba; su poder se desvanecía como el agua de una bolsa agujereada, gota a gota.

¡Ya voy! Danzarín del Fuego lanzó un grito, intentando buscar un camino entre el caos de sus emociones. Ante él se formó el rostro de Alce Ágil. Su mirada de angustia destrozó la serenidad que buscaba.

Le estoy haciendo daño. Su dolor es culpa mía. ¿Cómo puedo causar tanto dolor a alguien a quien amo? El daño que le hago a ella me duele más a mí. ¿Por qué me estoy haciendo esto? ¿Por qué les hago esto a los seres que amo?

El eslabón que buscaba se rompió, se desvaneció como la niebla al sol. El Uno lo llamaba, su Poder relumbraba tentador, irresistible. Tendió la mano frenético y aferró la nada. El Uno se agitaba fuera de su alcance, esquivo como una espiral de humo que puede olerse pero no sentirse.

Cuando Soñador del Lobo lo llevó a Danzar, todo había sido muy fácil. Había experimentado el silencio atronador, la unidad y la falta de armonía. Había sentido la gloria, y la nada. La llamada se hizo más fuerte, atrayéndole, y él se sentía como el hombre que sufre de sed y ve cómo el río se retira fuera del alcance de sus dedos.

¡Fue tan fácil! Simplemente cogí la mano del Soñador del Lobo y crucé. ¿Por qué no puedo hacerlo ahora? ¿Por qué me acerco tanto, para luego perderme en la ilusión?

Volvió a acomodarse, dejó en blanco la mente e intentó apartar de ella los engaños de la ilusión. Extendió en el silencio su mente y su alma, olvidando el mundo que le rodeaba. El Uno estaba más cerca, y su dulzura le acariciaba el alma como el radiante calor del fuego en una noche fría. Danzarín del Fuego buscó las llamas y se extendió en un esfuerzo por abarcarlas.

La risa ascendió en el aire quieto, llevando las emociones de la Tribu. La imagen estalló y el pánico creció en su interior. El Uno estaba muy cerca, y a la vez muy lejos.

Fue muy fácil atravesar el umbral. Yo lo hice, y puedo volver a hacerlo. Sólo tengo que dejarme ir, flotar en torno al Uno. Imaginó la mano de Soñador del Lobo en la suya. Sus dedos se tensaron sobre la nada hasta que le temblaron los músculos y el dolor rompió su concentración. *No, así no. Esto es otra ilusión que quiere atraparte.*

En el fondo de su mente resonó una voz.

—Ha llegado el momento. Debes ir y Soñar. Debes. Debes...

Danzarín del Fuego cerró los ojos. La desesperación fluía por su pecho ardiente.

—¿Y si no puedo?

Y el pánico estalló, y él rompió a llorar.

La mañana proyectaba una turbia niebla amarilla sobre el implacable muro de montañas del este, un muro escarpado y negro, impenetrable a la luz, que bloqueaba la llegada del sol.

Igual que mi alma, pensó Alce Ágil.

Ascendió el último tramo del empinado camino y coronó la cima de la roca bajo el frío aire de la mañana. Un tordo lanzó un quejumbroso trino. Ya había un grupo de gente cuyas siluetas contrastaban con las vaporosas formas del enebro y los matorrales. Pequeño Danzarín estaba sentado a un lado con las piernas cruzadas, vuelto hacia el este, con las manos en el regazo, los ojos cerrados y un rostro inexpresivo.

La arenisca crujía bajo sus pies. Alce Ágil obligó a sus piernas a moverse y caminó torpemente, como si quisiera renegar de su gracia natural. Grillo caminaba tras ella arrastrando los pies. Se habían pasado la noche despiertas, hablando de la vida, del amor y del sufrimiento. ¿Acaso existía alguna otra cosa en el mundo?

Alce Ágil se detuvo y miró a su marido. El corazón le palpitaba en el pecho y en su mente giraban recuerdos de sus sonrisas, sus bromas y sus incertidumbres. ¿Y todo para llegar a esto?

Él es la esperanza de la Tribu, de los Mano Roja y de Pequeño Búfalo. Tiene que ir. Es un guerrero del Poder, y lucha por su mundo. Alcé Ágil movió la cabeza, recordando la advertencia de Dos Humos. Las historias que contó Grillo de miedo y muerte no hicieron sino reafirmar la certeza de que había llegado el momento. *Tengo que dejarle ir. Tengo que dejarle libre. Pero ¿por qué duele tanto?*

Pequeño Danzarín abrió los ojos, como si hubiera oído sus pensamientos, y volvió la cabeza para mirarla. Se levantó, y el Lobo apareció a su lado como por arte de magia. Alce Ágil le vio acercarse. Era como si los otros no existieran. La visión de sus rasgos torturados y su expresión desesperada la hendió como un trozo afilado de obsidiana.

¿Qué le atormentaba tanto? ¿Qué terror le causaba aquella expresión de angustia? Alce Ágil sintió que cedía el freno de sus emociones y se lanzó a abrazarle con fuerza. Él la rodeó con los brazos.

—Lo siento —le susurró al oído—. Algún día lo comprenderás.

—Tal vez ya lo comprenda. Vete, Pequeño Danzarín. Sueña para que el mundo vuelva a ser como era. Yo Cantaré por ti. Haré cualquier cosa que... Por el Sabio, estoy tan orgullosa de ti que me duele.

—Te amo. Nunca dejaré de amarte. Tal vez, bueno, tal vez es mi fuerza para Soñar. Tenía que conocer el amor, tenía que estar dispuesto a darlo todo por él. Tú me has dado el mayor de los dones.

—Te esperaremos. Tus hijas, todos nosotros. Vuelve.

—Si puedo.

Y se apartó de ella.

Alce Ágil le miró con los ojos secos y vio el dolor reflejado en su rostro. Movió la cabeza lentamente.

—Te esperaré. El tiempo que haga falta. Siempre.

La sonrisa de Pequeño Danzarín le caldeó el alma a pesar del frío que sentía dentro.

Pequeño Danzarín se volvió hacia Grillo, que tenía en brazos a su hija pequeña. Tocó la frente de la niña con una caricia tan tierna como la de la brisa de la primavera sobre el pelaje de un cervato. Su hija frunció los labios en una sonrisa de deleite y soltó un gorjeo.

Pequeño Danzarín se acercó luego a su hija mayor, que se chupaba el pulgar con expresión insegura.

—¿Vas a ser buena? ¿Harás caso de tu madre? Tienes que crecer para ser tan guapa como ella.

La niña asintió, y se arrojó en sus brazos.

—¡No te vayas! ¡No me dejes!

—Tengo que irme. El Poder me llama. —Se inclinó para darle un beso en la cabeza y sus lágrimas se secaron, iluminadas por una sonrisa.

—Qué bien.

—Es el Poder, pequeña. Llévalo contigo.

Se levantó. Una lágrima le surcaba la mejilla.

—Esto es muy duro.

Alce Ágil sintió un nudo en el estómago, como si le hubieran dado una patada.

—Vamos —dijo suavemente Dos Humos saliendo de entre la multitud—. Nos queda un largo camino.

Las protestas de Alce Ágil murieron en su garganta. Observó en silencio a Dos Humos y a Pequeño Danzarín, que tomaban el camino hacia el este.

—El tiempo que haga falta —susurró.

Apenas se dio cuenta de que su hija le había cogido la mano y se abrazaba a su pierna. Un lamento creció en su interior. A pesar de las promesas, sus ojos se inundaron en lágrimas que le nublaron la vista, y Pequeño Danzarín desapareció en una bruma de plata.

24

Tanagra contemplaba el atardecer, maravillada ante la nube incendiada en naranja que relumbraba con la luz del ocaso. El cielo era una sombra azul oscuro en la que se formaba una fiesta de colores. La tierra parecía estallar en llamas, reflejando los rayos de luz escarlata que difundía el cielo.

—Un mundo en llamas —susurró.

Después apartó la vista de aquella maravilla y volvió a inspeccionar los alrededores. Las partidas de guerra enemigas podían estar por cualquier parte, acechando entre los árboles. Debía localizarlas antes de que se desvaneciera la última luz porque no podía arriesgarse a sufrir otro ataque por sorpresa. Durante las últimas semanas había dirigido con éxito a su grupo, cada vez más numeroso. Habían rastreado partidas enemigas para tenderles emboscadas, y habían dispersado a los guerreros de Pequeño Búfalo mientras que cada vez más Mano Roja se retiraban al campamento de Batir de Cascos.

Sus guerreros se preparaban para pasar la noche. Los fuegos eran cuidadosamente ocultados, y el humo se alzaba en el aire quieto de la noche para no alertar a los enemigos. Aquel campamento no podía ser atacado por sorpresa. Estaba rodeado de centinelas que pasarían la noche en los caminos, listos para dar la alarma.

Tanagra volvió a mirar el cielo. No podía desechar la idea de que ya habían perdido. A pesar de su coraje y de las fuerzas que insuflaba a sus guerreros, seguían siendo muy pocos contra muchos enemigos.

—Pues aquí moriré —prometió, como ya había prometido tantas veces—. Esta tierra es mía. Nos la dio el Primer Hombre.

Se había resignado. Acarició el atlatl con aire ausente, sintiendo su Poder, sabiendo que guardaba el alma de Pata Blanca. Cuando luchaba, Danzaba y Cantaba e invocaba el Poder. Con aquel atlatl era invencible. Sus hazañas habían supuesto más de una victoria. Cuando Danzaba, sus guerreros la seguían y su coraje ardía con furia vengadora.

Las flechas pasaban junto a ella sin tocarla. Los enemigos estaban confusos; se negaban a creer que una mujer pudiera matarlos, aplastándoles la cabeza o atravesándolos con flechas. Tanagra había tallado una piedra y la había atado al mango del atlatl, que le había quitado a Dos Lunas Azules convirtiéndolo así en una porra de guerra equilibrada para ella.

Su fama ya se había extendido, y los guerreros Mano Roja acudían a su campamento.

Las nubes se enrojecieron aún más, encendidas por el sol poniente.

—Y mi mundo enloquece. Mi ira me enciende como el fuego, y la Tribu de Pequeño Búfalo siente mi calor, el ardor del alma de Tanagra.

Alzó las manos sin pensar hacia las nubes que incendiaban el cielo. ¿La engañaban sus ojos o había visto a un hombre que la miraba con ojos ardientes?

—Dame la ira y la fuerza para echar a los Pequeño Búfalo de mis tierras. Óyeme, Primer Hombre, oye la súplica de Tanagra. Dame las armas para echar a estas bestias de las tierras de tus Mano Roja.

El débil eco de un trueno barrió la tierra.

Y enseguida se desvaneció el color de las nubes y el cielo quedó oscuro y pardo.

Tanagra bajó las manos. Se volvió y escudriñó de nuevo la arboleda y las praderas. Todo estaba muy seco. Aunque las nubes estaban altas en el cielo, no había caído lluvia. Las cuencas seguían secas y la tierra cuarteada. Incluso allí, en las Montañas Búfalo, el follaje se secaba y los pocos fuegos nocturnos que se permitían estaban muy vigilados para que no saltaran chispas sobre la hierba seca o las ramas de los árboles.

—Es una tierra que grita —susurró Tanagra agachándose entre los matorrales—. Y los Mano Roja gritan con la tierra.

Los búfalos eran más numerosos. Habían subido de las cuencas calcinadas buscando el agua y la hierba de las tierras altas. Los Pequeño Búfalo vivían de la tierra, igual que sus guerreros. Pero ¿y en invierno? ¿Qué pasaría con la comida que hombres y mujeres estarían recogiendo ahora? ¿Quién iba a prepararla cuando se recrudeciera la guerra y las partidas lucharan a la sombra de los árboles?

Movió la cabeza. La oscuridad caía con un resplandor.

Tanagra se metió entre los árboles y se envolvió en su piel para resguardarse del frío de la noche. No había visto ningún movimiento. Los exploradores tampoco tenían noticias. Aquella noche descansarían a salvo y por la mañana enviarían más partidas a buscar rastros, con el corazón lleno de ira y sangre. En lugar de buscar balsamina y bulbos de lirio, buscarían hombres.

Tanagra dejó que su cuerpo exhausto se descargara de ira y tensión. La luz oscilaba en la alta formación de nubes del oeste.

Se acurrucó en la piel y cerró los ojos esperando dormirse. Y Soñar...

Sangre de Oso dirigía la marcha. Detrás de él caminaba, agachado entre el follaje, lo que quedaba de su grupo, pisando con cuidado los matorrales con un crujido de mocasines sobre las agujas secas de pino. Sobre ellos se cernía la oscuridad, iluminada únicamente por el sol poniente que vislumbraban a través de los árboles.

Cuerno Roto y los otros le seguían ciegamente, confiados en la certeza de que llevaba el Fardo del Lobo. A pesar de tantos reveses, de tantas muertes y derrotas, su espíritu seguía leal al diminuto fardo de cuero.

¡Qué idiotas! ¿Es que no se daban cuenta de que aquella cosa estúpida no tenía Poder? Sangre de Oso estrechaba el Fardo contra su pecho sudoroso. Sin embargo, sin él, su ascendencia entre los Mano Roja haría mucho tiempo que habría desaparecido. Aunque era el Guardián del Fardo, hombres y mujeres empezaban a mirarle de reojo con escepticismo.

Él, el mayor guerrero de los Mano Roja, no había conseguido detener el avance de la Tribu de Pequeño Búfalo. Aun teniendo el Fardo del Lobo, cada vez eran más los guerreros que se perdían entre el follaje y seguían el camino del sur, el del nuevo jefe, esa Tanagra.

¿Tanagra? ¿Aquella niña flaca que rondaba los cañones y corría locamente por las praderas? ¿Pero qué podía saber ella de la guerra? La mayoría de los hombres que se habían apareado con ella decían que seguía retraída, y nadie había plantado un hijo en su vientre musculoso. Desde luego, para ser una mujer tenía fuerza y equilibrio. Nadie Danzaba como ella. Pero era muy rara. Ni siquiera los encantos de su cuerpo atraían a Sangre de Oso. Siempre estaba incómodo con ella, como si Tanagra supiera demasiado. ¿Cómo iba a desear a una mujer que se movía entre los árboles mejor que él y que lanzaba las flechas con más precisión?

Sangre de Oso soltó un gruñido. ¿No sería ése su secreto para la guerra, su puntería?

Pero el desafío de su posición, cada vez más alta, no podía ser ignorado. El resentimiento de Sangre de Oso había ido creciendo a medida que Tanagra se iba convirtiendo en el centro de las conversaciones y un brillo de curiosidad comenzaba a relumbrar en las miradas. Cuando empezó la guerra con Pequeño Búfalo, los Mano Roja sólo podían tenerle a él como jefe. ¿Quién mejor para dirigirlos que Sangre de Oso, que había sobrevivido durante años en las tierras del enemigo? ¿Quién podía conocer mejor sus modos de vida?

No importaba. Él sabía dónde operaba Tanagra, que estaba ocupada en cortar los caminos que el enemigo podía utilizar. Sólo tenía que enfrentarse a ella, tal vez acostarse con ella para enseñarle quién era el amo, y caería desmenuzada como espadaña al viento.

Sangre de oso sonrió y siguió caminando, golpeando el Fardo del Lobo con el pulgar.

Castor vagaba por el campamento, oyendo las apagadas conversaciones de la Tribu en los refugios. ¿Qué podía hacer? Aplastó a un mosquito que zumbaba en torno a su cabeza. Los huesos del Río Claro sobresalían del lecho por el que corrían las aguas cristalinas. Detrás de él relumbraba el Muro Rojo bajo la luz de las nubes incendiadas sobre las Montañas Búfalo, y en la bóveda azul del cielo resplandecían sombras de color rosa, rojo, amarillo y naranja.

La falta de lluvia había vuelto marrón el frondoso valle, como si al acampar ellos allí hubieran condenado a las hierbas y las plantas. Pero Castor dejó que la idea le preocupara sólo un instante.

—¿Es que hay fuego allí arriba? —preguntó alguien saliendo de un refugio y mirando hacia el oeste.

—Es el atardecer de los Anit'ah —respondió otro. Pero la broma fue dicha sin ninguna alegría.

Y allí estaba el punto crucial de su problema. Madera Erguida había tardado dos días en morir, y durante el último estuvo delirando, hablando de la bruja Pata Blanca y su intranquilizadora profecía.

Castor había Cantado sobre su cuerpo febril, asqueado por el pus que rezumaba del costado del guerrero. Despedía un olor terrible, de entrañas putrefactas. Pero aunque Castor se retiró a un refugio al final del campamento, los gritos y las terribles advertencias de Madera Erguida se oyeron durante toda la noche.

—Pata Blanca —murmuró Castor entre dientes—. Incluso muerta sigue causando problemas.

Mató a otro mosquito, deseando poder aplastar con la misma facilidad los rumores que circulaban y minaban su autoridad. Aplastó con rabia al insecto entre los dedos.

Había declarado que Madera Erguida estaba poseído por un espíritu maligno, pero aun así el pueblo seguía dudando. De las montañas habían llegado las noticias de una terrible mujer guerrera, y con ellas vinieron las historias sobre guerreros de la tribu descuartizados por su Poder y ferocidad. A algunas de las mujeres ya les brillaban los ojos y comenzaban a actuar con resentimiento. Más de una había recibido una paliza por sus comentarios.

¿Cómo podía volver a tomar el control de la situación?

—Madre... —Alzó los ojos al cielo—. ¿Qué harías tú? ¿Qué me aconsejarías?

Pero no obtuvo respuesta del aire.

Los recuerdos de la Bendición acechaban su mente. Cuando los tambores sonaban y la tribu Cantaba, casi podía oírla. Si al menos las palabras vinieran a él... Pero aquél había sido otro tiempo, cuando el Poder de la Tribu no había sido desafiado. Ahora, al caminar entre ellos, todavía veía el respeto en sus ojos, pero ahora había en ellos otro sentimiento oculto: la duda.

¿Por qué? La carne bajaba constantemente por el camino. Las mujeres y los jóvenes ya habían secado y curado más que suficiente para el invierno. Sus guerreros seguían saqueando las preciadas tierras de los Anit'ah. Podía haber reunido a sus hombres y enviar algunas partidas a matar a las últimas manadas de búfalos en los ríos grandes. Podía estar seguro de su Poder y de la visión que había soñado su madre.

El búfalo volvería. Él limpiaría al pueblo de la corrupción de las mujeres. El Búfalo de las Alturas vería su humildad y acabaría con la sequía y haría fértiles a sus hijos. La Tribu tendría búfalos mientras permaneciera limpia. Se lo había dicho su madre cuando era pequeño.

Así que, ¿por qué ir acabando poco a poco con los Anit'ah?, preguntó la voz de la razón.

—Porque ellos se alzan frente a nosotros. Nos niegan la tierra que es nuestra. ¡Porque me han desafiado! —Alzó un puño hacia el muro de montañas.

Los tambores de la Bendición resonaban en su memoria, con su mensaje de unidad y Poder de la Tribu. En aquel entonces estaban unidos, aún no estaban contaminados por la malvada profecía de una bruja moribunda.

Se detuvo para mirar las nubes incendiadas y recordó cómo los gigantescos fuegos de la Bendición habían eclipsado la luz de la Red de Estrellas.

—Sí. Una Bendición, un modo de purificar la mancha del alma poseída de Madera Erguida.

Sonrió mirando al cielo, dando gracias por la señal que le enviaba su madre. Podría reafirmar el Poder de la Tribu, volvería a unirla. Danzarían juntos para eliminar la mancha de la profecía de Madera Erguida y la bruja Pata Blanca.

Se dio un puñetazo en la palma de la mano y luego aplastó otro mosquito. Ya casi oía los tambores y sentía el Poder de la Danza. Las mujeres aprenderían cuál era su lugar.

El Poder de Castor sería renovado. Y tal vez, tal vez, si se purificaba, podría comprender las palabras de su madre.

—Gracias, Madre —susurró a las nubes teñidas de colores.

Necesitaría algún tiempo para prepararse, naturalmente. No podía llamar a las partidas de guerra que estaban en la montaña y dejar la retaguardia al descubierto. Eso daría coraje a los Anit'ah. Pero si enviaba mensajeros a decirles que la Tribu Danzaba una Bendición, puede que finalmente vieran el fin de los Anit'ah.

Danzarín del Fuego ascendía por el rocoso camino detrás del refugio de Pata Blanca. El enorme lobo negro gimió suavemente, como advirtiéndole. El animal tenía los ojos fijos en Danzarín del Fuego, y los músculos tensos. ¿Por qué?

El horizonte occidental relumbraba teñido de los colores del atardecer. Al llegar a la cima del camino, Danzarín del Fuego y Dos Humos se detuvieron. ¿Era su imaginación, o un hombre los miraba desde la masa de cúmulos? Dos Humos sintió un escalofrío en la espalda; el Poder impregnaba el aire en torno a ellos. Danzarín del Fuego miraba las radiantes nubes con una postura que traicionaba una terrible preocupación. Tenía los ojos fijos en el rostro que se había formado en la masa de nubes.

La ansiedad había ido creciendo a medida que ascendieron los senderos y cruzaron los valles. Danzarín del Fuego apenas hablaba, sumido en su preocupación.

Luego encontraron el refugio de Pata Blanca vacío, y una mancha de sangre en el suelo, y aquello acrecentó su ánimo sombrío.

Dos Humos se detuvo y siguió la mirada de Danzarín del Fuego. La anciana yacía de espaldas, iluminada por los tonos escarlata de las nubes. Los coyotes y los cuervos ya se habían lanzado sobre ella. Le habían devorado la carne de la cara y los pies, pero el mango de la flecha mortal, clavada en su garganta, seguía apuntando al cielo.

—¡No! —gritó Pequeño Danzarín.

Dos Humos se acercó, sintiendo un horrible vacío en las entrañas. Se detuvo al borde del círculo de piedra y vio que alguien había apoyado la cabeza de Pata Blanca sobre la piedra central, encarándola hacia el oeste para que su alma pudiera ver el sol poniente. En torno a su cráneo destrozado revoloteaban mechones de pelo gris.

Llevaba muerta algunos días. Los dientes relumbraban bajo la luz ensangrentada. Las cuencas vacías de sus ojos miraban el atardecer, y su rictus de muerte era una parodia del día agonizante.

Dos Humos se agitó al captar el olor de la putrefacción y las heces de cuervo. Parecía estar colgado sobre un abismo, como si le hubieran arrancado una parte del alma.

Danzarín del Fuego se acercó a él y la fuerza de su dolor fue un golpe en el alma torturada de Dos Humos. El lobo negro lanzó un agudo gemido.

—Creía que la Tribu no mataba a los suyos con violencia —dijo Dos Humos.

—Han perdido su camino —susurró Danzarín del Fuego—. Otros deben pagar.

—Lo pagarán ellos —dijo Dos Humos con los dientes apretados—. Al final, lo pagarán. Tú Soñarás para que acaben todos bajo tierra, encerrados para siempre en las tinieblas.

Dos Humos se estremeció al sentir en el hombro la mano de Danzarín del Fuego.

—¿Matarías a un niño por ser insensato? ¿Le destruirías por no tener padres? —Su voz fue como un bálsamo en el alma del berdache.

Dos Humos cerró con fuerza los ojos intentando bloquear el recuerdo, ignorar el olor de la muerte.

—¿Eso es lo que somos nosotros? ¿Padres?

—Tal vez. Quizá sería mejor decir maestros.

Dos Humos pestañeó para aclararse la vista, espantado por aquella sensación de pérdida. Miró a Danzarín del Fuego, cuya expresión angustiada reflejaba una pena increíble. Una gran parte de él había muerto con Pata Blanca.

—Quería venir a hablar con ella, preguntarle si tenía un camino para mí. Yo... —Movió la cabeza—. El camino de Uno es muy difícil, Dos Humos. La ilusión es real para nosotros, es poderosa. Una vez estuve a punto de morir en la nieve, y me liberé. Otra vez agonizaba por el mordisco de una serpiente y cayeron las barreras de mi alma para permitirme Soñar el Uno. En ambas ocasiones tuve un guía. ¿No lo comprendes? ¡Tuve un guía!

Danzarín del Fuego tragó saliva y bajó la vista, con los hombros hundidos.

—¿Y si no puedo Soñarlo? ¿Y si la ilusión me ciega? Estoy tan... tan inseguro...

—¿Contabas con Pata Blanca?

—Ella sabía mucho.

—Cuando su alma se liberó, el mundo perdió algo maravilloso —dijo Dos Humos con un nudo en la garganta—. Era mi amiga. Ha sido la persona que mejor me ha comprendido.

—El dolor es una ilusión —repetía entre dientes Pequeño Danzarín—. Sólo una ilusión.

—¿Y si te inunda cuando intentes Soñar?

—Entonces puede que nos mate a todos. —Danzarín del Fuego se volvió y se encaminó hacia el sendero que conducía al valle. Y de pronto se desplomó y cayó de rodillas, enterrando la cara en las manos—. Me siento perdido.

—Pero has Soñado el Uno.

El joven se estremeció como bajo una ventisca.

—He Soñado el Uno, sí. ¿Pero por qué crees que me iba a sentar a la cima del risco? Lo he intentado una y otra vez, y no puedo hacerlo solo. ¿No lo entiendes?

»Imagina que tienes delante una montaña, y ves que hay fuego en la cima. Tú estás en las tinieblas, iluminado únicamente por la luz del fuego, pero no ves los caminos. La montaña es una ilusión y tú no conoces sus senderos. De modo que empiezas a subir, y descubres que una roca te bloquea el camino. Vuelves atrás y empiezas de nuevo, y esta vez el follaje te impide el paso, pero tú estás cada vez más arriba, más cerca de la luz. Vuelves atrás una y otra vez para intentarlo de nuevo, y cada vez te acercas más, pero yo nunca he encontrado el camino hasta la cima, y siempre voy a dar a un punto muerto, dispuesto a bloquearte otra vez.

»Y lo peor de todo es el frío. Yo quiero sentir el fuego, experimentar el calor. Eso es lo que me impulsa a subir y lo que me desespera. Cuanto más lo deseo, más lejos está la luz. La gente cree que para Danzar el Uno no hay más que abrir las alas y volar, pero no, hay que caminar, hay que subir paso a paso por el camino de la ilusión.

»Y yo todavía no he encontrado ese camino. Cuando estaba en el campamento me bloqueaba Alce Ágil, o mis hijas, o Toro Hambriento. O incluso mis propias dudas.

—Pero Soñaste el Uno.

—¡Sí! —gritó él—. Soñador del Lobo vino a mí. ¡Y casi tuve que morir para cruzar el umbral! ¿No lo ves? ¡Soy mi peor enemigo! No es a Castor a quien tengo que derrotar, ni a Sangre de Oso, sino a mí mismo.

—A lo mejor Soñador del Lobo acude a ti cuando lo necesites. El Poder no puede desechar sus propias herramientas como una anciana estúpida que tira una lasca de cuarzo después de cortar...

—Sí que puede. —Danzarín del Fuego miró a Dos Humos con ojos vidriosos—. No sé, llámalo presentimiento si quieres, pero no se trata sólo de Soñador del Lobo ni del Poder, ni de sus deseos. Se trata de mí. Yo soy importante. Tengo que Soñar para que la Espiral vuelva a su lugar. Y tengo una extraña sensación, como cuando sabes que un oso te vigila. Tengo que hacerlo yo solo con el Uno. Se trata de mi libre albedrío.

—Y también está el Fardo del Lobo.

—¿Cómo lo voy a utilizar? Puedo sentirlo, pero es como el Uno. Está bloqueado en el Poder del Espíritu, y está muriendo. Está muriendo desde el día en que Castor lo tiró a la oscuridad. ¿Y si su Poder ha desaparecido y es igual que un anciano que ya no puede lanzar una flecha?

Dos Humos apartó la vista del espantoso cadáver.

—¿Y si el Fardo del Lobo no te puede ayudar?

Pequeño Danzarín se encogió de hombros.

—Entonces no sé qué haré. —Miró el fuego del atardecer—. Estos últimos días me acechaba el recuerdo del amor en los ojos de Alce Ágil. Quisiera abrazar a mis hijas, verlas jugar. Quiero oír cómo Toro Hambriento se ríe de las bromas de Cuervo Negro y disfrutar de los trinos de Tres Dedos.

»Ahora, cuando cierro los ojos, veo el cadáver de Pata Blanca y siento el dolor dando vueltas dentro de mí como un conejo ensartado. ¿Sabes lo que significa eso? ¿Y si no puedo controlar la voluntad? ¿Y si no puedo encontrar el camino cuando sea necesario? Yo sólo sé que puedo hacerlo, que puedo tocar el Uno. Que cuando alcanzo el Uno puedo Danzar el mundo sin perderme. ¿Pero podré escalar la montaña cuando haga falta? ¡Necesito más tiempo!

Tanagra se despertó antes del amanecer. Estaba acurrucada en su piel, con el cuerpo rígido, como si se hubiera pasado la noche corriendo y peleando. Tenía una sed terrible. Se pasó la lengua por la boca seca e hizo una mueca al sentir el regusto rancio.

Llamas. La imagen del Sueño seguía en ella. Había acudido el Poder del Espíritu, y Tanagra no podía olvidar la súplica que había hecho a las nubes la noche anterior.

Se incorporó, con los músculos rígidos y tensos, y miró la luz que empezaba a iluminar el este. Sí, daría resultado. El Sueño le había mostrado el camino. Tenía una sensación de hambre en el estómago. Se frotó con un puño los ojos soñolientos y se levantó. Sacudió la piel, se la echó al hombro, y luego cogió el hatillo.

Se sentó un momento en una roca para ver cómo se asentaba la mañana, clara y fresca. Sintió la caricia de la brisa seca que se alzaba del cañón. Era una brisa que conocían todos los cazadores. Se alzaba en la mañana, y por la noche volvía a caer a los cañones. Tanagra husmeó el aire, disfrutando del aroma de los pinos y la hierba seca.

«Sólo alguien aguzado por la ira podría hacer lo que debo hacer yo.» Volvió a vivir las imágenes del Sueño. Para reavivar su ira, sólo tenía que invocar los terribles recuerdos de los guerreros de Pequeño Búfalo lanzándose sobre ella.

Observó cómo ascendía el sol a las cumbres, bañando las praderas con su luz dorada. Ya había algunos fuegos encendidos, y los jirones de humo se disipaban entre los árboles.

Empezó a bajar la pendiente, segura de que no había ningún enemigo cerca. Sólo se detuvo un momento para coger un trozo de corteza y un puñado de agujas de pino. Presionó la corteza con una uña para averiguar lo que quería saber.

Entró al campamento y saludó a sus guerreros con bromas y buen humor. Una sensación de libertad soplaba en su alma con la frescura de una tormenta de primavera.

—Caracol, quiero que Roca Colgante y tú hagáis algo por mí. Tenéis que ser rápidos. Cada uno tomaréis una dirección diferente.

—¿Cuántos guerreros necesitamos? —Caracol se acercó y se puso en cuclillas.

—Los menos posible. Esta noche he tenido un Sueño. Sé cómo podremos sobrevivir.

Sonrió al ver cómo le brillaban los ojos.

—¿Un Sueño? ¿Un Sueño de Poder?

Tanagra asintió, sintiendo la certeza dentro de sí.

—Un Sueño de Poder, un mensaje del mundo del Espíritu.

Caracol asintió, y se tiró de una oreja.

—¿Qué necesitas?

Ella limpió un trozo de tierra y empezó a dibujar su estrategia.

—¡Sangre de Oso!

El grito procedía de su derecha. Se volvió y vio que Viento Cálido aparecía detrás del follaje con las flechas en una mano y el atlatl en la otra.

—Viento Cálido, ¿qué haces ahí escondido?

El joven salió con precaución de entre los árboles, con una sonrisa.

—Has traído el Fardo del Lobo. ¡Volvemos a estar enteros! ¿Me preguntas qué hago? Guardo el camino. Si hubiera sido una partida de enemigos, habría matado al último hombre de la fila y me habría ocultado entre los árboles. Hay un sendero de alces. Luego habría ido corriendo a alertar al campamento. Para cuando el enemigo dejara de vagar por la arboleda buscando mi sombra, yo ya les habría tendido una emboscada en la boca del cañón.

Sangre de Oso sonrió sin alegría.

—Así que el campamento de Tanagra está ahí delante... —Miró en torno a él y vio el estrecho sendero entre los árboles. La luz del mediodía penetraba entre las ramas de la frodosa arboleda.

Viento Cálido asintió.

—Está en un lugar inmejorable. Desde aquí controlamos los caminos del norte. Si vas hacia el este, te pierdes en la maraña de cañones donde Un Tiro ha instalado la trampa de cabras. Hacia el oeste están todas aquellas cumbres. Así tenemos al enemigo en un embudo. Para ir al norte tienen que pasar entre nosotros.

—¿Y hacia el sur?

Viento Cálido se encogió de hombros con gesto insolente.

—La mayoría de los campamentos al sur han sido asaltados y la gente ha huido con Batir de Cascos y el grupo que vive con ella.

—¿Te refieres a los Pequeño Búfalo?

—Pata Blanca los ha unido. Dos Humos fue con ellos. Tanagra ha enviado allí a todos los que no pueden pelear. Pero están viviendo en el lado oeste, al otro lado de las montañas.

Sangre de Oso asintió.

—Entonces el campamento de Tanagra no tiene pérdida.

—No. Has de ir en línea recta, y cuando salgas del cañón verás la loma rocosa. Es ahí. Desde allí se ve todo. Tanagra ha enviado a dos hombres esta mañana, siguiendo un plan que no nos ha contado pero que conoceremos dentro de cuatro días. Pero lo que sí sé es que anoche tuvo un Sueño del Espíritu. Nunca la había visto tan contenta.

—Ya.

—Y Sin Sudor se ha llevado a un grupo para expulsar a los guerreros de Pequeño Búfalo que tengan el valor de ir a cazar búfalos. Pronto estarán de vuelta. Sólo hemos visto seis o siete, y Sin Sudor se ha llevado a diez hombres y mujeres.

—¿Mujeres?

Viento Cálido sonrió.

—A lo mejor se te ha olvidado que Tanagra es nuestro jefe. Las mujeres pelean bien. No corren tan deprisa como los hombres, ni tiran las flechas tan lejos, pero prefieren morir antes que caer cautivas de Pequeño Búfalo. Te sorprendería ver lo que puede hacer una mujer con una porra cuando se enfurece.

—¿Tanagra es vuestro jefe? —La ira de Sangre de Oso iba en aumento.

Viento Cálido entornó los ojos y cambió su postura mientras los guerreros se agitaban incómodos detrás de Sangre de Oso.

—Eso ya lo aclararás con Tanagra.

—¿No vienes con nosotros?

—No, no voy a dejar sin vigilancia este camino.

Sangre de Oso lo miró con los ojos entornados y vio que el guerrero le devolvía sin vacilar la mirada. Las cosas habían llegado más lejos de lo que él había previsto. Tenía que haber actuado en cuanto empezaron los rumores de la subida de Tanagra en lugar de burlarse de ella. ¿Pero quién iba a imaginar que aquella niña flaca tenía aquella fuerza?

—Bueno, pues guarda el camino. Ya hablaré más tarde contigo.

—Yo no forzaría mucho las cosas, Sangre de Oso —replicó Viento Cálido—. Eres el Guardián del Fardo, pero nos gustaría que pensaras con claridad y no dejaras que las emociones te metan en problemas.

—¿Ah, sí? —Sangre de Oso se dio la vuelta, con el corazón hundido en un mortal silencio.

Viento Cálido mantuvo su postura neutral.

—Ya me has oído. No olvides que Tanagra ha salvado muchas vidas, entre ellas la mía. Nos mantiene unidos, y al menos nos muestra un camino para detener de momento a los invasores. Si causas problemas, estarás dividiendo a los Mano Roja justo cuando más necesidad tenemos de estar unidos.

»Tanagra no ha dicho nada contra ti. Cuando sale el tema de tu mandato, ella lo elude diciendo que no deberíamos pelear entre nosotros. Recuérdalo cuando vayas a hablar con ella y con la gente del campamento.

—Gracias por tu preocupación por la Tribu, Viento Cálido. —Sangre de Oso no pudo evitar el tono sarcástico de su voz—. Agradezco y respeto tu consejo. —Y echó a andar por el camino. El murmullo de los que le seguían le ardía en los oídos.

¿Es que no se acordaban de quién había recuperado el Fardo del Lobo del campamento de los Pequeño Búfalo? Él era Sangre de Oso, el mayor de los guerreros, el hombre que tantas veces había expulsado de las montañas a la Tribu de Pequeño Búfalo. Él había reunido a los Mano Roja mediante el Fardo del Lobo. Gracias a él Tres Cascabeles y sus Buhoneros habían seguido yendo a las montañas con mercancías del mar del oeste. ¿Tan malo había sido su mandato?

Golpeó con el pulgar el Fardo del Lobo. Tenía un mal presentimiento.

Encontraron el campamento cuando el sol se hundía en el horizonte y las sombras se alargaban sobre la tierra. Sangre de Oso atravesó tímidamente la pradera. Las hierbas secas susurraban en sus mocasines. Se detuvo ante el montículo rocoso, con las manos en las caderas. Incluso a través de su ira pudo ver que Tanagra había elegido muy bien el lugar. Si el campamento era atacado, los defensores podían resistir lo peor del ataque mientras que los demás podían dispersarse por las rocas. Era el lugar perfecto. Tanagra no podía ser rodeada.

Al acercarse al campamento, los guerreros —hombres y mujeres— parecían surgir de la tierra para saludar con rostros sonrientes.

Sangre de Oso sintió crecer su indignación. No parecían defensores desesperados. Pero ¿dónde estarían cuando el puño cruel del invierno se cerrara sobre las montañas y no pudieran conseguir comida?

Trepó a la base de la roca y vio el campamento resguardado. Los fuegos estaban ocultos por pantallas. A un lado yacía Roca Rota, con una cataplasma en una herida del muslo.

Tanagra apareció detrás de uno de los salientes.

—¡Sangre de Oso! Me alegra verte. Descansa, estás en tu casa. Hoy sólo nos ha atacado un estúpido grupo de la Tribu de Pequeño Búfalo. Sin Sudor los persiguió y mató a alguno. Todavía deben estar corriendo.

Sangre de Oso alzó la vista hacia ella, viendo que allí arriba mantenía una posición de autoridad y que el viento llevaba sus palabras. Todo el mundo sabría que le había dado la bienvenida.

—Baja, Tanagra. Tenemos que hablar.

—¿Traes la forma de matar a más enemigos? Estamos contentos de que hayas venido. ¡Más flechas para beber la sangre del enemigo! —Tanagra desapareció como un relámpago.

Sangre de Oso esperó iracundo mientras todos se arremolinaban a su alrededor, pidiendo noticias, preguntando por los parientes y por los heridos. Su pequeño grupo estaba absorto, oyendo historias de batallas ganadas. La animación en los ojos de los guerreros de Tanagra parecía contagiosa. Tan obsesionado estaba por el sonido de las risas, que le irritaba el alma, que no se dio cuenta de que Tanagra se le había acercado.

Alguien avivó el fuego y arrojó piedras para calentar el caldo. Otro trajo un intestino lleno de agua de primavera y lo colgó en un trípode. Sangre de Oso se volvió y vio a Tanagra con un vestido finamente curtido. La muchacha ladeó la cabeza con una sonrisa.

—Con el Fardo del Lobo no podemos perder. Gracias por venir a engrosar nuestras filas. Dentro de un par de días quiero que lleves una partida de guerreros al sur. Ya sabrás...

—No me des órdenes. —Castor blandió un dedo—. Yo dirijo a los Mano Roja.

Tanagra se puso tensa y entrecerró los ojos en el súbito silencio. Luego asintió mirando a la gente en torno a ella.

—Entonces ven, vamos a arreglar nuestras diferencias. Podemos perder mucho si discutimos entre nosotros. Siéntate y yo te explicaré nuestras opciones tal como yo las veo. Y tú puedes explicarme tu punto de vista. No voy a obligar a nadie a aceptar algo ante lo que su espíritu se rebela.

La gente asintió.

Sangre de Oso sintió crecer su ira, pero una advertencia le rondaba la mente.

—No podemos permitirnos tener problemas —dijo sensatamente Tanagra—. Ya es bastante tener que luchar contra el enemigo. Sangre de Oso, tú debes seguir tu camino como te parezca.

Él se llenó los pulmones y miró ceñudo a su alrededor viendo que era el centro de la atención.

—Yo soy el jefe de los Mano Roja. ¡Soy el Guardián del Fardo del Lobo! —Y alzó el Fardo para que todos lo vieran.

Tanagra levantó los brazos y luego los dejó caer.

—Muy bien. Pero yo seguiré dirigiendo a los que quieran seguirme. Y como no espero que tú aceptes mis órdenes, tampoco yo puedo aceptar las tuyas.

—Pero lo harás.

Tanagra movió la cabeza. Entre los guerreros se alzó un rumor.

—No, Sangre de Oso. He recibido mi propio Poder. Pata Blanca me dijo...

—¿Esa bruja de Pequeño Búfalo? ¿Qué te dijo?

—Que me convirtiría en el nuevo jefe de los Mano Roja.

—Tal vez te has olvidado del Fardo del Lobo.

Tanagra movió la cabeza.

—Nunca me he olvidado del Fardo del Lobo. ¿No te he dicho que se acercaba un Soñador?

—¿Un Soñador? —Sangre de Oso soltó una profunda carcajada—. ¿Qué Soñador?

—No lo sé. —Tanagra se acercó a él, mirando el Fardo del Lobo—. Es un hombre.

—¿Y eso te preocupa?

—Me preocupa, sí. —La ira ardía en sus ojos—. Yo no sirvo a ningún hombre. Conozco mi camino.

Sangre de Oso le cogió la mano y se la estrujó con todas sus fuerzas. Y mirándola a los ojos, añadió:

—Tal vez podamos discutirlo entre los árboles, ¿eh? Tal vez te aparees conmigo esta noche. —Aumentó la presión de los dedos.

—No seas idiota —siseó ella entre dientes—. Vas a enfurecer a todo el mundo.

Los guerreros ya empezaban a levantarse, cogiendo sus flechas con expresión insegura.

—Si tan importante es impedir que el pueblo se divida, ven conmigo entre los árboles —añadió Sangre de Oso en voz baja.

En su mente empezaba a recomponer todas las piezas. Él todavía tenía el Fardo del Lobo. Y ella sólo tenía que decir que sí. Y luego, cuando él la poseyera, nadie podría hablar de violación. Así demostraría su fuerza.

En los ojos de Tanagra se mezcló el pánico y el dolor. Movió la cabeza lentamente.

—Antes te mato.

Sangre de Oso se echó a reír.

—¿Y tú te haces llamar guerrero, mujer?

Ella le miró ceñuda, frotándose los dedos. Les hizo una señal a sus guerreros para que se apartaran.

—¿Cuántos campamentos has salvado, Sangre de Oso?

El guerrero miró a su alrededor y vio las miradas furiosas de su pueblo. En aquel momento comprendió que Tanagra había vencido. ¿O no? Sonrió.

—Hace tiempo que entre los Mano Roja quedó establecido que el Guardián del Fardo tenía ciertas prerrogativas. Vosotros me conocéis. Sabéis que sólo me he casado una vez. Ahora tomo a esta mujer, Tanagra, como esposa.

—¿Qué? —exclamó Tanagra.

—Lo que he hecho hasta ahora, aunque algunos no lo supieran, era probar tu dedicación a los Mano Roja. Sí, te quiero por esposa.

—¡Esto es una locura! Primero me desafías y ahora... —se detuvo con expresión confusa.

—¿Sabes de alguna otra mujer más digna que tú, Tanagra? —Sangre de Oso palmeó el Fardo del Lobo—. Tú y yo juntos haremos...

—¡Nunca!

—Vamos a preguntárselo al pueblo. —Y se volvió antes de que ella pudiera replicar—. ¿Qué os parece? ¿Queréis que ella y yo trabajemos juntos? ¿Queréis que dirijamos juntos a...?

—¡Nunca! —insistió ella dando un paso adelante—. ¡Jamás me tocarás! ¡Nunca me llevarás a tu lecho!

—¿Y así es como diriges al pueblo? ¿Apartándolo del Fardo del Lobo? Es posible que al final estés dejando que tus emociones te traicionen. Te he pedido que te cases conmigo, he querido compartir el Fardo del Lobo. ¿Y tú rechazas ese honor? ¿Estás arrastrando por el suelo la confianza de la Tribu?

Ella miró a su alrededor para averiguar si había perdido su ventaja. Vio la confusión en los ojos de su Tribu. Ellos no veían la amenaza latente en aquella proposición.

Se volvió a mirarle con ojos cargados de odio. Él advirtió su confusión. Sí, con aquello rompería su resistencia. ¡Qué delicia! No había perdido su poder para manipular a la gente. Tanagra se iba a negar, eso lo veía en sus ojos, y con ello minaría su posición. Claro que la suya no quedaría muy firme, pero al menos se había salvado del desastre.

—¿Sabes? —Su voz traslucía nostalgia—. Has conseguido volver a dividir a los Mano Roja, has echado por tierra lo que tanto trabajo me costó conseguir.

Sangre de Oso abrió los brazos con gesto inocente.

—Yo sólo he venido a solicitar a una mujer que yo creía digna de compartir el Fardo del Lobo. Es cierto que al principio tenía que probarte para ver si eras bastante fuerte. Has pasado la prueba. Y ahora le vuelves la espalda a la Tribu... En fin, no imagino...

—¡Gusano!

Él la abofeteó, corriendo un riesgo absurdo, y oyó los gritos de la Tribu. Pero ninguna flecha le atravesó la espalda, y así se aseguró de que de momento llevaba la iniciativa.

Ten cuidado, estúpido. Algunos de esos idiotas le deben la vida. Pega ahora, antes de que se recobre. ¡Utiliza contra ellos el Fardo del Lobo!

—¿Así que eso es lo que crees de verdad? ¿Que el Guardián del Fardo del Lobo es un gusano? —Se volvió para mirar a su alrededor y vio que Tanagra estaba tan confusa que no podía responder. Se tocó el labio y miró fijamente la mano ensangrentada—. Escuchad. Ella os ha dado coraje, ha sido astuta, sí. Pero cualquiera que insulte el Poder del Fardo del Lobo como acaba de hacer Tanagra... bueno ¿podemos arriesgarnos a ser dirigidos por alguien así?

Eso es, aprovéchate de su estúpida lealtad al Fardo del Lobo.

Sangre de Oso alzó el Fardo y lo hizo oscilar a la luz del fuego. Todos miraban. La resistencia había desaparecido de sus ojos. Debería haberlo limpiado un poco para la ocasión, tal vez pintar de nuevo aquella piel ajada. Pero algunos dudaban, y miraban alternativamente a Tanagra y al Fardo que sostenía Sangre de Oso.

—¡No os dejéis engañar! —gritó Tanagra.

—Si dudáis —prosiguió Sangre de Oso—, pensad una cosa. ¿Por qué ha permanecido conmigo el Fardo del Lobo durante tantos años? Los Fardos tienen Poder. —*Al menos eso es lo que vosotros pensáis, estúpidos*—. ¿Hay alguno que esté dispuesto a traicionar su lealtad al Fardo en favor de Tanagra?

¡Ya eran suyos! Los más reticentes se humedecían los labios y bajaban la vista confusos.

—¡Pensad! —exclamó Tanagra—. ¡Pensad en lo que hemos hecho! Tú, Alce Gordo, tú, Pino Alto, o tú, Serpiente Verde, ¿recordáis las veces que yo he cambiado el curso de una batalla? ¿Quién Danza su Poder mientras expulsa de la tierra a la Tribu de Pequeño Búfalo? ¿Le vais a dar la espalda a eso? —Se volvió con fuego en la mirada—. Yo te pregunto, Sangre de Oso, ¿a cuántos Pequeño Búfalo has echado de la tierra este último año? ¡Cuéntalos!

—Más de los que puedes imaginar —respondió él con presunción—. Dime, Tanagra, ¿quién crees que ha Soñado tu Poder? ¿Te crees que ha venido del aire?

—¡Pata Blanca! —exclamó ella alzando un atlatl en gesto desafiante.

—¿Pata Blanca? —Sangre de Oso se echó a reír dándose una palmada en el costado—. ¿Y no se te ha ocurrido pensar que la razón de que expulsaras a tantos enemigos y Danzaras tan bien en la lucha es que yo... sí, yo, estaba utilizando el Fardo del Lobo para darte ese Poder?

Ella abrió la boca y movió la cabeza con incredulidad.

¡Utilízalo! ¡Utilízalo ahora!

Sangre de Oso se volvió y levantó el Fardo del Lobo.

—¡Sí! ¡Yo lo hice! ¡Su Poder y su fuerza provienen del Fardo del Lobo! ¡Pensad! ¡Pensad! ¿Cuál es el Poder que nos dejaron nuestros padres? ¿Cuál es el Poder del Primer Hombre? ¡Éste! —Agitó el Fardo—. Y con él yo he Soñado todo vuestro coraje.

Vio que la razón abandonaba los ojos de Tanagra. Bien, si la provocaba un poco más, lo atacaría. Y entonces tendría justificación para acabar con ella para siempre. Tenía que ponerla furiosa, hacerle perder el control de las emociones, y ella misma se condenaría.

—Así que he venido porque he visto que Tanagra no era capaz de dirigiros. Está demasiado cegada con sus propios engaños de Poder, le falta el control que debe tener un jefe de guerra. El Fardo del Lobo me ha dicho que Tanagra se engaña con la imagen del Poder. ¡Ha sido falsa con el Fardo del Lobo! Se ha negado a reconocer la fuente de su Poder para dar crédito a una bruja... ¡que procede del enemigo!

»Sí, pensé que podía ayudar. He venido a probarla y a ofrecerle ser mi esposa para enseñarle el auténtico Poder. ¡A eso he venido!

»¡Y ella escupe sobre la voluntad del Fardo del Lobo! Pero yo he oído la voz del Fardo del Lobo, y me ha dicho que salve a los Mano Roja antes de que sea demasiado tarde.

Tanagra estaba presta para saltar. Aferraba el mango de una porra de guerra con una ira demencial brillándole en los ojos.

Esto tengo que coordinarlo bien. He de girarme para que Tanagra golpee el Fardo del Lobo. Y entonces se habrá destruido ella misma. ¡Nadie se atreverá a desafiarme después de eso!

La miró victorioso a los ojos y vio que el último rastro de cordura se convertía en ira.

—¡Sí, eso es lo que me ha dicho el Fardo del Lobo! ¡Ahora mismo estoy oyendo su voz! —Y alzó el Fardo como tenía calculado.

—¡Mentiroso! —exclamó una voz en las tinieblas.

Tanagra se quedó inmóvil, a punto de saltar, y fijó la mirada en las sombras.

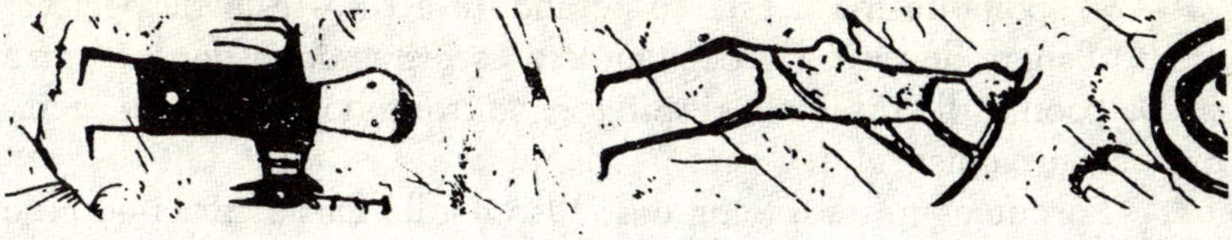

25

Tanagra los vio acercarse, incapaz de moverse. A la luz del fuego se veía a una mujer anciana... no, un berdache. Detrás de él venía un joven de mirada herida, el esposo Pequeño Búfalo de Alce Ágil. El muchacho no apartaba los ojos del Fardo del Lobo. Una fina capa de sudor relumbraba en su piel y acentuaba la angustia de sus ojos. Detrás de ellos venía un enorme lobo negro que iba mirando a todos, uno a uno, con implacables ojos amarillos. El animal se detuvo ante Sangre de Oso con las orejas tiesas.

—¡Mentiroso! —repitió el joven—. ¿No sabes lo que has hecho? ¿Cuántas veces has mentido sobre el Fardo del Lobo? ¿Cuántas veces has...?

—Pequeño Danzarín. —Sangre de Oso hinchó el pecho y se acercó a él—. Y Dos Humos. Esta vez estáis acabados. ¿Qué es esto? ¿Habéis venido a espiarnos? ¿Habéis venido a ver cuántos somos y a llevar la información a la Tribu de Pequeño Búfalo?

Dos Humos parecía que se hubiera comido algo podrido.

—Lo único que nunca comprenderé es por qué el Fardo no te ha matado aún.

—Dámelo. —Pequeño Danzarín tendió unas manos trémulas—. Dámelo y tal vez salves la vida. ¿No sientes que el Poder fluye y crece?

Sangre de Oso soltó una risotada y se balanceó sobre sus pies.

—¿Salvar mi vida? ¡Estúpido arrogante! ¡El Fardo del Lobo es el Poder de los Mano Roja! ¿O es que se te ha olvidado dónde lo encontré? ¡En tu refugio, en el campamento de Castor!

—Casi lo matas, y a los Mano Roja también, la noche que lo tiraste del trípode. Sólo ha estado esperando. Esperándome a mí.

—¿Que lo tiró? —murmuró alguien con incredulidad. La gente se agitaba nerviosa en torno a Tanagra.

—¿Y por qué iba a estar esperándote a ti? —dijo despectivamente Sangre de Oso, retrocediendo y estrechando el Fardo contra sí. De pronto dio un ligero respingo y se frontó el muñón del meñique en la camisa.

—Porque es tu hijo, Sangre de Oso —dijo Dos Humos—. Hijo tuyo, y de Agua Clara.

—Mi... —Sangre de Oso se quedó sin aliento.

—Tú nunca quisiste saberlo. Nunca te preguntaste si habríamos mantenido al muchacho con vida. Te era más fácil creer que había muerto. Pata Blanca lo sabía. Toro Hambriento lo sabe, y Batir de Cascos y Alce Ágil, y todos los demás. Mírale. —Dos Humos lo señaló. Sus ojos tristes miraron los rostros atónitos de la Tribu—. Y la pena es que tendrá que matar a su padre esta noche.

—¿Este cachorro? ¿Matarme? ¿Por qué?

—Porque no le darás lo que le pertenece por derecho.

—¿No ves lo que has hecho? —Las lágrimas brillaban en los ojos de Pequeño Danzarín—. ¡Casi has acabado con su Poder! ¡Siéntelo! ¡Está llamando! No se puede abusar siempre del Poder. Ni siquiera el Poder del Fardo del Lobo puede resisitir lo que le habéis hecho Castor y tú.

—Tú no eres hijo mío —se burló Sangre de Oso—. Ningún hijo mío vendría gritando para llevarse el Fardo del Lobo. Tú eres un enemigo. Por tus venas corre la sangre de la Tribu de Pequeño Búfalo, muchacho.

—Tengo que cogerlo, salvarlo. —Pequeño Danzarín miró a su alrededor y se inclinó para coger la porra de guerra de Tanagra—. Debes dármelo ahora. Debo restaurarlo, tengo que salvar el Poder y Soñar las Espirales.

—Suelta esa porra, muchacho, o te vas a arrepentir. —Sangre de Oso se agachó, con los ojos relumbrantes.

El enorme lobo negro se agachó también sobre el vientre, con el pelaje de punta, los músculos tensos y los labios contraídos para mostrar los colmillos. Le sobresalían los tendones bajo la piel que relumbraba a la luz del fuego.

—Te matará, Sangre de Oso. —Dos Humos suspiró, y movió la cabeza—. El Poder está en tu contra.

—¡No! —suplicó Pequeño Danzarín parpadeando de pronto—. Siéntelo. ¿No lo sientes? La ira está creciendo.

Un nervioso gruñido salió de la garganta del lobo.

—¡A mí no me vengas con ésas, muchacho! —dijo Sangre de Oso con el rostro desencajado.

Pequeño Danzarín se tambaleó con un grito y soltó la porra. Dos Humos se cogió la cabeza y se desplomó, apretándose las orejas con las manos.

—¿Qué es esto? —gritó Sangre de Oso—. ¿A qué queréis jugar? —Le dio una patada a Dos Humos en la rodilla mala, haciéndole dar un grito.

—¡Es tu última oportunidad! —suplicó Pequeño Danzarín cayendo de rodillas.

Tanagra empezó a sentir un palpitante dolor de cabeza. Alzó la vista, dando un respingo de dolor. Sangre de Oso tenía una extraña expresión. Gruñó para sus adentros y se fue desplomando lentamente, como si hubiera perdido el control de sus músculos. En sus ojos brillaban el miedo y la sorpresa.

El Lobo emitió un suave gemido, como de dolor.

Pequeño Danzarín avanzó a duras penas, tendió la mano y cogió el Fardo del Lobo de las manos trémulas de Sangre de Oso. Entonces lo estrechó contra su pecho con una expresión radiante.

Tanagra se levantó con una mueca de dolor y avanzó con paso inseguro.

—Yo... —Las palabras se ahogaron en la garganta de Sangre de Oso, que yacía de cara al cielo—. No... puedo... moverme.

Dos Humos se incorporó con un gemido, se agarró la rodilla herida y luego se frotó los ojos con mano temblorosa.

—No puedo ayudarte —susurró Pequeño Danzarín sin soltar el Fardo del Lobo—. Lo has hecho tú. Durante todos estos años el Poder me esperaba. Yo... vine dispuesto a matarte si era necesario para recuperarlo y restaurarlo. Odiaba esa idea, aunque tú nunca fueras un padre para mí como lo ha sido Toro Hambriento. Pero un hijo no debería tener que matar a su padre por el Poder. Agua Clara lo sabía. Soñador del Lobo lo sabía. Y ahora lo veo yo también. Tenían que llevarme al Pueblo de Pequeño Búfalo. Tenía que crecer con el Fardo del Lobo. Tenía que ver cómo Castor ha cambiado las Espirales. Tenía que ser así para convertirme en Danzarín del Fuego.

Tenía un extraño resplandor en los ojos. Se humedeció los labios y siguió hablando con expresión ausente.

—Tu nunca habrías dejado que Agua Clara guardara el Fardo. Lo habrías robado, o la habrías matado. Y yo habría tenido que matarte a ti, y hubiera sido tan malo como tú, Sangre de Oso.

—¿Por qué no puedo moverme? —El grito de Sangre de Oso hendió la noche.

—Estás paralizado —susurró el hombre que ahora se hacía llamar Danzarín del Fuego. Se sentó con expresión ausente y comenzó a bambolearse. Le temblaban las comisuras de la boca.

—El Fardo del Lobo, es... —susurró Sangre de Oso con la vista desenfocada.

A Danzarín del Fuego le temblaban las mandíbulas. Lentamente comenzó a hablar con palabras que no eran suyas:

—*Ahora vivirás como yo. Te sentirás como yo me he sentido, humano. En cada momento de tu vida sabrás lo que se siente cuando abusan de ti como si fueras un juguete para manipular a la Tribu. Y te hago saber que Soñador del Lobo, el Primer Hombre, tiene todavía la punta de tu dedo. Cuando se hace una promesa, sobre todo si es al Poder, hay que respetarla, humano. Así que vive la vida que tú mismo te has hecho. Siente el Poder en torno a ti. Siente mi Poder, que ahora crece, en manos de tu hijo. Cada uno de tus abusos te será devuelto. Ahora sentirás cada insulto, cada bofetada, cada golpe. Y no morirás hasta el día en que estés tan ajado, destrozado y roto como estoy yo, Sangre de Oso.*

Danzarín del Fuego soltó un gemido, y todo su cuerpo se estremeció.

—¿Qué? —dijo Tanagra mirando los ojos sin expresión de Danzarín del Fuego.

Dos Humos alzó las manos espantado.

—¡El Fardo del Lobo habla por él! Estamos oyendo al Fardo del Lobo.

Danzarín del Fuego tragó saliva y volvió en sí. Alzó la vista con los ojos empañados.

—No me encuentro muy bien. Creo que necesito dormir.

Tanagra miró a su alrededor y vio que todos estaban paralizados, mirando espantados a Danzarín del Fuego.

—Que alguien le haga un lecho. Deprisa.

—¿Y el Fardo del Lobo? —preguntó Serpiente Verde mientras colocaba una piel sobre los hombros trémulos de Pequeño Danzarín. De pronto su mirada se cruzó con la del Lobo y se quedó paralizada.

Tanagra vaciló, sin saber qué decidir.

—Es suyo —terció Dos Humos—. Déjaselo. El Lobo no te hará daño.

Serpiente Verde miró a Tanagra.

—¿O quieres arriesgarte a que te pase lo que le ha pasado a Sangre de Oso? —añadió el berdache.

Serpiente Verde acomodó en el lecho a Danzarín del Fuego y al Fardo del Lobo con el mismo cuidado que si estuviera sosteniendo un cactus. El enorme lobo negro se acercó en silencio y se acurrucó junto a él, sin perder detalle con sus ojos amarillos.

Tanagra suspiró aliviada y se volvió a Dos Humos.

—¿Tú cómo sabes todo eso?

—Soy un berdache. Vivo entre los mundos. Esto ha tardado mucho en llegar. —Señaló a Danzarín del Fuego—. Y no es más que el principio.

—¿Por qué no me puedo mover? —volvió a gritar Sangre de Oso. Intentaba mover la cara, y las lágrimas caían de sus ojos brillantes y le surcaban las mejillas—. ¡Mi dedo! ¡Me arde como si estuviera en llamas!

Tanagra tragó saliva y le miró el dedo amputado. El muñón parecía palpitar. Ella apartó la vista.

—Pino Alto, Alce Gordo, llevadlo con Roca Rota. Dadle de comer y de beber. Y aseguraos de que esté caliente por la noche. Que alguien se quede hablando con él, que esté tranquilo. Tal vez... tal vez se le pase.

La mirada que le dirigió Dos Humos la hizo dudar.

Sangre de Oso gimió mientras lo cogían. Pino Alto estaba evidentemente nervioso de tener que tocarlo.

—¡Y no le dejéis caer! —ordenó Tanagra viendo su vacilación. Luego se volvió hacia Dos Humos—. Pata Blanca dijo que venía un Soñador.

Dos Humos señaló con la cabeza a Danzarín del Fuego, que yacía acurrucado en las pieles.

—Ya ha venido.

Tanagra se puso tensa cuando el lobo guardián volvió la vista hacia ella.

—Pero parece muy joven.

Dos Humos suspiró.

—E increíblemente viejo.

—Has dicho algo sobre las Espirales. Pata Blanca también hablaba de ellas. ¿Qué significa?

Dos Humos se acomodó contra la pared de roca y se agarró la rodilla herida, ahogando un grito de dolor.

—Mira a tu alrededor. El mundo está cambiando. Estamos en el último refugio apartado de la sequía, que ha llegado hasta aquí. Ésta es una época de Fuego. ¿Te preguntas por qué Castor ha obtenido tanto Poder? Su Tribu pasaba hambre. Los búfalos están muriendo, y son cada vez menos. Y cuando se alza un hombre con respuestas, la Tribu escucha, y lo que es peor, cree. Al controlar las montañas, Castor tendrá carne mientras sus cazadores matan la última de las manadas de las planicies.

—¿Y qué podemos hacer? —preguntó una mujer.

—Nada. Nada salvo echarlos.

—Entonces, ¿no hay esperanza? —preguntó Tanagra apoyando la barbilla en la mano. La acechaba una extraña sensación, como un presagio. El dolor de cabeza remitía lentamente. Sí, sentía el Poder, un Poder imponente, distinto a cualquier cosa que hubiera Danzado durante una batalla, y que le estremecía el alma.

—Yo no he dicho eso —prosiguió débilmente Dos Humos—. Ahora depende de él. Todo depende de Danzarín del Fuego y del Fardo del Lobo, si es que no es demasiado tarde.

—Explícate.

Dos Humos la miró con ojos enrojecidos.

—Danzarín del Fuego debe Danzar para que las Espirales vuelvan a su lugar. Tiene que enfrentarse a Castor y Danzar un nuevo camino para la Tribu de Pequeño Búfalo.

Tanagra se echó a reír.

—¿Y va a hacerlo así, sin más?

Dos Humos levantó las manos.

—No sé cómo lo hará. Ni siquiera sé si puede hacerlo. Él es el Soñador.

—¿Y eso no basta?

—Ni siquiera un Soñador es inmune a una flecha en la oscuridad —dijo el berdache con labios trémulos—. Y tiene que meterse justo en medio de su campamento para Danzar y Soñar. Y llevará con él el Fardo del Lobo.

Tanagra se lo quedó mirando, sintiendo cómo le palpitaba el corazón en el pecho. La penetrante mirada del Lobo le hería el alma como ascuas encendidas sobre la piel desnuda. Las palabras que había pronunciado Pata Blanca al morir le resonaban en la mente.

Los Sueños ondeaban y se entrelazaban, tensándose hasta hacerse un nudo. Los hilos se fueron partiendo uno a uno y trenzándose en una nueva imagen. Toro Hambriento reía. Raíz de Artemisa le regañaba por tocar una de las flechas de caza de su padre. Cerezo Silvestre se palmeaba la pierna y gritaba presa de una ira imaginaria. Castor sonreía, y los rasgos planos de su rostro se ensanchaban más y más, dominados por unos labios burlones y desdeñosos. La imagen se rompió al aparecer Tres Dedos tallando una punta de piedra, golpeando rítmicamente con el buril mientras arrancaba finas esquirlas. Lanzarrocas le cogió del brazo. Un pesado martillo de piedra se alzó sobre su cráneo arrancándole un grito de terror.

Danzarín del Fuego intentó recobrarse, luchando con el Sueño que le poseía. Sintió de nuevo cómo arrancaban el Fardo del Lobo de las manos de Dos Humos, cómo lo aferraban cruelmente con dedos fuertes y lo lanzaban. Sintió el mareo de ver el Fardo surcar el aire. La tierra y el agua se agitaron cuando aterrizó.

Pequeño Danzarín yacía sintiendo el suelo, el alma de la hierba que palpitaba en torno a él. La Espiral se doblaba y temblaba. ¡Ira! Una apasionada furia llenaba el mundo, y los temblores se extendían como las ondas en un ancho lago.

La voz de Alce Ágil le llamaba, urgiéndole a volver. Sus hijas gritaban de terror y soledad. Pata Blanca susurraba más allá de la niebla que le rodeaba. El amor se retorcía dentro de él como un toro ensartado en un matorral espinoso, y cada espina ardía con fuerte intensidad. Danzarín del Fuego gimió, sabiendo que amaba demasiado.

—Vuelve a mí... vuelve a mí... —le llamaba Alce Ágil desde alguna cima oculta, con voz dulce como la miel.

—¡Padre! —exclamó con voz suplicante su hija.

Danzarín del Fuego gritó al oír su llamada.

—Déjame ir —le gimió al Sueño—. Ella me necesita.

Estalló el fuego. Todo un bosque en llamas rugía en torno a él y los árboles caían quemados. Las ramas ardían y las espirales de llamas amarillas y naranjas atormentaban el cielo mientras un humo rojizo se alzaba para amenazar a las nubes.

—Una era de Fuego.

—Es demasiado joven. Su mente no tiene disciplina. ¿Sientes la confusión? No puede liberarse para alcanzar el Uno. ¿Cómo esperas que Dance con Fuego?

—Ya no queda tiempo. No tenemos elección.

—Mata a Castor.

—Su camino no morirá con él. Hay que cambiarlo. La gente sólo cambia a través del Poder del Sueño. Las ideas son el camino. Y no se puede matar las ideas, sólo se las puede cambiar. Estamos tratando con el Poder del alma humana.

—Si es bastante fuerte.

—Sí, si es bastante fuerte. Le hemos dado todo lo que hemos podido.

Danzarín del Fuego revivía la sensación de la caída aquel día en la nieve, cuando casi se muere; la niebla le rodeaba, desvaneciendo el bosque en llamas. Caía sobre él como la bruma de una helada mañana de invierno.

Esperó, viendo cómo la nube giraba y se retorcía en torno a él, formando imágenes que se esforzaba en identificar. Fue distinguiendo un rostro de otro, un árbol de otro, hasta que finalmente pudo conjurar en aquel caos los cálidos rasgos de Alce Ágil. Tendió la mano para tocarla y gritó, pero la niebla volvió a cambiar y apareció el rostro de su hija pequeña.

—*Una ilusión.*

Y la cara de la niña desapareció.

Pata Blanca le miraba desde la nube. Danzarín del Fuego gritó mientras la anciana se desvanecía en la bruma gris.

—*Una ilusión* —repitió la voz—. *Toda la vida es una ilusión. La tierra, la piedra, el agua y el aire son algo hueco, una fina telaraña de ilusión que desafía su naturaleza real.*

—¡Alce Ágil! —gritó con el alma retorcida como un trozo de cuero húmedo.

—*Debes romper la trama de la ilusión.*

Las imágenes se iban formando una tras otra, y su mente las identificaba antes de que se fundieran en aquella locura de niebla. Danzarín del Fuego observaba con toda su atención, intentando ver.

—*Demasiado joven* —afirmó la segunda voz.

Danzarín del Fuego cerró los ojos y se acurrucó en posición fetal, ignorándolo todo, perdido, incapaz de comprender. Sentía la niebla girando y cambiando. Y entre la niebla, sin forma y sin rasgos, persistía la realidad.

—*Ahí.*

Su cuerpo se relajó. Abrió los ojos y vio el Fardo del Lobo junto a él.

—*Debo ser restaurado, Bendecido con el humo para volver a estar entero* —le dijo el Fardo—. *Límpiame, renuévame. Dos Humos puede hacer una nueva cubierta. El contenido debe ser purificado. Tienes poco tiempo. Restaura el Poder. Insufla tu alma en la mía. El Lobo lleva contigo mucho tiempo. Su vida es mi vida. Tú eres el Primer Hombre. Cuando llegue el momento, él se te entregará. Tú eres el Danzarín del Fuego.*

»*Escúchame. Debes coger a Dos Humos y renovar el Fardo del Lobo. Esto es lo que debes hacer...*

El Sueño fue revelándose, escena a escena. Danzarín del Fuego gritó de horror, sintiendo lo que debía pasar, viviéndolo en el Sueño.

—*Hay que deshacer el daño, del modo en que te hemos enseñado. No flaquees. Cree en ti mismo, en tu Poder.*

Le palpitaba el corazón. Sólo quedaba la niebla que intentaba formar imágenes en su mente. Se cernía cada vez más cerca, bañando su cuerpo mientras él se hundía en un sueño profundo y la ilusión giraba sin cesar a su alrededor. Oía a lo lejos la voz de Alce Ágil que le susurraba su amor, oía a sus hijas gritando de miedo. En algún lugar, más allá...

Dos Humos disfrutaba de la luz del sol que le caldeaba el cuerpo y la sangre. Nadie había dormido mucho aquella noche, excepto Danzarín del Fuego, vigilado por el Lobo protector que fruncía los labios si alguien se acercaba demasiado.

Aquella mañana, la luz parecía más clara y no había niebla sobre las montañas. Se veían todas las grietas de las cumbres grises tan claramente que parecía que se pudieran tocar al alargar la mano, y ni una sola nube empañaba la bóveda azul del cielo.

Dos Humos miró a Danzarín del Fuego que dormía profundamente. Qué extraño. ¿Qué Poder le habría poseído para permitirle hablar por el Fardo del Lobo? ¿Qué Poder habían experimentado todos? ¿Qué Poder era el que había acabado con Sangre de Oso? Dos Humos sintió un escalofrío en el alma al recordarlo. Aquello viviría dentro de él para siempre.

Tanagra trepó a la roca desde la que se dirigía a sus guerreros. Varios jóvenes habían vuelto corriendo por la pradera con la luz del sol relumbrando en sus armas bruñidas.

La muchacha se sentó junto a Dos Humos y miró a Danzarín del Fuego.

—Tendremos que ponerle algo que le dé sombra. ¿Nos lo permitirá el Lobo?

—Supongo que sí. No debe de ser muy agradable ser un lobo negro bajo el sol.

Tanagra dio las órdenes pertinentes a su gente. A nadie pareció gustarle la tarea, pero el Lobo no se movió mientras ellos levantaban un refugio de piel.

—¿Cuándo iréis a Soñar? —Tanagra le miró con curiosidad.

Dos Humos se encogió de hombros.

—Él es el Soñador, pregúntaselo a él. ¿Ha habido algún cambio en Sangre de Oso?

—No. —Tanagra se reclinó sobre los codos y estiró las piernas—.

Y yo no esperaba que estuviera tan quieto. Pensé que se pasaría la noche aullando y volviéndonos locos a todos. Pero parece que algo le ha poseído. Está allí tumbado, con la mirada fija y una expresión terrible. Todo el mundo está asustado.

—Con razón. —Dos Humos sacó de su bolsa los trozos de piel que había estado trabajando para hacer unos mocasines—. Todo lo que dijo anoche Danzarín del Fuego es cierto. Se ha abusado del Poder.

Tanagra le miró con atención.

—¿Y tú crees que él podrá Soñar esas Espirales?

Dos Humos alzó las cejas.

—No lo sé. Pata Blanca dedicó toda su vida al estudio del Poder. Tenía una mente muy aguda, así que, ¿por qué eligió el Poder al muchacho? ¿Por qué no a alguien acostumbrado a Soñar y que llevara toda su vida dedicada al Poder? No lo sé.

Tanagra vaciló.

—Mis guerreros me informan de que la Tribu de Pequeño Búfalo está cazando. Por eso hemos tenido tan pocas incursiones. Están almacenando carne. Cuando hacen una matanza, secan la carne y la llevan al campamento principal en el Río Claro y el Muro Rojo.

Dos Humos la miró inquisitivamente, pero ella evitó sus ojos.

—¿Qué piensas, Tanagra?

—Creo que están celebrando una ceremonia. —Se quedó pensativa un momento, con el ceño fruncido—. Parece que se marchan dentro de un día más o menos. Tendré que atacarlos duramente para mantenerlos arriba en las montañas.

—¿Y eso podría afectar a Danzarín del Fuego?

Tanagra asintió, todavía vacilante.

—Sí. Yo también tuve un Sueño del Espíritu. Ya sabes cómo el viento sopla del oeste por la tarde.

—Sí.

—Dentro de dos días, varios guerreros encenderán fuegos en la arboleda. Se trata de mantener allí a los enemigos para atraparlos entre las llamas. Los Mano Roja están acostumbrados al fuego, pero la gente de las planicies... —Alzó un hombro—. Si podemos hacer que cunda el pánico entre ellos, tal vez algunos queden atrapados entre el espeso follaje, y los demás se dispersarán y serán presa fácil.

—¿Sabes lo secos que están los árboles y todas las plantas?

Tanagra asintió.

—Por eso creo que dará resultado. El Sueño me lo dijo. Esperaré cuatro días y encenderé el fuego. Si el enemigo pretende marcharse, tendremos que atacar para mantenerlo allí. Nos retiraremos en el último momento, dejándolos rodeados de llamas. Ya he enviado partidas para que los lleven hasta lo más profundo del bosque y los pierdan. Hay lugares donde el follaje es casi impenetrable.

Dos Humos sintió que le daba un brinco el corazón.

—¡Pues claro! ¡Él es el Danzarín del Fuego!

—¿Qué?

—Sus Sueños. Sobre todo el del bosque en llamas. Nosotros... bueno, no tenemos mucho tiempo.

Tanagra le puso una mano en el brazo.

—Lo que te he dicho lo he mantenido en secreto y lo saben muy pocos. Los Sueños de Poder no se pueden compartir con cualquiera.

Dos Humos asintió y le cubrió la mano con la suya.

—Yo soy berdache. Comprendo.

En ese momento el Lobo salió de la sombra. Le seguía Danzarín del Fuego arrastrándose con manos y rodillas trémulas y una mirada vacía. Tenía la cara muy pálida.

—Dos Humos... Necesitamos hierbas. Tenemos mucho que hacer.

Dos Humos sintió un nudo en las entrañas.

—Creo que esto es el principio.

Tanagra tragó saliva y asintió.

El lugar no era más que una cueva en las rocas, rodeada de montañas. La piedra gris rosácea de granito reflejaba la luz del sol poniente. En el suelo cenagoso se hundía un pequeño manantial rodeado de sauces. Los álamos susurraban bajo la suave brisa. El follaje ocultaba el fondo de la roca, donde la espesa hierba siseaba entre sus piernas.

Dos Humos gruñó y atrajo la atención de Danzarín del Fuego. El viejo berdache tenía una expresión tensa y el rostro cubierto de sudor. Dos Humos se acomodó con un gruñido y se frotó la rodilla con las manos. Luego alzó la vista.

—No sé si podré hacer todo el camino. Esa patada que me dio Sangre de Oso... bueno, nunca me había dolido tanto la pierna.

El lobo negro caminaba en círculos, husmeando aquí y allá para marcar el territorio.

Danzarín del Fuego estaba preocupado. Movió los labios, mirando en torno a él.

—Tal vez se te curará. Todavía tenemos un poco de tiempo.

—Y entonces sintió la urgente llamada del Poder que le inundaba y le aguijoneaba la mente.

—Siéntate. Voy a hacer un refugio de sudor. —Y diciendo esto Danzarín del Fuego soltó su hatillo y dejó encima el Fardo del Lobo. Sintió una descarga de ansiedad. ¿Cómo podía haber sido tan loco Sangre de Oso?

Sacó una lasca de su bolsa y se metió en el cieno. Sus pasos chapoteaban en el suave limo. Fue cortando ramas de sauce mientras cantaba por el alma de la planta. Luego quitó las hojas y clavó las ramas en el suelo blando, doblándolas en una gran cruz de este a oeste y de norte a sur. Después las ató en el centro para que soportaran el peso de las pieles, formando así una cúpula baja.

Desenrolló las finas pieles y las colocó sobre las ramas para formar un refugio cerrado. Cogió varias piedras del pie de la colina y cortó más ramas de sauce para poder coger con ellas las rocas calientes. Luego sacó de su bolsa los palos de fuego y con manos expertas creó una llama que fue alimentando hasta tener una crepitante hoguera sobre la que apiló las rocas para que se calentaran.

El Lobo le observaba tumbado, con la cola enroscada en torno a las piernas.

—No hemos comido —señaló Dos Humos.

—Hace días. —Danzarín del Fuego sonrió. Su apetito había desaparecido al ver el cadáver de Pata Blanca. Habían pasado demasiadas cosas. Quedaba muy poco tiempo... y muchas dudas.

Recogió con reverencia el Fardo del Lobo y lo puso en lugar seguro. Vació en el suelo el contenido de su bolsa y volvió a meterse en el cieno para llenarla de agua. Algunas gotas rezumaban por las fuertes costuras que con tanto cuidado había realizado Dos Humos, pero aun así, la bolsa contenía el agua. Danzarín del Fuego colgó la bolsa en un trípode hecho con álamo seco que había colocado dentro del refugio.

Finalmente alzó las manos al sol y se quitó la ropa. Dos Humos se levantó para quitarse su vestido de berdache, y alzó las manos también, con los ojos cerrados, para ofrecer una oración.

Danzarín del Fuego llevó rocas calientes al refugio de sudor. Dos Humos se metió en él, y al dejar caer la cortina, el refugio quedó a oscuras.

—Debemos purificarnos, limpiar toda mancha de nuestra mente y nuestro cuerpo. —Y Danzarín del Fuego Cantó al Poder del Fardo del Lobo, a los espíritus de la tierra, el aire y el agua, y luego cogió la bolsa. Cuando terminó su oración, arrojó el agua sobre las piedras y el vapor se alzó con un silbido e inundó el refugio.

Alce Ágil le llamaba en un rincón de su mente. Danzarín del Fuego lo bloqueó, deseando olvidar. Y comenzó de nuevo la vieja batalla. Suspiros y sonidos, recuerdos... todo daba vueltas para bloquearle el cerebro. Su estómago gruñía, pidiendo comida caliente. Danzarín del Fuego fue forzando las imágenes de su mente, una a una, intentando aclarar la confusión.

Danzarín del Fuego se dejó llevar del Cántico de Dos Humos, repitiendo las palabras y sintiendo cómo la Canción le acariciaba el alma. Cuatro veces arrojó agua sobre las rocas, hasta que la piel le hormigueó y le dolieron los pulmones.

El tiempo pareció desaparecer en el calor y la pureza del refugio. Los músculos se le relajaron con una sensación de unidad. La tierra palpitaba en torno a él. Se sentía el Poder del Fardo del Lobo.

Cuando la unidad fluyó por él y en torno a él, suspiró y sintió el momento.

Salió del refugio y se incorporó, tambaleándose al llenarse los pulmones con el aire limpio de la noche.

El Lobo era una sombra en la oscuridad. Se levantó, esperando.

Dos Humos salió también del refugio y se tumbó en la hierba, respirando profundamente.

Danzarín del Fuego alzó la vista a los cielos y levantó los brazos para implorar a la Red de Estrellas.

—Escúchanos. Venimos a renovar el Fardo del Lobo, a restaurar lo que casi ha muerto. Ayúdanos, Sabio de las Alturas. Ayúdanos, Soñador del Lobo. Queremos hacer nuevo lo que ha sido profanado.

Esperó sin apartar los ojos del cielo, presa de una enorme preocupación. *¿Podré hacerlo? ¿Soy bastante fuerte? ¿Y si fracaso?* Sentía el Poder. En su mente se afianzó el recuerdo de Sangre de Oso desplomándose al suelo, de su cuerpo yerto. *Yo no estoy preparado para tratar con cosas como el Fardo del Lobo. Pata Blanca debería estar aquí. Estoy perdido.*

—Ayúdame —exclamó con voz rota.

El Lobo se acercó a él, mirándolo fijamente con sus terribles ojos amarillos. El animal gruñó y le dio un golpecito con el morro. Luego retrocedió resoplando y alzó la cara con los ojos cerrados, como si rezara.

Danzarín del Fuego dio un respingo y cogió la única flecha que llevaba. ¿Cómo iba a poder hacerlo? Se sentía en la noche la presencia del Lobo. El Sueño había sido explícito. Había visto y sentido, y ahora debía actuar. Se volvió y clavó la flecha en el costado del lobo. El enorme animal se tambaleó, dio un paso de lado y cayó. La sangre que manaba de sus pulmones formó un charco en el lodo. Entonces dejó de respirar y sus ojos amarillos quedaron inexpresivos.

Danzarín del Fuego se quedó sin aliento al sentir cómo el alma del animal se liberaba del cuerpo. Cayó de rodillas, recordando el calor del Lobo durante la ventisca. Acarició con los dedos el brillante pelaje y sintió el calor de su cuerpo. Le debía su vida al Lobo... al Observador. Se le contrajo el alma de dolor.

Perdóname. Es el camino. Tú lo sabías. Miró al animal agonizante, sintiéndose un traidor, atravesado por un dolor tan agudo como si él mismo hubiera recibido el flechazo. En su mente apareció un instante una imagen del Sueño que recreaba la escena de una cabra en una trampa y una porra que se alzaba. Danzarín del Fuego se estremeció, intentando alejar la imagen. Conocía la muerte y la libertad.

Dos Humos empezó a Cantar y Danzarín del Fuego se unió a él, sintiendo cómo el alma del Lobo se alzaba en el aire. Su vida había llegado al fin del Círculo.

Danzarín del Fuego abrió el cadáver con la afilada punta de la flecha y sacó el corazón. Se lo llevó a los labios y bebió la sangre salada.

—Yo soy Soñador del Lobo... y no soy él.

El calor le atravesó como los rayos del sol de la mañana, y la fuerza del Lobo prestó confianza a su mente temerosa.

—¿Y ahora qué? —preguntó Dos Humos, rompiendo la concentración de Danzarín del Fuego.

Él miró el oscuro Fardo que descansaba sobre sus ropas.

—Hay que hacer un nuevo Fardo del Lobo. —Se inclinó y comezó a arrancar la gruesa piel del cadáver caliente. El aire parecía sofocarle; era como si estuviera sentado bajo una enorme piedra a punto de desplomarse.

Le tendió la piel a Dos Humos.

—Nadie entre los Mano Roja tiene más talento que tú. Debes coserlo para guardar el Fardo.

Danzarín del Fuego cogió la hierba, la humedeció y la puso sobre el fuego después de añadir más leña. Sí, estaba viviendo el Sueño. Pasó su cuerpo cuatro veces sobre el humo, sintiendo la purificación.

Ya vestido, Danzarín del Fuego cogió una lasca de obsdiana y frunció el ceño a la luz del fuego. El Poder se agitaba en torno a él manando de la noche, de las estrellas. Aferró la obsdiana y vaciló, con la frente perlada de sudor y la boca seca. Unos ojos invisibles vigilaban en la oscuridad y le provocaban escalofríos en la espalda. Respiró profundamente y rasgó las ataduras del Fardo para abrirlo en la noche.

¿Había sido un trueno, o su imaginación?

El Poder le recorría los dedos y le tensaba los músculos de los brazos y el pecho. El corazón le palpitaba, con una terrible emoción en las profundidades del alma. Se sentía como un hombre que escapara de una súbita crecida.

Fue sacando los contenidos del Fardo uno a uno, con dedos temblorosos y el cuerpo cubierto de sudor. Una gran garra de oso con un poco de pelaje blanco como la nieve. La efigie de un monstruo tallada en marfil. Una punta de flecha de una maestría que habría envidiado Tres Dedos, larga y lanceolada, estriada en la base. Era la punta de flecha de un cazador de monstruos. La cabeza de un cuervo, envuelta en hierbas, con el pico y las plumas manchados de lo que parecía sangre. Luego una concha marina relumbró a la luz del fuego. Después sacó un collar de dientes de lobo unidos por un tendón rígido que no se atrevió a desatar. Colocó el collar sobre las hierbas y Cantó y Rezó al Poder para restaurarlo.

La noche se agitaba y fluía. Danzarín del Fuego respiró profundamente, con una extraña sensación de ahogo. Pestañeó y alzó la vista. Las estrellas titilaban de un modo extraño.

Dos Humos trabajaba con dedos ágiles, cortando en patrones la piel del Lobo según el modelo del viejo fardo. Pasó la piel por el humo de las hierbas y limpió la sangre con las sagradas hojas de artemisa que daban vida y suerte.

Pequeño Danzarín continuó ahumando las reliquias, limpiándolas y renovando el Poder que se agitaba y fluía. La noche caía casi como una presencia física.

Dos Humos atravesó la piel del Lobo con su punzón, cuidando de que no tocara el suelo. Bendijo el tendón que había sacado del cadáver y purificó todo el material. Luego empezó a coser el nuevo Fardo.

Danzarín del Fuego esperaba, mirando el camino de las estrellas en el cielo. Cantaba y sentía flotar su alma en la noche.

¿Lo estamos haciendo bien? Alzó la cara a la fría brisa. Deseaba poder respirar normalmente. Dos Humos seguía trabajando a su lado.

¿Lo he hecho bien? Danzarín del Fuego cerró los ojos, sintiendo

una desesperación tan grande que le dolía. *Y si no, ¿quedaré horriblemente tullido como Sangre de Oso?*

Las rocas parecían cernirse sobre él, y una extraña negrura oscurecía las estrellas.

En la noche serpenteaban tentáculos de poder como dedos de niebla. Castor soñaba que estaba en medio del campamento. En torno a él, los hombres y mujeres cantaban y daban palmas en la Danza. Todos le miraban con adoración y le sonreían cálidamente.

—Mira, Madre. ¿Ves lo que ha hecho tu hijo? —Alzó las manos y oyó los vítores de su Tribu—. Les he dado el nuevo camino. Míralos. Son fuertes y poderosos. Ni siquiera los Anit'ah han podido resistirnos. He transformado el mundo, como tú lo hubieras querido.

El campamento parecía relumbrar. Los refugios eran nuevos, y hasta los perros estaban rollizos. En torno al campamento se habían dispuesto bolsas rebosantes de carne seca. Las ropas que llevaba la Tribu estaban perfectamente curtidas, pintadas con arcilla blanca y suavizadas por el incesante trabajo de las mujeres. Los jóvenes Danzaban su gloria.

—¡Esto lo he hecho yo! ¡Éste es mi nuevo Poder! Búfalo de las Alturas, mira a tus hijos y purifícalos de la corrupción. Yo, Castor, he limpiado a la Tribu. He hecho que esto ocurra.

Alzó las manos al cielo y sintió el calor de los rayos del Hombre Sol que le observaba.

Sentía la mirada de aprobación del espíritu de su madre. Los niños corrían y jugaban junto a los Danzarines. Los muchachos reían y se lanzaban flechas de hierba. Y el búfalo se arracimaba en manadas por las colinas. Todo parecía relumbrar con una luz tan brillante como la del mismo sol.

—Era tu sueño, Madre. Yo se lo he enseñado. Y los que lo ridiculizaban han desaparecido, han muerto bajo las flechas de guerra de la Tribu. Y es obra mía. Ellos se burlaban de mí y dejaban que las mujeres los corrompieran. Y yo he vencido.

Abrió los brazos con el pecho a punto de reventar de alegría.

Perro Gordo, de los Pelo Cortado, ya empezaba a caer. Entre los campamentos, los jóvenes hablaban de Castor y de la Tribu de Pequeño Búfalo. La Tribu de Búfalo de Fuego, al este, había quedado reducida a pequeños grupos que atacaban los campamentos de los pueblos del Río para robar arroz silvestre y plantas. Los Grulla

Blanca, al norte, presionaban desde el Gran Río, con el coraje abatido por los guerreros de Castor.

—¡Yo controlo las planicies! ¡Controlo al búfalo! El Mundo del Espíritu me ha bendecido. Y así bendigo yo a mi Tribu.

Los Danzarines le miraban con un radiante resplandor en los ojos. Pero un gemido se alzó detrás de la línea de los Danzarines, que al principio no parecieron advertirlo.

Creció el lamento y Castor frunció el ceño.

—¿Qué significa ese gemido?

De pronto una ráfaga de viento barrió el campamento, batiendo las cubiertas de los refugios y levantando tierra del suelo. Los Danzarines vacilaron e intentaron cubrirse la cara para protegerse de la lluvia de arena.

Una mujer se puso a chillar, y los Danzarines apartaron la vista de él y retrocedieron de algún horror que sólo ellos veían.

—¡Danzad! —ordenó Castor cruzándose de brazos.

Cuando pasó la primera ráfaga de viento, empezó a soplar una galerna tan caliente como un fuego de ascuas.

Los Danzarines retrocedieron.

Castor estiró el cuello bajo el ventarrón, intentando ver. Los Danzarines se habían detenido. Y de pronto cesó el viento, dejando el campamento en silencio.

—¡Danzad! —rugió Castor. Pero todos estaban como embrujados—. ¿Qué es esto? ¡Danzad! ¡Danzad para mí! —tronó en el silencio, alzando un puño.

Por primera vez advirtió que el cielo estaba plomizo, de un gris amenazador.

El gemido volvió a rasgar el aire y la Tribu gritó y echó a correr.

—¡Quedaos aquí y Danzad!

El rugido de un trueno atravesó el cielo.

Donde antes había estado la Tribu, ahora sólo caminaba un hombre. Castor tragó saliva. Otras figuras fueron apareciendo entre aquella bruma densa. En las colinas, antes cubiertas de búfalos, sólo quedaban hierbas quemadas y retorcidas. El silencio sobre la tierra era tan impresionante que casi podía tocarse.

Las figuras se acercaron, vestidas de harapos.

—¡Danzad!

Aquellos miserables personajes se acercaban cada vez más, caminando sobre su tierra de Bendición.

—¡Fuera de aquí! —Castor agitó los brazos—. ¡Yo soy Castor, el Soñador! ¡Marchaos u os maldeciré a todos!

Pero ellos seguían acercándose. Castor sentía un extraño miedo en el pecho y un desagradable y sofocante calor.

—¡Gama Danzarina! —El grito le salió de la garganta al discernir a la primera figura; el cruel mango de una flecha le sobresalía de las entrañas, y en sus ojos relumbraba un brillo extraño. Se oyó el grito de un niño, que fue acallado como si lo hubieran estrellado contra una roca.

Detrás de ella venía Raíz de Artemisa, con unos horribles tajos en las muñecas llenas de moscas. Incluso después de muerta, su cuerpo era majestuoso y sus caderas provocativas. Cerezo Silvestre venía cojeando, y detrás de ella Pata Blanca, con los labios fruncidos en una sonrisa.

Castor alzó los brazos.

—¡Atrás! ¡Ésta es mi Bendición! ¡Atrás! ¡Atrás!

Pero ellas no se detenían. Una aterrorizada voz en su mente le girtaba: *¡Corre! ¡Corre!*

La voz de Raíz de Artemisa fue como un puente entre el trueno y el Sueño.

—Hemos tocado el Fardo del Lobo. Hemos compartido las almas. Ahora el Poder está desatado, Castor. El Poder negro. ¿Qué has fraguado? Venimos a por ti, con el Poder del Fardo del Lobo, que no ha perdonado. Y el momento se acerca.

Castor se volvió con un gemido y echó a correr, gritando entre los refugios. Nadie respondió. Sólo se oía el silbido del ventarrón en las tiendas vacías.

Y detrás de él sentía los fantasmas que le acechaban.

Se despertó dando un grito sobresaltado y con el corazón palpitante. Cuarzo Rojo se despertó también y le miró con ojos soñolientos.

Castor apartó las mantas, se levantó y se puso la camisa ceremonial. Abrió bruscamente las cortinas y salió al aire frío. El amanecer se acercaba, aclarando el horizonte oriental.

Miró los refugios y los árboles secos. Todo estaba en paz. Sólo había sido un Sueño. Un Sueño terrible. Sí, un auténtico Sueño del Espíritu.

Aquel día comenzarían la Bendición. Todo iría bien.

Respiró profundamente y se enjugó el sudor de miedo que le perlaba la frente. Echó a andar, jadeando y dando patadas a los perros que venían a olisquearle.

—Todo va bien. Todo va a salir bien.

¿Pero por qué sentía un puño que le estrujaba el corazón?

26

Era un día tórrido. Uno más después de una larga serie de días tórridos. Las brisas matutinas se alzaban de los cañones con el olor de la hierba seca y el pino agonizante. Tanagra se pasó los dedos por el pelo para peinarse. Necesitaba aquella batalla.

¿Qué había pasado? ¿Qué había fraguado el Poder del Soñador? Tanagra había tenido un sueño atormentado, en el que las imágenes de la violación la llenaron de miedo. Una y otra vez aparecieron las escenas de hombres muriendo bajo sus flechas. Una y otra vez oía un golpe húmedo al aplastar el rostro de un enemigo con una piedra. Y en cada ocasión sentía incendiarse la ira que alimentaba su odio hacia los hombres que habían abusado de ella y de su Tribu.

El recuerdo avivó la furia. Ya no quedaba mucho tiempo. Pronto dejaría suelta toda la ira que le ardía dentro y dirigiría un ataque tras otro, reuniendo a todos los enemigos para asegurar su destrucción. Una cálida expectación se mezclaba con la sed de venganza.

Los Pequeño Búfalo se arrepentirían del día que habían subido a las montañas. Y durante muchas generaciones los guerreros cantarían a Tanagra, que atrapó y exterminó a la Tribu de Pequeño Búfalo.

Sus labios se fruncieron en una torva sonrisa.

Miró la trampa, flanqueada por empinadas rocas. Los exploradores informaban de que los guerreros de Pequeño Búfalo seguían subiendo. Sus guerreros esperaban ocultos entre los matorrales. Los enemigos penetrarían en el angosto espacio abierto, exhaustos por la larga ascensión. En ese momento serían suyos. Sus guerreros le cortarían la retirada, y sólo les quedaría una vía de escape que penetraba en lo más profundo del bosque. Los perseguirían haciendo que se internaran más y más entre los árboles y luego los abandonarían a su destino. Le palpitaba el corazón con la pasión de un cazador que ha localizado a su presa.

Cada vez que mataba, crecía su desesperada necesidad de hacerles el mismo daño que le habían hecho a ella. Cada vez era una venganza por aquella tarde que la habían violado en el campamento. Su cuerpo había sanado, pero su mente seguía gritando y acechándola en Sueños como el de la noche pasada.

El fantasma de Pata Blanca caminaba sobre la tierra con aquella mirada suya tan penetrante.

—*Ayuda al Soñador... el Soñador...* —resonaban las palabras de la anciana.

Pero ¿cómo iba a ayudarle? ¿Qué sabía ella de Soñadores? Dio un respingo al sentir unos pies diminutos corriéndole por el brazo. Bajó la vista esperando ver un insecto. Tenía en la mano el atlatl de Pata Blanca con una flecha lista para ser disparada.

—¿Por qué yo? —se preguntó, humedeciéndose los labios.

—*Debes escuchar al Soñador.*

—Sangre de Oso fue el último hombre al que escuché.

Volvió a avivarse la ira al recordar cómo la había provocado hasta hacerla perder el control. ¿Qué habría pasado si le hubiera atacado? Cerró los ojos intentando apartar aquella idea. Ni siquiera la llegada de Danzarín del Fuego la hubiera podido salvar.

No, se quedaría allí para asegurarse de que su Tribu huía a tiempo, y para matar más enemigos. Lo que el Soñador y Dos Humos hicieran en las tierras altas no era asunto suyo.

—*¿Eres bastante fuerte?* —La pregunta de Pata Blanca la inquietaba.

—Soy bastante fuerte. Y se lo demostraré a la Tribu de Pequeño Búfalo.

—*Eso es pasión.* —Las palabras de la anciana resonaban en el fondo de su memoria—. *¿Podrás ver más allá de tu ira?*

«¿Confiar en el Soñador?», dijo Tanagra para sus adentros.

De pronto recordó las palabras de Dos Humos. Tenía razón: ni siquiera un Soñador era inmune a un flechazo por la espalda. ¿Pero cuál era el plan loco que tenían pensado? Dos Humos y Danzarín del Fuego penetrarían solos en el campamento de Castor, simplemente para Soñar. ¿Quién les iba a cubrir las espaldas?

Se rascó sin darse cuenta el picor del brazo, y vio que no se trataba de ningún insecto.

—Es una locura. —Tanagra se levantó y se acercó a Cuerno Roto que esperaba escondido—. Cuerno Roto, ¿sabes lo que hay que hacer?

El joven la miró con una sonrisa.

—Matar a todos los enemigos que sea posible y luego perseguirlos hasta lo más profundo del bosque.

—Y algo más —añadió ella con desesperación—. Hay que mantenerlos unidos, hay que perseguirlos hasta que estén confusos y perdidos. Y no pierdas de vista el cielo.

—¿Dentro del bosque?

—Ya sabrás lo que quiero decir. —Miró hacia el camino—. Cuando veas la señal, ¡corre! Haz que salgan todos. Seguid el camino de invierno de los alces y corred como el viento. ¿Podrás hacerlo?

—Sí, pero...

—Yo tengo que ayudar al Soñador. Confía en mí. —Y echó a correr, sabiendo el camino que había tomado Dos Humos—. ¡Maldita sea, Pata Blanca! ¡Más vale que tengas razón! —añadió sin aliento.

Caracol miró la cuenca que se extendía al oeste de las Montañas Búfalo. La tierra estaba cubierta de líneas marrones y moteada de color bronce y gris. Y más allá yacían las Montañas del Agua Pestilente, donde la tierra burbujeaba y lanzaba al aire chorros de agua hirviendo. Algunos decían que era tierra de fantasmas. La distancia le inquietaba. Hasta a un águila le costaría recorrerla en un espacio de días.

Pero Tanagra había Soñado, y algo más que fantasmas yacían a sus espaldas. Tanagra había elegido el lugar con infalible precisión. Desde allí el fuego se extendería rápidamente, destruyendo a la Tribu de Pequeño Búfalo.

Caracol escudriñó la distancia por última vez. Luego se volvió y empezó a recoger matorrales secos, hasta que su cuerpo se cubrió de sudor. Los vientos calientes del oeste ya habían empezado a soplar sobre la cuenca.

Miró los árboles, aquellos maravillosos árboles cuyas ramas ondeaban al viento.

—Estoy salvando al mundo —les dijo—. Perdonadme.

Entonces se inclinó para sacar de su bolsa los palos de fuego.

Dos Humos iba en cabeza, apretando los dientes cada vez que pasaba sobre un matorral y apoyaba su peso en la pierna mala. Un gemido escapó de sus labios al sentir una dolorosa punzada.

—¿Quieres que descansemos un poco? —preguntó Pequeño Danzarín.

Dos Humos tragó saliva, aguantando el dolor.

—A este paso, cuando llegues al Pueblo, Castor se habrá muerto de viejo. Sigue tú. Cuando el Poder llama no se le puede hacer esperar por un viejo berdache.

Danzarín del Fuego esbozó una sonrisa con la mirada perdida.

—No, viejo amigo. Ven, siéntate.

Dos Humos se acomodó agradecido sobre un tronco, jadeando aliviado.

Danzarín del Fuego sacó de su bolsa el Fardo del Lobo, envuelto en la piel del lobo negro. Dos Humos acarició nerviosamente la corteza del tronco.

—¿Qué estás pensando?

Danzarín del Fuego desenvolvió el Fardo que ahora resplandecía con los dibujos recién pintados sobre la piel flamante.

—Hemos restaurado el Fardo del Lobo.

—Creemos que lo hemos restaurado —le corrigió Dos Humos, con una sensación premonitoria palpitándole en las venas—. Hemos hecho lo que hemos podido.

—Eso es importante para el Poder. Deja que Cante sobre tu rodilla.

—¿Y si no da resultado? ¿Y si el Poder aún no está restaurado? No nos apresuremos. El dolor no es insoportable. Mira, yo...

Pero Danzarín del Fuego tenía los ojos cerrados y levantaba el Fardo del Lobo hacia el cielo. Entonó una Canción del Espíritu invocando al Poder, con una expresión de éxtasis en el rostro.

Dos Humos tragó saliva cuando le puso el Fardo en la rodilla. Se estremeció al sentirlo, experimentando de nuevo aquella sensación tan familiar.

¿Y si cambiamos el Poder? Pero no tuvo tiempo de pensar más. El mundo pareció tambalearse y un rayo de fuego le atravesó la pierna.

Tanagra irrumpió en la cueva y se acercó al refugio de sudor con un jadeo de alivio.

—Dos Humos, Danzarín del Fuego...

Silencio.

Levantó la cortina y no vio más que un trípode y varias piedras. Se inclinó para tocarlas. Estaban frías. Luego se acercó al fuego y frotó las cenizas entre los dedos para detectar el calor. No hacía mucho que se habían enfriado.

Miró en torno a ella y dio un respingo al ver al Lobo. El animal yacía despellejado sobre una plataforma. Tanagra lo rodeó con súbita inseguridad, y vio la herida de la flecha. Advirtió que le habían vuelto a meter cuidadosamente las entrañas, y que le habían cosido con infinito tacto.

Un charco de sangre señalaba el lugar de la muerte del animal. Tanagra retrocedió con un nudo en la garganta.

—Perdonadme, Espíritus —dijo temerosa de alzar la voz—. Sólo he venido a ayudar al Soñador y a las Espirales.

Fue retrocediendo paso a paso, con cuidado de no perturbar nada. Al salir de la cueva esperó a que se le calmara el corazón. Ella, Tanagra, guerrero de los Mano Roja, tamblaba.

Empezó a buscar huellas hasta que dio con el rastro de Dos Humos, y una sonrisa de alivio frunció un instante sus labios. Alzó la vista y vio la columna de humo marrón amarillento, que los vientos empujaban al este sobre la arboleda. Se movía tan suavemente que apenas parecía cambiar de lugar. Pero cualquier Mano Roja sabría que no era cierto, sobre todo en un año tan seco.

Miró al norte y advirtió otra columna de humo. Tenía que darse prisa.

Fuego en la Noche bajaba por el camino, con cuidado para no torcerse los tobillos en las rocas. Era curioso. Subir era difícil, pero bajar era mucho más peligroso.

Lanzapiedras lo seguía con paso vacilante.

—Eh, ten cuidado. Si te caes y te rompes una pierna te perderás la Bendición, porque no seré yo quien te lleve.

—Y yo le diré a Castor que tú te marchaste por tu cuenta y que yo salí en tu persecución.

—Eso ya lo hemos hablado.

Lanzapiedras soltó un gruñido.

—Ya lo sé. Y no puede hacerles nada a sus dos mejores guerreros. Es horrible estar aquí arriba esperando recibir una flecha de los Anit'ah. No sé, yo estoy inquieto desde que Madera Erguida nos contó aquella historia.

—Está claro que vamos a decir que hemos bajado para ver si la carne estaba a buen recaudo. No me fío de esos muchachos que la bajaron.

—¿Y crees que Castor se va a tragar esa historia?

—Oye, en vez de flaquear ahora, hubiera sido mejor que te lo pensaras allí arriba. —Fuego en la Noche señaló la montaña por encima de su hombro—. Esto fue idea tuya.

Lanzapiedras se echó a reír sin ganas.

—¿Cuánto tiempo llevábamos ahí arriba ocultos entre los árboles? ¿Dos lunas? ¿Tal vez tres? ¿Y qué es lo que ha pasado? Hemos atacado un par de campamentos, hemos matado a un par de enemigos y hemos tomado algunas mujeres. Y luego los Anit'ah han desaparecido. Yo creo que Mano Izquierda tenía razón. Se han debido ir al lado oeste de la montaña.

—Yo duermo mejor por la noche sabiendo que los hemos expulsado, y me pregunto por qué cada vez Cantamos sobre más amigos nuestros.

—Estamos aprendiendo los caminos.

—Pero no podemos defenderlos. No sé. Esto no es como en las planicies. No podemos hacer que los Anit'ah se alcen y luchen uno a uno. No tienen honor de guerreros. Son como coyotes, que andan por todas partes y nunca se sabe cuándo alguno va a enloquecer y te va a dar un mordisco.

—No podrán soportar el invierno. No les hemos dado tiempo para recolectar sus estúpidas semillas. Y tampoco han tenido tiempo de cazar. Lo único que tenemos que hacer es mantener la presión sobre ellos y dejar que se mueran de hambre este invierno.

—¿Y dónde están los ancianos y las mujeres? Cogiendo comida, seguro. —Fuego en la Noche se detuvo jadeando—. No sé. Yo creo que es cierta la vieja historia que dice que sólo los perros locos y los chiflados que comen consuelda luchan contra los Mano Roja.

—Pues sus primos, los Grulla Blanca, no eran tan fieros.

—Sus primos no tenían el Fardo del Lobo. ¡Ni a esa bruja guerrera! Tú dirás lo que quieras, pero la última vez yo le lancé tres flechas y juraría que las tres se desviaron de su camino antes de tocarla.

—Cualquier día de éstos, Castor la matará con su Poder.

—Eso pensaba Dos Lunas Azules. La última vez que luché con ella escapé de milagro. Tuve la suerte de estar cerca del camino. Pero los demás fueron perseguidos hasta los árboles, y ya sabes lo que les pasó.

Lanzapiedras frunció los labios.

—A lo mejor saca su fuerza de los hombres, puede que se beba su semen antes de luchar. Ya sabes lo que dice Castor de las mujeres, que roban la fuerza a los hombres.

Fuego en la Noche soltó una risita.

—Pues a mí ya me podían robar la fuerza más a menudo. Ésa es una de las razones por las que me he decidido a venir. Tres lunas sin mis esposas es demasiado tiempo.

—¿Sabes?, cuanto más lo pienso, menos me gusta la excusa de la carne.

—¿Y?

—Pues que podíamos decir que queríamos discutir la estrategia para acabar con esa mujer. A propósito, ¿qué es una tanagra?

—Es ese pájaro rojo, amarillo y negro que vive en las copas de los árboles. —Lanzapiedras se quedó pensativo y sonrió—. Sí, eso me gusta más. Estrategia de guerra. Eso sí que se lo tragará Castor. Si le tocamos ese ego tan grande que tiene en ese cuerpo tan gordo, hará una Canción especial para nosotros, nos Bendecirá para que podamos matar a esa mujer. Y luego los Anit'ah se desmenuzarán como una borla de espadaña al viento.

—Pues entonces será mejor que nos movamos en lugar de quedarnos aquí como dos cuervos en una rama.

—¿Has cambiado de opinión?

—No, es sólo que tengo una historia mejor para Castor. Después de todos estos años, no le subestimo. Todavía me acuerdo de lo que le hizo a Raíz de Artemisa y a los otros. Y no pienso correr riesgos con un hombre así.

—Creo que es por aquí.

Danzarín del Fuego miró el camino de cabras.

—No sé. ¿Y si no tiene salida? Tendremos que volver a subir todo eso.

Dos Humos hinchó las mejillas de aire y exhaló.

—Yo tampoco estoy seguro. La última vez que estuve aquí era un muchacho. Hace ya mucho tiempo.

—¿Cómo va tu rodilla?

Dos Humos sonrió.

—Creo que no ha estado mejor desde que la pisoteó el búfalo.

Danzarín del Fuego se frontó la nuca.

—No sabía lo que iba a pasar. Y cuando casi te desmayas, pensé... bueno, estoy perdido. No confío en mí mismo.

—Pues entonces confía en un viejo berdache y cojamos este camino.

—¿Y si te equivocas?

Dos Humos se asomó al borde y vio el serpeante camino que desaparecía entre el follaje. A cada lado caían las pendientes de las montañas, imposibles de escalar. Y ante ellos yacía la cuenca calcinada bajo el sol ardiente.

—El otro sendero no tiene mejor aspecto. Y si lo intentamos por el camino principal, tendrás que Soñar con una flecha clavada.

Danzarín del Fuego se mordió el labio, sumido en sus pensamientos.

—¿No puedes sentir cuál es el buen camino? Sueña algo. —Dos Humos se arrepintió de sus palabras en cuanto las hubo pronunciado.

Pequeño Danzarín torció el gesto.

—No... no sé. Estoy muy confuso. —Movió la cabeza—. Sólo siento el Poder. Y no se puede hablar con él a menos... bueno, a menos que estés Soñando.

Dos Humos se frotó la cara sudorosa.

—Pues entonces vamos por aquí. Hay menos rocas.

—Y no sólo eso. Mira. El plan de Tanagra ya está en marcha —dijo Danzarín del Fuego, señalando hacia arriba.

Dos Humos se protegió la vista del sol. Una débil niebla de humo oscurecía el cielo.

—Entonces será mejor que salgamos de la montaña. Con lo seca que está, arderá muy deprisa. Mi padre me advirtió de la primera venida de la sequía. Y a él se lo dijo su padre. Era como si todo el mundo estuviera ardiendo.

—Espero que no sea como en mi Sueño. —Danzarín del Fuego tragó saliva nerviosamente, y por fin asintió—. Muy bien, vamos para abajo.

Dos Humos emprendió el camino, súbitamente inquieto. El Poder no le impediría romperse una pierna. Y si él faltaba, ¿quién sostendría el Fardo del Lobo mientras Danzarín del Fuego Danzaba con Fuego...? Si es que sobevivían para ello.

—¡Eh! —El grito venía de arriba, como respuesta a sus temores.

Dos Humos se volvió, y vio a Tanagra que venía saltando por el camino entre una avalancha de piedras.

Dos Humos se agarró débilmente a la ladera de la montaña. Tanagra venía resollando. Tenía un aspecto desaliñado, le temblaban las piernas y respiraba con dificultad, como si llevara corriendo mucho tiempo.

—Por ahí... no... —jadeó—. No tiene salida. Es un camino que sólo utilizan los ciervos en invierno para alimentarse de los arbustos que crecen ahí abajo. Habríais perdido medio día.

Danzarín del Fuego cerró los ojos y asintió, ocultando un súbito pánico.

—¿Por qué has venido? —preguntó Dos Humos.

Tanagra apartó la vista mientras intentaba recuperar el aliento.

—Por algo que dijo Pata Blanca. Algo del Poder. Dijo que si hacía esto, tal vez podría salvar a los Mano Roja.

—Una Soñadora siguiendo a un Soñador —dijo suavemente Danzarín del Fuego—. ¿Y ese otro camino?

—Es duro, pero no creo que encontremos en él a gente de Pequeño Búfalo. —Tanagra agitó sus flechas—. Aunque si los encontramos, puedes Soñar para enviarles a la Red de Estrellas.

—Pero ¿por qué? —insistió Dos Humos—. ¿Por qué tú?

Tanagra miró la cuenca.

—Pata Blanca dijo algo sobre el equilibrio y las Espirales, y sobre otras cosas que no comprendo. Y he recibido parte de su Poder. Creo que ella quería que lo empleara. —Tragó saliva—. Y juro que lo haré. Se lo prometí a los Espíritus en vuestro refugio de sudor, donde matasteis al lobo. No me di cuenta de que era un lugar sagrado hasta que fue demasiado tarde. Puede que de esta forma no ofenda al Poder.

Danzarín del Fuego sonrió, con la mirada perdida.

—Esperemos que ninguno de nosotros lo ofenda. Queda poco tiempo. ¿Por dónde vamos?

Tanagra se estremeció, y luego señaló con las flechas.

—Por ahí.

Cuarzo Rojo le llevó a Castor un trozo de lomo de búfalo ensartado en sauce verde. La carne estaba envuelta en hojas de balsamina con brotes de milenrama y artemisa, y asada en un agujero para que se hiciera en su propio jugo. La carne, perfectamente cocida, apenas se aferraba al pincho de madera.

—Tráeme un cuenco, mujer —gruñó Castor mientras los jugos le chorreaban por el brazo y manchaban sus mejores ropas ceremoniales. Secó el líquido y se aseguró de que no había caído ninguna gota sobre su piel blanca de búfalo.

Silbo de Alce, Siete Soles y Dos Piedras estaban sentados junto a él, en lugares de honor, esperando su turno. Los niños recogían leña para el gran fuego que ardía en el centro del campamento, y las mujeres que habían sido castigadas por alguna cosa iban poniendo ramas entre troncos de árboles para partirlas.

Era un desperdicio gastar tanta madera en mitad del verano, pero para cuando llegara el invierno habrían trasladado el campamento. Los pocos guerreros que quedaban en él estaban descansando de la Danza, sentados a la sombra de los álamos, charlando y bromeando entre ellos mientras volvían a pintarse los cuerpos emborronados por el sudor.

De momento los Cantores seguían Cantando y golpeando el tambor, y sus voces se alzaban y caían en una Canción por la Danza de la Muchacha. En un poste alto habían colgado la cabeza Bendecida de un búfalo para que vigilara a los Danzarines. Tenía el pelaje cubierto de plumas de águila, que ondeaban al viento.

Un grupo de muchachas rodeaba el fuego, siguiendo al sol, girando y danzando al ritmo del tambor y del cántico de los ancianos.

Castor las observaba, fijándose en su gracia atlética y su energía. Por un momento recordó sus tiempos de muchacho. Nunca había conseguido ser un buen Danzarín. Los chicos tenían su propia Danza, y danzaban y brincaban hasta quedar exhaustos. Pero él nunca había tenido energía. Toda su vida había tendido a engordar, y había preferido tumbarse a la sombra antes que correr y jugar.

Porque siempre he sido diferente. Madre lo vio. Ella lo sabía.

Intentó alejar la sensación de melancolía y gruñó para sus adentros. Aquel terrible Sueño le había dejado irritado desde hacía días.

«Eso es porque por fin estás eliminando la última amenaza», se dijo para tranquilizarse.

—¿Qué ha sido eso? —preguntó Silbo de Alce.

—Nada. —Castor ladeó la cabeza, masticando pensativamente y saboreando la carne—. Ahora que por fin estamos terminando con nuestra faena, hay que tomarse un tiempo para la reflexión. Cada uno ha de recordar quién es y lo que ha hecho. Esta Bendición nos renueva el espíritu, y al mismo tiempo presentamos nuestros respetos al Búfalo y al Sabio de las Alturas por darnos la fuerza para hacer lo que teníamos que hacer.

—Pues más vale que vengan las lluvias —le recordó Siete Soles—. No pueden quedar en las montañas bastantes búfalos para alimentar a tanta gente. Incluso los Anit'ah tuvieron que dividirse cuando crecieron demasiado. Fue cuando los Grulla Blanca se trasladaron a las planicies.

Castor le dirigió una dura mirada. ¿Es que siempre sería una espina clavada en un mocasín?

—Puede que hayas malinterpretado los signos, viejo amigo. La sequía cayó sobre nosotros para recordarnos que nuestro trabajo no estaba hecho. Los Anit'ah siguen ofendiendo al Mundo del Espíritu con su modo de vida. Cuando hayamos acabado con ellos para siempre y tengamos sus montañas, terminará la sequía. Como ocurrió cuando limpié la Tribu y expulsé a nuestros enemigos.

Siete Soles se quedó callado, con una expresión pensativa en los ojos.

—¡Mirad! —Uno de los guerreros señaló con un cuerno de pintura en la mano.

Todos los ojos se dirigieron a la niebla que se alzaba sobre las montañas.

Castor pestañeó al sol y se protegió los ojos con una mano grasienta. Al instante se arrepintió de no habérsela limpiado: estaría ridículo con la frente manchada.

—Son nubes —decidió, mirando a los ancianos—. Tal como os he dicho...

—No son nubes —dijo Silbo de Alce—. Es humo.

¿Humo? Castor volvió a mirar y comprobó que se había equivocado. Aquellos tonos amarillentos eran inconfundibles.

—Tal vez se haya descontrolado el fuego de algún campamento.

—O puede que sea una estratagema Anit'ah. Tal vez esa mujer que tienen, esa Tanagra, haya encontrado la forma de...

—¡Basta de tonterías! —Castor dio una palmada para atraer la atención—. Ninguna mujer, aparte de mi madre, podría pensar en algo tan inteligente. No, esto es una señal. Lo más probable es que sea cosa de nuestros guerreros. Será algún truco para acabar con los Anit'ha. ¡Supongo que no pensaréis que los Anit'ha iban a incendiar sus propias tierras! Ya les hemos impedido coger comida para el invierno. Y tampoco han tenido tiempo de cazar.

—Pero también comen plantas —señaló Dos Piedras.

—Y las plantas arden.

—O puede que sepan algo que nosotros ignoramos sobre el invierno en las montañas. Tal vez los pastos de las cabras no arden como los bosques. Son gente muy lista —le recordó Silbo de Alce.

—Y vosotros sois unos estúpidos. —Castor miró ceñudo el humo, con renovados temores. La Danza se había detenido. La gente se aglomeraba mirando y murmurando nerviosamente.

Tengo que poner fin a esto, o los muy estúpidos van a echar a correr despavoridos creyendo que es el fin del mundo. Se levantó de mala gana y salió al terreno de la Danza con las manos levantadas.

—¡Observad el Poder de Castor! ¡Los Anit'ah ya empiezan a caer! ¡Mirad cómo arden sus tierras! ¡Contemplad cómo hace justicia el

Búfalo de las Alturas contra los que se interponen en su camino! ¡Danzad! ¡Danzad todos! ¡Sentid el Espíritu mientras Danzáis y Rezáis! ¡Dad las gracias al Búfalo de las Alturas! ¡Es el giro! ¡Es la señal de nuestra victoria!

Los guerreros gritaron de gozo y se precipitaron al Círculo de la Danza brincando y lanzando vítores mientras blandían las flechas. El tambor empezó a resonar, y los ancianos elevaron sus voces.

La Tribu empezó a Cantar y Danzar en torno a él, con las manos levantadas hacia el humo sobre las Montañas Búfalo.

Castor sentía el Poder de todo aquello dánzandole como fuego en el pecho. Sí, aquél era el camino. Aquél era el Sueño. Estaban Danzando por él, alzando las manos con él, gritando y vitoreándole. Retrocedió con la alegría a punto de reventarle en el pecho.

¡Estaban Danzando por él!

Alce Ágil llevaba una cesta llena de corteza de enebro sucia. Ya se sabía el camino de memoria. Llegó a la cima de la roca y arrojó la basura. A la mañana siguiente la brisa ya se la habría llevado.

En ese momento vio el resplandor sobre la montaña y se quedó petrificada. Los cerros se perfilaban oscuros entre los tonos rojizos, y unas llamas de colores iluminaban todo el cielo oriental entre nubes de humo. Nuna había visto un fuego como aquél.

Una era de Fuego. Las palabras susurraban en su mente. *¡Y Pequeño Danzarín está allí arriba!*

—Alce Ágil...

Dio un brinco y se llevó la mano al pecho.

—¿Grillo?

Su amiga apareció en la noche y se acercó a ella para mirar las montañas.

—Cuerno Roto está ahí arriba, luchando contra el enemigo.

—Pequeño Danzarín también. Ha ido a buscar su Sueño. —¿Hasta cuándo podría soportarlo?

—Ojalá esté a salvo. —Grillo movió la cabeza—. Debería haberme quedado a luchar junto a él.

—¿Y quién habría cuidado de tu hijo?

—Podía haberle dejado abajo, con mi abuela. O con Batir de Cascos o contigo. Yo habría vuelto después a por él. Soy tan certera como un hombre lanzando flechas, aunque no las tire tan lejos.

Alce Ágil se mordió el labio.

—Yo no podía hacer nada por Pequeño Danzarín. Una esposa

puede luchar, puede blandir una porra o lanzar una flecha, pero yo no puedo Soñar por él.

Grillo le rodeó los hombros con el brazo.

—¿Es que nunca acabará esto? Puede que Tanagra sea tan Poderosa como dicen. Ella siempre fue diferente, tal vez sea la elegida. A lo mejor puede salvarlos. Ella conoce el bosque mejor que nadie. Debería haber sido un hombre.

—A lo mejor hacían falta las dos cosas —dijo Alce Ágil sin pensar—. El Poder de Pequeño Danzarín... y el suyo. —Y una parte de ella gimió: «¿Por qué no podía ser yo la que le ayudara?»

—Roca Negra ha llegado hoy. Dice que Tanagra se ha convertido en un guerrero muy poderoso, que nadie puede tocarla en la lucha, que ha heredado el Poder de Pata Blanca.

Alce Ágil no apartaba la vista del resplandor.

—Tenía que Danzar con Fuego. —Tragó saliva y cayó de rodillas con los brazos alzados al cielo de la noche—. Llévatelo si quieres, pero dale fuerza. ¡Escúchame! Ayúdale a Danzar con Fuego. Aunque no vuelva a verle nunca más, ¡debes ayudarle! —Pestañeó para contener las lágrimas—. Por todos nosotros.

Miró el infierno que se cernía sobre las cumbres. ¿Podría un Soñador Danzar con aquello?

—Toma de mí cualquier cosa, pero ayúdale.

Danzarín del Fuego se despertó pestañeando y fijó la vista en la noche. Yacía de espaldas, sin mantas porque el aire quieto era demasiado caliente. La Red de Estrellas se veía borrosa, envuelta en humo, y sobre las montañas relumbraba la noche de color escarlata. Tanagra dormía a un lado, y sólo se distinguía de ella el bulto de su cuerpo. Al otro lado yacía Dos Humos.

Los Sueños le habían acechado con imágenes rotas que no querían cobrar forma. Sueños agitados. De nuevo caminaba por el bosque en llamas. Pero ahora la realidad rugía sobre él.

¿Habré pasado algo por alto? ¿Era esa prueba sólo una advertencia por si fracaso?

Se levantó en silencio, echando de menos la espectral presencia del Lobo. Aunque siempre se había mantenido alejado, se había convertido en un compañero de su soledad. Pero no había tenido elección, y el Lobo lo sabía. Su alma había estado acorde con la necesidad, y se había convertido en parte del Fardo del Lobo. El Lobo era necesario para restaurar el Poder, para renovarlo.

Los caminos del lobo y el hombre estaban entrelazados desde un pasado lejano. Eran hermanos, depredadores que comían no sólo búfalos, alces y ciervos, sino también bayas y roedores. El lobo, igual que el hombre, vivía en sociedad. Igual que el hombre, cantaba a las estrellas, amaba y criaba a su familia. Pero a diferencia de la mayoría de los hombres, compartía el alma con el Uno, tal vez menos distraído por la ilusión.

Danzarín del Fuego trepó a uno de los altozanos y miró el cielo rojo.

—Danzarín del Fuego.

Habían bajado por un afluente del Río Claro, a lo largo del lado norte del Muro Rojo. El campamento de Castor estaba a menos de un día de camino hacia el sur. Al día siguiente, a esa misma hora, ya habría Danzado con el Fuego con Castor, o estaría muerto y su alma flotaría hacia el Uno. Los recuerdos de la sensación de muerte se aferraban al fondo de su mente como pelusas de piel de marta.

Y con una punzada se dio cuenta de la finalidad de todo aquello. Alce Ágil quedaría atrás con sus hijas, a las que nunca vería crecer. Nunca sabría de sus penas y sus alegrías, no vería la expresión de gozo en sus caras, ni enjugaría sus lágrimas.

—¿Por qué? —le preguntó a la noche—. ¿Por qué me permitiste amar? Duele mucho renunciar a ello.

Toro Hambriento se haría viejo, sus cabellos encanecerían y su rostro se llenaría de arrugas. Moriría sin que su hijo pudiera cuidarle ni Cantar para que ascendiera a la Red de Estrellas a encontrarse con Raíz de Artemisa.

—¿Tenías que elegirme a mí?

Sentía crecer el resentimiento. Le habían arrastrado de un lado a otro como los niños arrastran el aro en sus juegos. Los Espíritus insensibles, como los niños jugando, le habían lanzado sus flechas, alcanzándole con algunas mientras que otras aterrizaban en su camino. Los Espíritus reían y brincaban, y a ninguno le había preocupado los cortes y moratones que había recibido el aro de su vida.

Pero el gozo del Uno penetraba en su resentimiento, atrayéndole como atrae un áster a una abeja. Tenía que probar aquel néctar, tenía que sumergirse en aquella dulzura. Y allí yacía el dolor, en la certeza de que no podría apartarse de los colores de la flor ni del rico festín que contenía. No, ni siquiera el amor le haría alejarse de ella.

El Poder había creado en él una pasión mucho más fuerte que la adoración de Toro Hambriento por la caza. Buscar el Uno se había convertido en su único propósito.

Cerró los ojos y respiró profundamente para acallar sus pensamientos. Intentó una vez más cruzar el umbral para llegar al Uno. Fue canalizando la mente, poco a poco, buscando aquel brillo de plata más allá de su alcance. Lo intentó cada vez con más fuerza.

Y finalmente abrió los ojos y miró ceñudo la noche.

—¿Cómo lo haré? Mañana es el día... y no puedo.

La brisa nocturna susurró entre los arbustos y las hierbas secas.

Danzarín del Fuego ladeó la cabeza y oyó el ruido de una serpiente de cascabel. ¿Una serpiente?

El Poder fluía en el aire en torno a él. Y una voz extraña cantó en su imaginación:

Criaturas monstruo reptan sobre sus vientres.
Sin brazos, sin piernas, la piel de escamas.
Sacuden en su cola una matraca.
Dientes de veneno, un golpe seco
y la sangre se vuelve negra y frágil.

El umbral.

27

—¡Aquí! —gritó Tanagra.

Dos Humos se volvió y vio a Danzarín del Fuego que se acercaba corriendo y luego se ponía de rodillas para mirar de frente al reptil.

—¿Y ahora podemos cogerlo? —preguntó Tanagra insegura.

Danzarín del Fuego se humedeció los labios y alzó la vista. Dos Humos le dirigió una mirada inquisitiva y vio una extraña expresión, maravillada y al mismo tiempo preocupada.

—Sí, vamos a cogerla.

—¡Espera!

Tanagra fue a dar un paso, pero demasiado tarde. Danzarín del Fuego ya había tendido una mano trémula y apretaba los dientes con determinación.

Dos Humos lanzó un grito al ver cómo la serpiente clavaba los colmillos en la mano de Danzarín del Fuego.

—¡No! —Tanagra fue a cogerla, pero Danzarín del Fuego la apartó y agarró a la serpiente por la cabeza.

Luego se miró las heridas mientras el reptil se le enroscaba en el brazo, siseando furioso.

—¿Qué? —Tanagra retrocedió, moviendo la cabeza—. ¡Estás loco! —Se dio la vuelta y miró las cumbres de las montañas cubiertas de humo. El aire ya estaba lleno de cenizas que caían como una nieve maligna.

Dos Humos miraba desencajado las dos perlas de sangre en la piel de Danzarín del Fuego.

—Se acabó —dijo firmemente Tanagra—. Yo me vuelvo.

—No puedes —suplicó Dos Humos.

Ella se volvió bruscamente con los ojos llenos de lágrimas.

—¡No he venido hasta aquí para meterme en el campamento de los guerreros de Castor con un loco!

Dos Humos intentó poner alguna lógica en aquella confusión.

—Pero tú dijiste...

—Pata Blanca me dijo que confiara en el Soñador, que apartara mi ira por el bien de los Mano Roja. Pero no me dijo que... que cuidara de un chiflado.

—El umbral —murmuraba para sí mismo Danzarín del Fuego—. Duele, arde... todo es una ilusión. Busca la bruma gris, mírala girar... una ilusión.

Tanagra le miró, moviendo la cabeza.

—¡Un loco!

—Ven con nosotros. No sé por qué, pero te necesitamos. Lo sé.

Tanagra caminaba de un lado a otro a grandes zancadas.

—¿Que me necesitáis? ¿Para qué? ¿Para llevarle en brazos cuando se caiga?

Dos Humos alzó las manos.

—Confía en él. Sabe lo que está haciendo.

—¿Que sabe lo que está haciendo? ¡Ha metido la mano en la boca de una serpiente!

Dos Humos gesticuló frenético.

—Sí, sí... ya lo había hecho antes. No sé por qué. ¡Es el Soñador! Confía en mí. ¡Puedo sentir el Poder!

—El Poder de la locura. —Tanagra cogió sus flechas y emprendió el camino de vuelta, moviendo la cabeza.

—¡Espera! —suplicó Dos Humos—. ¿No has dicho que lo habías prometido en el lugar donde renovamos el Fardo del Lobo?

Tanagra se detuvo bruscamente y bajó la cabeza. Vaciló un momento y luego asintió. El viento jugaba con sus cabellos y la luz del sol iluminaba a través del humo su vestido ajado. Miró al cielo y vio que la luz brillaba entre las sombras de un mundo en llamas. Luego se volvió y lo miró de reojo, ceñuda.

—Supongo que estoy comprometida.

Dos Humos respiró profundamente, captando el olor del humo.

—Sí, supongo que todos lo estamos. Éste es el camino del Poder, y lo único que podemos hacer es recorrerlo.

Tanagra se volvió.

—Y rezar con todas nuestras fuerzas para saber lo que estamos haciendo.

Danzarín del Fuego había alzado las manos al cielo turbio.

—El umbral. Por favor, que sea esto el umbral. ¿Dónde está la bruma gris, la bruma de la ilusión?

—Vamos —ordenó Tanagra lanzando al Soñador una mirada de desdén.

Dos Humos le hizo levantarse, poniendo buen cuidado en mantenerse lejos de la serpiente.

Ya se oía el débil latido del tambor de Castor.

¿Un loco? Por favor, que no sea cierto.

Castor oía la Danza más allá de su refugio. Oía el canto, los tambores y los cánticos de su Tribu. Sobre el campamento caía el atardecer, sombrío como las cenizas del aire, disminuyendo en cierto modo el Poder de la ocasión.

—¿Por qué no me creo vuestra historia?

Lanzapiedras miró fugazmente a Fuego en la Noche antes de responder.

—Esa mujer Anit'ah, Tanagra, tiene Poder. Nosotros sabíamos que ibas a celebrar una Bendición. Ninguno de tus guerreros tiene más coraje que nosotros. Fuego en la Noche y yo hemos jurado matar a esa tal Tanagra.

Castor los miró con ojos entornados, presintiendo la mentira.

—Contadme más.

Fuego en la Noche carraspeó nervioso.

—Danza y Canta cuando lucha. Yo mismo he visto cómo hombres apuntaban y le lanzaban flechas que pasaban junto a ella sin hacerle ningún daño. Madera Erguida nos dijo...

—¡Ya he oído bastante de Madera Erguida y sus historias! —Castor cerró el tema con una palmada.

—Así que vinimos para ser Bendecidos, para que tú Cantaras un Poder especial para nosotros. Los Mano Roja eran nuestros hasta que ella le quitó el mandato a Sangre de Oso y su patético Fardo del Lobo.

—El Fardo del Lobo no tiene Poder —aseguró tranquilamente Castor—. Es una corrupción. Si vuelve a interponerse en mi camino, pienso quemarlo, como tenía que haber hecho desde el principio.

¿Y ahora qué? Observó a sus guerreros, nerviosos ante él. Si aquellos dos ya se habían cansado de la incesante guerra con los Anit'ah, ¿cuántos más lo estarían también, sin tener el valor de desafiarle?

—¿Y ese fuego en la montaña? ¿A qué se debe?

Fuego en la Noche negó con la cabeza.

—No se sabe. Empezó cuando ya casi habíamos bajado el camino.

—¿Podría ser nuestro?

—Probablemente. —Lanzapiedras se agitó como si estuviera incómodo—. Nuestros hombres ya se han descuidado con el fuego alguna vez. Flecha Firme casi lo incendia todo una noche, pero al final consiguieron apagar las ascuas.

De pronto se le ocurrió la solución.

—Muy bien, os voy a dar un Poder especial. Venid.

Se inclinó hacia atrás y adelante para levantarse. Luego los llevó hasta el centro del círculo de la Danza, y alzando las manos gritó:

—¡Esta noche vamos a crear un Poder especial! Estos dos hombres traen noticias de una mujer. ¡Sí, una mujer Anit'ah que dice tener Poder! En la lengua de los Anit'ah, su nombre es Tanagra, un pequeño pájaro amarillo.

Alguien se echó a reír. Lanzapiedras se agitó incómodo detrás de él.

—Así que os pongo por testigos. Que alguien traiga un cuchillo afilado.

Castor se volvió ligeramente y vio que Fuego en la Noche había palidecido. Un anciano vino cojeando con un cuchillo de cuarzo en la mano.

Castor se acercó al rugiente fuego y extendió las manos hacia los dos guerreros.

—¡Yo os Bendigo delante de toda la Tribu! —Cogió la mano a Lanzapiedras y le hizo un corte en el brazo, del que manó la sangre. Luego hizo lo propio con Fuego en la Noche—. Y ahora mezclo su sangre —explicó a la gente que observaba solemnemente. Y juntó las heridas—. Así están atados por su juramento. ¡La próxima vez que vean a Tanagra, deberán matarla! —Les puso los brazos sobre el fuego y unas gotas de sangre cayeron siseando sobe las ascuas—. Ya está. Su juramento ha ascendido al cielo en forma de humo, para probar su valía al Búfalo de las Alturas. —Y luego añadió en voz baja—: Y si no la matáis cuando la veáis, los dos seréis Maldecidos con palos igual que hice hace mucho tiempo con Raíz de Artemisa. Ya conocéis mi Poder.

Se quedó mirándolos a los ojos, viendo cómo sus palabras les habían estremecido el alma.

—¡Y ahora Danzad! ¡Danzad como no habéis Danzado nunca!

Se dio la vuelta y volvió a su lugar de honor mientras el atardecer oscurecía el cielo, y la montaña ardía en llamas rojas. La luz caliente iluminaba los cielos al norte, al sur y al este.

Sí, ahora conocían su Poder. Castor miró ceñudo la montaña

incendiada. Las llamas habían atravesado las cumbres y lamían con lenguas amarillas las laderas. La Tribu alzaba la vista, espantado.

Castor volvió a sentir un brinco en el corazón. El Poder vagaba suelto sobre la tierra.

¿Madre? ¿Dónde estás?

—¿Estamos listos? —preguntó Dos Humos con voz queda cuando llegaron a la vista del campamento. Estaba iluminado por un gran fuego, y no había forma de acercarse a escondidas.

Danzarín del Fuego empezaba a tambalearse y tenía hinchado el brazo herido. Con la otra mano aferraba con tanta fuerza a la serpiente que Dos Humos había pensado que la asfixiaría.

Tanagra se encogió de hombros.

—Yo ya estoy muerta. No puedo estar más preparada.

—El umbral —gimió Danzarín del Fuego—. ¿Dónde está el umbral? Niebla gris... gris... ilusión.

—Esperaremos un poco —decidió Dos Humos—. Ha llegado tu momento, Danzarín del Fuego. Sueña, muchacho, Sueña.

La datura sagrada palpitaba dentro de él, y a medida que iba destilando su fuerza en sus venas, Castor empezó a oír los susurros del Poder. Tal vez había sido una locura tomarse el resto de la planta, pero tenía que hacerlo para oír la voz de su madre en el momento de su triunfo.

Entró al círculo de la Danza y su silueta se perfiló a la luz del fuego. Se sentía indiferente. Alzó las manos y pestañeó, sintiendo el Poder girando en torno a él.

Mírame, Madre. Y háblame.

—¡Contemplad mi Poder! —La luz oscilaba en el cielo negro, iluminando las nubes y respaldada por el infierno que ardía en las Montañas Búfalo

El clamor entró en él como el aire y creció en su interior, llenándole hasta casi reventar.

—¡Nosotros somos la Tribu! ¡Somos el nuevo camino! —Los vítores acicateaban el orgullo que le henchía el alma.

Madre, mírame. ¡Mira lo que he hecho con tu Sueño!

—¡Mira, Tribu! ¡Mira cómo he hecho arder a los Anit'ah!

La luz danzaba en la cabeza de búfalo que pendía del poste.

—¡Nosotros, la Tribu, te hemos renovado, hermano Búfalo! Haz crecer tus manadas y alimenta a tus hermanos. ¡Nadie puede cambiar nuestro camino! Estamos limpios de la mancha de las mujeres débiles.

Los guerreros gritaban y brincaban agitando las flechas. Y sus ojos brillantes le miraban sólo a él, ignorando el incendio en el que sus camaradas luchaban ahora para salvar sus vidas. Hasta las mujeres miraban acobardadas, aceptando su papel.

—¿Quién se atrevería a desafiar el Poder de Castor?

—Yo.

Castor se quedó paralizado, sin dar crédito a sus oídos.

—¿Quién? —preguntó encolerizado—. Desde este momento estás Maldito.

La Tribu retrocedió, abriendo un camino, y Castor volvió a ver las imágenes del Sueño. Tres personas se acercaban: un joven, una anciana tullida y una mujer joven, alta y esbelta.

—¿Quiénes sois?

—¿Tanto he cambiado, Castor? —La anciana coja habló con voz de hombre.

—¡Dos Humos! —Le reconoció mientras la oscilante dulzura de la datura le corría por las venas—. ¿Te atreves a traer la corrupción de un berdache en este día? ¿Tanta sangre fría tienes? Y ese joven me resulta familiar...

—Ha venido un Soñador —dijo con firmeza Dos Humos—. Ha venido a Soñar la Espiral... de la que tú te has olvidado.

—¿Y esa... esa mujer? —dijo Castor señalándola.

—Su nombre es Tanagra. El mayor guerrero de los Mano Roja. Es nuestra escolta.

—Una parca escolta.

El joven se adelantó y levantó una serpiente de cascabel con la mano hinchada. Algo en sus ojos llamó la atención de Castor, que lo reconoció a pesar de los años.

—Ah, Pequeño Danzarín. ¿Has venido a encontrar el mismo destino que tu madre? ¿O es que te han expulsado los Anit'ah?

Danzarín del Fuego levantó un fardo con la mano sana.

¡El Fardo del Lobo!

—He venido a Soñar contigo, Castor. —Su voz se alzó fantasmagórica en la noche—. Danzaremos juntos el Poder. —Y levantó la serpiente con una sonrisa en el rostro—. Ven a Danzar conmigo, Castor.

Todos miraban maravillados y sin aliento. Danzarín del Fuego le dio el Fardo del Lobo a Dos Humos, entonando un Cántico. Bajo la luz del fuego, todo parecía un Sueño. El joven se acercó a Castor, Danzando y Cantando. La gente estaba inmóvil, demasiado conmocionada para moverse.

El mundo empezó a palpitar con los pasos de Danzarín del Fuego, cambiando y oscilando. ¿O era la datura? Castor pestañeó, presa de un extraño escalofrío.

—Si eres un auténtico Soñador podrás Danzar el veneno, Castor. Demuestra, como yo he demostrado, que no es más que ilusión. —La Tribu gritó cuando la serpiente le mordió en el pecho.

Castor tragó saliva y miró al reptil con ojos muy abiertos.

—No, eres maligno.

Danzarín del Fuego se echó a reír mientras brincaba y daba vueltas.

—¡Siente el Uno! Sentidlo entre nosotros. ¡Sentid las Espirales! Ésta es una noche de Poder.

Volvió a alzar la serpiente. Castor intentó apartarla frenéticamente y vio con alivio cómo iba a parar entre las llamas, retorciéndose y siseando.

—¿Ésa es tu respuesta a la Danza? —Danzarín del Fuego Danzaba y Cantaba sin dejar de dar vueltas.

Castor levantó las manos para reunir fuerzas, apelando a todo aquello en lo que creía. La datura fluía en su alma.

—Pequeño Danzarín, yo declaro que eres corrupción. Tú y tu berdache estáis Malditos. Moriréis... moriréis en horrible agonía.

—¡Contempla el Poder del Uno! —Danzarín del Fuego señaló el cielo.

En el horizonte occidental se alzó un remolino sobre las llamas, y del cielo cayeron lenguas de luz iluminando las tinieblas.

Y una voz sonó burlona en la mente de Castor:

—Soy el Fardo del Lobo. ¡Siente mi Poder!

Unas cosas horribles bajaron del cielo oscuro, cerniéndose sobre Castor.

Tanagra no apartaba los ojos. El miedo le palpitaba con fuerza en la sangre. ¿Así que se había condenado a sí misma a morir? Allí podrían atraparla, cogerla viva, violarla y convertirla en esclava.

—Nunca más —prometió entre dientes.

Había sido una loca por seguir a un loco. Su lugar estaba con su Tribu, luchando contra los invasores. Pero juró que su flecha bebería la sangre de Castor antes de que la suya dejara de fluir.

Los dos hombres avanzaban con cuidado, nerviosos. Ella captó su movimiento cuando la voz de Castor bramaba una terrible amenaza. Sintió un calambre en el brazo. Al menos el alma de Pata Blanca no la había abandonado.

Los observó adoptando una posición de equilibrio. Tenían pensado disparar al mismo tiempo. Una flecha para el berdache y otra para Danzarín del Fuego. Tenía que ser rápida, rápida como no lo había sido nunca.

Ni siquiera un Soñador es inmune a un flechazo en la espalda.

Entró en la Danza con un cántico de guerra en los labios. Ni siquiera Puma tenía su rapidez. El enemigo cargó y disparó. Ella apoyó un pie y desvió la primera flecha. Al instante se volvió y le dio a la segunda. La Danza la llenaba, y Tanagra giró y ajustó su propia flecha. Lanzó el brazo hacia adelante y la clavó en el pecho del hombre que ya estaba preparando otro disparo. Desvió en el aire una tercera flecha, sumida en el trance de la Danza y el Poder.

Tanagra vibraba. En ese instante disparó con toda la fuerza de su cuerpo esbelto. Se volvió con pies ágiles para cubrir al Soñador que Danzaba su propio Poder. Sonrió al ver al enemigo conmocionado, paralizado como si estuviera plantado en la tierra.

Sí, ella estaba hecha para aquello. Ninguno de los demás guerreros hacía ni un solo movimiento. La observaban con los ojos muy abiertos, cubiertos de pinturas de colores, y su coraje desapareció como el agua al ver a los dos guerreros moribundos que gemían en el suelo, uno sangrando por la boca y el otro horrorizado, con la mirada fija en la flecha que le sobresalía entre las costillas.

Tanagra lanzó un grito cuando el fuego se precipitó desde las alturas.

Dos Humos oyó el ruido de las flechas. Miró sobre el hombro y vio a Lanzapiedras y a Fuego en la Noche en el suelo, observados por un círculo de caras.

Suspiró y alzó el Fardo del Lobo, sintiendo el éxtasis del Poder que fluía por él. Le inundó la sensación de estar flotando.

—¡Yo os Maldigo! —chillaba Castor mirando con ojos vidriosos a sus guerreros agonizantes.

—Tú no Maldices a nadie —Cantó Danzarín del Fuego, acercándose a la hoguera—. Tu Poder es ilusión, Castor. Aprende conmigo. Sueña conmigo.

Y Danzó, Cantando con un Poder que hacía vibrar las almas.

—Soy Danzarín del Fuego. Ven a Soñar el nuevo camino. Siente las Espirales, siente el Uno que está cambiando, que vuelve a estar entero.

Castor abrió la boca y lo miró totalmente incrédulo. Espantó algo que había en el aire, y lanzó un grito como si algo le acechara.

—¡No! ¡Dejadme en paz! Yo te Maldigo, Fardo del Lobo. ¡Te Maldigo!

Danzarín del Fuego Danzó en torno al hombre gordo con una luz de gozo en los ojos, dejando petrificado a Castor con su mirada como la de una serpiente que hipnotiza a un pájaro. Las llamas crepitaban detrás de él entre los enebros, y las chispas encendidas ardían rojas en el cielo negro.

—Siente el Poder, Castor, siente el Fardo del Lobo. Eso es lo que ahora te posee. Toma las ascuas. Danza con ellas. Danza el Uno.

—¡No! ¡Dejadme en paz! —Las lágrimas rezumaban de sus ojos cerrados y trazaban irregulares surcos en su rostro desencajado.

—¡Siente el Poder! —Cantó Danzarín del Fuego dando vueltas ante la Tribu—. ¡Danzad! ¡Danzad conmigo! ¡Danzad las Espirales! Ha llegado un nuevo camino. ¡Un nuevo camino!

Castor lanzó un grito de terror. Lanzaba al aire fútiles puñetazos, como apartando cosas que sólo él podía ver. Se tambaleó gritando, y echó a correr hacia el borde del campamento para desaparecer entre los enebros en llamas.

Uno a uno, los miembros de la tribu empezaron a mover los pies siguiendo la Danza, aprendiendo la Canción de Danzarín del Fuego.

Dos Humos sostenía en alto el Fardo del Lobo, y las lágrimas surcaban sus mejillas mientras su alma flotaba con el Uno. El Sagrado Uno.

Castor corría locamente entre los enebros. Tropezó y cayó sobre un retorcido arbusto de artemisa. Intentó apartar las cosas que se cernían sobre él. Se cubrió la cabeza, sintiendo la tierra hirviendo bajo él. ¿O era sólo la datura?

Alzó la vista, llorando. Los árboles ardían en torno a él con lenguas naranjas y amarillas que crepitaban y rugían, y los juníperos y la artemisa gigante explotaban en olas de llamas. Cegadores resplandores de luz saltaban hacia el cielo negro iluminando las masas de humo de un fantasmagórico tono rojizo que se convertía en tizones rojos y marrones al ir subiendo más y más en el cielo.

El aire bramaba y soplaba, alimentando el tremendo infierno. Árboles enteros restallaban como el trueno, y los troncos se partían y caían humeando en el muro de llamas.

El calor le golpeó como un puño y le aplastó contra el suelo mientras el mundo ardía.

—¿Madre?

Una figura se movía en el corazón del rugiente incendio y caminaba sobre las cenizas blancas como una sombra.

—¿Por qué no ardes? ¿Qué eres?

—Soy el Soñador del Pueblo. —Y la figura quedó borrosa tras un muro de llamas.

Castor seguía viéndola con los ojos cerrados.

Levantó un brazo para protegerse la vista y miró a Danzarín del Fuego esperando que se hubiera convertido en un amasijo calcinado de carne y hueso. Pero seguía allí, alto y hermoso, con la colorida luz del mundo en llamas reflejada en la piel.

—¿Quién... qué eres?

—Soy tú, Castor... y no soy tú. Soy el Sueño y la realidad. Te he conducido hasta aquí, y te he seguido. Soy lo que es, y lo que no es. ¡Soy el Sueño que tú negabas!

Castor pestañeó y sintió que su piel ardía. Miró horrorizado cómo el fuego se enroscaba en torno a Danzarín del Fuego, que se inclinó y le socarró la piel.

Castor se levantó de un salto, presa del pánico, y se lanzó hacia el fuego, sintiendo arder su cuerpo. Se le quemaron los pulmones cuando inspiró para gritar. Las llamas le alcanzaron la cabeza y cayó en el fuego, agonizando de dolor.

Una última bocanada del Fardo del Lobo destrozó los fragmentos de su alma.

—*La Espiral brilla, está cambiando* —dijo Soñador del Lobo desde la niebla dorada.

—*Tenemos nuestro Soñador* —Cantó el Fardo del Lobo, y su voz resonó en las estrellas.

—Y somos el Uno. —Danzarín del Fuego brincaba en la Danza.

Vinieron por los caminos, solos o en parejas. Algunos cojeaban, otros llevaban a los que tenían quemaduras demasiado graves para poder caminar. Dos Humos los iba vendando. Había mandado a mujeres y niños a por plantas para hacer cataplasmas. Los guerreros estaban sentados, conmocionados, manchados de hollín, con el pelo quemado aquí y allá, mirando la montaña incendiada con expresión ausente.

Tanagra, impasible, guardaba el refugio del Soñador.

Dos Humos se acercó a ella.

—He preguntado a mucha gente. Todos dicen que cuando comenzó el fuego, los Anit'ah desaparecieron como una gota de lluvia en una piedra caliente.

Tanagra asintió con una sombría sonrisa.

—Somos los Mano Roja. Las montañas son nuestras.

—Sí, las montañas son nuestras.

—He estado atenta por si venía Castor. ¿Qué le ha pasado?

Dos Humos se miró las manos.

—Lo encontraron allí, donde se incendiaron los enebros. Todavía no sé por qué el fuego no arrasó todo el campamento.

—Esa noche pasaron muchas cosas.

—¿Pero por qué se metió corriendo entre las llamas? ¿Por qué?

Tanagra le miró con dureza.

—Una vez abusó del Fardo del Lobo, ¿verdad?

Dos Humos evitó sus ojos y asintió.

—Más vale que tengas mucho cuidado con él.

—¿Cómo está Danzarín del Fuego?

—Se ha despertado hace un rato.

—Podríais traerme algo de comer —dijo una voz débil desde dentro del refugio.

Entonces salió a rastras Danzarín del Fuego y miró la montaña. Parecía exhausto, pero sus ojos brillaban como si no fueran de este mundo.

Dos Humos suspiró.

—Pensé que el hambre era sólo una ilusión.

—Y lo es. Sólo que debo vivir esta ilusión un poco más. Tú y yo, amigo, debemos enseñar a esta gente un nuevo camino. Tienen que aprender el secreto de la hierba. Yo debo Soñar para ellos y tú serás el puente.

Dos Humos asintió.

—¿Y dónde harás todo eso?

—He estado pensando en la Cuenca del Viento Cálido. Allí no vive nadie. Y tu hierba crece por todas partes. Al menos eso es lo que dijo Tres Cascabeles la última vez que le vimos.

—Y así el búfalo se quedará tranquilo por un tiempo.

—El búfalo necesita recobrarse, como los hombres —dijo Tanagra señalando a los exhaustos guerreros.

Dos Humos sonrió.

—Podría ser más difícil. Uno de los guerreros le pegó a su esposa y ella salió detrás de él con sus flechas de guerra. Y cuando él amenazó con matarla, la esposa dijo que Tanagra iría a por él. Deberías haberlo oído. Hay discusiones por todas partes. Una de las mujeres insiste en sentarse en el consejo. Siete Soles y Silbo de Alce han accedido. Creo que los guerreros han echado de menos a las mujeres.

Danzarín del Fuego sonrió débilmente.

—Duele echar de menos a una mujer. —Y apartó la vista.

—Ya llegará tu momento. La Tribu es rápida y...

Danzarín del Fuego movió la cabeza.

—Cuando se ha Danzado con el Uno, no hay vuelta atrás, Dos Humos. Eso... bueno, dolería más. Ella nunca lo comprendería, y sería muy desgraciada. Mi camino es ahora distinto. Tú eres berdache y lo comprendes.

—¿Y el Fardo del Lobo? —preguntó Dos Humos tras un silencio.

Danzarín del Fuego señaló a Tanagra.

—Ella es jefe de los Mano Roja. Debe ir con ella.

—Y nosotros ¿qué haremos?

Danzarín del Fuego sonrió con la mirada distante.

—Tú y yo tenemos el Uno. Nosotros Danzamos con Fuego.

EPÍLOGO

El viento gemía por el cañón, y la nieve caía en remolinos. Hasta los perros habían entrado al refugio, temerosos de que los echaran a la tormenta. El fuego crepitaba iluminando las caras de los niños que escuchaban arrobados la historia del Buhonero.

—...Y los Ayudantes del Espíritu vinieron y le dieron a Danzarín del Fuego un Sueño del Espíritu. Le dijeron que Castor no tenía ningún sueño, que su Poder no era más que su codicia y ambición, pero la Tribu no lo sabía. El mundo estaba cambiando.

»Y vino el Lobo y le dijo a Danzarín del Fuego que renovara el Fardo del Lobo. Y él lo hizo. Y Danzaron y Cantaron y renovaron el Poder. Y el Primer Hombre bajó a Danzar con ellos.

»—Ve con el Pueblo —dijo el Primer Hombre—, llévalos al nuevo camino y Danza para que las Espirales vuelvan a ser como eran antes de que Castor desatara el mal.

»Y Danzarín del Fuego lo hizo. Bajó de las cumbres y se encontró con Castor. Durante cuatro días Danzaron y lucharon. Y una vez, Danzarín del Fuego cogió un puñado de fuego y lo lanzó hacia la montaña, y todo se incendió. Y siguieron Danzando hasta que Castor le lanzó una Maldición tras otra. Pero cada vez que le lanzaba una Maldición, Danzarín del Fuego cogía un puñado de fuego y se purificaba, como cuando vosotros os frotáis el cuerpo para quitaros la suciedad.

»Finalmente, Castor mandó a todos sus guerreros a matar a Danzarín del Fuego, pero Danzarín del Fuego tenía su propio guerrero. Era Tanagra, una mujer de las montañas. Él Cantó para darle Poder y ella mató a todos los guerreros de Castor.

»Danzarín del Fuego se hartó de Castor y de sus Maldiciones, así que Cantó para llevarle a la montaña en llamas, y cuando estuvieron en mitad del fuego, dejó que Castor ardiera. ¿Sabéis por qué?

—¡Porque no tenía Poder! —respondió muy seria la pequeña Piedra Blanca.

Los niños se echaron a reír.

—Exactamente —dijo el Buhonero extendiendo las manos—. Y por eso todos suben a las cumbres a Soñar. Todos deben hacerlo para mantener las Espirales tal como las creó el Sabio de las Alturas. Castor quería el Uno sólo para él. Pero si cada uno busca su propio Poder, ningún hombre malo volverá a apropiárselo nunca más.

—¿Y qué le pasó a Danzarín del Fuego? —preguntó Travieso, que le miraba con sus grandes ojos castaños y el dedo metido en la boca.

—Danzarín del Fuego vio que el camino de la Tribu volvía a ser correcto y que el Búfalo de las Alturas y todos los espíritus estaban contentos, y trepó a una cumbre y ascendió con un relámpago a la Red de Estrellas. Y así fue.

Alce Ágil pestañeó al fondo del refugio. La artritis le había retorcido las manos y le dolían cuando hacía mal tiempo. Había sufrido la caída de todos los dientes, y en una ocasión se había roto un brazo que nunca sanó del todo.

El tiempo que haga falta...

Y aquel dolor tan viejo tampoco había sanado. La risa de Pequeño Danzarín y el brillo de sus ojos permanecían siempre presentes y luminosos en sus recuerdos, aunque su vista se hubiera oscurecido.

—Así que ésa es la historia que se cuenta ahora —murmuró—. Tal vez sea mejor así.

Se acurrucó en las pieles, sintiendo las articulaciones doloridas. Aquella noche Soñaría con un gran lobo negro y un joven Soñador, y con la mujer que le amó. Y quizá, quizás esta vez dejaría que su alma se fuera con el Poder que la llamaba.

En el refugio resonaban las risas de sus tataranietos.

ÍNDICE

OTROS TÍTULOS DE LA COLECCIÓN

ÉXITO INTERNACIONAL

EL SÉPTIMO MANDAMIENTO

LAWRENCE SANDERS

Dora Conti, perito de una compañía aseguradora, recibe el encargo de investigar la muerte de Lewis Starrett, el anciano propietario de una cadena de joyerías.

La vida de Dora transcurre apaciblemente dividida entre sus tareas de ama de casa y sus viajes por el país para descubrir los posibles fraudes en los cobros de seguros. El caso del joyero neoyorquino, sin embargo, envolverá a la perspicaz protagonista en un juego de intereses y de corrupción, durante el cual se cometerán varios homicidios y se desvelarán el pasado oculto de los implicados y las conflictivas relaciones que vinculan a los ricos y frívolos miembros de la familia Starrett.

Más allá de la trama criminal, la vida íntima de Dora, «felizmente casada» como ella misma dice, se verá afectada por la aparición del inspector John Wenden, un hombre solitario y hundido bajo el peso de sus responsabilidades. La seguridad que caracteriza a la intrépida señora Conti se tambalea al enfrentarse con el frío materialismo de un grupo social y la inmensa soledad de un individuo.

DOMINGO NEGRO

THOMAS HARRIS

Una novela actual, sobrecogedora y con una acción trepidante.
Los personajes principales son Michael Lander, ex piloto de la marina norteamericana, que participó en la guerra de Vietnam; Dahlia Iyad, bella y peligrosa guerrillera, conocida por su fanatismo; y un dirigible utilizado por la televisión para filmar partidos de fútbol desde el aire.
Con estos ingredientes se prepara un ingenioso y diabólico atentado. El Servicio Secreto israelí descubre que algo se está tramando, pero no sabe cuál será el blanco elegido, ni quiénes los autores.
La aventura está admirablemente urdida, con tal sentido del ritmo y del suspense, que obliga al lector a seguir su desarrollo, sin interrupción, hasta llegar a la última página.
Dieciocho semanas en las listas de best-sellers de Estados Unidos.

LA VOZ DE LA NOCHE

DEAN R. KOONTZ

Nadie podía entender qué intereses comunes unían a Colin y Roy en tan estrecha amistad. Colin era sumamente tímido; Roy, por el contrario, muy extrovertido. Colin se ponía nervioso cada vez que salía con una chica; Roy, por su parte, era todo un mujeriego. A Colin le fascinaba Roy; mientras que Roy se hallaba totalmente fascinado por la muerte.

Un día, de forma inesperada, Roy lanzó a su amigo esta pregunta: «¿Has matado algo alguna vez?» A partir de ese momento, los dos adolescentes se vieron envueltos en un juego demasiado terrorífico de imaginar, pero... tan irresistible que era imposible abandonarlo.